KB131519

대담한 세상

Le Grand
Monde

대단한 한 세상
Le Grand Monde

피에르 르메트르 장편소설 임호경 옮김

열린책들

LE GRAND MONDE
by PIERRE LEMAITRE

이 책은 실로 꿰매어 제본하는 정통적인 사철 방식으로 만들어졌습니다.
사철 방식으로 제본된 책은 오랫동안 보관해도 손상되지 않습니다.

내 우정을 담아
피에르 아술린에게.

파스칼린에게 바친다.

여기에 대해 소설을 여러 편 쓸 수 있을 것이다.
뤼시앵 보다르, 『인도차이나 전쟁』

한 가지 확실한 게 있다면,
정말로 끝난 역사는 하나도 없다는 사실이다.
로버트 펜 워런, 『모두가 왕의 신하』

차례

제1부

1948년 3월, 베이루트

1
네가 떠나기로 마음먹었으니

프랑세로(路)를 따라가는 가족 행렬은 해를 거듭해 가며 여러 모습을 보여 왔지만, 여태껏 장례 행렬처럼 보인 적은 한 번도 없었다. 그런데 올해는 좀 달랐으니, 펠티에 부인은 팔팔하게 살아 있다는 점만 빼놓고는 흡사 자신의 묘지로 끌려가는 사람 같았다. 남편은 엄숙한 걸음으로 행렬을 이끄는 반면 그의 아내는 한참 뒤에 떨어져 꾸물거리며 자꾸 걸음을 멈추고는, 제발 목숨을 끊어 달라고 애원하듯 아들 에티엔에게 죽어 가는 사람 같은 눈빛을 던지고는 했다. 그들 뒤로 이 집의 장남 〈뚱땡이〉장이 뻣뻣한 걸음걸이로 나아갔고, 작달막한 그의 아내 준비에브는 남편의 팔에 매달려 종종걸음을 쳤다. 행렬의 맨 뒤에서 따라오는 사람은 프랑수아와 엘렌이었다. 선두에 선 펠티에 씨는 수박이나 오이를 파는 행상들에게 미소를 지으며 인사를 건네고 구두 미화원들에게 손짓을 하는 품새가 마치 자신의 대관식을 하러 가는 사람 같았는데, 현실과 크게 동떨어진 얘기는 아니었다.

〈펠티에 순례〉는 날씨와 관계없이 매년 3월의 첫 번째 일요일에 행해졌다. 이 집 자식들은 언제나 알고 있었다. 이웃의 결혼식이나 새해 전날의 만찬이나 부활절 오찬에는 빠질 수 있어도, 비누 회사의 창립 기념일에는 절대로 도망칠 수 없다는 것을 말이다. 이해에 펠티에 씨는 장과 그의 아내, 그리고 프랑수아가 참석할 수 있도록 파리와 베이루트 간 왕복 푯값까지 지불한 터였다.

이 의식은 다음과 같이 진행되었다.

제1막. 공장까지 산책하듯 천천히 걸어가기. 이는 주로 이웃들과 지인들에게 보이기 위한 것이었다.

제2막. 그 순서에 대해서는 모두가 빠삭한, 공장 곳곳 둘러보기.

제3막. 프랑세로로 돌아와 잠시 콜롱 카페에 들러 아페리티프[1] 마시기.

제4막. 가족 식사.

「이러면 말이야,」 프랑수아는 툴툴거렸다. 「엿같은 시간이 한 번이 아니라 네 번이 된다고!」

솔직히, 공장에서 돌아오는 길에 카페에서 펠티에 씨의 장광설을 듣는 일은 상당한 고역이었다. 그는 카페 고객들에게 한 잔씩 쏜 후 거기 있는 모든 이들에게 가계의 빛나는 주요 순간들에 대해 이야기했는데, 그것은 호적에 등록된 최초의 펠티에(그가 네 원수[2]의 측근이었다는 것은 사실인 듯하다)로부터

---

1 식사 전에 식욕을 돋우기 위해 드는 술. 이하 모든 주는 옮긴이 주이다.
2 미셸 네Michel Ney(1769~1815). 프랑스의 군인으로, 나폴레옹 시대의 대원수였다.

시작하여 그 자신과, 그가 보기에 왕조의 완성을 이루는 〈펠티에 부자 상회(父子商會)〉에까지 이르는 교훈적인 이야기였다.

루이 펠티에는 쉽게 냉정을 잃지 않는 차분한 사람이었다. 그가 세 아들에게 물려준 잘생긴 입 위에 짤막하게 기른 희끗희끗한 콧수염은 거의 백발이 된 머리칼과 잘 어울렸는데, 말끔하게 빗질된 이 머리칼은 그의 큰 자랑거리였다. 〈우리 집안 남자들은 마흔이 되기 전에 모두 대머리가 됐다고!〉라고 그는 으쓱대고는 했다. 마치 대머리가 아니라는 사실이, 자신과 더불어 펠티에 가문이 정점에 이르렀음을 입증하는 것처럼 말이다. 그의 좁다란 어깨는 시간이 지나면서 널찍해진 엉덩이와 대조를 이뤘다. 가끔씩 그는 〈난 생갈미에 모델을 해도 되겠어!〉라고, 목은 좁은데 아래로 내려갈수록 대책 없이 넓어지는 탄산수병에 빗대어 농담을 하곤 했다. 그에게서는 차분한 에너지와 은근히 만족해하는 무언가가 느껴졌다. 사실 그는 상당히 성공한 사람이었다. 1920년대에 조그만 비누 회사를 매입한 그는, 그가 좋아하는 표현을 빌리자면 〈장인 정신과 산업적 효율성을 결합시켜〉 회사를 발전시켜 왔다. 그가 생각하기에 카농 광장에서 지척 거리에 위치한 이 제조 공장은 언젠가 이 도시의 주요 산업이 될 운명이었다. 몇 년 안에 펠티에 집안은 로렌에서 벤델가(家)가, 클레르몽에서 미슐랭가가, 혹은 크뢰조에서 슈네데르가가 누리는 위상을 이 베이루트에서 갖게 될 터였다.[3] 지금은 이런 오만함이 약간 꺾이긴 했지만 그래도 그는 〈레바논 산업의 꽃〉 중에서도 선두에 있다고 자부했고,

---

3 벤델, 미슐랭, 슈네데르는 당시 프랑스 유수의 기업들로, 각각 제철, 타이어, 기계 설비 분야의 최고 기업이었다.

여기에 누구도 감히 이의를 제기하지 못했다. 여러 해에 걸쳐 그는 전통적인 제조법에 코프라유, 야자유, 목화유를 첨가하고, 건조 기술을 다듬고, 올레산 사용법을 변화시키는 등 혁신을 계속했다.

1930년대에 펠티에 상회는 많은 수익을 올렸고 트리폴리, 알레포, 다마스쿠스 등지에서 소규모 공장 몇 군데를 매입했다. 펠티에가의 재산은 상당히 검소한 편인 그들의 씀씀이에서 짐작할 수 있는 것보다 훨씬 많은 것이 분명한 듯했다.

루이 펠티에는 자회사 경영을 관리인들에게 위임했으나, 제품의 품질을 감독하는 일만큼은 아무에게도 맡기지 않았다. 하여 그는 예고도 없이 지점들을 방문하고, 견본을 채취하고, 분석하고, 생산 공정을 바꾸는 것을 자신의 의무로 여겼다.

그는 여행을 그리 좋아하지 않는다고 주장하곤 했다. 〈나는 집에서 죽치는 걸 좋아하는 사람이라……〉라고 그는 변명했다. 퇴역 군인 연맹에서 몇 가지 맡은 일이 있어 가끔 파리에 가기는 했지만 이런 일들은 그의 삶에서 크게 중요한 것 같아 보이지 않았으니, 그의 모든 에너지와 재능과 자부심은 온통 〈내 비누〉의 제조와 품질에 집중되었던 것이다. 작업 팀들이 24시간 감시하는 가마솥에서 김이 모락모락 피어오르는 모습을 보는 것, 액상 비누가 홈통을 따라 거푸집들까지 흘러가는 광경을 보는 것보다 그에게 행복한 일은 없었다. 마침내 비누가 둥그런 모양으로, 혹은 벽돌만 한 크기로 잘린 뒤 나오면 눈에 눈물이 고일 정도였다. 이따금 그는 공정 끄트머리의 직원이 부탁하지 않았는데도 〈내가 좀 교대해 주지!〉라며 불쑥 끼어들곤 했다. 그럴 때면 사람들은 초록색 비누 조각을 밀어내는 절단

장치 앞에 회사 사장이 자리를 잡고는, 그가 너무 약하지도 강하지도 않은 망치질로 삼나무 잎사귀 두 장과 그 사이의 공장 실루엣으로 이루어진 〈펠티에 상회〉 로고를 찍는 모습을 구경할 수 있었다. 펠티에 부인은 인력을 관리하고 트럭으로 제품이 들어오고 나가는 것을 감독했고, 회계도 담당했다. 루이의 영역은 제조 쪽이었다. 한밤중에 자전거를 타고(그는 한 번도 자동차 운전을 시도한 적이 없었다) 공장으로 달려가 직접 견본을 채취해서는, 당직 중인 비누 장인과 새벽이 될 때까지 토론하는 일도 드물지 않았다.

그의 단언에 따르면 펠티에 상회의 진정한 탄생일은 그가 〈니농〉이라고 부르는 첫 번째 대형 가마가 가동된 날이었다. 그가 크리스토퍼 콜럼버스의 세 범선 중 하나인 〈니냐〉에서 따왔다고 주장하는 이 이름은 동판에 새겨져, 상회의 로고가 각인된 가마의 받침대에 붙여졌다. 그로부터 2년 후에 남편이 두 번째 가마를 〈라 카스틸리오네〉라고 명명했을 때 펠티에 부인은 눈살을 찌푸렸으니, 이 이름에서는 아메리카 대륙 발견과의 관련성을 찾기 힘들었기 때문이다.[4] 세 번째 가마 〈라 파이바〉가 설치되자 그녀는 아연실색했다. 그녀는 이른 나이에 바칼로레아[5]를 통과하여 집안의 수재로 통하는 프랑수아에게 물어보았다.

「엄마, 모두 화류계 사람들 이름이에요. 첫 번째 이름은 니농 드 랑클로에서, 두 번째 것은 카스틸리오네의 백작 부인 비

---

4 콜럼버스가 아메리카 대륙에 도착했을 때 타고 간 세 범선의 이름은 산타마리아, 핀타, 니냐이다.
5 프랑스의 대학 입학 자격시험.

르지니아 올도니에서 따온 거예요. 파이바는 에스테르 라슈만 이라는 자가 스스로에게 붙인 이름인데, 그녀에 대해서는 〈돈 만 내면 할 수 있어〉라는 말이 떠돌았죠.」[6]

펠티에 부인은 입을 동그랗게 벌렸다.

「그렇다면 이자들은 바로……?」

「네, 맞아요, 엄마.」 프랑수아는 차분하게 말했다. 「바로 그런 사람들이죠.」

「천만에, 전혀 그렇지 않아!」 질문을 받은 펠티에 씨는 항변했다. 「앙젤, 이 여자들은 그냥 상류 사회의 자유분방한 사람들이야! 내가 이렇게 이름 붙인 것은 이 가마들이 내 귀염둥이들이기 때문이야. 단지 그뿐이라고.」

「그래, 갈보들이지.」

「뭐, 그렇기도 하지. 하지만 꼭 그것 때문만은 아니라고…….」

펠티에 부인은 자기 남편을 바람둥이로 만드는 것을 좋아했다. 이게 오히려 그녀의 자존심을 살려 주는 모양이었다. 사실 루이는 한 번도 외도를 한 적이 없었지만, 그녀는 완전히 허구임을 자신도 잘 알고 있는 그의 탈선 행위를 기회만 있으면 공공연히 비난하고는 했다. 예를 들면 그녀의 남편이 파리에 갈 때면 항상 뢰로프 호텔에 묵는 것도 문제가 되었다. 그는 종종 뒤크로 부인의 서비스가 훌륭하다고 칭찬하고는 했는데, 펠티

6 니농 드 라클로와 비르지니아 올도니는 각각 17세기와 19세기 프랑스 상류 사회에서 귀족, 학자, 예술가 등과 염문을 뿌린 여성이고, 에스테르 라슈만은 19세기 말에 상류 사회에서 숱한 남자들과 관계를 가진 여성인데, 그녀의 별명 〈라 파이바La Païva〉는 〈돈만 내면 할 수 있어Qui paye y va〉라는 말에서 나왔다고 한다. 이들은 모두가 귀족 계급 출신으로, 프랑수아가 말한 보다 낮은 계급 출신인 〈화류계 사람demi-mondaine〉보다는 높은 신분의 여성들이다.

에 부인은 자식들 앞에서 이 호텔리어를 칭할 때면 〈내 남편의 정부〉 혹은 〈너희 아버지의 애인〉이라는 명칭만을 사용했다. 그럴 때면 루이는 늘 항변했다. 「앙젤, 뒤크로 부인은 2백 살은 되어 보이는 사람이야!」 그가 이렇게 말하면 그녀는 〈흥, 그 말을 누가 믿어?〉라고 하듯 가볍게 손짓을 하고 마는 것이었다.

그러나 지금 펠티에 부인에게는 남편의 애인이나 세 개의 대형 비누 가마의 별명들 말고 다른 골칫거리가 있었으니, 그것은 살아남는 일이었다.

정말로 자기가 살아남을 수 있을지 의문이었다.

이제 겨우 메지디에 이슬람교 사원을 지났을 뿐이고, 공장은 도달할 수 없는 아득한 지평선처럼 느껴졌다.

「에티엔, 그냥 날 버려두고 가라. 난……」

그녀는 〈난 여기서 죽을 거야〉라고 말할 뻔했으나, 그래도 분별력이 조금 남아 있었고 사람들 눈에 우습게 보일 수 있다는 생각이 들어(가는 길에 지인들과 계속 마주치고 있었다) 차마 그러지는 못했다. 그냥 걸음을 늦추고 손수건으로 관자놀이를 콕콕 찍어 대는 것으로 만족했다. 도시에는 바다에서 부는 시원한 봄바람이 살랑여 아무도 땀을 흘리지 않았고, 심지어는 그녀도 마찬가지였다. 하지만 그녀는 에티엔에게 손짓하여, 심벌즈를 쩽쩽거리는 청량음료 장수를 불러 세워 타마린드 향의 냉수 한 잔을 사서는 무슨 사약이라도 마시듯이 체념한 표정으로 들이켜는 거였다. 살짝 모자를 들어 올려 손가락 하나로 이마를 짚는 것 외에는, 자신이 얼마나 힘이 없는지 보여 줄 방법이 그녀에게는 없었다. 그녀는 다시 한번 걸음을 멈추고는 심장 있는 곳을 부여잡고 호흡을 골랐다. 에티엔은 엘렌 쪽으로 돌아서서 어쩌겠냐는 듯이 입을 삐쭉해 보였다. 자식들은 하나둘 떠나가면서 어머니의 가슴에 차례로 대못을 박은 것이다.

「하지만 앙젤, 쟤들은 이제 어른이라고.」 펠티에 씨는 아이들을 변호해 보았다. 「집을 떠나는 것은 정상적인 일이란 말이야.」

「루이, 쟤들은 집을 떠나는 게 아니야! 도망치는 거라고!」

펠티에 씨는 포기하고 말았다. 말발로는 도저히 당할 수 없었다.

「가라, 가…….」 펠티에 부인은 곧 숨이 끊어질 듯 조그맣게 말했다. 「나는 상관하지 말고 그냥 가라고…….」

에티엔은 더 이상 대꾸하지 않고서, 기운이 없어도 좀 따라오라고 그녀의 팔을 잡은 손에 살짝 힘을 주기만 했다. 한 걸음한 걸음 걷다 보면 결국에는 도착하겠지……. 어머니를 부축해야 할 사람은 그였으니, 이번에는 그가 집안의 문제요, 죄인이었기 때문이다.

전에 있었던 일들은 아직도 모두의 기억에 생생했다.

2년 전에 프랑수아가 고등 사범 학교에 들어가기 위해 파리에 가고 싶다는 소망을 피력했을 때, 펠티에 부인은 주방 타일바닥 위에 일자로 뻗어 버렸다.

「정말 이상하네요…….」 일사병과 기관지염 외에는 치료해본 적이 없는 두에리 의원(그는 블로트[7]에나 약간의 재능을 보일 뿐, 환자들의 건강 문제에는 어쩔 줄 몰라 하는 상당히 멍청

---

7 네 명이 하는 카드놀이로, 프랑스인들이 즐기는 게임 중 하나이다.

한 사람이었다)이 내놓은 진단은 이 말뿐이었다.

프랑수아는 하루 종일 어머니의 병상에 앉아 불효막심한 아들을 둔 것을 한탄하는 소리를, 이놈의 가족 때문에 자기가 죽고 말 거라고, 심지어는 잠결에도 되풀이하는 푸념을 들어야만 했다. 〈그런데 당신은 아무 말도 안 하지!〉라고 그녀는 남편에게 쏘아붙였다.

「그래도 고등 사범 학교에 간다는데…….」 이렇게 웅얼거리듯 대꾸한 그는 재빨리 자전거에 올라타고는 공장으로 줄행랑치고는 했다. 펠티에 부인이 병석에서 일어났을 때 프랑수아는 여태껏 못지않게 괴로운 또 다른 시련을 겪어야 했으니, 어머니가 그의 짐을 꾸리는 것을 지켜보는 일이었다. 그녀는 옷가지며 먹을거리를 모으고 분류하고 고르면서 하루에도 열 번씩 〈뭐, 네가 떠나기로 마음먹었으니……〉라고 꿍얼대는 것이었다. 혼숫감 준비처럼 시작된 이 작업은 곪아 드는 종기처럼 조금씩 변질되었다. 펠티에 부인은 사소한 일에 벌컥 화를 내기도 하고, 물건들을 갑자기 끄집어내 바닥에 늘어놓기도 하는 등 처음의 낭패감을 분노로 바꾸어 갔다. 더 이상 그녀에게 프랑수아는 성년이 되어 슬픈 마음으로 떠나보내는 청년이 아니라, 집에서 쫓아내는 못돼 먹은 아들이었다.

사실 펠티에 부인은 그와의 해묵은 문제를 청산하는 중이었다. 그녀에게는 1941년 5월의 그날, 열여덟 살 먹은 그가 르장티욤 장군이 지휘하는 자유 프랑스군 제1 경기갑 사단에 입대하고자 서랍장 위에 편지 한 장 달랑 남겨 놓고는 떠나 버린 일이 아직 목구멍의 가시처럼 남아 있었던 것이다. 기묘하게도 그녀에게는 이 첫 번째 가출이 보다 쉽게 납득되었다. 전쟁을 하러 간 것은 결국 영예로운 일이라 할 수 있지만, 공부는 베이루트에서도 얼마든지 할 수 있지 않은가?

「아니에요, 엄마.」 프랑수아가 설명했다. 「여기에서는 불가능하다고요.」

「아, 그러겠지! 여기는 〈신사 양반〉에게 그리 좋은 곳이 못 되지!」

터질 듯이 찬 트렁크 두 개를 앞세우고 프랑수아가 배에 오를 때, 펠티에 부인은 차분하고도 엄숙한 모습을 보여 주었다. 「몸조심해라, 응?」 그녀는 아들의 귀에 대고 속삭였다. 루이는 배가 완전히 사라질 때까지 아내가 부두에 남아 있으리라 생각했지만, 배가 멀어져 가자 그녀는 〈그래도 편지는 쓰겠지……〉라고 말하며 남편의 팔을 잡았다.

그녀는 일상으로 돌아왔고, 이 사건은 조금씩 그 강렬함을 잃어 갔다. 더구나 프랑수아가 고등 사범 학교 시험에 합격하자 펠티에 부인은 시효가 소멸이라도 된 것처럼 다시금 아들을 자랑스러워하기 시작했고, 그가 떠나고 성공한 일이 어느 정도는 자신 덕분인 것처럼 굴었다.

그런데 얼마 후, 이번에는 장남 장이 자기 아내와 함께 베이루트를 떠나 파리로 가겠다고 선언했다. 프랑수아가 떠난 지 열여덟 달밖에 되지 않은 때였다.

「아, 너도 가겠다고?」 앙젤이 중얼거렸다.

그녀는 몸져누웠고, 아무도 보려고 하지 않았다. 심지어는 장도 그녀를 볼 수 없었다.

두에리 의원은 탄산수소염을 섞은 물로 족욕을 하라는, 이번에도 희한하기 짝이 없는 처방을 내놓았다. 〈두에리는 머저리야〉라고 루이는 생각했는데, 이는 만인이 아는 사실이었다.

앙젤은 〈뚱땡이〉보다는 프랑수아가 떠났을 때 더 큰 상처를 받았다. 그 이전 몇 달 동안 아주 불행한 시간을 보낸 장은 어딘가 숨어들 곳이 필요했던 터인지라 그녀는 아들의 심정을 이해했다. 그녀가 방을 나오지 않은 것은, 엄마가 동생이 떠날 때만큼 힘들어하지 않는다고 장이 생각할 수도 있기 때문이었다.

펠티에 씨는 아내가 다시 모습을 드러낼 때를 기다리며, 공장에서 퇴근하는 길에 콜롱 카페에서 친차노[8]를 몇 잔씩 마시고는 했다. 온종일 움 쿨숨[9]의 노래만 듣는 종업원은 서빙할 손님이 별로 없었기 때문에 그에게 트리크트라크[10]를 한판 하자고 제의했다.

「그거 좋지.」 루이는 흔쾌히 동의했다.

그리고 앙젤의 건강에 대해 질문을 받자 이렇게 답했다.

「많이 좋아졌어. 두에리 그 양반이 문제긴 하지만, 곧 일어설 거야.」

두에리 의원과 병 중에서 어느 쪽이 더 위험한지 알 수 없었지만, 이곳에서는 하나의 제도나 다름없는 이 의사의 진료를 피할 수는 없었다.

「그 양반, 천치야.」 종업원이 내뱉었다.

「아니, 얼간이야.」

「같은 말 아닌가?」

---

8 이탈리아 특산의 베르무트 술로, 아페리티프로 많이 마신다.

9 Umm Kulthum(1904~1975). 이집트의 가수로, 아랍권에서 가장 사랑받는 가수 중 한 명이다.

10 주사위로 하는 보드게임의 일종.

펠티에 씨는 잠시 게임을 중단했다.

「아니, 같은 말이 아니야. 만일 자네가 누군가에게 무언가를 세 번 설명했는데 그가 이해하지 못한다면, 그 사람은 천치야. 하지만 만일 그 사람이 자기가 자네보다 더 잘 이해한다고 확신한다면, 그 사람은 얼간이인 거야.」

종업원은 입을 삐쭉 내밀었다.

「그래, 맞아. 이 경우엔 의심의 여지가 없어. 두에리는 정말로 얼간이야.」

게임이 끝나자 루이는 잔에 남은 친차노를 마저 비우고는 생각에 잠겼다. 앙젤을 자기 손바닥처럼 파악하고 있는 그는 아내가 방에서 나오기 위해서는 구실이 필요하다는 것을 알고 있었다. 그는 다시 공장에 들렀고, 방금 전에 자신이 결제한 청구서들을 한 다발 들고 집으로 돌아왔다. 앙젤은 그것을 펼쳐 보았다.

「루이!」 그녀가 깜짝 놀라며 외쳤다. 「설마 이 돈을 다 지불한 것은 아니겠지?」

「결제하긴 했는데…… 가서 한번 취소해 볼게.」 그는 짐짓 당황한 표정을 지으며 또박또박 이렇게 말한 뒤에 급히 방에서 나갔다.

공장으로 돌아온 펠티에 씨는(그는 페달을 밟으며 투덜거렸다. 빌어먹을 이 짓을 언제까지 해야 하나?) 수표 한 장을 작성한 다음 곧바로 찢어 버렸다. 그런 뒤 찢은 조각들을 봉투에 넣어서는 아내의 책상 위에 올려놓았다. 다음 날, 펠티에 부인은 다시 일을 시작했다.

장과 준비에브는 이틀 후에 출발했다. 펠티에 부인은 〈몸조

심해라……〉라고 뚱뗑이의 귀에 대고 속삭였다. 배가 멀어져
가자 그녀는 〈그래도 준비에브가 편지는 쓰겠지……〉라고 말
하며 루이의 팔을 잡았다.

그랬는데 이제는 에티엔이…….

펠티에 부인은 다시 걸음을 멈췄다.

「인도차이나라니! 거기는 전쟁 중이라고!」

에티엔은 벌써 1천 번은 설명했다. 맞다, 전쟁 중인 것은 맞
지만, 꼭 그런 것은 아니다. 대체 이를 어떻게 설명한단 말인가?

「엄마, 그건 분쟁이에요.」

「사망자가 나오는 분쟁, 그게 바로 전쟁이야.」

그녀는 오랫동안 코를 푼 후에 눈을 들어 그를 쳐다보았다.
누가 당장 죽인다 해도 인정하지 않겠지만, 그녀는 늘 세 아들
중에서 에티엔이 가장 잘생겼다고 생각했다. 지금 여러 질문
들이 그녀의 목구멍까지 올라와 있었지만, 그녀의 축 처진 어
깨와 망연한 눈빛을 보면 이 질문들은 나오지 않으리라는 것을
느낄 수 있으리라. 그녀는 이미 답을 알고 있었다.

인도차이나, 그의 친구 레몽, 몇 달 전부터 날아드는 편지
들…….

그가 레몽을 집에 초대했을 때 그녀는 이렇게 말했다. 「그
래, 네 맘 알겠다. 참 잘생겼네.」 아, 에티엔의 삶이 어디서나
어머니와 함께 지내는 것처럼 간단했다면……. 하지만 현실은
전혀 그렇지 못했다. 학교에 다닐 때부터 은행에 근무할 때까
지, 그는 모욕을 당하고, 비아냥대는 소리를 듣고, 욕설을 견
뎌야 했다.

그는 호리호리한 몸과 금발에 가까운 밤색 머리칼, 생글생글 웃는 듯한 눈의 소유자였고, 몸짓이나 거동에서는 육감적이고 관능적인 성격을 드러내는 태평하고도 느슨한 무언가가 느껴졌다. 그는 회계사 자격증을 땄는데, 숫자에 재능이 있기도 했지만 무엇보다도 직업과 관련된 야심이 전혀 없기 때문이었다.

그의 삶의 핵심은 사랑이었는데, 그러기에는 환경이 좋지 않았다. 펠티에 가족이 몸담고 있는 베이루트의 작은 사회는 성 정체성을 이유로 그를 내쳐 버리기에는 너무 개화되어 있었지만, 그를 편견 없이 받아들이기에는 너무 부르주아적이었다. 그래서 에티엔은 자신이 늘 이 둘 사이에 끼어 있는 느낌이었는데, 어떤 의미에서는 그의 가족 자체가 이 이중적 세계의 축소판이라 할 수 있었다. 여자들(어머니, 엘렌)은 그를 열렬히 사랑했다. 남자들(프랑수아, 장)도 그를 사랑했지만, 조금 거리를 둔 사랑이었다. 남은 것은 아버지인데, 아들에게 최고의 청중이자 모든 것을 눈감아 주는 그는 퉁명스럽고도 어색한 방식으로 그를 사랑했고, 이런 태도는 조금은 고통스러운 어떤 무력감의 표현이라 할 수 있었다. 에티엔은 일테면 〈둥둥 떠 있는〉 존재로, 앙젤은 다른 표현을 찾을 수가 없었다. 그는 떠 있을 뿐만 아니라 공중에 그렇게 멈춰 버린 것 같았고, 그가 어느 방향으로 가게 될지는 전혀 알 수 없었다. 그는 이상주의자였지만 이상이 없는 이상주의자였다. 그는 삶 하나만으로는 충분치 않았다. 그가 미친 듯한 사랑, 이런 격정에 휩싸이는 것은 아마도 이 때문일 거라고 그의 어머니는 생각하고는 했다. 가끔씩 그녀는 아들의 얼굴을 두 손으로 감싸고 묻고는 했다.

「에티엔, 대체 언제쯤에야 삶이 네게 주는 것들에 만족하며 살겠니?」 그는 웃으면서 대답했다. 「내일이야, 엄마! 약속할게! 맹세할게!」

그가 레몽을 알게 된 것은 1년 전으로, 레몽이 하데스 부근의 병영에 있을 때였다. 그들은 여섯 달 동안 서로를 뜨겁게 사랑했다. 에티엔은 워낙에 명랑한 성격이었지만, 그의 어머니는 아들이 그렇게 행복해하는 모습을 본 적이 없었다. 그 뒤 레몽은 계약을 완료하기 위해 인도차이나로 떠났다.[11] 벨기에인인 그는 자기 나라로 돌아가고 싶어 하지 않았다. 외인부대에 들어오기 전에는(입대 이유에 대해서는 에티엔에게 한 번도 털어놓지 않았다) 초등학교 교사였단다. 그는 몇 주 후에 에티엔에게 편지를 보냈다. 〈이제 다 끝났어. 계약이 완료되고 나서도 계속 여기에 있고 싶어. 여기에는 여러 가지 가능성이 많거든.〉 그들은 이 생각을 가지고 많은 얘기를 나눴고, 운수 회사에서 플랜테이션까지, 온갖 종류의 계획들을 세워 보았다. 얼마 안 있어 에티엔은 현지의 일자리를 찾아보았다. 큰 기대를 걸지는 않았는데 4주 후에 믿기지 않는 일이 일어났으니, 사이공 소재 인도차이나 외환국이 그의 지원 신청을 받아들였음을 알리는 편지가 날아든 것이다.

「넌 황열병에 걸릴 거야! 분명히 그렇게 된다고!」

「천만에. 엄마! 난 노란 옷은 절대 안 입을 거야!」[12]

---

11 외국인 용병으로 구성되는 외인부대는 일정 기간의 복무를 마치면 프랑스 국적 획득, 연금 수령 등 각종 혜택을 받을 수 있다.

12 fièvre jaune은 〈황열병〉, 즉 〈노란 열병〉으로, fièvre에는 〈유행〉이라는 뜻이 있다.

「지금 날 놀리니?」

펠티에 씨는 아내보다는 훨씬 열광적인 반응을 보였다. 그는 사이공의 무역 회사인 〈르코크 & 다른빌〉과 매우 좋은 관계를 맺고 있었다. 인도차이나에서 〈동방(東方) 비누〉는 엄청나다고 는 할 수 없지만 결코 무시할 수 없는 매출을 올리고 있었던 것 이다. 「에티엔이 거기 가면 잘 대접받을 거야.」 르코크 & 다른 빌이 아들에게 대체 무슨 도움이 될지 이해하지 못하는 아내에 게 루이 펠티에는 이렇게 설명했다. 「앙젤, 우선 안심이 되잖 아. 해외 거주 프랑스인들 간에는 유대 관계가 있단 말이야. 르 코크는 아주 좋은 친구라고!」 에티엔은 엄마 옆에서 쿡쿡거렸 다. 「그러니까 말예요. 엄마, 르코크라는 이름을 가진 사람이 못된 프랑스인일 리가 없잖아요.」[13]

이렇게 애면글면 걸은 끝에 일가족은 〈투르 드 프랑스〉의 어 느 구간에서처럼 지리멸렬한 상태로 공장에 도착했다.[14]

모두가 현관을 지나 건물 안으로 들어올 때, 펠티에 씨는 벌 써부터 두 팔을 쭉 뻗어 둥근 문손잡이를 움켜쥐고는 〈자, 모 두들 주목하시라!〉라고 명랑한 목소리로 외치면서 주(主) 작업 장의 두 짝 문을 활짝 열어젖힐 준비를 했다. 열광에 취한 그는

13 르코크Lecoq는 〈수탉〉이라는 뜻이고, 수탉은 프랑스의 국조(國鳥)이다.
14 〈투르 드 프랑스〉는 프랑스 일주 도로 사이클 대회로, 3주 동안 프랑스 전역을 도는 이 대회에 포함된 산악 구간 중에는 선수들 간의 격차가 많이 벌어져 뿔뿔이 흩어지게 되는 구간들이 있다.

결정을 내리지 못하고, 오직 그 자신에게만 존재하는 서스펜스를 연장시키고 있었다. 앙젤은 그가 〈오버〉한다고 느꼈다. 이런 아버지에 익숙한 네 아이들은 잠자코 기다리기만 했다.

프랑수아는 쇠 난간에 몸을 기대고 있었다. 그는 이틀 동안 뱃멀미에 시달리다가 어제저녁에야 배에서 내린 터였다. 완전히 탈진하고 텅 빈 상태로 도착한 그는 비누 냄새 때문에 토할 것 같았다.

「제발 좀 서두르지 않으면,」 그는 엘렌의 귀에 대고 속삭였다. 「난 거꾸로 하는 식사를 시작할 것 같아.」

엘렌은 쿡 웃음을 터뜨렸고, 그런 딸을 어머니는 힐끗 노려보았다.

펠티에 씨는 어깨 뒤로 턱을 돌리며 탐욕스러운 눈으로 식구들을 돌아보았다.

「아무도 알아맞히지 못하겠어? 자, 이거야! 새 가마라고! 네 번째 가마. 주철로 된 거야.」

펠티에 부인은 밑 받침대에 붙은 조그만 동판 쪽으로 후다닥 뛰어갔다. 〈아름다운 오테로〉.

「또 갈보로군. 내 그럴 줄 알았어! 여긴 더 이상 비누 공장이 아니라 집창촌이야, 집창촌……. 」

「엄마……. 」 에티엔이 입을 열려고 했다.

하지만 펠티에 씨는 이미 마지막 단계로 들어가 이 새 가마가 무엇을 위한 것인지 상세히 설명하기 시작했는데, 이것은 작업의 전 공정을 처음부터 돌아보겠다는 예고일 뿐이었다. 아이들은 묵묵히 이 안내자를 따라갔지만, 귀를 기울이는 사람은 아무도 없었다.

장은 아버지가 팔을 잡고 끌고 가면서(자, 뚱땡이, 이리 좀 와봐. 이거 어떻게 생각해?) 자신을 그 끝없는 설명의 첫 번째 상대로 삼는 것을 피할 수가 없었다.

장은 공장 근처에 왔을 때부터 안에서 막연한 불안감이 스멀스멀 올라오는 것을 느꼈다.

오늘도 후작 부인처럼 하얗게 분을 바른 그의 작달막한 아내 준비에브는 대문을 쳐다보며 내뱉었다. 「이 녹색은 정말 별로야. 당신, 그렇게 생각하지 않아?」

장은 대답 없이 침을 꿀꺽 삼켰고, 그는 자기 인생의 실패를 상징하는 이 장소에 도살장 끌려가는 소 같은 심정으로 들어갔다.

이렇게 아버지에게 증인으로 붙들려 있는 것은 그가 여기서 겪은 고난, 영예롭지도 이롭지도 못한 도피 덕분에 겨우 끝낼 수 있었던 그 끔찍한 고난을 다시 겪는 것이나 마찬가지였다.

장은 언제나 집안 사업을 이어받을 아이로 여겨졌다. 그가 태어나자마자, 〈펠티에 상회〉는 언젠가 〈펠티에 부자 상회〉가 된다는 전설이 만들어진 것이다. 여기서 〈자(子)〉, 그러니까 〈아들〉은 뚱땡이 바로 그였고, 그도 이 전망을 마다하지 않았다. 베이루트의 조그만 프랑스인 사회에서는 자식이, 그것도 왕정에서처럼 가급적 장남이 부모의 사업을 이어받는 것이 불문율이었다.

사람들이 으레 그러는 것과는 달리, 앙젤과 루이 펠티에는 아이들을 기독교 학교에 보내려 하지 않았다. 사내아이들을 예수회 신부들에게, 엘렌을 나사렛회 수녀들에게 맡기고 싶지 않았다. 그들은 종교 교육이 없는 일반 학교가 좋았던 것이다.

그리하여 네 아이는 프랑스 아이들과 레바논 아이들이 함께 다니는 고등학교에 들어갔는데, 여기서 뚱땡이는 별로 두각을 나타내지 못했다. 그는 바칼로레아를 두 번 다 간신히 통과했지만,[15] 비누 제조업자로서의 아들의 운명에 대한 루이 펠티에의 믿음에는 조금도 흠집이 나지 않았다. 그가 생각하기에 어느 제조사의 수장은 당연히 제조인이므로, 그는 뚱땡이를 기술 공부 쪽으로, 더 구체적으로는 화학 쪽으로 이끌었다. 그런데 이때부터 일이 꼬이기 시작했다. 장은 우수한 학생도, 평범한 학생도 아니었다. 그저 형편없는 학생이었다. 하지만 이때에도 아버지는 〈부족함〉, 〈충분치 못함〉 같은 평가가 붙어 오는 시험 결과들에 조금도 불안해하지 않았다. 이런 사립 학교에서는 비싼 수업료와 학부모, 다시 말해서 고객들의 사회적 수준 때문에 교수진이 이보다 더 가혹하고 현실적인 평가를 할 수는 없었지만, 설사 그런 평이 붙었다 하더라도 펠티에 씨는 조금도 흔들리지 않았을 것이다. 한결같은 믿음으로 그는 〈공부는 공부고, 비누는 비누야. 둘은 완전히 별개라고!〉라고 공언하고는 했다. 아들이 전문학교를 졸업하고 제조 공정의 각 단계를 익히며 몇 달만 보내면 이 분야의 전문가가 되리라 확신했던 것이다.

이 장이라는 친구를 잠깐만 들여다보면, 아버지의 맹목이 얼마나 심했는지를 느낄 수 있다.

그는 약간 살이 찌고 동작은 굼뜨지만 놀라울 정도로 힘이 센 청년이었다. 소극적인 성격에 상당히 몽상적이었고, 소심

---

15 바칼로레아는 고등학교 2학년과 3학년 두 번에 걸쳐 행해진다.

한 탓에 무슨 일을 하든 서툴기 짝이 없었다. 아기였을 때부터 포동포동했던 그에게서 아버지는 만화 『니켈 발』[16]에 등장하는 리불댕그와 닮은 점을 발견했다. 이는 앙젤의 성질을 돋웠지만, 이때 얻은 뚱땡이라는 별명은 계속 남게 되었다. 그는 무엇에도 열정이 없고 크게 바라는 것도 없었기에 아버지가 그어 준 길을 가는 것을 받아들였지만, 그에게 이 길은 까마득하고도 끔찍하고 실망스럽게 느껴졌다. 하지만 이 또한 그를 기다리고 있는 것에 비하면 전주곡에 불과했으니, 졸업장을 받고 나서는(이를 위해 펠티에 씨가 얼마나 돈을 썼는지는 아무도 모른다) 그 분야의 전문가가 되어야 한다는 부담을 안고서 공장에 들어가야 했기 때문이다.

「이게 그 애에게 맞는 자리인지 모르겠어.」 앙젤이 용기를 내어 말해 보았다. 「그 애가 정말로 기술 쪽으로 적성이 있는지 모르겠다고…….」

그의 아버지는 여전히 낙관적이었다.

「이 공장이 실제로 어떤 것인지 알게 되면 녀석은 열정에 사로잡힐 거야. 그렇게 되지 않을 수 없다고!」

하지만 새벽 일찍 공장에 출근할 때 펠티에 씨는 각종 기름과 수산화 나트륨 냄새, 그러니까 〈직업의 향기〉를 황홀하게 들이마시는 데 반해, 장은 이 산업에서 아무런 매력을 느낄 수 없었다. 그 탓에 그는 아무 지식도 얻지 못하고 어떤 것도 배우지 못했다.

때는 1946년이었다.

16 *Les Pieds nickelés*. 루이 포르통이 그린 20세기 초반의 프랑스 만화로 당시 대중의 큰 인기를 얻었으며, 프랑스 만화사에 큰 획을 그은 작품이다.

1930년대에 펠티에 상회는 제품을 유럽에까지 수출하는 데 성공했다. 〈동방 비누〉는 유명 브랜드가 되어 있었고, 수요가 끊이지 않았다. 전쟁이 끝난 후 회사는 대량으로 사람들을 고용했으며, 폭주하는 주문에 말 그대로 무너질 지경이었다. 회사가 창립된 이후로 공장은 라마르세예즈가(街), 세관 창고 맞은편에 서 있었는데, 공간이 약간 협소했다. 그러던 차에 인접한 곳에 부지가 하나 났고, 여기에 펠티에 씨가 달려들었다.

「너무 비싸게 값을 치르는 거 아냐?」 그의 아내가 불안해하며 물었다.

「앙젤, 이건 투자야, 투자! 2년이면 들어간 돈을 몽땅 회수할 수 있다고!」

이리하여 펠티에 씨는 공장의 다양한 부서에서 몇 주간의 수습 기간을 거친(이때도 장은 신통한 모습을 보여 주지 못했다) 장에게 회사의 미래를 위한 결정적 단계가 될 공장 확장 공사를 맡겼다. 우선 최근에 매입한 부지와 공장 마당을 나누는 울타리를 밀어 버리고는, 충분한 사전 조사 없이 여러 가지 계획들을 세웠다.

전무로 임명된 장은 곧 허둥대기 시작했다.

나쁜 결정을 내린 적은 별로 없었는데, 결정을 내린 일이 거의 없기 때문이었다. 대체 무엇을 해야 할지 알 수 없었다. 입을 헤벌리고 진땀을 흘리며 평면도며 입면도를 내려다보았지만 숫자를 봐도 뭐가 뭔지 알 수 없었고, 그래프를 봐도 마찬가지였다. 십장은 자기가 하고 싶은 대로 하는데, 장은 그에게 아무런 질문도, 요구도 할 수 없었다.

어느 날 펠티에 씨는 작업장들의 규모가 그곳에 들어갈 시설에 비해 터무니없이 작다는 것을 알게 되었다. 이미 쌓아 올린 것들을 죄다 밀어 버리고, 토대를 확장하고, 다시 지어야만 했다. 하지만 이 사건은 단지 시작일 뿐이었다. 하역 독은 폭이 충분히 넓지 못했고, 건조실은 방향을 잘못 잡아 건조 시간을 단축해 주는 바람을 이용하지 못하는 등 갖가지 문제가 목걸이의 진주알처럼 줄줄이 이어졌다. 어떤 질문이 들어오면 장은 〈생각해 보겠소〉라고 말하고는 더 이상 그 일에 대해 언급하지 않았다. 질문이 문제가 되어 버리면 〈그건 나중에 처리하겠다고!〉라고, 마치 다른 중요한 일로 바쁜 사람처럼 소리치는 것이었다. 그는 자기 사무실에 틀어박혀, 복도에서 사람들이 기다리고 있다는 사실을 의식하며 온종일 맞잡은 손만 비틀어 댔다. 그는 이렇게 꼼짝 못 하고 앉아 퇴근할 시간만 기다리고 있다가, 기회가 오면 아무도 예상하지 못한 가운데 문을 왈칵 열어젖히고는 층계 쪽으로, 자기 자동차 쪽으로 성큼성큼 걸어가면서 〈보다시피 난 급한 일이 있단 말이오!〉라고 마치 혼잣말하듯이 웅얼거리는 것이었다. 그는 자기가 뭔가를 결정해야 한다는 것을 알고 있었지만, 기적적으로 문제를 파악한다 해도 해결책에 대해서는 아무 생각이 없었다. 각 부서는 끊임없이 지시 하달을 요청했다. 가끔 그는 사방에서 밀려오는 압박을 견디지 못하고 마치 민주적인 수장처럼 여러 사람의 의견을 구하기도 했는데, 그럴 때면 어김없이 재앙에 가까운 결과를 초래하는 의견 쪽으로 불쑥 결론을 내렸다. 가장 위급한 문제에는 그의 아버지가 은밀히 개입하여 조치를 취하고는 했지만, 정말이지 끈질긴 믿음의 소유자인 그는 오연(傲然)하다 못해 맹렬하기까지 한 목소리로 〈이 문제는 장 선생과 상의해야 한다는 거 잘 알잖아!〉라고 대답하고는 했다. 그러면 체념한 직원들은 뒷전에서 〈이 문제는 뚱땡이 선생하고 상의하래〉라고 빈정댔다.

장은 낮에는 덜덜 떨었고 밤에는 소스라치며 잠에서 깨어났다. 극심한 괴로움에 가슴이 터질 것 같았다. 그러면 벌떡 일어나 화장실로 달려가 세면대에 대고 토했다. 또 피가 날 정도로 볼 안쪽 살을 물어뜯기도 했다. 손톱으로 팔뚝을 벅벅 긁더니, 결국에는 면도날로 손목을 긋고 말았다. 항상 셔츠 소매 깃을 손목까지 내리고 있는 모습을 보고 사람들은 그가 추위를 잘 탄다고 생각했다. 저녁에는 아버지가 가정용 세제에 대한 아이디어를 얘기하는 것을 들었다. 그는 아버지를 미워할 수가 없었다. 끔찍하게 미운 사람은 자기 자신이었다. 죽고 싶다는 생각도 종종 들었다. 밤이 되면, 사람들이 자기에게 기대하는 것을 할 수 없다는 무력감이 밀려들었다. 혼자 있게 되기만 하면 벽에다 머리를 쿵쿵 찧어 댔다. 그의 방은 안마당 쪽으로만 열려 있었다. 부모님 방, 형제들과 여동생의 방은 모두 복도 반대편에 있어 아무도 그가 내는 소리를 들을 수 없었다. 그것은 알 수 없고 고집스러운 기계의 피스톤이 내는 것 같은 희미하고도 규칙적인 소리일 뿐이었다. 그렇게 그는 침대에 앉아서는 벽에다 뒤통수를 천천히, 몇 시간이고 찧어 대다 잠이 들고는 했다.

공장 확장 공사 프로젝트는 수렁에 빠져들었을 뿐만 아니라 생산에도 차질을 빚게 만들었다. 공장 인력들과 새 건물을 짓는 인부들이 함께 지내는 상황은 혼란스러웠다. 기름통을 보관해야 할 곳에 철제 들보들이 쌓였고, 트럭들은 짐을 내릴 공간을 찾아 빙빙 돌았다. 바람에 날린 톱밥이 몇 톤에 달하는 가향 비누에 섞여 비누들을 폐기해야 했다. 어디에서나 미래의 사장으로 소개되는 인간의 무능함을 알게 된 십장들은 속으로 욕을 퍼부었고, 인부들은 불안해했으며, 모두가 직장을 잃지 않게 해달라고 기도했다. 회사는 갈수록 심하게 삐걱대기 시작했다. 〈장 선생〉이 오면서 회사는 그의 아버지의 바람대로 장족의 발전을 하기는커녕 모든 게 나빠지기만 했는데, 그 끝이 어디인지 알 수 없었다.

이런 상태가 1년 가까이 계속되었다. 번민과 고통과 공포로 가득한 1년이었는데, 설상가상으로 준비에브와의 불행한 결혼이 더해졌다.

그녀는 우체국장의 네 딸 중에서 유일하게 예쁘지 않은 딸이었다. 다른 딸들은 눈부시게 아름다워 이 유전적 사건은 놀랍기까지 했고, 아무도 그 이유를 이해할 수 없었다. 정직하게 말하자면 완전히 못생겼다고 할 수는 없었지만, 자매들 옆에 있으면 그 평범한 외모가 못생긴 것처럼 느껴졌다. 이목구비는 대충 갖다 붙인 것 같았고, 눈에는 표정이 없었으며, 체격은 약간 통통하여 어디가 어디인지 분간하기 힘들었다. 활짝 미소 짓는 상이어서 이게 그녀를 구제해 줄 수도 있었지만, 무슨 일이 있든 어느 상황에서든 항상 미소를 지었기 때문에, 누구에게나 짓는 이 지속적이고도 경직된 미소는 상대를 불편하게 만들었다.

집안에서의 이런 불리한 위치를 상쇄하려고 그랬을 수도 있겠지만, 그녀는 엄청난 야심을 품어 왔다. 그녀는 언젠가는 부자가 될 것이었다. 대체 무슨 방법으로 부자가 되겠다는 건지는 알 수 없었는데, 어느 날 그녀는 펠티에 상회 미래의 사장과, 그녀 자신이 그의 위신을 더럽히는 천박한 별명인 〈뚱땡이〉라고 부르는 것을 오랫동안 거부해 온 장과 결혼해 버렸다. 아버지의 명에 따라 우체국 직원이 되었고, 일상의 한계를 넘지 못하는 지성의 소유자이며, 음험한 사람들이 흔히 그렇듯 꽤나 잔인한 면이 있는 그녀였지만, 베이루트 프랑스인 공동체의 다른 젊은 여성들과의 경쟁에서 한 가지 유리한 점이 있었으니, 그것은 그녀가 어떤 분야에 있어 약간의 노하우가 있다는 사실이었다. 장은 여지없는 숫총각이었다. 두 번째 데이트 때 그녀는 그의 바지 앞쪽에 손을 댔고, 그는 기겁을 하며 펄쩍 뛰었다. 그녀는 한 총림 뒤에서 무릎을 꿇고서 정성스럽게 그의 물을 빼주었다. 뚱땡이는 탈진하고 정복된 상태로 집에 돌아왔다.

그들은 넉 달 후에 결혼했다. 이때 장은 준비에브가 명성이 자자한 여자라는 사실을 알게 되었다(이를 아는 사람은 그 혼자만이 아니었다). 그가 사는 동네의 또래 청년들 중 그 총림 뒤에서 펼쳐지는 15분간의 짜릿한 서비스를 이용하지 않은 사람은 거의 없었던 것이다. 그곳을 정기적으로 방문하는 친구도 한둘이 아니었으니, 좋은 정보는 기꺼이 나누었기 때문이다.

준비에브의 장기는 입으로 하는 것이었기 때문에 결혼할 때는 깨끗한 몸이었다. 뚱땡이가 그랬듯이 말이다. 이때부터 그들의 관계는 복잡해졌다. 당황스럽게 일을 치르고, 제대로 삽입했는지도 불분명하고, 상대의 기분을 맞추려고 오르가슴을 가장한 탓에, 그들은 정확히 언제 서로가 동정을 잃었는지 알 수 없었다. 그들이 기억하는 이때의 부부 관계는 즐거운 것이 아니었다. 그걸 치르는 게 쉽지가 않았을 뿐 아니라, 준비에브는 남편이 집안 사업을 이어받는 데 실패함으로써 자신과의 계약을 어겼다고 생각했으므로 그것마저도 갈수록 뜸해져 갔다. 그래도 이따금 그녀가 장 앞에 무릎을 꿇는 일이 있었는데, 그로서는 이 행위가 누굴 위한 것인지 알 수 없었다. 준비에브는 마치 사진 앨범을 뒤적이듯이 그를 빨았던 것이다. 결혼하고 한 달이 지나서는 더 이상 아무 관계도 갖지 않게 되었다. 그이후로는 한 번도 관계한 적이 없었다. 〈결혼한 장 선생〉은 비누 공장에서도 〈총각 뚱땡이〉보다 나아지지 못했다. 상황은 갈수록 악화되었다. 생산과 제품 인도에 문제가 생기자 불만에 찬 고객들은 다른 곳과 거래하겠다고 위협했고, 오래된 직원들에게서는 떠나겠다는 말이 나왔다. 마침내 펠티에 부인이 남편에 맞서기로 결심했다.

모두의 입에서 안도의 한숨이 새어 나온 결단이었다.

펠티에 씨는 짐짓 못마땅한 표정으로 새로운 배역을 받아들였으니, 아내로부터 유감스러운 결정을 강요받는 남편 역할이었다. 시급한 현안 문제의 해결에 들어간 그는 1년이 넘는 시간을 들인 뒤에야 회사를 수렁에서 끄집어내고 문제의 부속 건물을 완공할 수 있었다. 이렇게 세워진 부속 건물은 마치 삐딱하게 자라난 식물처럼, 장 선생이 — 이렇게 말해도 될지 모르겠지만 — 회사를 진두지휘했던 그 어두운 황태자 시절을 모든 이들에게 상기시키는 구조적 결함들을 간직하고 있었다. 모욕적인 거절이 돌아올 게 뻔하다고 생각한 펠티에 씨는 에티엔과 프랑수아에게 〈횃불을 이어받을 것을〉 제의하지 않았고 (엘렌은 여자이므로 이들과 같지 않았다), 커다란 숙성 통들의 하단에 붙은 온도계들을 체크하면서 넓게는 이 세상 가족 기업들의 운명에 대해, 그리고 특별히는 자기 기업의 미래에 대해 곰곰이 생각해 보기 시작했다.

해방되었지만 창피해진 장은 레바논을 떠나 파리로 가기로 마음먹었다. 준비에브는 남편에게 크게 실망했지만 어쨌든 떠나는 것은 좋았다. 그녀의 아버지 우체국장 숄레 씨는 양국 간 쌍방 협정에 따라 그녀가 프랑스 행정부의 일원으로 편입될 수 있다고 단언했는데, 이것은 잘되어도 여러 달이 걸리는 일이었다. 그녀에게는 다행이었으니, 무위도식이야말로 그녀가 가장 좋아하는 것이었기 때문이다. 또 언젠가 그녀가 일해야 될지도 모른다는 생각은 장도 그녀도 해본 적이 없었다. 모름지기 존경받는 남편은 아내를 일터에 보내지 않고도 가족을 먹여 살릴 수 있어야 하지 않겠는가? 더구나 파리에서 손 하나 까딱하지 않고 지낸다는 것은 준비에브에게 너무나 짜릿한 판타지였다. 여기서 화룡정점이라는 말을 써도 될지 모르겠지만, 뚱땡이에게는 이 나라를 떠야 할 또 다른 이유가 있었다. 그는 2주 전에 열아홉 살 먹은 어느 여성을 곡괭이 자루로 때려 죽인 일이 있었고, 이로 인해 경찰의 손길이 자기에게 이를까 전전긍긍하는 상황이었던 것이다.

펠티에 씨는 우울한 마음으로 아들에게 직장을 하나 얻어 주었으니, 파리에 사는 옛 친구인 쿠데르 씨 밑에서 세일즈맨으로 뛰는 일이었다. 그게 현 상황이었다. 이 일은 큰돈을 가져다주지 못했다. 돈이 없는 준비에브는 너무나 지루했고, 파리의 삶은 그녀가 기대했던 것과는 전혀 달랐다. 그녀가 갖고 싶은 것은 모두 암시장에 있었고, 그들의 형편으로는 살 수 없는 것들이었다. 그토록 무위도식을 좋아하는 그녀였지만 이제는 파리의 어느 우체국에 임명되기를, 이 답답한 방에 갇혀 못 하게 된 사회생활을 할 수 있게 되기를 바랐다. 그녀는 두 사람도 제대로 먹여 살리지 못하는 쓸모없는 남편에 대한 추가적인 모욕으로서 이를 꿈꾸고 있었다.

〈펠티에 순례〉 기간이 다가오자, 장은 아버지가 여객선 왕복 표를 보내 주었음에도 불구하고 베이루트로 곧바로 거부 의사를 밝혔다. 〈특히 그 바보 같은 창립 기념일을 위해서라면〉 절대로 가고 싶지 않았다. 그는 이 말은 하지 않았지만, 이제는 그 도시 이름만 들어도 겁이 났다. 하지만 준비에브는 달랐으니, 그녀는 기꺼이 가고 싶었다.

「부모님을 보고 싶단 말이야!」

「당신은 그분들을 끔찍이 싫어하잖아! 지난 여섯 달 동안 편지 쓴 게 딱 두 번 아니었어?」

「뭐, 그렇지만, 그분들은 내 부모님이야! 또 내 형제들도 있고…….」

「그것도 마찬가지야! 당신 언니가 해산했을 때, 내가 뭐 좀 보내자고 했더니 뭐라고 했어? 〈그년이 뒈져 버렸으면 좋겠다!〉라고 하지 않았어?」

「그래도 형제는 형제야!」

그로서는 그녀의 단호함에 놀라지 않을 수 없었다.

「어쨌든 절대로 안 돼.」 그는 딱 잘라 말했다. 「우린 파리에 있을 거야.」

그렇게 못을 박고 끝냈다.

준비에브는 팔짱을 꼈는데, 이는 농성전에 돌입했다는 뜻이었다. 이를 위해 그녀는 장의 입을 딱 벌어지게 만드는 일상 파괴 능력을 보유하고 있었다. 그것은 일종의 현장 파업이었다. 장도 안 보고, 청소도 안 하고, 외출도 안 하고, 화분에 물도 안 주고, 우편물도 가져오지 않을 뿐 아니라, 심지어는 창문도 열지 않았다. 아침부터 한껏 치장을 하고, 화장하고, 미소 지은 모습으로 아무 말 없이 꼼짝하지 않고서 테이블 끝에 버티고 앉아 있었다(이런 자세는 어느 상황에서고 볼 수 있는 것이어서, 에티엔은 〈만일 뚱땡이 형이 자매들 중 하나를 같이 아내로 취했더라면, 완전히 한 쌍의 북엔드였을 텐데……〉라는 생각까지 했었다).

아침이면 뚱땡이는 직접 커피를 끓여야 했다. 준비에브는 그 포동포동한 손을 밀랍 먹인 식탁보 위에 겹쳐 올려놓고는 그가 부산 떠는 모습을 지켜보기만 했다. 저녁에 들어와 봐도 그녀는 똑같은 자리에 있어서, 하루 종일 움직이지 않았나 하는 생각이 들 정도였다. 찬장은 텅 비었고, 얼마 안 가 모든 게 떨어졌다.

기진맥진한 장은 체념하고 사장에게 휴가를 신청했다.

가족 때문이라는 주장을 한순간도 믿지 않았던 그는 준비에브가 왜 그렇게 여행하겠다고 우겼는지 곧 이해하게 되었다.

그들은 마르세유에서 프랑수아와 합류했다. 형제는 악수를 나눴는데, 이전에도 별로 얘깃거리가 없던 둘인지라 형식적인 인사에 불과했다. 프랑수아의 양쪽 볼에 볼을 찰싹 붙인[17] 준비에브는 한시바삐 탑승 부두로 가려고 다시 출발했다. 장바르

---

17 프랑스인들은 인사할 때 양쪽 볼을 번갈아 대는 〈비주〉라는 볼 키스를 나눈다.

2호의 모습이 보이자 그녀의 즐거움은 열광으로 바뀌었다.

펠티에 씨가 보내 준 것은 일등실 표였다. 준비에브는 곧바로 백만장자처럼 굴었다. 변덕맞은 부잣집 마나님이 아니라 소탈한 백만장자처럼 말이다. 그녀는 〈괜찮으시다면 칵테일한 잔만 가져다줄 수 있겠어요? 더워서 죽을 것 같네요〉라는식으로 온종일 여객선 직원들을 정신없이 굴렸다. 세 시간도안 되어 객실 담당 직원, 하녀, 종업원, 청소 직원, 심지어는 선원들까지도 가볍고도 상냥한 어조로 온갖 일들을 시키고 또 취소하는 이 통통하고 명랑한 자가 어떤 사람인지 대충 감을 잡게 되었다. 〈아가씨, 이런 부탁해서 미안한데요, 이 침대 시트좀 갈아 주겠어요? 아시겠지만 너무 땀이 나서…….〉 그녀는 팁을 한 푼도 주지 않는다는 점에서는 진짜 부자들과 비슷했다. 지금 몸에 지닌 돈이 없다고 말하며 여행이 끝났을 때 모든 걸계산하겠다는 식으로 암시를 줬지만, 이런 수작을 뻔히 알고있는 직원들은 비틀린 미소만 머금을 뿐이었다.

장은 역정이 났지만 내색하지는 않았다. 그의 아내는 갑판위를 여기저기 돌아다니며 덱 체어를 이쪽으로 옮겨 달라, 객실에 모자를 두고 왔는데 가져다 달라는 등의 요구를 하며 시간을보냈다. 오, 아니에요, 이 모자가 아니고 다른 모자예요. 괜찮겠어요, 아가씨? 오, 당신은 천사예요. 오, 마침 여기 계시니 부탁 좀 하나 해도 될까요……?

두 번째 날 아침, 그녀는 어딘가로 사라졌다. 장은 건성으로나마 찾아 나섰지만 그녀를 본 사람은 아무도 없었다.

그런데 상갑판의 홀에서 급한 발소리 같은 게 들리더니만, 얼굴이 발그레하게 상기된 그녀의 모습이 한쪽 기둥 뒤에서 보였다.

「한참 찾았어.」

「어, 그래……?」

그녀는 한 손으로 치마 앞자락을 문질러 펴면서 다른 손으로는 엄지와 검지로 입술의 양쪽 가장자리를, 마치 몹시 걱정이 되는 무언가를 생각하는 사람처럼 슬쩍 문지르는 것이었다.

장은 할 말을 잊었다.

얼마 동안은 이런 수작들이 재미있었지만, 프랑수아는 곧 상황이 괴롭게 느껴졌다. 준비에브가 부잣집 마나님 행세하는 것을 구경하는 상황이 아니라, 종업원들의 유심히 쳐다보는 시선과 하급 선원들의 미소를 얼핏 발견하게 되는 그 상황이 말이다. 바텐더는 그녀에게 칵테일을 제공했고, 갑판장은 기계실과 고급 선원실과 선장실을 보여 주려 했다. 마지막 날 저녁, 선장이 그가 전통적으로 개최하는 연회에 일등실 승객들을 초대했을 때에는 모두가 펠티에 부인을 알고 있었고, 그녀는 남편에게 선교(船橋)의 고급 선원이며 승무원 들을 소개해 주는데, 성이 아닌 이름으로 그녀를 부르는 사내도 한둘이 아니었다.

뱃멀미 때문에 그렇게 아프지만 않았다면 프랑수아는 끼어들었을지도 모른다. 뚱땡이는 갑판을 가로질러 저쪽으로 가서는 난간을 두 손으로 꽉 붙잡고 텅 빈 바다를 노려보았다. 그렇게나 불행한 시간을 보냈던 도시로 돌아가야 하는 것도 모자라 이 지옥 같은 여행을 해야 한단 말인가! 난간을 있는 힘껏 움켜쥐는 바람에 손가락 관절들이 새하얘졌고, 얼굴은 뻣뻣이 굳었다.

아무리 생각해 봐도 살아오면서 자신이 한심한 놈이 아니었던 적은 한 번도 없었다.

장이 갑판으로 돌아왔을 때, 형을 항상 소원하게만 느껴 왔던 프랑수아는 갑자기 그를 위로하고 달래 주고 싶은 마음이 들었다.

어린 시절 동안 두 형제 사이에는 그들이 그 진정한 성격을 이해하지 못한 막연한 적대감이 커져 갔다. 이 적대감은 그들의 소년기에 적나라하게 드러났고, 비누 공장 승계에 관련된 비극적 사건들이 있었을 때 절정에 달했다. 아우는 아버지의 총애를 받는 형을 은밀히 시샘했고, 형은 자신을 억울한 희생자로 여겼던 것이다. 시간이 가고 나이가 듦에 따라 이 적대감은 점차 옅어졌지만, 그들 사이에는 관계를 어색하고도 당황스럽게 만드는 거북한 감정이 남아 있었다. 그래서 프랑수아는 다시 형을 보게 되자, 한마디도 하지 못하고 다만 그의 어깨에 손을 올려놓았다. 뚱땡이는 곧바로 미소를 지으면서 고개를 돌리고는 말했다. 「저 갈매기들은 엿같은 일을 안 당할 거야, 안 그러니?」

✱

너무나도 열광적인 아버지와 함께하는 작업장 방문은 장의 마음을 뒤흔들어 놓았다. 이 공장은 그의 파멸의 박물관이었던 것이다.

「자기, 곧 정오야⋯⋯.」 앙젤이 말했다.

「다 끝났어, 다 끝났다고!」 펠티에 씨가 공장에서 고함쳤다.

그는 부활절 양초처럼 새하얘진 장, 그리고 어느 때보다도 생기 있는 모습으로 감탄을 연발하면서 한심하기 짝이 없는 소리들을 늘어놓는 준비에브를 옆에 끼고 다시 나타났다. 재차 출발할 때 그녀는 장의 팔을 꼭 잡으며 말했다.

「당신 아버지는 정말 대단하셔! 그리고 얼마나 적극적인 분인지! 어렵지도 않아! 건드리는 것은 다 성공해!」

그녀는 장이 여행을 하도록 결정하게 하기 위해 자기 부모를 들먹였지만, 그들과는 채 두 시간도 함께 보내지 않았다. 하지만 펠티에 씨에게는 계속 딱 달라붙어서 마치 자신의 대리 아버지인 양 존경 어린 눈으로 그를 쳐다보는 것이었다.

돌아올 때, 행렬의 순서에는 변화가 있었다.

선두는 펠티에 부인과 에티엔이었는데, 걸음이 가장 느려 무리에서 떨어져 나갈 위험이 있기 때문이었다. 그다음은 프랑수아와 엘렌이었고, 또 그 뒤로는, 마침내, 준비에브의 끊임없는 질문에 신이 나 열변을 토하는 펠티에 씨가 있었으며, 여전히 꼴찌인 장은 두 걸음 뒤에서 터덜거리며 따라왔다.

경찰차 한 대가 지나가자 그는 부르르 떨었다.

그는 걸음을 늦춰야 했다. 경찰차가 거리 모퉁이에서 사라질 때까지 지켜본 뒤 안도의 한숨을 내쉬었지만 불안감은 가시지 않았다. 앞에서는 엘렌과 프랑수아가 상당히 열띤 대화를 나누고 있었다. 그의 여동생은 흥분하며 얘기하고 있었는데, 그래도 이를 악물고 나지막하게 말했다. 프랑수아는 계속 걸음을 옮기면서 〈좀 지나면 괜찮아질 거야〉라고 말하듯이 고개를 끄덕이기만 했다.

「아냐, 난 그러지 못할 거야.」 엘렌이 말했다. 「이건 정말 내

능력 밖의 일이야. 에티엔 오빠가 떠나고 나 혼자만 부모님과 함께 있게 되면 난 창문으로 뛰어내릴 거라고!」

「그럼 너도 뚱땡이 형처럼 해. 결혼하라고.」 프랑수아가 미소를 지으며 대꾸했다. 「그럼 너도 구실이 생길 것 아냐?」

엘렌은 준비에브와 장 쪽으로 고개를 돌렸다.

「저 사람은 정말 웃겨. 장 오빠가 대체 저 사람이랑 뭐 하고 있는 건지 모르겠어.」

「아마 형 자신도 모르겠지.」

「오빠, 진지하게 묻는데, 나는 앞으로 어떻게 될까?」

「우선 바칼로레아부터 통과해. 그러고 나서 생각하라고.」

그녀는 품 하고 웃음을 터뜨렸다. 이것은 자식들이 이 나이가 되면 아버지가 예외 없이 하는 말이었다.

「여기 있으면 난 죽고 말 거야…….」

열아홉 살의 엘렌은 그 나이 때의 자기 어머니만큼이나 예뻤다. 남자들이 보자마자 좋아하지 않을 수 없는 아름다움의 소유자였다. 그녀는 특히 문학(그녀는 책을 엄청나게 읽었다)과 그림에 재능이 있었다. 대학의 문학과를 가야할지, 미술 학교를 가야 할지 여전히 망설이고 있을 정도였다.

펠티에 씨는 딸의 재능을 묘사할 때 물고기처럼 입을 동그랗게 벌렸는데, 오랫동안 호흡을 멈춘 후에 〈아, 나로서는 도저히 표현할 수가 없어!〉라는 결론을 내리고는 했다.

몇 주 후에 그녀는 〈새끼손가락 하나 까딱 않고〉(이는 루이 펠티에의 표현이었다) 바칼로레아 2차 시험을 통과할 터였다. 문학을 택하든 미술을 택하든 간에 그녀의 진로는 초등 교원 쪽으로 정해져 있었다. 여자들 직업으로는 간호사와 초등 교원만한 게 없었다.

이거든 저거든 그녀는 별로 관심이 없었다. 그녀는 자신이 무엇을 원하는지 알 수 없었지만, 부모 사이에 끼어 꼼짝 못 하는 이런 삶만큼은 어떤 대가를 치르고라도 피하고 싶었다.

그녀는 학교의 수학 선생과 동침하고는 했다. 수학 선생 로몽 씨는 그녀를 아주 호화로운 신축 건물인 카사르 호텔의 객실로 데려가고는 했는데, 그녀에게도 뭔가 탈출구가 필요했기 때문이었다.

엘렌 앞에서 걷고 있는 에티엔은 거의 다섯 살이나 나이 차가 있음에도 자신의 쌍둥이처럼 느껴지는 오빠였다. 프랑수아에게는 존경심 같은 것을, 뚱땡이에게는 깊은 연민을 느낀다면 에티엔과의 관계는 전혀 다른 것으로, 모종의 융합이라 할 수 있는 것이었다. 둘은 결코 떼어 놓을 수 없는 사이였다. 지금까지도 그와 함께 잠을 자고, 온갖 수다를 떨고, 속내 이야기를 털어놓는 일이 드물지 않았다. 그런데 그가 떠난다는 것이었다! 하지만 도저히 그를 원망할 수 없었고, 그저 외로운 느낌만, 버려진 듯한 느낌만 들었다. 그를 따라 인도차이나에 간다는 것은 생각할 수 없는 일이었으니, 그에게는 자신의 삶이 있기 때문이었다. 레몽을 처음 봤을 때, 그녀는 부드러운 눈빛과 믿음직한 거동의 이 건장한 청년(에티엔이 신앙심마저 느껴지는 눈빛으로 그를 응시하는 것을 본 그녀는 〈오빠, 제발 그 벌린 입 좀 다물어……〉라고 말하여 그를 웃게 했다)에게 곧바로 깊은 호감을 느꼈지만, 그들 옆에 자신의 자리는 없다는 것을 이해했다. 그렇지만 부모님과 비누 공장 사이에 끼어 여기 머무른다는 것은 도저히 받아들일 수 없는 그림이었다.

동생이 난감해하는 것을 알아챈 에티엔은 그녀에게로 고개를 돌렸다. 그는 짐짓 하늘을 올려 보는 척하면서 〈여왕 마마〉를 슬쩍 가리켰다. 여왕 마마, 그러니까 펠티에 부인은 예상했던 그대로였다. 에티엔은 오전에 말했었다. 〈엄마는 죽어 버릴 거야. 하지만 죽기 전에 식사 준비를 하고, 설거지를 할 거야.〉 그의 말이 맞았다. 가족의 행진은 올 때보다 돌아갈 때 두 배는 빨라졌으니, 오후 1시에 식사를 해야 하기 때문이었다.

   콜론 카페에서 고객들은 순례자들이 들르기만을 기다리고 있었다. 이날 카페 측은 벌써 흰 대리석 테이블과 검정색 등나무 의자 들을 한데 모아 놓았다. 그리하여 뒤쪽 홀에서 당구공 부딪히는 소리가 경쾌하게 울리는 가운데 물 담배 통이 들어오고, 지금 있는 손님 수만큼 아페리티프 주문이 들어갔고, 사람들은 루이가 다시 한번 들려주는 펠티에가의 전설에 귀를 기울였다.

   에티엔과 그의 어머니만이 계속 걸어 집으로 돌아왔다. 앙젤은 녹초가 된 몸을 안락의자에 털썩 내려놓았다.

   「넌 나를 죽이고 말 거야.」 그녀는 이렇게 말했지만, 곧이어 덧붙였다. 「가스 불 좀 다시 켜줄래? 하지만 아주 약하게. 그것마저 타버리면 어떡하겠니?」

   순례가 있는 날이면 그녀는 흰 콩을 넣은 스튜를 내놓고는 했다.

   커다란 아파트는 조용했고, 창문은 아침부터 열려 있었다. 곧 쉭 하고 가스 올라오는 소리가 들렸고, 에티엔은 행진을 떠나기 전에 미리 식탁을 차려 놓은 응접실로 돌아왔다.

   「그런데 엄마…….」 에티엔이 입을 열었다. 「그 〈아름다운 오테로〉 말이야, 그거 좀 심하지 않았어?」

그녀는 미소를 머금었다. 이 녀석은 항상 사람을 웃게 만들었고, 어떤 것도 심각하게 받아들이지 않았다. 하지만 그녀는 아들이 얼마나 큰 고통을 겪었는지 알고 있었다. 어른이 돼서도 자기 방 침대에서 우는 소리를 여러 번 들었던 것이다.

에티엔은 안락의자 옆에 무릎을 꿇고는 어머니의 무릎 위에 머리를 올려놓았다. 이 틈을 타서 조제프가 그들 사이로 슬쩍 끼어들었다. 조제프는 호랑이 무늬를 한 여덟 달 정도 된 고양이로, 다리가 훌쩍한 것이 마치 죽마를 하고 걷는 것 같았다. 머리통은 길고양이보다 세모지고(〈이 녀석은 귀족 고양이 혈통이야!〉라고 에티엔은 주장하고는 했다), 속을 가늠할 수 없는 눈빛을 하고 있었다. 레몽이 어느 공사장 구석에서 주워 온 것을 에티엔이 입양받았다. 엘렌과 그가 먹이고 애지중지 키워 온 녀석은 기회만 생기면 그들 품에 뛰어들어 몸을 웅크리고는 했다.

에티엔이 조제프의 털을 쓰다듬는 동안 앙젤은 아들의 머리를 쓰다듬었다.

「그래, 나도 알아.」 그녀가 말했다. 「난 늙은 멍청이야.」

「아냐, 엄마, 엄마는 늙지 않았어.」

그녀는 아들의 머리를 가볍게 한 대 때렸다.

「난 네가 병이 들까 봐 겁이 난단 말이야…….」

에티엔은 고개를 들었다.

「그건 확실해. 그 사람들처럼 쌀밥을 먹어 대면 분명히 변비에 걸릴 거야.」

「그 사람들은 개도 먹는다던데?」

「지금 엄마는 중국인들과 혼동하고 있어.」

「아냐, 확실해! 인도차이나에서도 마찬가지야!」

「우리 조제프만 안 먹으면 돼…….」

그는 다시 그녀의 무릎에 머리를 올려놓았다. 그들이 이런 자세로 얼마나 많은 시간을 보냈는지 모른다. 이것은 그들만의 은밀한 영토, 모든 사람이 볼 수 있지만 아무도 침입할 수 없는 공간이었다.

「레몽에게서 소식이 끊긴 지 얼마나 됐니?」

정확히 18일째였다.

「일주일.」 그가 대답했다.

그녀는 거짓말을 믿는 척했다.

「그래, 일주일은 별것 아니지.」

그녀는 아들이 허투루 여행을 하는 것은 아닐까 하는 의구심을 가졌다. 만일 레몽이, 너무 착해 보이는 애이기는 하지만 에티엔을 더 이상 원치 않는다면? 더는 답장을 보내지 않는 이유가 마음이 변했기 때문이라면? 펠티에 부인에게는 만일 그렇다면 아들이 집으로 돌아오리라는 막연한 기대가 있었고, 그런 생각을 하는 자신이 부끄러웠다. 하지만 에티엔이 떠나는 것을 색안경 쓰고 보는 사람이 많은 것도 사실이었다. 인도차이나는 난잡하고 음란한 것들이 가득한 땅, 한탕을 노리는 사람들, 패배자들, 변태 성욕자들이 즐겨 찾는 곳으로 악명이 높았다. 에티엔이 온갖 종류의 음행과 죄악이 들끓는 이 나라로 떠나겠다고 선언했을 때, 이런 기회는 절대로 놓치지 않는, 숄레 집안 식구들 같은 주위 몇몇 사람의 입가에 슬며시 미소가 번지는 것을 앙젤은 놓치지 않았다. 하지만 이런 편견이 펠티에 집안에도, 예를 들면 장에게도 스며들지 않았나 하는 생각이 들었고, 이런 생각에 그녀는 슬펐다.

마침내 나머지 식구들이 카페에서 돌아왔다.

힘겹게 일어난 앙젤은 엘렌과 프랑수아의 도움을 사양했다. 〈내 주방에 다른 사람이 들어오는 건 싫어〉라고 말하는 그녀는 이제 좀 나아 보였다. 준비에브는 화장을 조금 고친 후에 맨 먼저 식탁에 자리 잡고 앉았다. 그렇게 떡 버티고 앉아 있는 폼이 마치 자신을 위해 연 연회에 다른 이들을 초대한 사람 같았다. 이런 인상을 희석해 보고자 장이 그녀 옆에 앉았고, 펠티에 씨는 와인병들을 들고 왔으며, 프랑수아와 엘렌 또한 각기 자리를 잡았다.

건배를 할 시간이었다.

펠티에 부인이 주방에서 돌아오자마자 그녀의 남편은 잔 하나를 식구들 쪽으로 쭉 내밀며 벌떡 일어설 것이었다. 가족의 전통에 따라 그는 몇 마디로 그쳐야 했다. 하지만 올해의 주제를 찾기 위해 그는 몇 주 동안 끙끙댔다. 모두를 하나로 결집시킬 주제를 찾기 위해 마지막 순간까지 아이디어를 적어 보고, 삭제하고, 추가하기를 반복했다.

드디어 펠티에 부인이 앞치마를 끄르며 도착했다. 에티엔이 환호성을 발하며 박수를 치자 모두들 그를 따랐다. 그녀는 미소 짓지 않을 수 없었지만 그냥 설핏 웃고 말았으니, 지금은 좋아하고만 있을 상황은 아니었기 때문이다.

모두에게 겸손한 눈길을 보내며 자리에 앉은 그녀는 냅킨을 펼쳐 무릎 위에 올려놓은 뒤 접시 양쪽에 팔꿈치를 기대고 자식들을 한번 둘러보았다. 이제는 이렇게 모두를 모을 수 있는 기회가 자주 없기 때문이었다. 모두가 사이좋게 지내고 있었지만, 뚱땡이만은 예외였다. 〈쟤는 아무한테도 이해받지 못했어……〉라고 생각한 그녀는 자신도 다른 이들보다 나을 게 없다는 어렴풋한 느낌에 속이 편치가 않았다. 그녀는 서른도 안 된 나이에 벌써부터 군살이 붙은 아들의 옆모습을 잠시 살펴보았다. 그녀에게도 뚱땡이는 하나의 미스터리였다. 그가 무엇을 좋아하지 않는지는(비누 공장, 자기 마누라 같은 것들) 알고 있었지만 그가 무엇을 원하는지, 무엇을 갈망하고 무엇을 기다리는지는 아무도 몰랐기 때문이다. 그녀의 시선은 준비에 브그 천치 위를 휙 지나서는, 자기 오빠 에티엔의 목에 머리를 대고 쿡 하고 웃음을 터뜨리는 엘렌 위에 머물렀다. 반항적인 누이와 불손한 오빠, 그야말로 멋진 한 쌍이었다. 그 옆에 앉은 프랑수아는 자꾸만 불안해하는 모습이었다. 펠티에 씨가 병을 따서 능숙한 종업원 같은 동작으로 모두의 잔을 채우는 동안, 그녀는 프랑수아에게로 고개를 기울였다.

「그래, 손은 씻었니?」

「에이, 그럼요, 당연하죠!」 그는 너털웃음을 터뜨리며 대답했다.

펠티에 부인은 의심에 찬 표정으로 고개를 끄덕였다. 그 깔끔하지 않은 손톱, 까맣게 때가 긴 잔주름은 그녀가 생각하는 고등 사범 학교 학생의 손과는 거리가 있었다.

펠티에 씨는 천천히 샤토 뮈자르 와인을 따르고는, 한 방울이라도 떨어져 테이블보를 더럽히는 일이 없도록 날쌔고도 정확한 동작으로 병 주둥이를 위쪽으로 들어 올렸다. 프랑수아는 속으로 아픔을 삭이고 있었고, 엘렌은 금방이라도 식탁을 뒤집어엎을 것 같은 분위기였다. 에티엔은 생각에 잠겨 있었다. 〈일주일은 별것 아니지〉라고 어머니는 말했지만, 18일은 애기가 달랐다.

✳

레몽은 짧게라도 소식을 보내오고는 했다. 매주 일요일에 써서 월요일에 붙이면 편지는 열흘 후에 도착했다. 마지막으로 편지를 받은 것은 2월 22일이었다. 〈내일 우리는 임무 수행을 위해 떠나〉라고 그는 썼다. 주위 사람들은 레몽이 꼬박꼬박 편지를 쓰는 일을 두고 웃는다고 했다. 〈내 친구들은 나를 놀려 대. 《그래, 네 애인한테 편지 쓰냐?》라고 말이야. 난 그렇다고 대답하는데, 화내지는 말아.〉 너무 요란을 떨지 않는 한 외인부대에서 남자들 간의 관계는 사람들의 생각과는 달리 처벌받지 않았고, 억압받지도 않았다. 분대 내에 그런 커플들이 있다는 것을 모두가 알고 있었지만 아무도 신경 쓰지 않았다. 도덕보다는 전우애가 먼저였으니, 이곳에 도착하자마자 듣는 소리가 인도차이나에서는 끈끈한 연대감이 없으면 어떤 파견군이라도 일주일을 못 견딘다는 말이었기 때문이다.

지금 이 순간, 끔찍한 고통을 겪는 레몽이 자신들을 구하러 오는 전우들이 있으리라는 희망의 끈을 놓지 않는 것은 바로 이런 확신 때문이었다.

라숑 소령은 병력을 결집시켰으리라. 전우들은 사기가 충천하여 벌써 싸울 준비를 하고 있으리라. 전투기 지나가는 소리

들이 들렸지만 믿을 수 없을 만큼 울창한 이런 밀림에서 무얼
바라겠는가……. 이는 영원한 문젯거리였으니, 베트민[18]이 인
도차이나 정글 한가운데에 도시를 하나 세운다 해도 불과 2킬
로미터만 떨어지면 전혀 보이지 않는 것이다. 하늘에서 내려
다보면 그저 잎사귀들이 이룬 어두운 모포, 너무도 두꺼워 그
아래로는 빛도 스며들지 못하는 거대한 담요일 뿐이었다. 기
적적으로 그곳을 찾아낸다 해도 이미 모두가 사라져 버린 후여
서 텅 빈 토굴과 버려진 오두막 들만 보게 되는 것이다. 베트남
인들이 진흙 속에 누워 대나무 대롱 하나로 숨 쉬며 몇 시간씩
버틸 수 있다는 것은 잘 알려진 사실이었다.

〈물론이고말고, 우리 대대는 우리를 찾으러 출발했어〉라고
레몽은 속으로 되뇌었다. 벌써 우리 트럭 행렬이 멈춰 선 장소
까지 왔을 거야. 며칠 전, 커다란 나무둥치 하나가 갑자기 기우
뚱 쓰러지며 선두 트럭 앞을 가로막던 그곳 말이야. 차량들
이 멈춰 서자마자 사방에서 총알이 빗발쳤는데, 마치 밀림이
총을 쏘는 것 같았고 나뭇가지 하나하나가 소총의 총신 같았
다. 몇 초 만에 프랑스군 기관총이 응사하며 사방에 총알을 퍼
부었다. 레몽은 운전대를 왼쪽으로 홱 틀어 트럭을 구덩이에
처박은 뒤 기관 단총을 움켜쥐고 밖으로 뛰쳐나갔다. 옆자리
에 앉았던 친구는 잠깐 머뭇거리다 목에 총알이 박혔다. 차체
뒤에 몸을 숨긴 레몽은 자신처럼 길섶으로 피신한 다른 운전병

18 호치민이 1940년대 초반 조직한 공산주의, 민족주의 성격의 단체. 농민,
노동자, 학생, 지식인 등 다양한 계층의 사람들로 구성된 이 무장 투쟁 조직은 제
2차 세계 대전 후 일본이 철수하자 다시 인도차이나 식민 지배를 노리고 들어온
프랑스와 인도차이나 전쟁을 벌이고 1954년에는 디엔비엔푸에서 결정적인 승리
를 거둔다. 베트민에게 패한 프랑스는 완전히 철수하게 된다.

들이 오른쪽에 웅크리고 있는 걸 보았다.

기가 막힌 함정이었다.

그들 뒤로 다가온 베트남인들이 차량들 뒤에 나란히 숨어 있는 아홉 명에게 갑자기 총을 겨눈 것이다.

길 건너편에서 갈수록 치열해지고 있는 전투는 교란을 위한 완벽한 미끼였다. 그들은 몇 초 만에 무장 해제되었다. 베트남인들은 총구로 관자놀이를, 목덜미를, 등짝을 찔러 불과 3분도 안 되어 양손을 묶은 뒤 개머리판으로 때려 가며 그들을 숲속으로 몰고 갔고, 그렇게 모두가 연못에 떨어진 돌멩이처럼 순식간에 사라져 버렸다. 수풀이 얼마나 울창한지 전투하는 소리는 점차 조용해지다가 결국에는 들리지 않았다. 조금 떨어진 곳에서 인질들은 재갈을 문 상태로 무릎을 꿇었다. 그들 앞에 나타난 우두머리는 나이를 가늠할 수 없었는데, 깡마르고, 상체도 빈약하고, 얼굴도 홀쭉한 데 반해 눈빛만은 형형했다. 인질 전원이 한바탕 매질을 당했다. 모두가 메시지를 완벽하게 이해할 수 있었다. 약은 짓은 하지 마라, 아주 거칠게 다뤄 줄 것이다…….

그들은 다시 일어났고, 긴 행군이, 아주 긴 행군이 시작되었다.

포로들 중 레몽이 아는 이는 세 명뿐으로, 다른 사람들은 누구인지 알 수 없었다. 바로 앞에 껑다리 샤보가 보였다. 그는 다리에 부상을 입었지만 이자들은 지혈대로 묶거나 습포를 댈 시간조차 주지 않았다.

습기 찬 공기 속에서 비틀거리며 걷고, 나무뿌리에 부딪히고, 넘어지고, 매질이 쏟아지기 전에 다시 일어나며 한 시간을 보내자, 극심한 피로감이 느껴졌다. 그들은 비 오듯 땀을 흘리며 그렇게 하루 종일 걸었다. 저쪽 앞에서 샤보는 헐떡거리기도 하고, 신음하기도 하고, 이따금 울부짖기도 했다. 레몽은 목소리로 그인 줄 알았지만, 소리가 오래가지 않는 것을 보면 앞쪽에서 만행이 자행되는 모양이었다.

그들은 늪들을 건넜다. 이 젊은 병사의 다리에 거머리들이 달라붙었다. 떼어 내어 뒤꿈치로 짓밟아 죽인 숫자를 저녁에 헤아려 보니 마흔 마리도 더 되었다.

그리고 엿새가 지난 지금, 그들은 이곳에서, 두 다리가 결박된 채로 닭장만 한 대나무 오두막에 한 명씩 갇혀 있었다.

낮에는 숨 막히는 무더위에 몸이 흥건히 젖었고, 밤에는 덮을 것도 없는 오두막 한구석에서 웅크리고 덜덜 떨어야 했다.

두 친구가 죽었다. 레몽은 베트남인들이 더러운 땅 위로 시체를 질질 끌고 가는 광경을 목격했는데, 축 늘어진 팔들이 뒤쪽으로 두 줄의 레일을 그리는 모습이 보였다. 한 명은 그가 아는 베르누 병장으로, 항상 남을 도와주는 착한 친구였다. 시체는 어디에 두었을까? 밤이 되니 으르렁거리는 소리가 들렸다. 수풀 어딘가에 짐승들 먹잇감으로 던져 둔 걸까?

이제 그들은 일곱 명뿐이었다.

그들은 하루에 주먹밥 한 덩이와 물이 채워진 녹슨 깡통 하나씩을 받았다.

왼쪽으로 조금 떨어진, 하지만 말을 건네기에는 너무 먼 오두막에서 샤보가 신음하는 소리가 들렸다. 샤보는 아무도 치료해 주지 않아 펄펄 끓는 몸으로 자기 다리가 썩어 가는 것을 보고 있을 것이었다. 이따금 살 썩는 냄새가 그의 코에까지 날아오는 것 같았다.

포로들 중에는 악랄한 〈조사법〉으로 유명한 베르부아 하사
도 있었다. 그는 베트남인들 중 아무도 자신을 알아보지 못하
기만을 바랄 것이었으니, 그런 일이 벌어지면 한 20분 끔찍한
시간을 보낼 것이기 때문이었다. 베트민 병사를 붙잡으면 그
가 신문을 맡았다. 2년간의 경험을 통해 여러 비법을 시험해
본 그는 결국 〈비법〉을 두 개로 압축했는데, 바로 〈A〉와 〈B〉였
다. 그가 포로 앞에 버티고 서서 뚫어지게 쳐다보다가 〈A〉 혹
은 〈B〉라고 짤막하게 말하면, 다른 친구들은 무엇을 해야 할지
알고 있었다. 우선 〈A〉는 포로 발가락에 끈을 묶어 천장에 거
꾸로 매달아 놓은 뒤 대꼬챙이로 찌르거나, 불알에 전류를 흘
려보내거나, 명치 혹은 옆구리에 주먹을 꽂는 식으로 마무리
하는 방법이었다. 그리고 〈B〉는 포로의 양손을 등 뒤로 묶어
엎드리게 한 뒤, 목덜미를 깔고 앉아서는 양쪽 팔꿈치를 귀 있
는 곳까지 사정없이 잡아당기는 방법이었다. 그러면 온몸의
근육이 뒤틀리며 코와 입과 항문에서 선혈이 흘러나왔다. 일
명 〈밥통 뒤집기〉라고도 하는 방법이었다. 이런 신문들에 절대
로 참여하고 싶지 않아 하던 레몽은, 만약 베트남인들이 베르
부아가 누구인지 알게 되면 그를 어떻게 할지 상상조차 할 수
없었다. 레몽이 들은 이야기에 의하면, 그들은 한 남자를 나무
에 묶어 놓은 뒤 배를 갈라 창자를 꺼내 물소 꼬리에 매어 놓고
물소가 천천히 멀어지게 했다.

아마도 포로들은 기갑 부대에 의해 구출되리라는 희망으로
이 지옥을 견뎌 내고 있으리라.

두 차례에 걸쳐 북쪽에서 비행기 날아가는 소리가 들렸지

만, 몇 분 후에는 멀어져 갔다.

모두가 상황을 이해하고 있었다. 일반적으로 차량 행렬이 지나가는 길에 덫을 치는 목적은 〈식민지 주둔군〉의 아주 일부라도 생포하려는 것이지만 이번에는 달랐다.

다시 말해서 그들은 몇천 피아스트르[19]의 현금이나 미제 무기와 맞바꾸는 인질로 사용되지는 않을 것이었다.

일주일 전, 공산주의자들의 소굴 중 한 곳에서 주민 몇 명이 오두막에 갇힌 채 화염 방사기로 불태워졌다.

이에 대한 보복으로 베트남인들은 이 잔혹한 인간들에게 〈극형에 처해진 파견군 병사들〉이라는 아주 멋진 광경을 선사하기로 작정한 것이다.

그들은 매우 설득력 있는 본보기를 원할 터였다. 갖가지 이미지, 풍문, 전설 들이 레몽의 머리에 떠오르며 그를 불안과 공포 속에 빠뜨렸다.

그들은 그의 허벅다리 앞쪽과 뒤쪽의 팔뚝만 한 너비의 피부를 포 뜨듯 벗겨 냈다. 그는 죽을 것처럼 울부짖었다. 소훼(燒燬)[20]할 게 아무것도 없었으므로, 오두막으로 돌아오자 상처에서는 진물이 흘러나오며 형언할 수 없는 통증이 느껴졌다. 괴저의 위험도 있었다. 모기들은 밤새도록 달라붙었다. 모기가 물면 끔찍하게 가려운데, 이 가려움은 다리를, 살갗을 벗겨 낸 그곳을 피가 나도록 벅벅 긁지 않으면 가라앉지가 않았다. 지난밤에는 어떤 곤충이 몸에 스치는 게 느껴졌다. 벌떡 일어

19 프랑스령 인도차이나에서 1885년에서 1952년까지 통용된 화폐. 1피아스트르는 100상팀으로 나뉜다.
20 병들거나 상처 입은 피부를 인두 같은 것으로 지져 감염과 출혈을 막는 것.

난 그는 몸 밑에서 20센티미터 크기의 반들거리는 지네 한 마리를 발견했다. 사람을 물면 지독한 열병을 초래하는 벌레였다.

레몽은 다른 포로들의 위치를 가늠해 봤는데, 서로를 부르고 얘기하는 것은 불가능했다. 약간 오른쪽으로 그리 떨어지지 않은 대나무 오두막에 갇힌 네덜란드 친구는 첫 번째 날부터 플라망어 노래를 부르기 시작했다. 동요와도 같이 놀라울 정도로 단순한 노래를, 그 육중한 체격과는 어울리지 않는 맑은 음성으로 불렀다. 그는 감정을 드러내는 법이 없는 거친 사내였다. 베트남 간수들이 와서 대나무 창살을 두드리면 입을 다물었지만 오래가지 않아 다시 똑같은 노래를 부르기 시작했는데, 밤낮을 가리지 않았다. 간수들이 오두막에 들어와 매질해도 아무 소용이 없었으니, 한 시간 후에는 다시 노래하기 시작하는 것이었다. 그는 두 시간 간격으로 잠이 들었고, 하룻밤에 똑같은 노래를 스무 번, 서른 번, 쉰 번은 반복했다. 이 노래가 베트남인들의 신경만 긁는 것은 아니었다. 모든 오두막에서 소리 지르고 고함치는 소리, 그리고 욕설이 터져 나왔다. 심지어는 탈진하여 앓고 있는 레몽까지 합세하여 욕을 퍼붓기 시작했다. 이렇게 사흘 낮과 사흘 밤이 지나자 베트남인들은 지겨워졌다. 그들은 우리 안에 들어갔다. 두 남자가 팔과 다리를 붙잡고 세 번째 남자가 끈으로 그의 목을 졸랐다. 마치 빨래를 짜듯이 꽉 잡아당겨 돌렸다. 노래를 멈추지 않던 네덜란드 친구의 목소리는 작아지다가 꾸럭꾸럭 하는 소리로 바뀌더니만 종내 아무 소리도 들리지 않았다.

여섯째 날, 사정없이 매질을 당해 피투성이가 되고, 하도 비명을 질러(이번에는 등 몇 군데의 피부를 큼직하게 벗겨 냈다) 목소리도 나오지 않는 상태로 헐떡대며 외출에서 돌아왔을 때, 레몽은 고집부린 것을 후회하기 전에 게임을 끝내기로 결심한 네덜란드 친구의 깊은 지혜를 이해하게 되었다.

레몽은 아직 준비되어 있지 않았다. 그는 희망에 매달리는 부류였다. 그는 계산해 봤다. 그들을 찾고 있는 전우들은 그들이 아는, 그들이 마주치는 모든 베트남인들의 입을 열었을 것이고, 어떤 정보를 얻어 냈을 것이었다. 그렇다면 당연히…… 전우들이 그들을 찾아내지 못한다는 것은 불가능했다. 그들은 생포된 후 한나절도 걷지 않았기에 그렇게 멀리 떨어지지는 않았을 터였다.

레몽은 열에 들떠 헛소리를 하기 시작했고, 밤낮을 구별하지 못하게 되었다. 지금 들리는 신음 소리가 자기 것인지 아니면 옆 오두막 다른 친구의 것인지 정확히 알 수 없었다.

그러다 베트남인들은 그들을 모두 나오게 했다.

서로의 모습을 보게 된 포로들의 입이 딱 벌어졌다. 저마다 다른 종류의 고문을 당한 그들은, 그들을 찾아 나선 전우들이 발견하게 될 광경으로 완벽하게 준비된 채였다. 이 완벽한 그림에서 레몽이 맡게 된 역할은 산 채로 가죽이 벗겨진 자이고, 베르부아는 두 손이 잘린 자이며, 대나무와 바나나 잎사귀를 엮어 만든 들것 위에서 긴 비명 같은 신음을 발하는 샤보는 온몸의 관절이 부서진 자였다.

제대로 서 있지도 못하는 그들은 트럭 뒤 칸에 처넣어졌다. 서로 얘기를 나눠 보고 싶었지만 얼마 남지 않은 힘은 차량이 바니안나무의 공기뿌리에 부딪히거나 웅덩이에 빠질 때 몸을 지탱하는 데 들어갔다. 레몽은 이동하는 내내 샤보를 들것 위에 붙어 있게 하느라 정신이 없었다.

빛이 보였다. 트럭들이 갑자기 멈춰 섰다.

손바닥만 한 크기의 숲속 공터였다. 그곳에서 소 두 마리가 주둥이를 쳐들고 갈퀴 모양의 쟁기를 천천히 끌고 있었다.

그들은 개머리판으로 맞아 가며 트럭에서 땅바닥으로 내팽개쳐졌다.

갑자기 모두가 얼어붙어 눈길을 하늘로 올렸다.

이번에는 비행기가 왱 날아가는 소리가 멀리 있지 않았다. 바로 저기, 손에 잡힐 듯 가까이에 있었다.

이때 〈귀뚜라미〉라는 별명의 모란 전투기[21]가 저공비행을 하는 게 보였다. 레몽의 심장이 미친 듯이 뛰었다. 조종사가 이 공터를, 이 쉰여 명의 사람들을 보지 못했을 리가 없었다. 더욱이 그는 일대를 굽어보기 위해 크게 선회하고 있었다.

프랑스 병사들은 불안한 마음으로 베트민 병사들을 향해 시선을 돌렸다. 이들은 허를 찔린 걸까? 시간이 촉박하다는 것을, 귀뚜라미가 이미 그들의 위치를 알렸으리라는 것을, 프랑스 공수 부대가 개입을 위해 신속히 출동했으리라는 것을 알게 된 이들은 과연 어떻게 나올까?

베트남인들 역시 하늘을 쳐다보았지만 그들은 놀라지 않고 서두르지도 않았다. 마치 올 것을 예상한 듯한 반응이었다.

왱 하는 소리가 사그라들며 비행기가 멀어져 가자 작달막한 지휘관이 악을 쓰듯 지시했다.

---

21 당시 정찰 및 연락용 비행기로 사용된 프랑스의 모란-소니에 MS500을 말한다.

그의 병사들은 결연한 걸음걸이로 포로들 쪽으로 모여들기 시작했다. 그런 뒤 그들을 발로 차고 총검으로 찔러 일으켜 세웠다. 단 두 명만이 혼자 힘으로 걸을 수 있는 상태였다. 베트민 병사들은 상처가 있다고 봐주지 않고 헐떡대는 다른 이들을 마구 다루며 짐승같이 끌고 갔다.

사람 키 높이의 구덩이 아홉 개가 몇 미터 간격으로 파여 있었다. 그중 세 개는 벌써 축 늘어져 썩고 있는 시체로 채워져 있었다. 레몽은 며칠 전 살해당한 베르누 병장의 문신한 목덜미와 맨 처음 죽은 네덜란드 친구의 시체를 알아보았다.

베트남인들은 한 사람씩 양손을 뒤로 묶어 구덩이에 밀어 넣었다.

어깨가 넓은 레몽이 밑바닥까지 들어가지 않자 그들은 개머리판으로 눌러 넣었다. 딱 하고 쇄골이 부러지는 게 느껴졌다.

베트민 병사 두어 명이 삽으로 포로들 머리 위에 흙을 뿌려 작업을 마무리했다. 이제 머리통들만 땅 위로 삐죽삐죽 나와 있었다. 멀리서 보면 호박밭처럼 보이리라.

정찰기가 다시 나타나 상당히 낮은 고도로 날았다. 레몽은 눈으로 흘러내리는 땀 때문에 비행기 위치를 분간하기 힘들었다.

지금 막 뛰어내리려는 공수 부대를 끌고 온 것일까?

베르부아가 신음하기 시작했다.

하늘을 보다 눈을 내리깐 레몽은 그들 쪽으로 천천히 다가오는 소들을 보고 기겁했다.

머리 위에서 비행기가 한층 낮은 고도로 다시 지나갔다.

앞에서는 갈퀴 모양의 쟁기를 끄는 짐승들이 그들 쪽으로 나아왔다.

그의 머리를 스친 이미지는 바로 이 순간, 베이루트에서 그의 어머니에게 미소 짓고 있는 에티엔의 얼굴이었다.

앙젤도 잔을 잡고 다른 사람들처럼 일어섰다.
분위기를 흐리지 않으려고 미소까지 지어 보였다.
펠티에 씨는 마침내 오늘의 주제를 찾아낸 터였다.
그는 에티엔 쪽으로 팔을 들어 올리며 명랑하게 소리쳤다.
「사이공을 위하여!」
모두가 잔을 들어 올리며 따라 했다.
「사이공을 위하여!」

2
외환국이 허가해 주는 거라고

한 달 후에도 에티엔은 소식을 받지 못했다. 레몽이 마지막 편지에서 별것 아닌 듯 사용한 〈임무 수행〉이라는 표현은 시간이 흘러가고 그가 남긴 공백이 커져 감에 따라 위협적으로, 그리고 때로는 파국을 예고하는 듯한 모습으로 다가왔다. 에티엔의 생각은 양극단을 오갔다. 어떤 때는 임무를 끝내고 계약에서 해방된 레몽과 어느 카페테라스에서 만나는 상상을 했다. 사복 차림의 레몽은 자신의 계획을 설명한다. 제재소, 고무 플랜테이션, 볏논 경작 사업 등등. 에티엔은 고개를 끄덕이며 자기가 회계를 맡겠다고 제안한다. 아시아는 지상 낙원처럼 느껴진다…… 하지만 어떤 때는 전혀 다른 그림이 그려졌다. 몇 달간 침묵이 이어지다가 어느 날 갑자기 누군가가 찾아온다. 전우였다는 그는 현관 초인종을 누르고 벗어 든 흰 군모를 두 손으로 만지작거리면서 레몽의 죽음을 알린다. 얼굴이 잘 분간되지 않는 이 남자의 흐릿한 실루엣은 진청색 배경 위로 떠올라 마치 유령처럼 느껴진다.

에티엔은 지도를 들여다보았다. 그의 부대는 〈내가 제대로 이해한 거라면 히엔지앙 쪽으로〉 간다고 레몽은 편지에 썼다. 사이공 북서쪽에 위치한 어떤 곳이었다. 마을 이름일까? 지역 이름? 너무 막연했다. 지도에 보이는 이름들은 다 비슷비슷했다. 설명할 수는 없지만, 에티엔이 느끼기에 이 히엔지앙이라는 이름에는 불행의 씨앗이 담겨 있었다.

그의 두려움과 불안감은 레몽과의 만남이 너무나 놀라운 것이었기에 더욱 견디기 힘들었다. 그 빛나는 순간은 소년 시절부터 그의 몫이었던 그 모든 실망스럽고 너절한 만남들을 보상해 주었다. 운이 없었던 것인지도 모르겠지만, 에티엔은 사랑의 열정에 사로잡힌 적이 한 번도 없었다. 사랑과 욕망이라면 모르겠지만, 열정에 빠진 적은 결코 없었다. 그래서 이 쾌활하고도 자신만만한 키다리 벨기에 외인부대원이 그에게는 영광처럼 느껴졌던 것이다.

그로서는 설명이 불가한 이 부재에 번민하지 않을 때면, 에티엔의 정신은 시간 가운데 멈춰 있는 어떤 이미지에 사로잡히고는 했다. 정글 같은 곳에서 챙 양쪽을 접어 올려 노끈으로 고정한 모자를 쓰고서 다른 병사들과 일렬로 걸어가는 레몽의 모습으로, 소리 없는 위협처럼 느껴지는 고정된 이미지였다.

바구니 안에서 힘들어 울어 대는 조제프와, 조제프 때문에 불평하는 승객들 사이에서 에티엔은 비행하는 내내 한숨도 자지 못했다.

여객기 문이 열리고 탑승 계단을 내려오자 마치 거대한 노천 목욕탕에 들어온 것처럼 사이공의 후덥지근한 열기가 그를 덮쳤다. 몇 걸음 걸으니 등에서 땀이 줄줄 흘러내렸다. 여자들은 부지런히 부채를 팔랑거렸고, 남자들은 모자를 벗어 펄럭댔다. 얼굴들이 땀에 젖어 마중 나온 식구들도 상대를 손끝으로만 잡았다. 겨드랑이 밑으로 땀 얼룩이 커다랗게 번졌다.

벌써부터 날씨에 압도된 사람들은 흰색 하늘에 천천히 흘러가는 커다란 구름들을 불안감과 안도감이 뒤섞인 눈으로 응시하고는 무거운 걸음으로 자동차가 있는 쪽으로 나아갔다.

「펠티에 씨? 난 외환국 국장 모리스 장테요.」

크림색 정장 차림의 남자가 에티엔을 맞았다. 키가 훌쩍하고, 머리칼은 백발에 가깝고, 얼굴은 피로로 찌든 남자였다. 그의 모든 것에서 무기력과 권태가 느껴졌다. 목소리와 눈빛뿐 아니라 심지어는 악수까지 그랬다. 그는 믿기지 않는다는 듯한 눈으로 에티엔이 들고 있는 바구니를 쳐다봤다.

「아니, 이게 뭐지?」

「제 고양이입니다.」

장테는 깜짝 놀라며 후우 하고 한숨을 내쉬었다.

「자, 갑시다, 이쪽으로 와요…….」

그는 귀찮은 일을 빨리 해치우고 싶은 사람처럼 서둘렀다.

「트렁크도 하나 있습니다.」 에티엔이 조심스레 말했다.

장테는 그런 것에는 아무 관심이 없다는 듯 설핏 손을 내저었다. 에티엔은 걸음을 빨리하여 그를 따라잡았고, 두 사람은 기다리고 있던 택시에 올라탔다.

「짐은 그리벨가(街)에 갖다 놓으면 돼요. 새로 부임하는 직원들을 위한 아파트니까. 미리 알려 두는데, 거기에 며칠 이상 머무는 사람은 없어요.」

「왜죠?」

장테는 파리 한 마리를 쫓아 버리듯이 팔을 획 내저었다.

「보면 알게 될 거요. 아, 그런데 그 고양이 냄새가 정말 지독하군!」

「여행 때문에…….」

「뭐, 그렇겠지…….」

에티엔은 이 사람의 태도에서 느껴지는 것들이 피로와는 아무 상관 없다는 것을 금방 깨달았다. 문제는 피로가 아니라 체념이었다. 그는 예의상의 발언이 필요했을 뿐 아니라 호기심이 동하기도 하여, 국장님께서 직접 공항까지 마중 나오시니 영광이라고 말했을 때 이 사실을 확인할 수 있었다.

「뭐, 그래야 내가 잠시 사무실을 나올 수 있으니까……. 한데 당신은 어디서 오는 거요?」

「베이루트에서 왔습니다.」

장테의 두 눈이 휘둥그레졌다.

「뭐, 베이루트? 세상에! 왜 그걸 빨리 말하지 않았소? 그런데 도대체가 말이야, 인간들이 나한테는 얘기해 주는 법이 없다니까, 나한테는.」

「그건 국장님 서류철에 있는 내용 아닌가요?」

「난 서류철 같은 것은 안 열어 봐. 어차피 난 아무것도 할 수 없는 사람이야. 누구를 임명할지는 내가 결정하는 게 아니라고……!」

마치 에티엔에게 하소연하는 것 같았다. 청년은 어떻게 대답해야 할지 알 수 없었지만, 장테는 벌써 자신의 관심사로 돌아가 있었다.

「그래, 베이루트는 추억이 많은 곳이지!」

그는 흐릿한 눈으로 허공을 더듬으며 자신이 군대에서 복무한 애기를 했다. 아프리카로 가는 길에 베이루트에서 하루 하고도 반나절을 머물렀고, 이 체류는 그에게 지워지지 않는 기억을 남겼다는데, 그 이유는 이해하기 힘들었다. 그는 〈아, 베이루트! 아, 베이루트!〉라고 몇 번을 되풀이하더니 입을 다물었다가 갑자기 물었다.

「거기는 날씨가 좋소?」

이상한 질문이었는데, 어쩌면 사이공의 이런 날씨와 관계가 있는지도 몰랐다. 아닌 게 아니라 그는 열린 차창 밖으로 고개를 내밀고 어두운 구름들로 꽉 찬 하늘을 힐끗 올려다보았다.

「저것들이 비가 되어 우리 얼굴에 떨어지면, 아이고야……。」

택시가 중심가처럼 보이는 곳에 이르렀을 때, 그야말로 노아의 홍수 같은 폭우가 쏟아졌다.

「자, 보라고, 내가 뭐라고 했어!」

잠깐 밝아졌던 그의 얼굴은 일기 예보가 적중하자, 인간 전체에서 풍겨 나는 그 뭔가에 대해 경악하고 유감스러워하고 원통해하는 듯한 분위기를, 밝아졌던 것만큼이나 갑작스럽게 다시 드러냈다.

엄청나게 굵은 빗방울이 자갈길과 차체를 세차게 두들겼고, 거리는 수직으로 내리꽂히는 비에 할퀴어 물바다가 되었다. 차는 마치 걷는 것처럼 천천히 굴러갔다. 바퀴의 절반까지 잠긴 다른 자동차들이 차도 위에서 춤을 추는 모습이 어렴풋이 보였다. 에티엔은 갑자기 택시의 지붕이 내려앉을지도 모른다는 생각에 본능적으로 어깨를 들어 올렸다.

장테는 이 광경에 얼굴을 찌푸리며 고개를 끄덕였다.

「이건 아무것도 아냐. 보게 되겠지만 우기가 오면…….」

그는 갑자기 에티엔 쪽으로 고개를 돌렸다.

「내겐 자녀가 셋 있다오.」

그가 이 사실을 기뻐하는 건지 아니면 한탄하는 건지 알 수 없었다. 또 대체 무슨 이유로 이 순간에 그 얘기를 하는지도 알 수 없었으니, 그는 벌써 다른 문제로 넘어가 택시 기사에게 베트남어로 뭐라고 지시하고 있었던 것이다. 어쩌면 집중하는 데 조금 문제가 있는 사람인지도 몰랐다.

자동차는 곧 간선 도로를 벗어났고, 주위는 보다 서민적인 풍경으로 변했다. 택시는 부교에 접근하는 배처럼 둥둥 뜨다시피 하여 차도 변에 멈춰 섰다. 그들은 너비가 1미터는 되는 물웅덩이들 위를 철벅거리며 어느 건물의 입구까지 뛰어갔다.

몇 걸음 걷는 것만으로도 이런 빗속에서는 몸이 흠뻑 젖었다. 에티엔은 부르르 몸을 털었고, 장테는 손바닥으로 슬쩍 머리칼을 쓸어 올렸다.

홀은 상당히 누추했다. 자글자글 갈라진 페인트칠 밑으로 벽면이 바스러지고 있는 게 보였다.

「3층이오.」

방은 제법 넓긴 하지만 개성이 없고 음산했고, 가구라고는 철제 침대 하나와 오른쪽으로 삐딱하게 기운 채 낡아 빠진 돗자리 위에 놓인 서랍장 하나가 전부였다. 전분과 세제 냄새가 나는, 반쯤 열린 창틈으로 흘러 들어오는 증기가 가장 먼저 그를 맞아 주었다.

「뭐, 내가 벌써 얘기했지…….」

장테는 또 다른 재앙을 마주한 사람처럼 우울하게 고개를 끄덕였다.

「예산이 없어. 내가 받은 게 이것뿐이라서…….」

그는 창문을 가리켰다.

「안마당에 세탁소가 있어서 증기가 올라오는데, 어쩔 수가 없어. 해결책이 있다면 죄다 걸어 잠그는 건데, 그러면 쪄 죽을 거라서…….」

에티엔은 바닥에 바구니를 놓고 입구를 열었다. 체중이 1킬로그램은 족히 빠졌을 조제프가 후다닥 달려가 몸을 숨겼다. 에티엔은 조그만 사발을 꺼내어 물을 붓고 비스킷 봉지를 꺼냈다. 이게 가진 것의 전부로, 그는 이 모든 것을 주방 싱크대 발치에 내려놓았다.

이때 층계 쪽에서 날카로운 음성들과 층계참까지 울리는 쿵쿵거리는 둔탁한 음향이 들려와 그는 고개를 들었다. 얼마 안 있어 그의 대형 트렁크를 난간, 복도 모퉁이, 문 등 사방에 부딪혀 대며 올라온 바짝 마른 남자 두 명이 나타났다. 그들은 만면에 미소를 짓고 있었다. 그들은 트렁크를 거의 머리 높이에서 집어 던지다시피 해 바닥에 내려놓았는데, 자신들의 임무 수행에 자못 만족한 얼굴을 하고서 차렷 자세를 한 채로 거기에 계속 서서는 확신에 찬 눈으로 에티엔을 응시했다. 그는 호주머니 속에 동전이 있는지 더듬어 보았다. 하지만 찾지를 못하여 막 사과하려는데 장테가 짐꾼들에게 욕설을 퍼붓기 시작했고, 그러자 그들은 재빨리 층계참 쪽으로 달려가서는 계단을 우다다 뛰어 내려갔다.

「저 인간들 벌써 돈을 받았단 말이야!」 장테가 내뱉었다. 「그런데 항상 더 달라고 난리지…….」

「외환국이 지불했나요?」

장테는 대답하지 않았다.

「자, 처음 이틀 치 집세는 우리가 댈 거요. 더 오래 있으려고 하지도 않을 테니까. 다른 집을 찾아 달라고 지엠에게 부탁하겠소.」

벌써 모종의 맹렬하고도 갑작스러운 파동에 사로잡힌 장테는 휙 돌아서서는 에이 하듯이 손을 휙 털어 보이며 방을 나갔다. 에티엔은 뒤따라 달려 나와 열쇠로 문을 잠갔다. 국장은 층계를 내려가며 꿍얼거렸다. 「세탁소 위에다 아파트를 짓다니, 무슨 한심한 생각이야……!」

그들이 거리에 나왔을 때, 구름은 멀어져 갔고 늦은 오후의 기우는 해가 땅에 커다란 그림자들을 드리웠다. 젖은 흙, 각종 양념, 구운 고기, 향신료의 내음이 뒤섞인 감미로운 냄새가 에티엔의 코끝에 스쳤다. 하늘은 맑아지고 있었고, 비는 공기를 신선하게 바꾸어 놓았다. 그들은 여전히 거기에 서 있는 택시에 올라탔다.

그들은 시내로 돌아왔다. 요란한 건축 양식의 커다란 건물들이 서 있고 널찍한 보도에 사람들이 개미처럼 바글대는 그곳에는 도무지 이해할 수 없는 교통 풍경이 펼쳐져 있었다. 자동차와 자전거와 자전거 인력거 들이 홍수처럼 밀려갔고, 그것들 사이를 안남인[22] 혹은 유럽인 들이 요리조리 헤치며 다녔다. 택시는 한 건물 앞에 멈춰 섰다. 입구 문 부근에 〈인도차이나 외환국〉이라고 새겨진 동판이 붙어 있었다.

---

22 안남Annam은 과거에 베트남 중부 지역을 가리키던 용어로, 이 지역 사람들을 안남인이라고 불렀지만 지금은 거의 사용되지 않는 말이다.

장테는 차 안에서 움직이지 않았다.

「자, 여기요…….」

마치 어떤 신입 직원이 선뜻 들어가지 못하고 그냥 다시 가버릴까 망설이는 모습 같았다. 에티엔은 자기가 어떤 태도를 취해야 할지 알 수 없었다.

「가스통에게 말해 뒀소. 당신이 여기를 한번 둘러보게 하라고.」

에티엔이 〈가스통〉이 누군지 모르겠다는 표정을 짓자 그는 짜증이 난 듯 덧붙였다.

「가스통 포멜!」

그러고는 차 문을 열며 혼자 웅얼거렸다.

「왜냐하면 난 여기서 할 일이 이것밖에 없으니까 말이야…….」

에티엔도 내려서 건물 안으로 성큼성큼 걸어 들어가는 국장을 뒤따라 달렸다.

그들이 들어간 곳은 철책으로 가로막힌 카운터가 길게 뻗고 그 뒤에서 유럽인 직원들이 부지런히 움직이고 있는 드넓은 대기실이었다. 이들이 나누는 대화가 은근하고도 지속적인 바탕을 이루는 가운데 가끔씩 언성을 높이는 소리가 들려오고는 했다. 〈하지만 어제 당신이 말했잖아〉라고 한 사람이 소리치면, 〈아냐, 그건 견적 송장이었다고!〉라고 다른 사람이 맞받는 식이었다.

창구 맞은편에는 서른 개가량의 의자가 놓여 있었는데, 하나도 남김없이 사람들로 채워져 있었다. 정장 차림의 남자들, 얼굴에 분칠한 여자들, 뿔테 안경을 낀 안남인들, 아시아인 상인들, 실크 드레스 차림의 중년 부인들, 이들 모두가 입구에서 뚱뚱한 늙은 직원이 나눠 주는 연노란색 티켓 한 장을 손가락 사이에 꽉 쥐고 있었다. 카운터 뒤쪽 멀리에는 책상에 산더미처럼 쌓인 서류를 처리하느라 정신 없는 직원들, 그리고 그들 맞은편의 방문객 의자에, 카운터라는 장벽을 넘어 이 지성소까지 이르게 된 아까와 같은 민원인들이 앉아 있는 게 보였다.

「에이, 자, 이리 와요!」

국장이 여전히 짜증 난, 하지만 어쩌겠냐는 듯한 표정으로 말했다.

그들은 문서가 잔뜩 쌓인 국장의 사무실로 들어갔다. 그의 책상 위에는 상당한 수의 사진 액자들이 놓여 있었는데, 방문객 쪽에서는 특색 없고 고집스러운 등짝들만 보일 뿐이었다.

에티엔이 서 있는 가운데 장테는 책상을 빙 둘러 가서 자기 의자에 앉았다. 그는 앞에 놓인 에티엔의 서류철을 펼치고는 안경을 걸쳤다.

「흠…… 프랑스-레바논 은행 근무, 좋아……. 소송 담당……. 아주 좋아.」

그는 서류철을 덮고 몸을 앞으로 기울였고, 조그만 액자 하나를 돌려 에티엔에게 보여 주었다.

「이추요.」

그것은 어떤 독일셰퍼드의 사진이었다.

「작년에 죽었지. 당연히 기후 때문이지, 뭐……. 자, 환전 부서에 사람이 하나 필요한데, 당신은 거기 있게 될 거요. 어, 저기 가스통이 오는군. 저 친구가 당신을…… 뭐, 무슨 말인지 알겠지만…….」

✳

　이제 에티엔은 인도차이나에 있었지만 역설적이게도 정신 없이 몰아치는 새로운 상황에 휩쓸려 그 어느 때보다도 레몽이 멀게 느껴졌다. 이 여행, 국장, 송진 냄새를 지독하게 풍기는 아파트, 시끌벅적한 도시, 냄새들, 비가 그치자 다시 그를 짓 누르기 시작하는 혼곤함 등, 눈에 보이는 모든 것들이 자신을 레몽에게서 떨어뜨려 놓는 것 같았다.

　또 코가 우뚝하고 자기가 뭐라도 되는 양 거들먹거리는 이 자도 마찬가지였다.

　가스통 포멜은 에티엔과 비슷한 나이였지만, 화려한 셔츠, 거기에 어울리는 장식 손수건, 오른손 새끼손가락에 낀 커다 란 문장(紋章) 반지 등 스타일은 전혀 달랐다. 자신만만하고 자 신의 현 상황에 만족하는 듯한 이 30대 안팎의 사내에게서는 항상 삐딱한 해결책을 선호하는 모리배의 냄새 같은 것이 느껴 졌다. 에티엔의 어깨 주위로 두 팔을 올려놓은 그는 마치 어떤 비밀이라도 털어놓는 듯 고개를 앞으로 기울였다.

　「우리, 앞으로 말을 놓자고. 동료끼리니까 말이야……..」

　그는 대답을 기다리지도 않고서 마치 함께 놀던 옛 동무를 만나 너무 신이 난 사람처럼 새 동료의 팔을 꽉 잡으면서 게걸 스레 말했다.

　「자, 먼저 우리의 아름다운 성(城)을 한번 감상하고, 그다음 에 자네 아파트로 같이 가자고!」

　그러고 나서는 캑캑거리는 웃음을 터뜨렸다. 그에게는 습관 이 된 듯한 이 농담은 언제 해도 짜릿한 모양이었다.

「그런데 자넨 어디서 왔나?」

「베이루트.」

잘 모르겠다는 듯한 가스통의 시선 앞에서 그는 보충해 줘야 했다.

「레바논 말이야.」

「아하, 그 낙타들 사는 데……! 그럼 자네 〈빽〉은 뭐야?」

에티엔은 이런 시시한 관청에 자리 하나 얻는 게 어떤 뒷배경이 필요할 만큼 대단한 일이라고는 꿈에도 생각하지 못했다.

「운으로 된 거지. 난 인맥은 전혀 없어.」

가스통은 눈을 가늘게 찌푸리고 입가에 주름을 잡았다. 그의 세계에는 오직 인맥과 이해관계와 상부상조와 빚과 교환만이 존재할 뿐 우연 같은 것은 끼어든 적이 없었던 것이다. 그는 담배 한 대를 피워 물고는 웅얼거렸다. 「그렇다고 해두지, 뭐.」

「정말이야!」 에티엔이 다시 한번 말했다.

젊은 동료를 유심히 쳐다본 가스통은 그가 진심임을 깨달았는데, 이 정보는 상당히 당황스러운 것이었다.

그는 2층, 3층, 4층으로 올라가는 널찍한 층계 앞에 이르러 〈자, 이쪽으로……〉라고 말했다. 이 세 개의 층을 이루는 수많은 방들은 모두가 넓고, 높직하고, 바람이 통하게끔 커다란 창문짝들이 활짝 열려 있고, 천장에는 고장 안 난 몇 안 되는 선풍기가 돌아가는 등 모두가 똑같은 모습을 하고 있었다.

「여기가 환전소야.」

「그럼 내가 가지고 있는 프랑을 환전해서 피아스트르를 살 수 있어?」

가스통은 복된 소식을 전하는 사도처럼 손바닥을 위쪽으로 하여 두 손을 벌렸다.

에티엔은 지갑에서 1천 프랑짜리 지폐를 몇 장 꺼냈고, 두 사람은 근시가 심한 여자 하나가 배경과 너무 잘 어울리는 모습으로 앉아 있는 창구로 다가갔다.

「자, 이 사람이 이번에 새로 온 에티엔 펠티에야!」 가스통이 큰 소리로 소개했다.

여자는 고개를 끄덕이고는 눈을 가늘게 찌푸렸다. 에티엔이 지폐를 내밀자 그녀는 받아서 천천히 센 다음 그것들을 아주 조심스럽게 나란히 늘어놓았다. 낯선 환경 때문일까, 기후 때문일까, 아니면 그에게 숨 돌릴 틈을 주지 않은 그 이상한 국장 때문일까? 극심한 피로감을 느낀 에티엔은 화장실이 어디인지 물어 찾아갔고, 차가운 물로 얼굴을 씻은 후 거울을 보았다. 꼴이 말이 아니었다.

아마도 두꺼운 벽과 건물의 방향 때문인 듯 공기는 바깥만큼 후덥지근하진 않았으나, 땀, 토시, 잉크, 자료, 오래된 종이 등이 범벅된 퀴퀴한 냄새로 포화되어 있었다.

이곳에서는 60여 명의 남자들과 아주 적은 수의 여자들이 탁자들과 책상들 뒤에서, 기적적으로 무너지지 않고 있는 서류 더미들에 둘러싸인 채 일하고 있었다. 여기서 서류 하나가 없어져도 어디 가서 하소연할 수도 없을 것 같았다. 에티엔은 가스통이 이끄는 대로 끌려 다니며 미소를 짓기도 하고, 이런 저런 의미 없는 질문들에 대답하기도 했다. 하지만 이름이나 직위나 역할 같은 것은 돌아서는 순간 잊어버렸다. 이 외환국 전체는 허망하고, 치밀하고, 모호한 활동에 몰두하고 있는 개미집처럼 느껴졌다.

그들은 지붕 밑층에 있는 문서실에 들어갔다. 먼지가 가득한 한증막 같은 그곳에는, 얼굴은 쭈글쭈글하고 머리에는 기묘하게 생긴 청색 플라스틱 챙 모자를 쓴 늙은 아시아 여자 하나가 조용히 돌아다니고 있었다.

「저자는 〈아니〉야.」 가스통이 손바닥으로 입을 가리고 킬킬대며 속삭였다. 「그래, 아니, 은퇴는 언제 하오?」

「꺼져 버려!」 문서실 직원은 그들에게 홱 등을 돌리며 구시렁거렸다.

충계를 내려오며 가스통이 설명했다.

「아니는 올해 가을에 떠나. 내 생각으로는 프랑스 관청에서 족히 45년은 보냈을걸? 계속 자료 담당 직원으로. 믿기지 않는 일이지, 안 그래?」

에티엔은 이게 뭐가 그리 놀라운지 이해할 수 없었다. 가스통은 〈뭐, 이런 것 설명해 봤자……〉라고 하듯이 고개를 흔들었다. 어느 정도 시간이 지나면서 국장의 사고방식이 직원들에게 옮아간 것인지도 모른다.

「자, 여기는 보상 담당실이고…….」

에티엔은 다시 한번 힘이 빠져 휘청일 뻔했다. 그는 또 다른 세계에 막 발을 디뎠고 그로 인해 현기증을 느꼈던 것이다.

「괜찮아?」 커다란 코의 청년이 물었다.

탁자 하나에 몸을 기대어, 짜면 물이 나올 듯 축축해진 손수건으로 이마를 훔치고 있는 에티엔에게로 그는 칼날같이 기름한 얼굴을 기울였다.

「괜찮아, 괜찮아. 여행 때문에…….」

에티엔은 애써 미소를 지어 보였다. 〈자, 힘을 내자!〉라고 속으로 말하면서.

가스통은 손목시계를 들여다보았다.

「어차피 퇴근 시간이 다 됐어.」

그들은 1층으로 내려갔다. 아닌 게 아니라 퇴근 시간이어서 직원들은 재킷을 걸치고 있었고, 카운터에는 〈업무 종료〉라고 쓰인 알림판이 놓여 있었다. 20여명의 민원인들은 아직 일을 보지 못했지만 차분한 걸음으로 홀을 나갔는데, 다음 날 문이 열리자마자 들어와 기다리면 오늘 온 순서대로 접수를 받으리라는 것을 알고 있었기 때문이다.

「그런데 자네, 오늘 저녁에는 뭘 할 건가?」

에티엔은 무엇을 할 것인가 생각해 보았지만, 방향 감각을 상실한 그의 머리에는 아무것도 떠오르지 않았다.

「그럼 식사나 같이 하지! 〈용 바위〉 레스토랑에서 만나자고. 그게 어딘지는 물어보면 돼. 모두가 다 아는 곳이니까. 그 뒤에는(그는 한쪽 눈을 찡긋했다) 깜짝 선물이 기다리고 있어. 마음에 들 거야.」

에티엔은 반응할 시간조차 없었다. 프랑스어와 베트남어가 뒤섞여 와글대는 가운데 직원들은 벌써 출구 쪽으로 몰려가고 있었다. 가스통은 세련됨을 강조하려는 듯 머리에 밀짚모자를 삐딱하게 올려놓았다.

「어때, 컨디션은 회복되겠지?」

에티엔은 아무 문제 없다는 듯이 손짓을 하며 미소를 지었다. 가스통은 통통 뛰는 걸음으로 멀어져 갔다.

이제 넓은 보도에 에티엔 혼자 서 있었다. 하루를 끝내는 도시는 그 부산함이 절정에 달해 있었다. 자전거 인력거들이 욕설을 주고받으며 차도를 누비고 알록달록한 색깔의 육중한 전차(電車)들이 경적을 울려 댔고, 어디선가 아코디언 연주하는 음악 소리가 들리는가 싶더니 곧바로 엔진 소리, 상인들의 고함 소리에 묻혀 버렸다. 그가 외환국을 돌아보고 있을 때 다시 비가 내린 모양이었다. 거리와 보도는 물기로 번들거렸고, 우의를 벗지 않은 행인들은 만화경 속에서 움직이는 듯 형형색색의 행렬을 이루고 있었다. 끊임없이 새로운 광경이 펼쳐졌다. 철물점들, 김이 무럭무럭 피어오르는 수프며 깻잎튀김 같은 것을 파는 이들과 개비로 담배를 파는 이들……. 대로 저쪽 상당히 떨어진 곳에서 자동차 한 대에 펑크가 났다. 몇 사람이 모여들었고, 그가 다시 걸음을 떼기 시작했을 때는 소방차 사이렌 소리가 들렸다.

에티엔은 되는대로 방향을 잡아 오른쪽으로 가면서 유럽인처럼 보이는 사람은 없는지 살폈다. 무거운 대나무 지팡이를 짚고 느릿하게 걸어가는 예순 살가량의 남자 한 명이 보였다.

「가장 좋은 방법은 마크마옹가(街)를 따라 올라가는 거요. 가다보면 왼쪽에 보일 겁니다.」

그는 마르세유 억양으로 말했다. 에티엔은 지팡이가 가리킨 방향을 따라갔다. 옷이 다시 살에 찰싹 달라붙었다. 걷고 있자니 호주머니 속에서 묵직한 아파트 열쇠가 절걱대는 것이 느껴졌다. 노신사가 덧붙였던 말이 떠올랐다.

〈여기서 거리가 꽤 될 거요…….〉

조금 더 가니 자전거 인력거들이 보도 변에 무질서하게 세워져 있었다. 인력거꾼들은 담배를 피우기도 하고 웃으면서 서로를 부르기도 했다. 에티엔이 물었다.

「프랑스어 할 줄 알아요?」

벌써 주위에 네 사람이 모여들었다. 그는 아무나 한 명을 지목했다.

「고등 판무청²³이 어딘지 알아요?」

「그럼요, 그럼요, 노로돔궁에 있어요!」

이렇게 말하는가 싶더니 인력거꾼은 어느새 안장에 걸터앉아 있었다. 인력거 안에 자리 잡은 에티엔은 다시 무거운 잿빛 구름들이 몰려오는 하늘 아래로 도시의 풍경이 지나가는 것을 바라보았다.

약 10여분 후, 인력거꾼은 그를 프랑스 관청과 파견군 사령부가 입주한 건물 앞에 내려 주며 요금으로 천문학적인 금액을 요구했다. 에티엔은 그 3분의 1만 주었지만 그는 흡족한 미소를 띤 얼굴로 떠나갔다.

닫힌 철책 문 사이로 보이는 청사는 좌우로 길게 펼쳐져 커다란 홍예 기둥, 로마식 합각머리, 그리고 큼직한 청색 돔으로 전면이 장식된 거대한 건물이었다. 철책 앞에는 초소가 하나뿐이었는데 비어 있었고, 검문하는 사람은 보이지 않았다.

이때 소나기가 쏟아졌다. 아무런 전조도 없이 별안간 수직으로 내리꽂히는 빗줄기들이 얼마나 빽빽한지 고등 판무청이 소재한 건물은 비의 장막 뒤로 사라져 버렸다.

에티엔은 꼼짝하지 않고서 마치 가로등처럼 보도 위에 못박힌 채 서 있었다. 레몽이 없는 그는 끔찍하게 외로웠다.

---

23 프랑스령 인도차이나의 최고 행정 기관으로, 식민지의 정치, 경제, 사회, 치안, 안보 등 모든 영역을 관장했다. 1945년에서 1954년까지 존재했으며, 일제 강점기의 총독부와 비슷한 것이라 할 수 있다.

볼에 줄줄 흘러내리는 눈물이 소나기에 쓸려 갔다.

마작 클럽이 인기 있는 이유는 양면성 때문이었다. 고객의
대부분은 서로를 얼싸안은 프랑스 커플들, 목걸이와 귀걸이와
실크 숄 차림으로 유행 지난 부채를 팔랑이며 깔깔대는 여자
들, 이 여자들의 어깨를 잡고 판지로 연장된 담배를 피우는
구겨진 리넨 정장 차림의 사내들 같은 사이공의 중산층 일반인
들로, 모두가 마티니나 코냑소다 같은 칵테일을 마시며 떠들
썩하게 얘기하고 있었다. 두 개의 아코디언이 포함된 악단과
금사(金絲) 드레스 차림의 가수도 보였다. 두세 명씩 자리를 잡
은 남자들은 마지막 한 잔을 들며 저녁 시간을 마무리하러 온
친구들인 양 여유 있고도 푸근한 표정이었다. 바에서는 아시
아인 댄서들이 홀을 쳐다보며 나지막하게 이야기를 나눴다.
마치 파리의 어느 업소에 들어온 것 같은 분위기였다.

하지만 맞은편 저쪽 끝은 완전히 다른 세계였다.

휴대품 보관실 부근의 바짝 붙여 놓은 테이블들에 앉은 젊
은 여자들은 전혀 다른 성격의 춤을 추기 위해 있었다.

홀 쪽을 향해 앉으면 아랫자락이 심할 정도로 올라가는 짧
은 튜닉 차림의 베트남 여성, 혹은 옆이 허벅지까지 깊게 파인
드레스 차림으로 남자들에게 은근한 눈길을 던지는 도도한 중
국 여성 등이 항상 대여섯 명씩 있는 곳이었다. 입에 담배를 물
고서 마치 간단한 문의를 위해 가는 것처럼 아무렇지도 않은
얼굴로 휴대품 보관실 쪽으로 다가가는 남자들과, 술 한잔 같

이 하는 것을 승낙하고 합석해서는 손으로 입을 가리고 웃어 대며 자기들끼리 여중생처럼 킥킥대는 젊은 베트남 여자들의 발레가 펼쳐진다. 어떤 중국 여자는 정장 재킷이 부풀어 오를 정도로 배 둘레에 살이 붙은 남자를 뒤에 달고 품위 있는 걸음으로 홀을 나가기도 한다. 이 쌍방적이고, 규칙이 정해져 있고, 조용하고 은밀한 척하지만 전혀 그렇지 않은 움직임은 사실 이 업소에서 벌어지는 공연의 핵심이요, 인기 코너라 할 수 있었다. 양갓집 여자들의 과장된 웃음은 이 가격표 매겨진 악덕과 가까이에 있는 상황이 그들에게 감미로운 감각들을 불러일으키고 있음을 짐작케 했다. 선풍기는 시가 연기와 담배 연기가 뒤섞여 클럽을 수족관처럼 만드는 뿌연 안개를 홀에서 몰아내는 데 역부족이었다. 이곳의 내밀한 분위기를 돋우기 위해 원탁들에는 새빨간 천 갓이 씌워진 조그만 램프가 하나씩 놓여 있었다.

가스통이 에티엔을 데리고 간 테이블은 알고 보니 휴대품 보관실과 그 앞에 앉은 아가씨들이 훤히 보이는 전략적인 위치에 있었다.

저녁 내내 에티엔은 그가 관심 있는 유일한 주제인 레몽 쪽으로 대화를 돌려 볼 기회를 노렸지만 가스통은 눈알이 빠져나올 듯한 시선으로 여자들을 힐긋거렸고, 에티엔은 밤새도록 그와 붙어 있어 봤자 군의 움직임에 대해서는 아무런 정보도 건질 수 없다는 것을 깨달았다.

〈용 바위〉(〈〈여긴 모르는 사람이 없는 곳이야!〉라고 가스통은 되풀이했다)에서 저녁 시간의 전반부를 보냈을 때에도 사정은 나아지지 않았었다. 손님들이 끊임없이 들락거리고, 서로를 부르고, 자리에 앉았다가 일어서기를 반복하는 이 시끄러운 레스토랑에서는 대체 누가 종업원인지 알 수 없었다. 지나가는 모두가 손에 음식 쟁반이나 접시를 하나씩 들고 있는 것 같았고, 돈은 손에서 손으로 건네져, 얼굴은 땀으로 번들거리고 엄청나게 더러운 주방 앞치마가 불룩한 배 아래로 가려진 어떤 남자에게로 전해지고 있었다. 가스통은 에티엔에게 의견도 묻지 않고서 행주로 테이블을 훔치느라 바쁜 한 종업원에게 주문을 했다. 군중 사이로 사라진 이 종업원은 에티엔이 한 번도 보지 못한 것들을 가지고 몇 분 후에 돌아왔다. 알코올버너 위에서 기름이 자글자글 끓고 있는 작은 팬, 양념장을 붓으로 발라 구운 고기, 탱글탱글한 볶음면, 파인애플, 망고……. 모두가 너무나 감미로웠고, 여기 온 이후로 처음 에티엔은 순수한 행복의 순간을 맛볼 수 있었다. 하지만 이 순간은 곧바로 망가졌으니, 레몽도 이것들을 좋아했으리라는, 이는 자신이 사이공에서 레몽과 재회했을 때를 상상하며 그려 보았던 바로 그런 종류의 상황이라는 생각이 떠올랐기 때문이다. 하지만 지금 눈앞에 있는 이는 그 커다란 코를 팬 위에 기울이고 손가락들을 쪽쪽 빨면서, 아직 에티엔이 모르는 두어 가지 것을 가지고 무게를 잡는 가스통 포멜일 뿐이었다.

에티엔은 자신이 어떤 〈백〉도 없이 여기에 들어왔다고 말했을 때 가스통이 의심쩍어하던 게 생각났다.

「그럼 자네는?」 그가 물었다. 「자넨 어디 출신이야?」

자신에 대해 말할 기회가 생기자마자 가스통은 깊게 한숨을 내쉬었다. 구태여 그런 얘기는 하고 싶지 않지만 상대가 정 원하니 마지못해 해주는 사람처럼 말이다.

　「우리 조부께선 평생 여기서 사셨어. 포멜 플랜테이션이라고, 들어 본 적 있어?」

　하지만 그는 대답을 기다리지도 않았으니, 듣지 않았을 리가 없기 때문이었다.

　「우리 집안은 이 나라를 건설한 이들 중 하나야. 그들이 여기 처음 도착했을 때, 후우, 그게 아주 오래전으로 거슬러 올라가는데 말이야, 이 베트남 놈들은 거의 아무것도 할 줄 아는 게 없었어. 심지어는 벼농사도 배고프면 대충 씨 뿌려서 거둬 먹는 식이었지. 우리 조부께선 말씀하시고는 했지. 〈이 황인종들은 무엇을 해야 하는지, 그리고 어떻게 해야 하는지 일일이 설명해 줘야 하는 인간들이야〉라고 말이야. 가만있자, 내가 무슨 얘기를 하고 있었더라?」

　「자네 백이 뭔지 얘기하고 있었지…….」

　「아, 맞아, 우리 아버지……. 그 양반은 수송부에서 요직에 계신 분이야. 내가 여기서 자리 잡는 것은 그 양반에겐…… 뭐, 그런 거였고……. 또 말이야…….」

　그는 목소리를 낮추고는 씩 하고, 뭔가를 공모하는 사람 같은 미소를 지었다.

　「여자가 하나 있었어……. 괜찮은 집안 아가씨. 그냥 멀리 토끼는 편이 나았어. 무슨 얘긴지 알겠지……. 」

　에티엔은 무슨 얘기인지 너무 잘 이해했다.

　「그래서 내가 여기에 오는 것은…… 일테면 집안의 횃불을 이어받는 일이라 할 수 있었어.」

「그런데 장테 씨, 좀 이상하더라고.」 에티엔이 뭔가 얘깃거리를 찾으며 한번 말해 보았다.

「아, 선량한 양반이지…… 그렇게 요령이 있는 편은 아니지만, 아주 선량한 양반이야.」

그는 마치 어떤 부하 직원에 대해 얘기하듯 말했다.

「그분은 여기서 지내는 걸 그렇게 즐거워하는 것 같지 않더라고.」 에티엔이 덧붙였다.

「외환국 국장으로 부임한 이후로 좀 지쳤을 거야. 하지만 어쩌겠어. 그 양반 마누라는 여길 너무 좋아하는데 말이야.」

가스통은 엄청난 양의 볶음면을 흡입하다가, 국장의 아내 얘기가 나오자 잠시 식사를 멈췄다.

「그보다 스무 살이나 연하이고, 이건 정말인데, 지금까지도 몸매가 어마어마해.」

그는 젓가락을 허공에 정지시킨 채로 상념에 잠겨 들었다. 국장의 아내가 레스토랑에 들어왔다 해도 이보다 더 흥분하지는 않았으리라. 마침내 그는 머리를 부르르 흔들었다.

「그들은 자녀가 셋이야. 무슨 얘긴지 알겠어?」

에티엔은 무슨 얘긴지 전혀 이해할 수 없었다.

「모두 다 컸고. 그래서 그 부인은 자유롭게 나다닐 수 있지.」

그는 눈 하나를 찡긋했다.

「항상 탐다오나 보코르에 처박혀 있지. 이게 무슨 얘긴지 알는지 모르겠지만…….」

「아니, 잘 모르겠어.」

「고산 지대에 있는 휴양지야. 그녀 말로는 소나무, 폭포, 이런 것들이 있어서 알프스를 생각나게 해준대. 그녀는 콩블루 출신이거든. 하지만 내가 보기엔, 여기에는 다른 게 있어.」

상념에 잠긴 표정의 그는 천천히 혀로 입술을 핥았고, 그런 다음 다시 접시에 얼굴을 처박았다.

이 주제는 종결된 것처럼 보였기 때문에, 에티엔은 대화가 잠시 중단된 틈을 타서 이렇게 말해 보았다.

「내 사촌 하나가 여기, 사이공에서 외인부대원으로 복무 중인데 말이야…….」

에티엔이 더 이상 음식을 먹지 않자 가스통은 서빙용 큰 접시에 담긴 음식을 자기 접시에 덜지 않고 바로 먹기 시작했는데, 아무것도 남기지 않을 기세였다. 이 젊은 친구는 뚱뚱하지는 않지만 엄청난 양의 음식을 먹어 치울 수 있었다. 볶음면의 마지막 한 덩이를 삼킨 그는 냅킨 귀퉁이로 입을 닦은 다음 의자 등받이에 몸을 기댔다.

「정말 이상하단 말이야…….」 에티엔이 다시 말했다.

「뭐가?」

「그에게서 마지막 편지가 온 게 한 달 전인데, 그 이후로는 아무 소식이 없어.」

「자네 사촌이 편지 쓰는 걸 싫어하는 모양이지.」

에티엔이 대답할 틈도 없이, 가스통은 자기 배를 탁 치더니 테이블 위로 고개를 기울이고는 은근한 목소리로 말했다.

「자, 이제 깜짝 선물을 보러 가야지! 꽤 괜찮을 거야.」

그러고는 자리에서 일어났다.

＊

그들은 마작 클럽에 있었다. 〈깜짝 선물〉이란 여자들을 힐끔거리러 온 남자들 사이에 끼어 무용수들과 춤을 추고 매춘부 하나를 데리고 나가는 일이었다.

지금까지는 아주 초연한 듯한 모습을 보이고 일반적인 상황을 권위 있게 논평하던 가스통은 마작 클럽에 들어서자마자 백 팔십도 바뀌었다. 평생 한 가지 목적을 위해 살다가 갑자기 진실의 순간을 마주하게 되어 긴장하고 흥분하고 동요한 사람처럼 변한 것이다. 그는 보기에도 민망할 정도로 게걸스러운 눈으로 여자들을 흘끔거렸다.

「3백 피아스트르에서 시작해서 1천 피아스트르 가까이까지 다양하게 있어.」

그의 시선은 끊임없이 휴대품 보관실 쪽으로 돌아갔는데, 거기에서는 두 베트남 아가씨가 서로를 희롱하며 뻔뻔스러운 레즈비언 커플 같은 모습을 연출하고 있었지만, 이를 믿는 사람은 물론 아무도 없었다.

「저 둘은,」 가스통이 고개를 지그시 기울이며 말했다. 「1천 피아스트르면 살 수 있어. 둘 다를 말이야. 어때, 맘에 들어?」

「글쎄, 오늘 저녁은 아닌 것 같은데…….」 에티엔은 조심스럽게 말했다. 「아직 여독이 안 풀려서…….」

가스통은 그를 노려봤다. 이 친구는 두 번째로 실망스러운 모습을 보인 것이다. 하지만 두 아가씨가 제공하는 구경거리에 그의 눈은 다시 돌아갔다.

「여기서는,」 그는 에티엔을 보지도 않고 속삭였다. 「여자애들이 우리 나라와는 달리 걸레들이 아니야. 그리고 잘만 고르면 데리고서 뭐든지 할 수 있지……. 뭐, 결국은 같은 얘기이긴 하지만 말이야. 가장 비싼 것은 중국 여자들이야. 저기 오른쪽에 노란 드레스 입은 애 있지, 쟤는 8백 피아스트르야. 솔직히 중국 여자를 사면 돈만 날리게 돼. 아무것도 할 줄 모르고 아무것도 하지 않으려 하거든. 그저 한심한 게으름뱅이들일 뿐이지.」

종업원이 그들 앞에 코냑소다 칵테일을 가져다 놓자, 가스통은 마치 어떤 클럽의 사장처럼 의자 등받이에 지그시 몸을 기대면서 이렇게 덧붙였다.

「여기 온 이후로 난 사이공에서 제일 예쁜 갈보들하고 그걸 했고, 계속 새로운 여자들이 들어오고 있어. 그래서 보는 눈이 좀 있지. 자, 왼쪽에 있는 저 애, 배꼽이 다 보이는 블라우스를 입고 있는 애 말이야, 내가 장담하는데…….」

에티엔은 더 이상 듣고 있지 않았다. 그는 그의 동료와, 그의 문장 반지와, 그의 손목시계와 정장을 살펴보고 있었다. 이 모든 것은 별 볼 일 없는 외환국 직원의 봉급과 전혀 어울리지 않았다.

「자넨 아무것도 안 마시나?」

「아냐, 아냐, 마셔…….」

에티엔은 미소를 지으며 잔을 들어 올렸다.

「깜짝 선물, 고마워!」

가스통은 기분이 좋아졌다. 그의 머릿속에서 신참의 점수가 약간 올라갔다.

「하지만 피곤하지 않다 해도, 저 아가씨들은 나한테 너무 비싸.」 에티엔이 말을 이었다.

「이봐, 내가 자네에게 좀 빌려줄 수 있어. 자네가 요령만 좀 있으면 금방 갚을 수 있을 거야.」

그가 〈요령〉이라는 표현을 쓴 것은 이번이 두 번째였다.

「무슨 말이지?」

가스통의 시선은 방금 들어온 두 여자 위에서 꾸물대고 있었다.

「그냥 다른 사람들처럼만 하면 돼. 자, 나를 한번 보라고.」

자신에 대해 말하면서, 그는 베트남 매춘부들보다 흥미로운 유일한 화제를 찾아냈다. 그는 자신의 문장 반지를 가리켰다.

「이 반지 좀 봐.」

「오, 굉장하군.」

「난 1만 프랑이 생길 때마다 더 비싼 걸로 바꾸고 있어. 내가 프랑스로 돌아갈 때는 가벼운 마음으로 여행하게 될 거란 말이야. 무슨 얘긴지 알겠어?」

에티엔은 1만 5천 프랑의 월급을 조건으로 외환국에 들어왔다. 가스통이 1~2년 고참이고 봉급이 많은 자리에 있다 해도 그보다 훨씬 더 많이 벌지는 못할 터였다.

「어이, 이봐!」 그는 에티엔이 자신을 비난하기라도 한 것처럼 소리쳤다. 「모두가 다 이체로 해먹고 있어. 나 혼자만 그런 게 아니란 말이야, 엉!」

그는 웃음을 터뜨렸다. 신참이 대체 무슨 얘기인지 하나도 모르겠다는 표정을 짓자 설명을 해줘야겠다고 생각한 것이다. 그에게는 숫총각을 집창촌에 끌고 가는 것만큼이나 흥분되는 일이었다. 그는 미리부터 좋아 죽었다.

「원래 1피아스트르는 8프랑의 가치가 있어. 하지만 1945년에 프랑스는 결정했지. 1피아스트르는 8프랑이 아니라……

17프랑이라고! 여기서 프랑스에다 어떤 물건을 주문한다고 쳐. 어떤 거라도 좋아. 이때 자넨 그걸 피아스트르로 사는데, 이 피아스트르가 파리에 가면 가치가 이곳에서보다 두 배가 뛴단 말이야! 프랑스 정부가 차액을 지불하는 거지. 자네가 여기서 10만 프랑을 피아스트르로 바꾸어 그걸 프랑스로 보내면, 거기서는 그게 20만 프랑이 돼! 1백만 프랑을 쓰면 그게 두 배가 되고, 1천만 프랑은 2천만 프랑이 되는 거지! 일주일 만에 재산을, 액수와 상관없이, 두 배로 불릴 수는 있는 곳은 여기 말고는 지구상에 아무 데도 없다고!」[24]

「그럼 어떤 사람들이 이체를 하지?」

「공무원, 일반인, 거래 브로커······.」

에티엔은 이 단어를 들어 본 적이 있었다. 거래 브로커는 외국 기업들을 대리하여 선주민들이나 관청과 거래하는 현지의 중개인들이었다.

「하지만,」 에티엔이 다시 물었다. 「이게 그렇게 간단한 문제가 아닐 텐데? 이체는 신청만 하면 자동적으로 이뤄지는 일이 아니잖아. 거기에는 여러 가지 규제가 있잖아, 안 그래?」

가스통은 마치 결혼 신청을 받은 총각처럼 점잖게 눈을 내리깔았다.

「아, 물론이지! 이체를 허가받는 것은 쉬운 일이 아니야! 정

---

24 프랑스령 인도차이나의 통용 화폐였던 피아스트르는 가치가 8프랑으로 고정되어 있었는데, 프랑스 정부는 1945년 프랑스 상품의 인도차이나 수출을 촉진하기 위해 1피아스트르당 17프랑으로 평가 절상했다. 하지만 현지에서의 실질 가치는 8프랑으로 머물러 있었다. 당시에는 이런 상황을 이용해 편법 사기가 횡행했다. 이를테면 피아스트르화의 프랑스 이체를 위한 조건으로는 상품 구매가 있었는데, 서푼의 가치도 없는 물건을 거금을 주고 대량 구매하는 식이었다.

식 허가가 있어야 하지!」

그는 주의 깊고 긴장된 표정으로 다음 질문을 기다렸다. 아마 오르가슴의 순간에 이런 표정을 지으리라. 에티엔은 그의 기분을 맞춰 주기로 했다.

「그럼 누가 이체를 허가하지?」 그는 물었다.

가스통은 새끼손가락에 낀 반지를 건성으로 돌리며, 휴대품 보관실 부근에서 엉덩이를 씰룩대며 걸어가는 매춘부들을 바라보았다.

「이 사람아, 인도차이나 외환국이지, 어디겠어? 외환국이 허가해 주는 거라고.」

3
바로 신문의 냄새였다

　일을 끝낸 프랑수아는 오직 한 가지 바람밖에 없었으니, 두 손을 내려뜨리고 그대로 풀썩 쓰러지는 것이었다. 어깨와 팔 꿈치가 쑤셨고, 등은 뻣뻣했고, 두 다리는 해파리처럼 흐느적 거렸다. 마지막 다발들은 더 천천히 실려 나왔고, 윤전기 돌아가는 그 끔찍한 소음은 점차 잦아들었다. 마치 기차가 역에 들어오는 것 같았다. 마침내 모든 게 멈췄을 때, 믿기지 않게도 숨 막히는 정적이 내려앉았다. 처음에 사람들은 아무 말도 하지 못했다. 그저 막장 광부처럼 새카매진 자기 손을 내려다보다가 몸을 부르르 떨 뿐이었다. 여기서는 어떤 작업이 끝나면 곧바로 다른 작업이 시작되어, 인력들이 끊임없이 마주치곤 했다. 기계들이 잠들기가 무섭게 닦는 이들이 팔팔한 기세로 들이닥쳤다. 거기 있던 사람들을 밀치다시피 하고 들어온 그들은 탕탕 소리를 내며 윤활유 주입기를 바닥에 내려놓고는, 휘발유 김이 피어오르는 통들을 열어 거기에 기름에 전 넝마를 담갔다. 실내에 가득했던 인쇄기의 먹먹한 소음이 사라지자 정상적인 삶의 메아리가 돌아와 사람들은 다시 서로 말을 건네고 농담을 나누기 시작했다. 프랑수아는 자신이 끈으로 묶어 이제 화물 적치장으로 통하는 승강기 쪽으로 실려 가고 있는 마지막 신문 다발들을 쳐다보았다. 저쪽에서는 트럭들이 엔진을 신경질적으로 부릉대며, 운전수들이 초조하게 발을 구르면서 기다리고 있었다. 마지막으로 출발하고 싶은 사람은 아무도 없는 것이다. 배달을 시작도 안 했는데 벌써부터 늦은 것 같은 분위기였다.

아침 7시, 『르 포퓔레르』지[25] 세 번째 판이 길을 떠났다.

프랑수아는 가서 손과 팔뚝을 씻었지만 좀처럼 깨끗해지지 않았다. 잔주름 사이와 손톱 밑을 파고든 잉크는 경석으로 문질러도 지워지지 않았던 것이다. 〈그래, 손은 씻었니?〉 2주 전에 들은 어머니의 목소리가 아직도 귀에 쟁쟁했다. 상대의 말이 믿기지 않는다는 듯 샐쭉하게 뜬 눈, 허공을 불안하게 응시하는 닭의 것과 같은 그 눈이 다시 보이는 듯했다. 또 직접 말을 하지 않고 무언가를 은근히 표현하는, 항상 그의 신경에 거슬리는 그 방식도 마찬가지였다.

그는 어머니에게 화가 나 있었으니, 지금 그가 이런 헤어나기 힘든 상황에 처해 있는 데에는 그녀의 책임이 컸기 때문이다.

그녀는 창피한 일과 명예롭지 못한 직업으로 매춘부와 자동차 정비공 외에 항상 기자를 들었다. 여기에는 아주 오래되고도 어처구니없는 사연이 있었다. 샤문 씨가 임신한 그녀를 넘

<hr />

25 좌파 성향의 신문으로, 1916년에 창간되어 1940년대 후반과 1950년대 당시에 파리의 주요 일간지 중 하나였다.

어뜨릴 뻔했던 것이다. 그는 베이루트의 주요 일간지인 『로리 앙』에서 편집자로 일했고, 또 기자를 자처하기도 했다. 이 사건은 만일 그가 카페에서 나올 때 술 냄새를 확 풍기지만 않았더라면 별 탈 없이 넘어갔을 것이다. 모든 것을 편리하게 일반화하는 경향이 있는 펠티에 부인은 기자는 술주정뱅이의 직업이라는 확신을 한 번도 거두지 않았다.

그런데 비극은 이것이 프랑수아가 자신에게 적합하다고 느끼는 유일한 직업이라는 점이었다. 그는 아버지가 저녁마다들고 오는 『로리앙』을 통해서 읽는 즐거움을 발견했다. 그의동네에서, 그가 사는 거리에서 일어난 일들이 활자화되어 온도시에, 아니 온 나라에 퍼지는 것을 볼 때마다 그의 입은 딱벌어지곤 했다. 한번은 불이 날 뻔한 일이 있었는데, 그는 알지도 못했던 이 일이 건물 사진과 함께 신문에 난 것을 보고 깜짝놀랐다. 또 스포츠난에서는 학교에서 아이들의 화제에 오르는자전거 경기며 권투 시합 등에 대한 보도 기사를 읽을 수 있었다. 펠티에 씨는 1937년에 비누 공장을 다룬 르포르타주 기사를 액자에 넣었지만 그의 아내는 복도의 아주 구석진 곳에다걸어 놓는 것만 허락했으니, 그걸 쓴 사람이 다름 아닌 주정뱅이 샤문 씨였기 때문이다. 집에서 『로리앙』은 창피한 관습일뿐이었다. 프랑수아는 저녁마다 「다정한 코린」이라는 신문 연재소설을 탐독했고, 아버지가 늘 하다가 잠들곤 하는 십자말풀이를 완성하고는 했다.

앞으로 하게 될 공부, 다시 말해서 직업을 선택하는 문제가거론됐을 때 프랑수아는 언론 계통으로 몇 차례 슬쩍 얘기를꺼내 봤지만, 이게 아무 소용 없는 일이라는 것을 곧바로 깨달게 되었다. 하여 부모가 승인할 수 있는 분야를 찾아봤는데, 교수가 되겠다고 하니 뜨거운 박수가 쏟아졌다. 〈아무렴, 지식을 전수한다는 것은 훌륭한 사명이고말고!〉라고 펠티에 씨는 말했고, 〈그래, 공무원은 좋은 거야〉라고 그의 아내도 맞장구쳤다.

우수한 학생이던 프랑수아는 고등 사범 학교를 선택했는데, 베이루트에는 이만한 학교가 없기 때문이었다. 이로써 그는 파리행 티켓을 얻은 셈이었다. 그는 2차 바칼로레아를 치르는 해에 고등 사범 학교 입학시험에 응시하러 파리에 갔다. 하지만 시험을 치르는 대신 이 학교의 졸업생 몇몇을 통해 시험에 대한 몇 가지 정보를 얻어 내서는, 시험을 보는데 이런저런 점들이 어려웠다는 내용의 편지를 썼다. 벌써부터 콜론 카페에서 자기 아들이 펠티에 왕조를 빛낼 명사가 될 거라고 떠들어 대던 그의 아버지는 온갖 것을 시시콜콜히 물어 댔다. 응시하지도 않은 그 입학시험에 대해 막연한 지식밖에 없는 프랑수아는 편지 내내 거짓말을 하는 게 상당히 거북했지만, 이것도 기자 수업의 일환일 수 있다고 생각하며 스스로를 격려했다.

3주 후, 그는 자기가 우수한 성적으로 합격했다고 들뜬 어조로 알리는 전보를 부모에게 보냈다. 신이 난 루이 펠티에는 두 번이나 술을 샀다.

프랑수아는 4년 후에는 반드시 일류 언론인이 되리라, 또 가능하면 저명한 칼럼니스트가 되리라 생각했다. 그리되면 이 유쾌한 사기극은 아버지가 마르지 않는 열정으로 기록 중인 가문의 전설에 편입될 것이고, 부모님은 오히려 재미있어할 것이었다.

그러나 열여덟 달이 지난 지금 그는 상황을 사뭇 다른 눈으로 보고 있었으니, 지금까지 파리의 모든 일간지에(그리고 여러 잡지사에도) 지원했지만 아무도 그를 원하지 않기 때문이었다. 『르 포퓔레르』만은 예외로, 여기서 그는 어떤 오해 덕분에 〈수령인〉이라는 이름의 일자리를 얻어, 인쇄되어 나온 신문들을 받아서 포개고, 끈으로 묶고, 카트에 실으며 밤을 지새우고 있었다. 고등 사범 학교의 수업들도 이보다는 덜 우울할 것이었다.

다시 수면으로 올라온 프랑수아는 보도에 서서 담배 한 대를 피워 물고는, 바삐 귀가하고 있는 친구들과 악수를 나눴다. 그는 호주머니에서 구겨진 쪽지 한 장을 꺼냈다. 모두가 레옹틴이라고 부르는, 아파트 수위 모로 부인(엄청나게 수다스러운 사람이어서 한번 걸려들면 언제 빠져나가게 될지 알 수 없었다)이 문 앞 신발 털개 위에 올려놓은 것을 자정 조금 앞두고 집을 나설 때 발견한 것이었다. 질베르의 필적으로 이렇게 쓰여 있었다. 〈일 끝나고 나한테 한번 들를 수 있겠어?〉 에티엔은 손목시계를 들여다보았다. 질베르는 10시나 돼야 일이 끝나니까, 랑뷔토에 후딱 한번 다녀올 시간은 충분했다.

지하철은 콩나물시루처럼 꽉 차 있었고, 보이는 얼굴들은 침울하기 이를 데 없었다. 그가 1946년 9월에 처음 왔을 때 파리는 탈진한 잿빛 도시처럼 느껴졌다. 해방의 기쁨, 그리고 희망과 열광으로 가득했던 분위기는 한 줄기 바람처럼 꺼져 버린 뒤였다. 파리는 늙은 노인처럼 보였다. 절대적 빈곤은 말할 것도 없고 내핍한 생활, 배급제, 교통 문제, 실업, 불안정한 주거 시설 같은 것들 앞에서 전승 후의 낙관적 분위기는 전시에 비해 조금도 달라진 게 없는 임시변통과 각자도생의 불안한 삶에 자리를 내주었고, 지금 프랑수아가 사람들의 얼굴에서 느끼는 것은 〈이런 꼴이 된 걸 보니까 독일 놈들에게 점령당해 개고생할 만도 했어!〉라는 말이었다. 그가 겪은 것은 파업뿐이었는데, 심지어 여기에는 경찰들까지 가담했다. 1947년은 전해보다 예순 배는 고약했다. 밤이 되면 빵이 7프랑에서 11프랑 50상팀으로 뛰었다. 게다가 빵인지 종이인지 의심스럽고, 소화도 잘 안 되고, 트루먼 대통령의 옥수수처럼 샛노랬다. 이해에는 40퍼센트 이상의 인플레이션이 예상되었다. 에티엔의 바지 무릎 부분은 헐렁하게 늘어졌다. 여기저기 기운 스웨터는 단추가 두 개나 떨어진 점퍼로 가리고 다녔는데, 주위의 다른 사람들도 다를 바가 없었다. 아가씨들은 조금이라도 예쁘게 보이려면 눈물겨운 노력을 해야 했는데, 그래 봤자 10년 전 시골 여자들 같은 모습이었다. 그뿐이랴, 시베리아 같은 겨울이 물러나자 푹푹 찌는 여름이 찾아왔다. 그사이에 르노 공장은 파업에 돌입했다. 빵 배급은 1인당 300그램에서 250그램으로, 다시 200그램으로 줄어들었고, 소방관들이 철도 노동자, 환경미화원, 공무원의 뒤를 이었으며, 대중교통은 10월 초등 교원 파업 직전에 완전히 멈춰 섰다. 프랑스 사회는 끊임없는 긴장 속에 있었고, 12월에 파리와 릴 간 열차 탈선 사고가 노조의 사보타주 때문인 것으로 알려지자 민심은 극도로 흉흉해졌다. 이제는 1948년이었지만 나아진 것은 하나도 없었다. 45퍼센트에 달하는 프랑화 평가 절하는 모든 이의 상황을 악화시켰다. 광부들이 파업을 일으키자 정부는 공산주의자들이 공모한 것이라 단언하며 군대를 투입했다. 처음 파리에 왔을 때 프랑수아는 부모님이 다달이 보내 주는 1만 2천 프랑은 조만간 돌려드리기 위해 건드리지 않겠다고 다짐했지만, 생활비는 치솟는데 봉급은 쥐꼬리여서 어쩔 수가 없었다. 모든 것에 세심한 주의를 기울였음에도 저축금을 조금씩 갉아먹지 않을 수 없었으니, 도무지 다른 방법이 보이지 않았던 것이다.

프랑수아는 랑뷔토역에 다다라 지하철에서 내렸고, 매일 마주치다 보니 모두가 그를 알고 있는 『르 주르날 뒤 수아르』 신문사에 결연한 걸음으로 들어갔다. 캥캉푸아가(街)에 위치한 이 커다란 건물은 전에는 대독 협력 신문사의 사옥이었는데, 새 사장 아드리앵 데니소프는 해방 직후의 혼란을 틈타 자동 식자기와 현대식 윤전기가 있는 이곳을 접수할 생각을 했다. 그는 레지스탕스 운동에 참여한 두 일간지를 동반하고서 이곳을 덮쳤다. 거의 도적질에 가까운 행동이었다. 더 이상 많은 이가 관심을 갖지 않는 오래된 파리 일간지 『르 주르날』은 그의 지휘하에 며칠 만에 완전히 탈바꿈했다. 독자들은 새로운 판형과 새로운 접근 방식을 갖추고 나타난 이 신문을 좋아하게 되었는데, 그들이 일반적으로 보는 것들과는 완전히 달랐기 때문이었다. 당국이 『르 주르날』의 불법적인 점거를 알아챘을 때는 너무 늦은 뒤였다. 인쇄기들이 쉴 없이 가동되고 있었던 것이다.

프랑수아가 일하고 싶은 곳은 오직 여기뿐이었다.

대서양 건너편에서 전쟁을 치른 서른여덟 살의 언론인 데니소프는 수많은 아이디어와 팔아먹을 프로젝트들과 경악할 만한 에너지, 그리고 프랑수아에게 강렬하게 와닿은 슬로건을 가지고 파리에 돌아왔다. 〈위대한 신문은 정당들에게서 독립되어야 한다.〉 이것은 대세를 완전히 거스르는 말이었다. 당시의 손꼽히는 언론 기관들은 파당적 단체들에 연결된 경우가 상당히 많았다. 그런데 데니소프는 독립적인 위치를 유지하기 위해 독자들과 광고에서 자금을 얻는 신문을 원한다는 것이었다. 정부가 3개월을 넘기지 못하는 경우가 드물지 않은 시기에 데니소프는 〈변화하는 세계에서 오래가는 신문〉을 원한다고 선언했다. 요컨대 그는 경쟁자들과 차별화하는 법을 알았다. 동생이 거기에 있게 된 이후로 인도차이나에서 일어나는 일들을 주의 깊게 관찰해 온 프랑수아는 이를 여러 차례 확인할 수 있었다. 『랭트랑지장』지가 〈공산주의자들의 발흥, 프랑스의 위치를 위협하다〉라는 제목을 내걸고, 『로로르』지가 〈프랑스의 책무를 유지해야 할 필요성〉을 강조하고 있을 때, 데니소프는 기자인지 모험가인지 알 수 없는 리포터들을 현지에 파견하여 그들로 하여금 〈나는 남딘의 지옥에서 외인부대원들과 함께했다!〉 같은 제목의 르포 기사들을 보내오게 했던 것이다.

그래서 프랑수아는 이곳부터 지원했었다. 지나가는 데니소프를 붙잡고 얘기할 기회를 얻기 위해서는 사흘이 필요했는데, 그 앞에 서니 대뜸 겁부터 났다. 이 남자는 모든 게 길었다. 몸도 길고, 손도 길고, 코도 길었다. 마치 태어나자마자 길게 늘여 놓은 후에 다시는 정상적인 비율로 돌아가지 않은 아이 같았다. 둥그런 안경 뒤로 맑고도 날카로운 회색 눈이 번득였고, 뒤로 빗어 넘긴 머리칼은 머릿기름으로 번들거리는 뾰족한 머리통 위에 수달피처럼 딱 붙어 있었다. 그는 아버지 쪽으로 러시아 혈통이고, 문화적으로는 매우 미국적이었다. 그가 『뉴욕

타임스』, 『시카고 트리뷴』 같은 신문사에서 일했다는 말이 떠돌았는데, 확인한 사람은 아무도 없었다. 다른 곳에서와 마찬가지로 언론계에도 영웅이 필요했던 것이다. 데니소프가 확신 있게 내놓은 생각들은 사실 그의 것이 아니었지만, 그게 새로운 것들인 데다가 당시 유행이었던 미국에서 왔기에 사람들은 기꺼이 그의 것으로 받아들였다.

「이보시오, 내겐 기자가 필요하지 않아요. 내게 필요한 것은…….」

로비 홀 한가운데에 딱 멈춰 선 데니소프는 눈썹을 찌푸리며 프랑수아를 응시했다. 그는 보통 사람보다 키가 컸기에 항상 상대를 내려다보았다. 프랑수아는 그에게 말하기 위해 고개를 바짝 쳐들어야 했는데, 첫 만남인 점을 고려하면 그리 좋은 조건은 아니었다.

「사실 내게는 모든 게 다 필요하지. 종이, 트럭, 광고, 심지어는 독자들까지…….」

사실, 프랑수아가 언론계에 들어오기에는 최악의 시기였다. 지난 몇 달 사이에 수송 비용이 15퍼센트 증가했고, 종이 가격은 열여섯 배나 올랐으며, 일간지 인쇄 비용은 5년 전에 비해 다섯 배나 비쌌다. 그런데 광고는 들어오지 않았고, 신문 가격은 올려야 했다. 당연히 신문 가판점을 찾는 독자 수는 줄어들어, 악순환이 이어졌던 것이다.

데니소프는 잠시 우울한 상념에 잠겨 드는가 싶더니, 어떤 비극적인 생각이 엄습한 듯 갑자기 정신을 차렸다.

「맞아, 종이, 그게 진짜 문제야…….」

그는 프랑수아에게로 고개를 돌렸다.

「그러니까 지금 가장 덜 필요한 게 바로 기자란 말이오.」

「전 애국 시민입니다.」

「요즘 기자보다도 흔한 게 애국 시민이지!」

「전 1941년에 다마스쿠스에 있었습니다…….」

프랑수아는 이 언급에 데니소프가 흠칫하는 것을 보고는 이렇게 덧붙였다.

「르장티욤 장군과 함께요…….」

이 부분은 제2차 세계 대전사에서 가장 많이 알려진 장(章)은 아니었지만, 데니소프는 이 전투 중에 자유 프랑스군의 프랑스인들이 비시 정권의 프랑스인들에 맞서 싸웠다는 사실을 기억하고 있었다.

「그래서 훈장은 못 받았소?」

「네, 못 받았어요.」 프랑수아가 대답했다. 「마치 우리가 아무것도 하지 않은 것처럼 그냥 지나가 버렸죠.」

그의 목소리에는 원한이 서려 있었다. 1천 명 이상의 사망자를 낸 이 전투는 내전의 일화 중 하나로 여겨졌다. 동포에게 총을 쏜 자들을 포상한다는 것은 있을 수 없는 일이라는 게 공식적인 입장으로, 훈장이나 표창을 받은 사람은 아무도 없었다.

데니소프는 똑바로 앞쪽을, 안내 프런트와 홀 쪽을 쳐다보았는데, 그의 시선은 잠시 흔들렸다.

「우선 말이오, 왜 당신은 다른 데 말고 여기에 들어오려고 하는 거요?」

프랑수아는 답변을 미리 준비해 놨고, 그 문장들은 머릿속에서 수없이 굴렀기 때문에 잘 닦은 은기들처럼 반들반들해져 있었다. 그러나 곤충학자처럼 고개를 숙여 자기를 내려다보고 있는 이 거인 앞에 있으니 더 이상 할 말이 생각나지 않았다.

「여기는…… 다른 곳과 같지 않아서요.」

「아, 그래요?」

그는 뒷말을 기다렸고, 프랑수아는 용기를 냈다.

「다른 사람들은 정당을 위한 신문을 만드는데, 당신은 유권자들보다는 독자들을 원하시죠.」

「흠, 생각이 괜찮군…….」

데니소프가 미소 지을 때, 그의 입술은 얼굴을 반으로 가르는 완전한 수평선을 그렸다. 그에게는 강력한 뭔가가, 저항할수 없을 정도로 매력적인 뭔가가 있었다. 그의 손에는 반지가 보이지 않았다. 결혼은 했을까? 사람들은 그가 〈바람둥이〉라고 말하곤 했는데, 프랑수아는 그가 부러웠다. 그는 바로 이런 남자가 되고 싶었다.

「당신, 글 쓸 줄 아시오?」

프랑수아는 답변의 겸손함을 부각시키고자 고개를 끄덕였다.

「제가 생각하기에는 꽤 괜찮게 쓰는 것 같습니다.」

데니소프는 실망하여 눈을 질끈 감았다.

「만일 글을 잘 쓴다면, 저널리즘은 당신에게 맞지 않아! 차라리 소설을 쓰시오!」

이렇게 말하고 그는 다시 걸음을 옮겨 홀을 가로질렀다.

「그럼 사장님은 글을 형편없이 쓰는 사람을 원하시나요?」

데니소프는 돌아섰고, 프랑수아는 그가 자신의 따귀를 갈기리라고 생각했다.

「언론계는 멋진 문장을 만드는 사람들로 넘쳐 나오. 여기는 기사를 만드는 곳이고.」

「같은 얘기 아닌가요?」 프랑수아가 맞받았다.

「아니, 신문에서는 멋진 문장을 만들지 않아. 여기서는 여러 가지 이야기를 하지.」

그게 끝이었다. 그는 엘리베이터 쪽으로 다시 걸음을 옮겼다. 프랑수아는 힘없는 걸음으로 그의 뒤를 따랐다. 그런데 사장이 도착하기만을 기다리고 있던 사람들이 그를 빙 둘러쌌고, 그는 홍수처럼 쏟아지는 질문들에 답변해야 했다. 그는 모두에게 빨리빨리 대답했다. 그렇소, 아니오, 좋아. 가끔씩 안경을 추어올리기도 하고, 그에게 내미는 전보를 받아 들기도 하고, 집중한 시선으로 그걸 훑어보고는 판결을 내리며 돌려주기도 했다. 그는 항상 남의 말을 주의 깊게 들었지만, 두 번 말하는 것을 끔찍이 싫어했다. 〈이거 벌써 말하지 않았소?〉 그의 신속함과 효율성을 모방한다 생각하며 일을 대충 처리하는 이들도 있었는데, 그는 〈이건 다시 생각해 보셔야 할 거요〉라고 짤막하게 말했다. 『르 주르날』에서 이 조언은 따귀나 마찬가지였다.

엘리베이터가 열리고, 엘리베이터 보이가 〈안녕하세요, 사장님〉 하고 아주 명랑한 목소리로 그를 맞았다. 데니소프는 프랑수아에게 눈길도 주지 않고 사라졌다.

그 이후로 프랑수아는 매일 일이 끝나면 『르 주르날』에 들르곤 했다.

처음에는 생활 광고 쪽지들이 붙어 있는 벽 앞에서 서성거렸지만, 점차 대담해져서는 충계를 통해 편집실까지 올라갔다가 다시 윤전기 있는 곳으로 내려오곤 했다. 인쇄실에서는 그를 칼럼니스트로 생각했고, 편집실에선 식자공이라고 믿었으며, 조판부 사람들은 그가 교열자라고 말했다.

그는 왜 그렇게 아버지가 〈직업의 향기〉에 푹 빠졌는지 처음으로 이해할 수 있었다. 여기에서는 기름이나 수산화 나트륨의 냄새가 아니라, 인쇄기의 납 냄새, 전화 수화기의 에보나이트 냄새, 싸구려 와인의 시큼한 냄새가 뒤섞인 땀 냄새가 났다. 바로 신문의 냄새였다. 프랑수아는 자신의 자리는 바로 여기라는 확신을 이렇게 강하게 가진 적이 없었다. 하지만 어디론가 급히 뛰어가고, 서로를 소리쳐 부르고, 웃고, 욕설을 주고받는 이 남자들과 여자들, 그를 안다고 생각하며 건성으로 대답하는 그 모든 이들에게 조심스레 인사하는 그는 두 번째로 부당함을 겪고 있었으니 한 젊은 인생에게는 너무 가혹한 일이 아닐 수 없었다. 그가 치른 전쟁이 모두에게 잊혀 버린 것도 모자라, 이제는 그가 있고 싶은 유일한 장소의 문이 굳게 닫혀 있는 것이다. 사람들은 어느 환자의 방에 들어가듯이 항상 복도 한 귀퉁이에 살그머니 나타나는 그를 소심한 사람이라고 생각했다. 사실 그는 데니소프와 마주치게 될까 봐 두려웠다. 다행히도 그의 목소리는 멀리서 들려왔지만, 가끔씩 얼마나 거세게 호통을 치는지 믿기지 않을 정도였다.

프랑수아는 이 부서 저 부서를 돌아다니기도 하고, 아침에 들어온 소식들을 들여다보면서 뉴스와 기사마다 제목을 달아 보고 싶은 견딜 수 없는 유혹을 느끼기도 했다. 그런 다음 아래로 내려가 인쇄실의 공기를 흠뻑 들이마시고, 교정쇄들 위로 몸을 굽힌 사람들이 뿜어 대는 파이프와 담배의 푸르스름한 연기가 소용돌이처럼 피어오르는 조판대를 멀리서 바라보고는 했다.

프랑수아는 시간을 확인하러 커다란 괘종시계를 돌아보았다. 9시 반, 떠나야 할 시간이었다.

그는 다시 지하철을 탔다. 질베르는 그랑조벨가(街)에 있는 『주간 스포츠』의 리포터였지만, 『랭트랑지장』에 들어가는 것을 꿈꾸고 있었다. 〈이런 게 바로 신문이지!〉 그는 왜 프랑수아가 지라시나 다름없는 『르 주르날』에 그토록 집착하는지 이해할 수 없었다.

그들은 전해에 프랑수아가 일자리를 구하러 언론사들을 전전하던 때에 만났다. 그들은 여러 차례 같이 술을 마셨지만, 만일 질베르에게 여동생 마틸드가 없었다면 계속 친구로 남아 있지 않았을지도 모른다. 프랑수아는 상당히 약삭빠른 아가씨인 마틸드와 매우 빠르게 가까워졌다. 그들의 관계는 너무나 평온하여 불안하기까지 했다. 마틸드는 그와 함께 영화관에 가고, 불로뉴 숲 공원에서 보트도 타고, 〈마음이 내키면〉 그와 자기도 했다. 그리고 아침이면 아무것도 약속하지도 요구하지도 않은 채로 떠나가곤 했는데, 프랑수아로서는 전혀 불만이 없었지만 혹시 그녀가 다른 남자들하고도 이렇게 하는 건가 하는 생각이 들 때면 기분이 썩 좋지는 않았다.

『주간 스포츠』에서도 방금 전에 일이 끝났다. 신문사에 들어간 프랑수아는 아는 친구들에게 인사를 건넸고, 윤전기에 들어갈 거대한 6톤짜리 종이 보빈들이 포개져 있는 커다란 창고를 통해 안으로 들어가 휴대품 보관실에 있는 질베르를 찾아갔다. 그런데 초췌한 얼굴을 하고서 앉아 있던 질베르는 뭐가 그리 급한지 프랑수아의 어깨를 덥석 잡고는 〈자, 자, 이리 좀 와봐〉라고 하는 것이었다. 하지만 그는 길을 건너 선술집에 가는 대신 비상구 철문에 등을 기대고 섰다.

「아, 친구야…….」 그는 땅이 꺼질 듯 한숨을 내쉬었다. 「이건 아무한테도 말하지 마, 엉? 약속하지?」

그는 지금 제정신이 아니었다.

「『주간 스포츠』는 이제 끝났어. 회사 문 닫는대…….」

질베르는 정보가 빠른 친구였다.

「이건 정말 일급비밀이야, 알겠어? 여드레 후에는 공식화되겠지만, 그 전까지는 비밀이야. 왜냐하면 직원들이 단체 행동을 할까 봐 겁이 나거든…….」

질베르는 직장을 잃을 것이었다. 프랑수아는 자신은 직장이 있다는 게 부끄럽기까지 했다.

「『르 포퓔레르』에 한번 알아봐 줄 수 있겠어? 거기서 사람을 구하는지 말이야…….」

대답은 둘 다 알고 있었다. 이것은 그냥 하는 말일 뿐이었다.

「물론이지, 내가 한번 물어볼게…….」

속내를 털어놓고 비밀을 누설한 질베르는 힘이 쏙 빠진 것 같았다. 그는 아주 힘이 센 금발 청년으로, 복싱하던 시절의 유산으로 오른쪽으로 휘어진 코를 갖고 있었는데, 이 코 때문에 부드러우면서도 약간 어벙한 인상을 갖게 되었다. 프랑수아는 땅을 내려다보며 뭔가를 생각했다.

「자, 가자고.」 질베르가 말했다. 「가서 한잔…….」

「아니, 미안한데 내가…… 해야 할 일이 하나 있어……. 우리, 다음에 봐, 응?」

질베르는 힘없이 두 팔을 옆으로 벌렸다. 벌써 저만치 간 프랑수아는 지하철역으로 달렸고, 다시 랑뷔토로 돌아와서는 그 어느 때보다 결연한 걸음으로 『르 주르날』에 들어갔다. 마침 엘리베이터가 도착했고, 그는 안으로 뛰어들었다.

「아래에서 일하세요?」 엘리베이터 보이가 아는 척하면서 물었다.

「네, 음…… 아니요.」

널찍한 복도의 자동으로 닫히는 이중문이 편집실과 집행부 사무실을 나누고 있었는데, 사무실 안은 언제나 사람들로 북적거렸다. 프랑수아는 그가 아는 무엇과도 같지 않은 이 분위기에 깜짝 놀라며 앞으로 나아갔다. 그에게 『르 주르날』은 기업이 아니라 하나의 모험이었고, 거기서 부산히 움직이는 사람들은 직원이 아니라 개척자들이었다.

「당신이 여기서 뭐 하고 있는 거요?」

지금까지는 항상 데니소프를 피해 왔는데, 어느 순간 그를 마주하고 있었다.

프랑수아는 미소를 지으며 주위를 둘러봤다.

「사용 가능한 신문 용지 보빈이 서른 개 있습니다.」 그는 나지막하게 말했다. 「값이 비싸지도 않고요. 생각 있으세요?」

데니소프는 지그시 고개를 앞으로 기울였다.

「『주간 스포츠』가 폐간될 겁니다. 기밀 사항인데, 며칠 내로 공식화될 거예요. 제가 보기에는 파산 전에 종이 재고를 처분할 수 있다면 모두에게 좋을 겁니다…….」

데니소프는 허허 짤막하게 웃으며 고개를 끄덕였다.

「어이, 말레비츠, 이리 좀 와봐!」

그는 40세가량인 한 남자의 팔을 잡으며 말했다. 비만의 징

후가 보이는 그는 머리칼과 수염은 하얬지만 숯처럼 새카맣고
빽빽한 눈썹 때문에 눈빛에서 불안스러운 뭔가가 느껴졌다.

「이 친구 이름은…….」

데니소프는 프랑수아 쪽으로 고개를 돌렸다.

「프랑수아 펠티에입니다.」

「좋아, 우리 프랑수아 펠티에를 한번 써보자고. 잡보(雜報)
부에다 집어넣어. 2주 내로 뭔가를 보여 주지 못하면 쫓아 버
리고.」

말레비츠는 뭐라고 말을 하려고 입을 벌렸지만, 데니소프가
자기 사무실 문턱에서 그들에게 고개를 돌리며 프랑수아에게
소리치는 바람에 끊겨 버렸다.

「9천 프랑이야!」

청년은 고맙다는 표시로 손을 들었다. 방금 그의 월급이
3백 프랑 줄어든 것이다.

4
하지만 언젠가는 끝날 거야

시차에도 불구하고, 아니 어쩌면 시차 때문에, 에티엔은 잠을 이룰 수 없었다. 겨우 몇 시간 눈을 붙였나 싶었는데 벌써 침대에 앉아 있었고, 때는 아직 한밤중이었다. 조제프는 한쪽 눈을 떴다가 돌아누워 다시 잠이 들었다.

레몽이 떠난 이후로 자주 그러듯, 에티엔은 담배 한 대를 피워 물고는 유연한 가죽 재질로 된, 그 안에 서신들을 보관하는 책 커버를 무릎 위에 올려놓았다. 레몽은 늘 〈친애하는 에티엔〉이라는 말로 편지를 시작했다. 이보다 덜 친밀한 표현은 없겠지만, 그는 자기 편지가 군 검열에 걸릴지 모른다는 강박 관념에 사로잡혀 있었다. 〈넌 무슨 시골 사촌에게 편지 쓰듯이 나한테 편지를 써〉라고 에티엔은 답장에서 말했지만, 친구를 곤경에 처하게 하고 싶지는 않았기 때문에 도발적인 내용을 쓰는 것은 삼갔다.

〈여기 기후는 정말 끔찍해〉라고 레몽은 썼는데, 여기서 〈기후〉는 단지 날씨만을 얘기하는 게 아니었다. 물론 더위와 습기와 시도 때도 없이 쏟아지는 비도 문제지만, 어떤 의심의 분위기가 팽배해 있다는 것이었다. 〈이곳 사람들은 전혀 예측할 수 없어서 나를 굉장히 불안하게 만들어. 요리사가, 일주일 전에 뽑은 정찰병이 별안간 병사들 한가운데에 수류탄을 던지고는 잽싸게 도망쳐 버릴 수 있는 곳이야.〉하지만 아마도 에티엔을 불안하게 하고 싶지 않아서인 듯, 편지가 거듭됨에 따라 레몽이 일상을 언급하는 일은 점점 줄어들었다. 그렇다면, 다른 사람들에 대해 얘기하는 걸 그만뒀다면 자신에 대해서 좀 얘기하면 좋을 텐데, 그는 이 점에 있어서도 아주 인색했다. 에티엔은 그의 입대에 대한 얘기를 두 번 꺼냈다. 초등학교 교사가 자원해서 외인부대에 입대하는 일이 매일 있지는 않은 것이다. 하지만 레몽은 항상 설명을 피했다. 〈나중에 다 얘기해 줄게〉, 이렇게 말하고 슬그머니 빠져나갔다. 에티엔은 더 캐묻지 않았지만 이에 대해 여러 가지 상상을 했다. 레몽은 누군가를 죽이고 도망쳐야 했던 걸까? 그는 학창 시절에 주먹싸움한 기억을 꺼내기도 하는 강골이긴 했지만 그렇다고 해서 살인까지는……

레몽은 군인이 되었지만 초등 교원의 필적을 간직하고 있었다. 종이 왼쪽에 여백을 5센티미터나 남긴 채 굵어졌다 가늘어졌다 하는 선으로 멋지게 글을 썼다. 맞춤법 오류라고는 눈을 씻고 찾아봐도 없었다. 그들이 처음 만났을 때 에티엔을 매혹시킨 또 한 가지는, 레몽이 교양이 풍부한 사람이라는 점이었다. 병영에 돌아가야 할 시간이 되었을 때 시간이 좀 늦으면 그는 이렇게 말하곤 했다. 「헤르메스, 그대는 무엇이든 할 수 있지만, 나는 신들의 심기를 거스를 수가 없다네!」 그는 심각한 표정이었지만 속으로도 그런지는 알 수가 없었다. 레몽의 보직 덕분에 그들은 일주일에도 여러 번 볼 수 있었는데, 에티엔은 한 번도 읽어 본 적이 없는 『오디세이아』를 레몽은 처음부터 끝까지 이야기해 주었다. 그런데 이런 사람이 대체 왜 외인부대에 들어왔단 말인가? 이것은 그의 뇌리를 떠나지 않는 의문이었다. 오디세우스의 여행 이야기를 들려주는 연인이라니, 너무나 당황스럽고 뜻밖이었다. 또 너무나 존경스럽기도 했다. 에티엔에게는 하나의 계시와도 같은 일이었다. 그와 같은 사람에게 선택된 자신의 행운이 믿기지 않았다.

〈아니,〉 좀 더 최근에 레몽은 이렇게 썼다. 〈난 절대 거기로 돌아가지 않을 거야.〉 자신이 자라난 브뤼셀을 말하는 것이었다. 〈너, 나와 함께 있을 거야?〉 지금까지도 이 몇 마디 말에 에티엔의 눈에는 눈물이 고였다. 왜냐하면 이제 오디세우스는 바로 자신이었기 때문이다. 너무나 오랫동안 떨어져 있는 사랑을 찾으려 하는 자신, 그를 다시 만나기 위해 이 여행을 하고 있는 자신이 바로 오디세우스인 것이었다.

과연 신들이 내게 호의를 베풀까? 의구심에 가슴이 꽉 조여들었다.

열대의 나른한 공기와 사방에서 들리는 아시아인들의 억양만 아니었다면, 사이공의 인도차이나 외환국은 그 낡아 빠진 복도, 시끄러운 마루, 굳게 닫힌 문, 끽끽대며 혼란스럽게 돌아가는 선풍기, 민원인들로 꽉 찬 사무실, 그리고 쏟아지는 업무에 정신을 못 차리는 공무원 들로 프랑스의 여느 관청과도 비슷했을 것이다. 에티엔은 전날 동료들을 소개받았지만 아직 누가 누군지 알 수 없었다. 누군가가 그에게 눈짓 등으로 살짝 아는 척을 하면, 그는 고개를 끄덕이며 씩 웃기만 했다.

창살 친 카운터 뒤로 위치한 커다란 홀에 인도된 그는 프랑스인과 아시아인이 섞인 새 동료들과 악수를 나눴지만, 모두가 민원인을 상대하고 있었기 때문에 스치듯이 했을 뿐이었다. 이른바 〈프랑스 이체〉, 다시 말해 프랑스에서의 물품 구매를 신청한 자들은 먼저 그들의 신청 서류가 완전한지 확인하기 위해 창구를 거쳐야 했다. 에티엔이 맡게 될 업무는 이 서류들을 검토한 후 신청자들과 면담하여 그들에게 보충 서류를 요구하거나 외환국의 결정을 알려 주는 일이었다.

그는 우선 자신에게 주어진 책상의 먼지투성이 상판을 닦은 뒤, 청소하는 동안 바닥에 내려놓았던 서류들을 다시 제자리에 놓았다. 그런 다음, 조금만 움직여도 돼지 멱따는 소리로 비명을 지르는 의자에 앉아 일하기 시작했다. 처리해야 할 사안들은 주로 식민지 회사들의 프랑스 내 상품 구매와 관련된 것이었다. 각 신청 서류에는 이 구매로 인해 인도차이나 경제가 입게 될 혜택을 보여 주기 위한 긴 설명이 포함되어 있었다. 이렇게 사람들은 프랑스에서 모터, 각종 공구, 채소 씨앗, 영화, 철판, 시멘트 부대, 세면기, 우산, 비료, 회중전등, 사무실 집기 등을 사들였는데, 인도차이나가 정상적으로 굴러가고 발전하기 위해 필요한 물건의 양은 그야말로 눈알이 튀어나올 정도였다. 에티엔은 견적서와 납품서 들을 확인하며 첫 오전 시간을 보냈다. 아주 따분한 작업으로, 무더위와 담배 연기는 조금도 도움이 되지 못했다.

검토를 진행하며 그는 문제가 없어 보이는 신청 서류는 오른쪽에 두고 미심쩍어 보이는 것들(과도한 액수로 견적된 것들은 냄새가 솔솔 났다)은 반대편에 두었다.

얼마 안 가서 두 번째 서류 더미의 높이가 첫 번째 것의 두 배가 되었다.

이걸 어떻게 해야 하나?

아직 국장에게선 아무런 지침도 없었다.

오전 중반쯤 되었을 때, 동료 중 하나가 옆구리를 붙잡고 걸어 나가는 게 보였다. 에티엔이 이름을 기억하는 몇 안 되는 사람 중 하나로 모리스 벨루아르라는 자였다. 몸도 얼굴도 퉁퉁한 그는 잿빛 머리칼, 그리고 동물원의 사자나 일본 판화의 성난 사무라이에서 볼 수 있는 송충이 같은 눈썹을 하고 있었다. 손가락은 니코틴에 절어 샛노랬다. 가스통이 나지막하게 설명해 준 바에 의하면, 그의 아내는 고위 장교들 중에서 애인을 고르며, 행동이 상당히 공격적이기 때문에 〈파견군〉이라는 별명이 있다고 했다. 또 벨루아르 쪽은 어떤가 하면 그에게는 안남인 정부가 있는데, 그 정부는 그와의 사이에서 4년 만에 얻은 두 아이와 함께 카티나가(街)의 아파트에서 하인까지 몇 명 거느리며 살고 있단다.

잠시 후 따라 일어선 에티엔은 약간의 휴식이 필요하다는 구실로 그가 서 있는 테라스로 나갔다.

에티엔은 혹독한 기후에 대해(보면 알겠지만, 결국 적응하게 될 거야), 단조로운 업무에 대해(여기선 두 가지 일밖에 없어. 골치 아픈 일들과, 골치 아픈 결과를 가져오는 일들. 난 첫번째 것을 더 좋아하지만……), 우기에 대해(보게 되겠지만, 한

113

번 쏟아지기 시작하면 장난이 아니야……) 무한한 인내심으로 그와 대화를 나눴고, 담배를 다 피운 후에는 다시 사무실을 향해 걸음을 옮겼다.

「전 외인부대에 사촌이 한 명 있어요.」

「아, 그래? 여기 사이공에?」

「네. 그런데 이상하게도 한 달 전부터 소식이 없네요…….」

벨루아르는 천장을 올려다보며 모든 것을 다 알고 있는 사람 같은 심오한 표정을 지었다.

「음…… 신흥 종교들 쪽을 정리하기 위해 파견됐을 거야. 내가 들은 바에 의하면, 최근에 빈 쑤엔 부대[26]가 꽤나 설쳐 댔다는군. 하지만 언젠가는 끝이 나겠지.」

에티엔으로서는 아시아에서 〈신흥 종교〉 얘기를 들으니 이상하지 않을 수 없었다. 그렇다면 파견군이 여기 있는 게…… 종교 전쟁을 위해서란 말인가? 에티엔이 깜짝 놀라는 모습은 여실히 드러났다. 레몽은 한 번도 신흥 종교에 대해 언급한 적이 없었다. 베트민에 대해서는 얘기했고 공산주의자들도 당연히 언급했지만, 신흥 종교에 관해서는 한 번도 언급하지 않았다.

벨루아르는 무슨 예언자나 된 듯이 한층 신비스러운 표정을 지었다. 그는 이런 식으로 폼 잡기를 좋아했으니, 자신에게 어떤 광휘와 위대함을 부여한다고 생각했기 때문이다.

「신흥 종교란 비단 종교에만 관련된 게 아니야. 왜냐하면 말

---

26 베트남의 정치 깡패이자 군벌인 레반비엔이 이끈 군사 조직으로, 당시 베트남의 명목적 황제였던 바오다이 황제에 충성을 맹세하고 공산주의자들과 싸웠다.

이지…….」

그는 문외한에게 드높은 진리들을 드러내는 게 꺼려진다는 듯한, 이런 것들을 설명하게 되어 자못 당황스럽다는 듯한 표정을 지었다.

「나중에 알게 되겠지만, 황인종은 아주 특별한 인종이야. 아주 미신적인 인간들이지. 옛날부터 신앙이 필요했던 사람들이야. 그래서 어디에나, 인도차이나의 모든 지역에 신흥 종교가 있어. 이 신흥 종교는 종교라고도 할 수 있고, 무장 단체라고도 할 수 있고, 마피아라고도 할 수 있고, 깡패 조직이라고도 할 수 있지. 그래서 광범위하게 사람을 모아 큰 세력을 이루게 되는 거야.」

「하지만 사람들이…… 무엇을 믿는 건가요?」

벨루아르는 피식 거만한 웃음을 흘렸다.

「뭘 믿긴, 신흥 종교를 믿지! 왜냐하면 식민 지배를 하는 프랑스와 무시무시한 베트민 사이에서, 신흥 종교는 약간이나마 평화를 얻을 수 있는 유일한 해결책이기 때문이야. 처음에는 신앙에서 출발하지. 그러다 나중에는 스스로를 보호하기 위해 군대를 만들고, 필요를 충족시키기 위해 아편을 밀매하고, 그렇게 신흥 종교는 점점 커지게 되는 거야. 그게 커질수록 신도들은 더 잘 보호를 받게 돼. 일종의 생명 보험인 셈이지. 그것도 열렬히 신봉하는 생명 보험.」

「프랑스는 그들과 전쟁을 벌이고 있나요?」

「경우에 따라 달라. 거기엔 양면이 있어.」

「마지막으로 보낸 편지에서, 제 사촌은 히엔지앙이라는 곳을 얘기했어요.」

115

「거긴 북쪽에 있을 거야.」

「지도상으로는 여기, 북서부 같던데요…….」

「그가 여기에 있다면 가서 찾으면 되잖아?」

벨루아르는 기분이 상했다. 어느 누구에게도 들을 수 없는 것들을 가르쳐 주었건만, 이렇게 지리적인 세부 사항 하나를 가지고 따지고 드니 역정이 난 것이다.

그는 담배를 짓눌러 끄고는 자기 자리로 돌아갔다.

자기 책상으로 돌아와 서류에 파묻혀 있던 에티엔은 점심시간이 됐다는 소리에 깜짝 놀랐다.

「어때, 할 만해?」 가스통이 물었다.

그들은 다른 동료들과 함께 출구 쪽으로 걸었다. 이체 신청을 위해 온 민원인들은 자리에서 움직이지 않고 공무원들이 돌아올 때까지 기다릴 것이었다. 에티엔이 그의 유일한 관심사에 대해 가스통에게 막 질문하려 하는데 한 남자가 그에게로 다가왔다. 작달막하고 포동포동한 체격에 샐샐 웃는 것이, 아주 약삭빠르게 느껴지는 눈과 어린아이 같은 입을 가진 사람이었다. 또 둥근 광대뼈는 반들반들하게 튀어나왔고, 정수리에는 빽빽한 검은색의 머리칼이 마치 어떤 앵무새의 도가머리처럼, 혹은 웃긴 만화에 나오는 갑자기 겁에 질린 어떤 인물의 그것처럼 자랑스럽게 하늘로 치솟아 있었다.

「전 즈엉깍지엠이라고 합니다.」 그가 자신을 소개했다. 「장테 국장님의 소개로 왔어요, 네, 네, 네.」

그는 날카롭고도 약간 코 먹은 듯한 목소리를 가지고 있었다. 손이 뜨겁고 축축하여 에티엔이 손가락 몇 개만 내밀자, 그는 그걸 잡으면서 히히 웃으며 새하얀 이를 드러냈다.

「에티엔 씨에게 보여 드릴 게 있어요. 아주 멋진 아파트죠. 한번 보고 싶으시다면…… 위치도 좋고, 아주 괜찮은 아파트예요.」

그는 문장의 마지막 음절을 약간 올려서 발음하여, 그것을 질문처럼 들리게 하는 경향이 있었다.

「거기 가시면 편하게 지내실 수 있을 거예요, 네, 네, 네.」

이런 말버릇만 제외한다면 지엠의 프랑스어는 매우 훌륭했다. 에티엔은 그가 어디서 이런 프랑스어를 배웠는지 물어보고 싶은 것을 꾹 참으며(이런 질문을 숱하게 들었을 테니까) 그의 뒤를 따랐다.

형편없는 방향 감각의 소유자인 에티엔은 이내 어디가 어딘지 알 수 없게 되었다. 시내는 사람들로 들끓었다. 어딜 가나 보도를 점령한 가게, 행상, 이들이 외치는 소리, 보따리나 바구니를 들고 가는 사람, 사방으로 뛰는 아이들이 있었다. 거리들은 다 비슷비슷했다.

「보면 아시겠지만, 외환국에서 멀지 않아요, 네, 네, 네. 아주 편리하죠.」

실제로 그들은 몇 분 만에 한 중산층 아파트 건물 앞에 이르렀다. 이 건물에는 엘리베이터까지 구비되어 있었는데, 사실 엘리베이터라기보다는 화물 승강기에 가까웠다. 그래도 씩씩하게 할 일을 다 하고 있어, 5층까지 올라가야 하는 입장에서는 다행스러운 일이 아닐 수 없었다.

아파트는 단순하면서도 깨끗했고, 도시의 일부분이 내다보였다.

가구가 제대로 갖추어진 방이 두 개였고, 화장실은 층계참에 있었지만 개인용이었다.

「집세는 6백 피아스트르예요.」 설명을 시작한 지엠은 에티엔이 흠칫하는 것을 보고는 곧바로 덧붙였다. 「하지만 제가 450에 얻었죠!」

에티엔은 미소를 지었다.

「제가 이런 할인 혜택을 누리는 것이 누구 덕분이죠, 즈엉 씨?」

「제 이름은 즈엉칵지엠입니다. 하지만 그냥 지엠이라고 불러 주세요.」

「네, 지엠 씨…….」

「그냥 지엠이라고요! 원하시면 즈엉 씨라고 불러도 되지만, 지엠이 더 나아요.」

「좋아요, 지엠. 자, 그래서 이 할인 혜택은?」

「집주인이 제게 신세진 게 있거든요. 그걸 당신에게로 돌렸죠, 네, 네, 네.」

에티엔은 다시 한번 아파트를 둘러보았다. 침대는 쓸 만했고, 옷장 내부에는 먼지가 보이지 않았고, 주방으로 쓰이는 공간도 깨끗했으며, 모든 것에서 조금은 수도원을 연상시키는 단순성이 느껴졌다.

「날씨가 늘 이렇게 덥나요?」

「지금은 그런 계절이죠. 네, 아주 더워요.」

에티엔이 입구와 거실 창문 사이로 공기를 통하게 하는 방법이 없을까 생각해 보고 있는데, 복도에서 사람 목소리와 뭔가가 둔탁하게 부딪히는 소리가 들렸다. 지엠이 가서 문을 여니 전날 보았던 바짝 마른 짐꾼 둘이 미소 띤 얼굴로 나타났다.

그들은 가져온 트렁크를 머리 높이에서 내동댕이치는, 자신들이 보기에 매우 전문가적인 동작으로 임무를 완수했다. 오른쪽에 있는 짐꾼은 한 손에 조제프의 바구니를 들고 있었는데, 그것 역시 내동댕이치려 하는 것을 에티엔이 황급히 달려가 겨우 막았다. 고양이는 풀어놓자마자 침대 밑으로 몸을 숨겼다.

「그래, 좋아요.」 에티엔은 트럭에서 떨어진 것처럼 찌그러진 트렁크를 바라보며 말했다. 「이 아파트를 얻는 게 좋겠어요.」

이어 헌신적인 짐꾼들과 지엠 사이에서 기나긴 협상이 벌어졌는데, 결국 지엠이 에티엔에게로 고개를 돌리며 침통한 눈빛으로 이렇게 말했다.

「에티엔 씨, 이 트렁크 운반비를 12피아스트르 이하로는 못 내리겠네요.」

에티엔은 호주머니 속에서 돈을 찾으면서, 지엠이 이 거래에서 수수료를 얼마나 챙겼을지 궁금해했다.

짐꾼들은 돈을 받자마자 사라졌고, 계단을 뛰어 내려가는 급한 발걸음 소리만 들렸다. 에티엔은 마지막으로 실내를 빙 둘러보았다. 독신자의 거처라기보다는 수도사의 독실에 더 가까운 장소였다. 레몽이 이런 생활 공간을 보게 된다면 웃음을 터뜨리리라.

다시 보도로 내려온 그들은 외환국 쪽으로 걸음을 옮겼다.

「혹시 실례가 되지 않는다면,」 에티엔이 물었다. 「아파트 소개해 주는 것 말고 정확히 하시는 일이 뭔가요?」

지엠은 한 손으로 입을 가리며 히히 웃은 다음 두 손바닥을 펼쳐 보였다.

「보통은 거래 브로커로 일하죠, 네, 네, 네.」

가스통이 이체에 대해 설명한 내용이 다시 떠올랐다.

「하지만,」 지엠이 입을 약간 삐죽하며 덧붙였다. 「요즘 사업이 별로 안 좋아요, 안 좋아, 안 좋아, 안 좋아.」

「그래서 이렇게 저를 잡은 거로군요.」

지엠의 얼굴이 새빨개졌다.

「에티엔 씨, 당신은 경우가 달라요. 당신은 친구란 말이에요!」

에티엔은 웃음을 터뜨렸다. 둘이 알게 된 지 겨우 10분이나 되었나?

잠시 긴장이 풀린 순간을 이용하여, 그리고 마치 이 질문이 갑자기 머리에 떠오른 것처럼, 에티엔은 외인부대의 이동 상황에 대해 물으면서 자기 사촌 레몽도 함께 언급했다.

「히엔지앙이라고 했나요?」

지엠의 발걸음이 아주 잠깐 동안 느려졌다.

「에티엔 씨, 여기서 군사 이동은 극비 사항이에요, 네, 네, 네. 사방에 베트민의 귀가 깔려 있어요. 간첩들 말이에요! 그래서 아무도 군인들에 대해 얘기하지 않아요.」

그들은 한 과일 장수의 진열대 앞에서 걸음을 멈추고는, 파인애플 얇게 썰어 놓은 것을 몇 조각 사서 보도에 선 채로 먹었다.

「사촌이라고 했나요?」 지엠이 물었다. 「펠티에 사병?」

「어…… 아뇨. 우리 어머니 쪽 사촌이에요. 벨기에 쪽 지파죠. 이름은 레몽 판 묄런이고, 제3연대 소속이에요.」

그들은 외환국에 도착했다.

「제가 한번 물어볼게요. 한번 알아보긴 하겠는데, 절대 약속은 못 해요, 네, 네, 네.」

「물론이죠. 알아내지 못해도 상관없어요.」

「하루만 기다려 보세요, 네, 네, 네.」

지엠이 멀어져 가는데, 에티엔이 그를 다시 불러 세웠다.

「그런데 말이에요, 지엠, 저는 관광객이 아니에요.」

지엠은 머리를 옆으로 갸우뚱 기울였고, 그 통에 도가머리가 출렁거렸다. 조금 전 에티엔은 지엠이 짐꾼들과 대화하는 것을 들으면서 그의 억양 가운데 몇 가지 뉘앙스를 알아들었기에, 조금 조정이 필요하겠다고 판단한 것이다.

「지엠 씨가 제게 이 나라의 정취를 느끼게 해주신 것에 대해 무척 감사하게 생각해요.」 그가 미소 지으며 말했다. 「아주 친절한 일이긴 하지만, 제게 베트남 억양을 과장하는 것은 필요치 않아요. 그러니까 네, 네, 네, 아뇨, 아뇨, 아뇨, 같은 말은 이제 안 해도 된다고요.」

지엠은 미소를 지으며 고개를 끄덕였다. 좋아, 알았어요.

＊

지엠이 이런 식의 봉사를 할 때마다 꽤 많이 챙길 거라는 생각이 들기는 했지만, 에티엔은 이자를 정확히 알기 전에 그에게 너무 많은 빚을 지는 것이 꺼려졌다.

「이 지엠이란 친구는 온갖 일을 다 해.」 가스통이 말했다. 「손에 걸리는 것은 다 하지. 왜냐하면…… 자식이 여덟 명이나 되거든. 게다가 부모와 장인, 장모도 한집에서 살기 때문에 먹여야 할 식구가 거의 사단이야!」

지엠과 자신은 같은 신분이 아니라는 점을 강조하기 위해 가스통은 반지를 톡톡 두드리며 덧붙였다.

「물론 그는 항상 이체 쪽을 흘끔거리고 있지. 하지만 그는 작은 물에서 노는 친구야. 조그만 건수나 계약으로 입에 풀칠하는 친구라고! 큰 회사들과는 아무런 관계가 없어. 일테면 날품팔이 기술자라고나 할까……. 큰 걸 바랄 수 없는 처지야.」

가스통은 입을 삐죽 내밀며 거만한 표정을 지었다. 민원인들을 응대할 때와는 전혀 다른 모습이었다.

그의 책상은 에티엔의 자리에서 몇 미터 떨어져 있었다. 그곳에는 매 45분마다, 유럽식 복장과 광낸 구두와 금팔찌와 뿔테 안경 차림을 한 아시아인들에서부터 시작하여, 플랜테이션 경영자의 아내들과 파견군 군인들에 이르기까지 각양각색의 이체 신청자들이 이어졌다.

에티엔은 오전에 따로 두었던 미심쩍어 보이는 서류들을 다시 살펴보며 오후 시간을 보냈다.

국장의 지시가 내려올 때까지 뭔가를 좀 이해해 보고자 그는 가장 액수가 큰 이체 신청 건을 들여다보았다. 그것은 르루 프레르사(社)가 15만 피아스트르에 상당하는 학교 교과서를 구매하기 위해 프랑스에 넣은 주문이었는데, 설명에 따르면 이 얄팍한 책자는 〈인도차이나에서의 프랑스어 및 프랑스 문화의 발전과 원주민의 문맹 퇴치〉를 위한 것이란다. 에티엔은 맨 위층의 문서실로 올라갔다. 여전히 조용하고 얼굴이 쭈글쭈글한 늙은 아니는 말없이 그를 맞았고, 판자 상자들과 끈으로 묶은 서류들의 무게로 무너질 것 같은 회색의 입식 선반들

가운데로 사라졌다.

「자, 르루 프레르사 자료예요.」

그는 대장에 서명하고 서류를 읽기 위해 자기 사무실로 돌아왔다.

필리피니가 12번지에 자리 잡은 이 무역 회사는 지난 4년 동안 각종 미용 기구(가위, 면도칼, 드라이어, 컬 클립)와 농업용 기구(쟁기, 보습의 날, 갈퀴)는 물론 심지어 〈인도차이나의 각 항구로 쌀을 실어 나르는 정크선들에 설치하기 위한〉 선박용 모터까지 포함된 다양한 물품의 수입을 위해 열두 건의 이체를 신청한 바 있었다. 이 모터들을 판매한 프랑스 회사는 이게 RN-P1이라는 시제품이라고 명기하며 천문학적인 금액을 청구했다. 에티엔으로서는 쌀을 실어 나르는 정크선들에 무슨 이유로 시제품 모터가 필요한지도 모호했거니와, 이런 모터를 예순 개 이상이나 수입한 것도 잘 이해가 되지 않았다. 예순 개라면 어떤 큰 공장에나 들어갈 물량인 것이다.

그가 계산해 보니 지금까지 르루 프레르사가 승인받은 이체 총액은 2백만 피아스트르가 넘었다. 사이공에서는 대략 1천 7백만 프랑이고 프랑스로 건너가면 3천4백만 프랑이 되는 거액이었다.

「방해해서 미안하네.」

장테 국장이었다.

「잠깐 시간 있나? 음, 그러니까…….」

에티엔은 자신이 기다리는 것을 국장이 마침내 말해 주기를 바랐지만, 장테는 그냥 카운터 건너편에 있는 50세가량의 남자 하나를 가리켰고, 남자는 마치 그들 사이에 어떤 묵계라도 존재하는 듯이 이쪽으로 살짝 손짓을 했다.

「저 양반은 미슈 씨야. 어저께도 왔었는데, 오늘 다시 왔
어…….」

장테는 짜증 나는 듯이 카운터 쪽으로 손을 휙 저었다.

「에이, 저 인간들은 도대체가 일을 진척시키질 못한다니까!
좋아, 그러니까 말이야, 저 미슈 씨가 내일 배를 타기 때문에,
사무실을 닫기 전에 처리해 줘야 해…….」

에티엔이 좀 멍한 표정을 짓자, 장테 씨는 금방 열을 냈다.

「이 땅을 완전히 떠나게 될 때는 말이야,」 그는 격렬한 어조
로 설명했다. 「자기가 소유한 것을 모두 프랑스로 가져갈 권리
가 있어! 그게 당연한 거라고!」

하지만 설명을 시작할 때 그를 사로잡았던 활력은 금방 녹
아 버렸다. 그는 상황의 진부함을 강조하려는 듯, 무심한 어조
로 말을 이었다.

「구비 서류가 완전하면 말이야, 그냥 이체를 허가해 주면 된
다고…….」

그는 크게 손짓을 하여 미슈라는 사내를 부르고는 멀어져
가더니만 뭔가 생각났는지 다시 돌아왔다.

「아, 맞아. 여기서 〈르 메트로폴〉은 하나의 제도나 다름없으
니까 꼭 알아 둬야 해. 이따 한번 오라고. 아페리티프나 한잔하
면서 베이루트 얘기나 하게. 그리고 여기는 골치 아픈 일들이
너무 많아서 정신이 없어. 저녁 7시에 딱 맞춰 와야 해. 왜냐하
면 그 후에는…… 뭐, 알겠지만…….」

그는 미슈 씨와 인사도 안 나누며 엇갈려 지나갔고, 문제의
미슈 씨는 에티엔 맞은편의 의자에 거센 안도의 한숨을 몰아쉬

며 털썩 주저앉았다.

자기 사무실로 돌아간 장테는 이 일에는 더 이상 관심도 없는 것 같았다.

미슈 씨는 체크무늬의 커다란 손수건으로 이마를 훔쳤다.

「난 이놈의 기후에 전혀 적응이 안 돼요.」 그는 홍건한 땀으로 얼룩진 두툼한 서류철 하나를 손에서 내밀며 말했다.

에티엔은 서류철 속 문서들을 천천히 확인하기 시작했다.

「기후 때문에 떠나시는 건가요?」 그는 통관 서류들을 하나하나 체크하며 물었다.

「네, 특히 그 이유 때문이죠. 이제는 내가 힘에 부쳐요. 이놈의 습기, 더위, 그러고 나서는 몇 주 동안 양동이로 퍼붓듯이 무식하게 쏟아지는 비……. 정말이지 엿같은 나라예요! 난 롱그쥐멜[27] 출신이에요. 무슨 말인지 아시겠죠…….」

「아뇨, 잘 몰라요.」

「〈앙주의 온화한 날씨〉란 말, 안 들어 봤어요?」

미슈 씨는 경력 전체를 마르통 & 그자비에 무역 회사의 직원으로 보냈다.

그리고 인도차이나를 떠나는 지금, 재산이 1백만 피아스트르가 넘었다.

「보니까 선생님 월급이 대략 2만 프랑 정도였던 것 같은데, 맞나요?」

「네, 왜요?」

「왜냐하면 10년 동안 선생님 수입 전체를 다 저금한다 해도

27 프랑스 서부 메네루아르주에 있는 코뮌.

지금 가지신 것의 4분의 1도 안 되거든요.」

「네, 하지만 그게…….」

「그러니까, 이 차이가 어디서 온 건지 궁금해서요.」

미슈 씨는 고통스러운 표정을 지었다.

「선생, 내 아내가…….」

에티엔이 다음 말을 기다리고 있자,

「그녀가 도박을 하거든…….」

이 끔찍한 악덕을 고백한 순간이 지나자, 미슈 씨의 얼굴은 홀연 밝아졌다.

「다행스럽게도 그녀는 아주 운이 좋았다오.」

「음, 그렇군요…….」

미슈 씨는 인도차이나를 떠나면서 10년 동안 번 것의 네 배가 넘는 돈을 들고 있었다.

다시 말해서 8백만 프랑이었는데, 이 돈은 마르세유 부두에 발을 내려놓는 순간 1천6백만 프랑이 될 것이었다.

명백히 그는 명의 대여인이었다.

그는 다른 이들이 맡긴 돈을 가지고 떠나 아마도 상당한 액수의 수수료를 받을 것이었다. 하지만 미슈 씨가 이 나라를 완전히 뜨기 때문에 에티엔으로서는 이체 신청을 거부할 이유가 생각나지 않았다. 그는 자금 이체를 허가하는 직인을 찍었다. 미슈 씨는 고국에 돌아갈 수 있게 되어 깊은 안도감을 느끼는 것처럼 보였다.

✱

새 아파트로 짐을 옮겨야 한다는 핑계로 아주 일찍 퇴근한 에티엔은, 자전거 인력거를 잡아타고는 주(駐)인도차이나 프랑스군 사령부가 위치한 노로돔궁으로 향했다. 가까이서 본 거대한 건물은 전날 저녁보다도 훨씬 어마어마해 보였다. 그는 웅장한 층계를 통해 프런트까지 올라가서는 자신이 방문한 목적을 설명했다. 그는 이 사무실 저 사무실을 전전하다가 결국 한 중사 앞에 이르게 되었는데, 에티엔이 〈선생님〉이라고 부르자 호칭을 정정해 주는 걸로 봐서는 자기 계급에 애착이 강한 사람 같았다.

「병사들이 소식을 전하지 않는 것은 흔히 있는 일입니다.」
에티엔이 상황을 설명하자 그는 이렇게 말했다.

「규칙적으로 소식을 전하는 병사들도 있어요. 바로 그가 그렇고요.」

중사는 동면에 들어가는 짐승처럼 어깨를 움찔거리고는 안락의자 등받이에 깊이 몸을 묻으며 물었다.

「여기 계신 지 오래되지 않으셨나 봐요?」
이게 무슨 질문인지 알 수 없었다.

「네, 한 며칠…….」
그는 조금도 놀란 기색 없이 입으로 조그맣게 소리를 냈다.

「여기서 1개월 임무는 보통 있는 일이에요.」

「아무 소식도 없이요?」

「논만 깔려 있는 곳에는 우체통이 많이 있지 않답니다.」

「그럼 부대가 무전기도 없이 떠나나요? 부대장들이 자기 위치도 알리지 않나요?」

「무슨 일인가?」

에티엔은 고개를 돌렸다. 외인부대 제복 차림의 남자 하나가 문가에 나타났다. 자신감과 권위가 느껴지는 50대의 사내였다.

「이분께서 자기 사촌의 소식을 물으시는데요.」중사가 버벅거리며 말했다. 「외인부대 뮐런 일등병이랍니다.」

「판 뮐런입니다. 이름은 레몽이고요.」에티엔이 정정했다.

장교는 오랫동안 에티엔을 응시하더니 이렇게 물었다.

「사촌이라…… 당신 사촌이오?」

아, 에티엔은 이런 억양을 잘 알고 있었다. 함의로 가득한 이런 식의 표현을 말이다. 그는 대답하지 않고 그의 시선을 맞받는 편을 택했다.

「제3연대랍니다, 중령님.」중사가 덧붙였다. 「제2중대요.」

이 부연 설명에 눈썹을 치켜올린 장교는 에티엔에게로 눈을 돌렸다.

「우리는 작전 중인 부대의 위치에 대해 알려 줄 수 없으니 이해해 주셔야 하오. 성함이…….」

「펠티에입니다.」

중령은 고개를 끄덕였다. 그럼 그렇지, 뭐, 사촌……?

「펠티에 씨, 우리의 이동 상황에 대한 정보를 노리는 베트민의 첩자들이 사방에 깔려 있소. 기밀이 조금이라도 누설되면 부대 전체가 위험에 빠질 수 있는 거요.」

중사는 좀 더 정확히 말해 주는 게 좋겠다고 생각했다. 이 설명을 듣고 나면 모든 게 이해될 거라는 듯이 말이다.

「이분은 사이공에 온 지 며칠밖에 안 된답니다, 중령님.」

「마지막으로 보낸 편지에서,」에티엔은 버텼다. 「제 사촌은 히엔지앙 쪽으로 임무를 떠난다는 얘기를 했어요.」

곧바로 대답이 터져 나왔다.

「히엔지앙 쪽으로는 아무런 작전도 없었소.」

장교는 족히 머리통 하나는 될 높이에서 에티엔을 내려다보았다.

「하지만…….」

「만일 무슨 일이 일어났다면,」 장교는 자기 말을 끊는 것에 역정을 내며 말을 이었다. 「가족에게 통지를 했을 거요. 그리고 당신도 가족이라고 하니까…….」

그는 다시 복도로 나가려고 몸 전체를 홱 돌렸다.

「중사,」 그는 멀어져 가며 덧붙였다. 「이분을 배웅해 드리게.」

그럴 필요는 없었으니, 에티엔은 벌써 바깥에 나와 있었다. 층계로 향하는데 장교가 자기 사무실로 들어가는 모습이 보였다. 사무실 문에는 〈비라르 중령〉이라는 명판이 걸려 있었다.

그는 몹시 의기소침하여 노로돔궁을 떠났다. 군인들마저 정보를 이 정도까지 걸어 잠그고 있는 상황에서는 진실을 알아낼 가능성이 거의 없어 보였다.

〈기밀이 조금이라도 누설되면 부대 전체가 위험에 빠질 수 있는 거요〉라고 중령은 말했다. 이 〈히엔지앙〉이란 게 정확히 뭘까? 어떤 마을? 군사 기지? 불안한 상념이 여기까지 이르렀을 때, 에티엔은 자신이 지금 필리피니가에 와 있다는 사실을 문득 깨달았다.

호기심에 이끌려 15만 피아스트르어치의 학교 교과서를 수입한 르루 프레르가 있다는 12번지까지 걸어가 보니, 거기에는 〈아 볼타〉라는 이름의 코르시카 술집이 하나 서 있었다.

✳

르 메트로폴은 카티나가와 테아트르 광장이 접하는 모퉁이에 서 있는 커다란 4층 건물로, 2층과 3층에는 높고도 널찍한 창문들이 이어져 있었고, 다락방 지붕으로 덮인 맨 위층에는 넓은 테라스가 있었다. 에티엔에게는 멀리서 본 건물 전체가 휘황하게 밝혀진 크리스마스트리처럼 느껴졌다. 때는 바야흐로 신성한 아페리티프 시간이어서, 안쪽에 위치한 악단의 음악 소리를 덮어 버리는 와글거리고 왁자지껄한 소리, 아주 우연히 침묵이 깃든다해도 어렴풋하고 불분명한 메아리가 되어 그곳으로 파도쳐 오는 그 소리 속에서 사이공에서 중요한 것들이 전부 마주치고 있었다. 여기서 장테 씨를 찾는 것은 결코 쉽지 않았다. 에티엔은 서로를 부르는 남자들과 웃음을 터뜨리는 여자들의 눈길을 받으며, 또 음료가 산처럼 쌓인 널찍한 쟁반을 받쳐 든 흰 재킷 차림의 아시아인 종업원들을 피해 가며 테이블 사이를 헤매고 다녔다. 커다랗고 뿌연 유리잔에 담긴 소다수는 화려한 색깔들을 뿜내고, 붉은색과 금색의 병 주둥이들은 얼음 통 밖으로 솟아 있고, 크리스털 병들은 소리를 내며 맞부딪히는데, 그중 하나가 바닥에 떨어지기라도 하면 어떤 생일 파티에서처럼 테이블에서 테이블로 웃음소리가 퍼져 나갔다.

장테는 테라스의 한쪽 끝에, 잎사귀가 널찍한 커다란 식물을 등지고 앉아 있었다. 에티엔이 옆에 오자 그는 마치 자기가 초대했다는 사실을 기억하지 못하는 것처럼 깜짝 놀라는 몸짓을 했다. 그러다 그는 자신의 맞은편에 있는 등나무 의자를 가리키면서 화난 어조로 말했다.

「빨리 앉아. 모두가 자네만 쳐다보고 있어.」

사람들로 시끌벅적한 넓은 테라스 쪽을 돌아보며 에티엔이 대답했다.

「전 저 사람들이 관심을 가질 만한 인물이 아닌 것 같은데요?」

「그렇게 생각하지 말게. 자넨 외환국에서 일하잖아. 여기서 그건 아주 중요한 사실이야. 며칠 후에는, 아니 몇 시간 후에는 자네가 누군지 저 인간들 모두가 알게 될 거야. 이미 그렇게 됐는지도 모르지만 말이야.」

그는 주위의 시끄러운 군중이 너무나도 경멸스러운 듯이 말했다.

「여긴 카티나가에 있는 라디오라 할 수 있어. 이 테라스는 사이공의 온실이라 할 수 있지. 모든 게 여기서 자라고 또 예뻐져. 속내 이야기, 비밀, 협박, 뒷거래 등 모든 게. 독초들은 말할 것도 없고. 여자들이 애인을 구하고 남자들이 자기 정부를 과시하는 곳이 바로 여기야. 사이공은 말 그대로 상놈의 집안이지!」

에티엔은 이 아페리티프가 베이루트나 장테가 거기서 보냈다는 그 천국 같았던 하루 반나절을 회상하기 위함도, 그의 업무의 범위를 정해 주기 위함도 아님을 곧바로 깨달았다. 외환국 국장은 말벗을 찾는 우울증 환자였던 것이다. 가스통은 그의 아름다운 아내, 자식들을 언급했지만 모리스 장테에게 필요한 것은 다른 것, 즉 자신의 넋두리를 들어 줄 사람이었고, 오늘은 에티엔이지만 내일은 다른 사람일 것이었다.

그는 이따금 누군가를 향해 손을 들거나 고개를 끄덕이곤 했는데, 이 인사들은 마지못해 하는 것처럼 애매하고도 소원한 느낌을 주었다. 그는 위엄 있는 모습으로 칼바도스 두 잔과 탄산수 한 병을 주문했다. 술을 자주 마시지 않는 에티엔은 금방 취기를 느꼈다. 하지만 이렇게 얼근히 취해 있는 사람은 그만이 아니었다. 저 시끄럽고 유쾌한 군중은 전쟁 중인 나라의 주민들처럼 보이지 않았다. 심지어는 저쪽 멀리에서 빳빳하게 다린 멋진 제복을 빼입고 어떤 여자와 수작하는 비라르 중령도 작전 중인 군인 같지 않았다.

「여기선 〈전쟁〉이라는 말은 안 써. 〈평정(平定)〉이라는 말을 쓰지. 그럼, 뉘앙스가 중요하니까!」

장테가 쿡쿡거리는 듯한, 짤막하고도 건조한 웃음을 터뜨렸다. 그는 얘기할 때 특정 음절들을 강조함으로써 귀에 들리는 것과 정반대되는 것을 말하는 듯한, 뭔가 거슬리면서도 예측할 수 없는 느낌을 자아냈다.

「프랑스 정부는 베트민 놈들 전멸시키는 것을 포기했어. 잘한 일이라 할 수 있는데, 왜냐하면 불가능한 일이기 때문이야. 공산주의자들은 사면발니 같은 것이라서 없애 버렸다고 생각하면 항상 몇 마리가 남아 있고, 그 몇 마리만 있으면 다시 우글거리게 되지. 그래서 정부가 세운 새로운 계획은 그들을 고립시킨다는 거야. 모두에게 좋은 일이지. 왜냐하면 베트민은 자기 영토를 갖게 되고, 프랑스인들은 나머지 전부를 차지할 수 있으니까. 여기저기서 국지전이 일어나는 등 긴장 상태는 계속될 텐데, 이런 상황이 최대한 오래 계속되는 게 모두에게 이득이야. 이 전쟁은 이대로 끝내 버리기엔 너무 중요하거든.」

「그래도 전쟁보다는 평화가 낫잖아요.」

「경우에 따라 달라. 왜냐하면 일상적인 전쟁, 그렇게 힘들지 않은 전쟁도 있기 때문이야. 예를 들어 프랑스에서 사람들은 여기서 무슨 일이 일어나든 아무 상관 안 하는데, 여기에는 직업 군인만 있기 때문이지. 징집병들이 이곳의 논밭에 끌려와 뒈지지 않는 이상 그들에게는 전쟁이나 평화나 똑같은 거야. 왜냐하면 자기들 밥그릇에서 달라지는 것은 전혀 없거든.」

장테가 군사적 상황을 언급하고 있었으므로, 계속해서 레몽 생각을 하고 있던 에티엔은 슬쩍 물어보았다.

「군인들 말이죠, 그러니까 외인부대원 같은 사람들……. 이들이 하는 일이 정확히 뭔가요?」

「작전. 베트민 놈들이 카페테라스에 수류탄을 던지면 외인부대는 그들의 마을을 불태우는 거지. 만일 마을을 찾게 된다면 말이야. 뭐, 이렇게 장군, 멍군 하면서 같이 노는 거야. 파견군은 전쟁을 하고, 베트민은 게릴라전을 벌이고, 사이공은 게걸스럽게 처먹고…….」

그는 잔을 한번에 쭉 들이켰다.

「사이공은 완전히 별세계야.」

에티엔은 저녁 무렵에 들은, 타이어 펑크 소리라 생각했던 폭발음을 다시 떠올려 봤다. 그게 수류탄이었을까?

「그래, 물론 위험 요소들이 조금 있긴 하지.」

그는 테라스 전체를 빙 둘러보았다.

「하지만 한번 보라고. 저이들은 신경을 바짝 곤두세운 주민들의 모습이 아니야, 안 그래? 자넨 왜 그런지 아나?」

에티엔은 고개를 저어 〈아니요〉라고 대답했다. 장테는 잔을 다 비웠다.

「왜냐하면 그럴 만한 가치가 있기 때문이야.」

에티엔은 이 기회를 잡아 말했다.

「네, 그래요. 정말로 사람들이 그렇게 불안해하는 것 같지 않아요. 저도 여가를 이용해서 구경 좀 다녀 볼까 하는데, 히엔 지앙 쪽으로 한번 가볼까 해요.」

장테는 마치 제자들 중 하나가 형편없어 억장이 무너지는 교사처럼 눈을 질끈 감았다.

「뭐, 구경? 지금 관광하겠다는 건가? 여기, 인도차이나에서?」

「사실은 제게 사촌이 하나 있는데…….」

「자넨 지금 자기가 어디에 발을 들여놨는지 잘 모르는 것 같아…….」

장테는 손목시계를 들여다보더니 피곤하다는 듯이 쯧 하고 혀를 찼다. 잠시 망설이던 그는 갑자기 마음을 정했다.

「자네에게 뭔가를 보여 주겠네…….」

그는 벌써 일어서 있었다. 에티엔은 그 긴 테라스를 다시 가로지르며, 모두가 장테에게 인사하고 장테는 무례하게 느껴질 정도로 퉁명스럽고도 성의 없는 손짓으로 답례하는 모습을 보았다. 그는 걸음을 늦추지 않고 지나가면서 한 종업원에게 구겨진 지폐 몇 장을 건넸다.

그들은 카티나가로 내려왔다. 아이스크림 가게들과 고급 카페들이 늘어서 있는 와중에 춤추러 가는 유럽인들, 양념칠하여 구운 돼지고기를 파는 상인들, 군인들, 손을 잡고 걸어가는, 실처럼 호리호리하고 고양이처럼 우아한 베트남 아가씨들과 마주치게 되는 떠들썩하고도 활기 찬 대로였다. 장테는 화난 것처럼 성큼성큼 나아가면서, 동냥하는 아이들과 먹을 것을 사라고 내미는 상인들을 손을 저어 쫓았다.

그들은 벨지크 강변로에 이르렀다. 한 모퉁이에 웅장한 크리스탈 팔라스 호텔이 우뚝 서 있었는데, 머랭처럼 연하고도 나른하고도 게으른 듯한 형태를 띤 모습이, 창문과 테라스가 금방이라도 녹아서 보도 위로 흘러내릴 것 같은 느낌을 주었다.

장테는 열대 온실처럼 녹색식물들이 가득한 홀 안으로 서슴 없이 들어갔다. 계속 걸어 엘리베이터에 이르자, 막심스[28]의 종업원처럼 차려입은 베트남인 급사가 행선지도 묻지 않고서 그들을 테라스가 있는 6층에 내려 주었다. 높직한 대형 유리창 아래에서 미국 여자들이 샴페인 잔을 들고 얘기를 나누고, 파티복이나 턱시도 차림의 독일인, 프랑스인, 영국인 들이 담배를 피우며 수다를 떨고 있었다.

이제 완연한 밤이었다. 환하게 불 밝힌 테라스가 밤바다에 떠 있는 여객선을 방불케 했다.

장테는 쟁반 위에 놓인 샴페인 잔을 자기 것만 하나 집어 들었다. 그런 뒤 바나나나무의 일종인 듯한 식물의 엄청나게 큰 잎들이 펼쳐진 자기 화분의 가장자리에 엉덩이를 기대고는, 시끄럽게 떠드는 잡다한 사람들을 턱 끝으로 가리켰다.

「르 메트로폴의 테라스와 크리스탈 팔라스의 테라스 사이에 사이공에서 중요한 것들이 다 모여 있어. 초로의 외교관들, 한탕 노리는 인간들, 제비족들, 썩어 빠진 은행가들, 알코올 의존증 기자들, 매춘부들, 화류계 사람들, 프랑스 귀족들, 가면

28 파리 8구에 있는 고급 레스토랑. 20세기 중반에는 세계 최고의 레스토랑으로 여겨졌다.

쓴 공산주의자들, 막대한 부를 가진 플랜테이션 경영자들, 그 모두가 여기에 있지. 사이공이 하나의 도시라고 생각한다면 큰 착각이야. 이곳은 하나의 세계인 거야. 부패, 도박, 섹스, 알코올, 권력, 이 모든 것들이 모두가 경배하는 절대적 신, 즉 피아스트르 폐하의 권위 아래서 마음껏 뛰놀고 있다고!」

장테는 잔에 남은 샴페인을 화분에 단번에 부어 버린 뒤 테라스를 가로질렀다. 에티엔은 그를 따라 난간에까지 갔는데, 국장은 조명이 어둑한 그곳에서 걸음을 멈추고는 커다란 두 손을 난간 위에 올려놓았다.

그처럼 에티엔도 밤의 어둠을 응시했고, 그 거대한 검은 구멍에서 정박한 배들의 수많은 불빛들이 새어 나오는 것을 발견하고는 기이한 느낌에 사로잡혔다.

「느껴지나?」 장테가 물었다. 「이 강 냄새 말이야…….」

영어로 대화를 나누는 왁자지껄한 소리가 어떤 영화의 엔딩에서처럼 차츰 멀어지다가 결국 사라졌고, 대신 강기슭의 무겁고도 깊은 정적이 내려앉았다. 눈이 어둠에 적응함에 따라 이 검고 불안스러운 강의 주변에서 소택지나 논의 높게 자란 풀 같은 것들이 분간되었다.

「강 저쪽은,」 장테가 설명했다. 「베트민이야. 그들이 도시를 에워싸고 있지.」

그는 서로를 부르며 웃고 있는 몇 명의 호텔 고객들 쪽으로 고개를 돌렸다.

「여기 보이는 것은 인도차이나에서 프랑스에게 남아 있는 전부라 할 수 있어. 사실 사이공은 포위되고 고립된 요새에 지나지 않아.」

그들은 다시 강 쪽으로 고개를 돌렸다.

「저쪽 시골에 프랑스는 아무짝에도 쓸모없는 조그만 보루를 수백 군데나 지어 놨어. 파견군은 그것들을 방어하려 하고 있지. 심지어는, 그게 가능할 때는, 자네가 말하는 그 히엔지앙 같은 마을을 탈취함으로써 땅을 좀 점령해 보려고도 해. 하지만 만일 자네가 하늘로 올라가 내려다본다면 이 수백 개의 보루들 역시 포위되었다는 사실을 알게 될 거야. 그렇지 않다면 내일 포위되겠지.」

에티엔은 현기증을 느꼈다. 저 축축한, 파르르 전율하는 검은 구멍 속에 레몽과 그의 동료들이 있는 것이다. 에티엔은 순간적으로 레몽의 몸이 여기 있는 듯한 느낌에 사로잡혔다. 그의 따뜻하고 친숙한 숨결까지 느껴지는 것 같았다.

「이 나라를 구경하러 간다는 것은 자살 행위야. 2킬로미터도 제대로 갈 수 없을 거야. 무장하지 않으면, 누군가의 호위를 받지 않으면 도시 밖으로 나갈 수 없고, 또 그렇게 한다 해도 목적지에 이른다는 보장이 없어. 사이공은 하나의 섬이 된 거라고.」

장테의 목소리는 더 이상 이전의 그것이 아니었다. 어떤 중얼거림, 천천히 전개되는, 해초처럼 너울거리며 밀려드는 어떤 생각이었다.

「결국 피아스트르는 사이공을 바깥세상과 연결하는 마지막 끈이라 할 수 있지.」

이 말이 그를 깨운 것 같았다. 그는 에티엔에게로 고개를 돌렸다.

「그것은 인위적인 부(富)야. 오로지 하나의 법령 때문에 존재하는 부인 거지. 베트민은 논들과 플랜테이션들과 촌락들을 조금씩 점령해 가고 있어. 그들은 주민들을 설득해 가고 있지. 아니면 겁을 주는 데 성공하거나. 하지만 사이공을 점령하는 것은 전혀 다른 문제야. 왜냐하면, (그는 검지를 하늘로 치켜 들었다) 사이공엔 피아스트르가 있거든…….」

멀리서 울린 폭발음에 대화가 갑자기 중단되었다. 수 킬로 미터 떨어진 강 건너편에서 섬광이 번득였고, 하늘이 벌개진 것으로 보아 화재가 발생했음을 알 수 있었다.

「어느 프랑스 보루가 방어 중이야.」 장테가 차분하게 말했 다. 「베트민은 종종 밤에 공격하지. 보루가 아침까지 버티면 몇 주일은 벌게 되지. 버티지 못하면 파견군은 몇 킬로미터 떨 어진 곳에 다른 보루를 지을 거야.」

에티엔은 상상 속에서 다시 레몽의 모습을 보았다. 그는 저 쪽 대나무로 지은 망루에 포위되어 있었고, 베트민군 병사들 은 사방에서 공격하는데, 칠흑 같은 밤이어서 눈앞에 불쑥 나 타나기 전에는 보이지도 않았다.

「그래, 끝이 없는 것처럼 느껴지지.」 불쑥 장테가 말했다. 「하지만 언젠가는 끝날 거야. 이 전쟁은 이길 수 없는 전쟁이 야. 정부도 알고 있고, 모든 사람이 알고 있어. 하지만 때가 올 때까지는 그냥 시늉을 하는 거지.」

그는 테라스 쪽으로 몸을 돌렸다.

「자, 저길 좀 봐…….」

고급 호텔의 고객들을 잠깐 사로잡았던 불안감은 이미 사라 지고 없었다. 대화는 평소의 유쾌한 흐름으로 돌아가 있었다.

장테는 에티엔을 응시하며 그의 어깨에 손을 올려놓았다.

「타이태닉호에 온 걸 환영하네.」

5
딱 보면 어떤 사람인지 알겠다

엘렌은 자기 부모를 미워하지는 않았지만, 에티엔이 떠난 이후로는 너무나 외로워서 언짢은 마음을 온통 그들에게 쏟아 냈다. 그녀는 양보라는 것을 별로 좋아하지 않고, 기꺼이 도발에서 타개책을 찾으려 하는 고집스러운 성격이었다. 길이 잘 보이지 않거나 불확실하게 느껴질 때, 그녀에게 일탈은 논리적 귀결처럼 보였다. 모든 것에 의혹이 일고, 자신이 갈망하는 게 무엇인지도 알 수 없는 그녀의 해결책은 윤리적 문란이었다. 하여 그녀는 수학 선생 그자비에 로몽과 동침한 것이다.

어느 날 그녀는 에티엔에게 이렇게 물어보았다.

「마흔 살 먹은 남자들에 대해 어떻게 생각해?」

「어떻게 생각하긴. 너보다 나이가 스무 살 더 많다고 생각하지.」

사랑에서 쓰라린 실패를 여러 번 경험한 에티엔은 누이의 선택을 받아들일 수 없었다. 하지만 그녀 스스로도 아무것도 기대하지 않고, 분명히 그녀 자신을 불행하게 만들 모험을 계속해 나가는 것을 만류하는 데 실패했다. 고통을 겪어야 할 객관적인 이유가 너무 많은 그로서는 꼭 필요하지도 않은데 고통을 겪으려는 게 이해되지 않았다.

로몽은 늙은 미남의 전형으로 발전할 가능성이 다분한 사내였다. 그를 인기 있는 테니스 파트너로 만드는 탄탄한 체격, 벌써부터 하얘지고 있지만 억세고도 풍성한 모발, 이 머리칼을 뒤쪽으로 빗어 넘긴 멋진 헤어스타일, 남성미가 물씬 느껴지는 얼굴, 맑은 청색의 눈…… 그의 동작과 억양에서는 자신에 대한 만족감이 배어 나왔다. 그는 유쾌한 생활 방식과 꽤 많은 여자를 정복한 경험으로 인해 자신은 저항할 수 없는 남자라고 믿었다. 이에 대해 일말의 의혹도 없는 그는 그야말로 눈에 띄는 여자에게는 다 덤벼들었다. 그가 거둔 성공은 순전히 통계적이기는 하지만 상당한 것이었다.

그는 어렵지 않게 엘렌을 찾아낼 수 있었으니, 그녀는 학교에서 가장 매력적인 학생들 중 하나였기 때문이다. 그의 매력에 넘어갔다기보다는 구애에 기분이 좋아졌던 그녀는 거의 자기 아버지 또래인 데다가 미남이기까지 한 남자를 가지고 노는 데서 어떤 현기증 같은 것을 느꼈다.

하지만 그 일은 기대만큼 쉽지가 않았다. 엘렌은 남녀가 침대에 함께 있을 때 하는 일에 대해 막연한 개념밖에 없었고, 여러 차례 우연히 목격한 오빠들의 은밀한 곳은 그녀를 안심시켰다기보다는 불안하게 만들었다.

〈동정을 잃은〉 소녀들에 대해, 그게 정확히 무엇을 의미하는지는 말해 주지 않고 정기적으로 언급하는 어머니는 조금도 도움이 되지 못했다. 엘렌은 급우와는 하고 싶지 않은 일을 자기 선생과는 할 준비가 되어 있었으니, 이런 위반적인 행동이 왠지 짜릿하게 느껴졌을 뿐 아니라 이 나이대의 남자라면 이런 일에 대해 잘 알고 있을 것 같기 때문이었다. 그리고 이 남자는 모든 소녀들, 심지어는 아직 남자와 자보지 않은 소녀들도 가지고 있는 강박 관념인 임신의 위험성을 안심시키는 모습을 보여 주었다. 그는 자기가 가지고 있다는 미제 콘돔에 대해, 마치 자신이 손가락질당하고, 강력하고, 신비스러운 어떤 종파에 속해 있기라도 한 듯이 나지막한 목소리로 설명해 주었던 것이다.

그럼에도 엘렌은 가슴에 맷돌이 얹힌 듯 아주 불안한 마음으로 관계에 임했는데, 그는 오히려 반색을 했다. 그는 여자들을 겁줄 때 아프게도 할 수 있으면 더욱 즐거운 그런 남자들 중 하나였다.

엘렌은 이 초반의 관계들을 여자들이 겪어야 하는 괴롭힘의 한 형태로 해석했고, 성행위는 정상으로 보이려면 어쩔 수 없이 받아들여야 하는 관행으로 간주했다.

그녀는 로몽과 매주 월요일 오전에 관계를 가졌는데, 그들의 수업은 오후 3시나 되어야 있었기 때문이다. 로몽은 〈이게 컨디션을 올려 주어 한 주를 산뜻하게 하기 때문에〉 월요일은 자기에게 딱 맞는다고 말하곤 했다.

여자 제자가 자기 집에 규칙적으로 드나들면 평판에 해로울 수 있다고 판단한 그는 지은 지 얼마 안 된 카사르 호텔에 스위트룸을 잡곤 했다. 이 호텔 사장과는 지저분한 짓도 여러 차례 같이 한 친구 사이라서, 그는 특별한 가격으로 방을 빌렸던 것이다. 침실만큼이나 커다란 욕실, 접대실만큼이나 커다란 침실, 눈앞에 바다가 펼쳐지는 접대실, 테이블 위에 놓인 온갖 과일, 타월 천으로 된 욕의(浴衣) 등, 엘렌으로서는 금지된 장난의 달콤한 전율에 호화스러운 환상이 더해진 셈이었다. 더욱이 그녀는 성적 쾌감을 발견해 가는 중으로, 이는 결코 사소한 일이 아니었다. 그가 이따금 신통치 못한 모습을 보이고는 건성으로 사과하고 넘어갈 때면, 엘렌은 그에게 자기 말고 또 다른 정부가 있는 게 아닌가 의심하기도 했다. 만일 그게 그의 제자들 중 하나라면 기분 나쁠 것이었으니, 그녀는 자신에게 독점권이 있다고 생각하는 이 상황에 바보같이 연연하고 있던 것이다. 약속에 인색치 않은 로몽은 기꺼이 그녀에게 변함없는 사랑을 맹세했다.

제자들에게 접근하기 위해 로몽이 생각해 낸 구실은 〈사진 클럽〉이었다. 그는 전부터 있었지만 아주 뜸하게 활동하던 클럽을 재개해서는, 몇 명 안 되는 학생들을 모아 사진 촬영의 기초며 은판 현상의 비법 등을 가르쳤던 것이다.

이따금 펠티에 부인은 이 교사에 대한 의구심을 남편에게 내비치곤 했다. 남자들을 경험한 바 있는 여자로서, 그녀는 그 자비에 로몽이 허풍 심하고, 허영심 많고, 자만심이 가득한 남자라고 판단했는데, 그녀는 이런 자신의 생각을 〈야, 딱 보면 어떤 사람인지 알겠다〉라는 말로 표현했다.

그녀가 딸에게 주의를 주면, 역설적인 표현을 몹시 즐기는 엘렌은 〈아이고, 그 사람이 아주 좋아하겠네〉라고 대꾸하곤 했다.

한편 펠티에 씨는 어땠는가 하면, 그는 허허 실소를 터뜨리면서, 〈이봐 앙젤, 그 사람들은 과학자야! 내가 비누를 만드는 것처럼 그자들은 사진을 찍는 거라고. 그게 너무나도 재미있고 흥미로운 거지! 그런 식으로 뭔가를 배운다 해서 나쁠 일은 하나도 없다고!〉라고 말했고, 그럼 엘렌은 약간 뻔뻔스러운 눈빛을 하고는 〈그럼, 여러 가지 배워서 나쁠 건 하나도 없지〉라고 맞장구치곤 했다.

10년 전부터 루이 펠티에는 아이들이 다닌 사립 학교의 학부모회 회장으로 있었다. 이런 이유로 그는 학교 교직원을 모두 알고 있었고, 이 수학 선생에 대해서는, 그런 걱정이 건강에 좋지 않다고 굳게 믿었기에 계속 아내를 안심시켰다.

이해는 매우 특별했으니, 루이가 회장으로 있는 마지막 해였다. 그는 아내와 상의하지도 않고, 학교에 2만 프랑을 기부하기로 했다. 교장은 이건 많다고, 많아도 너무 많다고 비명을 질렀고 루이는 대답했다. 「올해는 내 자식들이 여기서 공부하는 마지막 해요. 할 것은 해야 하지 않겠소!」 이 돈은 학생들의 해외여행이나 연말 행사 등을 보조하고 현금으로 운영되는 상조 기금에 들어가기로 되어 있었다. 때는 3월 중순으로, 펠티에 씨는 이 상조 기금의 계좌들을 한번 체크해 볼 필요가 있겠다고 판단했다. 통상적이지는 않은 일이었다. 학기 말에 가서야 확인하는 게 보통인데 두 달이나 앞당겨 한다니 모두가 놀랐다. 누구보다 놀란 사람은 서무과장 샤키르 씨였다. 그는 50대의 인도인으로, 바지런하고, 걱정이 많고, 항상 바짝 긴장해 있고, 불편할 정도로 형식을 갖추며, 상식을 벗어날 정도로 꼼꼼한 사람이었다. 그는 〈펠티에 회장님〉의 요구를 곧바로 자신에 대한 의심으로 받아들였다. 루이는 그를 달래기 위해 온갖 상냥한 말들과 칭찬을 쏟아 내야 했고, 샤키르 씨가 이 확인을 학교의 정관에 규정된 단순한 의무라는 사실을 받아들일 수 있게끔, 자신이 이렇게 하는 데는 의심하려는 어떠한 의도도 없노라고 아이들의 목을 걸고 맹세해야 했다.

〈전 그저 이 귀찮은 일을 빨리 해치우고 싶을 뿐이에요!〉라고 루이는 항변했다.

이 만남에서 모든 불신의 그림자를 제거하고자 그는 샤키르 씨를 카사르 호텔 레스토랑에 초대하고 싶다고 제의했다.

「다음 주 월요일이 어떻겠습니까? 그날 음식이 아주 괜찮다던데요. 개장한 지 1년이 다 되가는데, 전 아직껏 한 번도 못 가봤어요.」

루이는 서무과장에게 오전이 끝나 갈 즈음에 거기서 만나자고 제안했다. 그러면 고객들을 위한 조그만 응접실 중 하나에서 편안하게 일을 본 다음, 이 형식적인 절차를 끝내고 바다를 바라보며 점심 식사를 할 수 있으리라고 설명하면서 말이다. 서무과장의 비대한 몸을 한번 보는 것만으로도 이 미끼가 먹히리라는 것은 충분히 알 수 있었다. 샤키르 씨는 다른 사람들이 어떻게 생각할지 모르기에 음식값은 각자 부담한다는 조건으로 수락했다.

「좋아요.」 펠티에가 말했다. 「그럼 월요일에 봅시다.」

오직 순진한 사람들만이, 같은 날 같은 시간에 카사르 호텔의 레스토랑에는 아버지가, 부부용 스위트룸에는 딸이 왔다는 사실을 단순한 우연의 일치로 생각했을 것이다.

6
다리 위의 여자는 벌써 멀리에 있었다

오래전부터 뚱땡이는 세상을 원망스러운 눈으로 보지 않게 될 날을 기다려 왔다. 보름 전만 해도 그는 그때가 왔다고 믿었다. 오늘이 바로 그날이었다. 하지만 시간은 째깍째깍 지나가는데 아무 일도 일어나지 않았다.

그가 6시 반에 레스토랑에 들어온 뒤로 45분이 흘렀다. 벌써 세 번이나 전화를 걸었고, 쿠데르 씨가 짜증을 낼 게 뻔하니 다시 걸 수는 없었다. 그러나 잠시 후면 사무실이 닫힐 테고, 그러면 너무 늦을 것이었다.

종업원은 그 앞에 식초소스를 곁들인 대파 요리를 내려놓았다. 이 20대 여성은 머리는 빨간색이고 뚱한 얼굴에는 칠면조 알처럼 주근깨가 잔뜩 뿌려져 있었지만, 가슴만큼은 뚱그러니 예뻤다. 장은 여자들의 가슴을 좋아했다. 그동안 상당히 커져 버린 준비에브 것만 빼놓고 말이다. 그녀의 것은 가슴이라고 하기엔…….

아, 빌어먹을 인생…….

지금 있는 곳은 지방의 어느 레스토랑이었다. 장은 이 도시의 이름조차 잘 기억나지 않았다. 루아레군(郡)의 어딘가인지, 아니면 외르에루아르군이나 루아르에셰르군의 어딘가인지 더이상 생각이 나지 않았다. 전화기에서는 아무런 소리가 없었다. 내가 맞는 전화번호를 준 것일까? 하지만 저쪽에서는 전화를 걸지도 않는데 이쪽에서 전화를 걸어 맞는 번호를 줬는지 확인할 수는 없는 노릇이었다.

정말이지 빌어먹을 인생이었다…….

그는 접시에 축 늘어져 있는 대파 세 토막을 응시하며, 이제정말로 밑바닥까지 내려온 건가 자문해 봤다. 여기서 더 내려갈 곳이 있단 말인가? 그는 몹시 의기소침해 있었지만 겉으로는 전혀 표시가 나지 않았다. 그가 어떤 사람인지 잘 알지 못하면, 무기력하기로 소문난 이 남자 속에 이글대는 불덩이를 감지할 수 없었다.

그는 손목시계를 들여다보았다. 저녁 7시 30분이었다.

「안 드시겠어요?」

종업원은 애써 상냥한 모습을 보이려 하지도 않았다. 식품배급권이 상점에 쌓인 식품으로 대체되는 행복한 날이 오면 좀더 노력하리라. 장은 접시를 한쪽으로 밀어냈다. 네, 됐어요……. 종업원은 접시를 회수하며 한숨을 내쉬었지만, 거짓된티가 나는 한숨이었다. 모든 사람이 대파 요리를 버리지는 않는 것이다.

다시 몇 분이 지나갔고, 그는 물병 속의 와인을 아껴 마셨다. 와인 역시 배급제로 인해 소비량이 정해져 있었다.

이게 안 되면, 앞으로 난 어떡하지?

장은 얼마 전에 베이루트에서 돌아왔다. 거기서 지냈던 생각만 하면 부아가 치밀었다. 준비에브는 펠티에 씨의 팔에 매달려, 부자간의 본질적인 차이를 부각시키고자 아버지에 대한 온갖 찬사를 늘어놓았다. 그녀는 〈아버님은 정말로 대담하셔!〉라고 탄성을 발했다. 시아버지의 말 한마디 한마디가 그녀에게는 격언이 되었다. 장은 그저 접시에 얼굴을 처박고는 고기와 야채만 부지런히 덜어 왔다. 준비에브는 〈장, 그러다 또 살찌겠어! 당신 별명처럼 되고 싶어?〉라고 핀잔하곤 했다.

베이루트까지의 여행이 시련이었고, 거기서 지내는 일이 끊임없는 모욕이었다면, 돌아오는 길은 그야말로 지옥이었다. 펠티에 씨가 표를 구하지 못해 형제는 같은 배로 올 수 없었는데, 뚱땡이로서는 오히려 이게 유일한 위안이었다. 가까운 이들 중에 자신이 치욕당하는 꼴을 보는 사람이 아무도 없으니 말이다. 전번에 이런 대양 횡단 여행의 규칙과 관행을 습득한 바 있는 준비에브는 단호하고도 위풍당당한 걸음으로 자신의 객실로 향했다. 마치 이 배 전체를 소유한 것 같았다. 바로 다음 날부터 그녀는 고급 선원들의 인기 스타이자 객실 담당 하녀들의 악몽이 되었다. 장은 모든 승객의 눈길이 자신에게 쏠리는 것을 느꼈고, 그들은 그를 불쌍한 병자처럼 대했다. 반면 준비에브는 그렇게 행복해 보인 적이 없었다. 그녀가 대체 어디서 하루를 보내는지 알 수 없었다.

이 시련으로 인한 상처가 조금씩 아물어 가고 있을 때, 쿠데르 씨는 파리와 그 교외 지역을 전담하는 대리인을 한 사람 원한다고 발표했다. 장은 가슴이 두근거렸다. 파리 지역의 전담 대리인이 된다? 그것은 매일 저녁 집에 들어올 수 있다는 얘기였다. 그가 그만큼 집에 애착이 있다는 소리는 아니었다. 준비에브를 보아도 조금도 즐겁지 않게 된 지 오래였다. 그것은 무엇보다도 더 이상 지저분한 호텔들에서 묵지 않아도 된다는 생각 때문이었다. 시골구석을 발이 닳도록 돌아다니는 일은 그를 우울하게 만들었다. 그렇게나 지루한 일이 인생을 잡아먹고 있었다. 일이 잘되기라도 한다면 또 모르겠는데, 모든 게 엉망이었다. 돈만 있다면 암시장에서 원하는 모든 것을 구할 수 있는 상황에서 정식으로 뭔가를 팔려고 해보라……. 여섯 개의 회사를 대리하는 그는 각종 유지 보수 용품, 가정용 도구, 파리에서 나온 상품 등등이 적힌 카탈로그 여섯 개를 들고 다녔다. 거기에다가 주방 기구(쿠데르 씨는 다른 것들보다 이게 잘 팔릴 거라 예상했지만 웃기는 소리였으니, 아무도 거들떠보지 않았다)가 꽉 찬 트렁크 하나도 끌고 다니며, 그에게서 가정용 양초를 몇 줌씩, 대걸레를 네 개씩, 국자를 두 개씩, 냄비를 한 개씩 구매하는 철물점, 잡화점, 물감 가게 들을 목록에 하나하나 체크해야 했다. 그는 쥐꼬리만큼 벌고 있었다.

장은 지방(地方)이 끔찍이 싫었다. 거기에는 부풀어 오른 벽지, 이가 나간 자기(瓷器) 대야, 코를 고는 옆방 손님, 축축한 이불, 닳아 빠진 카펫밖에 없었다. 그래서 파리를 전담하는 자리가 났다는 소리를 들었을 때, 그는 곧바로 쿠데르 씨에게 달려갔다. 「그래, 장, 내가 한번 생각해 보지…….」된다는 건지, 안 된다는 건지 알 수 없는 애매한 대답이었다. 장은 머릿속으로 다른 외판 사원들을 쭉 둘러봤지만, 자기보다 특별히 낫다고 할 만한 사람은 떠오르지 않았다. 자신이 거둔 성과는 다른 이들에 비해 아주 나쁘다고 할 수 없는 데다가, 자기에겐 쿠데르 씨와 개인적으로 친분이 있는 아버지라는 배경이 있었던 것이다. 자기가 여기에 취직한 것도 결국 이 인맥 때문 아니던가? 자신이 채용되는 데 인맥이 작용했다면, 승진하는 데도 마찬가지로 작용하리라는 게 장의 생각이었다. 하지만 그에게는 부모가 돈을 대줘 구입한 4마력짜리 새 자동차가 있었고, 그는 이 이점이 취업에 크게 작용했다는 사실을 종종 잊곤 했다.

푹 익힌 송아지 고기 두 덩이가 반투명한 소스에 잠긴 블랑케트 스튜가 나왔다. 장은 우물우물 씹기 시작했다. 이 파리 전담 대리인 자리는 자신을 끊임없이 괴롭혀 온, 그 무수한 실패로 점철된 세월에 종지부를 찍어 줄 거라고 생각하면서 말이다. 오늘은 화요일이었다. 이틀 후면 파리로 올라가고, 그리고 나서는 일요일에 프랑수아와의 그 한결같은 점심 식사가 있을 것이었다(아마 어떤 아가씨와 함께, 그러니까 전번에 같이 왔던 가슴이 아주 작은 갈색 머리 아가씨와 같이 오리라). 준비에브는 하나의 관습이 된 이 점심 식사에 몹시 집착했다. 그녀는 〈가족은 신성한 거야!〉라고, 마치 자신의 가족을 중요하게 생각하는 사람처럼 말하곤 했다. 매주 찾아오는 이 고역을 피할 핑곗거리를 찾아내지 못한 프랑수아는 지루해 미칠 지경이었다. 아무도 이 상황을 좋아하지 않았지만 그래도 셋 다 내색하지 않으려 애썼다. 준비에브에게는 아주 귀중한 시간이었다. 프랑수아와 그의 연인은 자신의 삶, 특히 남편에 대해 자신이 생각하는 바를 표출할 수 있는 유일한 청중이기 때문이었다. 그녀는 결코 불평하는 모습을 보이지 않았다. 그저 살면서 힘든 점들을 무심한 듯 언급할 뿐이었다. 하지만 모든 얘기가 결국 돈이 없다는 사실로 귀착되었고, 이 초라한 삶의 책임자로 장이 지목되었다.

그들의 아파트는 프랑수아를 초대하기에는 너무 비좁았지만 그렇기에 준비에브는 더 큰 기쁨을 느꼈다.

그들에게 주어진 공간은 침실로도 사용하는 식당 하나와, 주방으로 개조된(배수구 하나와, 가스통에 연결된 불판을 올려놓은 식기대 하나를 주방이라고 할 수 있다면) 벽장 하나뿐이었다. 세면용 도구로는 자기 대야 하나가 전부였고, 화장실은 층계참에 있었다. 이런 상황에서 네 명이 식사하기 위해서는 모든 것을 한쪽에 밀어 놓아야 했고, 식사 중에는 의자들이 침대에 부딪혔다. 장은 50만 명에 달하는 사람들이 여관방에 포개어져 지내야 하는 이 시국에 자신들은 그래도 운이 좋다고 항변했지만, 준비에브에게는 씨알도 먹히지 않는 소리였다. 눈을 감으며 땅이 꺼질 듯 한숨을 내쉰 준비에브는 애잔한 목소리로 프랑수아에게 이렇게 말했다. 「그래요, 조금 작아요. 장이 좀 더 돈을 많이 받는 직장을 잡으면 이사 가겠지만, 지금으로서는……」이렇듯, 그들이 불안정한 상황에 놓인 것은 일반적인 주택 문제가 아니라 장이 충분히 돈을 벌지 못하는 탓이 되었다.

사실 아주 협소한 주방은 다시 벽장으로 쓰여도 아무 문제가 없었으니, 준비에브는 요리하는 법이 없었던 것이다. 같은 층계참에 있는 포르 부인이 준비에브와의 합의에 따라 일주일에 세 번씩 음식을 만들어 가져다주었다. 장은 준비에브가 봐왔는데, 포르 부인은 거동이 편치 않고, 엘리베이터가 없는 5층에 살기 때문이었다. 그 대신 훌륭한 요리사인 이 이웃은 범상치 않은 재능을 발휘하여, 아무것도 없는 가게들과 모든 게 너무 비싼 암시장에서 준비에브가 간신히 건져 온 잡다한 재료들로 뭔가를 만들곤 했다.

프랑수아를 맞이하는 날, 특히 그가 연인과 함께 온 날에 준비에브는 어떤 구실을 만들어서 포르 부인이 음식을 직접 가져오게 했다. 요리한 음식을 두 손으로 받쳐 들고 그렇게나 건장한 사람이 몸을 비틀어 의자 사이를 빠져나가는 모습은 보기에도 안쓰러웠다.

「아, 정말 맛있어 보인다!」 준비에브는 탄성을 발했다. 「서빙 좀 해주겠어요, 포르 부인?」

이런 식으로 준비에브는 손님 맞기에는 너무 비좁고 먹을 것도 별로 없는 아파트에서, 집에 하녀를 한 명 둘 만한 여유가 있는 사람처럼 서빙을 받을 수 있었다.

「장이 더 나은 직장을 구하면, 청소할 사람도 하나 구할 거예요. 나로선 도무지 감당이 안 돼요.」

지금까지 형을 많이 방어해 주었던 프랑수아는 더 이상 아무 반응도 보이지 않았다. 장은 이게 최근에 있었던 베이루트로의 여행, 그러니까 프랑수아가 갑판에 있는 자신을 찾아와 마치 조의를 표하듯 어깨를 툭툭 두드리던 그 순간 때문이라고 생각했다. 녀석은 이 상황에 남의 동정까지 받는 게 얼마나 성질나는지 모르는 것처럼 굴었다.

장은 이 호화로운 여행을 한 후에 포르트드라빌레트[29]의 조그만 아파트로 돌아오는 게 두려웠다. 하지만 사실 준비에브가 힐책하는 경우는 흔치 않았으니, 그녀의 장기는 은근한 야

---

29 파리 북부의 19구에 있는 구역으로, 전통적으로 서민들이 사는 지역이다.

유였던 것이다.

그녀는 몹시 지루했고, 파리의 삶은 기대했던 것과는 전혀 달랐지만, 그녀가 이를 가지고 노골적으로 남편을 힐책한 적은 한 번도 없었다. 전부가 은근한 암시와 돌려서 하는 말들, 그저 사소한 것에 불과하다는 듯이 미소를 지으며 하기에 더욱 무겁게 느껴지는 말들이었다. 「미안해요, 프랑수아.」 그녀는 그를 맞으며 이렇게 말했다. 「부끄러운 얘기지만 이번 주에는 미용실에 못 갔어요. 내 모습이 끔찍하죠? 하지만 어쩌겠어요, 가격이 계속 오르는데!」 장은 그녀가 짧게 실소를 터뜨리며 다음처럼 말할 때도 아무 말 하지 않았다. 「자, 와인 한잔 더 해야지! 이렇게 마실 수 있는 운 좋은 날이 매일 있는 것은 아니잖아?」

파리에서의 새 일자리는 장이 오래전부터 노려 온 기회였다. 그리되면 보다 나은 미래를 향한 문이 열리고, 자신은 지금껏 굴러 떨어진 이 비탈길을 다시 올라갈 수 있을 것이었다. 준비에브도 결정을 기다리고 있었다. 「하긴 뭐, 그 회사에서 제대로 된 자리를 하나 얻을 때도 됐지…….」 장은 일이 틀어졌을 때 프랑수아와의 점심시간이 어떻게 될지 상상하기도 힘들었다. 더욱이 엘렌의 문제를 그런 상황에서 상의해야 한다고 생각하니 미리부터 힘이 쭉 빠졌다. 그들은 엘렌에게서 편지를 받았다. 그녀는 파리에 오고 싶다고 했다. 〈이곳에선 사는 게 불가능해졌어…….〉

〈어쩌면 여기서는 가능할 수도 있겠지…….〉라고 그는 속으로 중얼거렸다.

그는 남아 있는 와인을 다 마셨다. 그런 뒤 쳐다보지도 않고 디저트를 삼켰다(뭐라고 정확히 규정하기 힘든 페이스트리의 일종이었다). 아직 저녁 8시 45분밖에 안 되었는데 레스토랑은 텅 비어 있었다. 종업원이 카운터 뒤에서 한숨을 내쉬었다. 빨리 떠나라는 신호였다.

그가 여기 있은 지도 벌써 두 시간이 넘었다.

문득 이 사실을 깨닫자 피가 거꾸로 솟았다. 벌떡 일어난 그는 뚜벅뚜벅 전화기까지 걸어가서는 수화기를 들고 파리를 요청했다. 이 틈을 타서 종업원은 테이블을 치웠다. 행주로 훔치면서, 문을 닫아야 하니 그가 나가기만을 기다리고 있다는 것을 요란하게 보여 주었다.

쿠데르 씨가 전화를 받았다.

「아, 장! 자넨가!」

「제가 전화를 드린 것은…….」

그는 질문의 앞부분도 제대로 끝낼 수 없었다.

「어, 그래, 그 파리 전담 대리인 자리 얘기구먼…….」

그의 목소리에는 유감스러운 어조가 섞여 있었다. 쿠데르 씨는 상냥한 사람이었다. 성격이 조금 급하긴 하지만, 좋은 사람이었다.

「여보게, 장, 내가 솔직히 말하겠네.」

끝난 것이었다.

장은 당장 전화를 끊고 싶었지만 그러지 못했다.

「내가 말이야, 외부에서 사람을 구하기로 했어. 분명히 말하는데, 자네가 싫어서 그런 것은 전혀 아냐. 그러니까 뭐랄까, 회사에 새로운 피를 수혈한다고나 할까…….」

그는 아직 서른도 안 된 사람에게 이렇게 말하고 있었다.

「하지만 자네 일에 대해서는 다시 얘기해 보자고, 괜찮겠지?」

「사직하겠습니다.」

불쑥 튀어나온 소리였고, 말하고 나서 장 자신도 놀랐다.

잠시 침묵이 감돌았다.

「하지만 장……. 자네가 올라오면 다시 얘기해 볼 거야, 어때, 괜찮나?」

「사직하겠습니다.」 장은 기계적으로 되풀이했다.

수화기를 내려놓은 그는 떨리는 손으로 계산서를 집어 들고 돈을 지불한 다음, 영수증을 받아 천천히 접어서는 평소처럼 서류 가방에 집어넣었고, 애매하게 인사를 한 뒤 외투를 걸치고는 밖으로 나왔다.

30분 후 그는 차 안에서, 종업원이 레스토랑을 나와 중앙로를 통해 다리 쪽으로 걸어가는 것을 보았다. 그는 시동을 걸고 그녀를 지나쳐 1백여 미터 떨어진 곳에 차를 세운 뒤 내려 그녀 쪽으로 걸어갔다.

지방 도시는 잠에 취해 주저앉아 있었다. 저녁에 내린 비로 보도가 번들거렸다. 그는 젊은 여자가 오른쪽으로 방향을 틀까 걱정했지만 그녀는 자기 쪽으로 계속 나아왔다. 그가 있는 곳까지 온 그녀는 그를 알아보고는 눈썹을 찌푸렸다. 그는 그녀를 쳐다보기만 했다. 그렇게 그들은 엇갈렸다. 그녀가 고개를 돌리는 순간 장은 잠시 그녀의 시선을 느꼈고, 그녀가 다시 걷기 시작했다는 게 확실해지자 그 뒤를 따라가서는, 트렌치 코트 아래에 숨겨 놓았던 자동차 시동용 크랭크를 두 손으로

잡고 있는 힘을 다해 그녀의 뒤통수를 내리쳤다. 그녀는 쓰러졌다. 너무나 갑작스럽고 거센 타격이어서 아마 고통조차 느끼지 못했을 것이었다. 그녀는 쇠막대기가 두개골을 쪼개고 뇌를 박살 내는 순간 즉사했다. 다리를 들어 시체를 성큼 넘은 그는 다시 차에 올랐고, 머리카락 한 타래가 끝부분에 묻어 있는 무기를 옆에 내려놓고는 시동을 걸었다.

호텔로 돌아오기 위해서는 인적 없는 보도에 젊은 여자가 뻗어 있는 다리를 다시 지나야 했다. 흘러내린 피가 아스팔트 위에 검은 얼룩을 이루었다. 도시는 끔찍할 정도로 황량했다. 거기서 10여 킬로미터 떨어진, 강이 휘어지는 곳에서 다시 다리가 나왔는데, 여기서 그는 난간 너머로 크랭크를 던졌다.

장은 사직한 일 때문에 잠을 많이 설쳤다. 어떻게 할 것인가? 준비에브에게는 뭐라고 말해야 하나? 부모님, 아버지는 어떻게 생각할까? 그는 이런 생각들을 머릿속에서 굴리며 밤새 뒤척였다.

다리 위의 여자는 벌써 멀리에 있었다.

그가 프랑스에 오고 나서 두 번째로 죽인 여자였다. 베이루트의 여자는 말할 것도 없고 말이다.

7
불쌍한 사람을 그렇게 비웃으면 안 돼

「아, 외환국에서 근무하세요?」

얼굴은 처참하게 망가졌고, 코는 딸기코고, 피부에는 보랏빛이 감도는 프랑스 공무원이 지금까지는 에티엔의 민원 사항에 시큰둥한 반응을 보이다가 갑자기 혼몽함에서 빠져나왔다. 이렇게 알게 된 기회를 이용하여 〈프랑스 이체〉 한 건을 기대했다기보다는(혹시 모를 일이긴 하지만), 자기들과는 비교할 수 없을 정도로 많은 뇌물을 만질 이 동료 공무원에게 경의를 표하기 위해서였다.

「그러니까, 지금 얘기한 사람이…….」

「레몽 판 묄런이요, 제3연대 소속.」

「네, 적어 둘게요!」

그는 심하게 떨며 글씨를 써서 나중에 제대로 읽을 수나 있을지 의문이었다. 그의 책상 위에는 방문객들이 볼 수 있게끔 〈2급 공무원, 조르주 바양〉이라고 적힌 조그만 팻말이 놓여 있었다.

인도차이나 주재 프랑스 고등 판무청은 대사관과 어떤 행정 관청의 결점을 다 갖췄다는 점에서 양자 모두와 비슷했다. 이 사무실 저 사무실 전전하는 일 없이 금방 담당 부서로 인도되기는 하지만 결국에는 아무런 결과도 얻지 못하는 것이다. 「아니, 이건 파견군에 관계된 거잖아요!」 에티엔의 민원 내용을 이해한 알코올 의존증 환자가 빽 소리쳤다.

「네, 하지만 군인들은 아무 얘기도 안 해줘요.」

「다 나름의 이유가 있죠…….」

「그럼 당신의 이유는 뭐죠?」

에티엔이 인도차이나 외환국에서 일한다는 사실을 담당 공무원이 알게 된 것은 대화가 여기까지 진행되었을 때였다.

그는 에티엔에게로 지그시 몸을 기울였다(숨결에서 아니스 술 냄새가 확 풍겼다).

「솔직히 말하자면, 그들은 우리에게도 아무 얘기 안 해줘요. 모든 게 비밀, 비밀이죠. 그러나…….」

그는 근처에 점잖지 못한 귀가 있는지 확인하기 위해 주위를 둘러봤다.

「제가 한번 알아보죠.」

그는 큼지막한 미소를 지으며 다시 몸을 일으켰다. 지금 자신은 무시무시한 효율성을 보인 것이고, 그는 이런 자신이 자못 자랑스러웠다.

「알아보시겠다고요? 어디서요? 언제요?」

지금까지 공무원은 이해심 많고 심지어는 적극적이기까지 한 모습을 보여 주었다. 그런데 이제 이 젊은 친구는 진짜로 성가시게 굴기 시작하고 있었다.

「첫째, 난 윗선에 알아볼 거요. 둘째, 최대한 빨리 할 거요. 하지만 그래도 일주일은 생각해야 하고, 더 빠르게는 안 돼요.」

고등 판무청을 나온 에티엔은 속이 부글거렸다. 손에 걸리는 것은 다 뒤집어엎고 싶었다. 파견군 사령부에서는 침묵에 부딪혔다면, 여기에는 권한 없는 자들이 기다리고 있었다. 이제 어디로 손을 뻗어야 할지 막막하기만 했다.

사이공에 온 지 나흘이 되어 가는데, 단 한 치의 진척도 없었다.

그의 불안감은 조금씩 죄책감으로 변해 갔다. 마치 시간과의 싸움이 시작되어, 레몽이 무사한 모습으로 다시 나타나는 것은 오직 자신에게, 자신이 제때 개입하느냐 못 하느냐에 달려 있는 것처럼 말이다.

자기가 한번 알아보겠다고 한 지엠의 약속이 그의 마지막 희망이었다.

하지만 지엠의 모습은 보이지 않았다. 알아보기 위해 하루를 달라고 했는데 그 후로는 감감무소식이었다.

저녁이 되어 외환국을 나온 에티엔은 택시를 타고 우회 운하의 천변으로 찾아갔다. 〈그는 자동차 실어 나르는 도선(渡船)이 있는 곳 어딘가에 살고 있어〉라고 가스통은 말했다. 그의 목소리에는 경멸의 뉘앙스가 섞여 있었는데, 직접 와보니 이유를 알 것 같았다. 이 구역은 강과 운하가 연결되는 곳에 위치해 있었는데, 조그만 정원이며 현관 층계 등을 갖춘 중산층 주택들 옆으로 수없이 보수한 흔적이 역력한 약식 가옥들이 모여 있는 곳으로, 서로 이어진 마당에서 아이들이 닭들과 돼지들 틈에 끼어 진흙탕을 철벅거리는 모습, 그리고 사뭇 근면한 분위기가 느껴지는 풍경이 나타났다. 한쪽에서는 여자들이 천을 짜고, 음식을 만들고, 바느질하고, 옷을 깁고, 또 다른 한쪽에서는 러닝셔츠 차림의 남자들이 모터, 자전거, 재봉틀 같은 것을 수리하고 있었다.

에티엔의 도착은 아이들 사이에 일대 난리를 일으켰다. 그는 이들에게 동전 몇 푼을 쥐여 줬는데 이는 크나큰 실수였으니, 이내 아이들 숫자가 세 배로 느는 것이다. 에티엔은 호주머니를 탈탈 털면서, 〈즈엉칵 씨〉라고 했다가, 〈칵지엠〉이라고도 해봤다가, 다시 〈즈엉 씨〉라고 하는 등 자기가 해볼 수 있는 모든 표현을 다 써봤다. 메뚜기 떼처럼 몰려든 아이들 때문에 제대로 걸을 수도 없었다. 에티엔은 사방을 둘러보았지만 집들은 모두 비슷비슷했고, 어떻게 해야 할지 알 수 없었다. 그냥 포기하려 하는데, 한 앙상한 관목의 그늘 밑 트럭 타이어에 턱수염을 기른 노인이 걸터앉아 어떤 종이 같은 것을 들여다보고 있는 모습이 보였다. 에티엔이 그에게 다가가자 아이들은 더 이상 따라오지 않았는데, 노인을 무서워하는 모양이었다. 노인 앞에 선 에티엔은 그가 〈서른여섯 동물과 네 정령〉이라고 불리는 일종의 복권 게임의 티켓들을, 사이공의 어느 거리에서나 살 수 있는 그 종이 쪼가리들을 뒤적이고 있는 것을 보았다.[30]

노인은 프랑스어를 할 줄 알았다.

「그렇소, 지엠이 어디 사는지 알 것 같소.」

---

30 〈서른여섯 동물과 네 정령〉은 당시의 인도차이나에서 성행하던 게임이다. 서른여섯 동물 혹은 신화적 존재가 그려진 칸들에 각기 다른 배당률이 있고, 세 개의 주사위를 굴려 그 칸을 맞추면 그에 따른 상금을 받는 방식이다. 이를 위해 사전에 구입하는 게 바로 이 티켓이다.

메시지는 명확했으니, 에티엔은 지폐 한 장을 꺼냈고, 다시 또 한 장을 꺼냈다. 노인은 한 장을 받아 들 때마다 상대를 뚫어지게 응시했고, 그때마다 에티엔은 다시 한 장을 꺼내어 내밀어야 했다. 이제 충분히 지불했다고 판단한 에티엔은 〈아니요〉라는 뜻으로 고개를 저었다. 체념한 표정으로 호주머니에 돈을 넣은 노인은 힘겹게 일어나더니 널따란 마당을 가로질러 죽 늘어선 집들을 지나서는, 태풍 후에 얼기설기 고쳐 놓은 것 같은 집들 중 한 집의 뒤편을 가리켰다.

소식이 빨리, 적어도 에티엔보다는 빨리 간 모양으로, 그가 도착했을 때 지엠은 벌써 문턱에 서 있었다. 여전히 머리칼이 흰 하늘 쪽으로 치솟아 있는 그는 〈아, 에티엔 씨〉라고 말했지만, 마치 방문객이 못 들어오게 막으려는 사람처럼 한 걸음도 앞으로 나아오지 않았다.

여러 명의 아이들과 나이 든 여자 두 사람이 그 뒤쪽에 서서는 경계하는 눈으로 이 프랑스인을 관찰하고 있었다. 에티엔은 다가갔다.

「에티엔 씨…….」 지엠이 되풀이했다.

「제 사촌에 대해 알아보셨겠죠? 하지만 모습이 안 보이셔서…… 이렇게 실례를 무릅쓰고…….」

두 사람 중 누가 더 거북한 심정인지 알 수 없었다. 그렇잖아도 이 질문이 나올까 전전긍긍하던 지엠은 몇 걸음 앞으로 나와서는 포동포동한 손을 내밀었고, 에티엔은 악수를 했다.

「그게 말이죠……. 제가 하나도 못 알아냈어요, 네, 네…….」

에티엔이 자신의 말버릇을 지적했던 것을 떠올린 그는 어색하게 미소 지었고, 베트남 억양이 거의 사라진, 보다 정상적인 어조로 나지막하게 말을 이었다.

「부대들의 움직임에 대한 정보가 없더라고요.」

「저도 이미 알고 있었어요. 모두가 말하더군요, 당신에게 부탁할 필요가 없을 거라고.」

지엠은 미소를 지으며 입술을 깨물었고, 고개를 떨어뜨리며 도가머리 같은 머리칼을 일렁였다.

「유감입니다.」

바로 이 순간, 에티엔은 지엠이 거짓말하고 있다는 것을 깨달았다. 그가 거의 알지 못하는 이자, 그에게 아파트를 구해 준 게 유일한 역할이었던 이자는 이 거짓 혹은 침묵으로, 레몽을 찾을 수 있다는 그의 마지막 희망을 부숴 버린 것이다.

왜냐하면 지엠의 침묵은 무지로 인한 게 아니었기 때문이다. 그것은 어떤 지시, 혹은 어쩌면 어떤 위협의 결과였다.

레몽이 속한 부대의 임무에 대해 감춰야 할 것이 대체 무엇이기에, 지엠 같은 사람이 정보를 파는 대가로 1백 피아스트르를 받는 대신 아무것도 모르는 척 연기를 하고 있단 말인가?

에티엔으로서는 불안감에 시달리며 헛된 시도를 한 나흘, 자신이 사랑하고, 그를 위해 지구를 반 바퀴나 돌아서 왔고, 그를 위해 모든 것을, 그야말로 모든 것을 할 준비가 되어 있는 남자가 어쩌면 죽었을지도 모른다는 생각에 사로잡혀 보낸 나흘이었다. 에티엔은 울음을 터뜨렸다.

이 젊은 유럽인이 흙 마당 한가운데서, 신중함을 넘어 경계심마저 드러내는 베트남 가족과 마주하고서 흐느끼는 모습은 참으로 기이한 광경이었다.

지엠은 계속 미소를 짓고 있었지만 그것은 억지로 짓는 슬픈 미소였다. 그의 곤두선 머리칼마저도 가라앉은 것 같았다. 이 처음 보는 상황 앞에서 그의 뒤에 있는 사람들은 아무도 움직이지 않았다. 에티엔은 추한 꼴을 보이지 않으려고 돌아서서 손수건을 꺼내 들었다. 하지만 여기 온 이후로 축적되어 온 불안감, 소득 없이 헛돌고 있다는 느낌, 자신감 상실, 불길한 상념, 실패할 수 있다는 생각, 이 모든 것들은 이 장소, 이 순간에 예상치 못하게 터져 버린 슬픔 안으로 걷잡을 수 없이 밀려들었다. 갑자기 날카롭고 권위적으로 변한 지엠이 베트남어로 뭐라고 명령하는 게 들렸고, 이어 그의 손이 어깨에 와 닿는 게 느껴졌다.

「자, 에티엔 씨, 이리 오세요, 여기에 이렇게 있지 말아요.」

두 사람은 집의 입구 쪽으로 향했다. 에티엔은 〈지금 난 초상난 사람처럼 하고 있어〉라고 생각했고, 그는 자연스러운 미신이 고통스럽게 채워 오는 그 느낌에 맞서 싸우기 위해 있는 힘을 다 끌어모아 걸음을 빨리했다.

그들은 마대 자루를 펼쳐 창문들을 가린 탓에 몹시 어두운 커다란 방으로 들어갔다. 그들이 바깥에서 막 들어왔기에 더욱 컴컴하게 느껴지는 이 어둠은, 앉아 있는 노인들과 아이들의 얼굴에 한 무리의 공모자들이나 어떤 비밀 의식을 위해 모인 신도들 같은 신비스러운 분위기를 부여했다. 방 한가운데에 놓인 기다란 탁자 위에 쟁반 하나가 보였다. 놀랍게도 방금 누군가가 내용물을 치워 버린 것처럼 텅 비어 있었는데, 그 위에 검은 가루 같은 게 남아 있는 것을 한 노파가 조그만 볏짚 빗자루로 쓸었다.

「자, 들어와요, 에티엔 씨. 여기 앉으세요.」

지엠이 일련의 지시를 내리자 한 아이가 일어나서 물 한 컵을 가져오고 여자 한 명이 과일 바구니를 내려놓았다. 방에서는 뭐라고 규정하기 힘든 냄새가 나고 있었다. 분향 냄새와 발효시킨 생선 냄새, 그리고 에티엔으로서는 알 수 없는 보다 강하고 매캐한, 거의 매스껍기까지 한 무언가가 섞인 냄새였다. 마침내 눈이 어둠에 익숙해졌을 때, 그는 벽을 따라 쭉 이어진 선반들에 어떤 인물들을 재현한 조그만 채색 석고상이 엄청나게 많이 쌓여 있는 것을 발견하고는 깜짝 놀랐다. 그것들은 바닥에도 있었고, 볏짚으로 채워져 운반할 준비가 되어 있는 궤짝들 안에도 가득했다. 다른 한쪽에도 다 포장된 다른 짐들이 보이는 이 방은 가족이 둘러앉아 식사하는 곳이라기보다는 창고에 가까웠다.

에티엔은 지엠이 굳이 소개하려 하지도 않는 사람들의 조용한 시선을 받으며 의자에 앉았다. 침묵은 상황을 불편하게 만들었는데, 지엠도 그것을 느낀 듯 빠르게, 조금 지나칠 정도로 크게 말하기 시작했다.

「우리는 제사에 쓰는 입상(立像)들에 색칠을 해요, 네, 네, 네. 이건 공자고, 이건 부처예요.」

에티엔이 살펴보니 아닌 게 아니라 입상들은 두 인물만 똑같이 재현한 것들이었다. 그렇다면 물감이며 헝겊이며 붓 같은 것은 어디에 있단 말인가?

「이건 가족이 하는 일이에요. 조그만 일거리예요. 수입도 적고요.」 지엠은 하는 일이 너무 보잘것없어 미안하다는 듯 덧붙였다.

에티엔은 갑자기 심호흡을 하고 싶었다. 그는 나가려고 일어섰다. 아직 물잔에는 손도 대지 않았다.

「고마워요.」 그는 이렇게 말했지만, 누구에게 하는 말인지 알 수 없었다.

그는 문 쪽으로 돌아서서 한 걸음을 내딛었는데, 볏짚 부스러기 위에서 발이 미끄러졌다. 균형을 잡느라 선반을 붙잡았다가 입상 하나가 바닥에 떨어졌고, 모두가 일제히 비명을 질렀다. 공자상 조각들 가운데로 신문지 둘둘 만 것이 떨어지더니 서서히 풀리며 에티엔의 구두에까지 이르렀고, 반들반들하고 아마도 끈적끈적할 조그만 순대 같은, 밤색의 무언가가 드러난 것이다.

아무도 움직이지 않았고, 에티엔은 멍하니 발밑을 내려다보았다. 이 물질이 무엇인지는 전혀 알 수 없었지만, 의과 대학이 권하지 않을 성분이리라는 것만큼은 확실했다.

마침내 한 노파가 나아오더니 공자상의 잔해들을 비로 쓸었다.

바닥에서 밤색 물질을 집어 든 지엠은 마치 손님에게 선사하기라도 할 것처럼 그것을 손바닥 위에 올려놓고 미소를 지었다.

「이게 말이죠, 그냥 조그만 일거리예요……. 이거 해서 별로 들어오는 것은 없지만 식구가 너무 많아서…….」

에티엔은 손짓으로 그의 말을 딱 끊었다

「아, 지엠, 그건 나와는 상관없는 일이에요.」

하지만 그의 시선은 자신도 모르게 가족의 얼굴들을, 대부분 네 살에서 열다섯 살 사이로 보이는 아이들의 얼굴을 훑고 지나갔다. 이제 왜 창문을 마대 자루로 막아 놨는지 알 것 같았다. 발각될 경우 이자들을 기다리고 있는 것은 경찰과 감옥이었다.

「이게 뭐죠?」 어쨌든 그는 호기심에 이끌려 물었다. 「아편인가요?」

지엠은 곧바로 명랑한 웃음을 터뜨렸다.

「아이고, 아이고, 에티엔 씨! 아편은 형편 좋은 사람들이나 하는 거예요. 이것은 아편 재예요. 아편 피우고 남은 것, 그러니까 찌꺼기죠. 형편없는 거예요. 가난뱅이들이나 하는 거죠. 네, 형편없는 거예요.」

에티엔은 선반을 쳐다보았다. 채색한 인물상 수십 개가 꼼짝 않고 서 있었다.

「우린 그저 취급하는 일이나 좀 도와줄 뿐이에요. 아편 재봉(棒)을 하나씩 공자님 똥구멍에 집어넣는데, 궤짝이 차면 이나라의 어딘가로 가는 거죠.」

그는 부처상 하나를 집어서는 에티엔에게 내밀었다.

「자, 에티엔 씨, 받으세요. 방문하신 기념으로 드릴게요. 이건 속이 빈 거예요.」

에티엔은 고맙다는 미소를 지으며 받아 들었다.

「지금까지 우리는 공자를 많이 만들었어요.」 지엠이 말을 이었다. 「그리고 이제는 바꿨죠. 부처가 더 낫거든요.」

「아, 그래요?」

「네. 부처는 공자보다 똥구멍이 더 커서 편하거든요.」

지엠은 에티엔을 배웅하러 마당까지 나왔다.

「이웃 사람에게 부탁해서 에티엔 씨를 자전거로 역까지 데려다 달라고 할 수 있어요.」

「고맙지만 걸어가겠어요.」

「좀 멀어요…….」

에티엔은 부처상을 가리켰다.

「이것에 대해선 나중에 얘기합시다.」

이렇게 말하고 떠나려는데, 지엠이 그의 소매를 붙잡았다.

「에티엔 씨…….」

그의 도가머리는 다시 빳빳이 일어나 머리가 움직일 때마다 씩씩하게 출렁거렸다.

「아세요? 이 전쟁과, 우리를 갈취하는 베트민과, 모든 사람을 착취하는 프랑스 때문에 사는 게 쉽지 않답니다. 저는 항상 점잖은 사업을 찾고 있어요. 생각도 많이 해보지만, 결국에는 제가 찾을 수 있는 것을 하게 되죠.」

그는 자신의 집과 마당을 막연한 손짓으로 가리켰다.

「그래요, 이 모든 것은 애들에게 좋지 않아요. 하지만 제가 찾아낸 것은 이것뿐이에요. 그리고 올해는 작년보다도 힘들었고요. 이 부처 만드는 일을 그만두기 위해서는 제겐 수입이 있어야 해요. 애들과 가족을 위해서 말이에요. 제게 서류가 한 장 있어요.」

「이체 건인가요?」

「네, 아주 하찮은 거예요, 아주 하찮은 거죠. 아주 조그만 이체 건인데, 이걸 에티엔 씨가…….」

「얼마나 되죠?」

「아, 5만 피아스트르예요.」

「지엠, 보장은 못 해요……. 글쎄, 잘 모르겠네요.」

저쪽에서, 가장 나이 어린 축에 속하는 두 아이가 막 집에서 나와 호기심에 찬 눈으로 두 사람을 쳐다보고 있었다.

「한번 볼 테니까 서류를 가져와 봐요.」

✳

돌아온 그는 마음이 몹시 뒤숭숭했다. 〈알아봐 주겠다〉고 한 고등 판무청의 공무원은 조금도 신뢰가 가지 않았고, 그 너저분한 밀매에 어쩔 수 없이 참여하는 지엠의 어린 자식들 모습에 속이 편치 않았다.

사무실에 들어와 보니 행정적 협잡의 악취가 느껴지는 서류철들이 산처럼 쌓여 그를 기다렸다.

외환국에는 이체 허가 신청이 하루에 예순여 건씩 들어왔다. 액수가 상당히 큰 것들뿐이었는데, 공무원들이 봉급의 일부를 프랑스로 이체하는 건이나 부모가 본국에서 공부하는 자식들에게 보내는 기본적인 생활비 정도의 금액은 우편환으로 간단히 처리되기 때문이었다.

그의 책상 위에 쌓이고 있는 것은 수입 대금으로, 프랑스에서 수백만 프랑씩을 지불하기로 되어 있는, 수십만 피아스트르가 걸린 건들이었다. 그리고 이것들을 어떻게 처리해야 하는지 아직 아무도 말해 주지 않았다.

그는 문제를 정면 돌파하리라 마음먹고는 장테 씨의 사무실 문을 노크했다.

「제게는 업무 지침이 필요합니다.」

장테는 고개를 쳐들었는데, 그의 질문은 듣지 못한 듯이 이렇게 말했다.

「자네 이것 봤나?」

신문을 펼친 그는 안경을 벗고는 잠시 눈꺼풀을 비볐다.

「그들은 조그만 토막들에 대한 강박 관념이 있는 것 같아…….」

에티엔은 벌써 이력이 났다. 국장이 생각이 잠겨 있을 때는 말을 걸어 봤자 아무 소용 없었다. 그의 생각이 어디까지 왔는지 이해하며 차분히 기다리다가 최적의 순간이 왔을 때, 낚싯대가 부러지지 않게끔 살살 다루며 낚싯바늘에 걸린 물고기를 뭍으로 천천히 끌어오듯 데려와야 하는 것이다.

「베트민 놈들이…… 남카이 부근에서…… 북부의 RC4 도로와 가까운 곳인데…… 프랑스 헌병 네 명을 정글용 칼로 토막냈고, 그 조각들은 도로변에 쌓인 채로 발견되었어. 머리 네 개가 마치 케이크 위의 체리처럼 살 무더기 위에 올라가 있었고 팔들 옆에는 다리들이 어지러이 흩어져 있었는데, 이 팔다리가 어떤 머리의 것인지 알 수 없었다는군.」

에티엔은 정신이 아득해졌다. 외인부대원들이 아니라 헌병들인 게 확실할까?

「그들은 이런 인간들이야.」 장테가 말을 이었다. 「그들은 꼭 토막을 내야 해. 이게 그들의 어쩔 수 없는 본능이지. 보라고, 심지어는 요리할 때도 잘게 썬 토막을 사용하지 않아? 그들에겐 이게 하나의 강박 관념이야. 어떤 친구를 하나 죽일 때면 꼭 살점을 다져야만 속이 시원한 거지. 이런 기벽은 아주 먼 조상 때부터 내려오는 것일 거야.」

그는 일어나서 책상을 한 바퀴 빙 돌더니, 조그만 검은 가죽 액자를 에티엔 쪽으로 돌렸다.

「이걸 자네에게 보여 줬었나? 내 개야.」

그는 상대의 반응을 기다리지도 않고 액자를 다시 내려놓았다.

「우린 보다 심리적이지. 한번은 몇몇 베트남 놈들에게서 정보를 얻어 내기 위해 그들을 비행기에 태웠다는군. 공중에 올라가서 세 명을 허공에 떨어뜨렸지. 그러자 다른 놈들은 자기가 알고 있는 것을 다 불었대. 내가 장담하는데, 실제로 있었던 일이야! 그래도 이건 나름대로 우아하지 않아? 왜, 좀 충격받았나?」

에티엔의 얼굴은 새하얘졌다. 그의 생각은 도로변에 가 있었다. 네 헌병의 살점들이 쌓여 있었다는 그곳 말이다. 레몽도 그런 모습으로 발견되는 것은 아닐까?

「뭐, 이게 전쟁이지……. 자, 그래서…… 자네가 지침을 원한다고?」

그의 시선은 에티엔의 머리 위 어딘가를 헤매고 있었다.

「맞아, 그럴 거라고 생각했어.」 그는 몽상에 잠긴 듯한 어조로 말했다. 「물론 지침이 있어야겠지…….」

지금 에티엔이 취할 수 있는 최선의 방법은 그 정글의 도로 말고 다른 것에 집중하는 것이었다. 그는 생각하는 대로 말해 버렸다.

「전 여기 온 이후로 서류들을 검토하고 있고, 이젠 신청자들을 받아야 합니다. 그런데 의심쩍은 신청 서류를 제출한 사람이 한둘이 아니에요.」

「의심쩍다라…….」

「과다하게 견적된 것들도 있고…….」

에티엔은 더 이상 말을 이을 수 없었으니, 장테가 그의 얼굴을 부숴 버릴 것 같은 기세로 다가온 것이다.

「이봐, 펠티에 씨, 나도 잘 알고 있어! 자네 지금 무슨 생각 하고 있는 거야, 엉? 자네가 피아스트르 부정 거래를 처음으로 발견했다고? 하지만 이 친구야, 자네가 대체 뭔데 나대는 거야?」

오르는 것만큼이나 혈압이 빨리 내려가는 장테는 자기 책상으로 돌아가 한 손으로 얼굴을 감쌌다. 아, 정말 피곤해…….

그는 팔을 뻗어 액자 하나를 돌려서는 에티엔 쪽으로 흔들어 보였다.

「내 첫 번째 아내야. 미리암. 어마어마한 잡것이었지.」

그는 액자를 다시 내려놓았다.

「우린 아무것도 할 수 없어.」 그는 신음하듯 말했다. 「무슨 말인지 알겠나? 우린 그 일에 대해 아무것도 할 수 없다고…….」

「하지만 말입니다, 우리는 허가를 내주고, 따라서…….」

「그들은 그게 필요치가 않아!」

에티엔은 기다렸다. 대화가 종결되었기를 기대한 장테는 더 설명해야한다는 게 개탄스러웠다.

「피아스트르는 프랑화 영역에 속해 있어. 만일 그자들이 피아스트르를 프랑스로 이체하길 원한다면, 우리는 그걸 막을 아무 권한이 없다는 얘기야! 이론적으로 보자면, 그들은 허가를 신청할 필요조차 없는 거라고.」

「그렇다면 우리가 하는 역할이 뭔가요?」

「시간을 버는 거지.」

지금 장테는 핵심을 짚은 것이다. 그는 에티엔에게 내방객용 안락의자에 앉으라고 손짓했다.

「피아스트르와 프랑 간의 환율은 기계적인 거야. 이론적으로 볼 때, 돈을 이체하기 위해 충족해야 할 조건은 아무것도 없어. 우리는 여기서 그저 훼방이나 놓으면서 시간을 보낼 뿐이야. 왜냐하면(그의 얼굴은 이 재앙의 규모가 자신에게도 얼마나 경악스러운 것인지를 보여 주었다) 이 일로 인해 프랑스는 벌써 1천8백억 프랑이나 쏟아부어야 했거든. 무슨 말인지 알겠나?」

에티엔은 이 숫자를 생각해 보았다. 그야말로 천문학적인 액수였다.

「만일 아무도 이 일을 반대하고 나서지 않으면, 앞으로 몇 년 지나면 인도차이나가 프랑스를 몽땅 사버릴 수 있게 될 거야. 자기 돈으로 말이야.」

「우리는 아무것도 할 수 없는 건가요?」

「있지. 공무원답게 놀면 돼. 다시 말해서 엿 먹이는 거지. 트집 잡고, 물고 늘어지고, 억지를 부리고, 시비를 거는 거지. 벌써 말했잖아, 시간을 버는 거라고.」

「어떤 권한으로요?」

「아무 권한도 없어. 뭐, 마지막에 서명하는 권한은 있지. 하지만 계속 다른 서류를 만들어 가져오는 것은 너무 성가신 일이니…… 의욕을 좀 꺾어 놓을 수는 있지.」

에티엔은 어떻게 해야 할지 알 수 없었다. 구체적으로 말이다.

「뭐, 각자의 상상력에 맡겨야겠지. 꽤 많은 친구들은 도장 찍어 주며 점점 더 많은 뇌물을 요구하는 방법으로 만족하고 있어. 사실 이 모든 것은 그런 친구들의 문제야. 다른 사람들은…….」

장테는 애매한 손짓을 해 보였다. 뭐, 다른 사람들은…….

＊

사이공에서 첫 번째로 맞는 주말이 왔다. 전에 에티엔은 이 주말이 오기만을 기다렸으나, 이제는 간헐적으로 엄습하는 불안감들 외에는 다른 사건이 없는 기나긴 사막처럼 느껴졌다. 히엔지앙으로 달려가기 위해 차를 렌트할 뻔한 게 열 번은 되었지만, 그때마다 〈호위받지 않으면 멀리 가지 못할 거야〉라는 장태의 말이 떠올랐다.

그는 매일 생선을 사서 조제프에게 가져다주었다. 여기 오고 나서 털갈이를 한 녀석은, 스핑크스 같은 자세로 창문턱에 누워 주위를 감시하지 않을 때면 늘 침대 발치에 붙어 있었다.

토요일 아침, 에티엔은 층계에서 들리는 소음에 잠이 깼다. 며칠 전 트렁크를 배달받을 때 들었던 것과 유사한 소리였다.

「여기서 지내기가 덥다고 하셨죠?」

도가머리를 흔들며 나타난 지엠이 큼지막한 미소를 지으면서 두 사내를 가리켰는데, 그들은 노르망디 지방의 장롱만큼이나 커다랗고 여기저기가 찌그러진 냉장고 하나를 층계참에다 쿵 내려놓았다.

「미제입니다!」

그로서는 이 한마디가 모든 설명을 대신했다.

에티엔은 거절하려 해봤지만 냉장고는 벌써 방 안에까지 들어와 있었다. 지엠은 상대가 자신의 자발적인 행동을 좋아하리라 믿어 의심치 않았다. 에티엔은 한 걸음 뒤로 물러섰다. 이제 벽에 붙은 냉장고는 공간의 3분의 1을 차지하고 있었다. 지엠은 전기 코드를 연결했다.

「디젤식인가요?」 에티엔이 물었다.

「네, 처음에는 좀 시끄럽지만 금방 조용해지죠.[31] 중고예요. 이런 물건을 7백 피아스트르에 살 수 있으면 횡재한 거죠.」

에티엔은 입을 딱 벌렸다.

「하지만 4백 피아스트르에 산다면, 그건 거의 기적인 거랍니다, 에티엔 씨.」

기괴하고, 너무 비싸고, 지나치게 컸다. 레몽이 이걸 봤다면 미친 듯이 웃음을 터뜨리며 이렇게 말했으리라. 〈아, 에티엔! 너 이제 냉장고 선생 댁에 사는군!〉

조제프는 조심스럽게 나아와 이 거대한 짐승의 냄새를 맡은 다음, 훌쩍 위로 뛰어올라서는 거기에 차분히 자리를 잡았다.

「네, 좋아요.」 이렇게 말하며 에티엔은 지갑에서 150피아스트르를 꺼냈다.

지엠은 순간적으로 얼굴을 찌푸렸지만, 이내 그 미소 가득하고 비굴할 정도로 공손한 표정을 되찾았다. 에티엔은 지엠이 이체 신청에 대한 얘기를 꺼내리라 생각했지만 그런 말은 일절 없었다.

「일요일 잘 보내세요! 아마 시내 구경을 하시겠죠?」

지엠은 항상 소소한 일거리를 찾아 헤매는 사람이었다. 에티엔은 그가 가이드를 자원하고 나설까 겁이 났다. 혼자 있고 싶었던 것이다.

「네, 산책을 할 겁니다. 하지만 무엇보다도 좀 쉬려고 해요.

31 디젤 연료와 전기를 함께 사용하는 하이브리드 방식의 냉장고로, 20세기 중반 생산되었다. 전력 소모가 적은 반면 소음이 크다는 결점이 있었다.

173

사이공에 오고 나서 며칠 동안 피로가 많이 쌓였거든요.」

「네, 그러시겠죠.」

냉장고의 소음은 가라앉지 않았다. 한 시간 정도는 조용하더니 갑자기 쿨럭거리고 깨어나 거친 비명을 내지르더니만 최적의 속도를 찾는 기관차처럼 쉭쉭거리다 마침내 한계치에 이르러서는 갸릉갸릉거렸는데, 마치 어떤 코 고는 사람 옆에서 자는 듯한 느낌이었다. 하지만 에티엔은 이게 너무 좋았다. 레몽도 꽤나 코를 골았던 것이다. 희한하게도 조제프는 냉장고의 흔들림에 조금도 구애받지 않았고, 그 위, 지엠이 선물해 준 채색된 불상 옆에서 하루의 상당 부분을 보냈다.

에티엔은 카페테라스에서 맥주를 마시거나, 이곳저곳에서 돼지구이 몇 토막이나 신선한 파인애플 같은 것을 맛보며 일요일을 보냈다. 또 잡다한 가게들을 기웃거리기도 했는데, 거기에는 자전거며 라디오며 주방 기구며 중고 서적이며 청소 도구며 가정용 철물 등이 산처럼 쌓여 있었다. 현기증이 일 정도였다. 상인들이 가게 문턱에 서서 무표정한 얼굴로 이를 쑤시고, 긴 장대를 사용하여 멀리 떨어진 상품을 가져오고, 가격을 흥정할 때면 호인 같은 겉모습 아래 있던 무시무시한 협상가가 드러나는 이 거리에서 살 수 없는 물건은 없는 것 같았다. 라디오와 카메라를 취급하는 어느 상점 앞에서 에티엔은 이 모든 광경들을 포착하고, 레몽과 엘렌을 위해 그 흔적을 간직하고 싶다는 갑작스러운 욕구에 사로잡혔다. 카메라를 보자마자 흥미가 생겼다. 그는 엘렌이 학교 클럽에서 사용하는 사진기로 가끔 사진을 찍곤 했는데 결과는 처참했다. 그는 카메라 앵글을 잡는 능력이 제로에 가까워서, 피사체는 항상 사진의 한쪽 끝에 걸려 있든 완전히 반으로 잘려 있든 했다.[32] 이걸 보고 어머니나 엘렌이 웃음을 터뜨리면 그는 짐짓 기분이 상한 척하면서 〈내 오른쪽 눈에 약간 결함이 있어서 그래! 불쌍한 사람을 그렇게 비웃으면 안 돼!〉라고 말하곤 했었다.

기질적으로 항상 불리하거나 기상천외하거나 위험한 해결책 쪽으로 이끌리는 그는 상인이 그에게 작동 방법을 가르쳐 줘야 했던, 날치기당하지 않으려면 목에다 걸고 다니라고 충고했을 정도로 고가인 라이카 카메라를 샀다.

오후가 끝나 갈 즈음에 항구로 간 그는 자신들보다도 무거운 쌀가마를 배에서 내리는 인부들이 작업하는 장면을, 깡마르고 민첩하고 무표정한 사내들과 목에 호각을 건 십장들의 흥미로운 모습을 여러 장 사진에 담았다.

드나드는 트럭들과 메사제리 마리팀 부두[33]에 접안하는 거룻배들의 활동으로 항구 전체가 떠들썩했다. 어디를 보나 쌀가마, 고무, 플랜테이션 생산물, 원목, 파라고무나무뿐이었다. 인부들은 하역을 감시하러 나온 소유주들의 자동차들 사이를 요리조리 지나다녔고, 선하 증권(船荷證券)은 비서의 등 위에서 서명되었으며, 손에서 손으로 돈이 오갔고, 무어라 외치는 소리들은 배들이 길을 터달라고 안달하며 울려 대는 뱃고동 소리에 덮이곤 했다. 정신이 없어진 에티엔은 그곳을 벗어나 마

---

32 요즘의 카메라와는 달리 1940년대의 사진기는 뷰파인더도 작고 오토포커스 기능도 없어서 초점을 잡고 피사체를 프레임 안에 제대로 위치시키는 게 쉽지만은 않았다.

33 프랑스의 해상 운송 회사 메사제리 마리팀Messagerie maritime의 지점이 위치한 부두.

가쟁 제네로[34] 건물의 울타리를 따라 걸었다. 망고를 사두었던 그는 먹을 만한 장소가 없는지 둘러보았고, 조금 떨어진 곳에서 공터 하나를 찾아내서는 거기 있는 시멘트 경계석에 앉았다. 사이공의 하늘은 어디를 보나 허옜다. 그는 부모에게 짤막한 편지 한 통을 썼고, 엘렌에게는 보다 길게 쓴 편지를 보낸 바 있었다. 어머니에게는 아직 레몽을 못 찾았다고, 마치 이렇게 늦어지는 것이 정상적이고 충분히 예상했던 일인 것처럼 말했다. 하지만 엘렌에게는 진실을 말했다. 〈어디를 찾아가 봐도 아무도 얘기해 주지 않아……〉 만일 레몽을 찾지 못한다면 어떻게 해야 하나? 여기 남아 있어야 하나, 아니면 베이루트로 돌아가야 하나? 부모님 틈에 끼어 자기 혼자 살아야 한다고 엘렌이 한탄하던 소리가 떠올랐다. 그는 그녀의 심정을 이해했다. 아니, 공감했다. 하지만 이렇게 떠나온 지금, 베이루트는 이미 과거에 속해 있었고 그의 삶은 무엇이 되든 간에 전과는 다른 것이 되어 있었다. 레몽이 있든 없든 마찬가지였다.

이런 생각에 그의 가슴이 아렸다.

생각이 여기까지 이른 그는 떠나기 전에 공터 쪽으로 고개를 한번 돌려 보다가 이곳이 폐기물 하치장이라는 것을 깨달았다. 궤짝이며 나무 상자 같은 것들이 층층이 쌓여 있었고, 갖가지 장비와 기계는 물론 불에 탄 자동차의 잔해까지 보였다. 그의 시선은 부서진 모터들이 버려져 있는 몇 개의 팰릿들 쪽으로 이끌렸다. 벌겋게 녹이 슨, 유행이 지난 구식 모델 모터들이

34 Magasins généraux. 당시 사이공에 있었던 건물로, 〈일반 창고〉라는 뜻처럼 현지에서 생산되는 물산을 보관하고 배송했으며, 물품을 판매하는 매장의 기능도 있었다. 현재는 사이공의 현재 이름인 호치민시의 역사적 건물로 남아 있다.

었는데, 그중 여러 개가 거기서 부품을 얻으려고 했던 듯 해체되어 남은 부분만 을씨년스럽게 뒹굴고 있었다. 에티엔이 다가가 살펴보니 한 모터의 몸통에 RN-P1이라는 글자가 새겨져 있었다.

이게 바로 정크선에 장착한다는 명목으로 르루 프레르사가 몇 달 전에 수입한 이른바 〈시제품들〉이었다.

에티엔에게는 이 발견이 어떤 개인적인 상처처럼 느껴졌다. 피아스트르 부정 거래는 레몽이 실종된 이 어처구니없는 전쟁을 유지하고 또 조장하고 있었던 것이다.

그의 안에서 은은한 분노가 올라오고 또 올라왔다.

집에 돌아오면서 그는 스스로도 이해할 수 없는 복잡한 경로를 택했다. 발걸음이 자신을 술집들이 늘어서 있고, 매춘부들이 걸어다니고, 밀랍 같은 얼굴의 아시아인들이 조용히 담배를 피우며 지나가는 사람들을 전문가적인 눈으로 뜯어보는, 평판이 좋지 않은 어느 으슥한 구역의 거리로 이끌어 온 것을 알아차리고서야 모든 게 밝아졌다. 하지만 이 거리도 그의 목적지는 아니었다. 이 손바닥만 한 구역의 골목길을 돌고 돈 끝에, 그의 잠재의식은 그를 정확히 여기, 짤막한 테라스밖에 갖추지 못한 어느 술집 앞에 데려다 놓은 것이다. 고객들 모두가 안에 몰려 앉아 시끄럽고 명랑하고 활기차게, 쩌렁쩌렁한 소리로 떠들며 웃고 있는 이곳은 외인부대들의 술집이자 아지트인 〈르 카메로네〉[35]였다.

---

35 카메로네는 멕시코에 있는 한 마을 이름으로, 프랑스 외인부대의 전설적인 전투가 있었던 곳이다. 1863년 4월 30일, 일흔 명이 안 되는 외인부대원들은 2천 명에 달하는 멕시코군에 포위되었지만 끝까지 포기하지 않고 싸웠고, 이후

에티엔은 걸음을 늦췄다.

군복 차림의 세 남자가 밖으로 나와서는 보도에 바짝 붙여 놓은 테이블 중 하나에 자리를 잡았다. 그들은 그를 뚫어지게 쳐다봤다. 재미있어하는 듯한 그들의 침묵과, 마치 그에게 건배하듯이 맥주잔을 들어 올리는 방식에서 뭔가 외설적이면서도 난폭한 것이 느껴졌다.

더럭 겁이 난 그는 곧바로 걸음을 빨리하여 그곳을 빠져나왔다.

택시를 잡을 때까지 그들의 웃음소리가 따라왔다.

✳

이 분노와 절망감의 여파였을까, 다음 날 사무실에 출근했을 때 그는 신경이 예민했고, 매사에 화가 났고, 파괴적인 욕구에 사로잡혀 있었다. 첫 번째 문건을 들여다보는 순간, 이 외환국의 의심쩍은 관행들이 자신에 대한 모욕처럼 느껴졌다. 레몽의 생사에 대해서는 어떤 정보도 주기를 거부하는 행정부가, 이 사기 치는 신청들에는 온종일 도장을 찍으라고 요구하는 것이다. 이 전쟁이 비약적으로 발전할 수 있도록 힘을 보태라고 말이다.

안에 있는 미신적인 무언가가 그를 저항하게 만들었다. 그것은 투쟁하고 희망하는 나름의 방식이었다.

그는 나중에 처리할 서류 더미를 들어 책상과 가까운 바닥

___

이 전투는 외인부대의 용기와 희생정신, 그리고 명예의 상징이 되었다.

에 내려놓았다.

이제 본론으로 들어갈 필요가 있었다.

그는 접수 카운터까지 걸어가서는, 자신도 대기 중인 방문객들을 받겠다고 말했다.

첫 번째로 받은 사람은 어느 중국인 브로커로, 이목구비가 마치 밀랍으로 되어 아래로 녹아 흘러내리고 있는 듯한 기묘한 얼굴의 소유자였다.

「네, 별장 개수 공사라고요…….」 에티엔이 서류를 들여다보며 말했다. 「위치는 랑부예고요.」

코가 아주 짧고, 입술은 없는 거나 다름없어서 조금은 거북이처럼 보이는 사람이었다. 동작 역시도 느릿느릿한 이 사내는 학교에서 가르치는 것 같은 프랑스어를 또박또박, 효과적으로 자신 있게 구사했다.

여기저기에서 그의 이름이 눈에 띄었다. 차오 씨.

그는 고등 판무청의 어느 관리를 대신해 온 것이었다.

「네, 랑부예는 파리 근방에 위치한…….」

「어디 있는지는 잘 압니다. 그러니까, 40만 프랑의 공사비로…….」

「네, 맞아요.」

에티엔은 서류철을 뒤적였다. 관리는 프랑스에 있는 별장 개수 공사 비용을 여기에서 지불하고 있었다. 지붕 공사 견적, 벽돌 공사 견적, 목재 골조…… 현장에 있지 않으면 확인 불가능한 내용들이었다. 신청인이 프랑스로 보내는 40만 프랑은 에티엔이 직인을 찍어 주는 순간 1백만 프랑으로 둔갑할 것이었다.

「서류가 하나 빠져 있어요.」

「네?」

「별장 사진이요.」

「무슨 얘기인지 모르겠네요, 이건 공사 내용에 대한 서류인데…….」

「심지어는 완전히 부숴 버린 집 사진을 가져오라고 할 수도 있어요. 왜냐하면 이 금액으로 당신의 고객은 그냥 새집을 사는 편이 나으니까. 안 그래요?」

그는 서류철을 탕 닫고는 브로커에게 내밀었다.

「토지 대장 사본, 매입 증명서, 재산 이력서, 공사 사실을 입증하는 건축가 보고서, 프랑스 건설국의 고지서 혹은 면제 증명서, 그리고 각 견적서마다 공사의 필요성을 판단할 수 있는 사진 한 장과 기대되는 결과를 보여 주는 그림 한 장을 첨부할 것. 이상입니다.」

차오 씨는 입술을 바짝 오므렸고, 걸음을 멈췄고, 멀어져 가다가 다시 돌아와서는 몸을 지그시 기울였다.

「1만 프랑.」 그가 불쑥 말했다.

에티엔은 눈을 찌푸렸다.

「선생님이 원하는 화폐로요.」

중국인은 책상 위에 다시 서류철을 내려놓았다.

에티엔은 그것을 집어 들어 그에게로 내밀었다.

「그 1만 프랑으로 항공 사진까지 찍을 수 있을 겁니다.」

8
욕망의 불꽃

준비에브는 마치 황후 같은 모습으로 앉아 있었다. 새 직장을 얻기 위해 뛰어다니며 하루를 보내는 장은 늦은 오후에 귀가할 때마다, 그녀가 하는 일도 없이 미소 띤 얼굴로 창문을 등지고 콧구멍만 한 주방의 식탁 끄트머리에, 한껏 치장을 한 채로 앉아 있는 것을 발견하곤 했다. 층계에서 그의 발소리가 들리면 이렇게 포즈를 취하는 걸까? 마치 거기 그렇게 앉아서 시간을 보낸 사람 같았다. 남편이 어떤 청원인처럼 들어와 하소연을 하면 너그럽고도 이해심 많은 태도로 기꺼이 귀를 기울여 주려고 말이다. 담배를 피우지 않을 때면 그녀는 식탁 위로 두 손을 차분히 포개고 있거나 짧고 뭉툭한 손가락들을 깍지 끼고 있었다. 손톱은 언제나 잘 다듬어져 있었다.

준비에브가 어떻게 사는지는 장에게 수수께끼였다.

대체 어떻게 하루를 보내는 걸까? 그녀는 이에 대해 거의 아무 말도 하지 않았다. 〈뭐, 장을 좀 봤어〉라고 건성으로 대답하고는 했다. 대체 어떤 돈으로? 장은 이렇게 자문했으니, 그들에겐 돈이 별로 없었던 것이다. 하지만 이는 자칫 위험해질 수 질문이었으므로 그는 감히 입 밖에 내지 못했다.

「어때, 잘됐어?」 그녀가 물었다.

서로 대화할 때마다 그녀는 똑같은 질문을 하곤 했다. 그리고 장도 항상 똑같이 대답했다.

「별로…….」

이번에는 어떤 공구 판매 대리인 자리였다. 이를 위해서는 소켓 렌치며 지렛대며 천공기 같은 것을 잘 알아야 했고, 면접은 오래가지 않았다. 〈다음 분 들어오세요!〉 그는 채 5분도 안 되는 면접을 위해 세 시간 가까이 줄을 서야 했던 것이다.

아침마다 장은 거리로 내려가 신문을 사 와서는, 전날 저녁 석간신문으로 그리했던 것처럼 샅샅이 훑었다. 그는 광고문을 가위로 정성껏 잘라 날짜와 함께 공책에 붙이고, 지원서를 쓰고, 전화번호가 나와 있으면 전화를 걸곤 했다. 또 약속 장소에 가기 위해 아파트를 나섰고, 〈관심 있으신 분은 ……로 문의하시오〉라는 문구가 주소와 문 여는 시간과 함께 광고문에 올라와 있는 경우에는 다른 실업자들과 함께 줄을 서기도 했다. 자동차를 가졌다는 엄청난 장점이 있었음에도 신뢰할 만하고 확인 가능한 추천서가 없다는 점은 장의 핸디캡으로 작용했다. 그는 온갖 종류의 대리인(이는 그가 약간의 경험이 있다고 자부할 수 있는 유일한 분야였다) 자리에 지원했으나 실업난은 심각했고, 고용 시장은 협소했으며, 항상 그보다 조건이 나은 누군가가 있었다.

준비에브는 아마도 불쌍히 여겨서인 듯 면접에 대해서는 절대로 자세히 캐묻지는 않고 그저 〈뚱땡이가 오늘도 소득 없이 들어왔군〉이라는 정보를 입력해 놓는 것으로 만족했다.

「그래서 당신은?」 어제 그는 갑자기 화가 치미는 걸 느끼며 반문했다.

준비에브는 무슨 얘기냐는 듯 그 쪽으로 눈썹을 들어 올렸다.

「그래, 당신 말이야! 당신도 직장이 없잖아!」

「난 말이야,」 그녀는 너무나 당연하다는 듯한 목소리로 대답했다. 「난 공무원이라고!」

그는 이 전임(轉任) 얘기를 벌써 많이 들었지만 잘 이해가 되지 않았다. 이에 대해 준비에브의 아버지는 자신이 있었으니, 이는 아주 간단히 처리될 일이라는 것이었다. 프랑스 우체국과 레바논 우체국은 밀접한 관계로 이어져 있으며, 자신이 인맥을 동원하기만 하면 자기 딸은 프랑스 공직에 편입될 수 있다는 게 그의 주장이었다. 장에게 이 이야기는 아무도 일자리를 구하지 못하는 시국이기에 더욱 불확실하게 느껴졌고, 대체 어떤 신비에 의해 집구석에서 꼼짝도 하지 않는 준비에브에게 일자리가 제의될 수 있다는 건지 도무지 이해가 가지 않았다. 어쨌거나, 부부의 재정 상황이 아주 나빴음에도, 그는 그녀가 자기보다 먼저 일자리를 얻지 않기를 바랐다. 이런 상황에서 아내의 거만한 시선을 견디는 것은 그의 능력을 벗어나는 일이었다.

〈가족 오찬〉, 다시 말해서 프랑수아의 방문(그는 이번에는 혼자 오겠다고 말했다)을 위한 식탁이 차려졌다. 이 콧구멍만 한 아파트 안에 호화로운 식기와 새하얀 목면 냅킨 들이 놓여 있는 광경은 보기만 해도 안쓰러웠다. 준비에브는 결혼할 때 은제 자르디니에르[36]와 리모주산(産) 도자기 식기 세트를 기어코 선물로 받아 냈다. 〈다들 이렇게 한단 말이야!〉라고 그녀는 잘라 말했다. 베이루트를 떠나올 때, 그들은 이 모든 것을 수용할 수 있는 넓은 집을 구할 여력이 될 때까지 가진 것 대부분을 두고 와야 했지만, 준비에브는 이 은제 자르디니에르와 식기 세트만은 가져왔다(침구 세트 두 벌도 가져왔는데, 이 중에서 그에게 음울한 추억을 남긴 첫날밤 때 사용되었던 것은 아직도 격월로 덮고 자야 했다). 이렇게 차려진 부티 나는 식탁은 이 가난뱅이의 아파트와는 전혀 어울리지 않았고, 장으로서는 이렇게 누추한 삶을 살게 하는 자신에 대한 아내의 모든 원망을 담고 있는 것처럼 느껴졌다.

층계참에서는 포르 부인이 특별히 준비한 음식의 감미로운 향이 흘러 들어왔다.

프랑수아가 문을 두드렸다. 그의 손에 카네이션 꽃다발이 들려 있었고, 준비에브는 요란스레 탄성을 발했다.

「포르 부인에게 코코뱅[37]을 해달라고 부탁했어요.」 사실은 아무런 선택도 하지 않은 준비에브가 거짓말을 했다.

「와, 굉장한데요!」 이 요리를 전혀 좋아하지 않는 프랑수아가 말했다.

두 형제는 서로 마주 앉았다. 준비에브는 식탁 끝에 왕처럼

---

36 원래는 실내나 실외를 꾸미기 위한 화분을 말하지만, 그 널찍하고 화려한 형태 때문에 음식을 담는 식기로 사용되기도 한다. 특히 프랑스 요리에서는 고기나 생선 요리를 담기도 하고, 과일, 케이크, 디저트 그릇으로도 쓰인다.

37 수탉을 와인소스에 넣고 오랫동안 조린 요리.

앉아 있었다. 금방이라도 조그만 종을 흔들어 하인을 부르기라도 할 분위기였다.

「그래서,」 그녀가 물었다. 「마틸드 걔하고는 끝났어요?」

마틸드……. 장은 그녀를 떠올렸다. 그래, 마틸드, 가슴은 아주 작지만 엄청나게 섹시한 애……. 프랑수아는 전번에 딱 한 번 함께 식사한 후에 마틸드가 질려 버렸다는 얘기를 예의 때문에라도 할 수 없었다. 〈자기 형수는 참 희한한 사람이야, 그리고 자기 형은 천하에 불쌍한 겁쟁이고. 두 사람이 함께 있는 모습을 쳐다보기만 해도 힘들어. 미안하지만 난 사양할게.〉

프랑수아는 무슨 말을 해야 할지 알 수 없었다.

「저 이번에 『르 주르날』 리포터로 채용됐어요.」

자신도 모르게 불쑥 튀어나온 말이었다. 하지만 수없이 다짐하지 않았던가? 이 채용 사실에 대해 얘기하지 않겠다고? 형수에게 뜯고 씹을 뼈다귀를, 뚱땡이를 모욕하기 위한 또 하나의 구실을 던져 주지 않겠다고 말이다. 하지만 그가 지난 보름 동안 겪은 모험은 너무나 짜릿한 것이어서, 그는 1941년 5월에 르장티욤 장군과 악수를 나눌 때만큼이나 황홀한 도취감에 잠겨 있었다. 마치 사랑에 빠진 사람처럼 『르 주르날』 리포터 생활을 하고 있었던 것이다.

이렇게 털어놓은 데에는 은밀하면서도 거북한 다른 이유도 있었다. 파리에서 가까이에 사는 상황으로 인해, 그의 부모는 여전히 믿고 있는, 고등 사범 학교를 다닌다는 소설을 준비에브와 장에게는 오래 유지할 수가 없었다. 자신의 비밀을 뚱땡이와 공유해야만 하는 상황은 조금도 문제가 되지 않았지만, 준비에브는 이것을 이용할 수 있는 사람이었다. 따라서 그는 직업적인 성공을 거두게 되자, 서둘러 별문제 아닌 듯이 털어놓음으로써 집안의 큰 문제로 비화될 수 있는 이 일의 폭발적인 성격을 제거해 버린 것이다.

형제간에는 이미 오래전의 얘기지만, 계속 프랑수아의 마음을 괴롭혀 온 은밀한 사정이 있었다. 장남인 뚱땡이가 가족 기업을 이끌 능력이 없다는 사실은 드러났지만, 적어도 그에게는 기회가 한 번 주어졌다. 물론 프랑수아는 형이 이렇게 참담한 실패를 겪은 후 집안의 횃불을 이어받겠다고 나설 마음이 전혀 없었지만, 아버지가 자신의 의향은 묻지도 않았다는 게, 그래서 거절한 기회도 주지 않았다는 게 화가 났다. 프랑수아에게는 아무도, 어떤 것도 묻지 않았다. 우수한 학생이었던 그에게 모두가 박수갈채를 보냈지만, 그가 앞으로 할 공부에 대해서는 관심이 없었다. 또 사람들은 그가 1941년에 용감하게 싸운 것에 경탄했지만, 그가 영예도 훈장도 없이 돌아왔기에 그의 무훈은 역사적 호기심거리로 언급되는 일화에 불과하게 되었다. 그러다 어느 날, 부모의 관심은 프랑수아를 건너뛰어 〈뚱땡이〉에서 곧바로 막내인 엘렌에게로 넘어가 버린 것이다. 아, 물론 그는 사랑을 받았다. 그건 분명하지만 그가 핵심적인 무언가를 박탈당한 것은 사실이었다. 따라서 자신이 『르 주르날』에 채용된 사실을 알린 것은(비록 이렇게 한 것을 자책하기는 했으나) 일종의 무의식적 행동, 하지 않겠다고 다짐했지만 결국에는 하지 않을 수 없게 되는 종류의 행동이었다.

이 아슬아슬한 정보는 다행스럽게도 포르 부인의 등장으로 인해 사람들의 관심에서 멀어졌다. 그녀는 무겁게 받쳐 들고 온, 찐 감자를 곁들인 코코뱅 요리를 식탁에 놓으려다 하마터면 쏟을 뻔했는데, 프랑수아가 얼른 달려가 도와주었다. 이 광경을 지켜보는 준비에브의 광대뼈는 만족감으로 발갛게 물들었다.

애석히도 프랑수아의 안도감은 오래가지 못했으니, 서빙을 마친 포르 부인이 자기 집으로 돌아가자마자 준비에브가 다시 그 얘기를 꺼낸 것이다.

「자, 그래서, 그『르 주르날』에 채용된 이야기 좀 해봐요! 어떻게 된 건지 전부 알고 싶어요.」

준비에브는 시동생이 하는 말을 그야말로 쪽쪽 흡입하고 있었다. 장이 느끼기에는, 베이루트에서 향 비누에 대해 거들먹대며 설명하는 시아버지 펠티에 씨의 얘기를 들을 때처럼 게걸스럽고도 열정적인 태도를 보이고 있었다.

장은 취직한 것을 자랑하고 싶어 하는 동생이 원망스럽지는 않았다. 워낙에 프랑수아는 부모님이 자신에게서는 발견해 내지 못한 모범적인 아들이라 할 수 있었다. 자신도 이렇게 무언가를 찾아냈다고 알릴 수 있다면 무척 행복할 것이었다. 또 그는 아내에 대해서도 기분 나쁘지 않았다. 이게 그녀의 성격이었고, 앞으로도 항상 이럴 것이었다. 그는 시샘 많은 성격이 아니었다.

「전 잡보부에 있어요.」 프랑수아가 가급적 핵심적인 점들만 밝히려 노력하며 말했다.

「아, 너무 재미있겠네요!」 이렇게 외치는 준비에브의 입가에 와인소스 한 줄기가 흘러내렸다.

프랑수아는 자신이 맡은 일을 약간 미화하고, 신문에 보도된 사건들을 언급하면서, 그 기사 중 몇 개는 자신이 썼다고 밝히고 싶은 마음을 어쩔 수가 없었다.

사실 잡보부장 말레비츠는 마치 낙하산으로 들어온 사람처럼 그를 대했다. 그는 한꺼번에 여러 계단을 뛰어올라서는 안 되며, 어떤 책임을 맡기 전에는 오랫동안 기다려야 한다고 생각하는 보수적 사고방식의 소유자였다. 하여 그는 프랑수아에게 파출소와 병원 취재를 맡겼다. 프랑수아는 그곳의 일지를, 매번 똑같은 부부 싸움과 매번 길거리 난투극으로 끝나는 술주정 얘기를 읽으며 시간을 보내야 했다. 그 가운데서 열한 줄짜리 단문 기사 한 편을 끄집어낼 수 있는 뭔가를, 독자의 관심을 끎으로써 기사의 발표를 정당화할 수 있는 어떤 시각을 찾아내려 애쓰면서 말이다.

자리 자체는 그리 대단하지 않았지만 그는 일간지의 분위기에 취했다. 그에게 그것보다 강력한 마약은 없었다. 그는 기회만 생기면 조판실에 내려가, 모두가 서로를 부르고 욕설을 퍼붓는 가운데 자동 식자기의 따닥거리는 소리에 이어 윤전기가 웅 하고 돌아가는 막판 인쇄의 긴박한 분위기에 빠져들곤 했다. 또 사람들이 프로젝터의 불빛 아래에서 아코디언처럼 지지대를 늘였다 줄였다 할 수 있는 커다란 테이블에 팔꿈치를 맞대고 둘러앉아 재떨이가 넘쳐 날 정도로 담배 연기를 뿜어대며 기사에 대한 의견을 나누는 교열실에 살며시 고개를 들이밀기도 했다. 바짝 굳어 있고 집중한 표정으로 교정쇄며 최종 교정쇄를 지칠 줄 모르고 읽고 또 읽는 데니소프의 모습이 어디를 가나 보이곤 했다. 자신도 어서 빨리 편집 회의에 한자리를 차지하고 싶은 마음이 굴뚝같았지만 아직은 요원한 얘기였다.

그는 얘기를 하면서, 자신의 말에는 관심이 없는 듯 접시에 코를 쑤셔 박고 먹는 데만 열중하는 뚱땡이를 살폈다. 프랑수 아는 그에게서 이미 스스로도 인정한 무수한 실패들에 기진맥 진하고 쇠약해진 사내를 느꼈다.

「뚱땡이, 무슨 얘기인지 알겠어?」 쥰비에브는 연신 남편을 돌아보며 말했다.

뚱땡이는 무슨 얘기인지 너무 잘 알고 있었다.

「엘렌 얘기를 좀 해야겠어.」 그가 불쑥 말했다.

셋 다 잠시 침묵을 지켰다. 누구에게도 반갑지 않은 상황을 마주하기 위해서는 저마다 힘을 끌어내는 일이 필요했던 것 이다.

엘렌이 프랑수아와 장에게 보낸 짤막한 편지들에 의하면, 에 티엔이 떠난 지금 그녀는 더 이상 거기에서 살 수 없다고 했다.

사람들은 그들을 〈쌍둥이〉라고 불렀다. 직접 표현하지는 않 았지만 장은 그들이 〈계집애들〉이라고 생각하고 있었다. 그가 생각하기에 그게 못된 것이라곤 할 수 없었지만 그래도 에티엔 이 그 짓을 하고 있는 걸 상상하면…… 성생활이라곤 전혀 없 는 그는 동생의 그 짓에 대해서 역겨움을 느꼈다.

아무튼 에티엔이 떠난 이후로 엘렌은 고아처럼 돼버렸다. 아니면 과부거나.

에티엔이 프랑수아와 뚱땡이에게 편지를 보내는 일은 거의 없었다. 그들은 동생이 그의 외인부대원과 완벽한 사랑을 나 누고 있고, 소식을 전하는 것 외에 다른 할 일이 있는 거라 생 각했다. 장은 에티엔의 애인, 거북스러울 정도로 남성미가 넘 치는 그 건장한 친구를 떠올려 봤다. 그는 머릿속에 떠오르는 이미지들을 쫓아 버렸다.

마지막으로 보낸 편지에서 엘렌은 자신이 오빠들 중 한 명의 집에서 같이 지낼 수 있느냐고 물었다.

「아가씨 때문에 당신들 어머니가 돌아가시겠네요!」준비에브가 속을 알 수 없는 신비한 미소를 지으며 말했다.

오직 일에만 정신이 팔려 있는 프랑수아와 자신의 실업 문제만을 생각하는 장에게 이 부탁은 아주 난처한 것이었다.

「아가씨를 데리고 있는 것은 우리에게 아주 쉬운 일이야.」준비에브가 다시 미소를 지으며 말했다. 「식탁 대신 침구를 갖다 놓으면 먹을 자리도 없을 테니까, 모두가 술탄들처럼 침대에 앉아서 먹으면 돼!」

자신이 생각해 낸 이 이미지가 너무 자랑스러워진 그녀는 비딱한 어조로 이렇게 덧붙였다.

「내밀한 부부 생활을 위해서는 완벽한 환경이겠지!」

그녀가 이 〈내밀한 부부 생활〉을 언급하는 것은 드물지 않은 일이었는데, 이는 마음 편히 지내고 싶은 그녀의 열망, 게으른 삶에 대한 취향, 그리고 남편에게 불쾌하게 굶으로써 그에게서 성관계를 박탈할 수 있는, 결혼을 통해 획득한 권리 등을 지칭하는 기이한 개념이었다. 프랑수아에게 이 〈내밀한〉이라는 표현은 장바르 2호로 한 여행의 기억을 되살렸고, 그는 묵묵히 남은 감자를 먹기만 했다.

「맞아, 여기는 너무 좁아.」장이 결론을 내렸다.

「나도 같은 상황이야.」한 번도 그들을 집에 초대한 일이 없는 프랑수아가 말했다.

「집이 그렇게 좁아요?」준비에브가 반문했다. 「이제 새 직장도 구했으니 거처도 바꿔야 하지 않겠어요?」

「그래 봤자 리포터 봉급인데, 사치 부릴 형편은 못 돼요.」

두 오빠에게 보낸 편지에서 엘렌은 학업을 위해 파리에 오고 싶다고 설명했다.

「학업? 뭘 공부하겠다는 건데?」

그것은 아무도 몰랐다. 엘렌은 이에 대해 아무 말도 없었다. 마치 자신은 모든 가능성을 고려하고 있으며, 공부 같은 것은 조금도 중요한 문제가 아니라는 듯이 말이다. 항상 힘들게 살아온 장은 그렇게 많은 편의를 누리면서 아무것도 하지 않는 것은 옳지 않다고 생각했다.

「베이루트에서 부모님과 함께 사는 게 무슨 가혹한 시련은 아니잖아……?」

이렇게 내뱉는 순간 장은 자신의 말을 후회했다. 부모에 의존해 살아야 하는 엘렌의 어려움을 누구보다도 공감해야 할 사람은 다름 아닌 자신이었던 것이다.

「어쨌든 내가 엘렌에게 답변했어. 그건 불가능하다고.」 장은 거짓말을 하면서 내일 당장 이렇게 편지를 써야겠다고 생각했다.

「나도 마찬가지야.」 프랑수아는 냅킨을 다시 접으면서 마무리 지었다.

이 문제는 종결되었지만, 형제는 완전히 끝난 사안은 아니라는 것을 어렴풋이 느끼고 있었다.

「두 분한테 죄송한데요,」 프랑수아가 말했다. 「전 이제 그만 가봐야겠어요.」

「여자랑 좋은 일 있나 보지?」 준비에브는 나름 야하다고 생각하는 어조로 속삭였다.

「아, 그건 아니에요.」 프랑수아가 웃으면서 대답했다. 「르 레장 극장에서 〈욕망의 불꽃〉을 상영해요. 막 개봉된 영화인데, 상영 시간이 오후 4시에…….」

준비에브는 거센 전기 충격을 받은 사람처럼 몸을 벌떡 일으켰다.

「아! 나도 가서 보고 싶어요.」

프랑수아는 입술을 꽉 깨물었다. 왜 칠칠치 못하게 그걸 얘기했단 말인가?

「어때, 여보, 당신은 보고 싶지 않아? 이 〈욕망의 불꽃〉 말이야!」

그가 대답할 말을 찾고 있는데, 그녀는 벌떡 일어섰다(알고 보니 뛰어난 춤꾼이었던 뚱보들이 그러듯, 준비에브는 마치 날씬한 사람인 것처럼 날렵하게 움직였다).

「혹시 우리가 뒤따라가도 곤란하지는 않겠죠?」 그녀가 프랑수아에게 물었다.

그는 〈전혀〉 문제가 없다고 대답했다.

준비에브는 〈얼굴을 좀 고치기 위해〉 시간이 필요하다고 했다. 「자 그럼, 르 레장 극장에서 다시 봐요!」

「4시에 상영이 시작돼요.」 프랑수아는 손목시계를 보며 다시 한번 상기시켰다. 「시간이 그렇게 많지는 않아요…….」

「걱정 마요! 빨리할게요! 빨리할게요!」

형제는 거북한 시선을 나눴다. 둘 다 이렇게 된 것을 통탄하고 있었지만, 형에게도 동생에게도 이 사태를 막을 방법은 보이지 않았다. 너무 늦은 것이다.

프랑수아는 슬쩍 어깨를 으쓱해 보이고는 방을 나갔다.
〈이따가 봐요〉라고 그는 웅얼거렸지만 아무도 듣지 못했다.

9
아무것도, 그 무엇도 그를 저지할 수 없었다

냉장고가 목이 쉰 듯한 걸걸한 소리로 길게 비명을 토했다. 그러고는 헐떡이듯이 크게 한숨을 몰아쉬었다. 불상은 슬로 모션으로 트림하는 것처럼 덜컹 움직였다. 조제프는 잠깐 고개를 쳐들었다.

에티엔은 잠에서 깨어났다.

일요일 아침 9시 반, 간밤에 그는 정신없이 잠을 잤다. 일어나고 싶었지만 힘이 없었다. 새벽 2시에서 3시까지는 거리의 소음 때문에 잠을 이룰 수가 없었다. 이놈의 사이공은 왜 이렇게 시끄러운지…….

그는 이 도시, 이 나라가 너무 싫었다. 이 전쟁 상황이 증오스러웠다. 빨리 레몽을 찾아서 다른 곳으로 가자고 애원하고 싶었다. 이 인도차이나보다 건전한 장소들이 지구상에는 분명히 있지 않겠는가? 어떻게 레몽이 이런 곳과 사랑에 빠질 수 있었는지 도무지 이해가 되지 않았다. 이 생각에 그의 가슴이 아팠다.

냉장고가 한층 쉬어 빠진 소리로 다시 한번 비명을 질렀다. 에티엔은 침대에서 빠져나와 냉장고까지 가지 않을 수 없었다. 문을 여니 불만에 찬 신음 소리 같은 것이 났고, 그는 옆구리를 한 번 걷어찼다. 보통은 이러면 진정되기 때문이었는데, 이번에도 먹혔다. 이 충격에 몸이 흔들린 조제프는 나무라듯이 한 번 야옹대고는 다시 드러누웠다. 에티엔도 마찬가지였다.

아, 지난 일주일을 생각하면······.

사무실 분위기는 급속도로 경직되었다.

서류철 하나를 펼친 그는 거기서 2천 피아스트르가 든 봉투를 발견했다. 「이거 잊으셨습니다.」 그는 상대를 쳐다보지도 않고 민원인에게 말했다. 「만일 봉투를 포함해서 제출해야 하면, 선생께 제일 먼저 알려 드리지요.」

일주일 중 첫 사흘 동안 그는 이체 신청 두 건 중 한 건은 거부했다. 엄청난 비율이었고, 외환국에는 〈새로 온 친구가 이체를 막는 모양이야〉라는 말이 돌아다녔다.

이체를 막는 것은 그렇게 쉬운 일이 아니었다. 장테가 그렇게 얘기했고, 사정을 잘 알고 있는 브로커 여러 명도 그에게 이 점을 환기시켰다.

〈펠티에 씨, 이체하는 것은 범죄가 아니에요!〉라고 그들 중 하나가 따지고 들었다. 대머리에, 큼직한 구레나룻이 얼굴의 반을 잠식한 프랑스 사내였는데, 그는 공책, 종이, 만년필 등 8만 피아스트르어치의 문구류 수입이 필요하다고 주장했다.

「누가 범죄라고 했나요?」

「아, 범죄가 아니라면 여기 이 아래에다 직인을 찍어서 이체를 허가해 달라고요.」

「범죄는 아니지만, 수입량 제한이란 게 있어요.」

민원인의 표정이 멍해졌다. 처음 들어 보는 말이었던 것이다.

「어떤 종류의 이체들에 있어서는,」에티엔은 그에게 서류철을 돌려주며 설명했다. 「이체 분기별로 허용되는 최대량이 있어요. 그런데 오늘 오전에 그 한계치에 도달한 거죠. 아, 어제 오셔야 했는데…….」

그는 동료들 사이에서도 인기가 별로 없었다. 〈뭐야? 그 친구가 막는다고?〉 그들은 복도에서 이렇게 수군댔다.

「위원회 날짜가 아직 정해지지 않아서…….」

지금 앞에 앉아 있는 사람은 칼레 & 발레스코라는 이름의 무역 회사 사장으로, 리모주산 도자기를 들여오려 하고 있었다. 19만 피아스트르어치의 도자기를 말이다. 프랑으로 환산하면 150만이고, 프랑스 정부의 은혜로 말미암아 3백만으로 뛸 것이었다.

「위원회? 무슨 위원회?」

「통제 위원회예요. 재정부 장관의 지시죠. 우린 이체를 허가하기에 앞서 몇몇 서류철을 자세히 조사하는 일을 맡을 위원회를 발족해야 해요.」

민원인은 경악했다.

「〈몇몇 서류철〉이라고요? 무슨 서류철이죠?」

「그건 제품의 종류에 달렸어요. 리모주산 도자기도 거기에 포함되죠. 만일 바카라사(社)에서 크리스털 제품을 주문했다면, 그건 우체국에서 부치는 편지처럼 그냥 통과해요. 하지만 도자기는…….」

「잠깐, 잠깐! 관련된 행정 공문을 목록과 함께 좀 볼 수 있어요?」

「재정부에선 시간이 좀 걸려요. 두세 달 후면 나오니까, 그때 자세히 알 수 있을 겁니다. 그때까지는 시키는 대로 해야죠, 뭐.」

수요일 아침, 가스통이 그를 찾아왔다.

「이봐 펠티에, 자넨 지금 우리 일을 망치고 있어.」

「뭐? 자네 일이 뭔데? 1년에 두 번씩 반지를 바꾸는 거?」

에티엔의 어조는 그 자신의 심각하고, 뺏뻣하고, 싸늘한 얼굴과 닮아 있었다. 이 친구는 사이공에 도착하자마자 분노에 휩싸여 부들대는 것 같았다. 가스통은 지금 에티엔이 어떤 착각에 빠져 있는지 갑자기 깨달은 표정을 지었다.

「아, 알겠어. 자넨 지금 피아스트르를 프랑스로 이체하는 게 부도덕하다고 생각하는 거지?」

「지금 병사들은 프랑스 예산으로 한몫 잡고 있는 사기꾼들을 위해 죽어 가고 있어…….」

「이봐, 천만의 말씀이야! 프랑스 경제는 이 전쟁이 필요하다고! 이 전쟁은 들어가는 비용의 세 배는 벌어들이고 있어. 피아스트르는 하나의 무기야! 이것 덕분에 우리는 공산주의자들 편에 설지도 모르는 사람들을 설득할 수 있다고.」

「설득하는 게 아니라 사는 거지.」

「뭐, 그래, 그들을 사는 거야. 그럼 자네는 그들을 죽여 버렸으면 좋겠나?」

가스통은 은근슬쩍 그의 어깨를 잡았다.

「어이, 페펠,[38] 긴장 좀 풀어. 이걸 통해 모두가 이득을 보고 있어. 그러니까 말이야, 자네가 꼭 이 일에 한통속이 돼야 할 필요는 없지만, 다른 사람들도 좀 생각해 달라고.」

아닌 게 아니라 이 〈다른 사람들〉은 금방 들고일어났다. 사방에서 원성이 올라왔고, 결국 장테는 목요일에 에티엔을 호출했다.

「만일 국장님께서 모든 이체 신청에 서명하라고 지시하신다면, 전…….」

「아, 이 답답한 친구야, 내 말은 전혀 그게 아니야! 오히려 정반대라고! 어떤 직원이 빠꾸 놓으면 또 그걸 받아들이는 직원이 있다는 것, 그것이 바로 관청의 위대한 불확실성이야!」

에티엔은 그의 인상적인 인물 사진 컬렉션 앞에서 장테를 마주하고 서 있었다.

「아냐, 아냐, 지금처럼 계속해.」

장테는 일어서서 에티엔에게로 왔다. 걸어오면서 그는 가죽 테두리를 두른 조그만 액자 하나를 집었다.

「이걸 자네에게 보여 줬던가? 내 첫 번째 아내 미리암. 자넨 정말 상상도 못 할 거야…….」

그는 눈을 지그시 감았다. 이 여자를 생각하면 얼마나 경악스러운지, 경외감마저 느끼는 모양이었다.

「자, 그래서 말이야…….」 그는 불쑥 말을 이었다. 「난 자네를 호출해서, 사람들이 불평한다고 자네에게 말해 줘야 해. 그러니까 지금 분명히 말하는데, 사람들이 불평하고 있어. 자, 그래, 사람들이 불평하고 있어.」

38 펠티에의 애칭.

「그래서요……?」

「이제 아무도 나한테 뭐라고 할 수 없지. 외환국이 이체 신청에 대해 너무 무르다고 말이야! 그 증거로 거부하는 사람도 있잖아. 자, 그러니까 거부해! 계속 거부하라고, 이 친구야!」

따라서 지엠은 재수가 없게 되었다. 그는 외환국 앞 보도에 서 있었는데, 얼마나 겸손한 모습인지 금방이라도 건물 벽 속에 녹아들 것 같았다. 그는 에티엔에게 신청 서류를 내밀었다. 이게 순전히 허위 이체라는 것은 굳이 서류철을 열어 보지 않아도 알 수 있었다.

「무엇을 위한 이체죠, 지엠?」

「쌀입니다.」

「엉? 쌀? 그러니까 당신은 쌀을…… 이 인도차이나에 수입하겠다는 거예요?」

지엠은 미간을 찌푸렸다. 그로서는 이것밖에 찾아낼 수 없었던 것이다.

「하지만 에티엔 씨, 이건 카마르그 쌀이라고요![39] 이곳 인도차이나에는 카마르그 쌀이 없어요. 그걸 먹으려면 수입해야죠.」

지엠과 함께 항구 쪽으로 걷는 에티엔은 속이 답답했다. 쌀 수입을 허가하는 게 과연 상식적인 일인가? 그는 땅이 꺼질 듯 한숨을 내쉬었다. 하지만 지금 그는 주문 자체보다는 그 작동 방식이 궁금했다.

「근데 말이죠, 지엠……. 제가 이해가 안 되는 부분이 하나 있어요. 당신은 당신에게 쌀을 보내 준다는 그 프랑스 회사에

39 카마르그는 프랑스 남부의 프로방스알프코트다쥐르주에 위치한 지역으로, 습지대인지라 쌀농사가 발달했다.

피아스트르로 지불하죠. 그러면 여덟 달 후에 여기에 다 썩어 버린 쌀 세 부대가 도착하고, 그럼 이 건은 종결될 거예요. 제가 궁금한 것은 바로 프랑인데…….」

「무슨 프랑이요?」

「그러니까 프랑스에 도착한 피아스트르를 당신은 프랑화로 바꾸겠죠.」

「네, 바로 그렇게 할 계획입니다, 에티엔 씨.」

「하지만 당신은 사이공에 사는데, 프랑스에서 그 프랑으로 무엇을 할 거죠?」

이제 그들은 부두에 이르렀고, 배에서 내리는 승객들을 방해할까 봐 그곳에서 조금 떨어져 걸었다.

지엠은 거북한 표정이 되었다.

「에티엔 씨, 프랑스에서 이 프랑으로 뭘 하느냐면요, 금을 사서 이곳으로 가져오게 해요. 그러면 이 금을 피아스트르로 바꾸어서 다시 이체를 신청하는 거죠.」

에티엔은 이런 식의 거래가 어떤 결과를 가져올지 가늠해 보려 했다. 지엠은 그가 경악한 것을 알아차렸다.

「네, 그렇답니다, 에티엔 씨. 피아스트르는 프랑스로 가고, 다시 돌아오고, 다시 가는 거죠……. 인도차이나는 금융 분야에서 영구(永久) 운동을 발명했다고 할 수 있어요.」

「그러면 그 금은 여기로 어떻게 돌아오죠?」

지엠은 말없이, 승객들이 손에 가방을 들고 미소를 지으며 커다란 트랩을 내려오는 여객선을 가리키기만 했다. 지엠은 도가머니를 좌우로 출렁이며, 어떤 승객들은 멈춰 세워 짐을 조사하지만 어떤 승객들을 그냥 보내 주는 세관원들의 수작을 지켜보았고, 에티엔도 그의 시선을 따라 그 광경을 바라보았다. 외환국에서와 마찬가지로 이 세관에도 뇌물이 비같이 쏟아지리라. 피아스트르 부정 거래는 산업적 차원으로 이뤄지는 수공업 활동이었다.

「지엠, 서류를 한번 들여다보긴 하겠지만, 솔직히 말해서 너무 기대는 않는 게 좋을 것 같아요…….」

이런 식으로 거절하자니 가슴이 너무 아팠다. 마당에서 그를 응시하던 아이들, 종이로 둘둘 만 마약으로 불상을 채우며 저녁 시간을 보내는 그 아이들의 모습이 눈앞에 삼삼했다. 하지만 어떻게 그 많은 서류철들을 거부하면서, 말도 안 되는 이것은 받아들일 수 있단 말인가?

✱

토요일 오전에 두 번째로 찾아갔을 때, 고등 판무청의 알코올 의존증 공무원은 판 묄런 병사에 관해 알아보기는 한 모양이었으나, 지난주에 인도차이나 외환국의 동료에게 보였던 그 경외심 어린 태도는 더 이상 찾아볼 수 없었다. 아침부터 퍼마신 아니제트 술 탓에 언어적 곡예가 불가능해진 그는 보다 직접적인 방식을 택하여 사실만을 짧게 말했다.

「프랑스 당국이 정보를 내주지 않아요.」

그는 이제 의무를 다했다고 느끼며 다시 서류에 얼굴을 묻었다.

「무슨 당국이요?」

「프랑스 당국이라고 했잖아요.」

「좋아요, 그런데 어떤 프랑스 당국을 얘기하는 거죠?」

보통 이런 말에는 대꾸도 하지 않지만, 이 친구의 질문은 건 방지기 짝이 없었다.

「당국이 뭔지 몰라요?」

「조금 알기는 하지만, 선생이 생각하는 〈당국〉이 뭔지 알고 싶네요. 왜냐하면 지금 병사들이 사라지고 있는 상황에서, 가 족들은 아무것도 몰라도 된다고 대체 어떤 당국이 결정하는 건 지 좀 듣고 싶으니까.」

이렇게 분노와 아니제트 술에 취한 두 사람의 실랑이가 시 작되었고, 설전은 격화되어 〈호모 새끼〉에 이어 〈주정뱅이〉란 말까지 튀어나왔다. 이에 경비원 하나가 개입하여 에티엔의 팔을 잡고는 층계를 통해 출구 쪽으로 끌어냈다. 기가 막히게 도 이 상황에서 알코올 의존증 환자는 그였으니, 밤이 되어 선 술집에서 쫓겨나는 주정뱅이 같은 꼴로 고등 판무청을 나와야 했던 것이다.

✱

사이공에서 맞는 두 번째 일요일은 첫 번째 일요일보다 한 층 우울할 것 같은 예감이 들었다.

에티엔은 침대에 누워 레몽에게서 받은 서신들을 뒤적이며 오전 시간 중 일부를 보냈다. 레몽은 이렇게 썼다. 〈……널 보 게 되어 얼마나 좋았는지 몰라.〉 그가 떠나고 바로 다음 날에 보낸 편지였다. 자신의 슬픔을 오히려 농담거리로 삼고, 불행 에 대해서도 그냥 자조하는 편을 택했던 에티엔은 가볍다는 소리를 종종 들었다. 학교에서는 이것을 〈경망스러움〉이라고 불렀다. 프랑수아는 그가 경박하다고 했고, 뚱땡이 형은 피상적이라고 했다. 엘렌을 제외하면(하지만 그녀는 경우가 달랐다), 레몽은 그의 〈섬세함〉이 자기 마음을 가볍게 해준다고 말한 처음이자 유일한 사람이었다. 〈난 무거운 사람이야〉라고 그는 편지에 썼다. 〈너의 부드러움은 날 편하게 해주고, 내 마음을 가라앉혀 줘.〉 레몽은 대체 어떤 짐을 지고 있는 걸까? 언젠가는 그것을 알 수 있을까?

조제프는 냉장고 꼭대기에서 나무라는 눈길을 그에게 보냈다. 너, 계속 그런 생각만 곱씹으며 하루를 보내진 않겠지?

에티엔은 옷을 걸치고 밖으로 나갔다.

그는 중심가를 벗어나 중국인 구역으로 향했다. 이 애매한 동네를 사람들은 〈사이공의 낮과 밤〉이라고 불렀으니, 낮에는 조용하고 일상적이고 거의 시시해 보이기까지 하지만 저녁이 되면 화산같이 폭발하여 불안하고 관능적이고 위험한 장소로 탈바꿈하기 때문이었다. 그는 전면에 철망이 쳐진 노점들, 그러니까 향료, 꽃, 조롱, 바구니, 모자 등속을 파는 가게들이 즐비하고, 전차들이 다니는 마랭가(街)를 성큼성큼 오랫동안 걸었다. 모두가 길거리에 앉아 허름한 가판대에서 먹고 있었다. 밥 짓는 솥과 고기 굽는 석쇠에서 올라오는 김 사이로 흐릿하게 보이는 땀에 젖은 요리사들이 부지런히 움직였다. 그는 끔찍이도 외로웠는데, 그것은 그가 이 아시아인 군중 속 유럽인이었기 때문이 아니라, 끝이 보이지 않는 고통을 짊어진 불행한 사람이었기 때문이다.

오후가 시작될 즈음에 에티엔은 그가 사는 동네인 중심가로, 그러니까 권력과 돈과 예쁜 여자들과 부자들과 뚱뚱한 중국인들과 고위 공무원들이 돌아다니는 사이공의 핵심부로 향했다. 오후에는 라 파고드 카페에서 청량음료를 마시고, 저녁에는 르 메트로폴에서 아페리티프를 즐기고, 그 후에는 마티니와 코냑소다가 넘쳐 나고 장식 줄에 이어진 색색의 무수한 꼬마전구들이 턱시도에 퇴폐적인 윤기를 주고 식민지 주민들의 대화에 파리풍의 광택을 부여하는, 도박장이나 선상 테라스에서 다시 보게 될 사람들로 북적이는 곳 말이다.

하지만 카티나가 쪽으로 향하고 있을 때, 그의 발걸음은 말을 듣지 않았다..

그는 다시 르 카메로네 카페테라스 앞에 와 있었다. 사람들은 그를 뚫어지게 쳐다봤다. 그렇게 보일 듯 말 듯 한 미소를 지으며 그를 평가하고 재어 보고 있었다. 에티엔은 결연한 걸음으로 나아갔다. 이제 아무것도, 그 무엇도 그를 저지할 수 없었다.

그는 맥주를 홀짝거리는 세 명의 병사 앞에 버티고 서서 말했다.

「안녕하세요, 전 여러분들의 전우 중의 하나인 레몽 판 밀런을 찾고 있습니다. 제3연대 제2대대 소속이에요. 2월 22일 이후로 그에게서 소식이 없어요. 그런데 사령부도, 고등 판무청도 정보를 주지 않아요…….」

그의 목소리는 점점 줄어들어 끝부분에서는 거의 들리지도 않았다.

그가 예상했던 일, 그가 걱정했던 일은 전혀 일어나지 않았다. 긴 침묵이 흐른 후에 병사 중 하나가 일어나서 술집으로 들어갔다. 크게 말하는 그의 목소리가 들렸는데, 북쪽 지방의 억양이었다. 다른 병사들은 에티엔을 빤히 쳐다보는 대신 길거리나 그들의 잔 같은 다른 무언가를 바라보며, 어떤 불안한 분위기를, 재앙을 예고하는 침묵을 만들어 냈다.

이 재앙은 50세가량의 어떤 남자의 모습을 하고 나타났다. 전우들보다 키는 훨씬 작지만 잘생긴 각진 얼굴과 맑은 눈을 가진 그는 케피[40] 모자를 눌러쓰며 걸어와서는 에티엔 앞에 서서 이렇게 말했다.

「당신은 누구시죠?」

그의 목소리는 조금도 공격적이지 않았고, 의심 같은 것도 전혀 느껴지지 않았다. 그냥 단순하게 질문을 한 그는 에티엔을 쳐다보며 대답을 기다렸다.

「저는 에티엔 펠티에라고 합니다.」

하지만 이 소개를 보충하는 대신에, 자신도 모르게 이렇게 말했다.

「그를 찾으러 베이루트에서 왔어요.」

「가족이세요?」

이 질문에서도 비라르 중령의 그 음란한 어조는 전혀 없었다.

「아뇨.」

늙은 병사는 그를 차분히 쳐다보았다. 그는 어떻게 하면 좋을지 생각하고 있었고, 아무도 말을 하지 않았다.

「자, 이리 오세요.」

---

40 앞 챙이 있는 원통 형태의 모자.

그들은 보도 위를 몇 미터 정도 걸었다. 병사는 걸음을 멈추고는 에티엔 쪽으로 몸을 돌렸다.

이 사람이 누구인지 깨달았을 때는 이미 늦은 뒤였다.

그는 에티엔이 꿈속에서 종종 보았던 바로 그 사람이었다.

역광을 받은 그의 얼굴은 잘 분간되지 않았다.

그의 실루엣은 그를 유령처럼 보이게 하는 진청색의 바탕 위에 떠 있었다.

「레몽 판 뮐런은 죽었습니다.」 그가 차분하게 말했다. 「유감입니다…….」

10
조금 있으면 안 좋은 자리만 남게 될 거예요

르 레장 영화관은 지하철로 몇 분 만에 갈 수 있었지만, 가끔씩 엉뚱한 생각을 하곤 하는 준비에브는 거기까지 걸어서 가겠다고 결정했다. 4시에 상영이 시작된다고 장이 말해 보았지만 아무 소용 없었다. 그녀는 〈아직 시간은 충분해, 그리고 운동 부족인 당신도 걸어서 나쁠 것 하나도 없어〉라고 쏘아붙였고 이는 사돈 남 말 하는 격이었지만, 뭐, 그냥 넘어가기로 하자.

승객들이 빽빽이 들어차 하고 싶은 말을 하기 힘든 상황에서 해방된 준비에브는 이처럼 같이 걷게 된 기회를 이용하여 가슴에 쌓인 원한을 마음껏 쏟아 내었다. 자신의 취업 문제에 대한 불쾌한 소리들을 예상했던 장은 엉뚱한 각도에서 화살이 날아들자 깜짝 놀랐다.

「당신 부모님이 우리를 좀 더 도와줄 수도 있었잖아!」 그녀가 불쑥 내뱉었다.

장은 입을 딱 벌렸다. 그는 걸음을 늦추면서, 화가 난 듯 씩

씩대며 종종걸음을 치는 그녀를 쳐다보았다. 펠티에 씨와 펠티에 부인은 그들을 많이 도와주었다. 아들이 좀 더 쉽게 직장을 얻을 수 있도록 4마력 자동차도 한 대 사주었고, 쿠데르 씨에게 얘기하여 장을 채용하도록 했을 뿐 아니라, 다달이 생활 보조금까지 보내 주었다. 그들은 그 돈이 없으면 제대로 생계를 꾸려 나갈 수 없을 것이었다.

「쥐꼬리만큼씩 주는데, 그건 오로지 우리를 깎아내리기 위해서야. 자기들은 돈이 있고, 우리는 없다는 걸 보여 주고 싶은 거지.」

준비에브의 부당할 뿐 아니라 비열하기까지 한 비난에 장은 숨이 턱 막혔지만, 이는 새로운 형태의 공격이었기에 그는 제대로 대꾸할 수 없었다. 그녀가 이렇게 직접적으로 비난한 적은 한 번도 없었던 것이다. 그는 걸음을 빨리하여 그녀 옆으로 갔다.

「뭐야? 당신 부모님도 좀 도울 수 있는 것 아냐?」

그는 모처럼 용기를 냈지만, 비겁한 사람들이 그렇듯 침착하게 자신을 방어하는 대신 버럭 하며 공격에 들어갔다. 하지만 곧바로 자신이 실수했음을 깨달았다. 준비에브는 늘 그러듯이 마치 지나가는 사람들을 개인적으로 아는 것처럼 모두에게 미소를 지었고, 장을 쳐다보지도 않고서 대꾸했다.

「우리 부모님은 내가 아무 걱정 없이 사는 줄 알고 있어. 그분들은 내가 펠티에 집안의 장남과 결혼했다고 생각하신다고!」

뭐 하나 성공한 것 없고, 돈도 없고, 항상 부모에게 손을 벌려야 하는 삶. 그가 사랑하지도 않고, 또 그를 사랑하지도 않는 사람과 함께하는 이 괴로운 결혼 생활. 미래도 없고, 기쁨도, 섹스도 없고, 즐거움도, 사랑도, 누구의 인정도 없고, 모든 게 힘들기만 한 이 누추한 인생……. 이 모든 것이 너무나 힘든데 이런 말도 안 되게 부당한 소리까지 듣자 장은 목이 콱 막혀 아무 대꾸도 할 수 없었다.

그는 두 걸음 뒤떨어져 그녀를 따라갔다. 그의 침묵은 인정이나 다름없었다.

준비에브는 계속해서 상점 진열창들 쪽으로, 아이들 쪽으로 그 기계적이고도 유치한 미소를 지어 보이고 있었다.

「세상에, 세상에! 이 어려운 시기에 우리 남편이 기껏 해낸 생각이 뭔지 알아? 쿠데르 씨 회사를 나온다는 거야!」

그녀는 마치 장이 옆에 없는 것처럼, 어떤 친구에게 얘기하는 것처럼 3인칭으로 말하곤 했다. 그녀는 재미있다는 듯이, 어떤 속내 이야기를 하는 듯 짐짓 호들갑을 떨면서 말하고 있었는데, 이는 매번 장이 유일한 관객이자 수신인인 그들 사이의 공연 예술에 필요한 거리를 두고 벌이는 짤막한 연극이었다. 장이 자신의 생각을 표현하고 대답할 수 없게 만드는, 그를 무력하게 만드는 어떤 보이지 않는 벽이 그들 사이에 세워지고 있었다. 무력함……. 아, 이 얼마나 견디기 힘든 말인가!

「두고 봐요. 한 달만 있으면 당신 자동차를 팔아야 할 테니까. 그렇잖아도 거지 같은 삶인데 그것까지 팔면…….」

장은 죽을 것 같았다.

그는 입을 열려 했지만 그들은 도착해 있었다. 그의 입에서 한 음절이나 나왔을까, 준비에브는 극장 앞에서 초조하게 서성거리는 프랑수아를 발견하고는 꽥 소리쳤다. 「우리 왔어요!」

「자, 자,」 그녀는 장에게 고개를 돌리며 재촉했다. 「왜 이렇게 꾸물대요? 상영이 곧 시작되겠구먼!」

프랑수아는 이를 꽉 물었다. 애초에 같이 오고 싶은 마음도 없었는데 이들이 늦는 통에 객석이 거의 다 차버린 것이다. 출입구를 관리하는 사람은 〈선생님, 이제 들어가셔야 해요. 조금 있으면 안 좋은 자리만 남게 될 거예요〉라고 두 번이나 말했고, 관객들은 계속해서 들어가고 있었다. 그는 하염없이 지하철 출구만 살피고 있었는데, 저쪽 멀리에서 준비에브가 앞장서서 활기차게 종종걸음을 치고, 그 1미터 뒤에서 뚱땡이가 항상 그렇듯 질질 끌려오는 듯한 모습으로 걸어오는 게 보였다. 정말이지 견디기 힘들었다. 그나마 이 영화 보는 즐거움마저……

「표는 벌써 사놨어요.」 그가 얼른 앞장서면서 말했다.

「얼마나 줘야 하죠?」 준비에브가 핸드백을 열면서 물었다.

「그건 나중에 얘기해요.」

그는 그녀가 절대로 돈을 갚지 않으리라는 것을 알고 있었지만, 영화의 첫 부분을 놓치지 않는 일이 급했다.

장도 뒤따라왔지만, 정신은 딴 데에 가 있었다.

준비에브의 질책은 비열하고도 잔인했다. 그에게 상처를 주기 위한 말들이었고, 실제로 그는 상처를 입었다.

실업이 만연한 때였지만 그녀의 말을 듣자면 그 혼자만 직장을 구하지 못한 것 같았다.

부모가 그들을 돕고 있었지만, 그것으론 어림도 없었다.

그들이 홀에 들어서는 순간 빛이 약해졌다.

「죄송한데요, 세 자리가 붙어 있는 곳은 이제 없어요.」 좌석을 안내하는 사람이 속삭였다.

「괜찮아요.」 프랑수아가 대답했다.

준비에브와 장은 홀의 가장 구석 쪽, 그러니까 열의 가장자리에 있는 좌석에 앉았다. 프랑수아는 회중전등의 불빛을 따라서 맨 앞줄까지 갔는데, 팁은 당연히 그의 몫이었다. 이 시끄럽고 어두운 홀에 들어오자 장은 몹시 답답했다. 공기가 부족해진 그는 의자에 앉자마자 몸을 꿈틀댔다.

「가만히 있어, 장! 사람들이 보겠어.」

그녀는 항상 이웃의 눈과 동네 사람들의 의견을 의식했다. 주방 창문에 커튼이 필요했을 때, 그녀는 〈이게 부터 나 보이잖아〉라고 설명하며 형편 이상의 것을 골랐다.

영사기가 돌아가기 시작했고, 관객들은 〈아……〉 하고 작은 탄성을 발했다. 준비에브는 팔짱을 풀고 스크린 쪽으로 얼굴을 쭉 내밀었다. 타이틀 음악이 첫 번째 소절에서부터 그녀를 사로잡았고, 그 행복한 미소는 그녀가 로맨틱하고도 달콤한 애정이 넘치는 다른 차원으로 들어갔음을 말해 주었다. 〈욕망의 불꽃〉이 벌써부터 그녀의 내부를 불사르고 있었다.

장은 금방이라도 기절할 것만 같았다. 그는 벌떡 일어나 좌석을 벗어났다. 조그만 녹색 불빛으로 표시된 화장실에는 양쪽으로 여닫는 중문이 있었는데, 오른쪽은 남성용, 왼쪽은 여성용이었다. 그는 상영실로 돌아가려 급히 달려오는 어떤 여성 관객을 가볍게 밀쳤다. 영화가 시작됐고, 일부분이라도 놓치고 싶은 사람은 없었다. 화장실에 들어선 장은 강렬한 불빛에 눈을 찌푸렸다. 그는 소변기까지 걸어갔다. 그는 하고 싶지 않았다. 그러나 심장이 빠르게 뛰고 두 손이 떨렸다. 변기 칸에서는 문이 조금 열려 불쾌한 냄새가 풍겼고, 그는 그 칸을 등진

채 그대로 주저앉을 것 같았다. 그냥 이대로 죽어 버리고 싶
었다.

그는 갑자기 고개를 쳐들었다.

갑작스럽고도 예상치 못한 에너지에 이끌린 것처럼 남성용
화장실을 나온 그는 좁다란 통로를 지나서는 여성용 화장실에
들어갔다. 그곳은 텅 비어 있는 것 같았다. 하지만 그의 본능은
틀리지 않았으니, 문 하나가, 단 하나의 문이 닫혀 있었고, 그
안에 누군가가 있었다.

장은 냉철했다. 그의 정신은 각각의 세부와 소음을 입력했
고, 그의 대뇌는 상황이 제공하는 모든 감각들을 저장했다. 그
는 머뭇거림 없이 차분한 확신 속에 닫힌 문 앞에 섰고, 문은
물론 바로 그 순간에 열렸다. 젊은 여자는 놀라울 정도로 아름
다웠고, 그는 입을 헤벌렸다. 그녀는 놀라 〈오……〉 하며 입을
오므렸지만 너무 늦었다. 장이 그녀의 머리채를 휘어잡자 그
녀는 두 손을 들어 올리면서 무릎을 꿇었다. 두 손으로 머리채
를 잡은 그는 그녀의 머리통을 번쩍 쳐들어서 변기에 대고 쿵
하고 내리박았다. 마지막 순간에 얼굴을 돌려 코가 깨지고 광
대뼈가 찢어진 그녀는 피를 철철 흘렸다. 튀기는 핏방울을 피
하려고 황급히 물러선 그는 다시 머리채를 부여잡고는 처음에
는 자기(瓷器)로 된 변기 가장자리에다, 그다음에는 벽에다 대
고 여러 번 찧었다. 그녀는 쓰러졌고, 피는 콸콸 흘러내렸고,
장은 밖으로 나왔다. 변기 칸 문을 닫은 그는 거울을 보지 않고
세면대에서 손을 씻었다.

잠시 후 그는 상영실로 돌아왔다. 어둠에 눌려 눈을 가늘게
뜨고는 준비에브의 좌석까지 더듬어 찾아가 자리에 앉았다.

    장의 아내는 그가 나갈 때도 알아채지 못했지만 들어오는 것도 보지 못했다.

    장은 화면에 비치는 영상들을 보고 있었지만, 아무것도 머리에 들어오지 않았다. 머릿속은 휑했고, 그저 자고 싶을 뿐이었다.

    스크린에서는 한 남자가 젊은 여자에게 말을 하고 있었다. 그녀는 그가 하는 말을 듣고 있다가 그에게 뭐라고 말했는데, 두 사람은 서로의 말을 이해한 모양으로, 둘의 입술이 가까워지고 있었다. 이 장면은 삶보다 더 현실적으로 느껴졌다. 적어도 그의 삶보다는 현실적이었다. 바로 이 순간, 누군가가 찢어질 듯 부르짖는 소리에 홀 전체가 얼어붙었다. 「도와줘요! 여자 하나가 죽어 있어요! 도와줘요!」

    급하게 뛰는 발소리, 비명 소리가 들렸고, 관객들 모두가 오른쪽, 화장실 쪽으로 고개를 돌렸다. 영사기는 한 번 덜컥 하더니 멈춰 버렸다. 「도와줘요!」 누군가가 겁에 질린 목소리로 외쳤다. 「살인이 일어났어요!」

    불이 들어왔다. 난리가 났다.

    마치 영사실에 불이 붙어 그 불로 상영실 전체가 위협받고 있는 것 같았다. 모두가 벌떡 일어나 밖으로 나가려 했다. 좌석들은 일순간에 텅 비었다. 다른 사람들처럼 일어선 준비에브는 출구로 가려고 사람들 사이를 헤집었다. 장은 그녀의 팔을 잡았고, 그들은 문에 이르렀다. 모두가 서로를 밀쳐 대는 가운데 공황감이 고조되자 한 남자가 나섰다. 아마도 영화관 사장인 듯한 그는 얼빠진 눈을 하고서는 뭐라고 말하려 했지만 아무도 듣지 않았고, 결국 밖으로 몰려 나가 거리를 건너는 군중의 물결에 쓸려 버렸다. 거기에 이른 관객들은 걸음을 멈췄다. 그리고 곧 공포가 호기심에 자리를 내주자 모종의 탐욕마저 느껴지는 눈을 하고서 영화관 쪽으로 몸을 돌렸다.

한편 프랑수아는 두 팔꿈치를 앞세우고 길을 내어 화장실로 향했다. 그는 우측 좌석 열에서 가장 먼저 일어나 달려간 사람이었다. 그렇게 비명 소리가 난 장소에 거의 다다랐지만 어느 정도 이상은 나아갈 수 없었다. 모두가 상영관을 빠져나가려고 정신이 없었지만, 그 와중에도 한 무리의 사람들은 거기에 머물며 뭔가를 보려고 고개를 쭉 빼고 몸을 뒤틀고 있었다.

「비켜요!」 프랑수아가 소리쳤다.

아무도 움직이지 않자 그는 다시 소리쳤다.

「경찰이오, 비키라고!」

이게 바로 〈열려라, 참깨〉였으니, 모두가 옆으로 비켜섰다.

몇 사람이 화장실 문을 붙잡아 열어 두었지만, 아무도 그 이상은 나아갈 엄두를 못 냈다. 출입구를 통제하던 사람이 세면대에 등을 기대고 두 손으로 얼굴을 가린 채 경련하듯 떨고 있었다.

그녀 맞은편의 한 변기 칸 문이 반쯤 열려 있는데, 흥건한 피가 타일 위로 길게 뻗어 나오며 바닥에 펼쳐진 금발의 머리카락들 사이를 천천히 흐르고 있었다.

프랑수아는 자신에게 사진기가 없음을 통탄하며 악문 이 사이로 욕설을 퍼부었다.

한 걸음을 옮겨 변기 칸의 문을 천천히 연 그는 바닥에 널브러진 여자를 발견했다.

그는 무릎을 꿇고 올라오는 욕지기를 참으며 손을 뻗어 여자의 어깨를 건드렸다. 그러고는 재빨리 뒤를 살폈다. 아무도 없었다. 그는 두 팔을 걷어붙이고 달려들었다. 시신을 돌려 눕히자 희생자의 참혹하게 부서진 얼굴이 드러났다. 뒤에서 들리는 우욱 하는 소리에 그는 고개를 돌렸다. 좌석을 안내해 주던 사람이 세면대에 대고 토하고 있었다.

그는 뻗어 있는 시신으로 돌아와 수첩을 꺼냈다.

✳

장과 준비에브는 맞은편 보도에 모여 있는 무리에 합류했다. 경찰에 신고했나요?

「당신들은 뭔가를 봤어요?」 관람객 하나가 흥분해 떨리는 목소리로 물었다.

「죽은 사람이요! 화장실에서요!」

버전은 사람마다 조금씩 달랐지만 모두가 이구동성이었다.

「살해당했어요! 거기, 화장실에서요!」

「목이 졸려 죽었어요.」 한 사람이 말했다.

「칼에 맞았어요!」 다른 사람이 단언했다.

사람들은 비켜서서 자리를 만들어야 했으니, 준비에브 바로 오른쪽에 있던 노인의 상태가 좋지 않았기 때문이었다. 얼굴은 바짝 굳었고 수의처럼 새하얬는데, 그녀는 마치 기도하듯 조용히 입술을 달싹거렸다.

준비에브는 그녀가 보도에 앉는 것을 도와주었다.

「이분이 시신을 발견했나요?」

「아닙니다, 아닙니다…….」 그녀의 남편이 사과하듯이 대답했다. 「아내는 그냥 보기만 했어요. 하지만 아주 끔찍한 광경이었던 모양이에요.」

「머리가…….」 그녀가 웅얼거렸다. 「마치 누군가가 바닥에 내리찍은 것 같았어요!」

여기저기서 오, 아, 하는 소리들이 났고, 그들은 들은 말을 서로에게 반복했다.

준비에브는 노인의 어깨를 부축해 주고 있었다.

「머리 위쪽이…….」 노인이 말을 이었다. 「완전히 박살이 났어요. 아, 끔찍해, 끔찍해…….」

✳

불행한 젊은 여인을 발견했을 때 프랑수아는 올라오는 욕지기를 간신히 참았었다. 그런데 이제는 세면대에서 풍겨 오는 토사물 냄새와 비릿한 피 냄새가 섞이며 속을 뒤집어 놓았다. 하지만 그는 정신을 다잡고 속으로 되뇌었다. 자, 서둘러! 빨리하라고! 그는 호흡을 참으며 벽면에 붙은 조그만 뇌수 조각들을 힐끗 쳐다보았다. 그러고는 손수건을 꺼내어 그걸로 손을 감고 희생자의 핸드백을 집어 들었다. 도금한 잠금 장치가 달린 진주 핸드백이었다. 다시 일어선 그는 수첩을 잇새에 끼우고는 조금 더 밝은 곳에서 현장을 보기 위해 한 걸음 뒤로 물러섰다.

경찰의 대표자가 와 있었기에, 문 앞에 몰려선 구경꾼들은 대담해져 삐죽 고개를 들이밀었다. 경찰관은 희생자의 핸드백 내용물을 체크하느라 정신이 없었으므로 사람들은 더 앞으로 나아왔고, 어떤 놈이 장터 구경거리를 관람하듯 한 사람씩 으스스한 광경을 보고는 급히 손으로 입을 가리고 비명을 지르며 달아나 다음 사람에게 순서를 넘겨 주었다. 이렇게 모두가 줄줄이 지나갔다. 기막히게 짜릿한 공포에 사로잡혀 사람들에게 퍼뜨릴 수 있는 이미지들을, 얼빠진 눈으로 땅바닥에 주저앉은 노인의 어깨를 준비에브가 부축하고 있는 보도의 작은 무리에까지 이미 도달한 이미지들을 머리에 담은 채로 말이다.

그동안 프랑수아는 부지런히 움직였다.

얼굴이 자주색으로 변해 가는 시신을 쳐다보는 것을 피하며 그는 핸드백을 열었고, 거기서 신분증을 발견했다.

세상에나…….

메리 램슨!

✳

경찰관들이 영화관 앞에 도착했다. 사람들은 비켜섰고, 경찰관 중 하나는 상태가 안 좋아 주저앉아 있는 사람에게 몸을 굽혔다. 자, 이제 괜찮아요, 부인, 우리가 도와드리겠습니다.

「다른 사람들은 저리 가요!」 그가 명령했다.

그녀는 남편의 팔에 매달려 다시 일어섰고, 그곳을 떠나갔다. 군중도 지쳤다. 이제 경찰이 출동했으니…….

준비에브는 한 걸음 뒤로 물러서서 장을 쳐다봤다. 그는 컨디션이 별로 좋아 보이지 않았다.

「자, 가요.」 그녀가 말했다.

그들은 지하철역 쪽으로 향했다. 장이 갑자기 걸음을 멈쳤다.

「프랑수아가 안 보이네…….」

「사람이 이렇게 많은데 어떡하겠어? 다들 온 사방으로 뛰고 있구먼.」

그녀는 지금 프랑수아를 보고 싶은 마음이 별로 없었다. 만나 봐야 영화 티켓값이나 갚아야 할 테니까. 그녀는 다시 걷기 시작했고, 장은 그 뒤를 따랐다.

「그래도 정말 굉장하네! 영화가 한창 상영 중이었는데 말이야!」

그녀는 분개하는 기색이 아니었다. 오히려 사람들이 거의 꽉 들어찬 영화관에서 그런 일을 벌일 수 있었다는 게 대단하게 느껴지는 모양이었다.

그녀는 〈정말 배짱 좋네〉라고 말하듯이 고개를 주억거렸다.

「그런데 말이야, 티켓값 환불도 안 해줬어…….」

지하철역들을 지나는 동안, 준비에브는 장을 곁눈으로 힐끗힐끗 살폈다.

그들은 아파트에 돌아왔다. 아직 6시도 안 되었다.

준비에브는 아직 식기가 놓여 있는 식탁을 열의 없이 치우기 시작했다. 방 안은 파티 다음 날처럼 음울했다.

「당신, 기분이 별로 안 좋은 모양이야.」

「아냐, 괜찮아, 괜찮아…….」

그들은 평소처럼 침대 근처에서 외출복을 정리했다.

「이게 뭐야?」

준비에브는 눈을 가늘게 찌푸리고 장의 재킷을 자세히 살폈다.

그는 대답이 없었다.

그녀는 검지를 살짝 대봤다. 하마터면 그걸 입술에 가져다 댈 뻔했다.

「피……?」

그녀는 그에게로 고개를 돌렸다.

그는 더듬거리며 알아들을 수 없는 음절 몇 개를 발음했다.

그러더니 갑자기 굴복한 모습으로, 두 무릎을 활짝 벌리고 의자에 털썩 주저앉았다.

준비에브는 나지막한 목소리로 말하며 다가갔다. 이따금 그에게 보이곤 하는 그 격노한 교사의 모습이 아니었다.

「장, 조심해야 해, 응?」

그는 고개를 끄덕였다. 그래, 조심할게…….

그녀는 빨개진 자기 검지를 내려다보다가 엄지에 대고 문질렀고, 희미한 미소를 머금었다. 어떤 추억이 떠오른 것처럼, 어떤 오래전의 일이 생각난 듯이 말이다.

「왜냐하면…… 얼룩이 남는단 말이야…….」

마치 사실을 확인하듯이 이렇게 말했다.

장의 얼굴은 백지장 같았다.

그녀는 활짝 편 손바닥으로 그의 머리칼을 빗질하듯 쓸었다.

「우리 뚱땡이, 충격을 좀 받았어, 그건 당연해.」

그녀는 그의 머리를 끌어당겨 두 손으로 자신의 복부에 대고 꾹 눌렀다.

「괜찮아질 거야.」 그녀는 속삭였다. 「아무것도 아니야, 아무것도 아니야…….」

그들은 오랫동안 그렇게 있었다.

이윽고 준비에브는 장의 두 다리 사이에 무릎을 꿇었다.

미소를 지으며 그의 허리띠에 손을 올린 그녀는 단번에 버클을 풀었다.

11
제가 세어 봤는데, 한 푼도 빠져 있지 않았어요

펠티에 씨는 결코 인정하지 않겠지만, 에티엔이 떠나간 일은 그가 말하는 것 이상으로 그에게 큰 충격을 남겼다. 남들은 몰랐지만 엘렌이 힘들어하는 것만큼이나 그도 힘들었으니, 늘 익살스럽고, 너무나 고통스러운 삶일지라도 즐겁게 받아들이는 막내아들이 몹시 그리웠던 것이다. 집에 구멍 하나가 뻥 뚫린 것 같았다. 그의 부재는 뚱땡이나 프랑수아의 그것보다도 더 큰 흔적을 남겼다. 뚱땡이는 도망간 거나 마찬가지여서 오히려 안도감이 들었다. 둘째 녀석이 떠난 것은 집안의 경사였다. 고등 사범 학교에 합격했으니 큰 인물이 될 터였다. 이 두 아들을 생각할 때면 장이 너무 불쌍하게 느껴졌다. 녀석은, 이제는 그도 인정할 수밖에 없었는데, 아무짝에도 쓸모없는 인간이었다. 심지어는 결혼조차 제대로 하지 못하고 빌빌댔고, 눈에 띄지 않고 보잘것없고 불안에 찬 어린 시절을 보낸 것만큼이나 미래도 암울하기 그지없었다. 그에 대해 펠티에 씨는 적절히 대응하지 못했다. 진실을 이해하지 못했거나 너무 늦게 이해한 것이다. 뚱땡이에게는 다른 아버지가 있었으면 더 좋았으리라. 아들의 실패는 아비의 실패였고, 이를 생각할 때마다 가슴이 찢어질 듯 아팠다.

하여 그는 너무나도 훌륭하게, 너무나도 쉽사리 성공하는 프랑수아를 보며 만족감을 느끼는 자신을 책망하기까지 했다. 프랑수아는 존경심마저 느껴지는 아이였다. 그는 열여덟 살 때 패색 짙은 전쟁에 참여하여 승리하는 데 기여했지만, 이로 인해 얻은 것은 아무것도 없었다. 심지어는 국가의 인정조차 받지 못했다. 마치 자신이 이 배은망덕함의 희생자인 것처럼 느껴질 정도였다. 이런 그가 학업에서 눈부신 성공을 거두는 걸 보니 얼마나 통쾌했던가.

그리고 이제는 에티엔……. 천성적으로 여린 마음을 비누 공장 밖에서는 결코 내비치는 법이 없는 펠티에 씨는 아들이 떠나기 전에 자신이 얼마나 그를 사랑하는지 말해 주지 않은 게 너무도 한스러웠다.

그리고 이제 남은 것은 엘렌뿐인데, 그 아이 역시 떠날 생각만 하고 있었다. 딸의 모습을 한번 보기만 하면, 그 아이가 문이 열리기만을 기다리고 있다는 것을 알 수 있었다. 하지만 엘렌은 너무 어리고 미성숙하기 때문에 활화산 같은 기질이 이끄는 쪽으로 떨어지게끔 놔둘 수 없었고, 그 또래 아이들이 느끼는 유혹들로부터 보호해 줘야 했다. 앙젤이 에티엔이 혼자서 잘해 나가는 것을 보고 마음을 놓았다면, 루이는 대단한 학교에 다니는 프랑수아와 계속 불운에 시달리는 장이 여전히 자신이 보내 주는 돈을 필요로 한다는 게 기뻤다. 〈우리도 아직 쓸모가 있단 말이야!〉라고 그는 자랑스럽게 말하곤 했다. 앙젤은 엘렌을 쳐다보면서 〈글쎄, 꼭 그런 것 같진 않아〉라고 대답했다.

　루이가 이런 생각에 잠겨 있을 때, 몸에 꽉 끼는 정장을 차려입고 끈이 개줄만큼이나 긴 커다란 서류 가방을 든 샤키르 씨가 카사르 호텔 로비 홀에 들어왔다.

　오전 11시, 이 시간이면 보랏빛을 띠기 시작하는 바다를 바라보던 펠티에 씨는 마지못해 시선을 돌렸다. 같은 순간에 〈와인빛 바다야〉라고 생각하는 사람은 호메로스를 읽은 바 있는 엘렌이었다. 세 층 위에서, 이제는 지겨운 음란한 소리를 지껄이는 자비에 로몽이 서 있는 그녀를 뒤에서 범하고 있었고, 그녀는 그 와중에 커다란 퇴창(退窓) 앞에서 수평선을 바라보고 있었다. 지금까지 그가 원하는 것들을 해오기는 했으나 이런 식의 성행위에는 전혀 흥미가 없는 그녀는, 어떤 행위는 ── 바로 지금 같은 경우인데 ── 인위적인 것에 가깝기에 아무런 의욕을 느끼지 못했다. 그의 몸이 거친 신음을 발하며 뻣뻣해지는 게 느껴졌다. 그와는 멋진 순간들도 있었지만 그렇지 않은 때도 많았다. 처음에는 괜찮았다. 그는 그녀의 사진을 찍어 댔고, 예쁘다고 말하고, 기가 막히게 애무해 주었지만, 시간에 감에 따라 상상력이 줄어들었고, 열의도 덜해졌고, 왕처럼 떠받들어 주지도 않았다. 그녀는 실망감을 표현했다.

　「당신이 원하는 게 일주일에 한 번씩 나를 올라타는 것이라면 그렇게 얘기해, 그럼 훨씬 간단할 테니까.」

　그는 따귀를 때렸고, 그녀는 믿을 수가 없었다. 아버지도 자기에게 손댄 적이 없었던 것이다.

　「자, 이러면 좀 알아듣겠어?」 그가 물었다.

그러고는 아직 충격에서 헤어나지 못하고 있는 그녀의 옷을 벗겼다. 그가 그녀 위에 몸을 실었을 때 그녀는 울기 시작했지만, 이런 모습에 극도로 흥분한 그는 그녀의 눈물을 핥고 몸을 왕복하면서 〈그래 울어라, 실컷 울어, 그러니까 더 예쁘다〉라고 말했다. 그녀는 더욱 흐느꼈는데, 그러고 나자 어떻게 해야 할지 더 이상 알 수 없게 되었다. 그는 종종 그녀의 따귀를 때리며 그 일에 맛을 들이게 되었고, 그녀는 자신이 무얼 원하는지조차 모르게 되었다. 이때부터 그는 상스러운 말을 내뱉기 시작했고, 또 이것은 얼마 안 가 노골적인 욕설로 변했다. 엘렌은 이 모든 것을 받아들였으니, 그라는 사내에 대해서는 아무것도 예측할 수 없었기 때문이다. 그녀가 어쩌면 관계를 끊을 수도 있다고 말할라치면 그는 성을 내거나 벌컥 화를 내었고, 그녀가 반사적으로 두 팔로 머리를 감싸면 얼마 후에는 다시 안아 주곤 했다. 그녀는 이런 순간이 좋았다. 그가 머리칼과 목덜미와 등을 부드럽게 쓰다듬는 이런 순간이…….

펠티에 씨가 지폐를 세어 샤키르 씨에게 건네자, 샤키르 씨는 마치 시범을 보이는 듯한 멋들어진 필체로 〈기부금 수령증〉을 작성했다. 정말이지 엄청난 액수로, 이 학교가 받은 가장 많은 기부금 중 하나일 것이었다.

「역사적인 일입니다.」 샤키르 씨가 말했다.

「그저 돈일 뿐이죠.」 루이가 대꾸했다.

그들은 회계 상태를 확인하고, 다시 합산을 해보며 한 시간을 보냈다. 장부는 루이로서는 불필요하고도 지겹게 느껴질 정도로 정확하고 자세하게 부기되어 있었다. 이제 빨리 가서 식사하고 싶은 마음뿐이었다.

식당으로 가는 길에 그들은 의상 보관실에다 각자의 가방을 내려놓았다.

「위험하지 않을까요?」샤키르 씨가 물었다.

「이런 호텔에서요? 에이…….」

식탁에 이르렀을 때 루이가 갑자기 이마를 탁 쳤다.

「아 참, 아내에게 전화하는 걸 잊었네! 잠시 다녀와도 될까요?」

샤키르 씨는 부산하게 손을 저었다. 아, 물론이죠, 어서 다녀오세요!

루이는 휴대품 보관실로 돌아왔다. 그는 거기서 샤키르 씨가 보랏빛 바다를 감상하고 있다는 것을 확인한 후 이 서무과장의 가방을 열었고, 거기서 커다란 현금 지갑을 꺼내서는 자신의 서류 가방에 집어넣었다.

식사 중에 그는 대화에 별로 관심이 없었다. 샤키르 씨 역시 누구도 필요하지 않았고, 루이는 간간이 미소만 지어 보였다. 에티엔에게서 첫 번째 편지가 도착했는데 루이가 읽어 보니 몹시 불안하게 느껴지는 내용이었다. 모두가 기대했던 즐거운 소식도, 에티엔이 현지에서 찾아내지 못한 레몽과의 재회에 대한 얘기도 전혀 없었다. 〈어딘가로 임무를 떠난 모양이에요. 며칠 걸리는 일인 것 같아요〉라고 그는 썼다. 그런데 루이가 기억에서 쫓아 버리려고 해도, 자꾸만 강박적으로 생각나는 어떤 일이 발생했다. 에티엔이 부모들보다는 자기 누이에게 더 많이 얘기할 거라고 확신한 앙젤이 딸의 방에 가서는…… 그녀의 물건을 뒤진 것이다. 루이는 이 생각만 하면 속이 편치 않았다. 그런 짓을 해서는 안 되는 것이다. 어쨌든 그 결과는 그를 더 불안하게 했으니, 앙젤이 마침내 찾아낸 편지에서 에티엔은 이렇게 쓰고 있었다. 〈레몽은 아무 데도 없어! 어디를 찾아가 봐도 사람들은 내게 아무 말도 하려고 하지 않아……. 이제 잠도 안 오고, 최악의 상황이 올까 봐 두려워. 그가 죽었으면 어떻게 하지?〉 그는 평소의 그답게 농담도 몇 마디 하고 있었지만(그는 조제프가 동성애자가 됐다고 설명했는데, 그의 부모는 이게 무슨 얘기인지 전혀 알 수 없었다. 고양이가 냉장고 꼭대기에서 부처와 섹스를 한다는데, 이런 방면으론 문외한인 루이로서는 이게 어떤 다른 얘기의 은유인가 하는 생각이 들었다), 마음은 전혀 그렇지 않다는 게 느껴졌다. 레몽은 실종된 상태고, 에티엔은 불안해하고 있었다. 그는 외환국에서 어떤 일을 하는지에 대해서도 아무 말이 없었다. 루이는 온 식구 앞에서 잔을 쳐들며 〈사이공을 위하여!〉라고 외치던 스스로의 모습이 떠오를 때마다 자신이 끔찍이 원망스러웠다.

　지금 생각하면 너무나 한심한 일이었다.

「잠깐!」
　엘렌은 로몽의 가슴에 손을 탁 대며 앞으로 나아가지 못하게 했다.
　「저기 오른쪽 식탁에 우리 아버지가 있어요.」

그들은 유일한 출구인 테라스로 통하는 복도의 끝부분에 있었다. 로몽은 조심스레 고개를 기울여 보았다. 그녀 말이 맞았다. 거기에는 그 머저리 같은 펠티에가 서무과장과 함께 앉아 있었다. 샤피르인지, 샤미르인지, 뭐, 대충 그런 이름의 뚱뚱한 인도인 서무과장 말이다. 그는 얼굴이 탄 인간들은 누가 누군지 잘 구별이 안 됐다.

「젠장…….」

로몽은 손목시계를 들여다보았다. 둘이 방에서 너무 지체한 것이다.

「식사가 어디까지 진행됐지?」 그가 물었다.

엘렌은 다시 고개를 기울였다.

「지금 커피 마시는 것 같아요. 하지만 몰라요. 오래갈 수도 있어요.」

몹시 언짢아진 그는 그녀에게 고개를 돌렸다.

「그러니까 좀 서두를 것이지, 왜 그렇게 꾸물댔어?」

어처구니없는 소리였다. 아버지와 샤키르 씨는 한두 시간 전부터 여기에 있었을 터, 그들이 했어야 할 일은 여기에 오지 않고 다른 곳으로 가는 것이었다. 그런데…….

「에이 씨, 멍청한 년……!」

그는 다시 한번 손목시계를 들여다보았다.

「난 이렇게 있으면 안 돼, 빌어먹을!」

그는 으르렁대며 발로 땅을 굴렀다. 엘렌은 안중에도 없었다.

「여기서 이렇게 기다리고 있을 수는 없다고. 집에 들러서 수업 교재를 가져오려면 지금 가야 한단 말이야.」

그는 혼잣말을 했다.

다른 출구가 있긴 했지만 거기로 가려면 테라스 전체를 따라가야 했는데, 그러면 더 눈에 띌 것이었다. 엘렌은 그가 몸을 움찔움찔하는 것을 느꼈다.

「제기랄, 제기랄…….」

그는 악문 이 사이로 욕설을 내뱉었다.

마침내 그는 결심했다.

「아주 빨리 걸어서 저이들 뒤로 지나갈 거야. 오른쪽으로 가면 가능성이 있어…….」

「그럼 난……?」

「넌 여기 있어, 알겠어?」

그는 벌컥 화를 냈다.

「수업을 빼먹으란 말이야, 상관하지 않을 테니! 저이들이 나갈 때까지 기다리고 있어. 때가 되면 나갈 테니까, 알았어?」

이목을 끌 위험만 없었어도 그는 따귀를 때렸을 것이다. 그럼 속이 좀 풀렸으리라.

그는 앞으로 불쑥 나아갔다.

로몽이 뒤쪽으로 지나가며 그들의 식탁을 스치는 바로 그 순간, 루이가 고개를 돌렸다.

「아니,」그가 외쳤다.「저분, 수학 선생 로몽 씨 아닌가요?」

「아, 그래요! 맞아요!」샤키르 씨는 이 뜻밖의 만남을 너무나 기뻐하며 곧바로 대답했다.「로몽 씨! 어이, 로몽 씨!」

홀 안 모든 사람의 고개가 돌아갔는데, 고개를 푹 숙이고서 거치적거리는 것은 다 엎어 버릴 듯한 기세로 도망가고 있는 자만은 예외였다.

「거참 이상하네요⋯⋯.」루이가 말했다.

샤키르 씨 역시 입을 딱 벌렸다.

그의 수난은 여기서 끝나지 않았으니, 학부모회 회장이 식사비 계산을 하고 나서 함께 휴대품 보관실로 돌아왔는데, 그의 가방이 너무나 가벼워진 것이다. 의심이 든 샤키르 씨는 가방을 열어 보았다. 커다란 가죽 지갑이 학교 자금과 함께 사라져 버렸다. 누구에게든 이런 발견은 엄청난 충격이었으리라.

샤키르 씨에게 이는 폭탄이 터진 거라고 할 수 있었다. 일본인이었다면 그 자리에서 할복을 했으리라.

루이는 그저 〈원, 세상에, 원, 세상에⋯⋯〉만 되풀이했다.

이윽고 정신을 추스른 그는 프런트에 가서 설명했고, 이 틈을 타서 엘렌은 살그머니 출구 쪽으로 빠져나갔다.

서비스 담당 매니저가 현장에 달려와 여기저기를 뒤지고, 집에 있는 총지배인에게 전화를 걸었다. 직원 중 하나가 〈아니, 어떻게 이런 일이 일어날 수 있죠? 지갑에는 얼마나 들었나요? 그렇게 중요한 가방을 휴대품 보관실에 놓으면 안 되는 것 아닌가요?〉라고 슬쩍 내뱉었다. 루이는 발끈했다. 뭐요? 누가 여기가 도둑들이 들끓는 호텔인지 알았겠소? 모두가 화를 냈다. 이때 입씨름을 중단시킨 것은 샤키르 씨의 비명 소리였다.

「맞아! 로몽 씨⋯⋯!」

「로몽 씨가 왜요?」루이가 반문했다.

불쌍한 서무과장은 눈처럼 새하얘진 얼굴로 바들바들 떨었다. 표정에서 극도의 번민이 느껴졌다. 그의 말로는, 로몽 씨는 분명히 가방이 있는 휴대품 보관실 앞을 지나갔을 텐데, 왜 시내 중심가에 사는 그가 여기에 모습을 보였는지 이상하다는 것이었다. 더욱이 두 사람이 정산을 위해 이 레스토랑에서 만나기로 했다는 사실은 학교 모든 사람이 알고 있는 상황 아닌가? 그리고 왜 그는 불러도 못 들은 척하면서 마치…… 도둑놈처럼 빠져나갔단 말인가? 한참을 생각해 보니 이 모든 일이 이해되더라는 것이었다.

그가 한번 이 생각에 꽂히자 아무도 어쩔 수가 없었다. 좀 지나친 억측 같다고 루이가 아무리 말해 보아도 샤키르 씨는 포기하려 하지 않았고, 결국 루이는 타협안을 내놓았다.

「자, 정 그러시다면, 우리가 그를 한번 찾아가 봅시다. 점잖게 말이에요. 만일 과장님의 직감이, 제가 생각하는 것처럼 사실이 아니라면, 그냥 신고해 버리면 그만이에요! 그리고 돈 좀 잃었다고 사람이 죽는 것은 아니잖아요? 제가 없어진 돈을 메우겠습니다.」

「그건 말도 안 돼요!」샤키르 씨가 단호히 거부했다.

이 일에는 그의 생명이 걸려 있었다.

그들은 호텔 앞에서 택시를 잡아타고 코망당델리자르가(街)로 향했다. 우편함이 목적지가 3층임을 알려 주었고, 그들은 각자의 체중이 허용하는 최대의 속도로 층계를 올랐다. 샤키르 씨는 급하게 문을 두드렸고, 루이는 옆에서 계속 〈자, 자, 샤키르 씨, 당신 지금 제정신이 아니에요. 좀 진정해요, 진정해〉라고 말했다. 하지만 그 인도인은 들은 척도 안 했다.「로몽 씨, 문 열어요!」이웃 사람들이 고개를 내밀었고, 루이는 그들에게 사과의 손짓을 보냈다.

문이 열렸다.

교사가 굳은 얼굴을 내밀었는데, 팔 밑에는 수업 교재가 들려 있었다. 그는 그들 앞을 지나가려 했지만 극도로 흥분한 샤키르 씨가 그의 소매를 붙잡았다.

그러고는 로몽이 뒤로 문을 닫을 틈도 없이 그를 확 밀고는 안으로 들어갔다.

그리고 기이한 순간이 찾아왔다.

얼굴이 아주 창백해진 로몽은 움직이지 않고 펠티에 씨를 응시했다. 입술은 어떤 말을 하려는 듯 반쯤 열렸으나, 소리를 내지 못하고 그대로 굳어 버렸다. 루이는 로몽에게서 눈을 떼지 않은 채 천천히 그의 옆을 돌아 아파트 안으로 들어갔다.

세 걸음도 떼지 않아 샤키르 씨는 두 팔을 내려뜨린 아주 차분한 모습으로 주위를 둘러보았다. 그곳은 응접실이었다.

두 개의 벽면이 바닥부터 천장까지 커다란 사진들로 완전히 덮여 있었다. 발가벗은 몸으로 나른하고도 야한 자세를 취한 아주 나이 어린 소녀들의 사진이었는데, 대부분은 엉덩이와 국부를 드러내며 사진기를 정면으로 쳐다보는 도발적인 포즈를 취하고 있었다. 충격적인 점은 이런 포즈들을 취하기에는 이 모델들이 너무 어리고 순진하다는 것이었고, 이 괴리는 보는 이의 마음에 끔찍한 고통을 안겨 주었다.

붙여 놓은 사진이 족히 쉰 장은 되어 보였다.

열두 개 학년이 거의 다 망라되어 있었다.

루이가 아는 얼굴도 있었다. 지금은 결혼하여 아이까지 있는 졸업생도 있었고, 보다 최근의 학생들도 보였다. 여기 있는 것은 샤키르 씨의 딸내미이고, 저쪽에 있는 것은 엘렌……

벽에 붙은 이미지들 앞에서 샤키르 씨는 얼어붙어 꼼짝도 하지 못했다.

교사가 하얗게 질려 애원하는 듯한 목소리로 〈사직하겠습니다, 오늘 당장……〉이라고 더듬거리고 있을 때, 루이는 몸을 돌려 층계참으로 나와서는 계단을 내려왔다.

집에 들어온 루이는 곧바로 공장으로 갔다. 그런 뒤 자기 사무실에 들어가 나오지 않았다.

아주 쓰디쓴 승리였다.

루이는 로몽을 처음 알았을 때부터, 그러니까 학기 초에 그가 엘렌 반의 담임이 되었을 때부터 본능적으로 그를 경계했다. 자기 딸을 맡기고 싶은 마음이 들지 않는 바로 그런 종류의 사내였다. 이런 의심은 엘렌이 그가 지도하는 사진 클럽에 등록했을 때 더욱 강해졌다. 수학을 배운다면 또 모르겠지만, 다른 활동을 같이한다는 것은……. 앙젤도 이를 가지고 걱정했는데, 그는 오히려 그녀를 안심시켰다. 이런 일로 둘씩이나 근심에 빠질 필요는 없었던 것이다. 〈앙젤, 아주 좋은 학교라고!〉라고 그는 설명했다. 그래도 그는 학교 행정부와 모임을 가졌을 때 교사들의 수업 시간표를 알아내서는 그것을 엘렌 반의 것과 대조해 보았다. 그런데 엘렌은 로몽이 수업이 없고 자기 또한 수업이 없는 날 오전에 학교에 가는 게 아닌가? 그는 당장에 자전거를 타고 시내를 샅샅이 훑어보기 시작했다. 좀 우스꽝스럽기는 했지만 다른 방법이 없었다. 결실이 있었으니, 자전거로 오전 나절에만 해도 상당한 거리를 돌아다닐 수 있었고, 세 시간도 안 되어 그가 찾는 것을 발견했던 것이다. 수학 교사의 자동차는 시의 북쪽 구역에 위치한 이 신축 호텔 주차장에 세워져 있었다.

정오 무렵에 그는 엘렌 그 어린 것이 호텔에서 나오고, 10분 후에는 그 개자식 로몽이 백미러에 얼굴을 비쳐 가며 오랫동안 머리를 빗은 뒤에 시동을 거는 것을 보았다. 당장에 달려가 면상을 갈겨 버리고 싶었으나 엘렌의 눈에는 교사가 희생자처럼 보일 수 있었고, 이는 그가 원하는 바가 아니었다. 하여 그는 보다 복잡한 경로를 택했는데, 이 방법은 결국 쓸데없는 것이 되어 버렸다. 회계 상황을 확인한다는 구실로 서무과장을 카사르 호텔로 초대한 게 공연한 일이 되었기 때문이다. 그의 계획은 샤키르 씨의 지갑을 로몽의 집에 감춘 다음 그것을 발견한 척하고는 그를 절도 혐의로 고발한다는 것이었는데, 결과적으로는 그럴 필요조차 없어진 것이었다.

어떤 의미에서는 이 사진 컬렉션의 발견이 선수를 쳐서 일을 처리한 셈이 되었다.

그는 지갑을 커다란 갱지 봉투에 넣은 다음 샤키르 씨에게 한 줄을 썼다. 〈호텔 측이 지갑을 찾았습니다. 제가 세어 봤는데, 한 푼도 빠져 있지 않았어요! 항상 건강하세요. 루이 펠티에.〉

그는 한 젊은 직공에게 봉투를 가져다주라고 시켰고, 봉투는 수취인과 같은 시간에 학교에 도착했다.

루이는 오랫동안 생각에 잠겼다. 아무에게도 들키지 않으려고 레스토랑 홀을 달려 지나가던 엘렌의 모습이 계속 눈앞에 어른거렸다.

마음이 너무나 괴로웠다.

에티엔, 엘렌……. 갑자기 이 집에서 무슨 문제가 일어나고 있단 말인가? 내가 뭔가 소홀히 하는 게 있는 걸까?

저녁에 그는 뭔가 침울한 사람처럼 말이 없었다.

「공장에 무슨 문제가 있어요?」 앙젤이 물었다.

「아냐, 아냐. 아무 문제 없어.」 그는 미소를 지으며 대답했다.

엘렌은 아버지를 본 그 순간을 다시 생각해 봤다. 호텔 레스토랑의 그 테이블에 앉아 있는 아버지는 다른 사람처럼 보였다.

「그리고 우리 아가,」 앙젤이 이번에는 엘렌에게 물었다. 「넌 괜찮니?」

「네. 오늘 오후에 로몽 씨가 사직서를 냈어요. 트리폴리에서 더 좋은 자리를 구했는데 곧바로 일을 시작해야 하나 봐요. 그래서 학교에 오지 않았어요.」

그녀는 학교에 가서 이 소식을 듣게 되었다. 수업이 없었던 것이다.

그녀는 이상한 안도감과 함께 은은한 아픔을 느꼈다. 무언가를 도둑맞은 느낌이었는데, 그게 무언지 알 수 없었다.

「잘됐네.」 앙젤이 말했다. 「난 그 사람이 별로 마음에 들지 않았어.」

「비난할 점이 하나도 없는 사람이야.」 그녀의 남편이 너그럽게 대꾸했다. 「아주 헌신적인 교사였어.」

엘렌은 그들을 쳐다보았다. 오늘따라 둘 다 늙어 보였다.

그녀는 자신도 곧 이 집을 떠나게 되리라는 걸 깨달았다.

12
삶이 한쪽으로 기우는 순간

에티엔은 그의 방에서 베갯잇을 물어뜯으며 오후를 보냈다.

사이공에 도착한 이후로 그는 다시는 레몽을 볼 수 없으리라고 속 깊은 곳에서부터 예감했으니, 그를 둘러싼 이 고집스러운 침묵을 도무지 설명할 수 없었던 것이다. 그가 차라리 부상을 당했으면, 혹은 포로로 붙잡혔으면 하는 마음이었으나 레몽은 죽었다는 것이다.

이제 삶이 사막처럼 느껴졌다.

이제 레몽을 다시 볼 수 없다는 무서운 사실이 갑자기 의식에 몰려들곤 했다.

외인부대원은 그에게 아무것도 설명하지 않았다. 그저 〈판 밀런은 같은 분대의 전우들과 함께, 그들을 찾아 나선 정찰대에 의해 사망한 상태로 발견되었다〉는 핵심적인 정보만 전해주었을 뿐이었다.

그는 어떻게 죽었죠? 고통스럽게 죽었나요? 어디에 매장되었죠? 가족과는 연락이 됐나요?

에티엔이 계속 캐물었지만, 늙은 병사는 대답 대신 고개만 끄덕거렸다. 그가 정확히 알고 있는 걸까? 그건 아무도 알 수 없었다. 그는 젊은이를 동정하는 마음에서, 그리고 임무 중에 사라진 전우에 대한 연대감으로 이 사망 소식을 알린 것이지만, 그 이상 나아가려고는 하지 않았다. 이 소식으로 인한 격한 충격이 역력히 느껴지는 목소리로 에티엔이 질문을 쏟아 내자 그는 그저 이렇게만 말했다.

「아실지 모르겠지만, 임무 보고서는 부대에 전달되지 않습니다. 우리에게 말해 주고 싶은 것만 말해 줄 뿐이죠. 우린 우리 동료들에게 경의를 표했어요. 복수도 확실히 해줬으니까, 그 점은 안심하셔도 되고요…….」

병사는 군대식으로 경례를 하려고 하다가, 이게 너무 과장된 느낌을 줄 수 있다고 판단하고는 그만두고 카페로 돌아갔다.

다시는 레몽을 볼 수 없다는 생각에 심연 같은 공허감에 빠져들지 않을 때면, 눈물도 말라 버리고 슬픔에 기진맥진한 에티엔의 머릿속에는 〈임무 보고서는 부대에 전달되지 않습니다〉라는 신비한 문장이 강박적으로 맴돌았다. 레몽은 탄환에 맞아 죽은 것일까? 아니면 칼에? 즉사하지 않고 얼마 동안 고통스러워하다가 숨을 거두었을까?

레몽과 그의 동료들을 찾아낸 부대의 책임자는 보고서를 작성했을 테고, 이것은 분명히 파견군의 문헌들 가운데 영원히 파묻혀 버렸을 것이었다. 에티엔은 한 치의 흐트러짐도 없는 빳빳한 군복 차림의 중령이 상체를 발딱 세우고 자신을 똑바로 쳐다보면서 〈히엔지앙 쪽으로는 아무런 작전도 없었소〉라고 자신있고도 단호하게, 그리고 결정적으로 말하던 모습이 눈앞에 떠올랐다. 에티엔과 레몽을 연결해 줄 수 있는 유일한 끈인이 〈임무 보고서〉를 그 사내는 알고 있었던 것이다. 아니, 어쩌면 그것을 가지고 있을 수도 있었다.

에티엔은 그를 죽여 버리고 싶었다.

하지만 그가 차가운 물로 샤워를 하고 옷을 차려입은 뒤 르메트로폴에 간 것은 이를 위해서가 아니었다. 그에게는 무기도 없었고, 이 장교를 죽이려 달려드는 우스꽝스러운 짓을 벌일 생각도 없었다. 아니, 그가 원하는 것은…… 진실이었다.

가서 한바탕 난리를 치리라.

아무도 말릴 수 없으리라.

일요일임에도 그곳은 사람들로 꽉 차 있었다. 주중과 같은이들이 있었지만 오늘은 더 한가하고 향락적이었다. 고지대에있는 저택의 풀장에서 수영하고 온 고관의 아내와 딸 들은 칵테일을 주문하고, 남자들은 서로에게 시가를 권하고 있었다.

비라르 중령은 아직 보이지 않았지만 장테는 지난번과 같은테이블에 앉아 있었다. 에티엔을 본 그는 자기 쪽으로 오라고손짓했고, 부하의 초췌해진 얼굴을 보고는 이렇게 물었다.

「무슨 일 있어?」

「컨디션이 좀 안 좋긴 하지만, 별거 아니에요.」

에티엔은 널찍한 테라스에 모여 있는 사람들을 계속 살폈다. 장테는 한참 동안 그를 응시했다.

「자네 오늘 저녁 좀 이상하군. 누군가를 찾고 있나?」

「아뇨, 죄송해요…….」

하지만 그의 관찰은 헛되지 않았다.

「아, 빌어먹을, 저게 뭐야……?」

「왜 그래?」

「저기, 저 사람…… 미슈 씨 아닌가요?」

장태는 지겨워하는 표정을 지으면서, 다른 쪽으로 시선을 돌리고 한숨을 내쉬었다.

「전 저 사람이 완전히 귀국한 줄 알았는데요.」 에티엔이 말을 이었다. 「저 사람은 모든 재산을 프랑스로 보냈다고요!」

「그리고 다시 돌아왔지. 맞아, 나도 알아……. 이런 짓을 한게 벌써 세 번째인데, 대략 2년에 한 번씩 귀국을 하지. 그런 다음에는 〈향수병〉이 도졌다며 다시 돌아와서는 마르통 & 그자비에사의 같은 자리에 앉는 거야.」

저쪽에 보이는 미슈는 젊은 새신랑처럼 명랑하기 그지없는 모습으로 친구들과 잔을 부딪치고 있었다.

「그걸 아셨으면 얘기해 주셨어야죠.」 에티엔이 항의했다.

「내가 말해 줬다면 자네 입장은 더 곤란해졌을 거야. 왜냐하면 저 인간은 실제로 가진 것을 다 팔고 사직서도 냈기 때문에 이체를 거부할 이유가 전혀 없어. 법이 그렇게 돼 있는 걸 어떡하겠어?」

하지만 에티엔은 더 이상 그의 말을 듣고 있지 않았다.

그들 앞에 그 거북이 같은 용모의 차오 씨가 불쑥 나타난 것이다. 세련된 정장을 쭉 빼입은 그는 아주 정중하게 에티엔과 장태 씨에게 인사를 하고는, 그들 테이블의 비어 있는 두 의자를 가리키며 물었다.

「합석해도 될까요?」

에티엔은 숨이 탁 막혔다. 이자를 당장에 쳐 죽이고 싶었다.

만일 수중에 권총이 있었다면, 머리에 대고 차갑게 총알을 한 발 박아 버렸을 것이다.

왜냐하면 차오 씨는 혼자가 아니었기 때문이다.

「여기 빈을 소개할게요. 제 조카들 중 하나입니다.」

에티엔의 옆에 앉은 사람은 호리호리하고 섬세하면서도 아주 곱상하게 생긴 소년이었다.

「빈은 열아홉 살이에요. 호텔 경영을 공부하고 있는 대학생이죠.」

이 어이없는 상황에 아연실색한 에티엔은 자신을 향해 어색하게 미소를 지어 보이는, 분명히 열여섯 살도 안 되었을 이 소년의 얼굴에서 눈을 떼지 못했다.

「제가 이렇게 실례를 무릅쓰고 잠시 두 분의 대화에 끼어든 것은, 제 고객의 서류에 대해 다시 얘기해 보고자 함입니다. 아시죠? 그 랑부예 별장 공사 건 말입니다.」

「뭐, 난 아직 들은 적 없어요. 그게 무슨 얘기죠?」 이에 대해서는 전혀 관심이 없는 장테가 물었다.

차오 씨가 자신의 신청 사유를 다시 한번 설명하고 있을 때, 에티엔은 막혔던 호흡을 되찾았다.

지금 차오 씨는 이 이체 승인에 대한 대가로 그에게…… 소년 한 명을 바치러 온 것이다. 아주 간단한 사실이었다.

그 뒤에 이어진 것은 하나의 시선에 불과했다. 하지만 에티엔에게는 삶이 한쪽으로 기우는 순간, 돌이킬 수 없이 방향을 틀게 되는 드문 순간들 중 하나로 남게 될 것이었다.

그것은 옆에 제물처럼 앉아 있는 소년의 유순하고도 얌전한 시선이 아니었다. 아니, 그것은 에티엔이 알아채지 못한 사이에 드디어 도착한 중령의 시선이었다.

그는 거기서 네 테이블 떨어진 곳에 앉아 있었다. 그는 음탕하고 신이 난, 사람을 깔보고 히죽거리는 시선으로 에티엔과 베트남 소년을 차례로 관찰했다.

모욕적인 시선이었다.

지금 모습은 에티엔에게 불리했다. 자기 양심만 떳떳하면 된다고 생각하며 모욕을 무시해 버릴 수도 있겠지만, 레몽의 죽음에 기진맥진한 그는 버틸 만한 힘이 없었다. 하여 그는 벌떡 일어섰다.

차오 씨는 당황하며 말을 멈췄다. 에티엔은 국장 쪽으로 몸을 돌렸다.

「그럼 내일 뵙겠습니다.」

그러고는 한마디 말도 없이 르 메트로폴을 나왔고, 택시를 잡았고, 자동차 나르는 도선 선착장 근처의 운하 변으로 갔고, 나온 요금의 네 배를 지불하면서 〈여기서 기다려 줘요〉라고 말했고, 단호한 걸음으로 닭들을 쫓으며 마당을 가로질렀고, 집 문을 단숨에 열어젖혔고, 탁자에 앉아 있던 지엠이 소스라치게 놀라는 모습을 보았다. 거기 있던 모든 이의 시선이, 놀라고 불안한 시선이 일제히 그리고 조용히 그를 향했다.

그는 두 걸음 걸어 들어가서는 말했다.

「지엠, 당신의 이체 신청을 받아 주겠어요.」

「오, 선생님…….」

「심지어는 신청 금액을 열 배로 올려 주겠어요.」

「어…… 뭐라고요?」

「50만 피아스트르짜리 견적서를 아무거나 만들어서 가져와요. 받는 즉시 서명해 줄 테니까.」

「하지만…….」

「그 대신, 나를 위해 한 가지 일을 해줬으면 해요.」

지엠은 이번에는 그의 말을 끊으려 하지 않고 긴장한 얼굴로 기다렸다.

「파견군 사령부에 있는 보고서 사본 하나를 구해다 줘요. 어때요, 가능하겠어요?」

지엠은 잠깐 눈을 감았다.

그런 다음, 마지못해 받아들이는 것처럼 천천히 고개를 끄덕이기만 했다. 네, 가능해요.

13
나와 상의 없이는 아무것도 하지 마

메리 램슨.

맙소사…….

프랑수아는 변기 칸의 문 쪽으로 고개를 돌렸다.

이 길고 날씬한 몸.

이 금발 머리칼.

그는 얼굴을 보려고 오른쪽으로 고개를 기울여 보았지만, 함몰된 두개골과 거무죽죽한 피 때문에 잘 분간되지 않았다. 피 냄새와 토사물 냄새에 속이 울렁거렸다.

그는 신분증을 훑어봤다.

국적: 프랑스.

주소: 뇌이쉬르센, 제네랄레니제프스키가 12번지.

신장 170센티미터, 체중 53킬로그램.

서두르자.

그는 정신없이 메모했다.

물건을 잡을 때는 손수건으로만 잡으려고 주의했다.

빨리해!

지갑에는 1백 프랑짜리 지폐 몇 장과 파리 고급 매장 이용 카드들, 그리고 수기로 쓴 쪽지 한 장이 들어 있었다. 〈자기야, 나와 상의 없이는 아무것도 하지 마. 우리 같이 결정하자. 그럴 수 있지? 사랑해.〉 여기에 〈M.〉이라고 서명되어 있었다.

화장품 파우치 하나, 추잉 껌 몇 개, 열쇠 몇 개.

빨리!

홀에서 사람들의 목소리가 들렸다. 〈비켜요! 자, 여러분 지나가게 좀 비켜 주세요!〉

프랑수아는 벌떡 몸을 일으켰다. 다리를 쳐들어 희생자의 시신을 넘어가 핸드백을 처음 있었던 자리 근방에 놓은 그는 손수건을 호주머니에 쑤셔 넣고는, 들어오는 경찰관들과 엇갈리며 밖으로 나왔다.

고개를 돌려 보니 구경꾼들의 피 묻은 신발 자국이 바닥 여기저기에 찍혀 있는 게 보였다.

좌석을 안내하던 사람은 좌석 열 가장자리의 의자에 앉아 있었다. 상영실은 이제 텅 비었고, 화장실에서 경찰관들이 얘기하는 소리만 들렸다.

영사 기사는 그녀 근처의 의자에 앉아서는 〈지네트, 지네트……〉라고 하며 그녀의 손을 토닥여 주고 있었다.

프랑수아는 그녀 앞에 무릎을 꿇고는 수첩을 꺼냈다.

「당신이 희생자를 발견하셨죠…….」

지네트의 얼굴은 백지장 같았고, 눈물범벅이었다. 옆에 있는 영사 기사도 바짝 긴장해서는 〈믿기지 않아, 믿기지 않아……〉만 연발했다.

「전『르 주르날』에서 나왔습니다.」 프랑수아가 다시 말했다.

그녀가 멍하니 허공만 바라보고 있자, 그는 영사 기사에게로 고개를 돌렸다.

「지네트,」 영사 기사가 말했다. 「이분, 신문사에서 나오셨대.」

그녀는 손으로 머리를 매만졌다. 지금 내 모습은 끔찍할 거예요…….

「성함은 어떻게 되시죠?」 프랑수아가 물었다.

✳

「빨리 캥캉푸아가로 가주세요!」

프랑수아는 지금 얼마나 흥분했는지 거의 실신 직전이었다. 그는 자신이 쓴 메모를 다시 읽어 보면서 손목시계를 들여다보았다. 아직 오후 6시가 안 되었으니, 두 번째 판 마감 작업이 진행 중일 것이었다. 시간이 빠듯했지만 해볼 만했다.

이 사건이 얼마나 갈 수 있을까? 앞으로 2~3일이면 살인범이 잡힐 거야. 희생자의 핸드백에서 찾아낸 것 정도면 기사 몇 편은 충분히 만들어 낼 수 있어. 이 사건을 내게 맡겨 준다면 말이야.

숨을 깊게 들이마신 그는 종이 위에 여러 가지 아이디어를 써보기도 하고, 죽죽 줄을 그어 없애 버리기도 하고, 괜찮아 보이는 표현을 들여다보기도 했다.

그는 한 걸음에 네 계단씩 뛰어 편집실까지 올라갔다.

모든 게 지금처럼 기가 막히게 풀리는 날이 있다. 르 레장 극장의 젊은 희생자는 그렇게 생각하지 않았겠지만, 프랑수아로서는 이 모든 게 거의 기적처럼 느껴졌다. 잡보부장 말레비츠는 일요일에 쉬는 일이 1년에 세 번밖에 없는 사람이었지만, 이날에는 딸의 결혼식 때문에 자리를 비웠다. 또 편집국장도 사무실에 없었다. 프랑수아는 곧장 데니소프의 사무실로 찾아갔다.

「어떤 영화관에서 살인 사건이 발생했습니다.」

「제4면에 단신 기사.」 작업 테이블 위에 펼쳐 놓은 최종 교정쇄 위에 코를 박은 채로 사장이 대답했다.

「26세의 젊은 여성입니다. 화장실 변기에 두개골이 박살 났고요.」

「제2면 1단 기사.」

「매우 인기 있는 배우입니다.」

데니소프는 고개를 들었다. 마치 반사 회로가 시범을 보이는 것 같았다.

「누군데?」

프랑수아는 머뭇거렸다. 입을 다물 수 없는 상황이었지만, 희생자의 이름을 내놓는다는 것은 출혈과 같은 것이었다. 이게 어디까지 가게 될지 알 수 없는 것이다.

「메리 램슨.」

「빌어먹을! 제1면! 지금 말레비츠는 없으니까 이 사건을 쇼사르에게 줘. 빨리!」

「제가 하고 싶습니다만…….」

데니소프가 미소를 지었다.

「자네 차례도 올 거야.」

「사장님, 이건 멋진 사건입니다. 이걸로 적어도 사흘은 써먹을 수 있고, 오늘 저녁에 우리가 처음 터뜨리는 겁니다.」

「바로 그렇기 때문에 조금도 망쳐서는 안 되는 거야. 잔말 말고 쇼사르에게 갖다줘.」

「전 직접 본 증인입니다. 제가 현장에 있었다고요. 저는 기사가 아니라, 현장 증언을 쓰겠다는 겁니다.」

그는 세 걸음 앞으로 나아와서 자신의 수첩을 데니소프에게 내밀었고, 그걸 받아 든 데니소프는 거의 순식간에 돌려주었다.

「20분 내에 자네 기사를 내 책상 위에 올려놓게. 만일 그게 안 좋으면, 모든 자료를 쇼사르에게 갖다줘.」

이날 저녁 7시 30분, 『르 주르날 뒤 수아르』 제2판은 다른 신문들과는 차원이 달랐다. 『랭트랑지장』지는 〈르 레장 극장에서의 추악한 살인 사건〉을, 『로로르』지는 〈배우 메리 램슨의 비극적 죽음〉을 알린 반면, 『르 주르날』은 장문의 2단 기사에 다음과 같은 제목을 내걸었던 것이다.

절세 미모의 배우 메리 램슨,
파리의 한 영화관에서 무참하게 살해되다.
살인 당시 현장에 있었던 본지 리포터의 증언.
〈등골이 서늘해졌다……!〉

14
무언가가 일어나기만을 기다리고 있었다

에티엔은 순진하게도 지엠이 이 보고서를 당장에 가져오리라고 생각했다.

「하지만 에티엔 씨, 일이 그런 식으로 되진 않아요.」 만날 때마다 그는 이렇게 속삭였다.

그의 도가머리가 파르르 흔들렸다.

「지금 사람들과 접촉하고 있어요. 제대로 된 사람을 찾아서 뇌물에 대해서도 상의해야 하고, 주의를 끌지 않고 사본을 만들 수 있는 방법을 찾아내야 하는데, 이 모든 게 보통 일이 아니거든요…….」

이날, 보도에서 에티엔을 기다리는 그는 두 손으로 어떤 거대한 철물을 붙잡고 있었다.

「이게 뭐죠?」

「자전거예요, 에티엔 씨. 네덜란드 자전거죠, 네, 네, 네…….」

그는 쯧 하고 혀를 찼다. 자신의 말버릇에 대해 에티엔에게서 주의 들었던 일을 깜빡한 것이다.

아닌 게 아니라 지엠의 설명을 듣고 나니 이게 자전거임을 알 수 있었다. 하지만 어마어마하게 커서 다시 봐야만 뭔지 알 수 있었다. 핸들은 안장과 마찬가지로 현기증 나는 높이에 걸려 있었고, 바퀴의 직경은 보통 자전거의 두 배는 되는 것 같았다. 네덜란드 사람들은 키가 2미터는 되는 모양이었다. 그런데 브레이크는 달려 있지 않아 감속하거나 멈출 때는 페달을 뒤로 돌려야 하는 구조였다.

「에티엔 씨에게 드리려고 가져왔어요.」

「아이고…….」

「이걸 타면서 좀 여유 있게 기다리시라고요.」

「정말 그 보고서를 구해 올 수는 있겠어요?」

「네, 그럴 수 있다고 생각해요. 며칠 정도 있으면요.」

하여 지엠이 보고서를 구해 올 때까지 에티엔은 자전거를 타고 사이공을 돌아다녔다. 그 정도 높이에서 길바닥을 내려다보는 것은, 그로서는 처음 해보는 경험이었다. 그가 이 자전거를 다루는 솜씨는 그리 신통치 않아서 몇 차례 큼직한 접촉 사고도 냈다. 심지어는 한 청년을 넘어뜨릴 뻔한 적도 있었는데, 그는 아슬아슬하게 옆으로 피했다. 에티엔은 그가 중국인 브로커 차오 씨가 며칠 전 저녁에 르 메트로폴에서 소개한(다시 말해서 제의한) 그 소년이란 것을 알아차렸다. 시선이 마주쳤지만, 에티엔은 말을 건네지 않고 그냥 지나쳤다.

그는 좀 더 유연한 태도를 갖고 외환국에서 민원인을 대하기로 마음먹었다. 만일 지엠이 레몽의 죽음에 관련된 보고서를 구해 온다면 막대한 금액의 이체를 허가해 줘야 할 터였다. 사람들의 이목을 끌지 않는 최선의 방법은 다른 신청 건들을 허가해 주어 이 건을 덮어 버리는 것이었다.

하여 그는 이체 신청을 승인하기 시작했다.

「그래, 친구, 잘하고 있어!」 가스통이 그에게 말했다. 「잘 선택한 거야.」

에티엔은 그의 따귀를 후려치고 싶었지만, 그러는 대신 말없이 미소를 지어 보였다.

저녁마다 그는 조제프를 쓰다듬으며 시간을 보냈고, 녀석도 그를 상냥하게 대해 주었다.

레몽의 죽음은 모호한 것이었다. 남아 있는 것은 현장에 있지도 않았던, 다시 말해서 그 일에 대해 아무것도 모르는 한 외인부대원이 한 몇 마디의 말뿐이었다. 그래서 에티엔은 다시 힘을 냈다. 하지만 이 외인부대원에게는 거짓말해야 할 아무런 이유가 없다는 생각이 들었다. 그는 레몽과 그의 동료들을 대신해 복수를 해줬다고 단언했다. 그래, 레몽은 분명히 죽은 거야! 조제프는 그의 품속을 더 파고들었다. 이렇게 그들은 서로 몸을 꼭 붙인 채로 밤을 보내곤 했다.

에티엔은 엘렌에게서 편지 한 통을 받았다. 〈지금쯤 오빠는 그 사람과 분명히 함께 있으리라고 생각해.〉 그녀는 〈펠티에 내외〉 사이에 끼어 사는 게 얼마나 힘든지를 길게 설명했다. 〈내가 얼마나 지겹게 사는지 오빠는 상상도 못 할 거야…….〉

사실 에티엔은 충분히 짐작할 수 있었다. 사랑하지만 견딜 수 없게 된 사람들과 같이 사는 괴로움을 그 역시 전에 경험한 적이 있기 때문이었다. 그녀는 또 이렇게 썼다. 〈난 로몽이 조금 싫증 나기 시작했어. 그가 내게 항상 친절하게 굴지는 않아. 하지만 우리 학교 남자들이 다 우열을 가릴 수 없이 멍청한 인간들인데 어쩌겠어? 그냥 견디며 사는 수밖에.〉에티엔은 이 수학 선생을 생생하게 기억하고 있었다. 사진 클럽을 지도하고, 학생들에게, 특히 소녀들에게, 방과 후에 체스를 하자고 꾀는 사내. 그는 떠나기 전에 엘렌으로 하여금 이 관계를 끊게 하지 못한 자신을 책망하고는 했다. 하지만 이제는 이렇게 지구 반대편에 와 있으니……. 사실 지금 엘렌은 그와 마찬가지인 상태로, 무언가가 일어나기만을 기다리고 있었다.

「일이 빨리 진척되지 않네요?」 그는 지엠을 다그쳤다.

「곧 됩니다. 에티엔 씨, 곧 돼요.」

지엠은 그를 기다리게 해야 하는 상황이었기 때문에 세심한 배려를 아끼지 않았다.

「에티엔 씨, 뭐 필요한 것은 없나요?」

「고맙습니다만, 미제 냉장고와 네덜란드제 자전거까지 있으니 갖출 만큼 갖춘 것 같네요.」

그가 바라는 시간으로 나아가고는 있었지만 거의 움직임이 없던 이 시기에 일어난 유일한 사건은, 어느 날 아침 장테의 사무실이 비어 있고 문이 반쯤 열려 있는 것을 발견한 일이었다. 사실 그러고 있을 정신은 아니었으나, 호기심을 채울 수 있게 된 그 갑작스러운 기회에 그는 자신도 모르게 문을 밀고 들어가 사무실을 한번 둘러보았다. 그의 앞에는 장테 국장의 액자 컬렉션이 죽 놓여 있었다.

사진의 주제는 단 두 개였다. 하나는 지난해에 죽었다는 독일셰퍼드 이추고, 다른 하나는 어마어마한 잡것이라는 그의 첫 번째 아내 미리암이었다. 왼쪽은 개고, 오른쪽은 아내였다. 각각 족히 서른 개는 되어 보였다. 사진들은 전부 비슷비슷했다. 주인공이 독일셰퍼드든 전처든 간에 모두가 어느 바캉스 휴양지나 산 앞, 바닷가, 레스토랑 테라스, 거리에서 찍은 것들이었고, 예술적인 의도를 가지고 매우 공을 들여 찍긴 했지만 너무나도 형편없는 인물 사진도 몇 장 보였다. 만일 지금처럼 불안하고도 초조한 상태가 아니었다면, 에티엔은 이혼한 아내와 죽은 반려견 사진들만을 이토록 정성껏 수집하는 사내의 정신세계가 과연 어떨지 자문해 봤을 것이다.

15
흉악한 늑대는 그렇게 쉽게 잡히지 않아

「아, 정말 굉장해!」 그녀가 감탄하며 말했다. 「어때, 당신은 그렇게 생각 안 해?」

장은 대답하지 않았다. 준비에브가 호들갑을 떨어 댈수록 불편하기만 했다. 그녀는 『르 주르날』지를 식탁에 펼쳐 놓은 채였다.

「메리 램슨은 자신의 영화가 개봉될 때마다,」 장이 아무것도 부탁하지 않았는데도 그녀는 설명을 시작했다. 「관객의 반응을 살피기 위해 익명으로 영화관에 들르곤 했대! 아무도 자신을 알아볼 수 없게끔 검은색 안경을 쓰고 와서 영화가 시작될 때까지 화장실에 숨어 있었다는 거야!」

그녀는 프랑수아가 젊은 배우에 대해 쓴 기사를 큰 소리로 (개인적인 논평까지 곁들여 가며) 읽어 주었다.

이 비극적 소식이 전해지자 영화 팬들은 크나큰 충격에 휩싸였다.

「당연하지! 엄청난 사건이잖아!」

그도 그럴 것이, 빈한한 노동자 계급 출신이며, 메리 램슨이라는 예명으로 커리어를 쌓아 온 마리 르그랑은 눈부신 미모를 자랑하는 젊은 여성 중 하나일 뿐 아니라…….

「맞아, 걔가 좀 귀엽긴 했지.」

아주 짧은 시간 안에 성별을 막론하고 광범위한 대중의 마음을 사로잡은 너무나 매력적인 인물이었던 것이다.

「그래, 맞는 말이야.」

그녀는 겸손했던 것만큼이나 용기 있었다. 그녀는 자신이 1941년부터 (이때 그녀의 나이는 불과 19세였다!) 연합군 간호사로 참전했다는 사실을 결코 공개하려 하지 않았다.

「무슨 말인지 알겠어? 영웅이란 바로 이런 거야.」

한 기자가 복무 사실을 밝혀내고서야 그녀는 당황스러울 정도로 간단히 이렇게 말했다. 〈전 다른 많은 이들처럼 했을 뿐이에요. 그리고 많은 분들이 한 일에 비하면 전 별로 한 게 없어요!〉

「그리고 엄청나게 소탈하군.」

이렇게 강인한 성격과 예외적인 성숙함을 겸비한 이 젊은 배우는 1946년, 그녀의 첫 번째 영화 「영광의 시간」을 통해 스타로 발돋움했는데…….

「정말 멋진 영화였지.」

이는 아주 먼 곳에서 실종된 오빠를 홀로 찾아 나선 한 시각 장애인의 감동적인 모험을 다룬 작품이었다. 메리가 미남 배우 마르셀 세르비에르와 약혼했을 때, 또 성대한 결혼식이 거행되었을 때, 온 프랑스는 그들을 따스한 눈으로 지켜보았다.

「맞아, 그때 사진들이 기억나. 하객이 얼마나 많던지!」

그녀가 너무나 비극적이고도 신비스러운 상황 가운데 사망하여, 유성과 같은 운명을 마감했다는 소식을 전해 들은 대중은 당연히 경악하지 않을 수 없었다.

「당신 동생, 정말 글 잘 쓰네. 안 그래, 장?」
장은 묵묵부답이었다.
준비에브는 조금도 아랑곳하지 않고 장조레스가(街)의 가판점에서 일간지의 다음 판을 사기 위해 층계를 뛰어 내려갔다. 장은 그녀가 이렇게 흥분한 모습을 본 적이 없었다. 아파트 안으로 들어온 그녀는 태엽을 감은 괘종시계처럼 다시 쌩쌩해져 있었다.
「알아, 당신?」

장은 당연히 몰랐다.

「메리 램슨이 이혼하려고 했대. 그런 소문이 떠돈다는 거야. 그리고 말이야, 내가 당신에게 얘기해 줄 게 있는데…… 지금 내 말 듣고 있어?」

「응, 응…….」 장이 더듬거렸다.

「당신, 별로 관심이 없는 것 같아!」

「아냐, 있어, 있어. 하지만 난…….」

「자, 이것 좀 봐.」

그녀는 식탁에 신문의 1면을 쫙 펼쳤다. 프랑수아는 다른 이들보다 한 발 앞서게 된 행운을 최대한 이용할 줄 알았던 것이다.

기사 작성을 마친 그는, 수사를 담당한 르누아르 예심 판사[41]와 경찰관들이 이 사건을 최대한 오랫동안 비밀에 부칠 필요성에 대해 길게 협의하고 있는 사이, 곧바로 사진사 한 명을 구해서는 마르셀 세르비에르의 집으로 달려가, 아내가 죽은 사실을 그에게 알려 주었다.

이 사내는 신비한 매력의 소유자였다. 아무리 오랫동안 뜯어 봐도 특별한 점을 발견할 수 없지만, 일단 프로젝터 조명을 받으면 누구도 저항하기 어려운 강렬한 매력을 발산했던 것이다.

사진사는 그가 두 손으로 얼굴을 감싸고는 〈그게 사실입니

---

41 프랑스에서는 범죄가 발생했을 때 그 사건을 재판에 회부할 만큼의 충분한 증거가 있는지 초기 조사를 하는 것은 검사가 아니라 예심 판사juge d'instruction이다. 〈수사 판사〉, 〈조사 판사〉라고도 번역할 수 있는 이 판사는 사법부의 일원으로서 누구에게도 간섭을 받지 않고 독립적이고도 중립적으로 사건을 조사할 수 있으며, 증인 심문과 영장 발부 등의 권한을 갖는 매우 특별한 위치에 있다.

까?〉라고 반문하고 고개를 드는 순간을 제대로 포착했다.

프랑수아는 이렇게 제목을 달았다.

〈대체 어떤 괴물이 이런 짓을 했나요?〉
충격에 휩싸인 마르셀 세르비에르가 외쳤다.
그는 몇 시간 전 르 레장 영화관에서
아내인 배우 메리 램슨이 참혹하게 살해된 사실을
본지 리포터에게서 전해 들은 것이다.

『르 주르날』지의 연예부는 프랑수아에게 배우의 짧은 생과 관련된 모든 정보를 제공했을 뿐 아니라 연예계에 떠도는, 그리고 기사에서는 아주 신중하게 다뤄진 이혼에 대한 루머까지 알려 주었다.

「자, 어떻게 생각해?」 준비에브가 물었다.

장은 질문의 요지가 뭔지 명확히 알 수 없었다.

「자, 좀 보란 말이야!」 준비에브는 마르셀 세르비에르의 인물 사진 위에 검지를 척 올려놓으며 다그쳤다.

아니, 장은 여전히 뭐가 뭔지 알 수 없었다.

「좋아, 그럼 내가 얘기해 줄게. 이 친구는 그렇게 깨끗하지가 않아. 위선자라고, 그게 안 느껴져?」

장은 그녀가 무슨 말을 하려는 건지 이해하려 애썼다.

「사실 이 사람은 허접한 배우에 지나지 않아.」 그녀는 설명을 이어 갔다. 「그가 경력을 계속 이어 나갈 수 있는 건 순전히 결혼 덕분이라고. 그런데 만일 메리에게 이혼할 의사가 있었다는 소문이 사실이라면, 난 이 점이 많은 것을 설명해 준다고 생각해.」

남편이 놀라 입을 딱 벌리는 모습에 역정이 난 그녀는 이렇게 결론을 내렸다.

「당신은 이게 그녀를 살해할 동기로 충분하다고 생각하지 않아? 그녀가 자기를 떠나려 하니까 죽인 거라고!」

장은 할 말을 찾지 못하고 더듬거렸다.

「하지만 준비에브, 죽인 사람은 그가 아니라…… 그건…….」

「아이, 시끄러워! 지금 누가 뭘 안다고 그래?」

미소를 머금은 그녀의 얼굴이 얼마나 환하고 자신감에 차 있는지, 장으로서는 깊은 당혹감을 느끼지 않을 수 없었다.

준비에브가 실제로 일어난 일을 잊어버리는 게 가능하단 말인가?

만일 지금 자기가 하는 말을 정말로 믿고 있다면, 준비에브는 이따금 현실과의 접촉을 끊는다는 얘기였다.

반대로 자기가 하는 말을 믿지 않는 거라면, 그녀는 어마어마하게 사악한 자였다.

「어이구, 쯧쯧, 이건 또 뭐야!」

장은 현재의 상황으로 돌아왔다. 준비에브는 프랑수아의 기사 낭독을 마쳐 가고 있었다.

「부검을 한다네. 세상에! 저들이 무슨 짓을 할 건지 알아? 그 인형같이 예쁜 것을 조각조각 자르겠다는 건데, 대체 왜? 세상에 어떻게 이럴 수가 있냐고! 아이고…….」

그녀는 신문을 접었다. 그런 뒤 처참한 얼굴을 하고서 고개를 주억거렸다.

「어딘가에서 읽었는데, 뇌를 꺼내려고 두개골 윗부분을 회전 톱으로 잘라 낸다는 거야. 뇌 무게를 재겠다고 말이야! 당신, 알고 있었어?」

그녀는 검지 하나를 목에다 대고, 다른 검지는 복부 아래쪽에 대었다.

「그리고 여기서 여기까지 쫙 가른대! 모든 것을 꺼내는 거야. 내장, 장기, 모든 것을!」

장은 기분이 별로 좋지 않았다.

「그자들은 그녀가 무얼 먹었는지 분석하기 위해 위장 속을 다 비울 거야. 난 그게 너무 구역질 나는 짓이라고 생각해. 도대체 뭘 얻으려고 그러는 거냐고! 어, 근데 왜 그래, 여보? 어디가 안 좋아?」

그가 의자에 털썩 주저앉았던 것이다.

그녀는 그 앞에 버티고 섰다. 장의 머리를 두 손으로 잡은 그녀는 꿈꾸는 듯한 목소리로 말했다.

「흉악한 늑대는 그렇게 쉽게 잡히지 않아. 안 그래, 우리 뚱땡이?」

✳

경력 전체를 통틀어 처음으로 언론의 관심을 끌게 된 르누아르 판사는 그 벅찬 기쁨에, 하고 있는 말과는 어울리지 않는 행복한 미소를 이따금 보이곤 했다. 사건이 발생한 지 이틀 뒤, 그가 신문 기자들 앞에 직접 나서서 메리 램슨의 부검 결과를 발표했을 때에도 마찬가지였다. 〈함몰 부위에 대한 조사〉, 〈중대한 외상 부위〉, 〈극도로 난폭한 범행〉 등을 언급할 때, 그는 만족한 정도가 아니라 아주 신이 난 얼굴을 하고 있었다.

동료 기자들처럼 프랑수아도 이 부검 결과를 목 빠지게 기다리고 있었지만, 그에게는 다른 이들에게 없는 이유가 하나 더 있었다.

모든 리포터들은 메리 램슨이 사망 당시에 임신한 상태였다는 제목을 뽑을 생각을 하면서 각자의 편집실로 돌아갔다.

오직 프랑수아만이 그렇게 하지 않았다.

그는 다시 마르셀 세르비에르의 집으로 향했다.

세르비에르의 매니저이며 세련된 영국 신사 흉내를 내는 40대 사내인 미셸 부르데는 프랑수아의 요청을 정중히 거절했다.

「죄송합니다만, 인터뷰는 안 됩니다. 아시겠지만, 지금 마르셀이 아주 힘들어하고 있어서요.」

「가서 말씀하세요. 그분 아내의 핸드백 속에 매우…… 물의의 소지가 있는 편지 한 장이 있었다고.」

이 말은 이내 효력을 발휘했다.

마르셀 세르비에르가 아래층으로 내려왔다. 충격을 받아 아주 창백한 얼굴이었고, 목소리는 며칠 동안 줄담배를 피운 사람처럼 탁 쉬어 있었다. 그사이에 10년은 늙은 것 같았다.

프랑수아가 신문사로 돌아왔을 때, 말레비츠와 데니소프는 그가 손에 든 카드를 훌륭하게 사용했다고 평가했다. 『르 주르날』은 여타 일간지들보다 계속 한발 앞서가고 있었다.

이날 저녁, 프랑수아는 다음과 같은 제목을 뽑았다.

메리 램슨의 핸드백에서 편지가 발견.

**〈자기야, 나와 상의 없이는 아무것도 하지 마.
그럴 수 있지? 사랑해.〉**
한편 세르비에르는
〈난 메리에게 아기가 있었다는 것을 몰랐고,
그녀에게 애인이 있었다고 생각한다〉라고 발표.

〈이 편지는 제가 쓴 게 아닙니다〉라고 세르비에르는 주장했다. 따라서 프랑수아는 〈M.〉이라는 서명에 대해서는 언급하지 않았는데, 이것은 다음 기사에 써먹을 생각이었다.

르누아르 판사로서는 예상치 못한 상황이었다. 그는 사건 바로 다음 날, 쪽지와 세르비에르의 글씨를 비교하는 필적 감정을 극비리에 지시했던 것이다. 이런 판국에 정보가 일반에 공개됐으니 울화가 치밀 수밖에 없었다. 30대 초반의 그는 범죄 분야에 경험이 거의 없었지만, 복잡한 인사 시스템, 교대 근무, 제한된 인력, 재원 부족 등등의 요인이 겹쳐 사건이 발생한 일요일에 유일하게 검사국에 있던 탓에 졸지에 이 사건을 맡게 된 인물이었다. 이로 인해 그는 두려움과 만족감이 뒤섞인 복잡한 감정을 갖게 되었고, 이런 감정은 언론에 대한 친화적인 동시에 배척하는 태도로 나타났다. 그래서 그는 기자들을 끔찍이 싫어했지만 프랑수아만은 좋아했으니, 그는 이 사건의 증인이기도 했기 때문이었다. 두 사람은 두 번이나 각자의 느낌을 교환한 바 있었다. 르누아르로서는 같이 있을 때 자신이 과대평가되지 않는다는 느낌이 드는 유일한 기자가 바로 프랑수아였다. 이런 관계였기 때문에 더욱 배신감을 느낀 르누아르 판사는 수화기를 집어 들고 데니소프에게 전화를 걸었다.

「귀사의 리포터가 기…….」

「리포터가 아니라 기자입니다.」

「원하시면 그렇게 부르죠. 귀사의 기자께서 기밀 정보를 사용했어요. 이건 수사 기밀 침해라고요! 그냥 넘어갈 수 없는 일입니다!」

사장 책상 맞은편의 안락의자에 편안하게 자리 잡은 프랑수아는 느긋한 표정으로 대화를 들었다.

「판사님 말씀이 맞습니다. 이건 용납할 수 없는 일이죠.」 데니소프가 대답했다. 「그래서 말씀인데, 전 이 문제에 대해 기사 한 편을 작성해서 다음 판에 실으라고 지시할 생각이에요.」

「뭐라고요? 기사? 무슨 기사 말입니까?」

「에, 그러니까, 경찰관, 법원 집행관, 검사국 인력 들이 수사 기밀 원칙을 어기고 일간지에 기밀 정보를 넘겨준다는 사실에 대한 기사요. 그리고 그 대가로 은밀하게, 하지만 넉넉하게 보수를 받는다는 사실도 써야겠죠. 내 장담하는데, 이 기사가 나가면 여기저기서 곡소리가 날 겁니다!」

「잠깐! 잠깐!」

「그리고 실명도 밝힐 거예요! 또 액수도요! 그리고 최대한 오래전으로 거슬러 올라갈 겁니다. 왜냐하면 이런 공무원들은 공화국의 수치일 뿐 아니라…….」

「어이! 잠깐만요!」

데니소프는 잠시 말없이 뜸을 들였다.

「판사님, 제 제의는 이렇습니다. 전 기사를 작성하게 한 뒤에, 판사님 전화를 기다리겠어요. 만일 전화가 없으면, 기사를 휴지통에 던져 버리게 하겠어요. 자, 어떻게 생각하십니까?」

16
당신 동생한테 아는 척 좀 해

「여보, 서둘러! 늦게 도착하면 안 된다고!」

「엉? 어디에?」

장은 항상 이랬다. 그는 늘 아내 뒤를 따라다니기 바빴다.

「뭐, 그러니까⋯⋯ 걔 장례식에 말이야.」

장은 눈이 휘둥그레졌다.

「거기 가서 뭐 하려고?」

그는 충격에 휩싸였다.

「여보! 그렇게 머리가 안 돌아가?」

준비에브는 얼마나 화가 났는지 숨도 제대로 쉬지 못했다.

「우리가 장례식에 가지 않으면 사람들이 뭐라고 하겠어?」

장으로서는 이해하기가 아주 힘들었다. 여기서 말하는 〈사람들〉이 누구인지, 또 어떤 이유로 이 〈사람들〉이 뭐라고 할지 전혀 감이 오지 않았다.

「당신이 잊었나 본데, 우린 증인이야, 증인! 증인으로서 우리는 그 불쌍한 희생자에 대한 의무가 있단 말이야!」

아, 그래, 이런 행동도 있었다. 죽은 메리 램슨을 언급할 때면 준비에브는 눈을 감고 재빨리 성호를 긋곤 했다. 짧은 순간 동안 그런 다음에 곧바로 대화에 복귀했다.

「무슨 의무……?」

「연민 말이야, 여보. 연민의 의무란 게 있잖아!」

장의 기억으로는, 그녀는 한 번도 이 단어를 쓴 적이 없었다.

「그녀가 죽은 날, 우린 거의 곁에서 그녀의 임종을 지켜봤다고 할 수 있어.」 준비에브는 말을 이었다. 「우린 그녀에게 이렇게 해야 할 의무가 있단 말이야! 자, 빨리 서둘러! 내가 당신의 청색 정장을 꺼내 놨어. 장례식에는 이게 어울려.」

그가 마지못해 옷을 입고 있는 동안, 준비에브는 층계참에서 이웃인 포르 부인에게 설명했다.

「가지 않을 수가 없답니다, 이해하시겠죠? 마음이 썩 내키지는 않지만, 우리의 의무인데 어떡하겠어요.」

장은 속이 뒤집힐 것 같았다. 늑대 아가리로 들어가는 게 아닐까? 지금 자신들이 얼마나 위험한 짓을 하고 있는지 준비에브는 잘 모르는 것 같았다.

살인이 있은 다음 날에도 경찰의 증인 제보 요청에 응할 생각에 신이 나 어쩔 줄 몰라 하던 사람이었다.

장은 이렇게 하는 것이 그리 달갑지가 않았다.

「당신 동생은 우리가 영화관에 있었다는 것을 알고 있어. 왜냐면 우리 셋이 같이 갔으니까!」 준비에브가 말했다. 「그런데 당신이 출두하지 않으면, 그 이유를 어떻게 설명할 거야?」

그녀는 환한 미소와 함께 덧붙였다.

「그리고 우리가 감출 게 뭐가 있어? 우린 부끄러운 짓 한 것

하나도 없다고!」

아닌 게 아니라, 파출소에 갔을 때, 그녀는 그 어느 때보다
도 활기찼다.

「아, 너무 끔찍해요.」 그녀는 주먹을 입에 대고, 안구가 튀
어나올 정도로 눈을 동그랗게 뜬 모습으로 수사관들에게 말했
다. 「너무 끔찍해, 너무 끔찍해……..」

장으로서는 그녀의 이런 표현과 태도가 그저 놀라울 따름이
었다. 그가 기억하기로 그녀는 아무것도 보지 못했다. 다른 이
들과 마찬가지로 부리나케 출구로 뛰었을 뿐, 화장실 쪽으로
는 눈길 한번 돌리지 않았던 것이다.

「전 아내 뒤를 따라갔어요.」 장이 말했다.

그가 특히 자랑스러웠던 것은 반사적으로 다음과 같이 덧붙
인 부분이었다.

「아내가 놀라서 제정신이 아니었거든요.」

수사관들은 이 끔찍한 광경에서 아내를 보호하느라 마찬가
지로 아무것도 보지 못한 그의 상황을 충분히 이해했다.

이런 별것도 아닌 상황을 이용하여 준비에브는 자신을 증인
으로, 따라서 아주 중요한 사람으로 여기게 되었다. 이러한 논
리에 따르자면 자신이 메리 램슨의 장례식에 참석하는 것은 너
무나 당연한 일이었다.

그들이 생제르맹데프레 성당에 도착했을 때, 생제르맹 대
로, 센가, 생페르가, 보나파르트가 등 길은 죄다 막혀 있었다.
제복 차림의 경찰관들이 지키는 방책이 도처에 세워진 가운데,
몰려든 수백수천의 인파가 바글댔다.

이렇게 사람들이 많이 몰려든 이유는 젊은 고인이 유명한

탓도 있었지만, 아내의 외도에 대한 마르셀 세르비에르의 발언에서 느껴지는 스캔들의 향기 때문이기도 했다. 그의 말은 도화선이 되어 다양한 반응을 불러일으켰다. 기자들은 젊은 고인의 부모에게 몰려들어 한마디 해달라고 아우성이었다. 둘 다 노동자인 그들은 분위기에 정신을 못 차리고 제대로 답변하지 못했다. 그들에게서 뺏어 내다시피 한 라디오 인터뷰에서 르그랑 씨의 목소리는 거의 알아들을 수 없게 가늘었고, 그런 그를 대신하여 리포터가 대답했다.

이 진행 중인 가족 드라마에서 뜻밖의 장면을 연출한 사람은 갓 성년이 된 메리의 동생 롤라였다. 마르고 후리후리한 몸매에 강렬한 눈빛의 소유자인 그녀는 세르비에르의 편을 들어 격렬히 자기 부모를 공격하면서, 이 가족 내 관계들에 대한 의구심을 증폭시켰다. 사람들은 특히 미셸 부르데의 반응을 기다렸는데, 왜냐하면 그는 메리의 매니저이자 그녀 남편의 매니저였기 때문이다. 그가 어느 편에 설지 모두가 궁금해했다.

보나파르트가에서부터 보도를 가득 메운 군중 속에서 준비에브는 남편을 뒤에 달고서 사람들을 팔꿈치로 밀치고, 발을 밟고, 욕설을 하며 마치 불도저처럼 길을 내어 경찰 방책 앞까지 이르렀다.

접근로는 젊은 경찰관과 늙은 경찰관 이렇게 둘이 막고 있었는데, 밀려드는 군중이 갈수록 많아지고 있어 지원 병력을 불러오고자 늙은 쪽은 잠시 자리를 비운 터였다.

「좀 지나가게 해줘요.」 준비에브는 반박의 여지를 주지 않는 어조로 말했다.

젊은 순경은 자신의 권리에 대한 의심이 털끝만큼도 느껴지지 않는 눈빛을 한 이 뚱뚱하고도 단호한 사람을 쳐다보았다.

「저, 부인, 죄송하지만……」

「이봐요, 우린 증인이에요!」

젊은 순경으로서는 결혼식에 증인이 있다는 말은 들어 보았지만, 장례식에도 있다는 얘기는 금시초문이었다. 그의 얼굴에 불안해하는 빛이 스쳤다.

바로 이 순간을 잡아서 준비에브는 결정타를 날렸다.

「만일 증인들을 지나가게 하지 않으면 당신은 파면이야! 알았어요, 젊은 친구? 파면이라고!」

거기서 몇 미터 떨어진 옆쪽에서 행인들은 철제 방책을 밀기 시작했고, 젊은 순경은 머리가 어지러워 어떻게 해야 할지 알 수 없었다. 너무나 자신 있게 나오는 준비에브의 태도에 긴가민가하는 마음이 든 그는 결국 물러섰다.

「자, 가세요.」 그가 말했다.

장이 준비에브를 따라 펜스 옆으로 빠져나가자 사람들은 차별 대우 하지 말라고 고함을 질렀다. 지원 병력이 허겁지겁 뛰어오고 소요에 가까운 분위기가 이는 가운데 준비에브는 재빨리 걸으면서 말했다.

「원 세상에, 이게 웬 난리야! 여보, 빨리 와요, 이러다 늦겠다고!」

성당까지 뚫고 가지 못한 프랑수아는 그들이 나아가는 모습을 『르 주르날』 사진사와 함께 어안이 벙벙하여 바라봤다.

「여보, 당신 동생한테 아는 척 좀 해.」

하지만 장의 정신은 딴 데에 가 있었다. 형제의 시선이 아주 잠깐 마주쳤지만, 벌써 부부는 군중에 휩쓸려 성당 안으로 들어가고 있었다.

이렇게 하여 준비에브 펠티에와 그녀의 남편은 유가족 바로 뒤인 네 번째 열에 앉아, 지인들과 연예계 친구들과 함께 메리 램슨의 장례 미사에 참석하게 되었다.

「저 사람은 바슐랭이야.」 준비에브가 한 배우를 살짝 가리키며 남편에게 속삭였다. 「그리고 저쪽 뒤에 있는 남자는 르포므레 장관 아냐?」

미사의 참석자들을 가만히 살펴보면, 지금 두 진영이 맞서고 있다는 것을 분명히 느낄 수 있었다.

가운데 통로를 기준으로 오른편에는 르그랑 부부가 있었다. 정장을 차려입은 아버지는 바닥에 눈을 고정한 채로, 슬픔으로 허물어져 휘청거리는 아내를 부축하고 있었다.

왼편에는 다른 사람들보다 머리통 반은 더 높은 젊은 홀아비 곁에 어느 때보다도 이글거리는 눈빛을 하고 있는 롤라와, 영국식 품위를 추구하는 매니저인 미셸 부르데가 앉아 있었다.

어느 진영이 됐든 간에 모두가 이 비극으로 몹시 괴로워하는 게 느껴졌다. 〈한 아이를 잃는 것은 끔찍한 시련이다〉라고 프랑수아는 전날 기사에 썼다. 〈그러나 그 아이를 질병이나 사고로 잃었다면 받아들일 수 있지만, 어떤 살인범 때문에 잃게 됐다면 우리는 결코 받아들일 수 없다.〉 참극 현장에 대한 묘사는 아직도 모두의 기억에 생생했다. 살인범은 메리 램슨의 머리를 쳐 용모를 망가뜨림으로써, 단지 한 아름다운 젊은이를 죽였을 뿐만 아니라 아름다움 자체에 대한 죄악도 범한 것이다.

「저 사람 좀 한번 봐.」 준비에브는 세르비에르를 가리키며 장의 귀에 대고 속삭였다. 「생긴 게 꼭 범죄자 같지 않아?」

이 장례식 분위기가 얼마나 무거웠던지 장은 어떤 사법적 오류가 발생하기를 바랐을 정도였다. 그는 그게 자신만 아니라면 제발 누군가가 체포되게 해달라고 속으로 빌었다.

「곧 필적 분석 결과가 나올 거야.」 이런 순간에 속닥대는 것에 옆 사람들이 기분 나빠 하는 가운데, 준비에브가 덧붙였다. 「그럼 저 사람은 분명 감방에 들어가게 될 거야.」

미사는 끝없이 이어졌다. 준비에브는 인생 최고의 순간을 맛보고 있었다.

그녀가 얼마나 울고 또 울어 대는지 옆에 앉은 한 남자는 그 슬픔에 깊이 감동하며 그녀의 어깨에 팔을 둘렀다. 그녀는 손수건으로 입술을 꾹 누르며 흐느꼈다. 장은 벌게진 얼굴로 벌벌 떨었다. 파이프 오르간이 바흐의 BWV 857 프렐류드를 시작했을 때 그는 그대로 얼어붙었다. 스테인드글라스와 석상들이 자신을 노려보고 손가락질하는 것 같았고, 성당의 천장이 머리 위로 떨어져 내릴 것 같았다.

옆에서 준비에브는 요란하게 코를 풀며 웅얼거렸다. 「불쌍한 것…… 맙소사…… 아, 불쌍한 것…….」

이 미사 중에 장은 체중이 2킬로그램이나 줄었다.

출구에 이르렀는데, 갑자기 어떤 여자가 외치는 소리가 들렸다. 〈메리!〉

고인의 어머니 아드리엔 르그랑이 맞잡은 손을 비틀면서 딸을 불렀고, 관 위로 몸을 던지려 하는 것을 남편이 간신히 붙잡았다. 이 울부짖는 소리에 사람들은 오싹해졌다. 마르셀 세르비에르의 얼굴은 유령처럼 창백했다.

사람들은 날뛰는 불행한 여인을 간신히 제지하여 한쪽으로 데리고 갔다.

모두들 쉽게 평온한 마음을 되찾을 수 없었으니, 이 뜻밖의 사건으로 속이 편치 않았던 것이다.

「아주 감동적이었어.」준비에브는 이렇게 논평했다.

플래시들이 터졌다. 저녁이면 세르비에르의 몸에 바싹 붙은 고인의 젊은 동생 롤라의 사진이 사방에 깔리리라.

준비에브와 장은 성당 앞뜰에서 프랑수아를 다시 보게 되었고, 관이 나오기를 기다렸다. 프랑수아는 형수의 얼굴이 마치 자신의 가족 중 한 사람을 잃은 것처럼 눈물범벅인 것을 보고는 깜짝 놀랐다. 기자증이 있는데도 경찰의 펜스를 통과할 수 없었던 그는 형과 형수가 대체 어떤 높은 곳에 줄이 있기에 이렇듯 쉽사리 성당에 들어가 미사에 참석할 수 있었는지 궁금했다. 상당히 기분이 상한 그는 장에게 물어보려 했으나 형 역시 비탄에 잠겨 있는 것을 보게 되었고, 그렇다면 형 내외는 고인과 개인적으로 아는 사이였나 하는 의문이 떠올랐다. 혹시 내가 놓친 게 있는 걸까?

「그런데 말이야,」준비에브는 손수건을 핸드백에 정리해 넣으며 덧붙였다. 이제 그녀의 눈은 완전히 말라 있었다. 「세르비에르가 준비한 화환이 좀 빈약하지 않아? 뚱땡이, 당신은 그렇게 생각 안 해?」

17
에티엔의 편지들이 발견될 거야

금요일에 에티엔이 그의 아파트로 돌아왔을 때 층계참에는 꾸러미 하나와 갱지 봉투 하나가 놓여 있었다.

꾸러미 안에는 레몽이 떠난 이후로 그가 썼고 지엠이 결국 찾아낸 편지들이 들어 있었다. 그는 울음을 터뜨렸다. 한편 봉투는 도저히 열 수가 없었다. 그의 힘을 넘어서는 일이었다. 그는 비틀거리며 방 안을 걸어 다니다가 냉장고 문을 쾅 쳤다. 냉장고는 비명 없이 타격을 흡수했고, 그는 침대 위에 털썩 쓰러졌다.

조제프가 냉장고에서 뛰어내려 그에게 몸을 붙였다. 녀석은 갸르릉거리지도 않고 봉투만 뚫어지게 쳐다봤다.

「좋아.」 에티엔이 마침내 말했다.

제1 공수 여단
팔콘 중위

수신 :
제1 공수 여단
라숌 소령

임무 보고서

　제가 지휘를 맡게 된 부대는 연락을 받은 즉시, 다시 말해서 1948년 3월 9일 화요일 14시 55분에 출동했습니다. 우리는 15시 34분에 작전 구역에 도착했고, 저는 제 휘하의 공수대원들에게 〈작은 골풀 계곡〉이라고 불리는 곳에 낙하를 지시했습니다.
　(……)
　적 베트민군은 프랑스 정찰기가 자신들을 발견하여 위치를 알리기를 기다렸다가 행동에 들어간 후 그곳을 떠난 듯합니다. 살해된 프랑스 병사들 모두가 살해되기 전에 다음과 같은 다양한 방식으로 고문당했습니다.
　– 베르부아 하사는…….

느릿느릿 나아오는 물소들은 커다란 대가리를 위아래로 흔드는 육중한 짐승들로, 멍에에 달린 조그만 종을 딸랑거렸다.
　녀석들은 땅에 묻힌 병사들 위를 지나는 선을 따라 걸어오고 있었다. 녀석들의 발굽은 그들의 머리 옆을 스치듯 지나갈 것이고, 쇠스랑 형태의 쟁기는 손바닥만큼이나 큰 갈고리로 흙을 뒤엎어 갈색의 땅 위로 네 줄의 깊은 고랑을 그릴 것이었다. 레몽은 공황감에 사로잡혔다.

(……)

베트민의 입장에서 보자면, 이 〈연출〉은 일전에 있었던 사건에 대한 보복 행위로 간주될 수 있는바, 이 사건은…….

동료들과 마찬가지로 레몽도 있는 힘을 다해 몸을 비틀었다.

그런데 갑자기, 야영지에 두고 온 편지들이 생각났다. 자신은 죽을 테고, 그리되면 에티엔의 편지들이 발견될 거야. 그럼 그들의 관계가…….

그걸 생각하고 있다니 바보 같은 일이었다. 지금 그게 뭐가 중요하단 말인가……?

첫 번째 동료의 목이 갈고리에 걸렸다. 쟁기의 속도가 잠깐 늦춰지자 물소들에게 매질이 가해졌고, 녀석들은 등을 구부리며 용을 썼다. 마침내 몸통에서 뽑혀 나온 머리가 옆쪽으로 굴렀고, 레몽은 희번덕대는 눈과 길게 늘어진 입을, 소리 없이 울부짖는 그 몸 없는 머리를 보았다.

이제 물소들의 발굽으로 인한 땅속의 진동이 느껴졌다. 녀석들의 거대한 뿔은 하늘 쪽으로 올라가기도 하고 마치 죽음에게 가리켜 보여 주기라도 하듯 그들의 바짝 굳은 얼굴 쪽을 향하기도 했다.

레몽 바로 앞에 있는 두 번째 동료가 거친 목소리로 찢어지는 듯한 비명을 질렀다. 이번에는 쟁기의 날이 가슴 아랫부분에 박혀 들어가 척추를 까드득 긁는 소리가 선명하게 들렸다. 머리가 쳐들렸으나, 기묘하게도 그것은 크게 뜬 눈들이 붙어 있는 어떤 공처럼 쟁기의 가로대에 매달려 있었다.

레몽은 물소들의 주둥이가 땅에 닿을 듯한 높이로 다가오는 것을 보았다. 녀석들의 둔중한 발굽질이 배 속에까지 느껴졌고, 쟁기 날들이 땅을 가르는 소리가 들렸다.

하늘의 빛이 꺼져 버렸다.

레몽은 정신을 잃었고, 다시는 깨어나지 못했다.

제2부

1948년 9월, 사이공

18
덴마크에서 가져올 거예요

언제부터 빈이 이렇게 어깨를 쿡쿡 찌르고 있었던가?

「새벽 3시예요…….」

에티엔은 몸을 일으키려 하다가 포기하고는 다시 드러누웠다.

숨 쉬기가 힘들었고, 입안은 텁텁했고, 혀는 돌덩이처럼 무거웠다.

오전의 상당 시간 동안 그를 따라다닐 두통이 관자놀이와 이마를 서서히 조여 오기 시작했다. 폭군처럼 날뛰며 의식을 흐리는 이 두통이야말로 가장 견디기 힘든 것이었다.

그는 오래되어 어긋난 천장의 널판들을 오랫동안 노려보았다. 그 나무판자들은 밤새 어떤 형상을 그렸지만 그게 무엇이었는지는 더 이상 기억나지 않았다. 어떤 새였던 것 같은데…….

「그래, 두루미였어.」

「새벽 3시예요.」 빈이 되풀이했다.

「나 좀 가만히 놔둬!」

그는 역정을 낸 것을 금방 후회하고는 이렇게 덧붙였다.

「잠시만 기다려…….」

그는 몸을 추스르려 애썼다.

빈은 참을성 있게 기다리며, 그가 다시 잠들지 못하게끔 손으로 탁탁 두드리기만 했다. 에티엔은 그에게로 시선을 돌렸다. 빈은 섬세한 눈썹과 생기 있는 눈, 그리고 시대를 초월한 베네치아 가면처럼 종종 움직임을 멈추는 이목구비를 가진 진지한 얼굴의 소년이었다. 몇 달 전 그는 마치 하늘에서 내려오듯이 다시 에티엔 앞에 나타났다.

레몽의 사망 소식이 있은 지 2주 후, 에티엔은 그 랑부예 별장 공사와 관련하여 거북이 머리 중국인 브로커 차오 씨가 아주 교묘하게 꾸민 서류와 함께 다시 제출한 이체 신청을 받아들였다.

아편에 빠져든 에티엔은 돈이 필요했기에 피아스트르에도 빠져든 것이다.

차오 씨는 약속한 1만 프랑을 가져왔으나 에티엔은 돌려주었다. 1만 5천 이하로는 서명을 안 해줄 생각이었다. 바로 다음 날, 빈이 그 금액을 에티엔의 집으로 직접 가져왔다. 브로커를 대신해 온 것이었다. 그에게 두툼한 봉투를 전달한 청년은 맡은 바 할 일을 다하기 위해 가지 않고 거기 서 있었다. 봉투를 받아 든 에티엔은 미소를 지었고, 문을 닫으며 말했다.

「아니, 고맙지만 그럴 필요 없어.」

그러자 빈은 발을 쑥 내밀어 문이 닫히는 걸 막았다. 얼굴에는 당황한 빛이 역력했다.

만일 임무를 완수하지 못하고 돌아가면 자기에게 좋을 게 하나도 없다는 것이었다.

「에이, 참…… 그럼 들어와.」 에티엔이 지친 듯이 말했다. 「뭐, 차는 끓일 줄 알겠지?」

물론 그는 끓일 줄 알았다. 그들은 오랫동안 대화를 나눴다. 빈은 자신이 사실은 열여덟 살이라고 고백했지만, 그것도 미심쩍긴 마찬가지였다. 그는 또 지금 사이공에 혼자 있고, 그럭저럭 입에 풀칠하며 살고 있다고 했다. 그런데 호텔 경영학을 공부한다고?

「〈붉은 용〉 레스토랑에서 설거지를 해요.」

그는 조제프가 나오는 것을 보고 미소를 지었다.

「얘도 용인가 보죠? 용 얘기 하니까 걸어 나오네.」

빈은 아주 정확한 프랑스어를 구사했지만 장황한 문장은 결코 시도하지 않았는데, 이 또한 그의 기질인 듯했다.

그들은 몇 시간 동안 사이공에 대해 얘기를 나눴다. 그리고 피차 베트민을 증오한다는 사실을 알게 되었다. 베트남 북부의 뚜옌꽝 지방 출신인 이 아시아 청년의 설명에 따르면, 공산주의자들은 그가 살던 마을의 재산을 오랫동안 갈취했으며, 프랑스군에게 정보를 넘겼다고 의심하여 아무런 증거가 없음에도 그의 집안사람 여럿을 살해했다는 것이었다.

조제프는 멀찍이 떨어져서는 아무 소리도 없이 그들을 지켜보고 있었다.

그러다 결국 에티엔이 〈그랑 몽드〉[1]에 가야 할 시간이 되었다. 그는 여기서 이번 주에 거둬들인 수수료의 반을 오슬레나

1 당시 사이공의 주요 상업 구역 중 하나인 쩌런에 있었던 도박장.

따이 씨에우[2]로 탕진한 후, 아편 흡연장[3]으로 자리를 옮겨 나머지 절반을 쓸 것이었다. 빈도 그와 함께 아파트를 나왔다. 거기서 그들은 악수를 나눴다.

그러고 나서 얼마 후에 빈이 다시 찾아왔다. 에티엔은 그가 차오 씨가 보내서 온 것인지 알 수 없었지만, 자세히 묻지는 않았다. 그는 다시 차를 끓였고, 마치 하녀처럼 아파트를 정리했다. 제멋대로 어질러진 아파트 꼴에 얼굴을 찌푸리는 것을 보면 자기 집에서도 똑같이 치우며 사는 모양이었다. 조제프는 딸꾹질하는 냉장고 위에서 녀석의 친구 부처에 몸을 기대고는 청년을 신중하게 지켜보았다.

저녁이 되자 빈은 주방에 서서는 약간 걱정스러운 눈으로 에티엔을 응시했다. 에티엔은 아무 말도 하지 않고 그냥 문을 닫고 나가 버렸다.

이 무렵에 그는 현지 엘리트들이 드나드는 고급 업소에 가고는 했다. 화려한 천과 쿠션, 작은 원탁과 정교하게 세공된 침상 등으로 채워진 내실들이 갖춰진 이곳에 들어서면, 조용하지만 그 누구보다도 능란한 젊은 여자들이 당신을 맞아 준다. 그들은 당신을 자리에 눕히고, 머리 밑의 쿠션이 완벽한 위치

---

2 오슬레osselets(프랑스어로 뼛조각이라는 뜻이다)는 한 면에 숫자가 새겨진 뼛조각이나 나뭇조각을 마치 윷처럼 던져 진행하는 도박이며, 따이 씨에우[한자로는 대소(大小)로 표기한다]는 여섯 개의 크고 작은 주사위를 던져 진행하는, 동남아에서 성행하는 도박이다.

3 중국이나 동남아에서 20세기 중반까지 성행했던 아편 흡연장은 아편 등의 마약 소비를 위한 공간을 제공하는 불법 업소였다. 고객들은 평상이나 개인 부스 등에서 흡연을 한다. 술이나 성매매 등이 제공되기도 했던 이곳은 범죄 조직이나 지역 권력자와 연결된 각종 범죄의 온상이기도 했다.

가 되게끔 하고, 그 작은 손으로 발목을 살며시 잡아 다리가 이
상적인 자세가 되도록 한 다음, 당신을 완전한 행복감으로 채
워 줄 목가적인 마약을 피우기 위한 대롱들을 당신이 보는 앞
에서 차분하면서도 능숙한 솜씨로 준비한다. 초보 흡연자에
불과했던 에티엔은 대롱 하나를 끝내기 위해 일고여덟 번 이상
을 빨아야 했으나 제대로 준비를 해주는 아가씨들의 도움을 받
아 실력이 늘었고, 결국에는 세 번의 깊은 흡입만으로도 대롱
하나를 끝낼 수 있는 경지에 이르렀다. 이럴 때면 그는 모든 끈
에서 풀려난 것 같은 충일감, 세상 위에 떠 있는 듯한 평온한
우주에 도달하곤 했다.

한밤중에 흡연장을 나왔을 때 빈이 그를 기다리고 있었다.
그는 자전거 인력거를 불러 연체동물처럼 휘청거리는 에티엔
을 집으로 데려가서는, 그가 옷 벗는 것을 돕고 침대에 눕게 했
다. 조제프는 냉장고 위에서 이 장면을 조용히 지켜보았다. 녀
석은 빈이 침대 옆에 앉아 에티엔이 안전하게 잠들 때까지 기
다리는 모습을 쳐다보았다.

조제프는 가늘게 뜬 눈으로 아시아 청년을 재어 보았던 것
이다.

새벽 3시경이 되자 녀석은 마침내 몸을 일으키더니 쭉 기지
개를 켠 다음, 냉장고에서 뛰어내려서는 언제나 문이 열려 있
는 두 번째 방으로 가서 문턱에 척 앉았다.

「그래, 알았어.」 빈은 이렇게 말한 뒤 자신도 일어나 돗자리
를 펼치고 그 위에서 잠이 들었다.

이런 일들이 있고 시간이 흘렀다. 지난 여섯 달 동안 많은 것
들이 변했다.

우선 에티엔은 외환국에서 가장 부패한 공무원이 되어 가고 있었다. 그에 대한 소문은 르 메트로폴에서도 파다했다. 〈저 친구, 요즘 상당히 해먹고 있어〉, 〈최고 많이 해 처먹는 친구〉 등등. 아편 피우는 비용은 줄어들었는데, 처음에 애용하던 고급 흡연장들에 식상해져 이제는 눈이 움푹 들어가고 뼈가 불거진, 해골 같은 사람들이 널려 있는 지저분한 업소들을 드나들었기 때문이다. 돈이 가장 많이 드는 곳은 그랑 몽드와 그 안에 있는 여러 도박장들이었다. 빈은 아무 말도 하지 않았지만 이 모든 것을 불안한 눈으로 지켜봤다. 도박에서는 파산과 전락의 그림자가 느껴졌고, 흡연장들에서는 부패와 죽음의 냄새가 났다. 대체 에티엔은 뭘 찾고 있는 것일까?

어느 날 밤, 함께 집에 돌아왔을 때, 빈은 그의 옆에 누워 몸을 붙이더니 계속 그렇게 있었다. 에티엔도 결국 청년에게 몸을 붙이게 되었다. 잠 속에서 그는 이따금 베개를 붙잡듯이 빈을 움켜잡았다. 빈도 가끔씩 공기처럼 가벼운 손길로, 갑자기 불쑥불쑥 나타나 어디서 온 것인지 알 수 없는 듯한 부드러운 손길로 그를 어루만져 주곤 했다. 그들은 이 일에 대해 한 번도 얘기하지 않았다. 빈의 보드라운 열기와 따스하면서도 조심스러운 그 존재는, 사람을 휘어잡고, 숨이 차게 하고, 기진맥진하게 하는 아시아의 기후처럼 몸과 마음을 풀어 버리는 힘을 가지고 있었다.

그들 사이에는 암묵적인 협약이 있었다. 청년은 아파트를 관리하고 장을 봐 왔다. 또 조제프에게 생선과 새우를 사다 먹였고, 결국 둘은 아주 친한 친구가 되었다. 한편 에티엔은 모든 비용을 지불했고, 빈이 돈 걱정을 하지 않도록 해주었다. 밤에는 둘이 몸을 꼭 붙이고 잤다. 지친 에티엔은 곧바로 잠이 들어 심란한 꿈속에 빠져들곤 했다.

청년이 자신을 일으켜 거리로 나갈 수 있도록 하려고 애쓰는 걸 보자 에티엔은 조금이나마 고맙다는 표시를 하고 싶었지만, 피곤하기도 했거니와 말이 잘 나오지 않았다. 아, 빈의 이 아름다운 옆모습이라니. 얼마나 이 친구와 사랑에 빠지고 싶은가……!

온몸의 관절이 아파 왔다.

빈은 평소처럼 에티엔의 겨드랑이를 머리로 받치고 몇 미터 정도 부축해 주었다. 그러자 좀 더 나아졌다. 미로 같은 복도들을 지나, 앙상한 몸들이 마치 버린 폐기물처럼 널려 있는 평상들을 따라가며, 중국인이 오늘 들어온 끈적하고 구겨진 지폐들을 지칠 줄 모르고 헤아리고 있는 때 문은 탁자를 지나쳐 출입구에 이르는 사이, 에티엔은 여전히 탈진한 상태였지만 정신이 들었다. 두통만은 여전했지만.

「몇 대야?」 빈이 자전거 인력거를 부르려고 팔을 드는 순간 그가 물었다.

무덥고 끈적한 밤이었다. 우기의 시작이 지체되고 있었다. 하지만 이미 습기로 포화된 대기는 엄청난 폭우를 예고했고, 사람들은 지금 비가 오기를 바라는 건지 아닌지 더 이상 알 수 없었다. 빈은 대답하지 않으려고 오고 있는 자전거에만 집중하는 척했다. 다리를 후들거리며 자기 어깨 위에 얹혀 있는 에티엔의 몸은 녹아내릴 것처럼 무거웠다.

「자, 몇 대였느냔 말이야?」

에티엔이 강압적인 목소리로 물었다. 노인의 목소리였다.

「쉰여섯 대요.」 빈이 내뱉듯이 대답했다.

에티엔은 질문에만 급급하여 대답에는 벌써 관심도 없었다. 그는 신흥 종교 시에우 린[4]의 깃발들이 도로 위에서 힘없이 흔들리는 광경을 놀란 눈으로 쳐다보았다.

빈은 인력거에 그를 겨우 밀어 넣었고, 자신도 그 옆에 올라탔다. 불편하게 자리를 잡은 채로 거리를 응시하고 있는 청년의 가슴에 에티엔은 머리를 기대고 널브러졌다. 편한 자세를 취할 틈도 없었던 빈은 허리가 부러질 듯 아팠지만, 집까지는 그리 오래 걸리지 않을 터였다. 이 시간 사이공의 거리에서는 술 취한 군인이나 늦게 나온 매춘부나 술로 떡이 된 유럽인 들만이 가끔 눈에 띌 뿐이었다. 남자들은 차분하고도 무거운 표정으로 집에서 걸어 나와 속삭이며 대화를 마무리하고는, 한 눈으로는 거리를, 다른 한 눈으로는 자신들의 차를 살폈다. 의중을 가늠할 수 없는 그들의 시선 역시 거리에 나부끼는 붉은 깃발 쪽으로 올라갔다. 가운데가 지평선으로 나뉘어 있고, 그 지평선 위로는 금빛 광선들로 둘린 이글거리는 태양이 묘사된 그 깃발들 말이다. 이는 요즘 한창 유행하는 신흥 종교 시에우 린의 상징으로, 금번 일요일에는 이 단체가 벌이는 시가행진이 있고, 그것은 성대한 성전 개장식으로 마무리될 예정이었다. 이번 주 내내 신도들이 한 줄 사다리며 접이식 사다리 등을 들고 나와서는 거리 위에, 창문들 앞에, 심지어는 지붕들 위에

---

4 베트남 남부에서 1900년대 초반 발생한 신흥 종교인 까오다이교를 모델로 한 듯하다. 프랑스 인도차이나 총독부의 하급 관리였던 응오반찌에우가 창시하고 레반치엥이 이끈 까오다이교는 유불선은 물론 기독교와 민간 신앙, 심지어는 고대 그리스 사상까지 결합한 특이한 교리와 로마 가톨릭의 성직 체제를 갖고 있다. 20세기 중반 베트남 역사에 큰 영향을 끼쳤으며, 현재에도 존재한다.

까지 모양과 색깔이 가지가지인 크고 작은 깃발들을 걸거나 다는 모습을 볼 수 있었다. 이렇게 하여 수평선으로 표시된 하늘이 거리를 온통 뒤덮었고, 어디에나 〈지고의 영혼〉이 번쩍였다.

「어떤 인간들인지 한번 보고 싶군. 그 멍청이들 말이야.」에티엔이 내뱉었다.

자전거 인력거가 그들을 내려 주었을 때, 그는 균형을 잃지 않으려고 잠시 서 있어야 했다. 간밤에 아편을 쉰여섯 대나 피운 것이다. 집에서 피운 것까지 합하면 일흔 대에 가까웠다. 에티엔은 바짝 말라 있었다. 빈은 보양식을 먹여 보려고 애를 썼지만, 에티엔은 전혀 식욕이 없었다. 그는 빈속으로 출근을 했고, 점심시간에도 집에 돌아와 아편 몇 대를 피울 뿐이었다. 그동안 그는 외환국 사무실에서 아주 가까운 곳에 있는 새 아파트로 이사했는데, 이거야말로 미친 짓이었다. 집세는 그가 월급으로 받는 액수를 훨씬 웃돌았지만, 커다란 방들과, 도시 전체가 내려다보이는 테라스를 의기양양하게 돌아보면서 그는 이렇게 말했다.

「아…… 이 집 마음에 들어!」

그는 닳아 빠진 스리피스 정장 차림에 새빨갛고 수프 그릇만큼이나 커다란 꽃 한 송이를 옷깃에 꽂은 베트남인 부동산 중개업자를 가리키며 말했다.

「빈, 내가 이 아파트를 잡겠다고 이 친구에게 말해! 집세를 30퍼센트 깎고, 당장 오늘 저녁에 들어오자고!」

30분 동안이나 협상이 오갔지만, 집세는 15퍼센트밖에 내려가지 않았다. 인내심을 잃은 에티엔은 구겨진 피아스트르

한 뭉치를 꺼내어 중개업자의 손바닥에 척 올려놓고는 짜증이 가득한 얼굴로 중얼거렸다. 「자, 꺼져 버려……」

하지만 이사하자마자 그는 아파트에 흥미를 잃어버렸다.

비어 있는 커다란 방이 다섯 개나 있었지만 그들은 세 개밖에 사용하지 않았다. 어느 폐기된 역사(驛舍)의 홀 같았다. 조제프는 뇌전증 걸린 냉장고 위의 자기 자리에 부처와 함께 돌아왔다. 고양이가 불상 곁에 앉아 있으면, 둘 중에서 누가 더 철학자 같은지 알 수 없었다.

에티엔은 그가 가지고 있는 레몽의 인물 사진 한 장을 다시 인화했다. 어느 산지를 배경으로 웃통을 드러낸 채 활력으로 빛나는 한 청년이, 장작으로 쪼갤 통나무 토막 옆에서 도끼에 몸을 기대어 미소 지으며 포즈를 취하고 있었다. 사진에서 레몽은 20대 초반으로 보였는데, 에티엔은 어떻게 해서 이 사진이 자기 손에 들어왔는지 기억이 나지 않았다. 그에게는 보다 최근에 찍은 사진도 몇 장 있었다. 그는 그중 두 장을 액자에 끼웠지만, 장테의 책상 위에 무수한 액자들이 슬프고도 음산하게 널린 광경을 보고 나서는 이것들을 서랍장에 집어넣었다.

꿈을 꾸면 고통스러워하는 레몽의 모습이 나타났다. 세상에, 레몽이 거기 있었다! 그가 아는 모습 그대로, 마치 살아 있는 사진처럼 말이다. 이런 악몽은 계속되며 그를 괴롭혔다. 꿈마다 조금씩 다른 점은 있었지만 항상 같은 장면이었는데, 희끄무레한 얼굴을 한 베트민 마귀들이 레몽에게 형언할 수 없는 잔인한 짓을 하고 있었다. 아침이면 피에 젖은 에티엔이 정글 칼로 베트민 병사를 수십 명씩 도살하곤 했다.

8시 30분.

빈은 벌써 차를 끓여 두고, 동네 가게로 가서 조제프에게 줄 생선과 함께 사 온 과일을 썰어 놓았다. 하지만 에티엔은 그를 탈진할 정도로 흐느끼게 만든 고문의 이미지들에서 간신히 빠져나와, 땀에 흠뻑 젖은 몸으로 헐떡거리며 침대에 누워 있었다.

  극도로 단련된 알코올 의존증 환자들이 전날 밤 술을 진탕 마시고도 아침에는 쌩쌩하고 가뿐한 모습을 보일 수 있는 것처럼, 새벽이 되기 전에 잠자리에 드는 일이 거의 없는 에티엔의 출근 시간도 놀라울 정도로 정확했다. 항상 9시 몇 분 전에 사무실에 도착하는 그는 업무 시간이 제멋대로인 가스통의 빈 자리 앞을 지나면 마주치는 벨루아르에게 인사를 건네고는, 오전 내내 그 수많은 사진 액자들 뒤에 웅크리고 앉아 녹차를 마시는 국장의 사무실 문을 두드리곤 했다. 그는 이따금 부하 직원과 악수를 나누려 일어서다가, 액자 하나를 집어 부하에게 보여 주려고 잠시 멈칫하곤 했다. 그럴 때면 팔이 스르르 내려가고, 손바닥이 반쯤 열리고, 얼굴에 뭔가 골똘히 생각하는 빛이 떠올랐지만, 곧 그럴 수 없는 상황임을 깨닫고는 실망하여 머리를 한 번 털고 포기하고는 했다.

  「여전히 소식이 없나요?」에티엔이 물었다.

  「아, 유감스럽게도……」 장테는 침통한 표정으로 대답했다.

  지엠은 에티엔이 50만 피아스트르어치의 카마르그 쌀 수입이라는 그 말도 안 되는 이체 신청에 서명을 해주고 나서 이틀 뒤에 실종됐다. 그들은 다음 날 만날 예정이었지만 지엠은 나타나지 않았다. 에티엔이 이 일을 심각하게 여기기 시작한 것은 그로부터 일주일이 지난 후로, 카티나가 쪽으로 걷다가 어떤 여자의 비명 소리를 들었을 때였다. 몇 미터 떨어진 곳에서 오토바이 한 대가 요란한 소리와 함께 흰 연기를 내뿜으며 도망가는 가운데 행인들이 몰려들었다.

보도 위에서 목이 그인 한 남자가 흥건한 피 웅덩이 속에 쓰러져 있었다. 에티엔은 그가 누구인지 곧바로 알아보았다. 땅딸막한 체구에 항상 몸에 꼭 끼는 정장 차림으로 나타나는 60세가량의 아시아 남자, 가스통과 속닥거리는 모습을 수없이 본 바 있는 브로커였다.

곧바로 지엠이, 그가 이상하게 사라져 버린 사실이 떠올랐다. 어떤 거래들은 이런 식으로 끝날 수 있다는 얘기인가?

그는 경동맥에서 선혈이 찍찍 솟구치는 광경에 올라오는 욕지기를 간신히 억눌렀지만 행인들은 놀란 기색이 전혀 없었다. 이 일에 엮이기 싫다는 듯 모두가 시체를 에둘러 지나갔다.

「아, 그런 것 아직 한 번도 못 봤어?」 장테가 놀라며 반문했다.

그는 마치 에티엔이 아시아의 어떤 신기한 전통을 발견하고 오기라도 한 듯이 사람 좋은 미소를 지어 보였다.

「사이공의 모든 집단은 저마다 킬러를 가지고 있어! 중국인 은행가, 브로커, 수입 회사, 베트민, 신흥 종교, 마약 밀매업자, 모두 다!」

장테는 명랑함과, 이렇게 이상한 관습을 가진 황인종들에 대한 동정심이 뒤섞인 어조로 말했다.

「여기서 살인은 하나의 메시지야. 그룹들 간에는 다른 사람은 아무도 이해하지 못하는 어떤 언어가 존재하는데, 살인은 그 구문(構文)의 일부라 할 수 있지.」

장테는 자신의 표현에 자못 만족한 모양이었다. 그는 거의 아버지 같은 모습으로 에티엔의 어깨에 팔을 둘렀다.

「하지만 이 사람아, 지엠은 누구에게도 전혀 중요하지 않은 친구야. 걱정하지 마. 아주 조그만 잔챙이에 불과한데 누가 신경이나 쓰겠어?」

장테는 자신의 말이 상대를 안심시키기에 충분하다고 생각했지만, 에티엔의 머릿속에는 아편 찌꺼기로 똥구멍이 찬 불상, 공자상이 쌓여 있는 선반들과, 이를 통해 상정할 수 있는 수상쩍은 관계들이 어른거렸다. 그리고 그는 끔찍한 죄책감을 느꼈다. 자신이 지엠을 떠밀다시피 하여 받아들이게 한 50만 피아스트르짜리 이체 건을 성사시키기 위해서는 보통 몇 주, 몇 달의 시간이 필요했다. 공모자들 간의 복잡한 네트워크를 동원하고, 필요한 명의 제공자, 각종 서류, 주소, 견적서 등을 찾아내야 하는데, 이것은 거의 하나의 산업이나 다름없는 엄청난 일이었다. 자신은 지엠이 처음에 부탁한 이체 액수의 열 배에 달하는 것을 제의함으로써 그로 하여금 협력자들을 붙이지 않을 수 없게 만든 것이다. 신청 서류는 에티엔이 모르는 페테르스 & 르노라는 곳의 명의로 제출되었다. 다시 말해서, 지엠은 여러 사람이 군침을 흘릴 만한 어마어마한 이체 건을 이끌게 된 것이다.

「자기 분수를 몰랐어.」 에티엔과 똑같은 생각을 한 것처럼 장테가 혀를 찼다. 「아마 간덩이가 부었나 보지.」

에티엔은 당장 그날 저녁에 지엠의 집으로 달려갔다.

닭 두 마리가 전에 조각상들을 이고 있던 선반 위에서 꼬꼬댁거리며 활보하고 있었다. 에티엔은 이웃 사람들에게 물어봤지만 이에 대해 조금이라도 아는 사람은 아무도 없었다. 그게 아니라면 얘기하고 싶지 않거나.

페테르스 & 르노 무역 회사가 있다는 아요가(街)를 찾아가 보니 사무실은 물론 명판조차 없었고, 건물에는 이 회사에 대해 들어 본 적 있는 사람이 한 명도 없었다.

저녁에 그는 피아스트르 소액권을 한 다발 들고는 지엠의 집 앞을 다시 찾아왔다. 그런 뒤 모두가 떠나간 집을 마주하고 마당에 서서 이웃, 노인, 아이 할 것 없이 사람들에게 돈을 뿌리며 정보를 제공하는 이에게는 후한 보상을 하겠다고 약속했다. 마당 주변의 주민들은 돈을 받았지만 아무도 입을 열지 않았다. 그런데, 여기 처음 왔을 때 트럭 타이어 위에 앉아 있다가 그를 지엠의 집까지 안내해 주었던 노인의 모습이 보이지 않았다. 에티엔은 그가 〈서른여섯 동물〉 도박 티켓을 뒤적이고 있었다는 게 생각났다. 그는 자전거 인력거를 잡아타고 복권 추첨을 하는 그랑 몽드로 향했다.

그랑 몽드는 쩌런 구역 차이나타운의 마랭가에 위치한 거대한 시설로, 각종 도박장, 공연장, 식당, 주점, 상점 들이 모여 있는 일종의 종합 오락장이었다. 밤이 되면 사이공에 있는 모든 도박꾼, 야행성 인간, 매춘부, 불량배, 중산층, 농부, 짐꾼들이 몰려들어 낮 동안 번 것을 몇 시간 만에 날려 버리는, 공무원들은 프랑스로 이체하지 못한 돈을 찔끔찔끔 탕진해 버릴 수 있는 곳이었다. 에티엔은 거기서 주사위를 던지기 전에 행운을 부르기 위해 반지에 입맞춤을 하는 가스통과 이따금 마주치곤 했다. 또 거기에는 고등 판무청 2급 공무원 조르주 바양도 있었는데, 그는 떨리는 손가락으로 아니제트 술잔을 들고는 여기저기를 배회했다.

온종일 호객꾼들이 서른여섯 동물 게임의 티켓을 판매하기 위해 시내를 돌아다닌다. 이들이 중국의 전설과 관련된 알쏭 달쏭한 문장 두어 개를 읽어 주면 도박꾼은 이 이야기의 주인 공이라 짐작되는 동물이나 정령을 지목한다. 그러고 나서 저 녁에, 주위에 엄청난 군중이 주위에 몰린 단 위에서 상자를 개 봉하면, 그 안에 몇 안 되는 당첨자와 무수한 낙첨자를 낳는 정 답(자, 오늘의 당첨 동물은…… 두꺼비입니다!)이 들어 있는 것 이다.

에티엔은 턱수염 기른 노인을 눈으로 찾았지만, 이런 군중 속에서 그럴 수 있는 가능성은 1퍼센트도 안 된다는 걸 잘 알 고 있었다. 하지만 무수한 낙첨자들이 체념하여 흩어지고 아 직 남아 있는 몇 푼 안 되는 돈을 잃으려 도박 테이블들로 향하 는 와중에, 노인의 모습이 보였다. 그는 복권들 위로 몸을 구부 리고는 혹시 두꺼비가 그려진 복권을 놓치지나 않았는지 보려 는 듯 열심히 그것들을 뒤적이고 있었다.

정보의 가격은 40피아스트르였다.

「그들은 일주일 전에, 한밤중에 떠났어.」 노인이 설명했다. 「일가족이 모두……. 아무것도 가져가지 못했지.」

그 가족이 빨리 돌아오지 않으리라는 것을 온 동네가 알아 차렸다. 이웃들은 물건들을 가져다 쓰기 시작했다. 가구 몇 개 가 사라졌다. 그러고 나서는 모든 게 빨리 진행되어 이틀 만에 집이 껍데기만 남게 되었다. 에티엔은 이렇게 갑작스럽게 떠 난 정황을 통해 〈지엠이 아주 급했구나〉라고 짐작만 할 수 있 을 뿐이었다.

주위에서 술렁대며 자리를 옮기는 그랑 몽드의 군중들이 그
들의 몸을 끊임없이 밀쳤다.

「차는 트럭 한 대밖에 없었어. 온 가족이 짐칸에 타고 갔지.」

그들이 그렇게 갑작스레 도망쳤다는 것은 에티엔에게 중요
한 문제였다. 그는 지엠이 그 지저분한 불법 사업에 아이들을
포함한 온 가족을 몰아넣었다는 것을 알고 나서 마음이 아팠
다. 또 지엠에게 특별히 감사하는 마음도 있었으니, 왜냐하면
그 덕분에 레몽의 죽음에 대한 보고서와 함께 여기 도착한 후
로 자신을 끔찍이 괴롭혀 온 질문들에 대한 답을 얻게 되었기
때문이다. 혹시 이 보고서를 구하는 일 때문에 그에게 문제가
생긴 것은 아닐까? 누구와 접촉했을까? 그리고 그 서비스의 대
가는 무엇이었을까?

봄이 끝나고 여름도 지나가고 이제는 9월인데, 인도차이나
라는 이 거대한 늪지에서 지엠은 완전히 사라져 버렸고, 어떤
의미에서는 에티엔 자신도 그와 다를 바 없었다.

에티엔은 끔찍이도 외로웠다.

그의 어머니는 프랑세로에서 본 베이루트의 일상생활을 여
덟 장에 걸쳐 상세히 적어 매주 보내는 편지들 중의 하나에서,
결론을 대신하여 〈이제 그만 집에 돌아와〉라고 썼다. 아들의
짤막한 설명(그는 이 나라 북부의 어느 전투에서 전사했어요.
사람들 말로는 즉사했고, 고통을 느끼지 않았대요) 뒤에 훨씬
더 고통스러운 상황들이 숨어 있을지 모른다고 느낀 펠티에 부
인은 끊임없이 레몽의 죽음에 대한 얘기를 꺼냈다. 마치 에티
엔이 이 생각을 이미 수없이 했다는 것을 모르는 사람처럼 말
이다. 에티엔은 마음을 터놓을 사람이 아무도 없기에 외로웠

다. 엘렌은 그렇게 흉측한 진실을 대면하기에는 너무 어렸다. 아버지와는 얘기할 수 있겠지만 그에게는 글을 쓸 수가 없었으니, 그럴 용기가 나지 않았던 것이다. 두 형, 프랑수아와 장은 어떤가 하면, 파리에서 사는 그들은 아마 다른 일들로 머리가 꽉 차 있을 터였다. 그는 이따금 평범한 소식들을 담은 아주 짧은 편지를 그들에게 보냈고, 그들로부터는 약간 당황하는 게 느껴지는, 조심스러운 어조의 답장을 받곤 했다. 장은 초등학생처럼 또박또박 공들인 글씨로 〈네 친구가 떠나서 슬프겠지만, 그래도 조금씩 다시 일어서기를 바란다〉라고 썼고, 고등 사범 학교에서도 두각을 나타내고 있을 프랑수아는 〈레몽이 어떻게 죽었는지, 모든 진실을 알고 있니?〉라고 물었다.

베이루트로 돌아가 다시 부모님 곁으로 간다? 아니, 정말 그러고 싶지는 않았다. 어머니가 레몽의 장례식에 참석하러 다 같이 오겠다고 알렸을 때는 더럭 겁이 나기까지 했다. 안장(安葬)하는 날짜를 묻는 전보의 어조를 통해, 어머니가 벌써 여행 준비를 시작하고 트렁크를 꺼내 놓은 것은 아닌가 걱정이 되었다. 그는 곧바로 답신을 보냈다. 〈군 장례식 거행됨 – 스톱 – 어머니 대신 군사 묘지에 헌화 – 스톱 – 키스〉.

그는 엘렌과 서신을 교환했지만, 지리적 거리와 느린 전달 속도, 그리고 적당한 표현을 찾는 어려움 등으로 인해 이 일은 작위적인 성격을 띠게 되었다. 그들은 서로 사랑한다고 말했고, 이는 그들이 나눌 수 있는 유일한 깊은 것이었다. 엘렌은 에티엔이 아직 젊은 나이이긴 했지만 사이공으로 떠날 때 보았던 사랑에 빠진 청년, 그 열정적인 청년은 더 이상 아니라고 느꼈다.

외환국 국장 장테는 전에는 그렇게나 딱딱하고 도덕적이고 청렴했던 젊은 부하가 하루아침에 그 기관에서 가장 악착스러운 돈벌레가 되는 과정을 지켜봤다. 하지만 에티엔이 일을 해가는 방식에는 국장으로서는 자못 유쾌하게 느껴지는 구석이 있었다. 그는 미친 사람처럼 큼직한 미소를 지으며 어마어마한 액수의 뇌물을 요구했으며, 언제나 공작 기계 부품보다는 아무에게도 소용없는 히브리어로 써진 음악가 전기(傳記)를 더 선호했던 것이다.

또 그는 찾아오는 브로커들에게 뻔뻔한 제안을 서슴없이 속삭여, 그들은 그를 곁눈으로 쳐다보며 지금 이자가 덫을 놓고 있는 건가, 아니면 완전히 미친 건가 자문하고는 했다. 그는 목적을 이루면 부리나케 장테의 방으로 달려가 서류를 흔들며, 〈한번 알아맞혀 보세요!〉라고 웃음을 터뜨리며 물었다.

그러면 장테는 안락의자 위에서 몸을 뒤로 젖히고는, 눈을 감고 한숨을 쉬면서 〈그래, 한번 얘기해 봐〉라고 지친 듯이 손짓을 했다.

「차량용 제설판이에요! 30만 피아스트르! 덴마크에서 가져올 거예요.」

「대단하군…….」

보름 후에는 알자스식 슈크루트[5] 조리를 위한 대형 용기나 얼음 절단용 톱이었다. 에티엔은 주먹으로 책상을 치면서 미친 듯 웃어 댔지만 동료들은 이런 그를 의심쩍은 눈으로 바라봤으니, 그는 오후 중간에 갑자기 사라져서는 다음 날이 돼서

5 가늘게 채 썬 무를 발효한 음식으로, 프랑스 북부 지방이나 독일에서 특히 즐긴다.

야 해쓱한 얼굴과 흐릿한 눈을 해가지고 나타나고는 했기 때문이다. 아예 고꾸라져 버리는 일도 드물지 않았는데, 복도 한구석의 우편물 자루 위에 뻗어 있는 모습으로 발견될 때도 있었다.

드디어 그 중대한 일요일이 되었다. 며칠 전부터 사이공 전체를 들썩이게 하고 뜨거운 논쟁을 불러일으킨 일요일, 신흥 종교 시에우 린의 시가행진이 있는 그 일요일 말이다.

에티엔은 떠들썩하게 예고되었던 이 행사에 들떠 있는 빈을 보고 재미있게 생각했다. 그는 이 신흥 종교에 모종의 기묘한 매력을 느끼는 모양이었다. 사실, 정도는 다르지만 모두가 이에 관심이 많았다. 르 메트로폴에서도 온통 이 얘기뿐이었다. 이 단체의 우두머리는 로안이라는 남자로, 수완이 좋고 의심 많은 인물로 명성이 높았다. 또 권위적이며 탁월한 전략가라는 말도 있었다. 그는 이 나라 북부에서 은둔 생활을 하다 어떤 환상을 봤다고 했다. 〈지고의 영혼〉이 지평선 위로 떠오르는 태양의 형상으로 그에게 나타나서는 자신의 영광을 위해 몸과 마음을 바치라고 명했다는 것이다. 이에 그는 곧바로 전국 방방곡곡을 돌아다녔고, 사이공에서 북쪽으로 40여 킬로미터 떨어진 곳에 거처를 정했단다. 그가 단지 두 손으로 물을 떠 열병에 걸린 세 아이에게 마시게 함으로써 그 아이들이 낫자 신도들이 그가 행한 기적을 찬양하며 몰려들었단다. 이 나라의 모두가 그러듯이, 이 신흥 종교도 화적과 베트민과 범죄 조직과 군인 들로부터 스스로를 지키기 위해, 매우 효율적이라고 알려진 자위군을 갖추고 있었다. 로안이 사이공을 향해 대장정을 해오는 동안 수백 명의 제자들이 그에게 합류했다고 하며, 목격한 군인들의 얘기로는 끝이 보이지 않는 신도들의 긴 행렬 (그 가운데는 온 가족이 따라나선 경우도 적지 않다고 했다)이 그 뒤를 따라오고 있다는 거였다. 그들은 로안이 도착하기 이미 열흘 전에 시내를 점령하여 거리들을 장식해 놓은 터였다.

「그는 자기 예배당의 축성식을 거행할 거예요.」빈이 설명했다.

그것은 부둣가에 있는, 이 단체가 최근에 매입한 거대한 창고 건물로, 신도들은 벌 떼처럼 달려들어 창문 대신 색색의 스테인드글라스를 달고, 녹슨 철제 현관문을 뜯고 대신 이국적인 목재로 된 커다란 포르트 코셰르[6]를 세워 놓았다. 거기서 작업하는 신도들 외에는 아무도 그 안에 들어갈 수 없었다. 무리가 시가행진을 마치고 도착하면 성대한 의식이 거행될 예정이었다. 행진 자체는 호기심이 동한 모든 사람이 구경할 수 있지만 진정한 예배에는 신도들만 입장이 허용된다는데, 그 선별 기준이 무엇인지는 에티엔으로서는 잘 이해가 되지 않았다.

이 시가행진이 거행되는 일요일을 맞이하여, 〈지고의 영혼〉은 감사하게도 좋은 날씨를 허락했다. 아침부터 사이공의 거리는 호기심에 이끌려 현관문 아래에 자리 잡고 선 구경꾼, 등걸이 없는 의자에 걸터앉은 노파, 깃발을 걸어 놓은 끈을 잡으려 소란을 피우는 아이 들로 가득 찼다. 정오 무렵에는 테라스들도 사람들로 발 디딜 틈이 없었다.

「아, 자네도 왔나?」카티나가의 한 테라스에서, 사진기를 목

6 porte cochère. 자동차나 마차에서 내린 사람이 비를 맞지 않고 곧바로 들어올 수 있게끔 된 정자 형태의 높직한 현관.

에 건 에티엔이 자기 옆으로 오는 것을 보고는 장테가 물었다.

가스통도 거기에 있었다. 에티엔은 군중과 깃발 들을 가리키며 말했다.

「투르 드 프랑스 한 구간의 풍경 같지 않아요?」

시가행진 행렬이 성당 앞 광장에 도착했을 때 그는 사진 몇 장을 찍었다. 먼저 1백여 개의 북들이 울리며 내는 엄숙하고도 웅장한 반복음이 귀에 들어왔다. 그러고 나서는, 신경질 날 정도로 천천히 전진하는 흰 토가 차림의 신도들이 끄는 첫 번째 탈것들 위에서 녹색과 금색의 화려한 천들이 바람에 나부끼며 나타나는 모습을 볼 수 있었다. 행렬이 아직 멀리에 있기는 했지만, 행진에 동반되는 것은 에티엔이 예상했던 함성 소리가 아니라 숙연하고도 불안한 침묵이었다. 북들의 반복적인 리듬과 위엄 있는 느릿한 움직임에서는 위압감이 느껴졌고, 군중은 신도들의 긴 행렬이 전진함에 따라 마치 바다가 갈라지는 것처럼 옆으로 비켜서서는 마비되어 그 자리에서 굳어 버렸다. 신도들은 흰옷, 기이하게도 조용하고 숙연한 모습, 그리고 완벽하게 일치된 움직임으로 인해 구경꾼들보다 두 배, 세 배, 아니 열 배는 많아 보였다. 탄탄한 다리로 유연하게 움직이는 사내들이 그들의 양쪽 옆에서 어깨에 만도(蠻刀)를 둘러메고 걷고 있었다. 서로 역할을 맞바꿀 수 있는 제자들의 느릿하고도 가차 없는, 그리고 끝없이 이어지는 물결이었다. 행렬은 하나로 합쳐진 유동적이고 동질적인 물질이었고, 단 한 사람, 단 하나의 의지, 단 하나의 몸이기도 했다. 그런데 이 가운데서, 마치 인간들이 이룬 이 거대한 뱀에 올라타듯, 교주 로안이 불쑥 나타나서는 수십 명의 신도들이 끄는 한 수레 위에 버티고 섰다. 사람들은 어떤 거인을 예상했었다. 하지만 그는 붉은색과 금색이 섞인 긴 제의(祭衣)를 늘어뜨리고, 머리가 움직일 때마다 달랑거리는 금색의 술 장식이 달린 괴상한 원통형 모자를 쓴 아주 작달막한 사내였다. 끄트머리에 노란색 태양이 달린 검은색 나무 홀(笏)을 든 그는 단순하고도 커다란 손짓으로 군중들을 축복했다.

행인들이 어리둥절해하면서도 엉거주춤 엎드려 동양식으로 절을 하자, 이내 다른 이들도 따라 했다. 빈도 그러려고 하다가 에티엔이 옆에서 포복절도를 하자 그만두었다.

「아, 빌어먹을……」 갑자기 장테가 내뱉었다.

「이럴 수가……」 가스통도 깜짝 놀라며 말했다.

오른쪽 눈에 사진기를 대고 있던 에티엔의 몸이 터져 나온 웃음에 미친 듯이 흔들렸다.

그들 앞에 이른 시에우 린의 교황은 위엄 넘치는 자세로 몸을 돌리고는 그들을 향해 손을 활짝 펼쳐 보였다.

「으하하하!」 에티엔이 크게 웃었다.

지엠이었다.

19
수익을 실현할 때가 온 거야

저녁 식사를 하러 가기 위해 파리 전체를 가로질러야 한다니……. 준비에브는 택시 얘기를 꺼냈지만 장은 들은 척도 하지 않았다. 지금은 집에 돈이 말라붙은 상황이었다. 그녀는 두 손을 들어 보였다. 좋아, 좋을 대로 해. 그래, 지하철을 타자고……. 이틀 전부터 그는 성마른 모습을 보이고 있었다. 2주 만에 집에 돌아온 그를 기다리고 있던 예심 판사의 소환장이 신경을 곤두서게 한 것이다.

그저께, 문을 열고 들어서니 아내는 평소와 다름없이 뽀얗게 화장한 얼굴로 식탁에 앉아 담배를 피우고 있었다. 그녀는 꼼짝도 하지 않고서 그가 가방 속의 물건을 꺼내어 정리하는 모습을 바라보기만 했다.

「그래, 다 잘됐어?」

그가 돌아올 때마다 항상 하는 질문이었다. 그도 평소와 다름없이 느슨하게 고개를 저었고, 그가 질문의 뜻을 오해할 수도 있었으므로 그녀는 덧붙였다.

「그러니까 내 말은…… 특별한 사건이 없었냐는 얘기야.」

그는 거의 들리지도 않는 소리로 〈없었어〉라고, 약간 무뚝뚝하게 대답했다. 언제부터 그녀는 이런 질문을 했던가? 이 말 속에 숨은 뜻은 무엇인가? 사실 장은 이 모든 질문들에 대한 답을 가지고 있었지만, 그는 전혀 이해할 수 없는 이 존재에게서 또 하나의 불가사의를 마주하기라도 한 듯이 행동했다.

이 배우자는 어떤 약혼녀보다도 신비스러운 존재였다. 그녀의 어머니가 9월 초엽에 별안간 사망하여, 그는 서랍 속에 있는 돈을 닥닥 긁어모아 그녀를 장례식에 보내야 했다. 파리를 떠날 때 그녀는 아이를 주렁주렁 달고 전쟁으로 인해 남편을 잃은 사람처럼 줄줄 눈물을 흘렸다. 손수건을 얼마나 써대는지 옆에 있는 사람이 목욕 수건을 내밀고 싶을 정도였다. 하지만 베이루트에서 돌아왔을 때는 이상하리만큼 차분한 모습이어서, 장의 머릿속에 떠오른 단어는…… 〈싱싱하다〉였다. 그는 이 기이한 태도 변화의 이유를 얼마 안 가서 알게 되었다. 준비 에브가 고향에 돌아가 보니, 검은 상복을 입은 세 자매의 모습이 그 어느 때보다도 아름다웠던 것이다. 그냥 콱 죽고 싶을 정도였다. 멋대가리 없는 드레스를 껴입고 우스꽝스러운 모자를 머리에 올려놓은 자신이, 사실은 그저 평범한 외모일 뿐인데도 그들 옆에 서면 추하게 느껴졌다. 그 즉시 그녀는 자기 자매들이 아니라 괜히 죽어 가지고는 이런 모욕적인 비교에 자신을 몰아넣은 어머니를 증오하게 되었다. 성당에 들어가기도 전에 눈물이 마른 그녀는 묘지에서도 오래 있지 않았고, 시가(媤家)에 가야 한다는 핑계를 대고 빠져나왔다. 그리고 이튿날은 페이스트리를 폭식하고 비누 공장 안을 배회하며 시간을 보냈다.

준비에브의 이런 갑작스러운 태도 변화는 언제나 장을 불안하게 했다. 자신도 언젠가는 이런 변덕의 희생양이 될 것인가? 아, 거의 모든 이에게 앙심을 품는 사람이니…….

지금으로서는 이런 불확실한 전망이 아닌, 훨씬 더 불안한 다른 상황 때문에 심란했다. 예심 판사의 소환장 말이다. 준비에브의 뜨거운 관심이 아니었다면, 한심할 정도로 수사에 진척이 없는 이 메리 램슨 사건은 이미 오래전에 그의 정신에서 잊혀졌을 것이다. 그가 베이루트에서 〈알았던〉(그는 이런 일들을 생각할 때, 성경적 의미를 모르는 채로 이 단어를 사용하곤 했다)[7] 첫 번째 여자와, 지금은 이름도 잊어버린 그 지방 도시의 레스토랑 종업원을 잊었듯 말이다. 그런데 젊은 배우가 죽은 지 여섯 달이 지난 지금, 예심 판사는 당시에 있었던 증인들을 모두 불러 모아 현장 재구성을 해볼 생각을 한 것이다! 나를 함정에 빠뜨리려는 것일까? 판사가 쳐놓은 덫에, 경찰이 벌려 놓은 올가미 안에 빠지게 될까?

「현장 재구성이라, 그거 아주 신기할 것 같아. 안 그래, 여보?」 준비에브는 신이 난 얼굴로 말했다.

그녀는 마치 가면무도회나 결혼식에 초대받은 것처럼 이 상황을 받아들였다. 너무나 재미있고 흥분되는 모양이었다.

조르주 게노의 뜻밖의 제의에 흐뭇해하고 있듯이 말이다.

장이 그를 위해 일한 지도 넉 달이 되어 가는데(그는 속옷,

---

7 구약 성경에서 〈알다〉라는 표현에는 〈남자가 여자와 성관계를 맺다〉라는 뜻이 있다. 예를 들어 「창세기」 4장 1절은 한국어 성경에서는 〈아담이 아내 하와와 한자리에 들었더니〉이지만, 영어 성경에서는 〈Adam knew Eve(아담이 이브를 알았다)〉이다.

슬립, 브래지어 따위로 채워진 트렁크를 끌고 다녔고, 한 달에 두 번씩 약 열흘간의 출장을 떠나야 했다), 게노 씨는 그의 외판 사원에게 어떠한 특별한 관심도 보이지 않았다. 그렇기에 그에게서 초대를 받은 것은(물론 부인도 함께 와야지) 놀라운 일이 아닐 수 없었다. 준비에브로서는 레스토랑에서 식사하는 일은 언제나 환영이었다.

장은 서둘렀다. 잘못하면 약속 시간에 늦을 수 있었다. 그리하여 그가 괘종시계를 힐긋 쳐다보자 그녀가 택시 얘기를 꺼냈던 것이다.

일어나는 모든 일들이 그를 불안하게 했다. 몸이 땀에 흠뻑 젖을 정도로 답답하지 않은 시간은, 창문을 열고 심호흡을 하고 싶은…… 아니 그냥 창밖으로 몸을 던져 버리고 싶은 생각이 들지 않는 시간은 단 한 순간도 없었다.

준비에브는 걸음을 빨리하기를 거부했다. 서두르며 종종걸음을 치는 것은 자신의 신분에 걸맞지 않다고 생각한 것이다.

그들을 본 조르주 씨는 두 사람을 위아래로 슬쩍 훑어본 뒤 일어나서는 한 손씩을 내밀었고, 그들은 이 몸짓의 오만한 성격을 의식하지 못한 채 함께 그의 손을 잡았다.

그는 머리칼은 회색이고 이목구비는 방금 폭풍을 맞고 온 사람처럼 뒤쪽으로 당겨져 있는 50대 초반의 남자였다. 눈도 우는 것처럼 질척거렸는데, 그는 손바닥 안에 공처럼 뭉쳐 놓은 손수건으로 그런 눈을 규칙적으로 눌러 댔다. 신중하고 불안해 보이는 인상의 그는 거의 의심의 빛마저 느껴져 상대를 움츠러들게 하는 차가운 시선을 사람들에게 던지곤 했다.

장에게는 상상력도, 제안할 만한 대화 주제도 전혀 없었다.

하여 그는 식사가 시작되자마자 최근의 출장 건에 대한 설명을 시도했다.

그는 자신이 한 여행에 대해 상세하게 얘기했다. 어떤 주문을 받았으며, 몇 킬로미터를 돌아다녔으며, 어떤 고객들을 만났는지. 반복적이고도 지루한 얘기였다. 조르주 씨는 그가 어디를 방문했는지, 어쩌다 수금이 늦어졌는지, 거기에 대한 사과 등등을 진땀을 흘리며 늘어놓는 것을 잠자코 듣고만 있었다. 그는 입가에 옅은 미소를 띠고 고개만 끄덕였는데, 이런 태도가 무엇을 의미하는지는 헤아리기 힘들었다. 준비에브는 접시에 코를 처박고 엄청나게 먹기만 했다.

장의 이 끝없는 얘기에 대해서는 아무런 논평도 하지 않은 채, 조르주 씨(그는 자신을 〈조르주 씨〉로 불러 주기를 원했다)는 갑자기 준비에브에게로 고개를 홱 돌리더니 여러 가지를 묻기 시작했다. 어린 시절, 가족 관계, 하는 일 등 그녀의 만사에 관심이 있는 것 같았다. 준비에브는 너무나 행복했고, 낙원에 들어간 사람처럼 희희낙락했다. 아직 우체국에 임용되지 못하셨다는데, 그럼 다른 일자리를 찾고 계시지는 않소? 준비에브는 요란한 웃음을 터뜨리며 손짓으로 고마움을 표했다. 오, 감사하지만 괜찮아요, 다행히 장이 버는 것만으로도 둘이서 충분히 생활할 수 있답니다! 그녀는 꽤나 마셔 댔고, 화이트 와인이 마음에 든다고 했으므로 조르주 씨는 두 번째 병을 주문했다.

사장이 자기보다는 아내에게 관심을 갖는 것을 본 장은 안심했다. 뭔가 보호되는 느낌이었다. 힘겹게 진행된 출장 보고가 끝나고 이제는 조르주 씨가 두 손으로 턱을 괸 채 준비에브를 그윽한 눈으로 쳐다보고 있는데, 장의 근심이 다시 고개를 들었다. 이 경찰 소환, 이 현장 재구성에 대체 무슨 꿍꿍이가 숨어 있는 걸까?

그 일은 다음 날 오전 10시에 르 레장 영화관에서 있을 예정이었다. 이 상황이 그는 불편했다. 준비에브와 프랑수아가 서로 입을 맞추기라도 한 듯이 똑같이 행동하고 있기에 더욱 그랬다! 그들은 마치 이게 〈그들 자신의〉 일이고, 그들 인생의 중요한 사건인 것처럼, 세상에 이보다 더 흥미로운 사건은 없는 것처럼 굴었다! 일요일의 점심 식사 시간에, 프랑수아는 이 얘기를 꺼내지 않는 법이 없었다. 항상 르누아르 판사며, 이 범죄의 성격이며, 희생자의 가족 등에 대해 떠들어 댔다. 그런 것들이라면 자기가 쓴 기사들을 통해 훤히 알고 있는데도 말이다! 준비에브는 끊임없이 프랑수아에게 질문하고, 홀린 듯이 듣고, 프랑수아가 잠시 멈추기라도 하면 다시 그 방향으로 대화를 끌고 갔다. 그녀는 두 손으로 턱을 받치고서, 다시 말해서 오늘 저녁 그녀가 〈너무나도 보고 싶은〉 베이루트의 자기 〈친구들〉에 대해 얘기하고 있을 때 조르주 씨가 취하는 것과 똑같은 자세로, 시동생의 얘기를 들었다. 장으로서는 이 친구들이 대체 누구를 말하는 것인지 알 수 없었다. 어쩌면 숲속에서 거기를 빨아 주던 그 여남은 명의 소년들일지도……. 장은 더 이상 생각하지 않고 집에서는 구경할 수도 없는 와인만 한 잔 더 들이켰다.

그는 얼굴이 빨갛게 달아오른 준비에브를 물끄러미 쳐다봤다. 눈이 반짝거렸고, 목소리의 톤은 평소보다 더 높았다. 그에게 그녀는 여전히 이상하기만 한 존재였다. 그녀가 어떤 식으로 삶을 바라보는지, 머릿속에 무엇이 들어 있는지 알 수 없었다. 밤이면 그녀는 그가 프랑스 전역에 팔고 다니는 제품들 중의 하나인 중국풍 반소매 잠옷을 걸치고 잠자리에 들었다. 불 끄기 전에 결코 무언가를 읽는 법이 없는 그녀는 두 팔을 몸 옆으로 길게 늘어뜨리고 두 주먹을 꼭 쥔 채로 드러눕자마자 잠이 들어서는…… 밤새도록 그 자세로 꼼짝도 하지 않았다! 주방 식탁에서 꼼짝 않고 자기 자리를 지키듯이, 그녀는 잠이 들 때 취했던 것과 똑같은 자세로 깨어나곤 했다. 이따금 그는 그녀가 자는 모습을 쳐다보았다. 그 침묵, 어떤 움직임도 없는 그 광경은 그를 섬뜩하게 했다. 마치 돌로 된 와상(臥像) 같았다. 신혼 때 성관계에 있어 고통스러운 실패를 경험한 이후로 그는 결코 그녀에게 그것을 — 요구해도 들어주지 않았겠지만 — 요구하는 법이 없었다. 하지만 설사 그러고 싶은 마음이 생겼다 해도 그녀를 건들 수 없었을 터이니, 이 광물적인 잠이 그는 너무 무서웠던 것이다.

「당신은 어떻게 생각해?」

준비에브가 화이트와인의 영향이 상당히 느껴지는 달뜬 얼굴을 하고서 그를 응시하고 있었다. 장은 어리둥절했다. 조르주 씨는 다시 한번 설명해 주는 편이 낫겠다고 판단했다.

「그러니까 가게 하나 열고 싶은 생각 없냐고. 가정용 천 제품을 판매하는.」

장의 반응은 기다리지도 않고서 준비에브는 마치 성탄절을 맞은 아이처럼 박수를 쳤다. 그녀는 늘 상인이 되는 일을 꿈꿔 왔던 것이다. 그는 보다 신중했다. 너무나 갑작스러운 제안이었고, 그는 새로운 것을 마주할 때마다 시간이 필요했다. 돈은 어디서 구한단 말인가? 그리고 제품은 어디서 구하고?

「내게 천 재고가 많이 있어.」 조르주 씨가 설명했다. 「그런데 요즘 인건비가 별로 비싸지 않아서, 침대 시트, 테이블보, 냅킨, 베갯잇 등을 제조하는 데는 돈이 많이 들지 않아. 나는 제품을 원가로 공급하고, 두 분이 가게 운영을 맡으면 돼. 난 투자금을 두 배 내겠지만, 수익금은 50퍼센트만 가져갈 거야.」

신이 난 준비에브는 장의 팔을 잡고는 마치 어리광을 부리는 듯한 모습으로 자기 몸에 꼭 붙였다. 그러나 장은 이에 신경 쓸 겨를이 없었으니, 흥정의 조건들을 따져 보느라 정신이 없었던 것이다. 제품을 〈원가〉로 주겠다지만, 조르주 씨는 그 액수를 마음대로 정할 수 있기 때문에 그가 그 단계에서 얼마나 남겨 먹을지 확인하기가 불가능했다. 반면, 장도 수익금을 속여 균형을 맞출 수 있을 것이었다. 결국 서로가 서로를 등쳐 먹자는 얘기로, 매우 상업적인 제안이라 할 수 있었다.

조르주 씨는 이 일을 철저히 준비해 놓았다. 그는 파리의 인기 있는 구역에 있는 점포들의 평균 임대료와 각종 공과금, 관리비 액수를 알아보았을 뿐만 아니라, 심지어는 예상되는 분기별 판매액까지 산정해 놓았다. 수익금에서 자기 몫을 떼어 가고 나면 장과 준비에브에게는 40만 프랑이 남으리라는 것이었다.

「그래서, 어떤 직물을 가지고 계신데요?」 준비에브가 탐욕스러운 얼굴로 물었다.

모든 게 다 있단다. 리넨과 흰 삼베와 엄청난 양의 목면이 있을 뿐 아니라, 새틴, 포플린, 타월 천, 펠트, 그리고 심지어는 멜턴까지 있다는 것이다. 그 목록이 길어질수록, 장의 팔을 잡은 준비에브의 손아귀에 힘이 세졌다.

「전부터 있던 재고인가요?」

「전쟁이 일어나기 전에 발생한 재고죠. 하지만 아주 잘 보관
되어 있어요. 내가 신경을 많이 썼거든!」

준비에브의 뚫어질 듯한 시선을 받으며 조르주 씨는 사연을
들려주었다. 상티에가에서 발생한 재고를 창고에 쟁여 넣은
일,[8] 소상인에게 끔찍하기 이를 데 없었던 전쟁 시절, 그리고
직물 제한제[9] 등등.

장은 보다 전문적인 질문들을 던졌고, 이런저런 기한(期限)
같은 것들도 물어보았다. 준비에브는 순서도 체계도 없이 이
주제에서 저 주제로 정신없이 옮겨 다니는 게, 정말로 사람을
짜증 나게 했다.

돈이 필요할 거였다…… 그리고 장이 어디서 돈을 구한다
해도, 그게 과연 그가 하고 싶은 일인가? 하지만 그는 자기가
하고 싶은 일이 무엇인지 안 적이 한 번도 없었다. 행복에 겨운
준비에브는 엄청난 속도로 잔을 비워 가고 있었다. 조르주 씨
가 지구상에서 가장 흥미로운 사람이 된 것이다. 장은 그녀가
그대로 식탁 밑으로 기어 들어가는 것은 아닐까 생각했다. 이
제 그녀를 집으로 데려가야 할 때였다.

「한번 생각해 보겠습니다.」 장이 짤막하게 말했다.

조르주 씨는 손수건으로 눈을 꾹꾹 누른 다음, 자신은 이 사

---

8 상티에가rue du Sentier는 파리 2구에 위치한 거리로, 전통적으로 각종 직
물 제품 제조 공장, 도매상, 양복점 등 직물에 관련된 업소가 몰려 있는 구역이다.
우리나라의 〈동대문〉처럼 직물 유통의 명사라 할 수 있다.

9 제2차 세계 대전과 그 직후에 직물이 부족함에 따라 직물의 구매나 사용에
있어서 수량과 품목에 제한을 두었던 제도.

업을 다른 사람들에게 제안하는 것도 생각해 봤지만 누구보다도 그들과 하고 싶다고 설명했다. 〈장점이 너무 많은 젊은 부부니까 말이야〉라고 그는 덧붙였다. 장은 그가 대체 어떤 장점을 얘기하는 것인지 전혀 감이 오지 않았다.

보도에서 준비에브는 조르주 씨의 손을 두 손으로 꼭 부여잡았다. 남편과 사장 중에서 누구와 함께 귀가하고 싶은 것인지 궁금해질 정도였다.

그들은 지하철을 탔다. 이번에는 준비에브도 군소리를 하지 않았다.

밤 11시가 다 된 시간이어서 차량은 드문드문 왔다. 준비에브는 갑자기 심각한 얼굴이 되어 기계적으로 미소를 보일 뿐이었다. 그녀는 생각에 잠긴 표정으로 광고판들이며 승객들이며 정거장들을 아무 말 없이 바라보았다. 장은 그녀에게 감히 말을 걸 수가 없었다. 남편이 자기만큼 열광적인 태도를 보이지 않아 실망한 것일까? 종종 그러듯이 그들은 각자의 속으로 들어갔다. 지금 준비에브는 상인이 된 자신을 그려 보고 있겠지만, 내일이 되면 다 잊어버리리라.

포르트드라빌레트역에서부터는 걸어야 했다. 레스토랑에서 나온 이후로 두 사람은 한마디도 하지 않았지만, 이는 전혀 예외적인 일이 아니었다.

그들은 5층까지 계단을 올랐고, 준비에브는 외투를 걸었다.

「이 가게를 위해서 말이야…….」 그녀가 돌아서며 말했다. 그녀는 그를 뚫어지게 쳐다보았다.

「당신 부모님께 돈을 부탁할 거지?」

무서운 질문이었다. 예상하고는 있었지만, 아직 대답할 말을 찾지 못했던 것이다.

「그게…….」

그녀는 그의 팔을 꽉 잡으며 말을 끊었다.

「자기야, 이건 정말로 황금 같은 기회야.」

〈자기야〉. 처음이었다. 심지어는 약혼 시절에도 그녀는 이런 말을 한 적이 없었다.

「이게 무슨 얘긴지 이해했어?」

「어. 가게…….」

「아니야, 장. 이게 정확히 무슨 얘기지?」

그는 그녀가 무슨 말을 하려는 것인지 알 수 없었다.

그녀는 옷을 벗기 시작했고, 보름 동안 계속해서 입는 중인 슬립을 걸쳤다.

「나, 게노 그 사람 마음에 들어. 얼마나 웃기는지! 집창촌도 아닌데 자기를 〈조르주 씨〉로 불러 달래.」

그녀는 장에게로 몸을 돌리고는 그를 오랫동안 응시했다.

「그리고 우리를 바보로 여기는 그 꼴이라니.」

장은 깜짝 놀랐다. 도대체 무슨 얘기인지 알 수 없었다. 준비에브는 그녀의 내밀한 곳을 씻기 위해 데울 물을 부었다. 이런 순간에는 장이 그녀를 방해하지 않기 위해 몸을 돌리고 다른 일을 하게 되어 있었다.

「조르주 씨 말이야…….」 그가 창문을 응시하며 옷을 벗고 있는 동안 그녀가 설명했다. 「그 사람은 재고를 샀어. 하지만 그건 전쟁 전이 아니야. 전쟁 중에 산 거지. 그 개자식은 도망가기 위해 팔아야 했던 상티에가의 유대인들에게 재고를 산 거야. 내가 장담하는데, 절대로 비싸게 사지 않았어. 그리고 전쟁 기간 내내 그걸 간직한 거지. 어쩌면 독일군에게 팔았을 수도 있어. 그리고 모든 게 정상으로 돌아온 이제, 드디어 수익을 실현할 때가 온 거야. 창고에 있는 물건을 풀고 뭐를 좀 만들어 팔아서는 돈을 다섯 배, 스무 배, 서른 배로 불리는 거야! 그리고 호구들에게는 수익금의 20퍼센트를 떼어 주는 거지. 가게를 임대하고, 식탁보와 침대 시트 제조 비용을 대기 위해 빚을 질 준비가 되어 있는 호구들에게 말이야.」

대야의 물을 버리는 소리를 들은 장은 그녀 쪽으로 몸을 돌렸다.

「바로 이렇게 될 거라고, 장.」

「하지만…….」

준비에브는 그의 앞을 지나 침대의 자기 자리로 올라가서는 몸을 쭉 눕혔다. 정말이지 위대한 결단의 날이었다. 그녀는 장에게 와서 누우라고 옆자리를 탁탁 두드렸고, 그는 마치 어떤 야수 옆에서 자게 된 사람처럼 조심스럽게 그리했다. 둘 다 뻣뻣하고 반듯한 자세로, 서로의 몸을 건드리지 않고 나란히 누워 천장을 올려다보았다.

「그를 벗겨 먹을 거야, 장.」

준비에브는 꿈꾸는 듯한 음성으로 말했다.

「그가 훔친 것을 우리가 다시 뺴낼 거라고. 그 개자식에게서 모두 다 뺴낼 거란 말이야.」

그녀의 욕설은 방 안과 장의 머릿속을 울렸다. 마침내 그가 곁눈으로 힐긋 보니, 준비에브는 쭉 뻗은 몸에 두 주먹을 꼭 붙이고 깊이 잠들어 있었다.

20
다른 것을 기대했는데

그들에게는 택시를 탈 권한이 있었다. 『르 주르날』의 모든 업무가 그렇듯 재정은 그때의 상황에 따라 가변적으로 운영되었고, 데니소프가 판매 부수에 만족했기에 프랑수아에게는 백지 수표가 주어졌다. 〈좋은 사건은 독자들이 좋아하는 사건이야〉라고 데니소프는 말하고는 했다. 독자들은 이 사건을 아주 좋아했다. 이 사건에는 예쁜 여자가 있었고, 범죄는 꼭 필요한 만큼 으스스했고, 범행 장소와 시간은 뜻밖이었으며, 증거는 전혀 없지만 아마도 희생자의 동생과 잘못된 관계를 맺고 있을 남편이라는 훌륭한 용의자가 있었던 데다, 이 모든 것은 영화관이라는 화려하면서도 유독한 분위기에 잠겨 있었다.

르 레장 영화관으로 가는 자동차 안에서, 프랑수아는 지금까지 자신이 걸어온 길을 되돌아보았다.

그는 데니소프가 그를 집어넣은 잡보부에 화려하게 데뷔했다. 그는 이 일에 정말로 재능이 있었다. 그에게는 독자의 눈을 낚아채는 감각과 대중의 관심과 욕구에 대한 직감, 그리고

극적 요소에 대한 취향이 있었고, 이런 그의 기사들이 1면에 실리는 데에는 채 3주도 필요하지 않았다. 이 램슨 사건은 그에게 그야말로 축복이었다. 이 사건은 그가 정상적이었다면 몇 달, 아니 어쩌면 몇 년이 걸렸을 제1면의 난들에 도달할 수 있게 해주었던 것이다.

오직 결과로만 사람을 판단하는 잡보부 책임자 말레비츠도 이 신입은 재주덩어리라는 사실을 기꺼이 인정했다.

그사이에 프랑수아의 봉급은 약 3분의 1 정도 인상되었다. 대단하다고는 할 수 없었지만, 그래도 부모님에게 받은 돈을 돌려주는 것을 고려해 볼 만하게 되었다. 하지만 그의 도정은 그가 바랐던 바와 정확히 일치하지는 않았다. 그는 이제 부모님에게 자신이 저명한 언론인이 되기 위해 고등 사범 학교를 그만뒀노라고 자신 있게 말할 수 있겠지만, 치정 살인, 비극적인 유산 다툼, 은행 강도, 암시장 관련 사건 등에 대한 기사들을 쓰며 나날을 보낸다는 사실을 털어놓는 것은 꺼려졌다. 사실 오래전부터 사회 탐사 보도, 중요한 사회 이슈에 대한 기사, 해외 르포르타주 등을 꿈꿔 온 그로서는 반복적이고도 상상력은 거의 필요치 않은, 그래서 독자를 홀리기 위해 때로는 매우 인위적일 수 있는 시각을 끊임없이 찾아야 하는 잡보 기사들만 쓰고 있는 현실에 불만을 느끼지 않을 수 없었다. 그는 이제 자신이 빼도 박도 못하는 길로 들어선 것은 아닌지, 잡보 기사에 대한 재능 때문에 영원히 거기에 머물러야 하는 것은 아닌지 자문하고는 했다.

이 잡보란의 사건들 중에서 아직까지도 계속 추적해 보고 싶은 유일한 것은 물론 램슨 사건이었으니, 이 사건이야말로 그를 성공으로 이끈 지름길이었고 그의 행운의 마스코트였기 때문이다.

메리 램슨이 살해되고 나서 6개월이 지난 지금까지 수사는 단 한 발자국도 나아가지 못했다.

메리 램슨의 핸드백에서 발견된 M 자 서명이 있는 편지의 필적 분석 결과를 놓고 전문가들은 설전을 벌여 대중의 뜨거운 관심을 불러일으켰다. 르누아르 판사는 고심 끝에, 희생자의 남편 마르셀 세르비에르가 이 서명의 장본인이 아니라는 결론을 내렸다. 그러자 세르비에르의 변호사는 기다렸다는 듯이 등장해서는, 이 편지를 썼고 아마도 그녀를 임신시키고 살해했을 남자와 메리는 바람을 피웠노라고 목청껏 외쳤다.

희생자 부모의 변호사는 곧바로 재감정을 요청했고, 이번에는 세르비에르가 편지의 주인공일 수도 있다는 결과가 나왔다. 수사는 다시 미궁에 빠졌다.

자신의 경력에서 처음으로 〈심증〉이라는 개념을 실험할 수 있게 된 상황에 취한 판사는 마르셀 세르비에르가 유죄라는 기존의 입장을 고수했다. 그가 보기에는, 세르비에르와 어린 롤라의 설명이 불가능한 내연 관계는 이 배우가 변태이며, 따라서 살인을 포함한 무슨 짓이라도 저지를 수 있는 자임을 말해 주었다. 그는 필적 분석 전문가들 때문에 멋진 체포 장면을 연출할 수 있는 기회를 놓친 것에 너무나 실망했다.

프랑수아가 느끼기에 수사는 공전하고 있었고, 르누아르 판사는 이러한 일련의 상황들뿐 아니라 이 사건이 여론에서 차지하게 된 중요성도 감당해 내지 못하고 있었다. 상급자들은 그를 쪼아 대며 수사를 파국으로 이끌고 있을 것이었다.

프랑수아가 이런 생각에 잠겨 있을 때, 택시는 그를 르 레장 영화관으로 데려갔다.

그의 옆에서 젊은 사진사가 사진기를 무릎 사이에 끼운 자세로 그의 최근 기사를 읽고 있었다.

메리 램슨의 살인범,
과연 현장에 나타날까?
비극적 사건의 현장 재구성,
오늘 르 레장 영화관에서 모든 증인의 참석하에 열릴 예정.
메리 램슨 사건, 이번 주에 결정적 국면으로 진입할 듯.

이 젊은 배우를 제거할 동기를 가진 사람은 누구였을까? 왜 그런 난폭한 방법을 사용했을까? 너무나 많은 문제들이 르누아르 판사를 괴롭히고 있다.

누군가가 이 특별한 사건의 해결에 기여하게 될 요소를 갑자기 기억하게 될 것인가?

범인이 증인을 찾는 경찰의 호소에 응하지 않았을 가능성, 아직 밝혀지지 않은 세 명의 증인 가운데 포함되어 있을 가능성도 있다.

그러나 우리는 상당히 많은 살인범들이 스스로의 범죄에 매혹되어 이따금 자신이 저지른 비극적 무용(武勇)의 현장을 다시 찾기도 한다는 사실도 알고 있다.

만일 살인범이 이번에 소환된 226명의 증인 중에 포함되어 있다면, 그는 드디어 입을 열 것인가?

이번에 판사가 참극의 모든 증인들을 — 이들은 1948년 3월 28일, 르 레장 영화관의 그 불행한 상영 시간에 있었던 관객들인데 — 소환하는 것은 이런 질문들에 대한 답을 구하기 위해서이다. 메리 램슨 자신을 제외하면 그 상영을 위해 230명이 티켓을 구매했고, 이 중에서 195명이 경찰의 호소에 응했다. 경찰은 여기서 빠진 서른네 명을 지난 몇 달 동안 추적해왔다. 심문, 주변 인물 조사, 관련자 제보 요청 등 모든 방법을 동원한 탕플리에 반장의 노력에는 보답이 있었으니, 그중 서른한 명은 찾아낼 수 있었다. 왜 이들은 애초에 경찰이 증인을 찾았을 때 응하지 않았던 것일까? 최근에 석방된 전과자, 좋지 못한 일을 계획 중이던 불량배, 모습을 드러내기를 꺼리는 사람 등 저마다 이유가 있었다.

오늘 이 시간까지 경찰은 세 명의 신원을 파악하지 못했지만 결코 포기하지 않고 있다.

영화관 입구 주위에는 철제 펜스가 설치되어 있었다. 구름같이 모여든 구경꾼들을 통제하고, 기자들의 질문에 얼굴을 붉히면서도 닭장의 챔피언들만큼이나 긍지에 찬 표정으로 몸을 쭉 치켜세운 증인들을 한쪽에 모아 놓기 위한 것이었다.

경찰 반장을 동반한 르누아르 판사는 모여 선 증인들 앞으로 나아왔다. 그는 단신이었기에 단을 마련해 놓았으나, 기대했던 것과는 정반대의 효과가 나타났다. 무리 위에 버티고 선 그는 짤막한 다리가 부각되어 훨씬 더 작아 보였다.

탕플리에 반장은 판사보다 나이가 많지는 않았지만 더 조용하고 침착한 사람이었다. 윤기가 흐를 정도의 팽팽한 피부로 덮인 각진 얼굴, 투박한 용모, 머리통에 찰싹 붙은 짧은 머리칼 등과는 대조적으로 목소리는 놀라울 정도로 가늘고 부드럽고 여성적이어서, 더빙을 잘못한 배우들 앞에 있을 때와 같은 현기증이 느껴지고는 했다. 반장이 약간 비웃는 듯한 눈으로 지켜보는 가운데 판사가 겨우겨우 단 위로 기어오르고 있는 동안 프랑수아는 준비에브와 장에게로 다가갔다. 상황상 형제는 포옹은 생략하고 그냥 악수만 나눴다. 장은 창백한 얼굴을 하고서 두 손바닥을 비벼 댔다. 준비에브는 조바심에 발을 동동 굴렀다.

「상영관 안에 들어가서 말이에요.」 그녀가 시동생에게 물었다. 「현장 재구성을 할 때 막 비명 소리도 나고 그러는 거예요? 죽은 여자 역할을 할 마네킹도 있고?」

그녀는 전에 장바르 2호에 탔을 때 프랑수아가 보았던 그 반짝이는 눈빛을 하고 있었다.

장은 평소보다 더 창백하고 불안해 보였다.

「이이는 무척 예민한 사람이에요.」 준비에브가 설명했다. 「이 안에서 어떤 일이 일어났는지 뻔히 알고 있는데, 거길 들어가야 한다고 생각하니까 가슴이 너무 아픈 거죠.」

그녀는 무슨 보호자처럼 남편에게 안쓰러운 시선을 던질 뿐 아니라 그의 볼을 어루만지며 이렇게 말하기까지 했다.

「아이고, 우리 뚱땡이, 당신 참 감성적인 사람이구나?」

장은 꼼짝도 하지 않고 영화관 입구 쪽을 뚫어지게 쳐다보기만 했다.

「그래서, 어떤 식으로 진행되냐고요?」 그녀가 프랑수아에게 재차 물었다.

「모두들 이렇게 와주셔서 감사합니다!」

프랑수아는 대답하지 않아도 되었으니, 모두가 단 쪽으로 고개를 돌린 것이다. 판사는 두 손으로 들어야 하는, 그의 얼굴 전체를 가리는 커다란 확성기를 들고 있었다. 예심 판사를 아직 모르는 증인들에게 그는 짤막한 두 다리 위에 얹힌 나팔 모양의 확성기와 엄청나게 비슷해 보였다.

「이 재구성의 목적은 이 영화 상영 시간과 관련된 각자의 기억들을 모아서…… 네, 모으게 하는 데 있습니다. 이걸 마치고 나면…… 에, 그러니까 이게 끝나고…… 우리에게 단 하나의 정보라도…… 에, 그러니까 단 하나의 새로운 정보라도 제공할 수 있으신 분은 저를 찾아오셔서 보충 진술을 해주시기 바랍니다. 이제부터 여러분들은 걸으셔서…… 똑같은 경로로 걸으셔서…… 에, 그러니까 전번과 똑같이 해주시면 되는 겁니다.」

그는 반장에게 고개를 돌리고는 불안한 눈짓으로 물었다. 내가 알아듣게끔 얘기했죠? 반장은 애매한 몸짓으로 답하고는, 팔을 뻗어 확성기를 받아서는 챙겨 넣었다. 사람들은 움직이기 시작했다.

펜스를 따라 늘어선 제복 차림의 경찰관들은 증인들에게 전에 왔을 때의 순서대로 줄을 서는 게 좋을 거라고 말했다. 주위가 상당히 소란해졌다. 제가 여기였어요. 아, 천만에요, 당신은 저기였어요. 어, 그래요? 확실한가요? 마지막에 도착했던 장과 준비에브는 줄의 맨 끝으로 가서 섰다. 관객들은 좌석을 안내해 주는 사람 앞을 지나 홀 안으로 들어갔는데, 그곳에서도 똑같은 장면이 펼쳐졌다. 제가 여기 있었어요. 아, 미안하지만, 제가 여기에 있었어요, 이 키 큰 양반 때문에 시야가 가렸으니까, 제가 이분 뒤에 있었다고요!

프랑수아는 증인들의 말을 들어 보기 위해 사진사를 대동하고 최대한 빨리 줄을 따라 올라갔다. 잘하면 판사의 말까지 들어 볼 수 있으리라. 그런데 거기서 소환장과 함께 신분증을 제시해야 했다. 소환된 증인들에 속하지 못한 사진사는 온 길을 되돌아갔고, 프랑수아는 그 빌어먹을 소환장을 찾기 위해 호주머니들을 죄다 뒤집어야 했다.

「잠깐 기다려!」 프랑수아가 외쳤다.

그리고 자신 쪽으로 돌아선 사진사에게 나지막한 목소리로 말했다.

「왼쪽 첫 번째 거리로 가! 거기서 대기하고 있으라고!」

한 경찰관이 프랑수아가 소환장을 찾을 때까지 길을 막았다. 판사가 다가와서는 만면에 미소를 지으며 끼어들었다.

「이분은 신문사에서 나오셨소. 들어갈 수 있어요. 단…… 증인 자격으로만!」

이런 구분의 결과가 무엇인지, 잘 이해가 되지 않았다.

✳

「우린 여기였어!」 준비에브는 그 자리가 너무 자랑스러운 듯이 흐뭇해하며 말했다.

장의 시선은 화장실 쪽에 고정되어 있었다.

재연을 위해 상영관 소등과 영화 상영 시작이 세 번 되풀이되었다. 출입구를 통제하는 사람은 〈사람 살려!〉, 그리고 〈살인이야!〉를 다시 외쳐야 했다. 첫 번째 외칠 때는 극도로 격앙하여 목소리가 제대로 나오지 않았다. 준비에브는 홀 안에서 고래고래 소리쳤다.

「아무 소리도 안 들려요! 더 크게 말해요!」

그리고 이렇게 갑자기 소리를 지르는 것에 두 사람이 화를 내자 그녀는 단호하게 덧붙였다.

「왜, 내 말이 틀렸어? 소리가 없으면 똑같지 않단 말이야.」

현장 재검증은 한 시간 반 동안 계속되었다.

모두가 자리에 앉았을 때, 르누아르 판사와 탕플리에 반장은 상영관 한가운데 열 중앙 부분에 비어 있는 좌석 두 개가 눈에 확 들어오는 것을 보았다. 거기에 앉았던 두 관객이 나타나지 않은 것이다. 하지만 이들이 홀의 반대편 끝에 위치한 화장실에서 일어난 범죄와 관련되었을 가능성은 거의 없었다. 그들이 자리를 떠나거나 다시 돌아오기 위해서는 좌석열의 반에 해당하는 관객들이 일어서야 했을 터인데, 그때는 영화가 막 시작된 참이었던 것이다. 그들에 대한 가설은 점점 가능성이 줄어들었다.

이 비어 있는 두 자리의 양쪽에 앉은 관객들에게 질문해 봤지만, 그들은 아무것도 기억하지 못했다. 〈아주 건장한 체격의 여자였던 것 같아요〉라고 한 사람이 말했다. 〈천만에요, 회색 외투를 입은 젊은 아가씨였어요〉라며 다른 사람은 고개를 저었다. 「에이, 아니에요. 어쨌든 말이죠.」 세 번째 사람이 잘라 말했다. 「같이 온 사람과 얘기를 나누며 영화가 시작되기를 기다리는 상황에서, 옆에 누가 앉았나 보는 사람이 있나요?」

남은 것은 상영관 가장 안쪽 끝에 있는 세 번째 빈자리였다. 이에 대해서도 판사는 별다른 성과를 얻지 못했다. 「글쎄요,」 그 옆자리의 관객이 말했다. 「영화가 시작되었을 때 여기에 누군가가 있었는지 잘 모르겠네요. 확실치가 않아요.」

프랑수아는 이 틈을 이용하여 영사실로 올라갔다. 르 레장 영화관은 영세한 업소였던 까닭에 영사 기사는 이곳의 소유주이기도 했다. 또 그는 매표원 일도 하고 있었다. 볼이 통통하니 얼굴이 널찍한 이 남자의 입은 완벽한 수평선을 이루고 있었는데, 그 길이가 얼마나 긴지 안에 치아가 몇 개나 있을지 궁금할 정도였다. 나이는 50대 초반이고 머리는 백발이었다. 사건이 일어났을 때, 좌석을 안내해 주는 지네트를 다독여 『르 주르날』의 질문에 대답할 수 있게끔 해준 사람이 바로 이자였다. 프랑수아의 질문은 주로 기술적인 것들에 관련되어 있었다. 그는 영사실의 조그만 창문을 통해 무엇을 볼 수 있는지 알고 싶었다. 대답은 〈거의 아무것도 보이지 않는다〉였다. 거대한 몸집의 영사기가 가로막고 있기 때문에, 창문 안을 들여다보려면 곡예하듯 몸을 뒤틀어야 한다는 것이었다.

「그리고 말이죠.」 영사 기사가 치아를 온통 드러내며 덧붙였다. 「홀에 불이 들어와 있으면 뭔가가 보일 수도 있겠지만, 일단 불을 끄고 나면…….」

영사실을 둘러보는 프랑수아는 사람들이 이 직업에 열정을 갖는 이유를 이해할 수 있었다. 사람 키와 비슷한 영사기는 얘기를 나눌 수 있는 기계처럼 느껴졌다. 필름을 수선하는 용도의 작업대가 놓여 있었고, 필름 릴 박스도 수십 개 쌓여 있었다. 신비스러우면서도 편안하고 내밀한 공간이었다.

「열네 살이 됐을 때부터,」 영사 기사가 설명했다. 「전 항상 이 일이 하고 싶었어요.」

프랑수아가 보니 손가락에 결혼반지가 없었다. 그의 아내는 르 레장이었다.

「혹시 제가 물어볼 게 생기면…….」 프랑수아가 슬쩍 떠보았다.

사내는 그에게 손을 내밀었다.

「랑팡이오.」 그가 자신을 소개했다. 「데지레 랑팡.」

영사실로 올라오는 통로인 나선형의 철제 계단 때문에 마치 잠수함 속에 들어와 있는 기분이었다. 계단을 밟는 철컹대는 음향이 난간을 진동시켰다. 한 어린 소년이 올라왔고, 프랑수아는 지나갈 수 있게끔 옆으로 비켜 주었다.

「안녕하세요!」 층계참까지 올라온 아이가 인사했다.

「제 조카 롤랑이에요!」

프랑수아는 영사 기사의 목소리에 고개를 돌렸다.

「얘도 이 일에 완전히 빠졌어요.」 랑팡이 덧붙였다. 「야, 롤랑, 너도 홀딱 빠져 버렸어.」

아이는 얼굴을 붉혔고, 프랑수아는 미소를 머금었다. 이 영화관은 그 자체로 하나의 세계였다.

「네, 얘는 열한 살이에요. 아직 나이가 어려 모든 영화를 볼 수는 없지만, 시간이 나기만 하면 달려와서 도와주곤 한답니다. 그렇지 않니, 롤랑?」

아버지와 함께 있을 때 이와 비슷한 일들을 겪은 바 있는 프랑수아는, 이런 식으로 아이의 위치를 일방적으로 추켜 주면 당사자는 얼마나 정신적으로 꼼짝 못 하게 되는지 알고 있었다. 사실 이것은 정서적인 강도질이나 마찬가지였다. 자기 아이를 대신해서 얘기하는 것, 이는 펠티에 씨도 종종 하던 짓이었다.

현장 재구성 중에, 증언을 보충할 첫 번째 정보를 제공할 사람으로 네 명이 손을 들었다.

판사가 다른 관객들에게 감사를 표한 뒤 이제는 떠나셔도 된다고 말하자마자, 프랑수아는 부리나케 비상구 쪽으로 달려갔다. 구멍에 대롱대롱 매달린 것과 다름없는 문손잡이는 거의 그의 손에 들려 있다시피 했다. 장식물에 불과한 비상구 문은 이미 반쯤 열려 있었다. 프랑수아는 문을 열어 사진사를 슬그머니 들어오게 해서는 속삭였다. 「내가 말하면 딱 1초 안에 플래시를 터뜨려야 해, 알겠어? 두 번째 기회는 없어. 곧바로 쫓겨나게 될 테니까!」

판사는 상영관 한쪽 스크린 근처에서 반장과 함께, 아직 가지 않고 어정거리는 관객 몇 명에 둘러싸여 증인들을 맞았다. 제복 차림의 한 경찰관이 형식적인 어조로 〈자, 여러분, 판사님이 일하실 수 있도록 해주세요〉라고 말했지만 아무도 움직이지 않았다.

한 증인은 아까 앉은 자리가 자기가 앉았던 자리인지 확실치 않다고 진술했다. 판사는 당황하여 되물었다. 「네? 그게 다예요?」 그게 다였다.

두 번째 증인은 좌석을 안내해 주던 사람이 〈살인이야!〉라고 외쳤다는 사실에 이의를 제기했다. 그의 말로는 〈살인범이 있어!〉가 맞다는 것이었다.

판사는 당혹감에 사로잡혀 세 번째 증인에게로 몸을 돌렸는데, 이 증인은 왜 자신이 손을 들었는지를 더 이상 기억하지 못했다.

프랑수아는 판사만큼이나 기분이 상하여, 그 속에 여러 가지 생각을 담은 묘한 미소와 함께 이 모든 광경을 지켜보고 있는 반장을 쳐다보았다.

「저는 화장실에 있었어요.」 네 번째 증인이 진술했다. 오늘을 위해 예쁘게 꾸미고 나온 50대 여성, 마르트 수비로였다.
「불이 꺼졌을 때 화장실에서 나와 홀 쪽으로 돌아가고 있었는데 어떤 남자가 저를 밀쳤어요.」

「잠깐, 잠깐…….」 이 새로운 사실에 깜짝 놀란 판사가 말했다. 「어떤 남자라고…… 그런데 이 얘기를 지금 하나요?」

여자는 죄책감을 느낀 듯, 얼굴이 굳었다.

「처음에는 기억이 잘 안 나셨겠죠…….」 옆에서 반장이 슬쩍 변호해 주었다.

경찰관의 온화하고 부드럽고 따뜻한 목소리에 안심이 된 그녀는 그에게로 고개를 돌리고는 대답했다.

「거기에 갔던 것은 기억이 났어요. 그러니까 화장실에요. 하지만 언제 갔었는지는 기억이 안 났어요. 영화 보고 싶은 마음이 너무 급했거든요, 이해하시죠?」

그녀는 홀 어딘가에 위치한 어떤 모호한 지점으로 눈길을 돌렸다.

「그런데 남편이 저에게 다시 생각해 보라고 했어요. 〈당신이 화장실에 간 게 바로 그때야〉라고 말하더군요. 그러니까 비로소 생각이 났어요. 어떤 남자가 절 떠밀었는데, 영화가 막 시작했어서 저는 멈추지 않고 계속 간 거예요. 누구라도 그러지 않았겠어요?」

「뭐라고요? 어떤 남자라고요?」 다시 판에 끼려는 판사가 끼어들며 물었다. 「어떤 남자 말입니까? 어떻게 생겼던가요?」

수비로 부인은 그를 불안하게 쳐다보았다. 그는 지나치게 흥분해 있었다.

「지금 판사님께서 묻는 것은,」 반장이 차분하게 설명했다.

「부인께서 그를 알아볼 수 있겠냐는 것이에요.」

「아마도요.」여자가 고개를 갸웃하며 대답했다. 「확실하지
는 않지만, 그래요, 어쩌면…… 글쎄요, 잘 모르겠네요.」

「자, 빨리!」 프랑수아가 사진사에게 외쳤다.

플래시 빛이 번쩍하며 홀 안을 비췄다. 모두가 고개를 돌렸
고, 판사는 입을 벌렸다. 하지만 너무 늦었다. 프랑수아는 두
손을 쳐들어 보였다. 네, 알겠어요, 알겠어요, 갈게요.

「제대로 잡았어?」 그는 좌석들을 따라 출구 쪽으로 올라가
며 물었다.

「화면이 꽉 차게 잡았지!」

보도에는 준비에브와 장만 남아 있었다.

「난 아주 실망스러웠어.」 그녀가 말했다. 「다른 것을 기대했
는데…….」

프랑수아는 벌써 택시를 부르고 있었다.

「미안해요, 전 이만 가봐야겠어요.」

차가 달리는 동안, 그는 어떤 제목을 달까 생각하며 맹렬히
메모했다. 캥캉푸아가에 도착한 그는 사진사를 보내어 현상을
해 오게 했다.

「사진이 나오는 대로 내게 가져다줘!」

그는 데니소프의 사무실까지 뛰어 올라가, 그에게 자신의
수첩을 내밀었다.

한 깜짝 증인의 단언.
〈난 메리 램슨 살인범을 알아볼 수 있어요.〉
이제 경찰은 범인을 꼼짝 못 하게 할 수도 있을

〈타피사주〉[10]를 신속히 시행해야 할 듯함.

프랑수아는 덧붙였다.

「증인 사진도 찍어 왔어요. 사진을 가진 것은 우리뿐이에요!」

데니소프는 혀를 튕겨 딱 소리를 냈는데, 그 의미인즉슨 〈잘했어!〉였다.

프랑수아에게 오늘은 정말이지 힘든 하루였다.

기사를 완성하고, 다시 읽어 보고, 승인까지 받고 나서 이 고된 하루도 다 끝났다고 생각하고 있는데, 천만의 말씀이었다. 『르 주르날』건물을 나와 보니, 엘렌이 조그만 가방 하나를 들고 보도에 서서 그를 기다리고 있었다.

10 tapissage. 목격자 앞에 여러 명의 용의자나 그 사진을 늘어놓고 그중 하나를 지목하게 하는 수사 방법.

21
전 보잘것없는 종일 뿐이에요

폭풍우가 휩쓸고 지나간 뒤처럼 몇 분 동안 사이공에는 어수선한 정적이 감돌았다. 신도들 행렬의 후미는 북과 바라와 크레셀[11]을 치는 대열이 차지했고, 얼마 안 있어서는 멀리 아스팔트 위에서 뿌연 아지랑이처럼 흔들리는 튜닉[12]들의 알록달록한 색깔만 보였다. 끝까지 따라간 사람들은 수백 명의 신도가 이 종파의 성전으로 변한 거대한 창고 안으로 들어가는 모습을 보았다. 허리가 부러질 정도로 짐을 멘 짐꾼들이 항구의 배에서 선적하고 하역하는 모습을 어마어마한 크기로 그려진 문장(紋章)들이 내려다보았다.

중심가의 거리들은 일상을 회복했고 방금 본 시에우 린의 행진 광경에 대한 대화가 만발했다. 에티엔은 갑자기 교주가

11 한쪽 방향으로 돌리면 딱딱 소리가 나는 나무로 된 타악기. 영어로는 래칫 ratchet이라고 한다.
12 튜닉은 일반적으로 허리 정도까지 내려오는 원피스 옷을 말한다. 여기서는 베트남의 전통 의상 아오자이를 생각하면 되는데, 아오자이는 여성만 입는 게 아니라 남성도 입으며, 특히 종교적 행사에 제의로 착용된다.

되어 나타난 지엠의 모습을 생각하며 여전히 웃고 있었고 가스통 역시 벌어진 입을 다물지 못했다. 아페리티프 한잔 하러 가자는 장테의 제안에 따라 지금 세 사람은 카페테라스에 앉아 있었다.

「와, 지엠 그 친구, 정말 기가 막히네.」 어떤 일에도 놀라는 법이 없는 장테가 말했다.

「피아스트르로 한 건 한 거야, 뭐야?」 사이공의 모든 중요한 사건을 외환국의 일에 결부시키는 가스통이 물었는데, 이런 그의 생각은 진실에서 크게 벗어나는 것이 아니었다.

「우리의 친구 덕분에(장테는 매우 격식을 차린 손짓으로 정중하게 에티엔을 가리켰다) 지엠은 50만 피아스트르어치의 아주 멋진 거래를 성사시킬 수 있었어.」

이 쾌거에 대한 그의 말이 비꼬는 것인지, 아니면 경탄하는 것인지 분간하기 힘들었다.

그는 〈부둣가의 창고를 사서 성전으로 바꾸어 놓기에 충분한 액수였지〉라고 덧붙였다.

가스통은 전문가로서 엄지를 치켜올렸다.

큼지막한 미소를 지어 보이는 에티엔의 머릿속에는 무수한 질문이 떠오르고 있었다. 시에우 린의 교주가 그런 위광에 둘러싸여 있다는 사실이 놀랍기 그지없었다. 하찮은 인물로 알려진 지엠과는 전혀 어울리지 않았다. 몇 달 전 그가 갑작스레 사이공을 떠난 데에는 어떤 의미가 있는 걸까? 어떻게 그가 열병 걸린 아이들을 치유하는 능력이 있는 사람으로 통하게 된 걸까? 어떤 신성한 계시를 받기까지 은자로 지냈던 걸까? 그의 진정한 계획은 무엇일까? 단지 돈을 벌고 수익을 얻는 게 그의 목적일까?

이런 생각들을 하고 있는데 빈이 나타났다.

여자를 선호하는 남자들까지 포함하여 이 젊은이의 매력에 무심할 수 있는 사람은 아무도 없었다. 그가 출현하자 돌 같은 심성의 소유자들마저도 현기증 같은 것을 느꼈다. 에티엔은 가스통도 그런 기미를 보이는 것을 재미있게 지켜봤는데, 그가 이러는 것은 처음이 아니었다.

빈은 항상 거의 초연하다고까지 할 수 있을 정도로 차분한 얼굴을 하고 있었다. 그는 에티엔 쪽으로 고개를 기울였다.

「교황님께서 잠시 선생님과 말씀을 나누고 싶으시답니다.」

교황이라……. 에티엔은 폭소를 터뜨렸다. 정말이지 오늘은 기막힌 날이었다. 반면 빈은 화가 났다. 그의 얼굴에 살짝 스치는 그림자가 그걸 말해 주었다. 그는 아주 엄숙하게 〈교황〉이라고 말했는데, 에티엔이 웃어 대자 기분이 상한 것이다.

「자, 여러분!」 에티엔이 일어서며 말했다. 「의무가 저를 부르고 있군요! 우리의 새 메시아님과 대화를 나누기 위해 잠시 여러분 곁을 떠나야 할 것 같습니다.」

그는 자신의 잔을 단숨에 비웠다.

「잠깐 기다리세요. 전 눈물을 흘리고, 무릎을 꿇고, 용서를 구한 후, 다시 돌아와서는 코가 비뚤어지게 마시겠습니다.」

장테는 에티엔을 쳐다보지도 않고서 머리 위로 잔을 들어 올렸다.

「성스러운 부스러기 몇 개라도 가져다주게나. 내가 칵테일 한잔 쏠 테니까.」

에티엔은 신도들로 가득한 성전 같은 곳을 예상했는데, 그
곳은 거의 비어 있었다. 그는 장소의 광대함과 장식의 화려함
에 숨이 멎어 오랫동안 문턱에 서 있었다. 널찍한 중앙 공간의
양편에는 채색된 높직한 병풍들이 단을 이루었고, 그 각각에
는 실재하거나 신화에 나오는 동물들을 재현한 우의적인 형상
들이 올라가 있었다. 에티엔은 꿀벌, 공작새, 콘도르, 새우 등
을 알아볼 수 있었는데, 그 아래에는 시에우 린의 상징이 새겨
지고 등잔들이 놓인 제단들이 보였다. 또 제물이 담긴 장식 그
릇들 옆에 헤아릴 수 없이 많은 향대들이 타오르고 있었다. 전
에는 고측창(高側窓)[13]으로 사용되었고, 지금은 우의적인 장면
들을 재현한 스테인드글라스가 된 4~5미터 높이의 유리창들
은 천장을 뒤덮은 짙은 향연(香煙) 속에 흐릿하게 빛나며 이 성
전이 거대한 유령선처럼 보이게 하는 데 일조했다. 하지만 가
장 놀라운 것은 거대한 병풍들을 장식한 장려한 그림들로, 그
각각에 전신상으로 그려진 인물들을 발견한 에티엔은 놀라지
않을 수 없었다. 거기에는 군중에게 팔을 쭉 뻗어 현미경을 보
여 주는 마리 퀴리, 어느 때보다도 수염이 무성한 얼굴을 한 채
학술원 회원 제복 차림으로 정의의 화신인 양 꼿꼿이 서 있는
빅토르 위고, 깃털 펜으로 『삼총사』를 집필 중인 곱슬머리 알
렉상드르 뒤마가 있었다. 좀 더 멀리에는 행성들로 장식된 왕
관을 머리에 쓴 아인슈타인, 침대 시트 같은 수녀복 속에서 쾌

13 채광과 환기를 위해 높은 곳에 일렬로 배치된 창.

감을 느끼는 것인지 출산의 고통을 느끼는 것인지 알 수 없는 성 테레사,[14] 그리고 주사기를 높이 쳐든 루이 파스퇴르가 보였다. 에이브러햄 링컨과 잔 다르크 사이에서 십자가에 달려 있는 예수, 그리고 마호메트와 레프 톨스토이……. 어떤 성당에서도 마주칠 법하지 않은 이 모든 인물들은, 반듯이 그어진 수평선과 원경(遠景)에서 빛나는 태양이라는 똑같은 배경 속에 그려져 있었다.

처음 도착했을 때 느꼈던 웅장한 인상은 장소가 텅 비어 있기에 더욱 강하게 다가왔다.

이윽고 놀라움에서 벗어난 에티엔이 자문했다.

「그런데 그 바보들, 다 어디로 갔지?」

그는 입 주위에 손나팔을 만들었다.

「지이이에에에엠!」

「히히히히…….」

에티엔은 몸을 돌렸다. 지엠이 미소를 지으며 서 있었다. 여전히 그 긴 빨간 토가를 늘어뜨린 채, 커튼 줄 매듭 같은 조그만 목면 방울 술들로 둘러싸인 샬럿케이크[15] 비슷한 빨간 모자를 쓴 채 말이다. 에티엔은 이 기묘한 벙거지를 보고 어린 시절 내내 베이루트에서 보았던 그 튀르키예 모자를 떠올렸다. 이 모자는 위가 아주 높았는데, 어쩌면 수탉 볏 같은 도가머리가 머리에 달라붙는 것을 막기 위해서인지도 몰랐다. 지엠은 더

---

14 〈아빌라의 테레사〉는 16세기 스페인의 성녀로, 20대에 기도 중에 천사가 나타나 불로 된 창으로 가슴을 찌르는 신비 체험을 했다고 하는데, 이때의 느낌이 극도의 고통인지 아니면 황홀감인지 분간할 수 없었다고 한다.

15 기둥 형태의 비스킷들을 울타리처럼 둥글게 배치하고, 그 안에 무스나 크림, 커스터드 등을 채워 만든 케이크.

이상 그가 기억하는 얼굴이 아니었다. 그 불룩하고 반들반들
한 광대뼈와 샐샐 웃는 듯한 눈매는 여전했지만, 이제 그에게
서는 부자연스럽고도 꾸민 듯한 무언가가, 겸손하면서도 흡족
해하는 듯한 분위기가 느껴졌다.

「에티엔 씨.」

「아, 지엠, 전…….」

지엠은 갑자기 손을 저어 그의 말을 중단시켰다.

「로안이라고 불러 주세요.」

「좋아요, 로안이라고 합시다.」

시에우 린의 교황이 고개를 지그시 기울이고는 속삭였다.

「그게 〈불사조〉라는 뜻이에요, 자신의 재에서 다시 태어나
는. 히히히……. 자, 이리로 오세요, 에티엔 씨.」

그들이 녹색과 금색의 무수한 양탄자들로 덮인 중앙 통로를
따라 올라가기 시작했을 때, 에티엔은 비어 있다고 생각했던
성당에 사실은 사람들이 우글댄다는 사실을 알게 되었으니,
교황이 지나감에 따라 흰색 토가 차림의 신도들이 여기저기 있
는 내실들에서 나와 꿇어앉는 것이었다. 로안은 담담한, 아니
거의 소탈하기까지 한 위엄을 내보이며 그저 걷기만 했다. 마
치 한 걸음 한 걸음이 어떤 숙고나 기도의 결과이기라도 하듯
놀라울 정도로 느릿한 걸음이었다. 에티엔은 뒤를 돌아보았다.
정문 부근에 남아 있던 빈도 꿇어앉아 머리를 조아리고 있
었다.

내진(內陣)[16] 쪽으로 나아가는 에티엔은 물과 흙과 공기와

16 성당에서 성가대와 성직자가 차지하는 자리로, 성당의 맨 앞부분에 해당
한다.

불이 그려진 거대한 깃발들이 천장에서부터 내려와 있는 것을 발견했다.

마침내 건물의 가장 안쪽에 이른 그들은 세 개의 계단을 올라 어느 방으로 들어갔다. 그곳에는 실크 천이 씌워진 안락의자, 화려한 무늬의 쿠션, 이국적인 나무로 만든 목침이 딸린 침상, 상아 상감 세공으로 상판이 장식된 나지막한 탁자 들이 갖추어져 있었고, 이 모든 것들은 향대와 차와 후추 냄새, 그리고…… 에티엔으로서는 분명히 감지할 수 있는 아편 냄새가 뒤섞인 향에 잠겨 있었다. 뾰족한 턱수염을 기른 쭈글쭈글한 얼굴 위에 역시 방울 술 장식이 달린 파란 모자를 얹어 놓은, 아주 늙어 보이는 네 명의 고위 성직자가 그들에게 나와 깊이 허리 굽혀 인사했다. 흰 토가의 헐렁한 천 속에 손과 팔이 파묻혀 보이지 않았다. 그들은 차와 매캐한 냄새를 뿜는 등잔 하나를 받쳐 들고 조용히 들어오는 파란 토가 차림의 네 신도와 엇갈리며 사라졌다.

「지금 등잔이 필요한가요?」 에티엔이 물었다.

「이것은 깨달음의 등잔이에요, 에티엔 씨.」

「아, 그거 진짜 잘됐군요, 지…… 아니 로안. 왜냐하면 나는 정말로 알아보고 싶은 게 두어 가지 있거든!」

로안은 안락의자 하나를 가리켜 보인 다음, 자신도 아주 조그만 단 위에 놓인 안락의자에 가서 앉았다. 왜소한 체구의 그였지만 그렇게 자리를 잡으니 마치 옥좌에 앉은 것처럼 아래를 굽어보는 위치가 되었다. 모자의 도토리 술 장식이 잠시 춤을 추다 움직임을 멈췄다.

한 신도가 조용히 들어와 교황 뒤에 서서는 너무나도 엄숙한 자세를 취한 채 두 손으로 펠트 모자를 벗기자 하늘을 향해 오연하게 일어선 머리칼이 드러났다. 신도는 방울 술 장식의 모자를 높직한 탁자 위에 경건하게 내려놓은 후 사라졌다.

에티엔은 양손의 엄지를 들어 올려 경의를 표한 뒤, 새 아파트를 감탄하며 보듯 사방을 둘러봤다.

「전 당신이 냉장고 세일즈맨인 줄 알았어요. 예를 들자면 말이죠! 이야, 바로 이런 걸 보고 성공했다고 하는 거지!」

「히히히!」 로안이 손바닥으로 입을 가리고 웃음을 터뜨렸다.

「또 〈히히히〉 하고 웃네요. 절 위해 그렇게 하는 거라면 이제는 안 그래도 돼요.」

로안은 웃는 듯한 조그만 눈으로 그를 힐끗 쳐다보았지만, 아무 말도 하지 않았다.

「당신이 어느 날 갑자기 픽 사라져 버리고 나서부터는 어떻게 된 일인지 아무것도 모르겠어요. 전 당신을 찾았는데 집에 가보니 아무도 없더군요. 마치 공황에 사로잡혀 급히 떠난 사람처럼……」

「오, 아니에요, 에티엔 씨, 공황 같은 것은 전혀 없었어요.」

그가 손짓을 하자 두 제자가 들어와 정확하고도 정중한 동작으로 차를 따랐다.

「그게 말입니다……」 그들이 떠나가자 교황이 말을 이었다. 「선생께서 그 이체 건을 승인해 주셨을 때 ― 아, 에티엔 씨, 제가 마땅히 감사를 표해야 했는데 미처 그럴 시간이 없었네요 ― 그러니까 간단히 말해서, 전 제…… 동업자들이 이 상황을 너무 크게 이용해 먹는 것을 원하지 않았어요. 그러니까 거기서 꾸물거리지 않는 편이 나았죠. 무슨 말인지 이해하겠어요?」

에티엔의 머릿속에 아요가의 가짜 주소지에 위치한 무역 회사 페테르스 & 르노가 떠올랐다.

「어떤 파트너들은 갑자기 아주 탐욕적으로 나오곤 해요. 무슨 일이 일어날지 아무도 모르죠. 이제는 마음 편히 돌아올 수 있어요. 무서울 게 하나도 없거든요. 난 지고의 영혼의 사자니까요. 무슨 말인지 아시겠어요?」

몸을 조금만 움직여도 도가머리가 그네처럼 흔들리는 지엠을 보니 에티엔은 미친 듯이 웃음이 치밀었다.

「그런데…… 그게 당신에게 어떻게 찾아왔나요?」

「계시가 있었어요, 네, 네, 네……. 지고의 영혼께서 제게 나타나서 말씀하셨죠. 〈그런 헛된 일들은 그만하고, 이제 진실을 선포하라.〉 거기서 우리 교회의 이름이 나온 거죠. 시에우 린은 〈지고의 영혼〉이라는 뜻이에요.」

「이체가 있기 전의 일인가요, 아니면 이후인가요?」

「그 직후예요. 지고의 영혼께서는 오래전부터 절 선택하셨지만, 제가 그분의 말씀을 전할 수 있는 여건이 될 때까지 기다리신 거죠.」

「오, 아주 현명하시군요.」

로안은 차를 홀짝홀짝 마시면서 잔 너머로 에티엔에게 더없이 행복하고도 만족스러운 미소를 지어 보였다.

「또 궁금한 건 말이에요, 지…… 아니, 로안…… 당신은 당신의 사업을 불과…….」

「사업이 아니라 교회!」

「아, 미안해요, 당신의 교회……. 당신은 그걸 불과 몇 주 만에 일으켜 세웠는데, 정말 빨랐네요.」

잔을 내려놓은 로안은 자신의 마음과 영혼을 다 털어놓을 수 있게 되어 행복하고 안도한 사람의 얼굴을 하고 에티엔 쪽으로 지그시 몸을 기울였다.

「맞아요, 아주 빨리 일으켰죠. 에티엔 씨, 그 이유를 아세요?」

에티엔은 아니라는 뜻으로 눈썹을 꿈틀해 보였다.

「즉각적인 성공을 거둔 것은 우리가 드높은 가치를 지닌 종교를 창시했기 때문이에요. 일테면 이것은 최상품이라 할 수 있죠, 에티엔 씨. 더 좋은 걸 만들어 내는 건 힘들어요. 지고의 영혼께서는 저를 통해(그는 겸손한 자세로 가슴에 손을 얹었다) 우리에게 설명하셨어요. 당신께서는 인류 역사를 통해 수많은 메시아를 보내왔고, 이제 당신께서 다스리는 시대가 왔다고요. 다시 말해서 그분께서 직접 다스린다는 얘기입니다.」

「아, 초상화들이 바로 그 얘기였구먼! 빅토르 위고, 링컨…….」

「심지어는 예수도 있죠! 모두가 지고의 영혼께서 보내신 인물들이에요. 그들은 그분의 명에 따라 인류에 이로운 일들을 행해 왔어요. 그리고 이제는…….」

「이제 메시아는 당신인가요?」

「에티엔 씨, 저를 비웃는군요. 제가 시에우 린의 교황으로 지목된 것은 사실입니다만, 전 보잘것없는 종일 뿐이에요. 기껏해야 지고의 영혼의 사자일 뿐입니다. 전 그분과 접촉하고 있어요. 그분이 제게 메시지를 주시면, 전 그저 그것을 신도들에게 전달할 뿐 다른 일은 하지 않아요. 이런 식의 설명이 더 나을지도 모르겠는데, 시에우 린은 모든 종교의 자연스러운 귀착점이라 할 수 있어요. 일종의 통합 교회인 셈이죠! 어떤 메시아를 믿든 누구나 다 들어올 수 있어요, 네, 네, 네!」

「당신이 굉장한 치유를 행했다는 얘기를 들었는데요. 아이들 열병이 떨어진 것은 당신 덕분이었나요?」

로안은 수줍게 눈을 내리깔았다.

「지고의 영혼께서 손바닥에 약간의 키니네를 묻히는 것을 허락해 주셨죠.」

에티엔은 씩 웃지 않을 수 없었다.

「뭐, 돕기 위해서였겠죠.」

「네, 바로 그거예요!」 로안이 말했다. 「그렇게 하면 사람들을 설득하는 데 도움이 되거든요. 이젠 그게 더 이상 필요치 않아요. 신도들이 새 신도들을 알아서 데려오기 때문에.」

에티엔이 느끼기에, 공기 중에 희미하게 떠도는 이것은 분명 아편 냄새였다. 침묵으로 끊어지는 일이 반복되는 그들의 대화는 대국자가 생각할 시간을 충분히 갖는 체스 게임과 유사한 면이 없지 않았다.

「지고의 영혼이 교황인 당신을 직접 찾아온다고 했죠. 아마 꿈속에서 찾아오겠죠?」

「아뇨, 아뇨, 아뇨. 에티엔 씨, 그분은 제게 글을 쓰세요.」

「그럼 우편 배달부가 그분의 편지들을 당신에게 가져다주나요?」

「쯧쯧쯧…….」

로안은 팔을 뻗어 그리폰[17]의 발이 달린 조그만 원탁 쪽을

---

17 그리스 신화에 나오는 괴물. 사자와 독수리 등 여러 동물을 합친 형상인데, 앞발은 맹금류의 발톱처럼 생겼다.

가리켰다.

「진리의 바구니예요. 지고의 영혼께서는 거기에 달린 펜으로 그분의 명(命)을 써서는 종이를 바구니 속에 넣으시죠. 그럼 전 그것을 읽어서 신도들에게 알리는 거예요. 이렇게 그분의 말씀이 직통으로 우리에게 내려오기 때문에, 우린 틀릴 수가 없는 거예요.」

에티엔은 원탁 쪽으로 검지를 내밀었다.

「한번 봐도 될까요?」

로안은 환한 얼굴로 팔을 크게 저으며 에티엔에게 가서 보라고 청했다. 그것은 어디에서나 볼 수 있는 조그맣고 길쭉한 버드나무 바구니로, 손잡이에 볼펜 하나가 줄로 매여 있었다. 에티엔이 교황 쪽을 돌아보니 그는 만져 봐도 괜찮다는 표시로 눈을 깜빡였다. 이에 에티엔은 볼펜을 살며시 집어 들었고, 그 상단에 인도차이나 외환국의 이름이 새겨져 있는 것을 보았다. 이체 신청하러 온 민원인들이 서류에 서명할 때 사용하는 바로 그 모델이었다.

「놀랍네요.」 에티엔이 자기 자리로 돌아오며 말했다. 「그러면 그분은 당신에게 프랑스어로 글을 쓰나요? 그분의 메시지 중 하나를 읽어 볼 수 있어요?」

로안은 오른쪽에 놓인 옻칠한 조그만 콘솔 테이블의 서랍 쪽으로 팔을 뻗어서는, 거기서 종이쪽지 한 장을 경건하게 꺼냈다. 에티엔은 그게 어떤 성물이라도 되는 듯이 아주 조심스럽게 받아 읽어 보았다. 〈프랑스인들과 연합하라.〉

「와, 이거 대단하네요. 이 최고의 영혼께선 철자법은 그리 강하지 않지만……..」

「지고의!」

「아, 미안해요! 어쨌든 저도 그 순간을 한번 참관해 보고 싶네요. 이 지상(至上)의 영혼께서 당신에게 편지를 쓰시는 그…….」

「〈지고의〉예요, 에티엔 씨, 지고의 영혼이라고요! 하지만 그 진실의 순간을 함께하는 것은 오직 대사제들에게만 허용되어 있어요.」

「아…… 그런 사람들이 많나요?」

「아직은 제 동생과 아내, 그리고 전에 제 이웃이었던 분, 이렇게 세 사람뿐이에요. 이분은 아주 믿음이 깊으시죠, 네, 네, 네. 초창기에 들어온 분이고요. 지고의 영혼께서 이 대사제들을 임명하는 거죠.」

에티엔은 갑자기 벌떡 일어섰다. 로안이 반사적으로 흠칫하는데, 청년은 벌써 그의 귀에 대고 묻고 있었다.

「그런데 말이에요, 지금 공기 중에 아편 냄새가 조금 나지 않아요?」

「에티엔 씨, 제가 교회에서 맡은 책무가 너무 무거워서, 지고의 영혼께서는 약간의 휴식을 허락하셨답니다. 너무 남용하지 않는다는 조건으로요.」

이제 에티엔은 속삭이고 있었다.

「혹시 지금이 그 휴식 시간이 아닐까요?」

「애석하지만 아니에요, 에티엔 씨. 전 조금 있다가 말씀 예배를 이끌어야 해요.」

에티엔의 눈이 둥그레졌다.

「지고의 영혼께서 말씀이 없으시면 안 되겠죠, 무슨 말인지 아시겠어요? 그래서 저는 큰 예배 중에, 모인 신도들 앞에서 볼펜 심을 갈아야 한답니다. 그분께서 우리에게 메시지를 계속 내려 주실 수 있도록 말이죠.」

「아주 신중한 처사군요. 네, 아주 현명해요.」

에티엔은 검지를 뻗어 천장을 가리켰다.

「그분께서 전화가 없으셔서 참 안됐네요, 안 그래요?」

「너무 짓궂으시네요, 에티엔 씨.」

「아, 천만에요! 전혀 그렇지 않아요! 그리고 당신에게 군대가 있다는 얘기도 들었는데……?」

「군대라고도 할 수 없는 보잘것없는 거예요. 그저 형제들의 안전을 책임지는 신도 몇 사람을 얘기하는 겁니다.」

「신도 몇 사람이라…….」

「4백 명 조금 넘어요.」

에티엔은 감탄하며 입을 딱 벌렸다.

「에티엔 씨, 너무 아쉽습니다만, 곧 예배가 시작되기 때문에 전 준비를 해야 해요.」

한 신도가 나타나서는 교황의 머리에 방울 술 모자를 다시 올려놓았다. 자리에서 일어선 그는 연단으로 통하는 계단을 내려갔고, 두 사람은 출구 쪽으로 향했다.

「한 가지 더 물어볼게요.」 에티엔이 말했다. 「당신의 신도들은 이 모든 것을 믿나요? 그러니까, 그들이 이 모든 것을 정말로 믿느냐고요.」

로안은 걸음을 멈추었고, 한참 동안 눈으로 허공을 더듬었다.

「에티엔 씨, 솔직히 말해서 이 교회의 성공에 저 자신도 놀랐어요. 그리고 지고의 영혼께서 당신의 때를 기가 막히게 고르셨다는 것을 깨달았죠. 프랑스는 더 이상 인도차이나에 해결책이 될 수 없어요(이 사실을 프랑스 혼자만 모르고 있죠). 이 땅을 적화하려 하는 베트민 앞에 과연 무엇이 남아 있죠? 그건 종교예요. 우리는 교회가 자리 잡는 곳마다 신도들에게 보호해 주겠다고 제의하고 있어요. 아시아에서는 고립되어서는 아무도 살아남을 수 없어요. 반드시 어떤 무리에 속해야 하죠. 지고의 영혼께서는 두 팔을 활짝 벌려 신도들을 보호해 주신다는 것, 이게 바로 우리에게 합류하는 사람들이 깨달은 사실이죠.」

에티엔의 머릿속에, 신도들의 행렬 양편에서 어깨에 만도를 둘러메고 사이공의 거리를 행진하던 사내들의 모습이 언뜻 떠올랐다. 또 〈식민 지배를 하는 프랑스와 무시무시한 베트민 사이에서, 신흥 종교는 약간이나마 평화를 얻을 수 있는 유일한 해결책이기 때문이야〉라는 벨루아르의 설명도 생각났다.

「그리고 말이에요, 안 보이는 동안 어디에 가 있었어요?」

「히엔지앙 지방에요. 사이공에서 북서쪽으로 몇 시간 거리에 있는 곳이죠.」

로안은 미소를 짓다가, 에티엔의 얼굴이 일그러지는 것을 보고 손을 내밀었다.

「아니, 왜 그래요, 에티엔 씨? 어디가 안 좋아요?」

그는 정말로 걱정하는 듯했다.

「아니, 아니, 괜찮아요. 좀 더워서 그런 모양이에요.」

로안은 나를 고의로 괴롭히는 걸까? 에티엔은 분명히 알아보고 싶었다.

「그게…… 당신도 알겠지만…… 거기가 제…… 사촌이 죽은 곳이에요. 그 외인부대 병사 말이에요.」

「아, 미안해요!」 로안은 손으로 입을 획 가리면서 사과했다. 「미안해요, 그걸 잊고 있었네요…….」

「골풀 계곡에서요.」

「아, 그래요, 히엔지앙 북쪽의 평원에 있는 곳이죠.」

에티엔은 잠시 정신을 차릴 시간을 벌고자 이렇게 물었다.

「당신은 왜 그 지방에 갔었죠?」

로안은 두 손을 펼치며 어깨를 으쓱해 보였다.

「지고의 영혼께서 절 그곳으로 이끄신 거죠. 베트민군 때문에 어려움을 겪고 있는 곳이에요.」

「그래서요……?」

「그래서 그곳 주민들은 한 가지 바람밖에 없어요. 자신들을 갈취하고, 겁주고, 살해하는 그 공산주의자들을 떨쳐 버리는 거죠! 이게 바로 우리 교회가 그 지역에 아주 잘 자리 잡을 수 있었던 이유예요. 우린 파견군보다도 확실한 해결책이죠.」

에티엔은 로안의 책략이 뭔지 대충 알 것 같았다.

「그래서 당신은 프랑스에게 일종의 봉사를 제의하고 있군요.」

로안이 히, 히, 히, 조그맣게 웃음을 터뜨리자, 에티엔은 손을 들어 멈추게 했다. 시에우 린의 교황은 기분 나빠 하지 않고 이번에는 달래는 듯이 부드러운 어조로 말했다.

「대행 행정관께서 우리의 존재에 아주 만족해하고 있답니다.」

간단히 말해서 현지에 있는 프랑스 정부 대표자는 로안의 종파가 자리 잡을 수 있게끔 도울 준비가 되어 있다는 얘기였다.

「그리고 당신은 고등 판무청과 파견군이 당신들 간의 합의를 인정해 주기를 바라고 있군요…….」[18]

「네, 바로 그거예요.」

「당신은 프랑스 정부에게 일종의 프랜차이즈 계약을 제안하고 있나요? 그런 건가요?」

「프랜차이즈 계약이라……. 에티엔 씨, 그건 좀 저속한 표현이긴 하지만 뭐, 그런 면도 없지 않아요. 우린 현지에 자리 잡고 있는 중이에요. 프랑스의 도움을 받아 베트민을 지역에서 쫓아내고 있죠. 각자에게 이익이 있어요. 우린 독립적인 종교로 남아 있을 수 있고, 프랑스는 발에 박힌 그 못된 가시를 빼내어 계속 깃발을 나부낄 수 있으니까요.」

에티엔은 사이공 중심가에서 행해진 그 행진의 이유를 보다 잘 이해할 수 있었다.

「그리고 당신은 자신이 이 약속을 이행할 능력이 있는 세력이라는 것을 고등 판무청에 보여 주기 위해 약소하게나마 수천 명의 신도를 몰고 왔고요.」

로안은 조용히 박수를 치고는 이렇게 덧붙였다.

「절 인도하시는 지고의 영혼께서는 아주 명석하시죠, 네, 네, 네.」

그가 〈네〉라고 말할 때마다 모자의 방울 술들이 살아 있는 동물들처럼 즐거이 얽혔다.

---

18 인도차이나 식민지에서 프랑스는 일반적으로 신흥 종교들에 대해 관대한 입장을 취하지 않았다. 가톨릭 국가이며 합리주의적인 프랑스 입장에서는 미신적인 데다가, 종종 베트민과 동조하여 반기를 드는 신흥 종교들이 마땅치 않았기 때문이다. 하지만 로안의 경우처럼 베트민에게 적대적인 태도를 취하고 프랑스의 인정과 보호를 받으려 하는 종파도 있었다.

「그리고 엄청나게 전략적이시고요!」

「수천 년의 경험 덕분이에요, 에티엔 씨!」

그들이 문을 열었을 때, 에티엔은 헤아릴 수 없이 많은 군중이 건물 안을 빽빽이 메운 것을 보고 깜짝 놀랐다. 로안은 에티엔의 소매를 붙잡았다.

「에티엔 씨, 제가 당신을 보자고 했던 것은 한 가지 부탁이 있어서예요.」

건물에 공[19] 소리와 딱따기 소리가 요란하게 울리고 신도들의 단조로운 찬송 소리가 울려 퍼질 때, 에티엔은 성당을 나와 장테와 가스통이 안달하며 기다리고 있는 테라스에 도착했다.

「이봐, 우리 그냥 가려고 했어. 정말 오래 걸리네, 자네의…….」

장테는 에티엔을 보고는 말을 딱 멈췄다. 마지막 단어가 돌멩이처럼 툭 떨어졌다.

「……거래…….」

「오래 걸리긴 했지만, 그럴 가치는 있었어요.」 이렇게 대답하는 에티엔은 청색 모자를 쓰고 있었고, 머리를 좌우로 돌려 방울 술들을 흔들어 보였다.

종업원은 경계하듯 시원한 칵테일 잔을 팔 끝으로 내밀었고, 에티엔은 그것을 받아 장테와 가스통 쪽으로 높이 쳐들었다.

「자, 여러분, 저를 축하해 주세요. 전 방금 교황 대사로 임명되었습니다!」

19 공은 징의 일종이지만 보다 크고, 가운데에 튀어나온 부분이 있다.

22
난 보상을 요구할 거야

「아니, 이게 6만 프랑이란 말이야?」

장은 어이가 없었다. 너무 흉했다. 낡고, 더럽고, 흉하기 이를 데 없었다.

「아니.」 준비에브가 대답했다. 「6만 프랑은 우리가 당신 부모님께 부탁할 액수야.」

「말도 안 돼!」

부부 관계에 대해 준비에브가 품은 관념은 점령전(占領戰)에 대한 것과 비슷했다. 독립 시도를 탄압하는 것으로는 충분치 않고, 항거하겠다는 생각 자체를 사전에 잘라 버려야 했다.

「뭐? 말도 안 된다고?」

장은 준비에브의 요구에 맞서 이렇게 대답한 적이 종종 있었고, 뜻을 이룬 적은 거의 없었지만 이번만큼은 도저히 물러설 수가 없었다. 우선 난 이 계획이 마음에 들지 않아. 둘째, 여기는 우중충하기 짝이 없고, 마지막으로, 파리에서 첫 일자리를 얻기 위해 자동차를 살 돈 등 여러 가지 도움을 받은 마당에 또다시 부모님께 손을 벌릴 수는 없단 말이야(그 역시 자기 생각을 강조하기 위해 몇몇 단어에 힘을 주는 경향이 있었는데, 이는 어머니 쪽 집안 내력이었다).

「말도 안 돼.」 그는 되풀이했다.

「아, 저기 오네.」 준비에브는 그가 한 말을 듣지 못한 듯이 말했다.

부동산 중개업자는 아주 나이 든 남자로, 몸통 굽힘증[20] 탓에 몸이 반으로 접혀 있어 앞쪽을 보기 위해서는 상체를 비스듬히 돌리고 고개를 옆으로 꺾어야 했다. 그러지 않을 때는 자기 구두만 내려다봐야 했는데, 저런 상태로 어떻게 제대로 방향을 잡고 걸을 수 있는지 의문이었다. 장에게는 고통스럽게 느껴지는 광경이었다.

「열쇠를 어디다 뒀더라?」 중개인은 힘겹게 호주머니들을 뒤지면서 중얼거렸다.

「아이, 빨리 좀 하세요!」 준비에브가 채근했다. 「여기서 밤을 새울 생각이에요?」

「아, 됐어요, 됐어요.」

그는 마침내 호주머니에서 커다란 열쇠를 꺼냈다. 이제 그걸로 문을 열어야 했는데, 그런 자세로는 어려운 동작이었다.

「제가 할게요.」 장이 말했다.

준비에브는 입을 삐죽 내밀었다. 그녀가 보기에 이런 일은 고객이 해서는 안 되는 것이었다.

반투명 유리로 된 문이 녹슨 경첩 돌아가는 요란한 소리를

---

20 아래쪽 척추 주변 근육의 이상 탓에 상체가 앞으로 구부러지는 질병.

냈다. 실내에 발을 들여놓자마자, 먼지, 곰팡이, 기름, 가성 소다, 왁스, 세제 냄새 등이 뒤섞인 탁한 공기가 훅 끼쳐 왔다.

「염료 가게였어요.」중개인이 설명했다.

「말도 안 돼…….」장이 중얼거렸다.

40평방미터 남짓한 내부에는 누렇게 변색된 시멘트 타일이 깔려 있었고, 기다림에 지친 듯 저절로 무너져 내려 층층이 엇힌 선반들은 벽면들 위에 엇나간 선들을 그리고 있었다. 준비에브는 장 옆을 지나면서 잇새로 살짝 속삭였다.

「완벽해.」

그러고는 목소리를 높여서는 말했다.

「우리 남편 말이 맞아요, 이건 말도 안 돼요.」

「어떤 종류의 사업을 위한 가게를 원하시는데요?」중개인이 물었다.

「가정용 직물이요. 월 임대료는 얼마죠?」

「3만 프랑…….」

「그건 안 돼요. 공사해야 할 게 너무 많아요. 자, 고마웠고요, 안녕히 계세요.」

그녀는 벌써 그 통통 튀는 단호한 걸음으로 멀어지고 있었다.

「잠깐만요!」

중개인이 눈길을 올리려고 애쓰는 가운데, 그녀는 키를 몇 센티미터 더 높이려는 듯이 허리를 발딱 젖히고 섰다.

이들의 협상에 관심이 없는 장은 카운터 쪽으로 갔다. 그곳을 돌아서 가게 뒤 공간으로 나가 보니 거기에는 전에 사무실로 쓰이던 방 두 개가 있었다. 쓸쓸하기가 이를 데 없었다. 천창을 통해 거리의 일부분이, 그러니까 어느 건물의 벽면과 높직이 걸린 삼각형의 하늘이 보였고, 고개를 굽히면 인접한 거리의 보도도 눈에 들어왔다. 〈18구는 우리에게 딱 맞아〉라고 준비에브는 선언했었다. 사업에 딱 필요한 만큼 서민적인 동네란 말이야.

평소 준비에브는 서민적인 것을 경멸했지만, 장사를 위해서는 이보다 더 나은 게 없다고 생각했다.

장이 〈말도 안 돼〉라고 중얼거리면서 돌아와 보니 준비에브가 가게 안을 성큼성큼 걸으며 중개인을 끌고 다니고 있었다. 「이리 와봐요! 창문이 깨졌어요! 그리고 여기, 조금 앞으로 나와 봐요, 여기도 깨졌어요! 그리고 이건 아무것도 아닌 게, 날 따라와 봐요…….」

그녀는 마치 일부러 그러는 것처럼 벽면 높은 곳에 위치한 세세한 부분들을 가리켜 보였다. 그리고 저 천장 좀 보라고요! 중개인은 그녀가 가리키는 곳을 올려다보려고 목을 고통스레 뒤틀었지만, 그녀의 손가락은 곧바로 몰딩과 들보 쪽으로 옮겨 갔다.

몇 분 후, 부부는 대로를 걷고 있었다.

「첫 두 달치 임대료가 4만 프랑이고, 개수 비용의 절반을, 최대 1만 5천 프랑까지 환불받는다는 조건이야.」

장은 묵묵부답이었다. 그는 아까 중개인과 악수를 나눴다. 그런 뒤 포도나무 가지처럼 몸이 뒤틀린 그가 그 병약하고 비틀거리는 걸음으로 멀어져 가는 모습을 보았다.

「그리고 동네가…… 너무 완벽해!」

준비에브는 마치 이 구역 전체를 상속받기라도 한 것처럼 주위를 둘러보았다.

「여기보다 더 나은 데는 없을 거야.」

장은 여전히 말이 없었다.

「내가 말한 것하고 똑같잖아.」 그녀는 덧붙였다. 「임대료 4만에 개수비용 1만 5천을 더하면 정확히 6만이야.」

「6만이 아니라 5만 5천이야…….」

장은 이렇게 말한 것을 곧바로 후회했다. 준비에브는 장이 절대로 나오지 않으리라 맹세한 침묵에서 그를 끄집어내는 데 성공한 것이다. 그들은 지하철역에 도착했다.

「편지를 쓰면 시간이 너무 걸리니까,」 준비에브가 일방적으로 말했다. 「당신이 아버님께 직접 전화를 거는 게 좋겠어.」

「다시 한번 말하지만, 말도 안 되는 일이라고! 그분들이 벌써 그렇게 많이 도와주셨는데, 어떻게 또 6만 프랑을 달라고 하느냐 말이야!」

준비에브는 걸음을 딱 멈췄다.

「6만이 아니라, 30만!」

장은 얼굴이 하얘졌다.

「가게 비용 6만에, 우리가 부담해야 할 제조 비용이 20만이란 말이야!」

「그럼 26만이잖아.」 장이 자신도 모르게 말했다.

그는 소심한 어조로 이렇게 말함으로써 원칙상에 있어서 굴복한 셈이 되었고, 조금 있으면 액수에 대해서도 물러서게 될 것이었다.

「26만이나 30만이나 그게 그거지!」 준비에브가 말했다. 「그리고 이런 식으로 해야 변수가 생길 경우에 대비할 수 있는 거야.」

「난 우리 부모님께 부탁할 수 없어, 이건 불가능하다고.」

「그럼 내가 할 거야.」

「뭘 하겠다고?」

「당신 아버지에게 전화하겠다고. 전화해서 보상을 요구할 거야.」

장은 무슨 말인지 이해할 수 없었다.

「이 결혼에 대한 보상. 허위 약속이 있었으니까. 내가 들은 얘기는 펠티에 집안의 후계자와 결혼한다는 거였는데, 결과적으론 땡전 한 푼 못 버는 어느 세일즈맨과 같이 살게 된 거야. 사람들은 내게 장담했어. 난 베이루트에서 멋지게 살 거고, 다른 사람들처럼 자식을 많이 낳게 될 거라고 말이야. 그런데 결론은 뭐야? 파리의 변두리에 있는 거지 같은 집에서, 이런 말해서 미안하지만, 남자 구실도 못 하는 남편하고 사는 신세가 됐어. 이건 계산이 맞지 않는단 말이야. 난 보상을 요구할 거야. 10만 프랑. 당신 부모에게 소송을 걸 거라고!」

결의에 넘치는 그녀는 딱딱 끊어지는 종종걸음으로 지하철역 계단에 이르렀다.

장은 그녀의 머리통을 쳐다보았다. 준비에브는 머리 뒤쪽까지 제대로 매만지기에는 팔이 너무 짧았다. 엉성하게 올려진 쪽머리는 하얀 모근을 드러냈다. 그가 어느 날 그녀를 죽이기로 결심한다면, 바로 그 부분을 박살 낼 것이었다.

23
이 아이를 어떻게 할 것인가?

거리를 함께 걷는 프랑수아와 그의 동생은 당장이라도 치고받을 것 같은 분위기의 오래된 부부 같은 모습이어서, 행인들도 고개를 돌려 흘끔거렸다.

베이루트에서는 아무 문제 없는 조그만 외투를 껴입은 엘렌의 모습은 조금 우스꽝스럽게 보였다. 시골에서 올라온 소작인의 딸 같은 모습이었다. 프랑수아는 〈너 미쳤냐!〉, 그리고 〈지금 너 제정신이냐고!〉 등등을 외쳤고, 이에 대해서는 아무 대답도 듣지 못했지만 이 부분에 대한 자세한 묘사는 생략하기로 한다.

「내가 널 어떻게 해줬으면 좋겠냐?」

「오빠에게 날 어떻게 해달라고 부탁하지 않아!」

그는 〈야, 넌 꼭 어머니처럼 말한다〉라고 쏘아붙일 뻔했지만, 그녀는 벌써 말을 잇고 있었다.

「내가 오빠에게 부탁하는 것은 하룻밤만 재워 달라는 거라고! 딱 하룻밤만! 그게 그렇게 어려워?」

그는 오쟁이 진 남편처럼 그녀의 짐을 들어 주지도 않았다.

「그래, 맞아, 어렵다! 나도 내 삶이 있다고!」

「오, 그래 보이는군…….」

그녀는『르 주르날』사의 입구 쪽으로 고개를 돌렸다. 문가에서는 프랑수아의 친구 몇이 빙글거리는 얼굴로 그들을 주시했고, 그들 위로 검은색과 빨간색의 신문사 간판이 건물의 전면을 온통 덮고 있었다.

「이게 고등 사범 학교의 새 건물인가?」

「뭐야! 너도 그거 가지고 시비 걸 거야?」

그는 지하철역 쪽으로 뚜벅뚜벅 걷기 시작했고, 그녀는 그 뒤를 쫓아 조그만 생쥐처럼 쪼르르 달렸다. 그는 다시 몸을 돌려 그녀 쪽으로 걸어왔다.

「그리고 말이야, 너 도대체 날 어떻게 찾아냈냐?」

한마디 한마디가 따귀처럼 날아왔지만, 둘 중 하나는 과녁을 빗나갔다.

「그게 뭐 어려운 일이라고! 심지어는 오빠네 집 수위도 우리보다 많이 알고 있던데!」

프랑수아는 자신의 순진함이 부끄러울 정도였다. 그 레옹틴 모로가 혓바닥을 간수하지 못한 것이다. 정말이지 재앙덩어리였다.

「에이, 젠장! 좋아!」엘렌은 결심했다. 「정 날 도와주지 못하겠다면 다른 식으로 헤쳐 가는 수밖에!」

그녀는 휙 돌아서서 걷기 시작했다. 프랑수아는 후우 하고 거친 한숨을 몰아쉰 다음 뒤를 쫓아가 그녀의 팔꿈치를 잡아 세웠다. 이게 세 번째 유턴이었다.

친구들은 『르 주르날』사 입구에서 담배를 피우며 그 둘에 눈을 못 박고 나지막한 목소리로 내기를 걸었다.

「한 번 더 유턴한다에 열 배 걸겠어.」

「난 1백 프랑을 걸지.」

「좋아.」

「그럼 부모님은?」 프랑수아가 소리쳤다. 「이렇게 오는 것에 대해 부모님에겐 어떻게 말했냐고?」

「오빠 집에 있겠다고 했지. 하지만 정정할 거야! 오빠가 날 쫓아냈다고 편지 쓸 거라고!」

보도에서 방향 전환의 기미가 보인 것은 엘렌이 가방을 땅바닥에 내려놓으려는 것처럼 걸음을 멈추었을 때였다. 『르 주르날』사의 문가에서 사람들은 숨을 멈췄다. 〈자, 자, 아가씨, 돌아서〉라고 한 사람이 잇새로 속삭였고, 〈그냥 가, 그냥 걸어가라고〉라고 다른 사람이 웅얼거렸다.

「난 널 쫓아내는 게 아니고, 단지 네가 있을 자리가 없을 뿐이야. 말을 정확하게 해야지!」

「그 말이 그 말이지…….」

「그리고 말이야, 엘렌, 어떻게 그런 식으로 집을 나오냐?」

엘렌은 가방을 보도 위에 탁 소리가 나게 내려놓았다. 아, 대체 이 아이를 어떻게 할 것인가?

「오빠는 1941년에 〈그런 식으로〉 집을 나오지 않아서 이런 소리를 하는 거야?」

그녀는 까칠한 교사처럼 팔짱을 끼고 되물었다.

「난 전쟁에 나갔잖아, 이 불쌍한 멍청아!」

「좋아, 그래, 난 멍청이야…….」

그녀는 다시 가방을 집어 들었다.

「자, 그럼 여러 가지로 고마웠고, 잘 계셔!」

「이겼다!」『르 주르날』의 한 사내가 외쳤다.

그의 친구가 지갑에서 지폐를 꺼내고 있을 때, 프랑수아는 지하철과는 반대 방향으로 다시 동생을 쫓아갔다.

「우선 말이야, 집 나온다고 부모님께는 어떻게 알렸냐?」

「공항에서 전보를 보냈어.」

프랑수아는 동작을 딱 멈췄다.

「전보? 부고 보내듯이 전보를 보냈다고?」

*

〈파리로 떠남 − 스톱 − 프랑수아 오빠 집에 머물 예정 − 스톱 − 아무 문제 없음 − 스톱 − 계속 편지하겠음 − 스톱 − 엘렌〉.

야간 당직을 선 직원을 통해 전보가 온 사실을 알게 된 우체국장 숄레 씨는 부리나케 프랑세로로 달려갔다. 펠티에 씨 내외는 엘렌이 자기 방에 없다는 사실조차 모르고 있었다. 워낙에 들락거리길 잘하는 아이여서 집 안의 어느 구석에 숨어 있는지 알 수 없었고, 외출 허락을 받지 못한 날에는 늦으면 자정쯤 침대에 누워 있었던 것이다.

큰 소리로 전보를 읽던 루이는 곧바로 그것을 떨어뜨렸으니, 의자 등받이를 짚고 간신히 몸을 지탱한 아내를 부축해 줘야 했기 때문이었다.

「두에리 의원 좀 불러 줄래요?」 그가 숄레 씨에게 부탁했다.

이 의사에게 별다른 능력이 있어서가 아니라, 자기 딸이 뚱땡이와 결혼한 것을 참사로 여기며 펠티에 집안에 불행한 일이 일어날 때마다 노골적으로 좋아하는 모습을 보이는 이 우체국장을 쫓아 버리고 싶기 때문이었다. 장과 준비에브가 파리로 떠난 이후로(그는 〈도주했다〉라고 표현했다), 그는 블로트 게임에서 한 번도 루이의 짝이 되려고 하지 않았다. 루이는 어쩔 수 없이 두에리 의원, 그 멍청이와 한 팀을 이루어야 했고, 어떤 수요일에는 너무나 괴로운 시간을 보내야 했다.

의사를 기다리며 루이 펠티에는 공장의 가마 속 비누가 끓는 광경을 홀린 듯이 바라볼 때 그러는 것처럼 조용한 명상에 빠져들었다. 앙젤에게는 누우라고 한 뒤 손으로 다독거려 주었다. 두 사람은 예견 가능한 일이긴 했지만 어쨌든 그들을 당황하게 만든 이 새로운 상황에 대해 생각하며 아무 말이 없었다. 이제 아이들이 모두 떠난 것인가, 이제 우리는 늙은이가 되어야 하나, 앙젤은 어떤 여자가 될까, 그리고 나는 어떤 늙은 남편이 될까 하고 루이는 자문했다. 우리 부부는 어떤 모습이 될까? 이것은 앙젤의 생각이었다.

얼마 안 있어, 정신없이 바빠질 것을 예감할 때 취하는 그 부산한 표정을 지으며 두에리 의원이 종종걸음으로 도착했다. 그는 루이가 벌써 짚어 본 앙젤의 맥을 짚었고, 역시 루이가 벌써 들여다본 눈 안쪽을 들여다봤으며, 루이가 이미 충고한 바 있는 휴식을 권고했다. 그러고 나서 곧바로 사라져 버렸으니, 고객이 상당했던 것이다.

「두에리 의원이 뭐라고 해요?」 그가 떠나자 앙젤이 물었다.

「갱년기 증상인 것 같다고 하더구먼.」

앙젤은 괴로운 듯 눈을 질끈 감았다.

한 시간 가까이 아내의 손에 한 손을 붙잡힌 채로, 그는 그녀가 누워 있는 침대 위에 펼쳐진 『로리앙』지를 뒤적거렸다. 그러다가 그만 일어서서 비누 공장으로 가려 하는데, 그의 손이 빠져나가는 것을 느낀 펠티에 부인이 갑자기 그 손을 꽉 움켜잡았다. 불안해진 루이는 잘못을 저지르다 걸린 아이처럼 한참 동안 기다렸다. 앙젤은 그가 이해할 수 없는 무슨 말을 웅얼거렸고, 그는 고개를 기울였다.

「루이.」그녀가 말했다.

그녀는 눈을 떴다. 그는 이 시선을 알고 있었다. 이 눈빛에는 예전에 그가 사랑에 빠졌고, 25년 전에 바로 이곳 베이루트에서 결혼했던 젊은 여자가 옛 모습 그대로 담겨 있었다. 본인이 말을 하지 않아도 그 마음을 다 이해할 수 있는 여자가 말이다.

그는 몸을 굽혀 그녀의 입술을 스치듯 어루만지며 그냥 이렇게 말했다.

「알았어, 여보, 걱정하지 마. 알았어.」

✳

어린 시절 내내 엘렌은 아버지가 친차노를 주문하는 것을 보아 왔다. 프랑수아는 아직 이걸 마실 나이가 되지 않았다고 말하려다가 간신히 말을 삼켰다.

그들은 그의 집에서 가까운 프티 알베르라는 카페에 있었다. 가방을 의자 옆에 내려놓은 엘렌은 극도의 흥분에 사로잡힌 젊은 여성의 얼굴을 하고 있었다. 그녀에게서는 뭔가 어린 아이 같은 면이 느껴지기도 했지만, 앉아 있는 자세만큼은 놀라울 정도로 성숙해 보였다.

「마시고 싶으면 오빠가 마셔…….」 그녀는 자신의 잔을 오빠 쪽으로 밀면서 말했다.

그녀는 별로 맛이 없다고 말했지만, 다른 것은 원하지 않았다. 〈아니, 괜찮아〉라고 손짓으로 사양했다. 프랑수아는 친차노를 한번에 쭉 들이켰다. 그에게도 술맛이 끔찍하게 느껴졌다. 그는 손을 떨면서 성냥개비 두 개를 부러뜨린 후에야 골루아즈[21]에 불을 붙일 수 있었다. 분노에 굳은 창백한 얼굴을 한 그는 눈썹을 찌푸리고서 바깥을 내다보고 있었다. 아까부터 계속 떠오르는 한 가지 생각을 떨쳐 버릴 수가 없었다. 이 어린 동생을 돌보고, 책임지고, 동생과 함께 산다……. 아니, 이것은 자신의 능력을 벗어나는 일이었다. 그는 물론 그녀를 사랑했다. 하지만 자신은 아직 아버지가 될 나이가 아닌데 바로 그 역할을 맡아야 하는 것이다. 그녀는 고향으로 돌아가야 했다. 그녀를 설득해야 하는데, 지금 그녀는 여기 이렇게 앉아 있었다.

그는 동생을 보고 있는 것 같지 않았지만, 사실은 테라스 유리에 비친 모습을 유심히 관찰하고 있었다. 의심의 여지 없이 동생은 아주 예뻤다. 벌써 남자를 경험했을까? 파르르 몸에 이는 전율은 자신이 아직 이 문제를 대면할 준비가 되지 않았다는 것을 확인시켜 주었다. 아니, 그녀는 돌아가야 했다. 아직 시간이 있을 때 말이다.

엘렌은 오빠가 단숨에 비워 버린 친차노 잔을 쳐다보았다.

21 1910년에 처음 등장하여 지금까지도 판매되고 있는 프랑스의 대표적인 담배 브랜드로 프랑스 서민들이 즐겨 피워 온 담배다.

아페리티프에 대한 실망감이 자신의 상황과 겹치기라도 했는지 그녀는 아주 조용히 울기 시작했다. 집을 나온 것을 후회하지는 않았다. 그보다는 파리를 선택한 게 너무 한스러웠다. 사이공에 가서 에티엔 오빠를 찾아갔어야 했다. 그라면 이해해 줬을 것이다. 그런데 이곳은…… 사실 그녀는 오랫동안 망설였다. 하지만 거기 가서 무얼 할 수 있단 말인가? 이곳 파리에서는 대학교 문학과에 들어가는 것을 고려해 볼 수 있었다. 아니면 미술을 공부하거나. 그녀는 다른 선택지가 없기 때문에 자신이 이런 것들을 떠올린다고 느끼고 있었다. 뭔가를 생각해야 하기 때문에 이런 것을 생각하고 있는 것이다. 사실 그녀가 사이공이 아닌 파리를 택한 것은 에티엔의 슬픔 속에 같이 빠져들까 두려웠기 때문이었다. 그는 속마음을 감추고 동생을 안심시키려는 여러 가지 말들을 썼지만, 오빠를 너무나도 잘 아는 그녀는 그가 지금 너무나 불행한 상태라는 것을 느낄 수 있었다. 그는 레몽이 고통스럽게 죽지 않았다는 사실에서 위안을 받았다는 편지를 세 번이나 썼는데, 이는 결국 필요 없는 말을 두 번이나 더 한 셈으로, 부모님은 속을지 모르겠지만 그녀는 아니었다. 또 그는 전쟁에 대해서도 얘기하지 않았다. 하지만 엘렌은 그가 떠나기 6개월 전부터 『로리앙』에서 그곳 소식들을 읽어 왔는데, 거기에는 불길한 소리들밖에 없었다. 프랑스 병사들이 살해된 교전들에 대한 얘기, 발음하기조차 힘든 이름의 어떤 도시에서 테러가 발생하여 중단된 협상, 파견군이 유난히도 잔인한 중국 공산주의자들로부터 방어하려 한다는 북부의 어느 도로에 대한 르포르타주……. 지금 중국인들은 그 나라를 침공하려 하는 모양이었다. 에티엔은 그의 편지들에서, 애도의 감정이 있는 한 자신은 인도차이나에 남아 있을 거라고 말하곤 했다. 엘렌은 그의 곁으로 가는 게 두려웠다.

이제, 파리에서의 전망 역시 그렇게 밝지 못하다는 것을 깨닫는 데에는 프랑수아의 고집스러운 옆모습을 보는 것만으로 충분했다.

그의 두려움과 비겁함과 우유부단함과 무기력함……. 이 모든 것을 알게 되니 더욱 눈물이 쏟아졌다.

당황한 프랑수아는 담배를 짓눌러 끄고 마지못해 일어나서는 테이블을 돌아가 그녀를 안아 주려 했다. 하지만 동작이 어색하기 이를 데 없었으니, 이런 상황에서 어떻게 해야 하는지 잘 몰랐던 것이다.

그는 이별을 고하며 변명하는 연인처럼 바보 같은 소리들을 우물거렸다.

「뚱땡이 형에게 알려야겠어.」 결국 그는 이렇게 말했다.

서투름에다 이제는 멍청함까지 추가한 셈이었다. 엘렌은 고개를 쳐들었다. 이 어처구니없는 제안 앞에서 둘 다 웃음을 터뜨렸다. 씁쓸하고도 애매한 웃음이었고, 그들은 서로를 진정으로 아는 게 아니라는 사실을 깨달았다.

그들은 어린 시절로 거슬러 올라가는 약간의 지식 외에는 서로에 대해 아는 게 거의 없었고, 그들 사이에는 일곱 살이라는 나이 차이와 엘렌이 에티엔과 맺어 온 그 밀접하고도 독점적인 관계로 인한 깊은 공간이 가로놓여 있었다. 엘렌은 이 남자를 새로운 눈으로 쳐다보았다. 그녀가 보기에 서른 살 정도로 보이고, 아버지가 무수히 언급한 그 위업들이(그가 치른 전쟁과 대학에서 거둔 성공에 대해 그녀는 신물이 나도록 들었

다) 자신의 어린 시절에 하나의 모델로, 다시 말해서 하나의 위협으로 군림했던 이 남자. 하지만 지금은 어색하게 웃고 있는, 그녀가 아는 프랑수아 오빠가 아닌 다른 어떤 남자, 친숙한 목소리와 얼굴을 가진 낯선 사내인 이 남자를 말이다. 또 그녀는 그의 삶이 어떤 거짓 위에 세워져 있는지 의식하게 되었다. 고등 사범 학교에 대한 그 전설…… 그녀는 오히려 안도감을 느꼈다. 부모 집에서 도망쳐 나오는 것과 2년 동안 그들에게 거짓말하는 것 중에서 어느 게 더 나쁜가?

프랑수아는 이제야 그들의 관계가 시작되었다는 느낌이었다.

「난 널 보살필 수 없어.」 그가 말했다.

「누가 날 보살펴 달라고 했어? 하룻밤만 재워 달라는 말이야, 단지 그뿐이라고.」

「그럼 그다음 밤은 어디서 보낼 건데?」

「뭐, 알아봐야지.」

맙소사…….

「돈은 얼마나 있냐?」

엘렌은 자신이 바보처럼 느껴졌다. 가지고 있던 돈의 대부분을 비행기표 사는 데 썼던 것이다.

「적어도 밥은 먹었겠지?」

프랑수아는 손을 쳐들었다.

「장클로드!」

장클로드는 안짱다리에, 윤기 나는 백발을 뒤로 빗어 정수리를 덮은 나이 지긋한 남자였다. 얼굴은 지쳐 보였고, 눈꺼풀은 무겁게 처져 있었다.

「그리고 당연히,」 프랑수아는 동생을 쳐다보며 말했다. 「할당제 식권[22]도 없겠군.」

엘렌은 고개를 숙이며 손수건을 찾았다. 종업원이 다가와 있었다.

「괜찮아, 아무것도 원하지 않아. 배고프지 않다고.」

프랑수아는 갑작스러운 두통에 사로잡힌 듯이 두 손으로 이마를 박박 문질렀다.

「좋아.」 마침내 그가 말했다. 「잠깐 다녀올 테니까 여기서 기다리고 있어.」

엘렌은 프랑수아의 삶 가운데 어떤 여자가 있다는 것을 깨달았다. 그는 편지에서 이에 대해 말하는 법이 없었고 재워 달라고 부탁했을 때도 이에 대한 언급이 없었으므로, 그녀에게 이 생각은 막연하고도 흐릿한 걱정으로만 남아 있었다. 그런데 프랑수아는 곧바로 자기 집으로 올라가는 대신 거기서 30여 미터 떨어진 이 카페에서 멈추기로 결정하더니만, 〈잠깐 다녀온다〉고 말하며 그녀를 여기다 앉혀 놓은 것이다.

〈세상에! 자기 동생을 집에 재워도 되냐고 여자한테 물어보러 간 거야! 어떻게 인간이 그렇게 한심할 수 있지?〉

이 사실을 알게 되니 부아가 치밀었다.

이런 사람에게 의지할 수 있다고 생각했단 말인가!

그러는 사이 프랑수아는 층계를 걸어 올라갔다.

---

22 제2차 세계 대전 직후, 프랑스에서는 식량 등 물자가 부족했으므로 생활 필수품을 살 때 수량에 제한이 있었고 할당제 티켓이 있어야 구입이 가능했다. 이는 일부 고급 레스토랑을 제외하고, 대중 식당에서 식사를 할 때도 마찬가지로 적용되었다.

오늘은 월요일이라, 라 벨 자르디니에르 백화점의 판매원인 마틸드가 근무하지 않는 날이었다. 그녀에게는 열쇠가 없었지만 건물 수위인 레옹틴은 프랑수아의 동의하에 그녀에게 열쇠를 내주었다. 그녀는 그 보답으로 층계에 서서 20분간 수다를 떨어야 했는데, 대가치고는 비싼 감이 없지 않았다. 어쨌든 저녁에 귀가했을 때 프랑수아는 마틸드가 라디오를 들으면서 주방 식탁에 정어리 통조림 하나를 올려놓고 먹고 있는 모습을 보는 일이 종종 있었다. 그녀는 화이트와인에 절인 고등어를 먹기도 했다. 마틸드는 참 많이도 먹어 댔다. 어느 때나, 무엇이든 가리지 않고 먹는데, 체중은 1그램도 늘지 않았다. 아주 기묘한 사람이었다. 그녀에게는 특별히 뛰어난 부분이 하나도 없었다. 코도, 입도, 눈도 그저 그랬지만 도대체 무슨 마법인지 모르겠으되 이 모든 것들이 이루는 전체는 믿을 수 없을 만큼 매력적이었다. 첫눈에는 그걸 못 느끼지만 몇 분 쳐다보고 있으면 그녀에게 욕망을 느끼지 않기가 어려웠다. 그녀는 말이 별로 없었고, 듣지 않는 것 같으면서도 다 들었다. 본인이 직접 표현하지 않으면 프랑수아는 그녀가 무슨 생각을 하는지 전혀 알 수 없었다.

하지만 마틸드는 집에 없었다. 매우 예측 불허한 사람이었다. 프랑수아는 안도했으니, 어떤 식으로 그녀에게 소식을 알려야 할지 생각할 수 있는 시간이 생긴 것이다. 어쨌거나 그들의 관계가 이 일로 인해 영향을 받게 될 것임은 분명했다. 마틸드는 그녀의 오빠 질베르와 같이 살고 있는데, 만일 내일 그들이 프랑수아의 집에서 만날 수 없게 되면 어디로 가야 한단 말인가? 그는 어느 싸구려 호텔에서 시간당 요금을 내고 방을 빌

리는 방법을 생각해 봤다. 그는 울화통이 치밀어 방문을 걸어
찼다.

한 걸음에 네 칸씩 층계를 뛰어 내려온 그는 여전히 씩씩거
리며 카페에 들어왔다. 하지만 엘렌은 보이지 않았다.

「당신이 나가고 바로 떠났어요.」 종업원이 말했다. 「계산서
는 당신 앞으로 남기고요. 모두 8프랑 50센트입니다.」

24
나도 내 삶이 있다고

저녁 9시경에 생라자르역으로 돌아온 엘렌은 기진맥진해 있었고, 하루 동안 이어진 잘못된 선택들 때문에 마음이 너무나 무거웠다. 프랑수아가 떠났을 때 그녀는 일어나 가방을 움켜쥐었고, 얼마나 화가 났던지 안짱다리 종업원이 음료값을 받으려고 멈춰 세우려 하자 〈우리 오빠한테 내라고 하세요〉라고 차갑게 내뱉었다. 성난 목소리로 거칠게 쏘아붙이는 그녀의 모습이 너무나 단호해 종업원은 잠시 망설이다 쫓아갔지만 너무 늦은 뒤였다. 그녀는 벌써 길 저쪽에 있었고, 이내 지하철역 안으로 들어가 버렸다.

이때부터 일련의 한심하기 이를 데 없는 시도들이 시작되었는데, 그 첫 번째는 그녀의 오빠 장을 찾아간 일이었다.

준비에브는 건물 아래에서 그녀의 모습을 보자마자 두 팔을 활짝 벌리고 두 볼에 친근하게 볼 키스를 했다. 하지만 이미 엘렌의 머릿속에서는 경고음이 울리기 시작했으니, 이 올케가 부드러운 미소와 함께 이렇게 말했기 때문이었다.

「아유, 고맙기도 하지! 여길 다 들르고…….」

그런 뒤 마치 엘렌이 여기 머물 수 없다고 말하기라도 한 듯 곧바로 말을 이었다.

「그래도 우리하고 커피 한잔 할 시간은 있지? 자, 어려워하지 말고 들어와!」

뚱땡이는 깜짝 놀란 얼굴로 동생과 볼 키스를 나눴다.

「아니, 너 여기서 뭐 하고 있는 거냐? 부모님은 허락하셨니?」

동생에게 고작 한다는 소리가 바로 그것이었다.

「응, 알고 계셔…….」

한 시간 전의 프랑수아처럼 뚱땡이도 그녀의 가방을 들어 줄 생각을 하지 않았다. 5층까지 걸어 올라가는 동안 저마다 속으로 자신의 입장을 정리하느라 정신이 없었는데, 얼마나 골똘히 생각했던지 아파트 문 앞에 이르자마자 일제히 입을 벌렸고, 그 순간적인 불협화음에 셋 다 할 말을 잊었다.

「화장실 좀 사용할 수 있어요?」 엘렌이 물었다.

그녀가 처음 본 아파트는 끔찍이도 비좁았다. 침대 하나가 말도 안 될 만큼 엄청난 자리를 차지하고 있었다. 그녀는 준비에브가 사는 게 힘들다고 한탄하는 것을 종종 들었는데, 이제 보니 그렇게 근거 없는 소리는 아니었다.

「이곳이 화장실이야.」

준비에브는 화장실 문을 아주 격식 차린 손짓으로 가리키며 그녀에게 말했다. 고급 호텔의 층 담당 청소부를 흉내 내는 그녀의 어조가 의도하는 바는 명확했다. 〈내가 어떤 거지 같은 집에서 살고 있는지 한번 보렴.〉

엘렌은 그 좁은 공간에 몸을 뒤틀며 간신히 들어가서는 문을 닫았다. 변기에 앉으니 무릎이 문에 닿을 지경이었다. 벽 저쪽에서 뚱땡이 오빠와 준비에브가 속닥대고 있었다. 엘렌에게는 조각난 몇 마디만 들렸지만, 그것은 분명히 언쟁이었다. 뚱땡이 오빠가 동생을 재우자고 하는 걸까?

그녀는 여기 와서 불필요한 부부 싸움을 일으킨 셈이었다. 어차피 아파트가 너무 비좁아 하룻밤도 잘 수 없는 상황이었기 때문이다.

엘렌은 방으로 돌아왔다. 준비에브는 주방 쪽으로 갈 듯하더니만 동작을 멈췄다.

「아, 알겠다! 그래, 너도 도망 나온 거니? 지금 네 어머니 상태가 말이 아니겠다, 얘.」

그녀는 마치 어떤 웃기는 이야기를 들려주듯이 아주 은근한 어조로 이렇게 말했다.

「엄마는 아주 잘 계세요. 엄마 생각을 해주시니 고맙네요.」

「흐음, 그렇다면 다행이네, 다행이야.」 준비에브가 고개를 주억거렸다. 「그렇잖아도 아들내미들 때문에 너무나 힘드셨던 양반인데…… 안 그래, 뚱땡이?」

그녀가 남편의 별명을 사용할 때마다 거기에는 어떤 비아냥의 뉘앙스가 섞여 있었는데, 장은 알아차리지 못한 척했다.

「프랑수아 오빠 집에 갈 거예요.」 엘렌이 우선 둘러댔다.

「커피 한잔 들겠니?」 준비에브가 물었다.

뚱땡이는 속으로 안도의 한숨을 내쉬었다. 그는 거의 신이 난 목소리로 이렇게 말했다.

「맞아, 프랑수아의 집으로 가야지! 그거참 좋은 생각이다!」

해결책을 찾았으므로 긴장이 풀린 그는 처음으로 동생에게 미소를 지어 보였다.

「그래, 파리에서 무얼 할 생각이니?」

「자리 잡고 살아야죠.」

「그래 알아, 그런데 여기서 무엇을 할 계획이냐고?」 이번에
는 준비에브가 물었다.

「미술이요!」

즉각 튀어나온 이 분명한 대답에 엘렌 자신도 놀랐다. 아버
지 앞에서는 하나의 가설처럼 말했고, 준비에브에게는 따귀를
날리듯 쏘아붙였지만, 이게 구체적인 계획이었던 적은 한 번
도 없었다.

그녀에게 자주 있는 일이었지만, 긴가민가하는 의혹이 도발
의 형태로 표현된 것이다.

준비에브는 커피를 대접하겠다는 제안을 금세 잊어버리고
는, 자신의 평소 자리인 식탁 끝에 척 앉더니 마치 자기 딸을
보듯이 엘렌을 노려보았다.

「그래, 그 미술이란 게 정확히 말해서 어디에 쓰이는 거니?」

「정확히 말해서 예술을 하는 데 쓰이는 거죠.」

「아니, 내 말은, 그걸 해서 먹고살 수 있느냐는 뜻이야.」

「그걸 하면 집구석에 붙어 있는 것보다는 먹고살 수 있는 가
능성이 훨씬 많아지죠.」

그들은 말없이 서로를 응시했다.

필사적으로 다른 화제를 찾던 장은 짐짓 명랑한 어조로 이
렇게 말했다.

「자, 커피는 마실 거야, 말 거야?」

「전 사양할게요.」

엘렌은 가방을 움켜쥐었고, 벌써 문을 열고 있었다.

「원하면 아무 때나 들러도 돼!」 준비에브가 뒤에서 소리쳤다.

장은 층계참으로 달려가 동생 옆으로 갔다.

「애, 보다시피 집이 너무 좁아서, 도저히…….」

엘렌은 벌써 두 계단 아래에 있었다. 장은 두 손을 마주 잡은 채였다. 엘렌은 〈속이 새카맣게 타들어 간다〉라는 말이 바로 이런 거구나 하고 생각했다. 가슴이 미어지는 것 같았다. 그녀는 이렇게 불행하고, 거북해하고, 땀을 뻘뻘 흘리는 모습 외에 오빠의 다른 모습을 본 적이 없었다. 갑작스러운 연민에 사로잡힌 그녀는 두 계단을 다시 올라가 가방을 내려놓고 그를 안았다. 그녀의 품 안에서 그는 허물어졌다. 지금 위로하는 사람은 그녀였다.

「괜찮겠어, 뚱땡이 오빠?」

그는 제대로 말도 하지 못하고 살짝 고개만 끄덕였다.

엘렌은 아파트 문이 빠끔 열리는 것을 보았다. 준비에브가 문 뒤에서 엿보고 있으리라는 게 짐작되었다.

「가봐야 해.」 그녀가 말했다.

그녀는 오빠의 볼에 키스를 했다. 축축했다.

오후 3시, 정오에 파리에 도착했으니 겨우 세 시간밖에 지나지 않았지만, 숙소에 대해 그녀가 생각했던 두 가지 해결책을 벌써 다 써버린 것이다.

그녀는 포르트드라빌레트까지 걸어갔고, 거기서 그랑불바르로 가는 지하철을 탔다. 그것은 어머니의 입을 통해 수없이 들었던 단어였다. 그녀는 향수(鄕愁)와 선망의 감정이 뒤섞인 표정으로 이 〈그랑불바르〉에 대해 얘기하고는 했는데, 그녀의 말을 듣고 있노라면 이곳에서는 세상 어느 곳에서도 찾아볼 수 없는 굉장한 즐거움을 맛볼 수 있을 것 같은 기분이 들었었다. 그런데 엘렌이 발견한 것은 자동차, 트럭, 오토바이 들이 시끄럽게 다니는, 지하철역으로 뛰어가고 지나가는 버스를 잡아 세우는 인파로 북적대는 어떤 널찍한 간선 도로일 뿐이었다. 한 아이가 소리치고 있었다. 「『르 주르날』 사세요! 메리 램슨 사건! 내일 깜짝 증인에 대한 〈타퍼사주〉 시행! 궁금한 점은 『르 주르날』에 물어보세요!」 행인들이 동전을 던지면 아이는 허공에서 낚아챘고, 신문은 날개 돋친 듯 팔려 나갔다.

엘렌은 걸음을 멈췄다. 메리 램슨 사건은 프랑수아와 장이 간접적으로 연관된 놀랍고도 소름 끼치는 살인 사건이었다. 이에 대해서는 지난 3월에 준비에브가 가족에게 쓴 편지를 통해 알려 주었다. 그들이 두 형제의 소식을 듣는 것은 주로 그녀를 통해서였다. 이제 엘렌은 왜 대학생인 프랑수아가 부모님에게 그렇게 편지를 뜸하게 썼는지를 보다 잘 이해할 수 있었으니, 그로서는 거짓말에 거짓말을 더할 수밖에 없는 처지였기 때문이다. 또 장은 준비에브가 시부모에게 보내는 편지들 끄트머리에다 〈삼가 올림〉이라고 한 줄 서명할 뿐이었다. 그런데 이 편지들에서 준비에브는 그들이 영화를 보러 갔는데 젊은 배우가 참혹하게 살해당한 장면을 너무나 우연히도 목격한 일에 대해 아주 상세하게 묘사해 놓았던 것이다.

몇 달 전 어떤 영화에 출연한 것을 보고 아주 아름답다고 생각했던 이 배우가 죽었다는 얘기를 들었을 때 느낀 충격은 아직도 엘렌의 뇌리에 남아 있었다. 오빠들과 준비에브가 이 비극적인 사건에 간접적으로나마 연관되었다는 사실은 그녀에게 깊은 인상을 주었다. 파리는 이런 일들이 일어날 수 있는 곳이었다! 신문의 1면에 실린, 모자 쓴 50대 여자의 사진이 언뜻 보였다. 깜짝 증인이었다. 아주 평범해 보였다. 그녀는 신문을 사고 싶었지만 사는 사람은 남자들뿐이었고, 돈 문제도 신경 써야 했다. 그녀는 파리의 물가가 어떤지 전혀 모를 뿐 아니라 이제는 혼자서 헤쳐 가야 하는 처지였다…….

문득 자기가 배고프다는 사실이 생각났다.

그녀는 한 멋진 브라스리[23] 앞을 지나다가 그 안에는 어떤 카페들과는 달리 남자들만이 아니라 커플들도 있는 것을 보았다. 안으로 들어간 그녀는 가방을 내려놓은 다음 비텔 광천수 한 잔과 오이식초절임이 곁들여진 햄샌드위치 하나를 주문해서 게걸스레 먹기 시작했다. 먹는 즐거움과 함께 희망이 돌아왔다. 며칠 동안, 그러니까 부모님이 얼마간의 돈을 보내 줄 때까지 지낼 호텔방을 구해야 했다. 미술을 공부할 거라고 분명하게 선언하고 나니 신이 나기까지 했다. 이제 그렇게 하기로 마음먹었다. 집세는 일해서 벌 것이었다. 예쁘니까 미술 생도들에게 모델 서는 일거리를 쉽사리 구할 수 있을 터였다. 갑자기 파리가 너무나 아름답게 느껴졌다. 브라스리의 왁자지껄한 소음이 그녀의 마음을 행복으로 가득 채웠고, 그러기는 테라스 창밖으로 끊임없이 변하는 풍경을 보여 주는, 그 명성에 조금도 손색이 없는 그랑불바르도 마찬가지였다. 자, 이제 그녀는 여기에 있는 것이다! 베이루트는 끝났고, 어린 시절도 끝났

---

23 brasserie. 원래 〈양조장〉을 의미하지만, 맥주나 커피 같은 음료와 함께 브런치 등의 음식을 제공하는 대중적인 식당을 의미하기도 한다.

고, 엘렌은 드디어 큰 세상에 뛰어든 것이다.

✳

프랑수아는 택시를 잡았다. 요금이 좀 들겠지만 어쩔 수 없었다. 뚱땡이 집으로 향했다. 엘렌이 있을 곳은 거기밖에 없었다. 〈이 한심한 놈아!〉라고 그는 자책했다. 아무것도 모르는 도시에 떨어진 애를 어떻게 그런 식으로 혼자 보낼 수 있단 말인가? 게다가 돈도 거의 없는 몸인데! 그녀를 뚱땡이 집에서 찾을 수 있을 거라고 생각하면 마음이 조금 놓였다. 그러나 그녀가 다른 곳은 몰라도 거기만은 절대로 안 갈 것이라는 생각이 들자 겁이 더럭 났다. 엘렌은 에티엔과 같아서, 중간이란 게 없었고 적당히 하는 게 없었다. 그 두 아이는 서로 너무 잘 어울렸다.

프랑수아의 머릿속에 갑자기 어떤 환영이 떠올랐다. 그것은 파멸해 가는 두 사람의 모습이었다.

그가 에티엔에게서 편지를 받은 것은 한두 번뿐으로, 소식 대부분은 어머니를 통해 듣고 있었다. 그는 전쟁이 한창인 사이공에 남아 있기로 결정했다고 했다. 레몽이 어떤 식으로 죽었는지 실제로 아는 사람은 아무도 없었지만 그가 죽은 것은 사실이었다. 프랑스와의 마지막 연결 고리들이 매달 하나씩 끊어져 가고 있는 그 분열된 나라에서 에티엔이 대체 무엇을 바랄 수 있단 말인가? 그런데 또 엘렌이 아무에게도 예고하지 않고서 무작정 파리로 쳐들어온 것이다. 둘 다 종잡을 수 없고 황당한 행동들을 하고 있었다.

제발 엘렌이 뚱땡이 형의 집에 있었으면……. 프랑수아는 택시 기사를 재촉했고, 속도가 조금만 늦춰지면 돈을 꺼냈다. 택시가 서자 그는 곧바로 뛰쳐나갔으나 층계를 뛰어오를 필요는 없었다. 건물 정문을 밀고 들어간 그는 자동차 몇 대가 주차된 내정까지 이어지는 조그만 보도에서 망연자실해 쭈그리고 있는 뚱땡이를 발견한 것이다. 뚱땡이는 당황하며 〈아니!〉라고 고개를 흔들었다.

「엘렌이 여기에 왔었어?」 프랑수아가 물었다.

「한 15분 전에 다시 떠났어.」

「떠나다니? 어디로?」

「네 집으로.」

「아냐, 엘렌은 거기서 여기로 왔어. 우리 집에서 말이야.」

「빌어먹을…….」

프랑수아는 그의 옆에 앉았다. 그들의 어깨가 맞닿았다.

그들은 자신들이 어떤 참사를 일으켰는지를 생각하며 말없이 거기에 앉아 있었다. 그들이 아이였을 때처럼, 그러니까 그들이 잘못을 저지른 뒤 부모님의 귀가와 그에 따르는 벌을 기다렸을 때처럼 말이다.

하지만 이번에 문제는 깨진 유리창이 아니라, 오빠들이 아무도 받아들이려 하지 않아 혼자서 파리를 헤매고 있을 열여덟 살의 엘렌이었다.

종업원은 지나가면서 테이블 위에 계산서를 슬쩍 올려놓았

고, 엘렌은 그것을 집어 들었다. 거기 적힌 가격을 본 그녀는
얼굴이 하얘졌다. 120프랑! 그녀는 주위를 둘러보았다. 커다
란 식물이 담긴 화분들과 천장에 매달린 색유리 등(燈)들이 보
였다. 그녀가 그렇게 홀릴 만도 했으니, 이곳이 상당한 고급 브
라스리라는 것은 고객들의 모습만 봐도 알 수 있었다. 여자들
의 의상과 남자들의 정장을 보자 그녀는 자신의 꼴이 부끄러워
졌다. 베이루트에서 입던 옷을 걸치고 조그만 가방을 든 자신
은 어느 집의 가사 도우미처럼 보일 것이었다. 120프랑. 그녀
는 가진 돈을 헤아리려고 테이블에 늘어놓는 우스꽝스러운 꼴
을 연출하고 싶지는 않았다. 기억에 의지하여 셈해 보니 비행
기푯값을 쓰고 난 지금, 수중에는 6백 프랑이 남아 있을 터였
다. 호텔방은 요금이 얼마나 될까? 시간은 미친 듯이 흘렀고,
벌써 날이 저물고 있었다. 그녀는 황급히 값을 치른 후에 밖으
로 나와 생라자르역 쪽을 향해 걸어갔다. 버스 티켓값을 내는
것도 낭비로 느껴졌다. 공황감이 밀려들기 시작했다. 그녀는
땀에 흠뻑 젖어 역에 도착했고, 수하물 보관소를 찾았다.

25프랑이란다!

이제 어떻게 하지?

가장 시급한 일은 호텔을 찾는 것이었다. 갈수록 가방이 무
겁게 느껴졌으므로, 그것을 수화물 보관소에 맡기고 거기다
돈을 넣어 두면 안전할 터였다. 그녀는 전 재산을 조심스럽게
세어 보았다. 그런 다음 가방을 열었고, 그것을 수화물 보관소
직원에게 맡기기 전에 4백 프랑을 옷 사이에 펴 놓은 다음, 약
50프랑에 해당하는 나머지를 챙겼다.

그녀는 역 주변에 있는 호텔들부터 시작했다. 앞에서 제복

차림의 벨보이가 자동차 문을 열고 트렁크를 옮겨 주는 곳들은 피했다. 20분 동안 걸어다닌 끝에 그녀는 훨씬 수수해 보이는 업소들을 찾아냈다. 하지만 입구 문 근처에 붙은 안내판에서 처음 눈에 들어온 가격은 하룻밤에 8백 프랑이나 되었고, 가장 싼 곳도 6백 프랑이었다. 아무것도 찾아낼 수 없으리라는 두려움이 엄습했다. 이제 노숙자처럼 바깥에서 자야 하나? 그녀는 주로 으슥해 보이는 거리들을 뒤지면서 호텔 찾기를 계속했다. 호텔들이 보이긴 했지만, 5백 프랑 이하인 방은 전혀 없었다. 그녀는 하룻밤 숙박료 낼 돈도 없는 신세인 것이다! 프랑수아의 집으로 돌아갈까 하는 생각이 언뜻 스쳤지만, 아무리 어려워도 절대 그럴 수는 없었다. 프랑수아든 장이든 생각하고 싶지도 않았다.

밤이 되었다.

8시경에 그녀는 마침내 350프랑짜리 방을 제공하는 업소를 찾아냈다. 조금 멀찍감치 떨어져서 확인하고자 거리를 건너가 전면을 바라보았다. 페인트칠이 비늘처럼 벗겨져 떨어져 나가고 있는 건물이었다. 밝혀진 창문들에서 엷게 바랜 색깔의 커튼들 뒤로 창백하고 노란 불빛이 흘러나왔다. 어떤 여자가 반코트 차림의 남자를 뒤에 달고 들어갔다. 언뜻 카운터가 보였는데, 여자는 조금 떨어져 서 있고 남자는 지갑에서 돈을 꺼내는 것을 보니 대실을 요청하는 것 같았다. 빈방들이 있다는 얘기였다. 오늘 밤을 보내기 위해 3백 프랑을 쓰고 나면 남는 돈이 별로 없겠지만 내일은 또 상황이 달라지리라. 그녀는 주소를 적었다. 라종키에르가(街)의 에클라 호텔이었다. 생라자르 역까지 돌아가는 데 45분이 넘게 걸렸지만, 그녀는 지하철을 타고 싶지 않았다. 아까 뚱땡이 오빠를 보러 가는 데 탄 2등 객차 티켓값이 10프랑이나 되었다.

엘렌은 맡겨 놓은 가방을 찾았다. 이제 조금 안도감이 느껴졌다. 늦은 시간이었지만 자신의 여력에 맞는 호텔을 찾아낸 것이다. 사치를 누릴 수는 없겠지만 어쨌든 잠은 잘 수 있을 테고, 그러고 나면⋯⋯. 그런데 갑자기, 빈방이 있는지 물어봐야 했다는 생각이 스쳤다. 프런트에서 남자가 돈을 꺼내는 것을 분명히 보긴 했지만, 이것은 거기에 다른 빈방이 남아 있다는 뜻은 아니었다. 어쩌면 남자는 마지막으로 남은 방을 잡은 것인지도 몰랐다.

원점에서 다시 시작해야할지 모른다는 생각이 밀려오면서 손에서 가방이 빠져나갔다. 갑자기 누군가가 세차게 몸을 밀쳐 그녀는 하마터면 넘어질 뻔했다. 〈아, 미안해요, 아가씨〉라고 누군가의 목소리가 말했다. 하지만 고개를 돌리는 순간, 어떤 남자가 그녀의 가방을 들고 멀리 달아나고 있었다. 그녀는 〈어이, 거기 서요!〉, 그러고는 〈도둑이야!〉라고 외쳤다. 여행객 몇 사람이 고개를 돌렸고, 한 여자는 걱정스러운 시선을 던졌지만 걸음을 멈추지는 않았다. 역사(驛舍)에는 놀라울 만큼 사람이 없었다.

엘렌은 절망하여 그 자리에 못 박혔다.

가방과 함께 그녀가 가진 모든 것이 사라져 버린 것이다. 4백 프랑도, 옷도 없었고, 호텔방도 이제는 안녕이었다. 눈물이 솟구쳤다.

사람들의 구경거리가 되지 않기 위해 그녀는 걷기 시작했다. 그렇게 역사를 나왔고, 코를 풀었다.

역사의 벽시계는 저녁 9시를 가리키고 있었다.

이제 남은 방법이라고는 프랑수아의 집으로 돌아가는 것밖에 없었다. 아니면 장의 집으로 가거나. 어쩌면 성격 탓일 수도 있겠지만 그녀는 자신이 절대로 그러지 않으리라는 것을 알았다. 절대로 그러지는 못할 것이었다. 차라리 죽을지언정, 돌아가는 일은 없을 것이었다.

파리의 밤은 이미 시작되었다. 커플들과 패거리들이 연극 극장과 레스토랑과 영화관으로 달려가고 있었다. 엘렌은 〈절대로, 절대로〉라는 의미 없는 소리를 되뇌면서 기계적으로 걸었다. 마치 거기에 돈과 함께 가방이 있기를 바라는 것처럼 그녀의 발걸음은 라종키에르가 쪽을 향하고 있었다. 어디서 자야 하나? 다시 역으로 돌아갈까 하는 생각이 들었다. 그곳 대합실에는 벤치들이 있지 않은가. 하지만 아까의 날치기 사건은 그런 장소에서는 무사히 밤을 보낼 수 없다는 것을 말해 주고 있었다. 〈절대로〉라고 그녀는 되풀이했다. 이때 머리에 그 생각이 스쳤다.

같이 밤을 보낼 남자를 찾는다는 것이었다.

무서우면서도 명백한 결론이었다. 하룻밤 내내 같이 있어 줄 남자를 구하려면 어떻게 해야 하나? 그녀는 그 대가로 무엇을 해야 하나? 그녀는 자신이 무엇을 받아들여야 하는 건지 전혀 몰랐다. 로몽과 함께 있을 때 했던 그런 일들일까? 그녀를 위해 돈을 지불한 남자는 따귀를 후려친 후에 거칠게 벽 쪽으로 돌려세울 것인가? 그런 식으로 하룻밤의 잠을 얻게 되는 걸까? 이 시나리오는 오랫동안 그녀의 정신을 사로잡았다. 여러 가지 이미지들이 이어졌고, 이런 일들에 대해 그녀가 아는 모든 것이 하룻밤 동안 자신을 빌려준다는 이 전망에 동원되었다. 그녀가 상상하는 남자는 거대하고도 위협적인 그림자일 뿐이었다. 자신에게는 너무 육중한 덩치일 사내를 생각만 해도 식은땀이 배어 나왔다. 그녀는 마침내 에클라 호텔 앞에 이르렀다. 이때 그녀는 비로소 어떤 생각들이 서로 연결되면서 자신을 여기로 이끌었는지를 깨달았다. 초저녁에 보았던 바로 그 여자가, 이번에는 다른 남자를 뒤에 달고 호텔에 들어갔다. 베이지색 트렌치코트 차림의 남자는 이전의 남자와 똑같이 움직였다. 그가 카운터 앞에 멈춰 서서 지갑을 꺼내는 동안, 한쪽 팔꿈치를 층계 난간에 올리고 벌써 계단 한 칸에 하이힐을 올려놓은 여자는 그가 하는 모습을 지켜보았다. 이런 남녀의 모습은 엘렌으로 하여금 자신이 방금 전까지 고통스럽고, 짜릿하고, 편리하고, 파렴치한 어떤 것을, 하지만 결코 하기로 마음먹을 수는 없는 어떤 것을 한참 동안 몽상했다는 사실을 깨닫게 해주었다. 남자와 여자는 계단을 올라갔고, 그녀는 맞은편의 보도에 서 있었다. 그녀는 〈이런 호텔에서의 짧은 매춘은 시간이 얼마나 걸릴까〉라는 생각까지 할 뻔했다. 이것은 잠잘 수 있는 방을 구하는 것과는 아무 관계 없는 일이었다.

다시 눈물이 솟아났다. 기진맥진하고 절망하여 흘리는 눈물이었다.

이제 받아들일 수 없는 것을 받아들여야 했다. 프랑수아 오빠 집으로 돌아가 문을 두드리고 〈내 가방을 도둑맞았어〉라고 말해야 했다. 침대 안에 누군가가 있을까?

그녀는 지하철역 안으로 들어왔다. 노선도 앞에 서서 어떻게 해야 프랑수아의 동네로 돌아갈 수 있을까 보고 있는데, 시

선이 뢰로프역 위에서 멈췄다. 뢰로프 광장. 뢰로프 호텔. 뒤크로 부인. 〈네 아버지의 정부…….〉

그곳에서는 펠티에 씨를 알고 있을 것이기에 그녀는 하룻밤 외상으로 묵을 수 있을 것이다.

어쩌면 이틀도 가능하리라!

신분증은 잃어버리지 않았으므로, 자신이 펠티에 집안 사람이라는 사실을 증명할 수 있었다. 거기에는 베이루트의 주소까지 적혀 있지 않은가?

이것은 그녀의 마지막 기회였다. 만일 거기서도 받아들여지지 않는다면 프랑수아의 집으로 갈 것이었다. 침대에 있을 여자는 쫓아 버리면 그만이었다. 자신에게도 오빠의 집에서 잘 권리가 있지 않은가?

저녁 10시였다.

뢰로프 호텔은 아주 깨끗한 곳으로, 에클라 호텔과는 전혀 달랐다. 빨간 제복 차림에 조그만 캡을 쓴 젊은 벨보이가 호기심 어린 눈으로 그녀가 들어오는 것을 바라보았는데, 짐 없이 다니는 여행객은 흔치 않았기 때문이었다. 지금 이 상태에 핸드백만 하나 든다면 매춘부처럼 보일 수도 있었다.

「어떻게 오셨죠?」

엘렌은 돌아섰다. 벨보이는 정말로 어려 보였다. 한 열다섯 살이나 되었으리라.

「가브리엘, 가만히 있어!」

어떤 여자의 목소리였다. 그녀는 프런트 데스크 뒤에 서 있었다. 아마도 뒤크로 부인일 듯한 그녀는 아버지의 정부가 될 수 있는 나이는 아니었다. 아주 나이 들어 보였지만 미소 지은 얼굴은 매우 상냥해 보였고, 늦은 시간이었지만 화사하게 꾸미고 화장한 모습이었다.

「아가씨가 엘렌인가요? 자, 이리 와요, 이리 와요!」

한 번도 와보지 않은 이 호텔에서 자신의 이름이 불리는 것을 듣자 엘렌은 더럭 겁이 났다. 그대로 돌아서서 도망치려 하는데, 호텔 사장은 벌써 이렇게 말하고 있었다.

「펠티에 씨, 당신의 딸이 왔어요!」

그러자 엘렌이 보지 못했던 옆쪽의 응접실에서 그녀의 아버지가 걸어 나왔다. 여행을 떠날 때나 장례식에 갈 때 입는 청색 정장 차림의 그는 미소를 지으며 그녀에게 말했다.

「아이고, 내가 11시에 식사 예약하기를 정말 잘했다, 그치?」

25
외교 행랑을 통해서지, 나튀를리히!

　트럭을 이용하면 이론적으로 다섯 시간이 걸리는 이 여행 중에는 온갖 종류의 일들이 일어날 수 있었는데, 이번에도 그 대부분이 일어나고 있었다. 사이공에는 여러 날 동안 건조한 날씨가 계속되었는데, 갑자기 우기가 잃어버린 시간을 만회하기로 작심한 듯했다. 일곱 대의 차량 행렬이 시동을 걸었을 때, 거리에 졸졸 흐르던 물은 이미 바퀴 중단까지 올라와 있었다. 차가운 바람에 뒤이어 쏟아지는 폭우는 대부분 한두 시간 계속되었다. 그러다 도시의 활동이 재개되는 밝고, 따뜻하고, 습기 찬 긴 시간대들에 기다렸다는 듯이 자리를 넘겨주는 게 보통이었다.

　하지만 이날 새벽에는 비가 얼마나 억수로 쏟아지는지 몇 미터 앞도 보이지 않았다. 전조등 불빛만이 앞 차량의 뒷부분을 식별할 수 있게 해주었기 때문에 시야를 잃지 않으려면 바짝 붙어야만 했다.

　〈비가 그칠 때까지 기다리면 안 되나요?〉라고 에티엔은 순진하게 물었었다.

헌병 콧수염을 단 끔찍이도 평범한 얼굴의 무아나르 대위는 새벽 이른 시간에 출발할 것을 고집했던 것이다.

「천천히 가더라도 일단 주파해 놓은 길은 다시 갈 필요가 없으니까.」

또 그는 헌병의 논리를 보이기도 했다.[24] 〈계속 가! 계속 가라고!〉라고 줄곧 다그쳤다. 장대비 속에서 차량 행렬이 거북이 걸음을 하고, 꼼짝 못 하게 될 위험이 있어 사람들이 트럭에서 내렸음에도 바퀴가 무릎까지 올라오는 진흙 속에서 헛돌 때에도 말이다.

「멈춰!」 그런데 5백~6백 미터 앞까지는 순탄해 보이는 길이 나오자 그가 갑자기 외쳤다. 행렬을 멈춘 그는 정찰병 네 명을 수류탄과 폭약으로 무장시켰다. 그러고는 몇 가지 지시를 내렸는데 이럴 필요가 없었던 것이, 베트민군 포로들인 이들의 유일한 임무는 목숨을 걸고 길을 여는 데에 있었기 때문이다.

그들의 뒤에, 공격당할 경우 반응할 시간을 벌기 위해 충분히 떨어진 거리에 남아 있는 병력은 상당히 기묘한 집합체로, 이들은 모로코인, 차드인, 베트남인 보충병(이들은 누더기 같은 옷과 닳아 빠진 신발을 통해 알아볼 수 있었다), 그리고 빳빳한 새 군복을 차려입고 프랑스군 차량 일곱 대에 분승해 있는 30여 명의 시에우 린 부대로 구성되어 있었다. 에티엔이 보

24 프랑스 헌병대gendarmerie는 국방부 소속이나, 평소에는 내무부 장관의 지휘를 받아 치안 유지를 담당하는 일종의 경찰이다. 그런데 헌병gendarme이란 단어는 비유적으로 〈강압적이고 권위적인 사람〉을 뜻하기도 한다.

기에 이 통일성의 결여는 프랑스가 거의 모든 것을 시도했지만 거의 아무것도 성공하지 못한 이 전쟁을 아주 잘 상징하고 있었다. 아로요[25]의 물처럼 변덕스러운 정치적 의지 앞에서 때로는 불법적으로, 그리고 언제나 곡예에 가까운 조건들 속에서 즉흥적으로 수단을 찾아 계속 수행해 가야 하는 이 전쟁을 말이다.

잔치의 주인공은 전체 병력의 절반을 차지하는 시에우 린의 병사들이었다. 교황 로안은 이들에게 제대로 재단된 새 군복과 사이즈가 맞는 신발, 그리고 실전에서 사용 가능한 무기를 지급할 것을 요구했는데, 이 세 가지는 파견군을 지원하는 병력들에게는 한꺼번에 갖춰 주기 힘든 조건들로, 이에 대해서는 프랑스군이 땜질식으로 그때그때 고용한 보충병들이 쓰라린 경험을 맛본 바 있었다.

〈에티엔 씨, 당신은 정예군의 호위를 받을 거예요〉라고 로안은 모자의 방울 술을 춤추게 하며 장담했다.

이에 앞서 로안은 자기 종파를 위한 추가적인 몇 건의 피아스트르 이체 허가를 얻어 내기 위해 에티엔을 특별히 초대하여 도움을 청한 바 있었다.

「좋아요.」 에티엔이 대답했다. 「그런데 나도 방울 술 모자 좀 썼으면 좋겠어요. 저이들처럼.」

그는 허연 백발에 턱수염을 늘어뜨리고, 흰 토가 차림에 머리 꼭대기에는 청색 펠트 재질의 멋진 샬럿케이크 틀을 올려놓은 고위 성직자들을 가리켰다.

25 arroyo. 마른강(건천)을 가리키는 스페인어. 평소에는 마른땅이다가 큰비가 내리면 홍수가 흘러 강이 된다.

「아이고, 에티엔 씨, 저것은 우리 교회 고위 성직자들의 복장이에요.」

「그럼 나도 고위 성직자가 되게 해줘요.」

「오, 에티엔 씨, 정말 절 쥐어짜네요! 자, 자, 제가 이렇게 당신께 도와 달라고 부탁드리는 것은 우리가 베트민과 맞서 싸우기 때문이에요. 뜻이 가상하지 않습니까?」

「가상하고말고! 우리 교황님, 놈들에게 인정사정 봐주지 말아요. 전 놈들을 증오해요, 놈들은 살인마라고요!」

「그렇다면요, 에티엔 씨, 우리도 보답을 받아야죠! 우리는 거룩한 뜻을 위해 일하는 겁니다!」

「뭐, 그럴 수도 있겠죠. 하지만 바로 그 거룩한 뜻을 위해 전 그 빵떡 모자 하나를 차지할 권리가 있어요.」

「에티엔 씨, 외람된 말씀이지만, 프랑스 사람을 시에우 린 주교 자리에 앉히는 것은 우리에게 매우 나쁠 수 있어요. 신도들이 이해하지 못할 거예요.」

「뭐, 이해는 하겠는데, 어떻게 하겠어요, 교황님. 전 그 파란 빵떡 모자가 너무 좋은데.」

주지하다시피, 이 로안은 매우 실용적인 사람이었다.

「아, 해결책이 있을 것 같네요!」 그가 득의양양하면서도 겸손한 얼굴로 말했다.

이리하여 에티엔은 공개적으로는 절대로 방울 술 모자를 착용하지 않겠노라 엄숙히 맹세하는 대가로, 세상에서 가장 은밀한 시에우 린의 교황 특사가 되었던 것이다.

「비밀스럽고, 신비스럽고, 은밀한 특사가 되겠습니다, 교황님!」 에티엔이 선서했다. 「제 명예를 걸고 맹세합니다! 땅에다

침을 뱉지는 않겠지만, 이게 제 진심입니다!」

그는 자신의 제교(諸敎) 일치주의적 법모를 장테와 가스통에게 자랑스럽게 보여 주었지만 그 뒤로는 집에서만 착용했다. 조제프는 그 모습을 재미있어하는 눈으로 내려다보았고, 여기서 신성 모독의 의도를 느낀 빈은 그를 책망하는 시선으로 노려보았다.

비록 농담을 하기는 했지만, 에티엔은 피아스트르 이체를 승인해 주는 것을 전혀 비윤리적으로 여기지 않았다. 시에우 린을 돕는 것은 결국 베트민에 맞서 싸우는 일이기 때문이었다. 피아스트르 이체가 프랑스 재정을 심각하게 좀먹고 있음에도 불구하고 외환국의 많은 사람들은 이게 평화에 기여하는 일이라고 믿었는데, 에티엔의 생각도 이들과 크게 다르지 않았다.

시에우 린 교회가 현지에 자리 잡을 수 있게끔 프랑스가 돕겠다는 고등 판무청의 약속을 받아 낸 후 로안과 그의 신도들이 다시 히엔지앙으로 돌아갈 채비를 하고 있을 때, 에티엔은 더 이상 참을 수가 없었다.

「교황 특사는 마땅히 그 지역에 대해 알고 있어야 해요.」 그는 선언했다. 「따라서 우리는 거기를 가고 싶습니다.」

교황 특사로 임명된 이후에 자신의 직책과 관련하여 로안과 얘기할 때 에티엔은 종종 〈위엄의 복수형〉[26]을 사용하곤 했다.

「에티엔 씨, 그건 아주 위험해요.」

「이해하고 있습니다. 하지만 우린 분명히 말했어요. 히엔지

26 군주나 고위 성직자가 자신을 지칭할 때 위엄이나 겸양을 표현하기 위해 〈나〉 대신 사용하는 복수형인 〈우리〉.

앙에 못 가면, 도장도 없다.」

로안은 완강했다.

「에티엔 씨, 미안하지만 너무 위험한 일이에요. 만일 당신께 무슨 일이라도 일어나면 전 자신을 용서할 수 없을 거예요.」

「그럼 우린 지고의 영혼께 편지를 올리겠어요.」

「뭐라고요?」

「당신께 편지를 쓰시는 분이니까, 편지를 받으시기도 하겠죠, 안 그래요?」

로안은 그를 뚫어져라 쳐다보았다. 강렬한 불안감에 미간에 가는 주름이 잡혔다.

「어떻게 하겠다는 거죠?」

「미사를 열 겁니다, 교황님. 제 파란 법모를 쓰고, 방울 술들을 흔들면서 신도들에게 우리 완벽한 영혼님께 물어보라고 할 거예요. 그리고…….」

「지고의!」

「맞아요, 지고의 영혼님. 그리고 그분께 요청할 거예요. 제게 교황 특사 여행이 금지되었다고 못 박는 확인 편지를 보내 주시라고. 그럼 전 복종해야죠.」

로안은 긴 한숨을 내쉬었다. 그는 굴복하기 직전이었다. 에티엔은 농담조로 얘기하고 있었지만, 승리의 순간이 되자 갑자기 감정이 북받쳤다. 말은 빈정거리듯 하고 있었지만, 화제 자체는 심각한 것이었기 때문이다.

「로안, 당신도 알다시피, 거기는 제…… 사촌이 죽은 곳이에요. 히엔지앙 말이에요.」

그의 목소리에서 거의 울먹거리는 것 같은 강렬한 떨림이 느껴졌다.

「만일 당신이 도와주지 않으면,」 그는 덧붙였다. 「전 거기 갈 수 없을 거예요.」

「하지만…… 거기 가서 뭘 보고 싶은 거죠?」

정확히 알 수 없었지만, 에티엔은 레몽이 죽은 장소를 보지 못하는 한 이 애도를 끝낼 수 없다고 느끼고 있었다.

「거기 말고는 찾아가서 묵념할 수 있는 다른 무덤이 없어요.」

로안은 나쁜 행위를 허용하게 될 자신에 대해 지고의 영혼께 용서를 구하듯이 눈을 질끈 감았다.

이렇게 해서 종파가 히엔지앙으로 떠나고 3주가 지난 후에, 장테에게 일주일간의 휴가를 얻은 에티엔은 시에우 린 정예군의 호위를 받으며, 그리고 무아나르 대위의 보호하에, 일종의 순례이기도 하고 복수(復讐) 여행이기도 한 길을 떠난 것이다. 사실 두 개의 동기 모두 우스꽝스럽기는 마찬가지였지만 두 번째 것은 첫 번째 것보다 덜 그렇다고 할 수 있었으니, 쟁기 날로 머리를 갈아 버리기 전에 병사들을 산 채로 포 뜰 수 있는 그 어둠의 군대에 대한 에티엔의 증오가 여행을 하면서 배가되었기 때문이다.

시에우 린의 부대가 히엔지앙으로 가기 위해 트럭을 타거나 대열을 이뤄 행군을 해야 한 반면, 로안은 비행기로 여행을 했다. 사실 그들은 12년 전에 폐기된 록히드 베가[27] 한 대를 구입하여 시에우 린의 색깔들로 다시 칠해 놓은 터였다. 이 비행기

27 록히드사가 1920년대에 개발한 단발 프로펠러기로, 민간 항공기 및 군용기로 쓰였으며 최대 5~7인이 탑승할 수 있었다.

는 교황의 가장 큰 자랑거리 중 하나였고, 그 자신이 이것을
〈찜 옹〉이라고 명명했다.

〈그것은《독수리》라는 뜻이에요〉라고 그는 자랑스럽게 설
명했다.

에티엔이 보기에 낡은 록히드 베가와 독수리 사이의 유사성
은 시적 은유만큼이나 자의적인 것이었다.

로안에게는 이런 사실이 중요치 않았으니, 그는 가능해지자
마자 비행기로 이동했다. 신도들은 탑승 트랩까지 감청색 양
탄자를 깔았고, 교황은 위엄 있는 자세로 그 위로 올라갔다. 참
으로 멋진 광경이었다. 그는 착륙할 수 있는 가장 가까운 지점
이 목적지에서 여섯 시간 걸리는 곳에 있으며, 다 따져 봤을 때
트럭으로 가는 것보다 비행기가 더 오래 걸릴 수 있다는 주장
을 무시해 버리고, 히엔지앙까지 가장 고귀한 방식으로, 다시
말해서 공로(空路)로 가는 방법을 고집했던 것이다.

그로부터 몇 주일 전, 에티엔은 이 존귀한 비행기의 성대한
시승식에 초대된 바 있었다. 심지어는 알코올 의존증으로 해
직당했고, 로안이 진 두 궤짝이라는 헐값 임금에 채용한 어느
전직 루프트한자 조종사의 지휘하에 공기(空氣)의 세례식에
참여하는 행운을 누리기도 했다.

그들과 동승한 두 고위 성직자는 머리부터 발끝까지 덜덜
떨었다. 하지만 신이 난 에티엔은 기체의 벌어진 틈으로 거세
게 몰려 들어오는 바람과 계속 불안스레 쿨럭대는 모터의 폭발
음에 얼굴이 흔들려 가며 고래고래 소리를 질렀다.

이렇게 공기의 세례를 한껏 즐기기는 했으나 에티엔은 히엔
지앙까지 트럭으로 여행하는 데에 큰 불만이 없었다.

차량 행렬이 움직이기 시작했을 때 퍼붓던 비가 20분 후에 그쳤다. 빗속에서 출발 명령을 내렸던 무아나르 대위가 결국 옳았음이 증명되었지만 그는 승리에 도취하는 성격이 아니었다. 그는 계속 자신의 일을 해나갔다.

태양이 다시 그 눈부신 자태를 드러냈다. 가장 딱딱한 마음의 소유자라 할지라도 놀라울 정도로 아름다운 풍경에 무심할 수는 없었다. 도저히 뚫고 들어갈 수 없는 정글, 논들의 바다, 그리고 파란 산 들이 섞여 있는 이 나라는 지옥인 동시에 낙원이라 할 수 있었다. 에티엔은 안개로 얇게 덮인 아로요들이 진녹색의 들판들 사이를 구불구불 흐르는 광경을 바라보며, 처음의 투쟁 동기가 무엇이었든 간에 사람들이 이 나라를 위해 싸우는 것이 이해가 되었다.

한 시간 후, 트럭들은 힘들어하기 시작했다. 도로 곳곳에 뚫린 깊은 구덩이들로 인해 운전하기가 쉽지 않았고, 그렇게 차량이 느려질 때마다 이게 함정일 수 있다는 불안감과 공포가 엄습했다. 이 바큇자국 같은 긴 홈은 자연적인 것일까, 아닐까? 이 5점형[28]으로 배열된 일련의 구멍들은 인위적으로 보이지 않는가? 차도 위에 누울 듯이 기울어진 저 나무는 저절로 쓰러진 것일까? 콧수염을 잘근잘근 씹던 무아나르 대위는 갑자기 긴 명상에서 깨어난 것처럼 불쑥 정지 명령을 내리고는, 트럭에서 내려 주위를 둘러보고 이 지역을 잘 아는 보충병들과 오랫동안 대화를 나누곤 했다. 또 경우에 따라서는 주변을 살피기 위해 직접 숲까지 가보기도 하고, 차량은 시동을 건 채로

---

28 주사위의 제5면처럼, 중앙에 점이 하나 있고 그 사방에 네 개의 점이 배열된 형태.

뒤에 대기시키고 기관총 포신들이 사방을 향하게 한 뒤 정찰병들에게 앞으로 걸어가 보라고 지시하기도 했다.

억수같이 쏟아진 비로 더욱 깊어진 진흙 속에서 트럭 바퀴가 헛돌아 한 시간이나 그 이상을 멈춰 있어야 하는 일도 드물지 않았다.

몇 차례 에티엔과 대화를 시도한 무아나르 대위는 이내 단념하게 되었다. 사실 예의상 말을 걸었을 뿐이었고 그 자신도 침묵이 훨씬 편했다. 에티엔이 말이 없었던 것은, 호송 행렬이 정글 속을 나아가고, 늪을 건너고, 폭우에 불어나 거칠게 흐르는 아로요들과 물이 넘치는 논들을 따라 달려가면서, 자신도 레몽이 겪었을 것과 비슷한 무언가를 겪고 있다는 생각을 했기 때문이었다. 지금 트럭 지붕을 때리는 이 소나기 소리를 그도 들었을 것이고, 차량 무게를 줄이려 하차하여 걷고 있는 이 진흙탕 길을 그도 마찬가지로 걸었을 것이다. 심지어 베트민군이 공격했으면 하는 마음이 들 정도였다. 그러면 자신도 포로가 되어 고문을 받고 산 채로 포가 뜨이리라. 이렇게 그 자신도 여전히 불행한 에티엔은, 다른 이의 죽음을 가지고 흔한 소설을 만들어 냄으로써 이중의 고통을 맛보고 있었다.

새벽 이른 시간에 출발한 그들은 날이 저물어서야 히엔지앙에 도착했다.

「총격전 한번 없이 왔습니다.」 무아나르 대위는 사이공의 손님을 맞으러 나온 필리프 드 라크루아지베 대령 앞에서 차렷 자세를 취한 후 간략하게 보고했다. 그곳에는 대령 외에도 말끔하게 다림질한 토가 차림을 한 채 경건하면서도 위선적인 얼굴로 마치 손을 씻듯이 조그만 두 손을 맞비비는 로안, 그리고 자신의 인격과 직책을 존중해 줄 것을 강조하듯 이름 앞에 〈므시외〉[29]를 붙여 자신을 소개하는 유형의 관리도 한 명 있었다.

「고등 판무청 대행관 므시외 그랑발레 필리프입니다.」

그는 건조하고 새하얀 손을 내밀었다. 매일 아침 손톱 수선을 받는 사람의 것 같은, 수상쩍을 정도도 깨끗한 손이었다. 이렇게 각자의 손은 저마다의 메시지를 전하고 있었다. 로안의 두 손은 〈여러분, 제 초대에 응해 이렇게 나와 주셔서 감사합니다〉라고 말하고 있었고, 대령이 에티엔 쪽으로 슬쩍 펼쳐 보이는 두 손은 〈내가 이 거지 같은 놈 때문에 일주일 동안 고생하게 됐소이다〉라고 꿍얼대고 있었으며, 행정 대행관의 두 손은 〈나는 법과 권위를 대표하니, 그 사실을 널리 퍼뜨려도 좋소〉라고 단언하고 있었다.

대령은 대행관을 경멸하고, 대행관도 그를 끔찍이 싫어한다는 게 눈에 보였고, 로안이 당장 트럭 바퀴 밑에 들어간다 해도 두 사람 다 손가락 하나 까딱하지 않을 것 같았다. 이런 분위기가 대번에 마음에 든 에티엔은 큰 소리로 대답했다.

「이렇게 환영해 주셔서 감사합니다, 여러분! 혹시 여분의 아편을 조금 가지고 계신지요?」

모두의 얼굴이 굳는 듯했지만, 결국 화를 내는 대신 풋 하고 웃음을 터뜨렸다. 사이공 외환국에서 에티엔이 가진 직책은 사람들의 탐욕에 불을 붙이곤 했다. 이들 모두 신성한 도장이 찍히기만을 기다리는 이체 신청을 한 건씩 숨기고 있는 모양이

---

29 프랑스어로 〈므시외Monsieur〉는 남자 이름 앞에 붙이는 존칭이다.

었다.

로안은 에티엔에게로 나아와 두 손을 가슴에 모으고는 정중히 인사한 뒤 이렇게 말했다.

「에티엔 씨, 두 분과 말씀 나누실 수 있도록 전 이만 물러나겠습니다. 그런데 모레 있을 미사에는 왕림해 주실 수 있으신지요?」

「아, 일요일 미사요? 천주교에서 하는 것처럼? 그건 좀 지루하지 않을까요? 드높은 영혼께서는 그보다는 낫지 않은가요?」

「〈드높은〉이 아니라 지고의 영혼입니다. 에티엔 씨, 시에우린은 통합적인 종교예요. 우리는 우리에 앞선, 그리고 우리를 예고한 모든 종교들에서 가장 좋은 점들을 가져왔어요.」

에티엔은 로안의 귀 쪽으로 얼굴을 기울였다.

「제 방울 술 모자를 쓰고 가도 되나요, 아니면……?」

로안이 얼굴을 찡그리자, 에티엔은 알았다는 듯이 두 눈을 깜짝했다.

「좋아요, 익명으로 가죠.」

둘만 대화하는 이 기회를 이용하여 그는 덧붙였다.

「교황 성하, 제가 이런 부탁을 드려도 될지 모르겠지만, 혹시…….」

그는 문장의 마지막 말을 윙크로 대신했다.

로안은 이미 승인한 터였다.

「에티엔 씨, 다 생각해 놨어요. 부족한 게 하나도 없을 겁니다.」

상당히 허술해 보이는 요새에 자리 잡은 파견군 기지에는 옷차림은 제멋대로이지만 움직임에서 결의가 느껴지는 다양한 부대의 병사들이 우글대고 있었다. 잡다한 요소들이 섞인 기묘한 집합체였다. 벗어젖힌 웃통, 문신, 새파란 시선, 갈색으로 그을린 피부, 색 바랜 군복, 빨랫줄에 걸린 속옷, 나무 궤짝 위에서 벌어지는 팔씨름, 말뚝에 걸어 팽팽히 당긴 방수포 밑에서 웅크리고 하는 카드 게임, 그리고 차분한 걸음으로 이 모든 것을 성큼성큼 가로지르는 이가 있으니 무성한 수염을 길게 늘어뜨린 외인부대원과 몸통에 자전거 경주 선수의 등번호처럼 거대한 금빛 십자가가 붙어 있는 신부를 절반씩 섞어 놓은 듯한 부속 사제였다.

에티엔은 잠시 걸음을 멈췄다.

저기 방금 등을 돌린 남자가 누구인지 알아본 것이다. 작달막한 키에 널찍한 어깨, 네모난 얼굴과 맑은 눈동자의 소유자인 50대의 사내. 사이공의 카메로네 바 테라스 근처에서 자신에게 레몽의 사망 소식을 알려 준 바로 그 외인부대 병사였다.

에티엔은 병사가 자신을 알아보고 등을 돌렸다고 확신했다.

그를 여기까지 이끈 것은 이 사내를 만날 수 있으리라는 무의식적인 희망이었다. 어쩌면 이 사람이 레몽과 그의 전우들이 발견된 곳, 다시 말해서 군 보고서에 언급된 그 작은 분지의 위치를 알려 줄지도 모른다는 희망 말이다. 이것은 필리프 드라크루아지베에게나, 그 보고서를 읽어 보지도 않았을 정부 대행관에게 공식적으로 요청할 수 있는 일이 아니었다. 이 조심스러운, 하지만 에티엔을 피하려 드는 병사가 그의 유일한 희망이었다. 그러나 그는 곧 군인들을 통해 이 부대는 히엔지앙에서의 임무를 마치고 몇 시간 후에 사이공으로 떠난다는 사실을 알게 되었다. 이 늙은 병사는 그를 피할 뿐만 아니라 에티엔이 도착한 순간에 이곳을 떠나고 있었다.

공연히 여행을 한 것이다.

기지의 드넓은 마당은 몇 시간 전에 쏟아진 비로 완전히 침수됐지만 곧바로 돌아온 열기에 물이 증발해 여기저기에 진흙탕이 형성되어 있었고, 사람들은 이렇게 고인 누런 연못들을 피해 가느라 마치 둥둥 뜬 커다란 섬들 사이에서 놀이를 하듯 갈지자로 뛰고, 미끄러지고, 욕설을 퍼붓고 있었다.

이 요새의 끝부분에 큼직한 가건물 한 채가 세워져 있었는데, 그 1층에는 군 행정실이, 2층에는 에티엔이 묵게 될 대령의 커다란 아파트 방이 있었다. 어느 하사의 안내를 받은 에티엔은 무거운 열기가 짓누르는 미로 같은 복도들을 지나 가끔 찾아오는 손님들을 위한 공간으로 올라갔다. 비는 더 이상 생각도 나지 않는 이 시간에도 습하고 끈적끈적하게 다가오는 열기를 막기 위한 덧창들로 인해 어스름에 잠긴, 천장에 선풍기가 달려 있는 커다란 방이었다.

「필리프 드 라크루아지베 대령님께서 선생님과 저녁 식사를 하고 싶으시답니다. 시간은 8시 30분입니다.」

이것은 일방적인 명령이었다. 하사는 대답도 기다리지 않고 나가 버렸고, 혼자 남은 에티엔은 옷을 벗고는 수동 펌프를 작동시켜 미지근한 물로 샤워를 했다. 그런 뒤 피곤에 지친 그는 가운데가 푹 들어가는 침대에 몸을 누여 늦은 오후의 낮잠에 빠져들었는데, 그가 있는 방 위의 지붕을 두드리는 빗방울 소리에 잠에서 깨어났다. 창밖을 내다보니 사람 하나 보이지 않았고, 물만 홍건한 넓은 마당 위로 뿌연 소나기가 무겁게 내리꽂히고 있었다.

대령과의 저녁 식사 시간이 몇 분밖에 남지 않았다. 에티엔은 급히 옷을 입고 방을 나왔다. 그런데 어디가 어디인지 알 수 없었다. 아까 이쪽으로 왔던가? 몇 미터 나아가 보니 어디인지 알 것 같았고, 다시 뒤로 돌아왔다. 아무도 보이지 않았다. 저쪽, 문이 열려 있는 곳에서 사람들의 목소리가 들렸다. 에티엔은 곧바로 안심했으니, 자신을 아파트로 인도해 준 하사가 한 동료와 대화하고 있었던 것이다. 그는 다양한 색깔의 핀이 잔뜩 꽂힌 참모부 지도들로 뒤덮인 조그만 책상의 뒤편에 앉아 있었다.

「길을 잃었어요.」

「뭐, 그러시겠죠, 걱정 마세요. 여긴 좀 복잡해요. 처음에는 항상 헤매죠. 제가 알려 드리겠습니다.」

「이거 진짜인가요?」 에티엔은 조그만 크기의 두개골 하나를 발견하고는 농담하듯이 물었다. 서진으로 사용되고 있는 그것은 이 군 행정실 가운데서 셰익스피어의 어느 인용문처럼 느껴졌다.

「아, 그럼요! 베트남 놈이에요. 작년에 제가 모가지를 잘랐죠. 안 그래, 자노?」

「맞아.」

에티엔은 두 사내를 쳐다보았다. 그들은 조금 먼, 그리고 생각하면 가슴이 뭉클해지기까지 하는 이채로운 일화를 추억하듯이 미소 짓고 있었다.

「너 생각나? 아, 그 개자식이 얼마나 꽥꽥 소리를 지르던지!」
하사는 검지를 치켜올렸다.

「영화에서는 칼을 한번 휘두르면 마치 단두대에서처럼 머리가 댕강 떨어져 나가죠. 하지만 정말이지 현실에선 전혀 그렇지 않아요. 칼날이 계속 척추에 부딪히거든. 위쪽에서 해보고, 아래쪽에서 해보고, 또 이 방향으로도 해보고, 저 방향으로도 해보는데, 정말로 그 엿같은 일이 안 끝난다니까요.」

에티엔은 그를 응시하다가 해골로 눈길을 돌렸고, 현기증에 사로잡혔다.

「그런데 그게 다가 아니에요! 깨끗하고 멋진 해골바가지를 얻기 위해서는 불순물을 다 제거해야 하거든요. 전 이걸 네 시간 동안이나 끓여야 했어요, 정말 엄청나지 않아요? 하지만 그걸로도 충분치 않아서 남아 있는 걸 칼로 박박 긁어내야 했죠.」

「그러다 이분 약속에 늦겠다.」 다른 사내가 말했다.

에티엔은 그의 얘기를 멀리서, 혹은 벽을 통해 듣는 것 같았다. 하지만 충분히 잘 알아들은 그는 이렇게 물었다.

「그럼 그의 머리를…… 산 채로 잘랐나요?」

이 모든 것은 점점 꿈속의 대화를 닮아 가고 있었다. 이미지는 선명하게 보였지만, 목소리는 어떤 메아리와 함께 들려왔다.

「어…… 그 중간이라 할 수 있겠죠. 발전기가 그 자식을 상당히 지치게 만들었거든요.」

그는 방 한쪽 구석에 놓인 발전기를 가리켰다. 그것은 자전거처럼 커다란 페달 두 개가 달린 조그맣고 네모진 가방이었다.

「양쪽 불알에다 전극을 붙여 놓으면 완전히 힘이 빠져 버려요. 더 이상 말을 못 하게 되죠. 그러면 그런 놈을 가지고 뭘 하겠어요? 게다가 할 말은 다 해버렸는데. 안 그래, 자노?」

「야, 그러다 이분 늦는다니까!」 다른 사내가 되풀이했다.

「그래, 이제 갈 거야.」

에티엔은 자기가 여기서 무얼 하고 있는지 알 수 없었다. 가마솥에서 끓고 있는 두개골을 생각하면 속이 뒤집힐 것 같았다.

「자, 저를 따라오시죠.」 하사가 말했다.

충격을 받은 에티엔이 정신을 차리기 위해서는 몇 분이 필요했고, 그동안 두 사람은 대령의 아파트를 향해 걸었다.

「아, 우리 쿠셰 하사와 인사를 나누셨구먼!」

하사는 차렷 자세를 취했지만, 벌써 그에게서 눈길을 거둔 대령은 에티엔의 어깨를 잡고 식당 쪽으로 데려갔다.

「오늘은 소위 말하는 격식 없는 식사를 해야 할 것 같아요. 이번 달에는 아내가 애들하고 프랑스에 가 있거든. 그래서 음식이나 대접이 변변치 못해요.」

거기에는 대행관 므시외 그랑발레 필리프와 어떤 소령 한 사람이 있었는데, 아직 충격에서 헤어나지 못한 에티엔은 그의 이름과 직책이 생각나지 않았다.

필리프 드 라크루아지베는 키가 크고 마른 체격에 머리칼은 적갈색의 곱슬머리이며, 화통한 지주(地主)처럼 느껴지는 사람, 서민처럼 보이려고 모종의 저속함을 추구하는 귀족 같은 사람이었다. 살면서 부족한 게 하나도 없었으므로 자신에 대해 한 번도 의심해 본 적이 없는 그런 이들 중 하나였다. 언뜻 보기에는 소탈한 호인 같지만 사실은 더없는 겉멋쟁이로, 승마나 장애물 경기를 즐기는 모습이 상상되는 대영 제국 인도 주둔군 장교와 파락호를 합쳐 놓은 듯한 인물이었다. 그는 누가 원하는지 묻지도 않고 위스키를 서빙한 다음 식탁 위의 한 자리를 가리켰다. 들어오자마자 그의 권위 아래에 놓인 것이었다.

군복 차림에 앞치마를 두른 한 병사가 마요네즈소스를 곁들인 차가운 생선 요리를 가져왔고, 프로 레슬링 선수 같은 손으로 우아하면서도 격조 높은 서비스를 제공하고자 애썼다. 동성애자들의 카바레에서나 봄 직한 이 여자 없는 정중한 의식은 상황을 몰랐더라면 참으로 웃기는 장면이었을 것이다.

「그래, 펠티에 씨, 요즘 사이공은 어때요?」

와인이 강처럼 흘렀고, 대화도 마찬가지였다. 차가운 생선 뒤에 뜨거운 생선이 나왔고, 논의는 순진하고도 무능한 인간들이 차지하고 있는 프랑스 본토를 중심으로 진행되었다. 실수로 식기를 떨어뜨린 종업원은 딴에는 세련된 동작으로 주워 들어서는 곧바로 식탁 위에 다시 올려놓았다. 에티엔은 기계적으로 대답하고 있었다. 정신이 돌아온 그는 관심이 있는 척애를 쓰면서 음식을 먹고 술을 마셨다. 화제는, 어찌 된 일인지는 알 수 없지만, 다시 하사 얘기로 돌아와 있었다.

「아, 우리 쿠셰 하사!」 대령이 즐겁게 웃음을 터뜨렸다. 「그 친구가 없으면 우린 아무것도 못 해. 안 그렇소, 그랑발레?」

「그렇고말고요.」

「그가 하는 일이 정확히 뭐죠?」 에티엔이 물었다. 「제 말뜻은, 그의 직무가 뭐냐고요.」

「첩보요. 그는 그 분야의 챔피언이지.」

「네, 챔피언 맞더군요. 그런데 그는 사람 목을 자를 때 군도를 쓰나요, 아니면 정글 칼을 쓰나요?」

「아, 그래, 그 친구의 해골바가지! 그는 그걸 아주 자랑스러워하지, 맞아⋯⋯.」 대령은 에티엔의 비아냥거리는 의도를 알아채지 못한 것처럼 차분하게 대답했다.

「그런데 정글 칼을 쓰지 않을까?」 그는 갑자기 미간을 찌푸리며 반문했다. 「여기 우리에겐 군도가 없단 말이야⋯⋯.」

소령은 고개를 끄덕였다. 네, 분명히 정글 칼일 거예요. 대행관도 생선을 우물우물 씹으며 확신에 찬 표정으로 고개를 주억거렸다. 에티엔은 몇 초가 지나서야 자신의 비꼬는 의도가 단순한 기술적 호기심으로 받아들여졌다는 것을 깨달았다. 이 사람들은 자신들이 하는 일을 자랑스러워하고 있었다.

「사람들은 우리 군대를 비난하지.」 대령이 말했다. 「때로는 군대를 비웃기도 하고. 맞아, 그래! 하지만 이 분쟁은 우리의 놀라운 적응 능력을 보여 주었어. 펠티에 씨, 그거 아시오? 우리는 여기서 전쟁을 기대했다오. 전쟁 말이오! 전선(戰線)이 있고, 전투가 있는 전쟁을! 말하자면 남자 대 남자의 전쟁. 하지만 이런 생각은 황인종에 대한 심각한 오해에서 비롯된 거요. 이 인종은 천성적으로 교활한 인간들이라오. 용감하지는 않지만 끈질기지. 하여 그들은 정면 대결을 집요한 괴롭힘으로 대체하는 방법을 만들어 냈어. 이른바 게릴라전이지! 우리의 적은 군복도 없고, 극단적으로 말하자면 군대도 없다고 할 수 있지. 그들은 도처에, 마치 물속의 물고기들처럼 주민 사이에 녹아들어 있다오. 그러다 갑자기 불쑥 나타나지. 열 명, 열다섯 명씩 나타나 공격해 와서는 목을 자르고 나타난 것만큼이나 빠르게 떠나 버려. 병사들로 이뤄진 군대가 아니라 암살자

집단이야. 이런 상황에서 우리가 어떻게 했다고 생각하시오? 우린 적응한 거야. 그들의 혁명 전쟁에 우리는 반혁명 전쟁으로 맞선 거지. 아, 그런 거야!」

「그 반혁명 전쟁이란 게, 그들의 불알에다 발전기를 꽂고 그들의 머리를 정글 칼로 자르는 것을 말하나요?」

「특히 그렇지! 암살자들, 다시 말해서 테러리스트들에 대한 절대적인 무기는 첩보요. 우리는 놈들 중의 하나를 잡으면 그를 적군의 병사로 다루지 않아. 범죄자로 다루지. 그럼 문제가 달라지거든.」

대령이 질문 내용 자체에만 집중하기 위해 질문하는 이의 어조를 무시해 버릴 수 있는 가공할 논객인 건지, 아니면 자기가 생각하는 것만을 들을 정도로 스스로가 옳다는 확신에 차 있는 건지 분간하기 힘들었다.

「그럼 대령님께선,」 에티엔이 와인을 한 잔 더 따르면서 물었다. 「대령님 병사들이 고문 기술자로 바뀌어도 괜찮으신 건가요?」

이 말에 대행관은 발끈한 표정으로 고개를 쳐들었다. 소령이 손에서 놓친 포크가 요란한 소리를 내며 그의 자기 접시 위로 떨어졌다. 필리프 드 라크루아지베는 여기서도 그의 우월함을 보여 주었다.

「펠티에 씨, 그건 하나의 전술적인 선택일 뿐 다른 아무것도 아니오. 우린 다만 그들의 방법을 채택할 뿐인 거지. 우선 우리는 시장이나 가게에서 *끄나풀*이나 협력자를 채용하고 황인종들 가운데서 정찰병이나 통역을 뽑는다오. 통치하기 위해 분열시키는 거지! 그리고 우리는 그들의 기술을 가져다가 역으로 그들에게 사용하는 거요! 멀리서 보면 조금 잔인해 보일 수 있겠지만. 자, 이해를 돕기 위해 한 가지 예를 들겠소. 몇 달 전에, 그게…… 아마 2월 말이었지?」

지금까지 입을 열지 않고 있던 소령이 아주 박식하게 설명했다.

「바로 이곳 히엔지앙에서, 파견군 1개 부대가 적의 매복 작전에 인질로 붙잡혔습니다. 용맹한 외인부대원 몇 사람이었죠!」

에티엔의 의도는 대령을 도발하는 것이었는데, 이제 그가 함정에 빠져들고 있었다.

「베트민군은 보름 동안 그들을 고문했는데, 결국 그들에게 무슨 짓을 했는지 아시오?」

에티엔은 안다고 소리치고 싶었지만, 그럴 틈도, 힘도 없었다.

「이 불쌍한 친구들을 찾아냈을 때, 한 명은 양손이 잘렸고, 두 번째 병사는 온몸의 관절이 부러졌으며, 세 번째 친구는 산 채로 몸이 포가 뜨인 상태였어. 너덜거리는 피부 몇 장만 남았을 뿐 나머지는 다 잘라 낸 거야. 아마 면도칼과…….」

에티엔은 주먹으로 식탁을 거세게 내리쳤다. 식기들이 모두 튀어 올랐고, 빈 병 하나가 잔 하나와 함께 바닥으로 떨어져 내렸다.

대령은 겸허하게 미소를 지었다.

「그래, 당신이 맞아요. 놈들은 끔찍이 잔인한 적이지.」

그는 레스토랑 급사장 노릇을 하는 병사에게 고개를 돌렸다.

「내 서재에서 커피와 술을 가져오게.」

그는 일어섰다.

「자, 여러분, 자랑은 아니지만, 오늘 내가 여러분에게 인도 차이나 최고의 아바나 시가를 제공할 수 있을 것 같소. 처남이 내게 공급해 준다오. 외교 행랑을 통해서지, 나튀를리히![30]」

에티엔은 여기에 있는 동안에는 더 이상 현실로 복귀할 수 없었다. 정상적인 자신으로 돌아올 수 없었고, 제대로 생각할 수조차 없었다. 그는 몽롱한 무감각 상태에서, 뿌연 시가 연기에 묻힌 대령의 서재에서 계속되는 대화를 멍하니 듣고만 있었고, 그러고 나서는 옷도 벗지 않은 채로 침대에 올라가 누웠다. 그는 잠도 자지 않고서 어마어마한 폭우가 지붕과 천장을 무너뜨리고 자신을 깊은 슬픔에 빠뜨리기만을 기다렸다.

그는 이 전쟁을 철저히 증오했다. 그러나 이유는 알 수 없지만 떠나기로 마음먹을 수는 없었다. 아직도 무엇을 기다리는 것처럼 미적대고 있는데, 그게 대체 무어란 말인가?

에티엔은 침대 부근에서 피울 만한 것을 발견했다. 옆면에 시에우 린의 문장이 새겨진 기다란 대롱이었다. 로안 교황이 약속을 지킨 것이다. 아편은 보기 드문 품질이었고, 양도 충분했다.

아주 늦게서야 잠이 든 에티엔은 꿈도 꾸지 않고 정신없이 잤지만, 다음 날 아침에는 그리 컨디션이 좋지 않았다. 마비된 것처럼 흐릿한 그의 기억 속에, 정신이 아직 내용을 정리하지 못한 어떤 충격적인 장면의 추억이 남아 있는 모양이었다.

---

30 natürlich. 독일어로 〈물론〉이라는 뜻.

마당에서는 완벽한 군장을 갖춘 시에우 린군 1개 분대가 파견군 소대와 함께 임무 수행을 위해 떠날 채비를 하고 있었다. 사이공 시내에서 의기양양하게 퍼레이드를 벌이고 지역을 되찾는 데 있어 프랑스군이 도움을 줄 거라고 발표한 이후로 시에우 린에게 많은 마을들이 몰려들었는바, 이 종파의 지리적 네트워크 작업에 밝은 미래가 열린 셈이었다. 시에우 린 군대는 *띠*나풀, 밀정, 그리고 기타 정보 제공자 들의 도움을 받아 베트민군 거점들을 고립시키고 그들을 하나하나 지역의 경계 밖으로 밀어내고 있었다. 그런 뒤에는 식민지 지배와 마피아의 권력 장악을 방불케 하는 전략을 사용하여, 그들의 세력에 복속한 마을들을 보호하는 데 필요한 재원을 마련한다는 명목으로 애국적 세금이라는 것을 부과했다.

에티엔은 마당으로 내려갔다. 벌써부터 따갑게 내리쬐는 햇볕에 밤새 만들어진 넓은 물웅덩이들이 증발하고 있어서, 하얀 김과 솜처럼 몽실몽실한 안개가 사방에서 피어오르며 머리 위의 공기에 녹아들었다. 에티엔은 기지의 정문으로 가기 위해 웅덩이를 피해 이리저리 돌기도 하고 문 닫힌 일련의 건물들을 따라 건널판들 위를 걷기도 해야 했는데, 갑자기 반응할 틈도 없이 누군가의 손이 그의 팔뚝을 낚아챘다. 그는 향료와 건어물 냄새가 강하게 풍기고 아무것도 분간되지 않는 어느 어둑한 방 안으로 끌려갔고, 그런 그를 손 두 개가, 곧이어 손 네 개가 꽉 붙들었다. 두세 명의 사내가 거기 있었다. 첫 번째 사내가 그의 복부에 주먹을 꽂았다. 그는 풀썩 무릎을 꿇었다. 두 번째 사내가 양팔을 붙잡자 세 번째 사내가 그의 옆구리를 사정없이 걷어찼다.

간결하면서도 전격적인, 무서울 정도로 효율적이고 신속한 작업이었다.

몇 초 후 에티엔은 헐떡거리면서 필사적으로 호흡을 되찾으려 애썼고, 배 속에 든 것을 땅바닥에 다 토해 냈다. 그가 고개를 들자 각진 얼굴에 파란 눈을 한 작달막한 외인부대 병사의 실루엣이 중국 그림자극처럼 문틀 가운데 그려져 있었다.

「난 사이공에서 위험을 무릅쓰고 우리의 동료 레몽 판 뮐런과 관련된 기밀 정보를 당신에게 내주었어. 우리 상관들은 이런 일을 금지하고 있지. 그들에겐 그럴 만한 이유가 있을 거고, 난 명령에 대해 따지는 사람이 아니야. 내가 당신에게 진실을 말해 준 이유는 레몽이…… 그는 좋은 친구였어. 난 내가 한 일을 후회하고 싶지는 않아.」

에티엔은 아직도 호흡을 되찾으려 애쓰고 있었다.

「난 당신에게 그걸 확실히 알려 주고 싶었어…….」

에티엔이 한쪽 팔꿈치로 딛고 몸을 일으키려 애쓰는 동안, 외인부대 병사는 문을 닫고는 유유히 떠나갔다.

그는 몸을 반으로 접고 침대 위를 뒹굴며 거의 한 시간을 보냈다. 통증은 점차 사라졌지만 복부와 몸통에는 군화 끝부분으로 사정없이 걷어차인 보라색 자국들이, 가슴에는 모욕감이 남았는데, 이 모욕감은 분노로 변했다.

그는 갑자기 일어섰다.

신호가 온 것이다.

이 나라는 그에게 맞지 않았다. 떠나야 했다. 어디로? 그는 이런 질문은 하지 않았다.

그냥 떠나야 했다.

지금.

그가 소지품을 모으고 있는데, 문이 벌컥 열렸다. 대령이었다. 군화를 신고 똑바로 선 그는 입술에 큼지막한 미소를 머금고 있었다.

「펠티에 씨, 우리가 말이오……. 아, 미안하오, 내가 인사도 하지 않았구먼.」

하지만 그는 손도 내밀지 않고서 말을 이었다.

「자, 나랑 같이 갑시다!」

그는 항상 복종받는 습관이 있는 자신만만한 성격의 사람답게 큼지막한 미소를 지으며 말했다.

「저는 사이공으로 돌아갑니다.」 에티엔은 옷가지를 가방에 쑤셔 넣기를 계속하며 대답했다.

「뭐라고요? 벌써? 아, 그렇군…….」

그는 당황했고, 심지어는 실망하기까지 했다. 그러다 에티엔의 굳은 얼굴과 약간 구부정한 자세를 보고는 무슨 일이 있었음을 깨달았다. 그러나 굳이 알려고 하지는 않았다.

「뭐, 좋소, 그렇게 해드리지. 오늘은 너무 늦었고, 내일은 괜찮아요. 내가 호위대를 붙여 드리겠소.」

그는 떠나려 하다가 다시 돌아왔다.

「혹시 어제저녁 일로…….」

「아, 천만에요.」 에티엔이 냉담한 어조로 서둘러 말을 끊었다. 「오히려 모든 분께서 아주…… 예절 바르셨습니다.」

결코 바보가 아닌 대령은 그를 한참 동안 살펴보았다.

「음, 좋소. 그럼 내일 출발하시오.」

이것은 제안이 아니라 지시였다.

「그런데 내가 온 것은 펠티에 씨에게 한 가지 흥미로운 것을 보여 주고 싶어서였소. 여기서 북쪽으로 50여 킬로미터 떨어진 곳에서 베트민 공장 하나가 발견됐거든.」

「나중에 보겠습니다.」

「우린 20분 후에 출발하오. 〈작은 골풀 계곡〉이라고 하는 곳으로. 그래도 혹시 마음이 내키신다면…….」

에티엔은 몸을 벌떡 일으켰다.

작은 골풀 계곡. 레몽이 죽은 곳.

이렇게 해서 이 고장을 뜨겠노라 결심한 지 몇 분 후에, 에티엔은 중무장한 다섯 대의 트럭과 위장복 차림의 병사들의 선두에서 길을 열며 달리는 지프차 안에 있게 되었다.

한 시간 반 후 그들은 어느 운하 변에 이르렀고, 정찰병들이 모아 놓은 거룻배들에 무기와 탄약 상자를 실었다. 거룻배들이 물에 띄워져 북쪽으로의 느린 항해를 시작하자마자, 빽빽해진 정글을 깨울까 겁이 나는 것처럼 팽팽하게 긴장된 침묵이 감돌았다. 밀림은 물길 양편에 어둡고 물이 뚝뚝 떨어지는 녹색의 벽들을 세워 놓았다. 공기는 습기로 가득 차 있어 숨 쉬기가 힘들 정도였다. 운하는 골풀과 연잎으로 뒤덮였고, 강둑은 소택지 상태였으며, 썩는 냄새가 코를 찔렀다. 그들은 담배도 피우지 않고 말도 하지 않으면서 한 시간 동안 나아갔다. 에티엔은 숲이 뒤에서 닫히는 것 같고, 이 여행은 스틱스[31]를 건너는 듯한 양상을 띤다고 느꼈는데, 갑자기 그들은 동작을 멈췄다. 어떤 조용한 신호가 온 것이다. 모두가 바짝 긴장하여 경계하고 있었다. 아무것도 움직이는 게 없어서, 에티엔으로서는 여기에 뭐가 볼 게 있는 건지, 기다릴 게 있는 건지 이해할 수 없었다. 거룻배들은 다시, 아까보다도 천천히 나아가기 시작했다. 오른쪽의 우듬지들 위로 조그만 산 하나가 정상을 드러냈다. 그리고 비상 상황이 되었다. 저쪽에서 농무 경적[32] 같은 것이 울리고 곧이어 나무들 뒤쪽 약 1~2킬로미터 떨어진 곳이 소란스러운가 싶더니, 곧바로 폭발음이 들리며 화염이 치솟았다. 전투가 발생한 것이다.

「끝났어.」대령이 담담하게 말했다. 「발각된 거요. 우리가 가보겠지만, 너무 늦었어요.」

거룻배들은 서두르기 시작해 곧 기슭에 닿았고, 마비 상태에서 깨어난 병사들은 재빨리 무기와 탄약을 배에서 내렸다. 그들은 발목까지 푹푹 들어가는 질척거리는 진흙탕 길 위로 출발했다. 그렇게 45분이 넘게 걸렸다.

대령은 웃는 듯했다. 그는 화염으로 벌게진 쪽을 가리키며 말했다.

「놈들은 가져갈 수 없는 것은 죄다 불태워 버려요. 하지만 들어오는 첫날부터 이사할 준비가 다 되어 있어. 공장을 지을 때, 한 시간 안에 해체할 수 있게끔 해놓는 거지. 가서 보면 알겠지만 아무것도 남아 있지 않을 거요.」

그러고는 생각에 잠긴 표정으로 이렇게 덧붙였다.

31 그리스 신화에 나오는 지상과 저승의 경계를 이루는 강.
32 짙은 안개가 끼었을 때 선박들에게 위험을 알리기 위해 울리는 경적. 등대나 선박 등에 설치된다.

「하지만 사람도 다 떠났다고는…… 그건 의심스러워…….」

그들은 거의 다 탄 초가집 몇 채가 연기를 내뿜고 있는 장소에 이르렀다. 마치 레일처럼 깊게 팬 자국들이 강의 숨겨진 지류로 내려가는 비탈로 이어졌다. 기계와 장비를 보트로 끌고 간 것이다. 남아 있는 것이라고는 망치로 우그러뜨린 쇳조각, 해체된 부품, 부수거나 넘어뜨린 화학 제품 단지, 휘발유를 부어 여기저기서 매캐하고 짙은 연기를 뿜고 있는 식량, 임시변통의 도구, 을씨년스럽게 열려 있는 궤짝 들뿐이었다.

주변에는 늪지대와 끝없이 펼쳐진 골풀 숲, 그리고 수면에 뿌리를 드러낸 채로 둥둥 떠 있는 듯한 구불구불한 나무들이 있었다. 그들은 그 장소에 진입했고, 무기를 손에 든 채 의심과 경계의 눈빛으로 남아 있는 것들을 뒤졌다.

「모두 다 떠난 것은 아니오.」 대령이 말했다. 「물자 먼저, 그 다음에 사람. 이게 놈들의 표어(標語)지.」

「이게 뭐였죠?」

「공장. 이 공작 기계, 선반, 발전기 들을 가지고서 시장이나 말 안 듣는 상인의 가게에 가지고 가서 터뜨리는 수제 수류탄, 우리가 지나가는 길에 설치하는 지뢰 같은 것들을 만든 거요.」

그는 재미있는 듯한 표정으로 늪지를 응시했다.

「지금 당신 앞에 베트민 놈들이 수십 명 있어요. 보이지 않겠지만 물속에 숨어 있다오. 저렇게 몇 시간이고 버틸 수 있는 놈들이야. 만일 필요한 시간만큼 여기 남아 있는다면, 더 이상 못 참고 나올 때 하나하나 사살할 수 있지. 마치 놀이 장터에서 두더지 잡기 놀이 하듯이 말이야.」

그는 주위를 둘러보았다.

「하지만 여기 남아 있을 수는 없소. 곧 베트민 놈들이 떼로 몰려와 우릴 포위하고 공격할 테니까. 그럼 다 학살당하는 거지. 놈들을 급습하려 시도한 게 이번이 세 번째요. 그리고 또 시도해 볼 거요. 뭐, 할 수 있는 일이 그것뿐이니까.」

아마도 중요한 일이 없어서였겠지만, 에티엔은 아직 불타지 않은 몇 안 되는 초가집 중 하나를 향해 나아갔다. 신발, 넝마, 노끈, 병 같은 잡동사니들이 마치 쓰레기 하치장에서처럼 어지러이 널려 있었다. 그는 녹슨 주방 기구며 구멍 난 의복 같은 것을 발끝으로 밀어 보고 다시 떠나려 하다가, 어떤 종이쪽지 하나에, 거의 아무것도 아닌 무언가에 걸음을 멈췄다. 그것은 나무로 된 빈 탄약 궤짝에서 삐져나온 어떤 상표였고, 에티엔은 그것을 집어 읽어 보았다.

칼레 & 발레스코 무역 회사.

에티엔은 뭔가 알 것도 같은 이 이름의 자취를 찾아내려 애썼다.

그리고 찾아냈다. 리모주 도자기 수입을 위한 이체 신청. 출발할 때 1백만 프랑이 넘고 도착하면 거의 3백만.

이 상표가 왜 여기서 굴러다닌단 말인가?

「자, 이제 떠날 거요.」

필리프 드 라크루아지베가 그를 찾으러 왔다. 에티엔은 상표를 호주머니에 집어넣었다.

「왜, 어디가 안 좋아요? 아픈 것은 아니겠죠?」

「아뇨, 아무 문제 없어요.」 에티엔은 그를 쫓아가며 웅얼거렸다.

하지만 무엇보다도 그가 좋는 것은 사고의 흐름이었다.

그는 트럭 쪽으로 걸어가며 논리의 끈들을 이어 이 발견이 의미하는 바를 생각해 봤다.

이 상표가 여기 있다는 것은 이것이 붙어 있었을 상품이 베트민의 손에 들어갔다는 얘기였다.

그리고 그 상품은 외환국을 거친 수입을 통해 들어왔다.

전쟁 덕분에 프랑스인들은 피아스트르를 부정 거래 하고 있었다. 현지의 기업들과 자본주의는 부를 쌓고 배를 불리기 위해 이 부정 거래를 이용했지만 최악의 사실은 따로 있었다.

베트민이 이 시스템 안으로 들어온 것이다.

장비를 갖추기 위해 피아스트르 부정 거래를 이용하고 있는 것이다.

이것이 의미하는 바는 단 한 가지, 끔찍하고도 너무나 비극적인 한 가지 사실뿐이었다.

양측이 대립하는 이 전쟁에서, 프랑스는 자신도 모르는 사이에 베트민에 자금을 조달하고 있는 것이다.

26
내가 만일 너라면, 그래도 한번 가보겠다

택시는 엘렌과 그녀의 아버지를 방금 끝난 연극 관람을 마친 관객들로 북적거리는 그랑 카페 카퓌신[33] 앞에 내려놓았다.

시끄럽고, 떠들썩하고, 유쾌하고, 멋졌다. 엘렌은 안내하는 종업원을 따라 시멘트 타일이 깔린 커다란 테라스를 가로질렀다. 그녀의 아버지가 요청한 자리는 두 번째 홀에 있었다. 그녀는 주황색 유리 조각들이 끼워진 스테인드글라스 아래를 지났고, 종업원이 테이블을 잡아당겨 주자 빨간 벨벳으로 덮인 긴 의자에 앉았다. 주홍색 갓으로 덮인 벽등들의 불빛 아래, 그녀의 아름다운 얼굴은 하루 동안 쌓인 피로를 짙게 드러내고 있었다.

택시 안에서 그녀의 아버지는 그녀가 떠나고 나서 불과 여

---

33 그랑 카페 카퓌신Grand Café Capucines은 파리 9구, 그랑불바르 구역에 위치한 브라스리로, 1875년에 개장된 이후로 파리 시민의 사랑을 받아 온 명소이며, 그 주변에는 오페라 가르니에, 올랭피아 뮤직홀, 그랑 렉스 영화관 등 각종 공연장이 즐비하다.

섯 시간 후에 베이루트에서 출발했다고 설명했다.

「자정에 비행기를 탔어.」그가 말했다. 「바로 다음 비행기를 탄 거지.」

루이는 파리에 도착하자마자 프랑수아에게 달려갔는데, 그는 집에 없었다. 〈레옹틴이라고 불러 주세요〉라고 하는, 잘못하면 하루 종일 붙잡혀 있을 수도 있는 수위만 만났다는 것이었다.

그러고 나서는 뚱땡이에게 갔단다.

엘렌은 그가 결국 프랑수아나 뚱땡이 오빠를 찾아냈다는 건지 아닌 건지 알 수 없었지만, 그들에 대해 너무 화가 나 있어 자세히 물어보지도 않았다.

「걔들하고 얘기가 잘 안 된 모양이지?」

「네, 잘 안 됐어요.」엘렌은 메뉴판 읽기에 열중해 있는 척하며 짧게 내뱉었다. 「전 굴부터 시작하고 싶은데, 아빠는요?」

「좋아, 굴부터 먹자꾸나!」

주문을 하고 나서 루이는 안경을 재킷의 가슴 호주머니에 다시 집어넣었다. 엘렌은 대체 어떤 기적에 의해 이렇게 둘이 만날 수 있었는지 궁금했다.

「오, 기적 같은 것은 없어! 네가 수중에 돈도 별로 없이 떠났기 때문에, 만일 네가 오빠들 집에서 자지 못하면 분명히 뢰로프 호텔로 올 거라고 생각한 거야.」

루이는 프뤼드메르[34]와 함께, 얼음통에 담겨 오는 뮈스카데[35] 한 병도 주문했다.

---

34 조개, 새우, 굴, 게, 멍게 등 갖가지 해산물을 하나의 쟁반에 담아 제공하는 프랑스 요리.

종업원이 차분하고도 자신만만한 눈으로 지켜보는 가운데 그가 와인을 맛보는 동안, 엘렌은 아버지가 젊은 시절에 어떤 남자였는지를 발견하는 느낌이었다. 그가 미남으로 보이지는 않았지만 그보다 더 나은 것, 즉 감동적인 존재로 느껴졌다. 그녀는 아버지가 옆에 있는 한 자신에게 아무 일도 일어날 수 없다는, 괴로우면서도 안도감을 주는 느낌에 언뜻 사로잡혔다. 하지만 그가 잔을 내려놓으며 〈아주 좋아요!〉라고 말하는 순간, 그는 벌써 그녀가 아는 아버지로 돌아와 있었다.

「그래, 아빠, 엄마가 나를 찾아오라고 보내서 온 거예요?」

　이렇게 질문하는 그녀의 목소리에는 공격적인 어조가 섞여 있었지만, 그는 짐짓 모르는 척했다.

「아니, 네 엄마는 그런 얘기 안 했다.」

　그는 굴을 가리켰다.

「아주 실해 보이는데?」

「엄마는…….」

「엄마가 어떤 사람인지 잘 알잖아. 그런데 안 먹니?」

「먹어요, 먹어! 그럼 아빠가, 날 찾으러 온 게 아니라면…….」

　루이는 화이트와인을 마시며 입으로 가볍게 쩝 하는 소리를 냈다.

「야, 이거 괜찮네. 네 어머니는 어떻게 처신해야 하는지 정확히 아는 사람이야. 한번 집을 떠난 아이는 절대로 돌아오지 않지. 네 어머니는 그걸 세 번이나 경험했어.」

「하지만 다 남자들이었잖아요.」

---

35 프랑스 루아르 지방에서 생산되는 화이트와인으로, 해산물과 잘 어울려 인기가 있다.

「그래. 바로 그 때문에 내가 온 거다.」

엘렌은 그의 말뜻을 정확히 이해할 수 없었다. 루이는 포크를 내려놓고 그녀를 응시했다.

「네 어머니와 내가 바라는 것은 단 하나, 네 상황이 안정되고…… 네가 안전하게 지내는 거야.」

「그래서…… 구체적으로는요?」

「구체적으로는 나도 잘 모르겠다. 하지만 너도 원칙은 알 것 아니냐.」

「좀 추상적이에요.」

「원래 원칙의 문제는 추상적인 거야. 자, 한번 말해 봐라, 넌 여기서 뭘 할 생각이냐?」

루이는 〈네 어머니는 이런 건 절대로 안 해줘!〉라고 변명하며 로뇽마르샹드뱅[36]을 주문했다. 엘렌은 오리 가슴살 요리를 택했다. 홀에는 고기 굽는 냄새, 해물 냄새, 차가운 와인 냄새가 담배 연기에 뒤섞여 공기 중에 떠돌았다. 마지막 주문을 받는 시간임에도 왁자지껄한 대화 소리가 더욱 커지고 웃음소리가 갑작스러운 파도처럼 이는 가운데, 엘렌의 머릿속은 이 레스토랑의 풍경과 정신없었던 오늘 하루, 자신을 향해 상냥하게 미소 짓는 아버지의 얼굴, 그리고 물론 이 뮈스카데의 달콤한 맛으로 꽉 차 있었다. 이 모든 것들에 너무나 가슴이 뭉클했다. 그것은 루이도 마찬가지였다. 오늘따라 그녀가 너무나 예뻐 보였지만 이 점에 오히려 가슴이 아팠으니, 자비에 로몽의 아파트 벽에 붙은, 그녀의 벌거벗은 모습이 찍힌 사진이 떠올

36 소나 양의 콩팥에 레드와인소스를 곁들인 요리.

412

랐기 때문이다. 그 이미지로 인해 자신이 더럽혀진 느낌이었다. 그것은 자기 딸이 그 사악한 놀이에 끼어들었기 때문이 아니었다. 그 사진에서 그녀가 천박할 정도로 도발적인 시선을 하고 있었기 때문도 아니고, 심지어는 그녀의 여체를 그런 식으로 보게 되었기 때문도 아니었다. 아니, 그것은 엘렌이 어른이 되었기 때문이고, 그가 모르는 사이에 그녀가 남자들과 육체적 거래를 시작하게 되었기 때문이었다. 그녀가 더 이상 자기 딸이 아니라 과거에 자기 딸이었던 젊은 여자가, 그가 모르는 젊은 여자가 되었기 때문이었다.

「뭐라고요?」

「여기 파리에서 뭘 할 생각이냐고 물었다.」

「국립 미술원을 생각하고 있었어요…….」

루이는 고개를 주억거렸다. 엘렌은 반대하는 말이 날아오리라 생각했지만, 예상은 빗나갔다.

「등록하기에는 조금 늦지 않았니?」

엘렌은 깜짝 놀랐다.

「정말 아빠가 할 말이 그게 다예요?」

루이는 잠시 눈을 질끈 감았다.

「아, 그래, 미안하다, 얘야! 그래, 난 이렇게 말해야겠지. 뭐? 미술? 절대로 안 돼! 넌 반드시 약사하고 결혼해야 하고, 안 그러면 재산을 한 푼도 물려주지 않을 거야! 맞아, 난 그렇게 형편없는 놈이야.」

엘렌은 미소 짓지 않을 수 없었다.

「엄마는…….」

「네 엄마도 적응할 거다. 너희들은 우리를 전혀 닮지 않았어. 뚱땡이를 봐라. 난 걔가 나처럼 되기를 바랐는데…….」

엘렌은 아버지의 어조를 통해 이 시기의 추억이 아직도 그를 힘들게 한다는 것을 깨달았다. 그녀는 그의 손을 잡아 주고 싶었다. 펠티에 씨는 아주 변화무쌍했다. 조금 전에는 한 남자로서 멋지다고 생각했는데, 지금은 어떤 늙은 아버지처럼 짠하게 느껴지는 것이다.

루이는 그를 슬프게 하는 은밀한 생각들을 잠시 곱씹다가, 다시 미술 얘기로 돌아왔다.

「내가 만일 너라면, 그래도 한번 가보겠다. 모를 일이잖아, 어쩌면 등록을 포기하는 사람이 있을 수도 있고…….」

「아빠! 시험 봐서 들어가는 거예요!」

「그럼 네 실력을 한번 보여 주면 되잖아.」

엘렌은 이 순진한 생각에 기가 막혔다. 이번에는 아버지가 정말로 늙어 보였다. 게다가 이런 말까지 하고 있지 않은가?

「나를 봐서라도 그렇게 해라, 응? 내일 한번 가서 자리가 남아 있는지 물어보라고. 돈을 따려면 도박을 해야지!」

펠티에 씨는 딸을 돕기 위해 파리에 왔고, 실제로 그녀에게 그는 구세주나 다름없었다. 그는 그녀를 위해 좋은 방을 하나 잡아 놓았다(뒤크로 부인, 제일 넓은 방으로 잡아 줘요, 내 딸이 묵을 거라고요!). 가방을 도둑맞았다는 말을 들은 호텔 사장은 그녀에게 비상용 세면 용품 파우치 하나를 주었다. 「내일 말이야,」 그는 덧붙였다. 「사마리텐 백화점에 가서 필요한 것들을 사!」 그는 인간적으로 그가 할 수 있는 모든 것을 해주고 있었고, 엘렌은 차마 거절할 수가 없었다.

「알았어요, 국립 미술원에 가서 자리가 남았는지 물어볼게요.」 그녀는 마지못해 이렇게 말했지만, 그러지 않으리라는 것을 알고 있었다. 우스운 꼴을 당하고 싶지 않았던 것이다.

루이는 〈네 엄마는 이런 거 절대 안 해준다〉라고 말하며 프로피트롤[37]도 시켜 먹었다. 여러 가지 격한 감정들, 이 저녁 시간, 그리고 와인……. 엘렌은 벌써 머리가 꾸벅거리는 게 느껴졌다. 오른쪽 옆자리에 앉은 사람의 시가 연기만이 그녀를 깨어 있게 했다.

택시 안에서 그녀는 아버지의 어깨에 머리를 기대고 잠이 들었다. 그는 그녀의 방에까지 딸을 부축해 데려가서는 신발을 벗긴 후에 침대에 눕혔다. 그녀는 옷을 벗는 동안만 잠시 정신을 차렸다. 하지만 아버지가 살그머니 방을 나가고 있을 때, 그녀는 그를 불렀다.

「응?」

「아빠, 사랑해.」

「나도 사랑한다, 우리 아기.」

예상하지 못했던 말이었다. 그것은 그가 예전에, 그녀가 어린아이였을 때 사용하던 표현이었다.

---

37 슈크림의 일종으로, 작은 공 모양의 페이스트리 안에 달콤하고 짭조름한 속을 채운 프랑스 음식.

27
내가 지금 무슨 말 하는지 다들 알 거다

장은 안도의 한숨을 내쉬었다. 짐이 하나 줄어든 것이다. 컴컴하기만 했던 세상에 구름이 걷히고 고약했던 시기가 끝나 가고 있었다. 프랑수아의 기사는 범인 식별을 위한 타피사주가 금요일 오후 6시에 경찰청사에서 있을 거라고 분명히 밝히고 있었다. 예순네 명의 남자가 추려지고, 소환되었다. 〈소환되었다〉라고, 『르 주르날』은 대문짝만하게 써놓았다.

그런데 장은 아무것도 받지 못했다.

타피사주가 내일이고 우편배달부도 들렀는데, 아무것도 없다는 것이었다.

그는 전에 아버지가 〈비누 공장은 네게 안 맞는 것 같다〉라고 말했을 때 경험했던 것과 비슷한 안도감을 느꼈다.

준비에브에게는 절대로 이 얘기를 꺼내지 않는 그였지만, 이번에는 너무나 기쁜 나머지 그녀에게 말하지 않을 수 없었다.

「여보, 나, 소환되지 않았어.」

「알고 있어.」 그녀가 대답했다.

그녀의 어조와 시선 앞에서 장은 얼마나 현기증을 느꼈던지 몸을 지탱하기 위해 문틀을 잡아야만 했다. 턱을 수평으로 쳐들고, 눈을 크게 뜨고, 입술에 냉랭한 미소를 머금고 말하는 그런 모습이 무엇을 의미하는지 그는 익히 알고 있었다. 그럴 때면 어김없이 오직 준비에브만이 일으킬 수 있는 재앙이 몰려왔는데, 결코 예외는 없었다.

그녀 역시 우편배달부가 오는지 살피고 있었다. 장은 그러다 그녀가 옷을 차려입고는 거울 앞에 서서 모자를 고쳐 쓰는 것을 보았다. 그리고 그녀는 한마디도 하지 않고 나가 남편을 죽일 것 같은 불안감 속에 빠뜨린 것이다.

그녀는 법원으로 가서 르누아르 판사와의 면담을 요청했다. 지금 판사는 매우 바쁘기 때문에 면담은 가능하지 않고, 누군가 다른 사람이 그녀를 만나겠다는 대답이 돌아왔다.

「절대로 안 돼요! 판사님에게 얘기하세요, 아주 중요한 일이라고! 메리 램슨 사건에 관련된 일이라고요! 전 증인이에요!」

준비에브는 복도 한가운데에 꼿꼿이 서 있었다. 결국 조그만 판사가 불려 왔지만, 그는 그녀를 알아보지 못했다.

「성함이……?」

「펠티에. 전 장 펠티에의 아내인데, 대체 어떤 이유로 우리 남편이 이 범인 식별 모임에 소환되지 않았는지 알고 싶어요!」

정말이지 놀라운 일이 아닐 수 없었다. 지금 자기가 제대로 들었는지 자문했을 정도였다.

「왜냐하면,」 준비에브는 말을 이었다. 「공화국 시민으로서, 그 사람은 조국의 정의 구현에 봉사할 권리가 있으니까요!」

아주 다루기 힘든 사람을 몇 명 경험한 적 있는 르누아르였지만, 이 펠티에라는 자와는 또 다른 얘기가 될 거라는 예감이 들었다.

「부인, 남편분께서는 명단에 없어요.」

그의 논리에 있어서 행정적인 논거는 다른 모든 것들을 압도하는 절대적인 무기였고, 이는 그 자신의 무수한 경험을 통해 확인한 바 있었다.

「무슨 명단이요?」

「소환된 사람들 명단이죠.」

「좋아요. 그럼 그 명단은 누가 작성했죠?」

「접니다.」

「그렇다면 대체 어떤 이유로 제 남편이 거기에 없는지 설명해 주시겠어요?」

얘기가 원점으로 돌아왔고, 따라서 논리를 바꿔야 했다.

「그분은 기준에 부합하지 않아요. 자, 부인, 전 이제 그만 가봐야겠습니다.」

르누아르가 오른쪽으로 한 발을 내디디려 하는데, 준비에브가 왼쪽으로 한 발을 내디뎠다.

「부인, 지금 공무 방해를 범하고 계십니다!」

「네, 좋아요! 그렇다면 제가 그쪽 장관님을 찾아가서 따지겠어요!」

용의자, 공범, 혹은 어깃장 부리는 시민 등이 〈높은 곳〉에다 얘기하겠다고 엄포를 놓는 것은 이런 관청에서 늘 벌어지는 일이었다. 하지만 이자의 기세등등한 모습은 불도저의 느리고도 가차 없는 전진을 연상시키는 바가 있었다. 판사는 덜컥 겁이 났다. 자칫 잘못하면 이런 종류의 상황은 통제할 수 없게 되어 폭주 기관차가 될 수도 있었다.

「그리고 언론에다가도 알리겠어요!」 준비에브가 말을 이었다. 「전 장 펠티에의 아내지만, 또『르 주르날 뒤 수아르』의 유명한 기자인 프랑수아 펠티에의 형수이기도 해요! 이해하시겠어요? 전 시동생에게 당신이 어떤 식으로 수사를 하는지 말할 거라고요! 판사님, 당신에게는 목록과 기준이 있을지 모르겠지만, 제겐 정의가 있어요! 그리고 전 당신을…….」

「이건 체중의 문제입니다.」

판사는 자신을 변호했다. 준비에브는 곧바로 자기가 이겼음을 깨달았다. 하지만 그녀는 신중했다.

「다시 말해 줄래요?」

「증인의 말은 분명합니다. 화장실 문에서 마주친 남자는 마른 체격이었어요.」

「당신은 우리 남편이 뚱뚱하다고 생각하세요?」

이걸로 끝이었다. 르누아르 판사도 그걸 이해했다.

「아, 좋아요. 뭐 쓸데없는 일이지만, 부인께서 원하시니…….」

「네, 우린 원합니다!」

르누아르는 갑자기 거대한 피로감을 느꼈다.

「네, 좋아요, 그럼 부인의 부군을 소환하도록 하죠! 자, 됐어요!」

소식을 들은 장은 얼굴이 창백해졌다.

준비에브는 모자를 벗으며 말했다.

「내가 확실히 말하는데, 그 쪼그만 판사가 깨갱 했어.」

「하지만 준비에브,」 장이 더듬거리며 말했다. 「당신도 알다시피…….」

「뭘 아는데?」

그녀는 팔짱을 끼고 머리를 높이 쳐들고서 그 앞에 버티고 섰다.

「그게…… 그날 저녁 내가…….」

장은 다시금 의혹에 사로잡혔다. 그들은 서로를 잘못 이해했던 것은 아닐까? 그렇다면 준비에브는 처음부터 아무것도 몰랐던 게 아닐까? 그런 엄청난 오해가 있었다고 생각하니 사고가 흐려졌다.

「준비에브, 내가 그날…….」

그의 말은 초인종 소리에 중단되었다. 준비에브가 가서 문을 열었다. 장은 거의 실신할 뻔했으니, 제복 차림의 경찰관이 서 있었던 것이다.

하지만 그는 소환장을 전달하러 왔을 뿐이었다.

「참 빨리도 가져오시네!」 준비에브는 이렇게 말하며 서류를 낚아챘다.

그녀가 남편을 대신하여 서명했지만, 경찰관은 입도 벙긋하지 못했다.

그녀가 다시 문을 닫았을 때, 장은 안락의자 위에 널브러져 있었다. 그녀는 소환장을 식탁 위에 올려놓은 다음 그에게로 다가왔다. 그는 고개를 들었다. 땀이 흥건했다. 모근에서 솟아나온 땀방울들이 관자놀이를 타고 흘러내렸다. 어떤 것들은 턱 끝에 대롱대롱 매달리거나 길게 늘어져 있었다.

그녀는 그의 앞에 무릎을 꿇고는 공모자 같은 미소를 지었다. 그녀는 한 손으로 마치 훈계하려는 어린아이에게 하듯 그의 뺨을 쓰다듬었다. 그러고는 다른 한 손을 그의 다리 사이에 올려놓았다.

「쓸데없이 걱정하고 있어. 만일 그들이 그 끔찍한 살인범을 찾아낼 능력이 있다면, 이미 오래전에 찾아냈을 거야. 안 그래, 뚱땡이?」

✳

펠티에 씨는 파리에 뒤크로 부인의 호텔보다 좋은 호텔은 없다고 확신하는 것처럼, 쇼핑을 위해서는 사마리텐 백화점보다 나은 곳은 없다고 생각했다. 하지만 엘렌은 라 벨 자르디니에르에 가기로 결정했다.[38] 그녀의 아버지는 그녀에게 1만 프랑을 주었다. 그녀는 아버지가 너무 후하다고 생각했지만, 이는 파리의 물가를 계산에 넣지 않은 생각이었다. 스타킹 한 벌이 250프랑이나 되었다. 기본적인 것들(세면 용품, 속옷, 치마, 블라우스 등)만 사면서도 조심하고 아껴야 했다. 여기서 살아가는 일은 전투나 다름없으리라는 생각이 들었다.

엘렌이 오후 늦게 돌아왔을 때, 그녀의 아버지는 라 벨 자르

---

38 사마리텐과 라 벨 자르디니에르 모두 파리의 유명 백화점이지만, 라 벨 자르디니에르가 보다 저렴한 상품을 취급하여 중산층과 서민층이 즐겨 찾았다. 1824년에 창립된 이 백화점은 다른 백화점들과의 경쟁을 극복하지 못하고 1972년에 문을 닫았다.

디니에르 상표가 새겨진 봉지들을 보았지만, 아무 말도 하지 않고 지나갔다. 뒤크로 부인은 그들에게 창가 테이블을 내주었다. 〈여긴 연인들의 자리예요〉라고 설명하면서.

「너는 에티엔에게 실제로 무슨 일이 일어나고 있는지 알고 있니?」

펠티에 씨의 이 갑작스러운 질문은(엘렌은 오늘 하루를 어떻게 보냈는지 막 얘기를 끝낸 참이었다) 오래전부터 그의 머릿속에는 이 생각뿐이었다는 사실을 잘 말해 주고 있었다. 더욱이 그는 그녀가 거짓말을 하지는 않는지, 말하고 싶어 하지 않는 것은 없는지를 살피려는 듯 벌써부터 그녀를 유심히 응시하고 있었다.

엘렌은 베어 문 케이크 조각을 마저 씹어 삼키고는, 다시 차 한 잔을 따랐다.

「오빠는 돌아오고 싶지 않아 해요.」

「그건 나도 안다. 우리에게 그렇게 썼어. 아니, 내가 걱정이 되는 것은…… 지금 걔가 어떻게 살고 있느냐 하는 거야.」

베이루트의 프랑세로에서는 상황이 달랐을 것이다. 하지만 여기, 오직 아버지에게만 속한 이 장소에서는 거짓말을 할 용기가 나지 않았다.

「아빠, 제가 아는 유일한 사실은, 오빠가 아무에게도 진실을 말하지 않았다는 거예요. 심지어 저한테도 그래요. 레몽의 죽음에 대해서 한 얘기들은, 너무 차분하고 담담해서 오히려 이상하게 느껴져요. 전 오빠가 어떻게 슬픔을 극복하고 있는지 모르겠어요. 아빠도 오빠를 잘 알지만, 오빠는 금방 극단으로 기울 수 있는 사람이에요.」

「넌 우리가 거기에 갔어야 했다고 생각하니? 레몽이 죽었을 때 말이다.」

「아뇨, 그래 봤자 아무것도 바뀌지 않았을 거예요. 오빠는 집에서 그러는 것처럼 아무렇지도 않은 척했겠죠.」

루이는 좋은 아버지가 되기를 원했지만, 이를 위해서는 네 아이를 제대로 키우는 것만으로는 충분치 않다는 것을 알고 있었다. 어쩌면 자신은 뚱땡이의 인생을 망치는 데 일조했을지도 모르고, 에티엔의 삶을 전혀 이해하지 못했을 수도 있었다. 또 그는 프랑수아에 대해서도 더 낫게 처신하지 못했다는 게 나중에 가서 밝혀질지도 모른다는 두려움이 있었다. 남은 것은 엘렌이었다.

「어쩌면 난 자식을 갖지 말았어야 할 팔자였는지도 몰라.」

그는 커피 잔 속에 코를 박은 채로 이렇게 웅얼거렸다.

「오, 아빠…….」 엘렌이 말했다.

그리고 그녀의 아버지가 담배를 피워 물었으므로, 자신도 아까 사 온 미국 담배 한 갑을 꺼냈다. 딸이 담배 피우는 모습을 한 번도 본 적이 없는 루이는 아무 말도 안 하고 라이터를 켜 테이블 위로 내밀었다.

그는 손목시계를 들여다보았다.

「내가 5시에 택시를 오게 했다.」

펠티에 씨의 삶에서는 13시도, 23시도 존재한 적이 없었다. 정오가 지나면 1시였고, 2시였고, 이게 저녁 11시까지 이어졌다.[39]

---

39 일반적으로 프랑스에서는 시간을 말할 때 24시간제로, 즉 오후 1시는 13시로, 오후 11시는 23시로 표현한다.

「준비에브가 거기서 만나자고 하는데, 이게 좋은 생각인지 모르겠다…….」

「오래 걸릴 것 같아요?」

그들은 그 범인 식별 모임을 마치 어떤 영화 상영 시간이나 공연 시간처럼 얘기하고 있었다.

법원 앞 카페에 도착한 그들은 잔뜩 흥분해 있는 준비에브를 발견했다.

「됐어요!」 그녀가 외쳤다. 「그이도 안에 있어요!」

그녀는 매우 자랑스럽게 괘종시계를 가리켰다.

「모두가 제시간에 와서 타피사주가 방금 시작되었어요. 아, 내가 생쥐라면 얼마나 좋을까.」

그녀는 갑자기 펠티에 씨를 응시했다. 그녀가 머릿속에서 다른 주제로 넘어간 것을 알 수 있었다.

「자, 아버님, 이리로 오세요. 우리가 잠시 시간이 있으니까…….」

루이는 그녀 옆으로 가서 앉았다.

「아버님의 아드님과 관련된 일을 하나 말씀드려야겠어요.」

✳

경찰은 예순네 명의 증인을 6인의 그룹들로 나누었다. 장은 네 번째 그룹에 속해 있었다. 프랑수아는 증인들 외의 다른 참석자들을 취재할 시간을 얻기 위해 협상을 통해 앞줄로 갈 수 있었다. 르누아르 판사는 이 기사에서 자신이 좋은 모습으로 나타나기를 바랐다.

〈맙소사!〉 프랑수아는 형의 엉망이 된 얼굴을 보며 생각했다. 〈형수 말이 맞아. 형은 정말 예민한 사람이야.〉

지난 몇 달 동안, 탕플리에 반장의 팀은 자발적으로 나타나지 않은 증인 서른한 명을 찾아냈는데, 이에 따라 연재소설만큼이나 흥미진진한 일련의 기사들이 발표되었다. 각각의 증인 그 자체가 하나의 이야기였고 잠재적인 범인이었다. 데니소프는 한 분기 전부터 입맛을 다시고 있었다. 그는 프랑수아도 불려 가고는 하는 편집 회의에서 〈난 마지막 증인이 범인이면 좋겠어〉라고 말하고는 했다.

그는 경찰이 아직 찾아내지 못한 증인들을 〈그들 3인〉이라고 부르자는 아이디어를 냈는데, 이는 다른 신문들도 곧바로 채택한 재치 있는 표현이었다.

지금까지는 모든 정황상 살인범이 이 세 사람 가운데 있다고 예상되었지만, 만일 그렇지 않다면 그는 오늘 소환된 사람들 중에 있을 것이었다. 그가 영화관에서 밀친 여자가 그를 알아보고 정체를 밝혀 낼 가능성도 없지 않았다.

르누아르 판사는 절차를 설명했지만 이번에도 특유의 애매한 방식으로 했으므로, 탕플리에 반장이 각 그룹에 준수 사항을 일일이 상기시켜 주었다. 참석자 모두가 양심에 찔릴 일은 전혀 없었지만, 그들이 모여 있는 상영관 안에는 기묘하게도 무거운 침묵이 감돌았다. 오심이 있을지 모른다는 두려움 때문이었다. 증인 마르트 수비로가 이런 긴장된 상황에서 착각할 가능성이 있었으므로, 바로 오늘 저녁 감방에 가지 않는다고 장담할 수 있는 사람은 아무도 없었던 것이다.

첫번째 그룹이 차례로 들어갔다. 절차를 마치고 나오는 참

가자들은 즐겁지는 않고 무섭기만 한 롤러코스터에서 내려오는 사람들처럼 보였다.

옷 아래로 땀을 뻘뻘 흘리며 소매로 이마를 슬며시 훔치고는 하던 장은 그의 차례가 되었을 때 다섯 명의 다른 이들과 함께 나아갔다. 그는 다시 한번 자신의 신원을 밝히고 신분증을 보여 준 다음, 오른쪽에서 두 번째인 자기 자리에 섰다. 그들은 모자를 쓴 채로 손톱을 물어뜯고 있는 증인이 앉은 의자 뒤에 한 줄로 선 수많은 경찰관과 마주하고 있었다. 판사는 그에게 나지막한 소리로 재촉하듯이 말했다. 앞에서 비치는 강렬한 불빛이 조그만 단 위에 선 사람들의 눈을 부시게 했다. 그들은 먼저 오른쪽으로, 그리고는 왼쪽으로 돌아야 했고, 그러고 나서는 다시 정면을 향해 서서는 반장이 이렇게 말할 때까지 기다려야 했다.

「고맙습니다, 여러분. 이제 가셔도 됩니다.」

하지만 아무도 떠날 수 없었다. 모두가 끝까지 기다려야 했다.

물론 괴롭기는 하지만 이해할 수 있었던 절차로 보였던 것이 한 그룹 한 그룹 이어짐에 따라 은근한 위협으로 다가왔다.

증인이 누군가를 의심하고 있다는 속삭임이 오갔다.

「증인 말로는, 그를 확실히 알아보지는 못하겠다지만 어쩌면…….」 핏기 없는 얼굴로 상황을 알아보러 온 형에게 프랑수아가 속삭였다.

「어쩌면 뭔데……?」

「어쩌면 분명히 알아봤을 수도 있어. 모를 일이라고!」

문이 열리고 마지막 그룹이 나왔다. 그런 뒤 사람들은 20분

동안 기다렸다.

거의 일흔 명에 달하는 사람들이 갇혀서 뿜어내는 열기, 담배 연기, 짓누르는 불안감, 이 모든 것으로 인해 숨 쉬기가 불가능할 정도였다. 사람들이 창문을 열어 달라고 요청하자 반장은 보안을 이유로 거절했지만, 한 사람이 금방이라도 실신할 듯이 비틀거리자 생각을 바꿨다. 휘청거린 사람은 장이었다. 사람들이 그에게 냉수 한 잔을 가져다 부었고, 한 경찰관이 그의 뺨을 탁탁 쳤다.

조그만 판사가 손에 종이 한 장을 들고 나타났다.

「클랭 씨, 나예 씨, 죄네 씨, 나제아 씨, 펠티에 씨, 그리고 카조 씨…….」

한바탕 소동이 일어났다. 많은 이들이 안도하여 본능적으로 우르르 물러섰다.

「그게 무슨 말이오?」 한 50대 남자가 소리쳤다. 「왜 내 이름을 부르는 거요?」

장은 금방이라도 울음을 터뜨릴 듯한 얼굴로 여전히 의자에 앉아 있었다.

「여러분, 이것은 단순한 확인 작업일 뿐입니다.」 탕플리에 반장이 설명했다. 「단지 그뿐이에요. 다시 한 바퀴만 돌고 나면 모두 귀가하시게 됩니다.」

이번에는 반장 외에도 경찰관 세 명이 더 붙어서 각자의 신원과 열 가운데의 위치를 확인했다. 장은 또다시 오른쪽에서 두 번째에 섰다. 그들은 전번보다 훨씬 오랫동안 정면을 향하고 있어야 했다. 증인은 화장실에 가고 싶은 사람처럼 의자 위에서 몸을 까닥거렸다. 경찰관의 지시에 따라 그들은 45도 각도로 옆으로 돌아섰다. 다시 정면을 향하라는 지시가 떨어지자 장은 마치 감전된 것 같았다. 두 다리에 힘이 풀리는 것을 느끼며 눈을 감았는데, 하마터면 오른쪽에 있는 사람의 어깨를 손으로 짚을 뻔했다.

「펠티에 씨, 눈을 뜨세요!」 눈부신 프로젝터 빛 때문에 장에게는 거의 보이지도 않는 반장이 말했다.

모두가 그렇게 오랫동안 서 있어야 했다. 장은, 〈이제는 더이상 못 하겠어〉라고 중얼거리며 온몸에서 근육의 힘을 풀었다. 금방이라도 방광에서 오줌이 새어 나올 것 같았다.

「고맙습니다, 여러분, 이제 끝났습니다.」 반장이 말했다.

장은 자기가 어떻게 단을 내려와 홀까지 돌아왔는지 알 수없었다. 다른 증인들은 모두 풀려난 뒤였다. 프랑수아만이 제복 차림의 경찰관 10여 명과 함께 마지막으로 나가는 사람들을 기다렸다가 메모를 하고 있었다. 르누아르 판사가 집중한 표정으로 나타나 문 가까이에 서서는 이렇게 말했다.

「클랭 씨, 감사합니다.」

당사자는 밖으로 나갔다. 장이 쳐다보자, 판사는 이제 그에게 손을 내밀며 말했다.

「펠티에 씨, 감사합니다.」

「저, 가도 되나요?」 그가 물었다.

「네, 당신에 대해서도 끝났습니다.」 판사가 대답했다.

프랑수아는 뒤에 남아 있었지만, 자기 형은 쳐다보지 않고 탕플리에 반장과 은밀히 얘기를 나누고 있었다.

✳

성난 경적 소리들을 들으며 대로를 건너 브라스리로 들어서는 것은 사람이라기보다 심령체에 가까웠다.

「아!」 준비에브가 외쳤다. 「저기 뚱땡이 오네!」

장은 자기 아버지와 엘렌이 음료를 앞에 두고 테이블에 앉아 있는 것을 발견했다.

「오빠, 왜 이렇게 땀을 많이 흘려?」 엘렌이 그와 볼 키스를 나누며 물었다.

펠티에 씨는 아무 말도 없었다.

장은 아내와 아버지가 자신과는 상관없이 나누던 대화를 자기가 방해하고 중단시킨다는 느낌이 들어 기분이 좋지 않았다. 하지만 준비에브는 벌써부터 남편이 얘기해 주기를 바라고 있었다. 그녀는 질문을 퍼부었고, 세세한 것들까지 설명해 달라고 요구했다. 장의 두서없는 이야기를 들으며 그녀는 마치 〈굉장하지 않아요?〉라고 말하듯이 이따금 엘렌이나 시아버지 쪽으로 눈을 돌렸다. 그래서 누군가를 체포했어? 〈아니〉라고 장이 대답했다. 그러지 않을 거야.

「그럴 거면 이건 대체 왜 했대?」 준비에브가 실망한 얼굴로 내뱉었다.

그런 다음 그녀는 장의 축축한 볼을 한번 쓰다듬어 주고는 덧붙였다.

「다음번에는 잡을 거야. 그럼 됐지, 뭐!」

「프랑수아도 너와 있지 않았니?」 펠티에 씨가 레스토랑 예약 시간에 늦을까 봐 불안해하며 물었다.

〈나중에 거기로 올 거예요〉라고 장은 그의 반 리터짜리 맥주잔을 단숨에 들이켜며 대답했다.

✳

「미안해요.」 프랑수아가 말했다.

「너 없이 시작했다!」 장이 외쳤다.

그는 더 이상 법원에서 봤던 그 남자가 아니었다. 불쾌해진 얼굴을 하고는 큰 소리로 명랑하게 떠들고 있었다.

「저도 같은 걸로 주세요.」 프랑수아는 동생의 접시를 가리키며 종업원에게 말했다.

펠티에 씨는 그의 잔에 와인을 부어 준 다음 자신의 잔을 번쩍 들어 올렸다. 모두가 그를 따라 했다.

사실은 누구에게도 이 자리가 그렇게 편하지만은 않았다. 우선 엘렌은 가출한 몸이고 곧 자신의 거취를 논의해야 할 상황 때문이었고(그녀는 그 누구도, 심지어는 아버지라 할지라도 자신의 의사를 묻지 않고 결정을 내리도록 내버려두지 않을 작정이었으므로 매우 긴장해 있었다), 두 형제는 어린 동생에 대한 의무를 소홀히 했기 때문이었으며, 준비에브는 상점을 열 돈을 빌려 달라는 부탁에 시아버지가 얼버무리듯 대답했기 때문이었다.

「내가 파리에서 너희들을 초대하는 것이 매일 있는 일은 아니지.」 루이가 말했다. 「자, 아쉽게도 오늘 이 자리에 없는 우리의 에티엔을 위해 건배하자꾸나. 그 애에게 일어난 일을 생각하면 우리의 마음이 너무 슬프구나.」

이런 종류의 표현은 파티의 분위기를 무겁게 할 수도 있었지만 모두가 잔을 들어 올렸고, 준비에브는 다른 이들보다 조금 낮게 들어 올렸다.

「슬플 수는 있겠죠.」그녀가 뿌루퉁하게 말했다. 「하지만 그렇다고 해서 가족의 의무를 잊어버리면 되나요?」

그녀가 무슨 뜻으로 그런 말을 하는 건지 알 수 없어 사람들이 물끄러미 쳐다보자, 그녀는 결론을 내리듯 덧붙였다.

「이이에게 자주 편지를 쓰지 않아요. 그래도 자기 형인데 말이에요!」

〈아, 별 얘기는 아니구나〉라고 사람들은 생각했다. 심지어는 장도 안심이 되었다. 준비에브의 가벼운 저기압은 동그라미 파문 같아 아페리티프와 보르도 한 병이면 금방 지나갈 것이었다.

가족 얘기가 나왔으니 하는 말인데, 펠티에 씨는 잠시 짬을 내어 앙젤을 안심시키는 전보를 보낸 바 있었다.

「엄마가 너희에게 안부 전해 달라더라.」그가 말했다.

육류가 나왔다. 그들은 접시가 바뀔 때마다 담배를 피우고 와인을 더 주문했다. 가장 말이 없는 사람은 준비에브였다. 장은 슬그머니 그녀를 훔쳐보았다. 집에 들어가자마자 그녀가 퍼부을 잔소리가 벌써부터 들리는 듯했다. 〈당신들 사이에서 난 개밥의 도토리처럼 느껴졌다고.〉

장은 계속 술을 들이켰다. 그는 무한한 안도감을 느끼고 있었다. 그는 두 번이나 이 사건이 끝났다고 생각했었다. 이게 세 번째인데, 이번에는 확실했다. 계속 자작하던 그가 또다시 병을 잡으려 하자 그 손 위에 엘렌이 자기 손을 살짝 올려놓았다. 펠티에 씨가 프랑수아에게 말했다. 「자, 고등 사범 학교에서 어떻게 지내는지 내게 한번 얘기해 줘야지?」프랑수아는 얼굴을 붉히고는 짐짓 아무렇지도 않은 척하려고 잔을 잡으며, 〈네,

그래요, 말씀드려야죠〉라고 대답했지만…… 슬그머니 화제를
바꿨다.

「아빠는 파리에 오래 머무르실 거예요?」

「아냐! 네 엄마를 너무 오랫동안 혼자 있게 놔둘 수는 없지.
어쨌든 온 김에 연맹(프랑수아는 잠시 생각하고 나서야, 아버
지가 〈참전 용사 협회〉를 얘기하고 있다는 것을 깨달았다)을
몇 번 방문하고 돌아갈 생각이다. 비행기표는 모레 떠나는 걸
로 예약했고.」

펠티에 씨가 노르웨이오믈렛을 시키자고 제안하자(네 엄마
는 절대로 이런 거 안 해줘) 모두가 만장일치로 동의했다. 종업
원이 불꽃을 일으키자 마치 생일 파티인 것처럼 환성이 일었
다.[40] 루이는 디저트를 맛보느라 잠시 조용해진 틈을 타서 이
렇게 말했다.

「자, 그래서, 우리 예쁜 엘렌이 학업을 위해 파리에서 지내
기로 결심했다고? 그렇니?」

엘렌은 말없이 고개를 끄덕였다.

「하지만 파리는 대도시고, 너는 아직 열여덟 살밖에 되지 않
았어.」

「열아홉이에요, 아빠.」

「거의 열아홉이지. 그게 그거다. 엄마와 나는 너 때문에 걱
정하고 싶지 않지만, 네가 안전하고 보호받으며 지내는 것만큼
은 확실히 하고 싶어. 내가 지금 무슨 말 하는지 다들 알 거다.」

장과 프랑수아는 아버지가 무슨 얘기를 하려는 건지 짐작했

---

40 노르웨이오믈렛은 아이스크림이 스펀지케이크에 싸여 있고 그 위에 머랭
이 덮인 디저트로, 먹기 전에 위에 럼주나 브랜디 등을 뿌려 불을 붙이기도 한다.

다. 둘 다 엘렌을 집에 거둘 수는 없는 상황이었다. 아버지는 분명히 〈동생을 감시하라〉고 할 것이다. 뻔한 얘기였다. 더욱이 둘은 지금 동생을 받아들일 수 없는 처지이긴 하지만, 오빠들이 할 수 있는 한에서 그녀를 돌볼 준비는 되어 있었다. 다시 말해서 그녀의 삶에 관심을 쏟고, 여러 가지 조언을 해줄 준비가 되어 있는 것이다. 하지만 그들 아버지의 머릿속에 들어 있는 그림은 이것이 전혀 아니었다.

「상식적으로 생각해서 엘렌이 젊은 부부와 같이 살 수는 없는 노릇이기 때문에, 난 프랑수아가 얘를 거뒀으면 좋겠다.」

프랑수아는 분개하여 수저를 툭 떨어뜨렸다.

「아, 이런…….」

하지만 펠티에 씨는 아들을 향해 검지를 쭉 내밀었는데, 그가 평소에 하는 행동이 아니었다. 이어 그는 방해받지 않은 사람처럼 계속 말했다.

「프랑수아, 지금 네가 살고 있는 조그만 집으로는 말이 되지 않기 때문에, 난 오늘 오후 내내 돌아다녔고, 너희들에게 딱 맞는 곳을 찾아냈다. 방 세 칸짜리 아파트로, 둘 다 자기 방을 가질 수 있을 거다. 그리고…….」

「하지만 값이 얼마죠?」 프랑수아가 기겁을 하며 반문했다.

「물론 공짜는 아니야. 하지만 내가 1년치 집세를 지불했으니 넌 집세는 신경 쓰지 않고 오직 네 동생만 신경 쓰면 돼. 그리고 이 아파트가 어디에 있는지 알아? 한번 알아맞혀 보시지…….?」

프랑수아는 칼날이 떨어져 내리는 것을 느꼈다. 믿을 수가 없었지만 그게 느껴졌다. 눈을 질끈 감는데, 그의 아버지는 어떤 공모자처럼 킥킥 웃었다.

「『르 주르날』에서 그리 멀지 않은 아르크뷔지에가(街)에 있다. 출근하기에 너무 좋지 않겠냐? 내가 지금 무슨 말 하는지 다들 알 거다.」

프랑수아는 속이 부글거렸다. 만일 아버지가 알고 있다면 누군가가 말했다는 얘기, 자기를 배신했다는 소리였다. 엘렌? 장? 준비에브? 펠티에 씨는 어제부터 파리에 있었고, 지금까지 프랑수아의 이름으로 나온 기사는 한 편도 없었으며, 『르 주르날』은 아직 해외에 보급되지 않았다.

「만일 네가 동의한다면,」 루이가 말을 이었다. 「이것은 우리끼리만 아는 일로 해두자. 곧바로 네 어머니에게 말하지 말라는 얘기야. 지금 네 어머니는 조금 약해진 상태니까.」

프랑수아는 동의했다. 그는 고개를 끄덕이며 모든 것을 받아들였다.

당혹스럽기는 했지만 마음은 가벼워졌다. 일을 괜찮게 처리해 나가고 있는 아버지는 곧 어머니에게도 상황을 공식화할 것이고, 그러면 모든 게 원만하게 정리될 수 있을 것이었다. 또 더 큰 아파트를 얻으면 마틸드를 편하게 만날 수 있었다. 엘렌의 시간표에 맞춰 잘해 나가면 되리라. 그는 엘렌에게 미소를 지었다. 약간 굳은 미소였다. 〈아냐, 애가 날 배신할 리 없어〉라고 그는 속으로 중얼거렸다. 하여 그는 장 쪽으로 시선을 돌렸는데, 그의 아버지도 똑같이 했다.

「물론 장 너도 네 역할을 해야 한다. 그리고 준비에브, 너도 역시. 엘렌은 너희를 의지할 수 있어야 해.」

「어…….」 장이 약간 탁해진 목소리로 물었다. 「그게 무슨 말씀이시죠?」

「엘렌이 네 집에서 조언과 위안을 얻을 수 있어야 한다는 얘기야.」

「아, 그래요?」 준비에브가 불쾌해하는 어조로 대꾸했다. 「그러니까 아버님은 우리가 아버님의 따님을 정신적으로 책임져 달라는 말씀이신가요?」

「그래, 준비에브, 아주 잘 요약했다. 난 너희들이 그 일을 친절하고도 현명하게 해나가리라고 믿는다.」

그녀는 화가 나서 벌떡 일어서려고 했다. 아, 내가 이 영감한테 할 얘기가 많지, 그래, 파리에 정말 잘 왔다……. 하지만 펠티에 씨는 더없이 차분한 목소리로 말을 이어 갔다.

「그리고 준비에브, 네가 아까 한 질문에 대답하자면, 물론 우리는 너희에게 그 가게를 열 돈을 빌려줄 거야. 그건 당연한 일 아니겠니?」

그러고 나서 펠티에 씨는 새로운 삶으로 뛰어들고 싶어 하는 게 눈에 보이는 딸을 쳐다보았다. 이제 가장 듣기 싫은 소리를 해야 했다.

「엘렌 너는 네 오빠들의 말에 순종해야 한다. 그들은 성인이고, 인생을 알고, 파리를 아는 사람들이야. 필요한 게 있으면 그들에게 부탁해야 하고, 그들의 말을 들어야 해.」

엘렌의 얼굴이 굳어졌다. 폭발하기 직전이었다.

그러자 펠티에 씨는 못을 박았다.

「만일 너희가 사이좋게 잘해 나가면, 넌 여기서 공부를 마치고 네 길을 선택할 수 있을 거고, 아무도 네게 무얼 하라고 강요하지 않을 거다. 그 반대의 경우, 넌 당장 베이루트로 가고,

거기서 우리하고 다시 얘기해야 할 거야.」

펠티에 씨는 해야 할 말을 했지만, 이게 어떤 공개적인 훈계처럼 보이는 것은 원치 않았다.

그는 딸에게 고개를 기울이고는 속삭였다. 사랑한다, 얘야.

엘렌은 눈물이 그렁그렁하여 아버지를 쳐다보았고, 그의 목을 두 팔로 그러안았다. 갑자기 그녀는 그가 떠나는 게, 더 이상 자기 옆에 없게 되는 게 두려웠다. 그의 옷에 배인 담배 냄새와 비누 냄새가 느껴졌다. 이 사람들 앞에서 절대로 울어서는 안 돼. 그녀는 벌떡 일어서서 오빠들을 쳐다보았다. 저들이 좋아할 짓은 절대 하지 않을 거라고.

「자, 이제 그만 가죠?」 그녀가 활기차게 말했다.

장의 시련은 아직 끝나지 않았다. 정말이지 힘든 하루였지만 완전히 끝난 것은 아니었다. 펠티에 씨가 외투를 가져다 달라고 요청했을 때 프랑수아가 모두에게 알려 주었다.

「아까 내가 늦은 것은 기사를 마쳐야 했기 때문이야. 증인 마르트 수비로 부인은 용의자를 확실히 알아봤어. 제르맹 카조라고 하는 남자야. 그가 메리 램슨을 살해한 거지.」

모두가 놀라 입을 딱 벌렸다.

자, 그렇다면 끝난 것이었다. 사건이 분명히 규명된 것이다.

엘렌이 물었다.

「왜 죽였대?」

「그건 아직 몰라.」

펠티에 씨는 준비에브가 재킷 입는 것을 도와주었다. 「고마워요, 아버님.」 그녀가 미소를 지으며 말했고, 〈멍청한 것……〉이라고 루이는 생각했다.

「그가 자백했다니?」 그는 문 쪽을 향하며 물었다.

「아직 안 했어요.」 프랑수아가 대답했다. 「하지만 제 생각에는 곧 하게 될 거예요.」

사람들은 장의 얼굴이 창백한 것이 과음 탓이라고 생각했다.

준비에브는 갓 결혼한 신부처럼 미소를 지으며 그에게로 돌아섰다.

「아, 참 좋은 하루였어. 그렇지 않아, 뚱땡이?」

28
그렇지만 사람들은 관심을 갖지

　매일 아침 9시 30분에 열리는 『르 주르날』 편집 회의는 정확한 의식에 따라 이뤄졌다. 각 부서와 난을 책임진 일곱 사람은 데니소프의 책상을 마주 보게끔 배치된 일곱 의자에 자리를 잡았다. 데니소프 자신은 약간 역광을 받으며 창문을 등지고 섰다.

　잡보란 책임자 스탕 말레비츠는 반원형으로 놓인 의자들의 맨 왼쪽에 앉았고, 그의 앙숙이며 정치·외교란 책임자인 아르튀르 바롱은 맨 오른쪽에 앉았다.

　이 둘이 그토록 서로를 미워하는 것은 놀라운 일이었으니, 두 사람은 외모가 트럼프의 두 잭처럼 똑 닮았기 때문이었다. 말레비츠는 머리칼이 희고 눈썹은 검은색이었는데, 바롱은 이와는 반대로 머리칼은 검고 눈썹은 흰색이었다. 이 점을 제외한 나머지는 똑같았다. 키도 같고, 약간 뚱뚱한 것도 같고, 헝클어진 머리칼과 감정이 잘 드러나는 입술도 같았다. 왕년에 자전거 선수였다고 뽐내곤 하는(20년 전에 그는 벨디브 6일

경주에 한 번 참가했는데, 네 시간도 버티지 못했다)[41] 잡보란 책임자는 편집 회의 중에는 은어 사용을 마다하지 않는 일상적인 프랑스어를 고집했다. 반면 이런 말투가 너무나 싫은 바롱은 과도하게 세련된 언어로 자신의 의견을 밝혔다. 하지만 복도로, 혹은 각자의 부서로 돌아왔을 때는 두 사람 모두 단순하게, 거의 비슷한 방식으로 말했다. 이보다 데니소프의 경영 방식을 더 잘 보여 주는 것은 없었다. 이 두 부반장은 그의 오른팔과 왼팔이라 할 수 있었는데, 서로 간의 혐오는 이들을 너무나 다루기 쉬운 존재로 만들었다. 파리의 다른 주요 일간지들과의 무자비한 전쟁에 뛰어든 『르 주르날』의 사장은 그가 〈선의의 경쟁〉이라고 부르는 경쟁적인 분위기를 캥캉푸아가의 건물에 도입해 강력한 지배 수단으로 이용하고 있었던 것이다.

이 토요일 아침에 제기된 문제는 북부 지방의 광부 파업 발표와 제르맹 카조가 뜻밖에 체포된 소식을 각각 신문의 어느 자리에 배정하느냐였으며, 프랑수아는 말레비츠를 지원하기 위해 편집 회의에 참여하게 되었다.

「이 파업이 내일 내전을 초래할 수도 있어.」 바롱이 말했다.

「왜, 이왕 하는 김에 세계 대전도 일어난다고 하지?」 말레비츠가 빈정댔다.

데니소프는 잠잠히 기다렸다. 이 두 사건 모두 1면에 실리겠지만, 그중 하나가 헤드라인을 차지할 것이었다. 파리의 거리

---

41 벨디브 6일 경주는 파리의 벨로드롬 디베르Vélodrome d'hiver(동계 벨로드롬이라는 뜻)에서 열렸던 6일간의 실내 자전거 트랙 경기를 말한다(1909~1958). 1904년에 건립된 벨로드롬 디베르는 제2차 세계 대전 때 비시 정부가 유대인들을 집단 수용하는 장소로 사용한 스캔들로 인해 1959년에 철거되었다.

들에서 신문 판매원들이 외치고, 이번 호(號)의 성패를 좌우할 헤드라인 말이다. 이것은 하루의 마지막 판(版)이 나오면 잦아드는, 그리고 바로 이튿날 다음 호의 준비 작업과 함께 다시 시작되는 끝없는 전쟁이었다.

바롱은 한숨을 푸욱 내쉬었다. 이미 오래전부터 파악하고 있어야 마땅한 것들을 여기 이 책상 주위의 사람들에게 일일이 설명해야 한다고 생각하니 벌써부터 지친다는 표정이었다.

「공산당과 CGT[42]는 총동원령을 내렸어. 스쿠르 포퓔레르[43]는 부상자들을 치료하고, 여성 연맹[44]은 시위자들에게 먹을 것을 제공할 거고. 파업을 위한 경보 및 경계 네트워크가 물 샐 틈 없이 준비되었어. 『뤼마니테』지[45]는 모두가 힘을 합쳐 투쟁할 것을 호소하고 있고.」

「그렇다고 해서 내란이 일어나는 것은 아니지.」 말레비츠가 말했다. 「그저 시위이고 몸싸움일 뿐이야. 습관적으로 일어나는 일 아니야?」

「한편 몇 달 전부터 이 사회 운동을 기다려 온 정부는 보안 회사들 내에서 좌익분자들을 숙청했고, 경찰의 파업권을 없앴

---

42 〈노동자 총연맹〉으로 번역할 수 있는 CGT(Confédération Générale du Travail)는 프랑스 최대 노동조합 중의 하나로, 1895년에 설립되었고 역사적으로 공산주의와 밀접하게 연관되어 왔다.

43 〈민생 구조〉라고 번역할 수 있는 스쿠르 포퓔레르Secours populaire는 빈곤, 소외, 차별에 맞서 싸우고 사회적, 경제적 위기에 처한 사람들을 돕기 위한 목적으로 1945년에 창설된 프랑스의 비영리 단체이다.

44 여성 연맹Union des Femmes은 여성의 권익 증진을 목적으로 1944년에 창설된 프랑스의 여성 단체이다.

45 『뤼마니테L'Humanité』는 프랑스의 좌파 정치인 장조레스가 1904년에 창간한 일간지로, 역사적으로 사회주의, 공산주의와 밀접한 관계를 맺어 왔다.

으며, 확실한 타격을 가하기 위해 북부에 수백 명의 경찰관을
파견했어.」

프랑수아는 여러 명의 노동자가 죽음을 맞은 지난해의 파업
들에 뿌리를 둔 이 사회 운동을 관심 있게 지켜봐 왔다. 임금
인하, 광부들의 생활 수준을 가혹하게 저하시키게 될 도급 임
금제, 그리고 공식적으로 규폐증을 진단받은 노동자들의 현장
재투입 등은 그들에 대한 도발이나 다름없었다.

「이봐, 그 얘기는 작년에도 하지 않았나?」 말레비츠가 반문
했다. 「그 얘기를 우려먹고 있는 게 벌써 1년째야. 이제 다른
메뉴를 내놓을 때도 되지 않았어?」

바롱은 그에게 오만한 시선을 던졌다. 말레비츠가 담당한
분야 전체를 바라보는 경멸 어린 시선이었다.

「허, 참, 자넨 잘 모르는 것 같구먼그래. 이것은 정부와 노조
의 대립이 아니야. 이건 공산 세계가 일어서서 프랑스 정부를
공격하는 상황으로서, 이런 걸 일컬어 반란이라고 하는 거야.
다음 단계로 넘어가면 우리는 체코슬로바키아인들처럼 공산
주의의 군홧발에 짓밟히게 된다고.」

「나도 잘 알고 있어, 그게 우리가 매일 듣는 프로파간다지.
하지만 여기서 우리가 만드는 것은 정부 일간지가 아니야. 『르
주르날 뒤 수아르』는 『주르날 오피시엘』[46]이 아니란 말이야.」

논쟁은 금방 과열되었다. 데니소프는 마치 투우 애호가처럼
이 광경을 구경했다. 잠시 후면 경기 종료를 알리는 호각을 불
것이었고, 그를 잘 알고 있는 말레비츠와 바롱은 이 사실을 이

---

46 *Journal officiel*. 1869년부터 현재까지 간행되고 있는 프랑스 정부의 공식
기관지.

해하고 있었다.

「그럼 자넨 더 나은 게 있어?」 바롱이 물었다.

「이 친구야, 제르맹 카조가 있잖아! 독자들에게 선택하라고 한다면, 그들은 모리스 토레즈[47]보다는 메리 램슨을 집을 것 같은데?」 이렇게 말한 그는 프랑수아에게 고개를 돌렸다. 「자, 자네가 한번 말해 봐.」

「카조는 매우 난폭한 친구입니다.」 프랑수아가 설명했다. 「여성에 대한 폭행으로 네 번이나 체포된 전력이 있어요. 그를 알아본 증인은 한 명으로, 그녀는 메리 램슨이 살해된 화장실에서 그가 나오는 모습을 봤다고 합니다.」

「그건 잡스러운 사건일 뿐이야.」 바롱이 말했다. 「의미 있는 사회적 사건이 아니라고.」

「그렇지만 사람들은 관심을 갖지.」

「자, 스탕, 그만 됐어.」 데니소프가 지친 듯이 불쑥 말했다.

사실 이런 논쟁은 『르 주르날』만큼이나 오래된 것이었다. 데니소프는 프랑수아를 응시했다.

「자네 의견은?」

아, 사람이 어떻게 이런 난처한 질문을 할 수 있단 말인가? 왜냐하면 이번에 프랑수아는 자기 팀 우두머리와 의견이 같지 않았기 때문이다.

그가 생각하기에, 1945년에서 1947년 사이에 이른바 〈석탄

47 Maurice Thorez. 프랑스의 정치가로 1930년부터 1964년까지 프랑스 공산당 당수를 역임했다. 1950년대까지 프랑스 공산당은 프랑스에서 큰 영향력을 행사하는 정치 세력이었고, 이 기간 동안 그는 노동자들의 권익 증진과 복지 정책을 위해 힘썼다.

전투)[48]를 전개하기 위해 광부들을 영웅화하고 〈프랑스 최고의 노동자〉로 떠받들었던 정부는 이제 그들을 멸시하고 있었다.

과거 시리아 전쟁 때 모욕적인 대우를 받은 바 있는 프랑수아로서는 당국자들의 배은망덕과 후안무치가 못마땅하게 느껴졌다. 하지만 그렇다고 해서 아르튀르 바롱의 손을 들어 줄 수는 없는 처지였다.

그는 무거운 마음으로 이렇게 선언했다.

「파업이 중요하긴 하지만, 그건 내일 당장 시작하지 않습니다. 월요일이나 돼야 시작합니다. 만일 우리가 그것을 헤드라인으로 올리면, 불에다 기름을 붓는다고 욕을 먹지 않을까요? 게다가 우리가 할 얘기는 이미 다 하지 않았습니까? 반면 메리 램슨 사건에 우리 독자들은 큰 관심을 가지고 있습니다. 용의자의 체포는 우리에게…….」

「그게 용의자야, 범인이야?」 바롱이 짜증을 내며 말을 끊었다.

「판사가 범인이라고 생각했기에 체포한 용의자입니다.」

「그래, 우리가 확보한 것은?」 데니소프가 물었다.

「어제 오후 타피사주 때 찍은 얼굴 정면 사진, 그의 전과 기록, 그리고 한 시간 후에 제가 만나게 될 메리 램슨 부모와의 인터뷰입니다. 전 그들에게 이번 체포에 대한 소감을 물을 것입니다.」

침묵이 감돌았다.

48 프랑스 정부가 1945~1947년 동안 전후(戰後)의 경제 재건에 필요한 석탄 증산을 위해 전개한 캠페인.

「자, 낙찰!」데니소프가 이렇게 외치며 회의를 끝냈다.

프랑수아는 바롱을 쳐다보았다.

이로써 적이 하나 더 생긴 셈이었다.

29
그런 생각들은 별로 좋지 않아

「아니, 벌써 떠나요?」

로안은 소식을 듣자마자 달려왔다. 흥분한 기색의 에티엔은 약간 구부정한 자세로 방 안을 서성거리고 있었다. 외인부대 병사들의 군화에 맞은 복부의 통증이 되살아났다. 짐은 다 싸 놓았다. 열린 창문을 통해 트럭들이 부릉대는 소리가 들렸다. 필리프 드 라크루아지베 대령이 마련해 준 호위대가 준비를 마치고 마당에서 기다리고 있었다.

「오늘은 일요일인데…….」교황이 덧붙였다.

그의 목소리에서 걱정과 실망이 느껴졌다.

아침 일찍부터 에티엔은 걷잡을 수 없는 불안감에 사로잡혔다. 그 사이공 무역 회사의 상표 한 장은 숨이 턱 막히는 진실, 가늠하기조차 힘든 논리적 귀결들을 품고 있는 진실을 보여 준 것이다. 논리적이려고, 엄밀하려고 애쓰면서 수없이 다시 생각해 봤다. 내가 지금 엉뚱한 방향으로 추론하고 있는 것은 아닐까? 하지만 모든 것이 그를 하나의 소름 끼치는 의심으로 이끌었다. 만일 베트민이 피아스트르 부정 거래를 우회적으로 이용할 수 있는 방법을 찾아낸 거라면, 그들은 프랑스에 대한 전쟁 비용의 일부를 프랑스 정부가 지불하게 하고 있는 셈이었다. 이게 만일 사실이라면, 그야말로 핵폭탄급의 사안이었다.

「일요일이든 아니든 간에, 전 사이공으로 돌아가요.」

「에티엔 씨, 혹시 제가 해드릴 수 있는 일이라도······.」

막 가방을 집어 들려 하던 에티엔은 그를 잠시 응시하고는 침대 위에 앉았다.

「네, 해줄 수 있는 게 있어요. 당신의 의견을 들려주는 일이에요.」

「오, 에티엔 씨, 저 같은 사람이 무슨 의견을 들려줄 수가 있······.」

「아, 짜증 나게 굴지 말고 대답해 봐요. 베트민이 피아스트르 이체를 이용해 이득을 취하는 게 가능한가요?」

로안은 입을 동그랗게 벌리고 검지를 윗입술에 대었다.

「뭐라고요? 그건 말이 안 될 것 같은데요?」

「왜죠?」

로안은 생각에 잠긴 표정으로 침대 위에 앉았다.

「아시다시피, 이체라는 것은 공산주의자들이 증오해 마지 않는 자본주의의 걸작이에요. 그들은 매우 경직된 윤리를 가지고 있고, 이는 그들의 힘이기도 하죠. 그들의 확신은 절대로 흔들리지 않고, 그들의 변증법을 구석으로 몰아넣는 것은 불가능해요. 따라서 그들은 피아스트르를 결코 받아들일 수가 없어요.」

「그들은 아주 실용적이지 않은가요?」

「오, 그건 맞아요!」

로안이 그 맑은 웃음을 조그맣게 터뜨렸고, 모자의 방울 술들이 흔들렸다.

「실용적이어도 엄청나게 실용적이죠! 하지만 그들은 무엇보다도 이념가들이에요. 그리고 피아스트르는 그들의 틀 안에 들어가지 못하죠.」

✳

「자넨 휴가 중이 아니었나?」 월요일에 에티엔이 돌아온 것을 보고 장테가 물었다.

「국장님이 너무 그리워서요.」

「으, 호, 호…….」

이 나지막하고도 조심스러운 신음은 장테가 폭소를 터뜨리는 방식이었다.

「게다가 비까지 퍼부으니 어쩌겠어요.」 에티엔이 둘러댔다. 「그래서 진짜 여행을 위해 연차를 아껴 두는 편이 나았죠.」

아침 10시도 안 되었는데 장테는 출근하기가 무섭게 나가고 있었다. 자기 집에? 아니면 다른 데로? 그의 업무 방식은 예측불허였다.

「어떤 날에는,」 사무실 문을 닫은 그는 민원인을 위한 홀을 가리키며 말했다. 「저 인간들이 내 진을 뽑아 놔. 무슨 뜻인지 이해하겠어?」

그와의 대화는 때때로 선문답에 가까웠다.

또 그는 대답을 기다리는 것도 아니었다. 그가 그 피곤한 걸음으로 성큼성큼 사무실들을 가로질러 사라지는 게 보였다.

「이봐, 자네 여기서 뭐 하고 있어?」

가스통 포멜도 놀란 표정으로 물었다. 에티엔은 똑같은 핑계를 늘어놓았다.

「아, 맞아, 요즘 계절이 엿같지.」

그는 동료가 사무실로 돌아오는 게 당연하다고 생각했다. 그 자신은 떠나는 법이 없었던 것이다.

에티엔은 문서실에서 하루를 보냈다.

몇 달 동안 보지 못했던 늙은 아시아인은 얼굴에 주름 하나 늘지 않았다. 사실 새 주름이 들어설 자리도 별로 없었지만 말이다. 이번 세기 전부터 똑같았을 배경 가운데서 유일한 변화가 있다면, 그것은 모자의 플라스틱 챙이 짙은 녹색으로 바뀌었다는 사실이었다.

「아주 예쁘네요.」에티엔은 슬쩍 칭찬해 봤다.

공무원의 얼굴은 굳어 있었다. 그는 요청 사항이 적힌 종이를 그녀 앞에 내려놨고, 그녀는 그것을 읽은 다음 자료들이 보관된 서가들 쪽으로 질질 다리를 끌며 멀어져 갔다.

에티엔은 자료를 요청하고 목록을 작성했고, 다른 자료를 요청하고 다시 돌려보낸 다음 또다시 새 자료를 주문했다. 그 노인은 요청 사항을 읽거나 들은 다음 아무런 논평 없이 조용히 응했다. 이렇게 오전이 통째로 흘러갔다.

그는 별다른 것을 찾아내지 못했다. 어쨌든 칼레 & 발레스코사에 대한 조사, 혹은 적어도 보다 심화된 정보 수집에 착수하기에 충분한 요소들을 발견하지는 못했다. 지난 몇 달 동안 이 기업은 다양한 물품 수입을 위한 소규모의 이체 허가를 여러 건 얻어 냈지만, 베트민에게 넘어갈 만한 것으로 보이는 물건은 하나도 없었다. 에티엔은 이것들의 목록을 작성했지만, 그가 염려했던 것 혹은 바랐던 것과는 거리가 있었다.

점심시간이 되자 가스통은 그의 어깨를 은근하게 두드렸다.

「그래, 어땠어? 자네, 아니에게 꽂힌 것 같던데?」

에티엔은 짐짓 놀란 척했다. 가스통은 두 집게손가락을 맞비비면서 의미심장한 미소를 지었다.

「온종일 저 위에서 그녀와 노닥거리다니, 수상해…….」

그러고는 팔꿈치로 그의 옆구리를 쿡 찔렀다.

「실컷 즐겨, 저 여자 곧 퇴직하니까!」

에티엔은 자신의 행동이 곧 모두의 호기심을 끌게 될 것임을 깨달았다. 문서실 담당자는 아무것도 묻지 않았지만 윗선은 조만간 해명을 요구할 것이었다.

그래도 그는 오후 시간이 시작되자마자 조사를 재개했다. 다시 자료들이 계속 이어졌고, 오전만큼이나 무익한 목록들이 쌓여 갔다.

「차 좀 들래요?」

문서실의 늙은 직원은 한 손에 붉은 주철 찻주전자를 들고서, 손잡이가 없어 손가락을 델 수도 있는 찻잔을 그에게 내밀었다. 그녀는 여전히 웃음기 없는 얼굴이었다. 거의 4시가 다 되어 있었다.

「뭘 하는 거죠?」 그녀가 찻잔에 차를 따르며 물었다.

그녀의 목소리는 놀라울 정도로 젊었고, 억양도 거의 없었다.

「통계 내는 거예요. 장테 씨가 수치와 그래프와 퍼센티지 등을 원해요. 본국에 제출하려고요.」

「그리고 목록들도 원하겠죠.」 그녀는 탁자 위에 널린 종이들을 가리키며 차갑게 덧붙였다.

「작업은 항상 거기서부터 시작하죠.」

에티엔은 이제 떠나야 할 때가 되었음을 느꼈다. 그는 널려 있는 서류철들을 재빨리 정리했다.

「한 잔 더 마셔요.」 문서실 직원이 그의 앞에 찻주전자를 내려놓으며 말했다.

「고맙지만, 이제 됐어요, 전…….」

「더 드세요.」

단호한 어조였다. 그녀는 멀어져 갔다. 에티엔은 빨리 떠나야겠다고 생각했다. 그는 목록들을 정리하여 호주머니 속에 쑤셔 넣었다. 하지만 문손잡이를 잡는 순간, 문서실 직원은 그의 뒤에 와 있었다. 그녀의 손에는 끈으로 묶은 아주 두툼한 서류철 세 개가 들려 있었다.

「외르탱 프레르사(社).」 그녀가 말했다.

에티엔은 머뭇거렸다.

「칼레 & 발레스코의 자회사예요.」

에티엔은 손을 내밀었다.

「자료는 문서실 밖으로 나갈 수 없어요.」 아니가 말했다. 「그건 금지되어 있어요.」

이렇게 규정을 알려 준 뒤, 그녀는 벽시계 쪽으로 눈을 들어 올렸다.

「미안하지만 닫을 시간이에요.」

그녀는 자료를 에티엔의 두 손에 올려놓은 다음 그를 출구 쪽으로 밀었다. 미처 입을 열 틈도 없이 그는 복도에 나와 있었다. 등 뒤로 문 자물쇠가 두 번 돌아가는 소리가 들렸다.

저녁에 조제프는 놀라울 정도로 불안한 모습을 보였다. 냉장고의 옥좌에서 내려온 녀석은 안절부절못하며, 에티엔이 빈에게 날짜와 금액과 물품을 구술해 주는 침대 주위를 빙빙 돌았다. 그러다가 마침내 앉아 창문이나 문을 노려보거나 다시 침대로 돌아가기도 하면서, 두 사람이 일하는 모습을 쳐다보았다.

「왜 그래, 조제프?」 에티엔이 물었다.

고양이는 대답 없이 자리에 앉아서는 알 수 없는 시선으로 조용히 그들을 관찰했다.

외르탱 프레르사는 수많은 이체를 허가받았다. 그런데 주방용품 주문서들 가운데 갑자기 보행용 신발들이 튀어나왔고, 어떤 영수증에는 프랑스에 들어온 장난감과 보드게임 들 가운데 7백 개에 달하는 회중전등과 무전기가 숨어 있었으며, 또 붕대, 천막 포, 혹은 발전기 부속품 같은 것들도 찾아낼 수 있었다. 서류는 수입업자들이 상점에 납품하기로 되어 있는 사이공에 이 모든 물품들이 도착했음을 증명했지만, 실제로는 이 모든 것이 필리프 드 라크루아지베가 여러 달 전부터 청소하려 해온 〈베트민 공장들〉에 들어갔을 가능성이 더 크다고 봐야 했다.

에티엔에게 있어 중요한 것은 이 이체들 대부분이 가스통 포멜에 의해 허가되었다는 사실이었다.

이날 저녁, 그는 그랑 몽드에도, 흡연장에도 가지 않았다. 대신 빈이 아편 대롱들을 준비해 주었다. 에티엔은 무심한 상태에 빠져들었지만, 평소와는 달리 차분하고도 부드러운 행복에 잠기는 대신 마약이 희석시키지 못하는 분노가 은은히 속에서 진동하는 것을 느꼈다.

다음 날, 그는 다시 문서실에 가면서 자신이 아니의 의도를 잘못 생각한 게 아닐까 불안하게 자문했지만, 그녀는 그에게 외르탱 프레르사의 서류철을 돌려 달라고 하지 않았다. 그 서류를 분실된 것으로 여기는 모양이었다.

「아니, 혹시 말이에요, 이체 서명자에서부터 출발해서 서류를 찾는 방법은 없을까요?」

「가능할 거예요.」 그녀가 웅얼거리듯이 대답했다.

이렇게 해서 이날 저녁 그는 은밀하게 문서실로 갔고, 그의 여행 가방에 박스 두 개를 욱여넣어 그곳을 나왔다.

저녁 시간 내내 가스통이 심사한 서류들을 뒤적거렸지만 수상한 점을 발견할 수는 없었다.

전날 찾아낸 것과 같은 것들뿐이었다. 내가 헛다리를 짚은 걸까?

밤이 되었고, 비가 내리기 시작했다. 빈은 밤에 피울 대롱들을 준비해 놨고, 모로 누운 에티엔은 둥글게 뭉친 아편 덩어리가 불꽃 아래서 지글거리며 타는 소리를 들었다. 몸은 빨아들인 첫 번째 연기가 주게 될 이완감을 벌써 예감하고 있는데, 그는 갑자기 벌떡 일어서서 침대 위에 흩어진 가스통의 서류들 위로 뛰어갔다.

만일 베트민이 그들의 게릴라전에 필요한 물품을 수입하기 위해 피아스트르를 이용하고 있다면, 그들은 이걸로 그치지 않을 것이었다.

그들은 돈도 얻으려 할 것이다.

무기를 사려고 말이다.

에티엔은 상품의 물리적인 수입을 필요로 하지 않은 이체 건들을 찾아보기 시작했다. 다시 말해서 수입을 위한 이체가 아니라 프랑스에 도착해서 프랑으로 바뀌어 두 배로 튀겨진 다음, 그들로 하여금 무기를 주문할 수 있게 해줄 피아스트르를 보내기 위한 단순한 이체를 말이다.

이 새로운 각도에서 보니 가스통의 서류들은 매우 의미심장했다.

피아스트르 부정 거래의 상당 부분은 이른바 〈전쟁 보상금〉 신고에 근거하고 있었다.

기업들이 제출한 증빙 서류는 파라고무나무 농장, 목화밭, 양잠 농가, 작업장, 혹은 상점 등이 베트민의 작전으로 인해 손해를 입었음을 증명하는 경찰, 헌병대, 혹은 군대의 보고서였다. 보험 전문가가 손해액을 산정하면 프랑스 정부가 그것을 일반보다 높은 비율로 지급해 주었다. 일부 지급 신청은 1940년에서 1945년 사이에 일본인 점령군이 초래한 손해들에까지 거슬러 올라갔는데, 전문가들은 이 손해의 규모를 이제 와서 구체적으로 파악할 수 없다고 말하면서도, 손해를 입었다는 사실만큼은 보증했다.

에티엔은 합산을 해보았다. 가스통의 서류철은 1억 2천만 피아스트르가 넘는 전쟁 보상금을 포함하고 있었다. 20억 프랑이 넘는 돈이 어디론가 증발한 것인데, 그게 어디로 갔는지는 아무도 알 수 없었다.

에티엔은 이 발견에 몹시 흥분했지만 또한 이게 의미가 없다는 것도 깨달았다. 왜냐하면 이런 손해는 실제적인 것들일 수 있었고, 심지어는 실제적인 것들이 아니라 해도 이 돈이 어떤 형태로든 베트민에게 넘어갔다는 증거는 전혀 없기 때문이었다.

다음 날 아침, 그는 우연히도 가스통과 마주치게 되었다. 그의 손은 이제 그가 챙기는 뇌물에 비례하여 보석이 커지는 반지 하나뿐만 아니라, 다른 하나로 더 장식되어 있었다.

「못 보던 건데?」 에티엔이 그걸 가리키며 물었다.

「맞아.」

그는 너무나 행복하게 미소 지었다.

「이 반지로 한 방 먹이는 게 말이야, 치명적이지만 한계가 있어. 2킬로그램짜리 보석을 달고서 돌아다닐 수는 없는 노릇이거든! 그래서 난 다양화하는 길을 택했지. 내가 손가락마다 반지 하나씩을 끼게 되면, 파리에 돌아가 자본가 행세를 하고 살 거야.」

그는 마치 마리오네트 조종사처럼 반지들을 흔들어 보였다.

「아주 영리하군.」 에티엔이 인정했다. 「이봐, 그런데 말이야, 내게 한 선주의 전쟁 보상금 서류가 들어왔어. 그 사람 창고가 폭탄에 날아갔다는군.」

「있을 수 있는 일이지.」

「그는 증빙 서류며 전문가 산정서 같은 것들을 제출했어. 그런데 이걸 어떻게 확인하지?」

가스통은 한 번도 들어 보지 못한 질문을 마주한 얼굴이 되었다.

「그걸 왜 확인하려는 건데?」

「왜냐하면 그게 외환국 업무니까.」

「아, 천만에! 우리의 일은 확인하는 게 아니라 돈을 받게 해주는 거야. 경제가 문명화 작업을 계속해 나갈 수 있도록 말이야!」

다음 날 장테가 그에게 한 말도 똑같았다.

「뭐, 전쟁 보상금이란 것은 과거에 많이 있었고, 지금도 매일 들어오는 거야. 그런데 그걸 어떻게 다 확인하겠단 얘기야?」

그는 마치 물개처럼 헐떡거리면서 종이, 그의 모자, 서류철 덮개 등을 손에 잡히는 대로 집어 들고는 부채질을 해댔다.

에티엔은 반박할 말을 미리 준비해 놨다.

「현장에 가서, 증인들에게 물어보면…….」

「무슨 말인지는 알겠어. 하지만 우리가 골치 아픈 상황에 처하게 돼. 생각해 보라고! 각종 증명서며, 보고서며, 보험사, 헌병대……. 만일 우리가 조사하게 되면, 그것은 〈재감정〉이 되는 거고, 그러면 보험 전문가의 정직성에 재를 뿌리고 의심하게 되는 거야!」

장테는 고개를 앞으로 기울였다.

「그리고 왜 우리가 그 짓을 하지?」

에티엔은 에라 모르겠다 하는 마음으로 말해 버렸다.

「전 이따금 생각했어요. 베트민이 장비를 갖추기 위해 피아스트르를 이용할 생각을 품을 수 있다고요. 물자나 무기 같은 것을 마련하기 위해서요.」

장테는 갑자기 벌떡 일어섰는데, 얼굴이 시뻘게져 있었다.

「자넨 지금 억측을 하고 있는 거야. 어…….」

그는 어떤 형용사를 찾는데 잘 떠오르지 않는 모양이었다.

「난 보험사와 헌병대의 보고서에 이의를 제기하는 조사 따위는 하지 않을 거야!」

「왜죠?」

「왜냐하면 지금 자네가 이런 것들을 가지고 날 짜증 나게 하고 있기 때문이야! 그게 이유야! 우리가 여기서 이체를 승인해 주는 것은 정부가 우리에게 이체를 승인해 주라고 하고 있기 때문이야! 정부가 전쟁 보상금에 대해 조사하라고 지시하면, 그때는 생각을 바꿀 거고!」

그는 적수를 위압하려는 가금류처럼 목을 부풀렸다. 그는 조그만 나무 액자 하나를 집어 들더니 그걸 에티엔에게 내밀었다.

「내 첫 번째 아내야, 전에 한번 보여 줬지. 어…….」

「……어마어마한 잡것이죠.」

「어? 자네도 그녀를 알고 있나?」

갑자기 그의 분노는 눈 녹듯 사라졌고, 대신 그는 어린애 같은 흥분에 사로잡혔다. 그는 어떤 유쾌한 폭로를 기대하듯이 두 눈을 커다랗게 떴다.

「개인적으로는 아니고요.」 에티엔이 대답했다.

「아…….」

장테는 아쉬운 듯 액자를 내려놓았다. 그는 방금 전의 대화 주제가 무엇이었는지 생각이 잘 안 나는 사람처럼 에티엔을 뚫어지게 쳐다봤다. 하지만 이것은 외관에 불과했으니, 부하 직원이 문턱을 넘는 순간 이렇게 말했기 때문이다.

「그리고 그 얘기…… 자네 혼자만 알고 있어, 엉? 그런 생각은 별로 좋지 않아……. 그렇잖아도 너무 복잡한데 말이야.」

여전히 어떤 수수께끼를 말하듯 그는 자신을 가리키며 덧붙였다.

「나를 한번 보라고.」

✳

에티엔이 장테가 옳다는 것을 인정하는 데는 여러 날이 걸렸다. 그가 찾아낸 몇 가지 단서는 아무런 가치가 없었고, 그 어떤 해석을 향해서도 열려 있었다. 사실 그를 사로잡은 이 열정은 애도의 한 단계에 지나지 않았다. 레몽의 죽음에 복수하겠다는 그 끝없는 욕구, 그가 레몽의 부재로 인해 여전히 아프다는, 거기에 적응하지 못하고 있다는 신호일 뿐이었다.

그는 그랑 몽드로 돌아왔다. 그 어느 때보다도 흥분한 그는 가진 거의 모든 것을 잃었고, 그다음에는 아편 흡연장에 가 나중에 뇌물을 받아 갚아야 할 빚을 만들었다.

새벽 3시가 다 되어 흡연장을 나왔을 때였다. 빈이 에티엔을 자전거 인력거에 태우기 위해 부축해 주려고 하는데, 장대하고 뚱뚱한 체격에 마치 두 다리가 죽마인 것처럼 몸 전체를 양쪽으로 기우뚱대며 걷는 한 남자가 그를 세차게 밀쳤다. 빈은 아스팔트 위로 쓰러졌고, 남자의 그 거대한 덩치를 올려다보고는 다시 몸을 일으키지 못했다.

탈진하여 흐느적거리는 에티엔은 남자가 다가오는 것을 보았다. 통통한 얼굴에 목이 없는 것 같은, 이마와 하나로 붙어 있는 거대한 볼살에 파묻혀 눈이 거의 사라져 버린 중국인이었다. 그는 아무 말 없이 에티엔을 건물 대문에 거칠게 밀어붙인 다음 그의 목에 팔뚝을 대고는 예리한 단검을 꺼내 들었다.

에티엔은 숨이 막혀 몸부림을 쳤다. 발길질을 해보려 했지만 너무 무기력한 상태이고 사내가 육중한 체격인지라 어떤 행동도 통하지 않았다. 사내는 에티엔의 셔츠를 찢고 가슴에 칼날을 들이댔다. 에티엔은 그가 어떻게 하는지 보지도 못했지만 벌써 상황은 끝나 있었다. 사내는 에티엔을 놓아 주고는 칼을 집어넣고 씩 웃었다. 그런 다음 돌아서서는 가죽이 두꺼운 동물 같은 걸음으로 천천히 멀어져 갔다.

에티엔은 자신의 가슴을 내려다보았다. 사내는 가슴팍, 심장이 있는 곳의 피부에 십자를 그어 놓았다.

그는 뜬눈으로 밤을 지새웠다. 빈도 마찬가지였다. 그들은 아무 말 없이 나란히 누워 있었다. 어떤 위협의 그림자가 그들 사이에 기어 들어와 있었다. 에티엔은 자신이 조사하는 것을 알고 있을 사람들을 열 번이고 스무 번이고 꼽아 보았다. 로안, 장테, 가스통, 아니…… 모두가 이 사실을 누군가 다른 사람에게 언급했을 수 있고, 그 사람은…… 이런 가능성들이 끝 간 데 없이 이어졌다.

에티엔이 마침내 침묵을 깬 것은 빗방울이 유리창을 두드리기 시작한 새벽녘이었다.

「내 생각이 맞았어.」 그가 말했다.

빈은 그를 쳐다보지 않고서 고개를 끄덕였다.

이것은 기쁨 없는 승리였지만, 이제 그의 의심이 사실로 확인되었기 때문에 기분이 나아졌다고도 할 수 있었다. 물론 위협을 받고 있기는 했지만, 그가 제기하고 있는 문제는 레몽의 죽음을 넘어서는 것이었다. 두 나라 국민 전체를 동원하고, 막

대한 금액이 들어가고, 무수한 사망자를 낳고 있는 이 참혹한 전쟁은 형식상의 허점, 썩어 문드러진 시스템에 의해 지탱되고 있었다. 에티엔은 사명감에 사로잡히는 유형은 아니었지만, 자기가 알고 있는 것을 말하고 싶은 욕구를 느꼈다. 서로 자세한 얘기는 하지 않았지만 빈도 그를 이해했다. 그리고 둘 다 앞으로 닥칠 결과들을 두려워하고 있었다.

「어떻게 하려고요?」 빈이 물었다.

에티엔은 대답하지 않고 눈을 질끈 감았다. 그리고 다음 날, 그는 고등 판무청 청사의 널찍한 현관 계단을 천천히 걸어 올라가서는 담당자와의 면담을 요청했다. 그는 더 이상 몇 달 전 여기에 왔었던 그 소심한 풋내기가 아니었다. 이번에는 그가 소식을 가져온 것이다.

「전 외환국에 근무합니다. 고등 판무관님께 전해 드릴 매우 중요한 정보가 있습니다.」

그를 맞이한 사람은 에티엔이 르 메트로폴에서 자주 보곤 했던 젊은 사무관이었다. 상하의 모두 정장 차림에 케도르세[49] 냄새가 물씬 풍기는 그는 손톱 끝까지 말끔히 다듬어 놓은 채였는데, 한 가지 문제는 이 손톱을 너무나 물어뜯은 나머지 손가락 끝부분들이 소시지처럼 되어 버렸다는 사실이었다. 그는 수업에서 배운 대로 품위 있고 침착한 모습을 보이려 애쓰고 있었다. 〈나는 중요한 인물이다〉, 이게 그의 엄숙하고도 신중한 태도가 전하는 메시지였다.

---

49 케도르세Quai d'Orsay는 프랑스 외무부가 위치한 파리의 거리 이름이며, 프랑스 외무부 자체를 지칭하기도 한다. 고등 판무청은 식민지 현지에서 행정과 외교 업무를 담당했으므로, 여기에는 외무부에서 파견된 관리가 있었다.

그는 에티엔이 가져온 서류를 앞에 내려놓은 다음 아무런 질문도 없이 약 15분 동안 내용을 훑어봤다.

「말씀하신 대로, 여기에 수상하다고까진 할 수 없어도 어쨌든 조금 이상한 수입 건들이 있긴 하네요.」

「네, 조금 그렇죠.」

「하지만 그 나머지는…… 이건 주로 전쟁 보상금 지급과 관련된 거예요. 저로서는 어떻게 이 완전히 합법적인 절차들 뒤에 베트민에 숨어 있다는 결론이 나올 수 있는지 잘 모르겠네요.」

「물론 어떤 증거도 없어요. 그래서 이렇게 사무관님을 뵈러 온 거죠.」

「잘 이해가 안 되네요.」

젊은 사무관은 엄지손가락 끝을 입에 가져다 댔다. 당장이라도 이를 드러내고 싶어 죽을 지경이었다.

「이 전쟁 보상금 지급 건들 중에서 실제적으로 확인된 것은 하나도 없어요.」 에티엔이 설명했다. 「그리고 그렇게 지급된 돈이 어디로 갔는지도 모르고요. 조사를 하면…….」

「선생, 미안하지만 그 반대예요. 우리는 어떤 증거를 찾기 위해 조사를 하지 않아요. 먼저 증거가 있기 때문에 조사에 들어가는 거죠. 이게 바로 절차예요.」

「증거가 없으면 조사를 안 한다지만, 조사를 안 하면 증거도 못 찾지요.」

젊은 관리는 예상하지 못했던 명랑한 웃음을 터뜨렸다.

「네, 그렇다고 할 수 있겠죠.」

에티엔은 벌떡 일어서서 셔츠 단추를 끄르기 시작했다.

사무관은 그가 한판 붙자는 걸로 생각하고는 따라 일어섰는데, 경비원을 부르는 대신 두 주먹을 불끈 쥐고는 프랑스식 복싱[50] 자세를 취하고 쉭쉭 흔들어 댔다.

에티엔은 대응하지 않고 가슴에 난 십자형의 칼자국을 보여 주기만 했다.

「보시다시피 전 위협받고 있어요.」

「오, 여기 사이공에서는 아주 흔한 일이에요. 저한테 무슨 일이 있었는지 알아요?」

에티엔은 일화의 뒷부분을 듣지 않았다. 그는 서류를 집어 들고 사무실을 나와 버렸다.

이제 그가 조사한다는 사실을 아는 사람이 한 명 더 생겼다. 끝없는 악순환이었다.

이렇게 거리를 걷고 있는 순간, 에티엔의 머릿속에 빈이 떠올랐다.

그가 기밀 유출의 장본인일 수 있다는 갑작스러운 가설은 한 번도 생각해 보지 않았고, 의심의 대상에서 그를 배제해 왔기에 더욱 무겁게 가슴을 짓눌렀다. 사실 그는 빈에 대해 아는 게 전혀 없었다. 이 나라 북부에 부모가 산다지만 확인된 것은 아니었다. 더욱이 그를 에티엔의 집에 보낸 사람은 헤아릴 수도 없는 수상쩍은 일들에 발을 담그고 있는 중국인 브로커 차오 씨인 것이다.

직감이 아주 뛰어난 빈은 고등 판무청에서 돌아온 에티엔의 마음의 편치 않으며, 그들 사이에 갑자기 들어선 의심이 관청

---

50 발과 주먹을 동시에 사용하는 프랑스의 전통 무술 사바트savate를 말한다.

에 가서 소득이 없었던 사실과는 전혀 관계가 없다는 것을 느꼈다.

그들은 묵묵히 저녁을 먹었다.

에티엔은 그의 동료 가스통과 대화를 나눴었다. 그런 뒤에 상급자에게 말했다. 아무도 귀담아듣지 않았으므로 더 높은 곳, 즉 고등 판무청을 찾아갔지만, 역시 아무런 결과가 없었다. 하여 차오 씨 쪽을 캐보기로 한 그는 다음 날 다시 문서실에 올라갔는데, 파란 플라스틱 챙 모자를 쓴 한 젊은 안남인이 어색한 미소를 지으며 그를 맞았다.

「아니는 없어요?」

청년은 악수를 청했다.

「제 이름은 티앤입니다.」

에티엔은 내민 손을 잡지 않았다.

「아니는 어디 있죠?」

청년은 조금도 기분 나빠 하지 않았다.

「그분은 자기 집으로 돌아가셨어요. 은퇴하신 거죠. 지난주에요. 제가 그분을 대신하게 됐어요. 아니는 우리 아버지의 사촌이신데, 제가 이 자리를 얻게 해주셨죠(그는 외환국 문서실 담당자가 된 게 자랑스러운지 눈을 빛냈다).」

에티엔은 한 걸음 뒤로 물러섰다.

「그거참 이상하네…….」

청년은 미소를 거두었다. 무슨 잘못이라도 저지른 기분이었다.

「아니, 예고도 없이 그렇게 떠났어요?」

「오, 아니에요, 선생님. 그분은 아주 오래전부터 떠나기로 예정되어 있었어요.」

에티엔은 가스통이 이 사실을 알려 준 것을 아주 잘 기억하고 있었다. 하지만 그녀가 갑작스럽게 떠난 사실과 지금 드리워진 위협의 그림자에 그는 아니가 정보 유출의 장본인이고, 일단 임무를 마치고 나서 재빨리 멀리 떠나 버렸을지도 모른다고 생각했다.

에티엔은 곧바로 이게 바보 같은 가설임을 깨달았다. 만일 그녀가 그를 고발한 장본인이라면, 그에게 그런 위험한 문서를 직접 내주고 외르탱 프레르사라는 핵심적인 단서를 알려 줄 이유가 없기 때문이었다.

아니, 지금 아니는 자신의 최근 행동으로 인한 부수적인 희생자 중 한 명이 되었을 가능성이 더 컸다. 사이공에서 살인은 시카고의 뒷골목에서보다도 더 빈번한 것이다.

「그런데 말이에요, 그분은 빨리 박깐으로 돌아가고 싶어 하신답니다.」 젊은 문서실 담당자가 말을 이었다. 「북부에 있는 곳인데, 우리가 거기 출신이에요. 그분은 그 모든 불행한 일들을 겪으시고, 이제는 당신의 막내딸을 돌보고 싶어 하세요.」

이렇게 해서 에티엔은 아니의 두 아들이 3년 전에 세금 납부하기를 거부하여 베트민에게 살해됐다는 것을 알게 되었다.

「혹시 선생님이 에티엔 씨이신가요?」

미처 대답하기도 전에 청년은 가서 문서실 문을 닫은 뒤, 카운터 밑에서 판지 서류철 하나를 꺼냈다.

「아니는 이게 선생님께 드리는 은퇴 선물이라고 하셨어요.」

거기에는 멋진 펜글씨로 아주 짤막한 글귀가 쓰여 있었다. 〈제 걱정은 하지 마세요. 아니.〉

서류철에는 지난 6년 동안 차오 씨가 행한 모든 거래의 자취가 담겨 있었다.

30
비가 오면 차양을 치면 되지!

제르맹 카조가 체포되자 장은 위험에서 벗어나게 되어 일단 안도했지만, 이렇게 무고한 사람을 죄인으로 모는 것은 정상이 아니라고 느꼈다. 이것은 너무나 부당한 일이었다. 그의 생각으로는, 이 사건은 진즉 종결되었어야 옳았다. 그는 죄의식을 전혀 갖지 않았다. 그자가 죽은 것은 유감스러운 일이긴 하지만 그녀가 지하철 열차 밑으로 떨어졌다 하여 운전수를 감옥에 가둘 수는 없지 않은가? 그녀가 창문 밖으로 투신했다 하여 건축가를 기소할 것이냔 말이다! 사실 어떤 무고한 사람이 감옥에 있다면 그것은 행정부가 눈이 멀었고, 귀가 막혔고, 고집불통이기 때문이었다.

준비에브에게는 이 사건이 갈수록 흥미로워지고 있었다. 그녀는 이 사건을 상세히 보도한 프랑수아의 기사가 나오자 부리나케 달려가 펼쳐 들었다.

「얘, 뭔가 수상해.」

「누구? 프랑수아?」 장이 물었다.

「아니.」 그녀는 『르 주르날』에서 눈을 떼지 않은 채로 대답했다. 「이 제르맹 카조 말이야, 경찰이 체포한 범인.」

「범인이라, 범인이라…….」

「내가 무슨 말 하는지 알잖아.」

그녀는 일간지를 식탁 위에 내려놓고 말했다.

「그래도 참 대단해!」

「누가? 범인이?」

「아니, 당신 동생 말이야! 지금 잘나가고 있잖아!」

장은 준비에브가 프랑수아에게 갈수록 뜨거워지는 경외감을 느끼는 것이 불안했다. 그는 이 열기가 물 위의 기름처럼 번져 나가 엘렌에게까지 퍼져서, 어느 날 그 혼자만 소외된 드넓은 지대를 이루게 될까 걱정이었다.

일요일이었던 어제, 프랑수아는 준비에브가 그토록 애착을 갖는, 그 한결같은 〈가족 간의 점심 식사〉를 회피할 핑곗거리를 찾아내지 못했다.

포르 부인이 뵈프부르기뇽[51]을 만드느라 땀을 뻘뻘 흘리고 있는 동안, 그 어느 때보다도 목소리가 높아진 준비에브는 『르 주르날』을 집어 들고는 메리 램슨 부모와의 만남을 묘사한 프랑수아의 기사가 있는 면을 펼쳤다.

이유는 아무도 이해할 수 없었지만, 그녀는 마치 자신이 기사를 썼고 스스로의 문체에 대한 찬탄의 감정을 다른 사람들과 나누고 싶은 것처럼 글 전체를 소리 내어 낭독하려 했다. 프랑

51 쇠고기와 채소를 와인소스와 함께 푹 조려서 만드는 프랑스의 대표적인 전통 요리로, 준비 과정이 복잡하고 오랜 시간을 들여야 하는 등 조리가 쉽지 않은 요리이다.

수아는 말리려고 해봤다. 준비에브, 전 이미 내용을 알아요, 그리고 형도 읽었어요⋯⋯. 하지만 형을 보니 전혀 확신할 수가 없었다. 대체 이 부부에게 어떤 비밀이 숨어 있는 걸까 하는 생각이 다시 한번 들었지만, 이것은 결코 끝을 알 수 없는 주제였다. 하여 준비에브는 읽기 시작했다. 〈누아지르세크[52]에 위치한 한 소박한 단독 주택. 곳곳이 레이스 제품으로 장식되어 있고⋯⋯.〉

메리의 부모는 변호사의 조언에 따라 지금까지 인터뷰를 거절했고, 기자들의 덫에 걸려 도망갈 수 없게 되는 상황은 묵묵히 견뎌 왔다. 그런데 사건이 시작되었을 때부터 프랑수아는 특별한 위치를 누리고 있었으니, 비극이 발생한 날에 영화관 안에 있었고, 다른 기자들보다 항상 한발 앞서 있었기 때문이다. 그래서 그는 제르맹 카조의 체포 소식을 듣자마자 사건이 끝을 맺을지도 모른다는 점을 강조하며 그들에게 전화를 걸었던 것이다.

규석으로 지은 르그랑 내외의 집은 초벽을 바른 부속 건물 한 채가 맞대어져 있어, 전체적으로는 즉흥적으로 지어졌다는 기묘한 인상을 주었다.

「여기는 화장실이 딸린 손님방이에요.」 르그랑 씨가 설명했다. 「우리 딸이 준 돈으로 지었죠.」

그는 프랑수아 옆에 사진사가 있는 것이 불안했다.

「사진 몇 장만 찍어도 될까요? 그러고 나면 우리가 조용히 얘기할 수 있을 거예요⋯⋯.」

52 파리 북동부에 위치한 인구 4만의 위성 도시.

르그랑 내외가 변호사의 조언에 따라 지금까지 언론의 어떤 요청도 받아들이지 않은 것은 잘한 일이었으니, 그들은 거절할 줄을 모르는 사람들이기 때문이었다. 그들로 하여금 메리의 사진을 두 손으로 잡고 응접실에서 포즈를 취하게 하고, 지금까지 아무도 들어오지 못한 손님방의 사진을 찍는 것은 쉬운 일이었다. 프랑수아는 가슴이 아팠다.

「그 정도면 충분할 거예요.」 그는 기관총 갈기듯 집에 대고 셔터를 누르고 거리에 나왔을 때까지도 그 짓을 계속하고 있는 기자에게 말했다.

집 곳곳에 레이스 제품과 싸구려 장식품이 있었고, 사방에 그들 딸의 사진이 보였다. 인터뷰는 프랑수아가 생각했던 것보다도 훨씬 괴로웠다. 그의 앞에는 일련의 불행한 일들로 완전히 무너져 버린 부부가 있었다. 그는 『르 주르날』에 이렇게 썼다. 〈르그랑 부부는 두 딸을 잃었다. 큰딸이 죽고 난 후 막내딸은 그들과 사이가 멀어졌고, 부부가 마르셀 세르비에르를 용의자로 여긴 이후로는 그들과 더 이상 말을 하지 않는다.〉

프랑수아는 그녀의 이런 태도가 수사를 그쪽으로 밀어붙이려 했던 르누아르 판사 때문이라는 것을 쉽게 짐작할 수 있었다.

제르맹 카조가 체포되었다고요?

「왜 그런 짓을 했대요? 메리를 알지도 못하는 사람인데……。」

우리가 막내 롤라하고 사이가 안 좋다고요?

「그게 세르비에르가 아닌 것을 알게 됐으니, 이제 그만 돌아와도 되지 않겠어요?」

어디를 돌아봐도 사진에서 오려 내어 액자에 넣은 메리의 사진들, 그리고 돈을 벌어 메리가 선물한, 이런 집에서는 뜻밖으로 느껴지는 커다란 새 물건들밖에 보이지 않았다.

「이 텔레비전도 메리가 사준 거예요.」 아드리엔 르그랑이 말했다. 「우린 이걸 어떻게 작동시키는지 잘 몰라요. 우리 남편은 신문을 더 좋아하죠.」

〈그는 우리에게 사는 이유를
되돌려주지 못할 거예요.〉
제르맹 카조가 체포되자
메리 램슨의 부모가 이렇게 말했다.

르그랑 내외의 끔찍한 슬픔에 압도된 프랑수아는 빨리 이 르포르타주를 잊고 싶은 마음뿐이었다. 그래서 준비에브가 자신의 기사 전체를 낭독할 때 그는 그저 괴롭기만 했다.

게다가 수사 과정에서의 이 일화는 시작되기가 무섭게 끝나버렸기 때문에 더욱 그랬다. 제르맹 카조는 어떤 혐의도 인정되지 않아 곧바로 풀려난 것이다.

✳

해방감을 맛보기는 준비에브도 마찬가지였다. 그리고 그녀는 더없이 행복했다. 전날 그녀는 타자기 한 대를 사 왔다. 저녁 식사 후에 거기다 백지 한 장을 끼우고는 타이핑을 시작했다. 손가락 하나만으로, 한 글자 치고는 눈을 들어 올려 결과를 봐가면서 아주 천천히 타이핑했다. 매우 만족스러운 기색이었다.

그렇게 좋아할 만도 했다. 사흘 후, 조르주 게노는 세무서에 소환되었다. 한 공무원이 악수를 청하며 자신을 소개했다.

「불법 이익 환수 위원회에서 일하는 외젠 테레입니다.」

조르주 게노는 가슴이 답답해졌다.

1946년부터 그는 품목들이 하나씩 할당제 대상에서 면제됨에 따라 극도로 조심해 가며, 아주 소량씩 찔끔찔끔 팔아 왔다. 이렇게 1948년까지 눈에 띄지 않고 그럭저럭 지냈고, 이제 〈정화〉 활동[53]이 눈에 띄게 잠잠해지고 해방 시에 창설된 환수 위원회도 거의 유명무실해져 나머지 섬유 제품들을 조금씩 풀어내고 있는 판인데 이렇게 딱 걸려 버린 것이다. 결승선이 몇 미터밖에 남지 않았는데 말이다. 정말이지 이러려고 그 고생을 해왔던가! 1944년에 설립된 이런 위원회들은 이른바 〈외국 세력〉과의 거래나 〈영리적 작전〉을 통해 이득을 취한 상당수의 사람들을 적발해 왔다. 이제 그의 차례였다.

공무원이 그에게 알린 바에 의하면 신문은 이따 시작될 터인데, 그 이유는 지금 이 순간 구역 파출소가 그의 사무실을 압수 수색 중이며, 그의 주문서며 회계 장부 등을 꼼꼼히 들여다볼 것이기 때문이라고 했다.

조르주 게노는 말을 잃었다.

사업이 꼬여 버린 것이다.

그는 저녁 8시경에 샌드위치 하나를 받았고, 목은 2층에 있

---

53 제2차 세계 대전 이후 정치, 사회, 경제, 문화 등 각 영역에 남은 나치의 잔재를 청소하기 위한 프랑스 내 일련의 움직임이며, 불법 이익 환수 위원회도 이를 담당한 기관 중 하나이다.

는 화장실에서 축였으며, 잠은 마땅한 다른 장소가 없었으므로 취객, 노숙자 들과 함께 파출소 유치장에서 잤다. 다음 날 오후 5시경, 지치고 무거운 몸으로 테레의 사무실로 들어선 그는 책상 위에 자신의 회계 장부, 주문 장부, 문서 등이 널려 있는 것을 보았다. 그리고 이 모든 사태를 유발한 편지도 거기 있었다. 타이핑으로 작성된 편지는 이 이름이 알려지지 않은 인물에 위원회가 관심을 갖게 하기에 충분한 정보를 담고 있었고, 이는 흔치 않은 일이었다.

이 익명의 서신에 가득 채워진 정보들 가운데는 실제적인 것들뿐 아니라 추정적인 것들도 있었지만, 해방 이후로 조사 결과 유용한 것으로 밝혀진 편지들을 많이 받은 바 있는 위원회로서는 여기에 관심을 기울이지 않을 수 없었다. 이 서신의 내용은 정확하고도 간결했다.

「직물을 상당히 많이 갖춘 창고를 두 개 가지고 계시더군요.」

게노 씨는 끼어들려고 했지만, 테레는 그럴 틈을 주지 않았다.

「이 창고들은 어제 봉인했습니다.」

그런 다음 그는 재고 장부 한 권을 집어 들었다.

「거기에는 온갖 종류의 — 심지어는 모피도 있더군요 — 직물들이 너무나 많이 있어서, 재고를 다 확인하기 위해서는 몇 달이 걸릴 테고…… 또 지금 우리의 가용 인원보다 훨씬 많은 인력이 필요할 듯해요. 따라서 우리는 이 장부가 실제를 반영한다는 원칙에서 출발하려 합니다.」

그것은 조르주 게노가 그가 구매한 것의 일부분만을 적어

놓은 〈공식〉 장부였다. 이제야 숨이 쉬어졌다.

「하지만 여기에 기입된 것과 사장님 창고에 있는 것 사이에는 상당한 차이가 있는 것 같으므로, 우리는 그 수량을 열 배로 치겠습니다.」

「말도 안 돼요!」

가슴이 찢어지며 나오는 비명이었다.

테레는 이런 종류의 비명을 숱하게 들은 바 있었는데, 지금 들은 것은 진짜배기 장사꾼만이 낼 수 있는 소리였다. 그는 자신의 평가가 합리적이었음을 느꼈다.

「그건 합법적으로 구매한 직물들이에요!」 게노가 발끈하며 항의했다. 「문제 될 것은 전혀 없다고요!」

테레는 고개를 끄덕거렸다. 그도 동의하는 것 같았다.

「옳습니다.」

그는 서류철 하나를 집어 들어서는 자기 앞에다 활짝 펼쳤다.

「사장님의 구매 청구서들이 다 여기에 있어요. 뭐, 다 있다고는 했지만…… 물론 그건 하나의 추정일 뿐이지요. 하지만 이것들이 현실을 반영하고 있느냐 아니냐는 사실 그렇게 중요하지 않습니다. 이것들은 이 물품들이 정상적인 가격보다 훨씬 낮은 가격에 구입되었다는 사실을 명백하게 보여 주고 있어요. 그 이유를 설명해 줄 수 있겠습니까, 게노 씨?」

「에, 그러니까…… 이것들은 그러니까…… 이걸 빨리 처리해 버리고 싶은 상인들에게서 구매한 물품들이에요. 네, 그게 이유예요!」

「그 말씀도 옳습니다.」

그는 청구서 몇 장을 뒤적였다.

「드레퓌스 & 피스 상회, 코엔사(社), 에르셸 상사, 레셀베르 종합 직물…… . 제가 보기에 이 가게들 대부분이 상티에가에 위치해 있는 것 같아요. 아니 그보다는 〈위치해 있었다〉는 표현이 더 정확하겠네요. 왜냐하면 이들 대부분이 지금은 존재하지 않으니까.」

「거기서 구매하는 게 당연하지 않아요?」 그는 짐짓 웃으려고 애쓰면서 소리쳤다. 「거긴 직물상들이 모여 있는 구역이잖아요!」

테레는 장부를 내려놓고 오랫동안 기다린 다음 천천히, 그리고 엄하게 말했다.

「게노 씨, 당신은 유대인 상인들이 점령군에게 위협받는 상황을 이용했어요. 그들은 도망가야 하는 순간에 물품을 헐값으로 처리하는 수 외에는 다른 해결책이 없었어요. 그리고 모든 게 당신이 건전한 협상을 통한 합리적인 마진보다 훨씬 많은 이윤을 남겼다는 사실을 보여 주고 있어요.」

「상품을 구매하는 게 법에 걸리는 일은 아니지 않아요? 가격이 낮을 때도 마찬가지 아닙니까?」

「다시 한번 옳으신 말씀입니다, 게노 씨. 이런 활동은 불법이 아니에요. 하지만 이 상품 중 일부를 점령군에게 되팔아 큰 이득을 챙긴 후에는…… .」

「에이! 몇 군데에다 직물 20미터씩 판 게 뭐가 그리 문제입니까?」

딱 세 번이었다! 5년 동안 딱 세 번 그는 직물을 독일군에게 팔았다. 그보다 더 신중하게 처신한 사람은 아무도 없었던 것이다!

「전쟁 기간 내내 부정 거래를 한 사람들과 저를 비교할 수는 없는 노릇이잖아요!」

「물론입니다! 바로 그 이유 때문에 우리는 사장님에게 남아 있는 물품들을 몰수하는 것으로 그치려는 거예요.」

「아니, 그건 너무 심하지 않습니까!」

「그리고 게노 씨, 앞으로 일이 어떻게 진행될지 정확히 말씀 드리겠습니다. 잠시 후에 저는 이 사무실 문을 열어 드릴 거고, 그러면 당신은 행복하고도 안도한 마음으로 나가시면 됩니다. 그래야 하는 이유는, 제가 대표하는 정부가 이 몰수에 만족하고 당신을 놓아주어 생업에 종사할 수 있도록 해줄 것이기 때문이죠. 당신에게 이것은 엄청난 행운입니다. 만일 불행히도 당신이 저로서는 관대한 것이라 생각하는 이 결정에 이의를 제기하신다면, 전 당신을 체포하도록 조치하고 판사에게 넘길 것입니다. 그러면 당신은 사건이 심리되는 동안 감옥에 앉아 있어야 하는데, 이게 시간을 많이, 아주 많이 잡아먹을 거란 말이죠. 이 모든 게 끝나면 당신은 부정 이득 취득 행위로 판결되어 얻은 이익의 쉰 배에 해당하는 벌금을 부과받을 거고, 그 액수는 적군과의 협력 행위로 인해 세 배로 불어날 거예요. 또 그 뒤에는 당신에게 국민 무자격 죄[54]가 선고되어 당신은 아주 오랜 기간 동안, 당신이 할 수 있는 유일한 일인 상업 행위를 전면 금지당하게 될 것입니다. 그뿐만 아니라……」

54 국민 무자격 죄indignité nationale(국민으로서의 자격이 없다는 뜻)는 프랑스에서 1944년 8월 26일 조례에 의해 규정된 범죄로, 제2차 세계 대전이 끝난 후 정화 기간 동안 적용되었다. 이 범죄는 군인이나 민간인이 독일 점령 기간 동안 독일과 그 동맹국에 협력한 범죄를 말하며, 특별히 구성된 사법 기관에 의해 국가적으로 판결, 처벌되었다.

조르주 게노는 손바닥을 앞으로 하여 두 손을 들어 올렸다.

그는 자신의 장부들과 문서들을 내려다보았다. 그것들이 널려 있는 책상은 폭격당한 도시와도 흡사했다.

그가 아무 말 없이 방을 나가려는데, 테레의 목소리가 그를 불러 세웠다.

「게노 씨, 하나 더 있어요. 당신은 당신이 훔친 것의 대부분을 잃어버렸지만, 그래도 자유롭게 돌아다니는 것을 다행으로 여겨야 해요. 만일 나중에 어떤 지저분한 일로 당신을 다시 만나게 된다면, 그러니까 당신이 조금이라도 어떤 추잡하거나 이상한 짓을 한다면, 기적은 두 번 반복되지 않을 거요. 당신은 판사에게 넘겨지고, 곧바로 감옥에 가게 될 거예요.」

✻

이 기간 내내 장은 준비에브가 아침 일찍 일어나서는 옷을 차려입고 한껏 모양을 내고 나가는 것을 보았다. 매일 아침 그녀는 국유지 관리국[55] 사무실을 찾아갔다. 그녀를 맞이하는 직원은, 항상 화사하고 미소 짓는 얼굴로 나타나 일하는 데 방해가 되지 않도록 조심하면서 너무나도 상냥하게 말을 거는 이 젊은 사람이 마음에 들었다. 준비에브는 자신이 직물 가게를 열고 싶은 생각이 있다고 설명했다. 혹시 경매로 나온 물건이 있나요? 하지만 지금으로서는 아무것도 없었다.

---

55 Service des Domaines. 프랑스의 가장 오래된 기관 중 하나로, 국가에 속한 부동산을 관리하는 일을 한다. 지금은 Direction des Immobiliers d'Etat로 명칭이 바뀐 이 기관은 몰수하거나 압류된 부동산 혹은 동산의 매각도 담당한다.

「어느 날 갑자기 나올 수 있어요.」직원이 그녀에게 설명했다. 「몇 주 동안 아무것도 없다가, 파산한 업체의 팔리지 못한 물건이나 압류물이 갑자기 생기는 거죠.」

직원의 말이 옳았다.

「드디어 여사님께서 관심 가질 만한 게 나온 것 같아요.」그녀가 속삭였다. 「창고 두 개가 통째로 나왔어요. 하지만 당분간은 경매에 부치지 못할 것 같아요. 먼저 목록을 작성해야 하기 때문에……. 이거 여사님께만 말씀드리는 거 알죠?」

아닌 게 아니라 어떤 목록도 존재하지 않았다.

준비에브와 장은 평가를 맡은 공무원을 만났다. 그들은 모든 것을 사겠다고 제의했다.

「물건이 족히 40만 프랑어치는 돼요.」

준비에브는 그 3분의 1을 제안했고, 장은 자기 신발을 내려다보았다.

「네? 13만 프랑이요?」

공무원은 숨넘어가는 소리를 냈다. 하지만 이는 자신은 무슨 일이 있어도 공공의 이익을 수호할 거고, 공화국의 재산을 헐값에 팔아 치우지 않을 것임을 보여 주기 위한 형식적인 몸짓에 불과했다. 사실 이 거래는 오히려 괜찮아 보였다. 이렇게 하면 목록을 작성하고, 직원을 동원하고, 과정을 통제하고, 경매장까지 물품을 운반해야 할 필요도 없었다. 경매를 준비하지 않아도 되고, 몇 달에 걸쳐 한 묶음씩 찔끔찔끔 팔지 않아도 되고, 아무도 원치 않는 부스러기를 떠안게 될 위험도 없었다. 물론 제안액은 3분의 1로 내려갔지만, 이 고객들은 현금으로 지불하겠다는 것이었다.

우선은 몰수된 물건이 더 이상 소유주가 아니라 국가에 속한다는 사실을 법적으로 확인해야 했다.

「테레 씨에게 물어봐야 할 것 같⋯⋯.」

「그게 누구죠?」 준비에브가 만면에 미소를 지으며 물었다.

「불법 이익 환수 위원회 조사관입니다.」

바로 다음 날, 테레는 조르주 게노가 그가 훔친 것들에 대해 더 이상 아무런 권리가 없음을 확인해 주었다.

준비에브와 장은 펠티에 씨가 빌려준 돈으로 조르주 게노의 재고품값을 지불했다. 부부의 기분은 하늘을 날았다. 적어도 다음 날, 그들이 마련해 놓은 가게에 가기까지는 그랬다. 준비에브는 이곳을 계약하자고 주장한 게 본인이었기 때문에 말은 하지 않았지만, 판매에 필요한 가구를 들여놓을 생각을 하니 공간이 협소한 게 느껴졌다. 너무 작았다. 하지만 이미 엎지른 물이었다. 임대 계약서에 서명을 했고, 창고의 직물을 다 사버린 것이다.

장은 진즉부터 문제점을 느끼고 있었지만 준비에브의 의견에 반대하기에는 언제나 힘이 부족했고, 맞서서 이긴 적이 한 번도 없었다.

판매용 카운터를 놓기 위해 공간을 측정해 본 그들은 홀 가운데에 카운터를 설치하고 나면 직물 진열대들 사이를 돌아다닐 공간이 거의 남지 않는다는 사실을 인정해야 했다. 그렇다면 상점 안에는 기껏해야 여섯 명 정도의 고객이 들어올 수 있을 뿐, 그 이상은 불가능했다.

「가장 좋은 방법은 바깥에서 파는 거야.」 장이 말했다.

「보도에서?」 준비에브가 기겁을 하며 외쳤다.

「그래, 그 방법밖에는 수가 보이지 않아.」

「시장 바닥에서처럼 바깥에서 팔자는 얘기야? 여기가 무슨 도떼기시장도 아니고!」

장은 이번만큼은 아내가 무시하는 소리에 아랑곳하지 않고 침착하게 자신의 의견을 펼쳤고, 바로 이 점이 준비에브를 흔들어 놓았다.

「그게 시장에서는 통하는데 왜 여기 보도에서는 안 통하겠어?」

「하지만 장…… 여기는 부티크잖아, 부-티-크!」[56]

「중요한 것은 상품을 파는 거야, 안 그래?」

결정적인 한 방이었다. 하지만 준비에브는 패배를 인정하지 않았다.

「그러면 비가 오면 어떻게 할 건데? 가게를 닫아? 날씨가 좋기만을 바라야겠네. 왜, 그냥 아프리카에다 가게를 열지?」

「차양을 달아야 해.」장이 말했다. 「아주 큰 차양을. 보도의 상당 부분을 덮을 수 있는 차양을 말이야. 그리고 진열대를 바깥에 내놔야 해. 침대보는 빼고. 침구용 직물은 안에다 들여놓고, 나머지는 보도에 내놓는 거야. 비가 오면 차양을 치면 되지!」

준비에브는 이 방법이 기술적으로 유일한 해결책임을 인정해야 했지만, 이것은 미래의 상점 주인으로서 그녀가 가진 미학과 충돌했다. 그녀로서는 잡다한 가정용 직물을 진열한다는 것부터가 그렇게 고상해 보이지 않았다. 생각 같으면 요즘 유

56 부티크는 상점 중에서도 패션, 액세서리, 화장품, 장신구 등을 취급하는 고급 상점을 말한다.

행하는 원피스나 블라우스만 취급하고 싶은 판에 이 모든 걸 길거리에 늘어놓고 팔겠다니……. 하지만 그녀가 아무리 빈정대도 소용없었으니, 일정상 더 이상 궁리하고 있을 시간이 없었던 것이다.

가장 돈이 많이 들어간 것이 이 차양이었다. 소목 공사, 미장 공사, 특히 청소 작업을 조금씩 해야 했지만, 시설 공사 예산의 대부분은 이 엄청나게 큰 차양이 잡아먹었다. 차양은 상점의 전면을 다 커버하는 너비로, 4미터가 넘게 보도 위로 나왔다. 구청의 허가는 이미 얻어 놓은 터였다.

이번만큼은 장이 일을 제대로 하고 있는 것 같았다. 그는 구청이 할당해 준 보도의 부분과 상점을 포함하는(그의 머릿속에서는 보도도 상점의 일부일 뿐이었다) 가게의 경계를 실제 비율로 그렸다. 그리고 이렇게 그린 도면 위에 판매대와 이동식 진열 선반에 해당하는 네모진 종잇조각들을 놓아 보았다.

준비에브는 이 모든 준비 작업을 조금 불쾌한 마음으로 쳐다보았다. 이 사람에게는 항상 기대치를 한 칸 낮춰야 했다. 지금까지 뭐를 하나 제대로 한 적이 있었던가 말이다. 상점에 대한 그녀의 이상은 벼룩시장으로 바뀌어 가고 있었다. 자신이 더럽혀진 듯한 느낌이었다.

그녀가 보기에 지금 장은 이 시설 공사 프로젝트를 가지고 놀고 있으며, 하도급 업자들을 찾아가 담판 짓는 일을 끊임없이 미루고 있는 게 확실했다.

「하지만!」 준비에브는 장의 고막을 송곳처럼 꿰뚫는 목소리로 소리를 질렀다. 「식탁보와 이불보는 저절로 만들어지는 게 아니잖아!」

그는 마지못해 연필을 내려놓고 프랑스 북부 지방을 향해 길을 떠났다.

✳

엘렌과 프랑수아는 아르크뷔지에가로 이사를 했다.

페르라셰즈 공동묘지까지 내다보이는 긴 발코니가 딸린 멋진 아파트였다. 두 사람 모두에게 널찍한 침실이 하나씩 돌아갔고, 그들은 환하고 넓은 응접실과 세면도 할 수 있을 만큼 커다란 주방을 공유했다. 화장실은 층계참에 있었지만 그들 전용이었다.

그들 관계에서 가장 아름다운 시기라 할 수 있었다.

하지만 애석하게도 이 시기는 오래가지 못했다.

엘렌은 보나파르트가에 있는 국립 미술원을 찾아갔다. 별다른 기대도 없었고 바보로 보이지 않을까 하는 걱정뿐이었지만, 그래도 아버지에게 약속한 게 있는 터라 그냥 한번 가본 것이었다.

그런데 이게 웬일인가, 그녀는 즉석에서 퇴짜 맞지 않고 교육부 책임자 페르디낭 그로 씨 앞으로 인도되었다. 그로 씨는 통통한 체격에 새파란 눈, 그리고 금색 콧수염을 지닌 50대의 사내로, 얼마나 행복해 보이고 미소가 환한지 금방이라도 머리 뒤로 후광이 뻗쳐 나올 것만 같았다.

「전 데생 시험을 보지 못했어요.」 엘렌이 뒤돌아 갈 준비를 하고서 이렇게 말문을 열었다.

「네, 유감이에요.」

그는 반 페이지 분량의 이력서와 전날 저녁에 그녀가 급히 그린 데생 네 장이 첨부된 지원 서류를 뒤적이며 말했다. 한심하기 이를 데 없는 서류였지만, 그로 씨는 여전히 만족한 기색으로 그 잘생긴 둥근 머리통을 주억거렸다.

「제가 말이에요, 파리에 올라온 지 며칠밖에 되지 않아서, 미처 생각을…… 그러니까 제 말은 지원 서류를 제대로…….」

「네, 매우 유감이에요.」 그로 씨가 되풀이했다. 「그래서 당신은 어떤 분야에 지원하고 싶은 거죠? 건축? 조각?」

「회화입니다.」

「그렇군요.」

그는 파일을 덮고 팔짱을 낀 다음, 한참 동안 엘렌을 응시했다.

「시험 없이 당신을 미술원에 입학시킬 수는 없어요.」

엘렌은 이제 끝났구나 하는 안도감을 느끼며 일어서려고 했다.

「혹시 관심이 있으시다면, 본원에 청강생 자격이란 게 있어요. 전쟁 ─ 제2차 세계 대전 말이에요! ─ 이 일어나기 훨씬 전에 유명무실해진 것이죠. 그래서 제 생각은…….」

그는 깜짝 놀란 엘렌에게 설명해 주었다. 이 청강생 제도는 나중에 본국에 돌아가 활용하기 위해 이곳의 국립 미술원 교육이 어떻게 이뤄지는지 알고 싶어 하는 외국인 학생들을 위해 예전에 만들어진 것이었는데, 공식적으로 폐지되지는 않았지만 지금은 잊혔다는 것이었다.

「당신은 수업을 들을 수 있어요. 물론 시험은 볼 수 없겠지만, 이렇게 1년을 보내고 나면 내년 입학시험에 합격할 가능성이 아주 커질 거예요.」

그 즉시 엘렌은 마음을 닫고 그로 씨를 다른 눈으로 바라보았다. 여기도 다른 곳과 다르지 않았다. 어디서에서나 여자들은 남자들의 수작에 응함으로써만 원하는 바를 얻을 수 있는 것이다. 이것은 그녀가 아주 이른 나이에 알게 된 사실, 여자들의 조건에 결부된 삶의 규칙이었다. 막 외투를 입으려던 찰나, 그녀는 눈에 들어온 페르디낭 그로의 모습에 움직임을 멈췄다. 그는 누가 봐도 동성애자였다. 그렇다면 엘렌의 생각이 틀렸거나, 아니면 그는 다른 누군가를 위해, 혹은 보다 은밀한 이유로 이러는 것이었다. 그의 머리 위에 느껴지는 이 후광은 오히려 어떤 위선, 음험함, 혹은 사악함의 표시가 아닐까?

엘렌의 이런 생각을 느낀 그로는 짜증을 냈다.

「아가씨, 만일 당신이 지난주에 왔으면 전 당신을 집으로 돌려보냈을 거예요.」

그는 서류함을 뒤져서는 종이 한 장을 꺼냈다.

「그런데 말이죠, 정말로 기가 막히게도 바로 어제저녁에(그는 이게 얼마나 엄청난 우연의 일치인지를 강조했다) 학교 이사회가 이 청강생 제도가 유명무실해졌다는 사실을 갑자기 기억해 내고는 그걸 다시 활성화하라고 지시한 거예요. 학교의 경험과 지식을 세상에 〈널리 퍼뜨려야 한다〉는 거죠.」

그는 종이에 적힌 내용을 훑으며 여기저기서 단어들을 찾았고, 그게 마치 외국어로 쓰인 것처럼 또박또박 소리 내어 읽었다.

「〈널리 퍼뜨린다〉, 〈사방에 전파한다〉, 〈흘러넘치게 한다〉.」

그는 종이를 내려놓았다.

「자, 그래서, 만일 아가씨가 〈사방에 전파하기〉를 원하신다면, 제가 미술원의 문을 살짝 열어 드릴 수 있어요.」

이때 프랑수아와의 동거는 아직 신혼 생활처럼 즐거웠다. 같이 장난치며 요리하기도 하고, 방에서 방으로 농담을 던지기도 하고, 엘렌이 주문한 물건들이 배달되면 프랑수아가 투덜거리며 아파트까지 올려 주기도 했다. 엘렌이 미술원에 들어간 것을 축하하기 위해 그들은 암시장에서 산 정어리 통조림과 버터로 호화스러운 만찬을 벌였는데, 베이루트에 있는 그들의 부모는 귀가 꽤 가려웠을 것이다. 화제는 자연스럽게 뚱땡이와 준비에브에게로 옮겨 갔다. 엘렌이 에티엔에게 받은 편지 몇 구절을 소리 내어 읽어 주기도 하면서 그에 대해 얘기한 약 15분 동안은 뭉클한 감정을 나누기도 했다. 이렇게 두 사람 사이에는 별문제가 없었다. 그럼에도 관계가 나빠질 수 있다고는 충분히 생각해 볼 수 있었지만, 그게 어느 정도까지, 그리고 얼마나 급속히 악화될지는 아무도 몰랐다.

엘렌이 회화가 자신에게 가능한 진로일지는 몰라도(사실 이것만큼 불확실한 것도 없었다), 그 재능을 꽃피울 수 있는 곳은 이 지독하게 남성 중심적인 학교도, 이 불건전한 분위기의 아틀리에도 아니라는 것을 이해하기 위해서는 단 일주일의 공부로 충분했다. 아틀리에 주임 르네 슈발리에는 환영사를 대신하여 이 학교의 규칙을 상기시켰다. 여자 금지, 개 금지, 정치 금지, 종교 금지. 어쨌든 개와 여자에 한에서는 규칙이 아주 잘 지켜지고 있었다. 학교의 다른 아틀리에들에 여자 몇 명이 받아들여졌는데, 첫 몇 번의 접촉 후에 그들은 엘렌을 결사적으로 거부했다. 시험도 보지 않고, 전날까지만 해도 존재하지 않던 자격으로 들어온 이 엘렌이라는 자가, 그게 무엇인지 뻔히 알 수 있는 특혜를 누리고 있다는 것은 모두에게 자명한 사실이었다. 그녀는 환영받지 못했고 심지어는 받아들여지지도 않았다. 게다가 고대 조각상들을 그리는 일은 지루하기만 했고, 이젤이 빽빽이 들어찬 아틀리에 안에서 벌어지는 경쟁에 그녀는 전혀 관심이 없었으며, 그녀에게 관심을 갖는 몇 학생도 별로 예술적이지 못한 의도를 품은 게 뻔했으므로 그녀는 이곳에 오자마자 혼란에 빠졌다. 보이지 않는 제의(祭衣)처럼 수업이나 아틀리에에 감도는 학교의 정신은 일종의 동업 조합 정신이었다. 어느 날 이곳의 일원으로 인정받고 싶은 열렬한 희망은 많은 학생들로 하여금 〈신참은 자기 차례가 와야만 입을 열지만, 그 차례는 결코 오지 않는다〉라는 표어를 사랑하게 만들었다.

엘렌은 이곳에 들어오기가 무섭게 한 가지 생각밖에 하지 않았으니, 빨리 이곳을 나가는 것이었다.

학생들의 유심한 시선, 질펀한 농담, 그리고 2학년 진급 시험 지망생들을 지도하는 〈야한 주임〉의 더듬는 손은 그녀의 실망감을 부채질했다.

엘렌은 이게 자신의 길이라고 정말로 믿은 적은 한 번도 없었다는 것을 깨달았다.

미술은 하나의 생각이었을 뿐 진지한 계획이 아니었고, 데생이나 회화에 대한 그녀의 열정은 이런 인습에 맞서 싸우고 싶을 만큼 강하지 않았다. 그녀는 공허하고 길을 잃은 느낌이었고, 프랑수아와 같이 사는 아파트는 억압적인 기숙사처럼, 자신의 방은 감방처럼 보이기 시작했다. 그녀는 나가고 싶었지만 어디로 가야 할지 알 수 없었다. 담배를 많이 피웠고, 베이루트에서처럼 분노로 가득 찼지만, 더 이상 그것을 쏟아부을 부모도 없었다. 그녀는 이곳에 와 길을 잃었지만 이번에는 도피할 수 있는 새로운 지평도 보이지 않았다.

게으름 때문에, 그리고 도발하고 싶은 마음 때문에 그녀는 카페 데 아르티스트[57]에 드나들었는데, 이 업소는 국립 미술원 학생들이 주로 찾는 곳이었고 그녀는 더 이상 수업을 듣지 않았기에 여기에서나 그들을 마주칠 수 있었다. 그녀는 거기서 나른하고, 섹시하고, 뻔뻔스러울 정도로 야한 포즈들을 취하고, 줄담배를 피우고, 커피를 얻어먹기도 하면서 시간을 보내는, 할 일 없는 사람으로 여겨졌다. 오전부터 홀 안쪽 구석에 앉아 있었는데, 저녁 식사 시간에도 거기에서 보이는 일이 드물지 않았다. 남자들은 혹시 저자는 손님을 끌려고 하는 매춘부가 아닐까 자문하고는 했다. 벌써 그녀에 대한 온갖 종류의 소문들이 떠돌았는데, 그녀의 순진하고도 친근해 보이는 미모와 대비되어 더욱 섬뜩하게 느껴지는 얘기들이었다. 그저 손만 뻗으면 가슴이나 엉덩이를 만질 수 있는 여자같이 느껴졌지만 아무도 그렇게 하려고 하지 않았다. 반순응주의자라 자부하는 이들은 그녀가 여기 있다는 사실 자체가 창피했던 것이다. 그녀는 학교에서 가장 불량한 학생들, 다시 말해서 수업을 빼먹고, 아틀리에에도 가지 않고, 아페리티프나 마시려고 어정거리는 친구들과 얘기를 나눴다.

그녀는 거기서 종사크(보다 정확히는 베르나르 드 종사크)

---

57 Café des Artistes. 〈예술가들의 카페〉라는 뜻으로, 당시 파리의 국립 미술원 주변에 이런 이름의 카페가 존재했는지는 확실치 않다.

라는 자를 알게 되었다. 국립 미술원 동창인 이 친구는 재학생들에게 그들이 꿈꾸는 모든 종류의 불법 약물을 공급하여 돈을 벌었다. 그는 마크스 베르나나 페르디낭 라그르 같은, 자신을 돋보이게 하는 똘마니를 하나 데리고 나타나고는 했다. 〈약물은 일종의 패션인데, 지금 유행은 메테드린〉[58]이라고 그는 설명했다. 이 약들은 엘렌에게 기분 좋은 자극을 주었고, 그녀는 심장 박동이 약간 불안해지는 게 그리 싫지 않았다. 돈이 없는 그녀는 종사크와 흥정을 하곤 했다. 그가 요구하는 것은 대단하지 않았고 시간이 많이 드는 일도 아니었기 때문에, 더 멀리 가지만 않는다면······.

그녀는 평소 숨기는 게 거의 없는 에티엔에게 보내는 편지에서 프랑수아에 관련된 진실(만날 미술원을 가지고 잔소리야, 고등 사범 학교는 한 번도 가본 적이 없고 『르 주르날』에 지라시 기사들이나 올리는 주제에 말이야)과 장(뚱땡이 오빠가 얼마나 비겁한 사람인지 상상도 못 할 거야, 그리고 준비에 브 그 여자는 정말로 못돼 먹었고!)에 대해 썼다. 그러나 그러고 나서는 천성이 고약하지는 않고 단지 화가 나 있을 뿐인지라, 프랑수아에 대해서는 〈오빠는 내가 얘기한 메리 램슨 사건을 담당하고 있고, 아주 멋진 기사들을 쓰고 있어! 1면에 실리는 기사들을 말이야!〉라고 덧붙였고, 심지어는 뚱땡이에 대해서도 〈오빠는 준비에브와 함께 가정용 직물을 취급하는 가게

---

58 중추 신경계를 자극하는 마약성 약물 메타암페타민의 브랜드명으로, 피로 회복, 신체 및 정신 활동 증가 등의 효과가 있지만 심각한 부작용 탓에 마약으로 규제되고 있다. 1920년대에 개발되어 1930~1960년대에는 마약으로 인기가 많았다.

를 열 거야, 적어도 이제는 몇 주씩 지방 출장을 다니는 일은 없겠지〉라고 설명했다.

에티엔도 동생에게 이렇게 썼다. 〈나는 로안 1세 성하께 조그만 종들을 선사할 생각이야. 그 케이크 틀 같은 모자의 방울 술들을 떼고 그걸 달면, 그가 멀리서 와도 목에 방울을 달고 오는 젖소처럼 소리가 들릴 테니까.〉하지만 오빠를 너무 잘 아는 엘렌은 이런 실없는 말들 아래에 깊은 고통이 숨어 있다는 것을 간파했다. 또 그는 이렇게도 썼다. 〈그래서, 1941년에 그 혁혁한 무공을 세우신 우리의 영웅께서 고등 사범 학교가 아닌 『르 주르날』을 택하셨단 말이지? 만일 네가 베이루트를 떠나면서 어머니를 죽이지 못했다면, 이 사실을 알려 드리는 날에는 확실히 성공할 수 있을 거야!〉그래도 이따금 에티엔은 그와는 직접적인 관련은 없어 보이는 모종의 불안감을 드러내고는 했다. 〈이곳은 매우 난폭한 나라야. 여기서는 모두가 제각기 킬러를 몇 명씩 두고 있는 것 같아. 쩌런에만 가면 단 몇 피아스트르에 네가 원하는 거의 모든 사람을 없애 줄 수 있는 킬러가 널렸어.〉하지만 그의 이런 심각한 어조는 오래가는 법이 없었다. 〈만일 뚱땡이 형이 그 죽고 못 사는 여인과 함께 여기에 잠시 머문다면, 형이 홀아비가 될 수 있게끔 도와줄 사람을 쉽게 구할 수 있을 텐데.〉

심지어는 에티엔의 이런 편지들까지도 그녀와 프랑수아가 언쟁을 일으키는 불씨가 되기도 했다.

「오, 그래? 걔가 너한테 편지를 보냈구먼. 뭐, 좋아.」사이공에서 편지 한 장이 도착하자 그는 못마땅한 어조로 말했다.

「나한테 편지를 보낸 게 아니라, 내 편지에 답한 거야.」엘렌은 독서에 빠져 있는 얼굴로 대꾸했다.

프랑수아 역시 누이에게 강한 앙심을 품고 있었으니, 그녀가 고등 사범 학교와 관련된 자신의 거짓을 아버지에게 일러바쳤기 때문이다. 이에 대해 엘렌은 아니라고 부인했다.

「네가 말하지 않았다면 아버지가 어떻게 알았겠어?」

「내가 그걸 어떻게 알아? 뭐, 뚱땡이 오빠가 말했겠지! 아니면 준비에브 그 미친것이 말했거나!」

이 주제에 있어서 프랑수아의 입장은 최악이라 할 수 있었으니, 누이만큼이나 형을, 형수만큼이나 누이를 의심해야 했기 때문이다. 그는 아마도 영원히 진실을 알지 못할 것이었고, 이런 불확실성 가운데 살아야 하는 것은 너무나 힘든 일이었다. 결국 닦달해야 할 죄인은 자신밖에 없었으니 말이다.

그와 엘렌 사이의 분위기는 회복되지 못했다. 형제간의 여유롭고도 평온한 분위기는 더 이상 없었다. 동거 규칙은 작성되자마자 휴지 조각이 되었다. 엘렌 주변에 자연스레 형성된 무질서는 응접실과 주방에까지 퍼져 나갔고, 그녀는 자기 차례의 청소와 장보기를 밥 먹듯 빼먹었다.

그들 사이에는 언쟁이 끊이지 않았다.

사실 어쩌다 한 번씩 마주칠 때마다 그들이 하는 일이라곤 이것뿐이었다. 엘렌은 오전 늦게까지 잠을 자는 일이 많았고 (〈아틀리에가 늦게 열어……〉라고 그녀는 게으름이 묻어나는 목소리로 말하곤 했다), 새벽 2~3시나 되어야 집에 들어오고는 했기 때문에 서로 얼굴 볼 일이 별로 없었다.

같이 지내기 시작했을 때부터 프랑수아는 엘렌의 예측 불허한 행동에 당황하기 일쑤였고, 어떤 태도를 취해야 할지 모르고 위협과 훈계 사이를 오갔다.

〈그럼 아빠 노릇 하기가 어디 쉬울 줄 알았어?〉라고 마틸드는 그를 놀렸다.

프랑수아는 누이와의 동거로 인해 마틸드와 내밀한 시간을 갖지 못하게 될까 봐 염려했지만, 그 걱정은 금방 사라졌다. 엘렌은 애인이 떠나고 나서 한참 후에야 귀가하고는 했던 것이다.

이사하고 나서 채 2주도 되지 않았을 때, 그가 작업 좀 하려고 자리 잡고 앉았는데, 블라디미르 울로프라는 청년과 딱 마주쳤다. 이 울로프는 그녀와 같은 아틀리에 속한 학생으로, 망명한 러시아 혁명가 행세를 하고 다니는 친구였다(그는 로모랑탱[59]에서 태어났으며, 그의 러시아 이름은 한 농촌 처녀와 결혼했다가 황소 수레에 깔려 죽은 것 외에는 살면서 특별한 일을 한 적 없는 조부에게서 물려받은 것이었다). 프랑수아는 마치 어떤 동물학자처럼 그를 쳐다보며 마지못해 악수를 했다. 그는 마른 체격에 누런 얼굴과 치아를 가졌고, 끊임없이 머리를 긁어 허연 물질을 떼어 내서는 손가락 끝으로 튕겨 내는 친구였다. 잠시 후, 둘은 엘렌의 방에 들어갔다. 프랑수아는 잠금 장치 안에서 열쇠가 돌아가는 소리를 들었다.

그는 맥이 탁 풀렸다.

엘렌의 불규칙한 일과를 두고 야단치기도 하고, 그녀가 아침 일찍 학교에 가지 않는 것을 불안해하기도 하고, 무질서하고 불결하고 어지러운 집 안 꼴에 불평하기도 했지만, 그래도

---

59 프랑스 중부 루아르에셰르주에 위치한 인구 2만 명가량의 소도시.

지금까지 엘렌은 그가 가장 두려워하는 질문만큼은 하지 않게 해주었다. 그녀는 동정일까? 아마도 그러리라. 왜냐하면 아직 열여덟 살밖에 되지 않았기 때문에……. 그래, 물론 거의 열아홉 살이라고 할 수 있지만, 그래도 어떻게 그 나이에 남자들과 잘 수 있단 말인가?

「마틸드, 내 동생 나이 때 벌써 남자를 경험했어?」 프랑수아는 마틸드에게 물었다. 그녀가 한쪽 팔꿈치를 베개에 파묻고 나른하게 침대에 누워서는, 그의 가슴 털과 배를 쓰다듬으며 담배를 피우고 있을 때였다.

「얘기해 봐! 넌 내 동생 나이 때 남자를 경험했었냐고.」

그녀는 팔짱을 끼고 계속 담배를 피웠다.

그렇게 1분이 지나갔고, 또 1분이 지나갔다.

마틸드는 담배를 짓눌러 끄고는 고집스러운 표정으로 또 한 대를 피워 물었다. 그녀의 침묵에 프랑수아는 불안했다. 이런 바보 같은 질문으로 그녀에게 상처를 준 것 같았다.

「그러니까 내 말은…… 넌 열아홉 살에…….」

「아, 조용히 좀 해봐! 계산해 보고 있잖아!」

둘 다 웃음을 터뜨렸고, 프랑수아는 그녀의 얼굴에 폭신하고 긴 베개를 던졌다.

엘렌에 대해서는 그 점과 관련하여 아무것도 알 수 없었다. 그는 아버지가 끔찍이 원망스러웠다. 어떻게 이런 나이의 아이를 누군가에게 맡기면서 아무것도 알려 주지 않는단 말인가!

그는 엘렌과 울로프가 들어가고 닫혀 버린 방문을 쳐다보았다.

곧바로 대응해야 했는데, 이제는 너무 늦어 버렸다. 지금 가서 문을 두드리는 우스운 꼴을 연출해야 한단 말인가? 남의 분위기나 깨는 한심한 오라비가 되어야 한단 말인가? 정말이지 이 애는 재앙덩어리였다.

그는 일하기 시작했다.

주지하다시피, 타피사주 후에 체포된 제르맹 카조는 얼마 안 가 풀려났는데, 그에 대한 아무런 증거가 없었고, 살해 동기도 없었을 뿐 아니라, 증인이 진술을 철회했기 때문이다. 그녀는 자신이 아무것도 확신할 수 없으며, 심지어는 자기가 본 사람이 그가 아니었던 게, 자기가 착각했던 게 거의 확실하다고 말했던 것이다. 르누아르 판사는 용의자를 계속 구금해 두고 싶었지만 상급 기관이 그를 석방하라고 명했고, 르누아르는 지시에 불응하는 유형이 아니었다.

그러자 프랑수아는 메리 램슨의 남편 마르셀 세르비에르와의 인터뷰를 생각하게 되었다.

만나 본 그는 바짝 긴장해 있었다. 옷을 멋지게 입고 매우 파리적인 세련미를 지닌, 바람둥이 역에나 잘 어울릴 배우라는 널리 유포된 이미지와는 완전히 딴판인 모습이었다. 면도도 제대로 하지 않았고, 색 바랜 나이트가운과 실내 슬리퍼 차림으로 줄담배를 피워 댔다.

프랑수아의 요청에 따라 그는 메리를 어떻게 만났는지, 그리고 그들 각각의 경력이 어떻게 이어져 왔는지를 얘기해 주었는데, 마치 배역의 대사를 외우려고 연습하는 사람처럼 기계적으로 말했다. 그는 아내의 임신에 충격을 받았다고 인정했지만, 이혼에 대한 소문은 말도 안 되는 얘기라고 일축했다.

프랑수아로서는 새로운 사실이 아무것도 없었다. 그럭저럭

기삿거리를 얻긴 했지만, 여전히 제기되고 있는 수많은 질문들에 대한 대답은 하나도 얻지 못했던 것이다.

메리는 정말로 이혼을 원했는가? 어떤 이유로? 아니면 반대로 이혼을 갈망한 사람은 그였을까? 왜? 그에게는 정부(情婦)가 있었을까? 그녀에게는 연인이 있었을까? 그렇다면 메리가 임신한 아이는 누구의 아이였을까? 세르비에르는 희생자의 핸드백에서 발견된 편지의 장본인일까, 아닐까?

프랑수아가 이 모든 문제들을 생각하고 있는데, 어떤 풀무소리 같은 게 들렸다.

아니, 그것은 풀무 소리가 아니라…… 신음 소리였다! 그것은 엘렌의 방에서 들려왔다. 헐떡거리는 소리였다!

프랑수아는 얼굴을 붉혔다.

지금 들리는 게, 엘렌이…… 섹스하는 소리란 말인가?

그는 일어섰다. 뻣뻣하고 엉거주춤한 자세였다. 자신에게 방문에 귀를 가져다 댈 권리가 있는가? 아니, 그럴 수는 없었다. 하지만…….

그것은 긴 한숨이 섞여 드는 거친 호흡 소리였다.

그리고 이 규칙적인, 이 듣기 민망한 리듬…….

프랑수아는 맞잡은 두 손을 뒤틀었다. 강간당하고 있는 엘렌을 몸이 묶여 달려가 구하지 못하는 상황이라 해도 이보다 더 불행하지는 않으리라.

그는 문손잡이에 손을 올려놓았지만, 자신이 아무것도 못하리라는 것을 이미 알고 있었다. 헐떡이는 소리가 더 커졌다. 남자의 숨소리였다. 프랑수아는 이 소리에 이끌려 좀 더 가까이 다가갔다. 그놈이었다! 이렇게 헐떡이는 것은 엘렌이 아니라 그 러시아 놈이었다! 이것은 더 역겨운 사실이었다.

소름 끼치는 이미지들이 떠올랐다. 엘렌 위에 엎드려 산돼지처럼 꿀꿀대는 러시아 놈……. 미쳐 버릴 것 같았다. 공책들과 타자기를 한꺼번에 들어 올린 그는 자기 방으로 달려가 처박혔지만, 헐떡거리는 소리는 약해지기만 했을 뿐 거기까지 따라왔다. 그는 신음 소리를 덮어 버리기 위해 성난 목소리로 크게 노래를 흥얼거리며 기사를 타이핑하기 시작했다. 그는 둘 중 하나가 소리를 지를까 겁이 났으니, 마틸드와 그걸 할 때 그들도 정신 줄을 놓아 버리는 일이 종종 있기 때문이었다. 그의 노랫소리는 점점 더 높아졌다.

이제 더 이상 견딜 수 없었다.

아무리 생각해도 계속 엘렌과 함께 살 수는 없었다.

31
상황이 아주 복잡한 모양이야

    차오 씨의 지난 6년간 거래 내역을 담은 명세서는 모두 40여 장에 달했고, 에티엔은 이를 한 시간도 안 되어 훑어보았다.

    가스통뿐 아니라 외환국 내 다른 많은 공무원의 서명 덕분에 차오 씨는 많은 자금들을 프랑스로 빼돌릴 수 있었다. 그가 제출한 증빙 서류들을 통해 이 돈이 홍콩과 싱가포르의 은행들에 흘러간 것까지는 알 수 있었는데, 그다음에는 프랑스 행정부의 시야에서 사라져 버렸다.

    에티엔의 생각이 정확하다면, 이 돈들은 그 후 베트민과 연결된 무기 회사들로 넘어갔을 것이었다.

    하지만 다른 무언가가 있었다.

    두 건의 서류는 외환국이 이 나라 밖으로 나갈 수 있도록, 다시 말해서 8프랑을 17프랑의 환율로 바꾸어 준 상당한 액수의 돈이 흘러 들어간 곳이…… 파리에 있는 은행의 개인 계좌들이라는 사실을 보여 주었다.

수취인들은 〈E. N.〉, 〈P. R.〉, 〈D. F.〉, 〈A. M.〉, 〈S. R.〉 같은 이니셜로 표기되어 있었다.

이 사람들이 누구든 간에, 이들은 이 전쟁을 이용하여 돈을 버는 자들이었다.

하지만 문제가 있었다.

에티엔이 짐작하는 모든 것이 사실일 수 있지만, 확실히 입증된 것은 무엇도 없다는 것이었다. 이는 그저 외환국을 통한 거래 내역이 적힌 명세서들일 뿐이었다.

지금 에티엔의 손에는 정치적 태풍의 씨앗이 들려 있었으나 그가 물리적으로 보유한 것이 실제로 태풍을 일으킬 수 있는 가능성은 1백만 분의 일도 되지 않았으니, 그는 아무것도 증명할 수 없기 때문이었다.

탁자 근처의 의자에 앉아 있던 빈이 슬쩍 고개를 돌렸다. 조제프는 냉장고 위에서 몸을 일으키더니 기지개를 켜고 바닥으로 뛰어내린 다음, 1미터 떨어진 곳에 앉아서는 그를 뚫어지게 쳐다보았다. 녀석은 이따금 어떤 직감에 사로잡히곤 했고, 녀석이 그럴 때는 귀를 기울일 필요가 있었다. 에티엔은 조제프의 행동에 모종의 불안감을 느꼈다. 마치 무언가에 위협받고 있는 듯한, 자기에게 심각한 사건이 일어날 수 있는데 그걸 피하기 위해서 할 수 있는 것은 없는 듯한 느낌이었다.

무언가에 짓눌리는 느낌, 그러나 행동할 수도, 대응할 수도 없는 무력감에 그는 너무나 불행했다.

레몽의 죽음은 아직도 계속되고 있었다. 그는 어두운 힘들의 노리개였다. 그가 겪은 고문과 죽음은 너무나 무의미한 것이었다.

우기에는 다시 비가 쏟아져도 느끼지 못하듯이, 에티엔은
뺨 위로 흘러내리는 눈물을 더 이상 의식하지 못했다. 빈과 조
제프는 계속 물끄러미 그를 쳐다보았다. 정말이지 슬픈 상황
이었다.

마침내 빈이 일어섰다. 에티엔 가까이에 앉은 그는 인도차
이나 외환국 사이공 지점의 직인이 위쪽에 찍혀 있는 판지 서
류철을 자기 무릎 위에 올려놓았다.

「당신은 위험에 처해 있어요.」 그가 간략하게 말했다.

이거야말로 역설이 아닐 수 없었다.

아무짝에도 쓸모없는 서류철을 가지고 있다는 이유 하나만
으로 그는 위험에 처한 것이다. 빈은 에티엔이 벌써 1천 번은
들었을 얘기를 다시 한번 했다. 베트민은 사방에 깔려 있으며,
그들에게는 모든 것을 보고 모든 것을 알 수 있는 수단이 있다
는 것이었다.

에티엔은 사이공에 떠도는 이런 생각이, 일종의 민간 전설
이 되어 버린 〈화약 음모〉[60]나 베아티 파올리[61]의 술책들만큼
이나 황당하다고 느꼈다. 그러나 에티엔은 비록 빈이 시에우
린 교황의 활동을 아주 진지하게 여길 정도로 순진한 성격이기
는 하지만, 이번에는 그를 믿지 않는 게 오히려 순진한 행동일
수 있다는 점을 인정하지 않을 수 없었다. 거리 한복판에서 자
행되는 암살과 파견군을 노리는 무수한 덫은 베트민이 매우 견

---

60 영국의 가톨릭파가 1605년에 신교파인 국왕 제임스 1세를 제거하기 위해
대포용 화약으로 의회를 폭파하려던 음모. 폭파 시도는 불발에 그쳤고, 영국에서
가톨릭을 탄압하는 계기가 되었다.

61 Beati Paoli. 18세기, 부패하고 압제적인 귀족들에 항거하고 가난한 민중
을 돕기 위해 시칠리아에서 활동한 비밀 결사.

고한 조직을 보유했음을 증명했지만, 문제는 그것만이 아니었다. 이 전쟁에서 정보는 절대적인 무기라고 단언한 필리프 드라크루아지베의 말은 아마도 사실일 것이었다. 베트민은 진정한 의미의 군대라기보다는 무장한 패거리들을 가지고 있을 뿐이었고, 그들은 서구 사회에서는 유사한 것이 없을 정보 제공자, 끄나풀, 염탐꾼, 밀정 들의 네트워크에 의지해 끊임없이 프랑스군을 괴롭혔다.

에티엔은 자신 때문이 아니라, 시작한 이 일을 끝내지 못할 수 있기에, 이 모든 것이 전쟁의 흙탕물 속에 빠져들어 완전히 사라져 버릴 수 있기에 두려웠다.

자신의 순진함과 유치함 탓에 빈과 조제프까지 위험에 처해 있었다.

「떠나야 해요.」 빈이 말했다.

「절대 그럴 수는 없어.」

저절로 튀어나온 대답이었다. 어떻게 이 고발을 계속해 나갈 수 있을지는 알 수 없었지만, 지금 도망가는 것은 탈영처럼 느껴졌다. 아니, 그는 도저히 포기할 수 없었다.

「떠나야 해요.」 빈이 재차 말했다.

에티엔은 일어서서 창가로 걸어갔다. 도시는 그 어느 때보다도 음산한 늪처럼 느껴졌다. 그는 자신의 결의에 스스로 놀라며 고개를 끄덕였다.

「결코 그럴 순 없어. 난 여길 떠나지 않아.」

그는 어떻게 표현해야 할지 알 수 없었다.

「……진실을 밝히기 전까지는.」

그는 곧바로 후회했다. 너무 거창한 말이었고, 이는 그의 취향이 아니었다. 그는 진실 따위에는 관심이 없었다. 그가 원하는 것은 정의였다.

하지만 정의도 책에나 적합한 단어처럼 느껴졌다. 실제 삶에서 이런 말들을 운운하는 것은 불가능했다. 프랑수아는 이런 생각을 말하지 않았지만 빈은 이해했다. 그도 뒤따라 일어나 조제프에게로 가서는 녀석을 품에 안았다.

「우리가 떠날 수 있겠어요?」

아시아 청년은 그를 쳐다보지 않은 채로 조제프의 머리를 쓰다듬었고, 고양이는 일이 마침내 자신이 바랬고 또 권했던 방향으로 진행되는 것을 느낀 듯 지그시 눈을 감았다.

「차오 씨는,」 빈이 말했다. 「우리 외삼촌이에요. 전 그분의 집에 들어갈 수 있어요. 당신이 필요로 하는 문서를 제가 줄 수 있을 듯한데, 만일 제가 성공하면, 그때는 모든 게 준비되어 있어야 해요. 우리는 단 1분도 이 사이공에 남아 있으면 안 되니까요. 전 당신이 약속해 줬으면 해요.」

이 순간 에티엔은 깨달았다. 전에 빈과 관련하여 머리를 스쳤던 의심은 잠복한 독처럼 자신의 뇌 한구석에 남아 있었고, 이에 대해 오늘 아시아 청년은 차분하고도 결연하게 최고의 해독제를 제공했으니, 그의 신뢰를 얻기 위해 자신의 안위를 바친 것이다.

「그래, 약속할게.」 그가 대답했다. 「로안에게는 우리를 은밀히 떠나게 해줄 만한 힘이 있어. 내가 자기에게 준 도움을 생각해서 우릴 도와줄 거야.」

빈은 고개를 끄덕였다. 그가 원하던 대답이었다. 조제프는 품에서 내려와 냉장고 위로 펄쩍 뛰어올라서는 둥그렇게 몸을 웅크렸다. 녀석에게도 문제는 해결된 것이다.

하지만 빈은 이렇게 덧붙였다.

「만일 약속을 지키지 않으면 우린 죽어요.」

아주 간단하게 말했지만 가장 무서운 말이기도 했다.

에티엔에게 빈의 얼굴은 계속 바뀌었다. 처음에 그는 제물로 바쳐졌으나 그가 희생시키기를 거부했던 겁먹고 온순하고 순종적인 소년이었다. 그리고 어느 날, 또 다른 빈이 자기 발로 찾아왔다. 스스로를 위험에 빠뜨린다고 꾸짖지 않고 묵묵히 보살펴 주기만 하는 친구의 얼굴을 한, 평온하고도 단호한 청년이었다. 그런 뒤에 빈은 충분히 쳐다보지 않았던 게 이제야 후회되는 그 일상의 얼굴, 마음을 가라앉혀 주는 미지근한 샘물처럼 이불 속으로 스며 들어오곤 하던 그 우아하고 날씬하면서도 힘찬 남자의 얼굴을 하고 있었다. 그리고 갑자기 에티엔은 상상도 하지 못했던 새로운 얼굴을 발견했으니, 그것은 그를 위해 목숨을 거는, 그러면서도 그와 함께 떠나는 것 외에는 아무런 대가를 바라지 않는 이의 얼굴이었다.

에티엔은 눈물이 날 정도로 가슴이 뭉클했다.

프랑수아는 무아나르 대위에게 긴급 서찰을 맡겨 로안 교황에게 전하게 했다. 〈반드시, 그리고 신속히 와줘요. 전 지금 당신이 너무나 필요한 상황이에요. 무엇보다도, 저 때문에 온다고 말하고 다니지 말아요. 이유는 오면 설명할게요.〉

사흘 후, 사이공에 도착한 교황은 우려스러울 정도로 신경이 날카로워져 있는 에티엔을 발견했다.

「무슨 일이에요, 에티엔 씨?」

아닌 게 아니라 에티엔은 얼굴이 초췌했고, 피곤하고 예민한 상태였다. 그는 여러 가지 핑계를 대어 출근을 잘 하지 않았고, 저녁마다 엄청난 양의 아편을 피워 댔다. 아편 준비는 자신이 직접 했는데, 빈은 아마도 삼촌의 문서에 접근할 방법을 찾는 듯, 주로 자기 집에 머물면서 잠깐씩만 얼굴을 비출 뿐이기 때문이었다.

에티엔은 로안의 두 손을 잡았다.

「로안, 구체적인 방법은 말해 줄 수 없지만, 베트민이 무기를 구입하기 위해 피아스트르 거래를 이용하고 있다는 확실한 증거가 며칠 안에, 아니 어쩌면 몇 시간 안에 제 손에 들어올 수 있어요.」

로안은 한숨을 길게 내쉬었다. 그도 이런 얘기를 들은 적이 있지만 조금도 믿지 않았던 것이다.

「이봐요, 에티엔 씨…….」

하지만 에티엔은 그의 말을 끊었다.

「절 믿어 줘요. 이의를 제기할 수 없는 확실한 증거가 있어요! 그리고 우린 이 나라를 떠나야 하는데, 당신의 도움이 필요해요.」

「우리? 다른 사람은 누군데요?」

「때가 되면 말해 줄게요. 지금은 오직 당신만이 절 도울 수 있어요.」

그는 자신이 나중에 심각한 결과를 초래하게 될 중요한 뭔가를 계속 잊고 있다는 느낌을 떨칠 수 없었다. 이 젊은이에게서 발산되는 위기감을 느낀 로안은 머리를 긁적였다.

「음, 보자…….」

에티엔의 시선이 그의 입술에 못 박혔다.

「우리가 뭔가를 해볼 수 있을 것 같아요.」

「말해 봐요.」

「우리 교회 비행기가 여기서 30여 킬로미터 떨어진 비엔호아의 조르주긴메르 비행장에 세워져 있어요. 베트민이 들어오지 못하는 안전한 지역이죠. 거기까지 은밀히 갈 수 있게끔 차한 대를 내주겠어요. 그럼 거기서 우리 비행기가 당신들을 공항에 데려다주는 거죠.」

그 공기 세례와 술주정뱅이 조종사의 불쾌한 얼굴이 기억에 퍼뜩 스쳤지만, 에티엔은 신경 쓰지 않았다.

「돈은…….」

「자, 됐어요! 우리 사이에 돈은 무슨! 전 당신에게 너무 많이 빚졌어요. 그리고 당신이 지엠에게 해준 것을, 오늘 로안은 갚을 능력이 있어요.」

두 남자는 가슴이 뭉클하여 서로를 꽉 부둥켜안았다. 하지만 로안도 지금은 냉정해야 할 때라고 생각했다.

「그런데 어디로 갈 생각이죠?」 그가 물었다.

「파리요.」

＊

엘렌은 프랑수아가 『르 주르날 뒤 수아르』에서 일한다고 알림으로써 에티엔에게 마지막 희망을 제공한 셈이었다. 기자들이 이 사건을 맡아 진실을 폭로하리라는 희망 말이다. 그는 자기 형이 『르 주르날』에서 어떤 직책을 맡았는지 명확히 알 수 없었다. 엘렌이 말하는 내용은 모순적이었다. 그녀는 프랑수아가 어떤 중요한 사건을 담당하고 있다고 알려 주다가, 조금 후에는 〈그는 지라시 기사들이나 쓰고 있어!〉라며 경멸을 감추지 않았던 것이다. 하지만 어떤 일을 맡았든 간에 프랑수아는 〈차오의 서류철〉에 관심을 가질 사람들을 알고 있을 터였다. 그렇게 큰 일간지가 이런 스캔들에 무관심할 리가 있겠는가?

　『르 주르날』에 있는 형과 전화를 하는 데에는 이틀이 걸렸다. 처음에 에티엔은 외환국의 한 외딴 사무실에서 전화를 걸었다가 중앙 우체국으로 자리를 옮겼고, 그다음에는 외환국의 한 부속 사무실에서 시도했다. 마침내 에티엔은 그와 연결이 되었다. 먼저 그는 프랑수아가 시큰둥한 것을 느꼈다. 그로서는 인도차이나에서의 피아스트르 부정 거래가 대체 무슨 소리인지도 잘 모르겠거니와, 자신의 관심사와는 너무나 동떨어져 있었고, 자신이 맡은 분야가 아닌 이 사건을 가지고 무엇을 할 수 있을지 의문이었던 것이다. 하지만 에티엔의 목소리에서 느껴지는 열기와 그에게 있는지 알지 못했던 다급한 어조가 가슴에 와닿았고, 사람을 불안하게 만들었다. 항구 근처의 어느 공중전화 박스 안에서 에티엔은 동전을 쉴 새 없이 집어넣으며 자신의 월급과 함께 논거들이 녹아 없어지는 것을 보았다.

　「피아스트르 부정 거래자들이 버는 돈을 전부 프랑스 정부가 지불하고 있단 말이야!」

　「어, 그래…….」

　「하지만 형, 이보다 더 고약한 것은 피아스트르 부정 거래에 베트민이 끼어 있다는 사실이야! 지금 프랑스가 적군의 군비를 지원하고 있다는 얘기지. 베트민이 이 거래를 이용해 먹을 수 있게끔 차오라는 중국인이 완전히 날조된 서류들을 외환국에 제출하고 있어.」

에티엔은 극도로 흥분하여 아주 빨리 말했다. 〈카유인지 카요인지[62] 하는 중국인〉에 대해 얘기하는 것 같은데 이상하기가 이를 데 없었고, 모든 게 그리 명확하지가 않았다.

「글쎄, 조금 알쏭달쏭하네, 네 얘기…….」

「아, 제기랄, 형!」

「알았어, 알았어, 열 내지 마!」

정말이지 그는 별로 흥이 나지 않았다.

「네 얘기 말이야……. 그건 내 담당이 아니야. 난 잡보란에 있어. 인도차이나에서 일어나는 일은 정치·외교란에 속하는 거야. 그리고 이 전쟁은 여기서 너무 멀리 떨어져 있어. 무슨 말인지 알겠어? 대중이 별로 흥미를 느끼지 못한다고…….」

에티엔은 레몽 얘기를 꺼내고 싶지 않았다. 그 비장한 어조는 자신의 고발을 치사한 개인적인 복수로 보이게 하여, 스캔들을 유치한 차원으로 떨어뜨릴 위험이 있었다. 그는 낙담해 거의 포기할 뻔했다. 하지만 마지막 순간에 그는 이렇게 말해 보았다.

「돈이 파리까지 흘러 들어가고 있어. 어떤 인사들의 은행 계좌로 말이야.」

「누구를 말하는 거야?」

62 카유Caillou는 프랑스어로 〈조약돌〉이란 뜻이고, 카요Caillaux는 프랑스인의 성(姓) 중 하나이다.

에티엔은 숨통이 트였다. 프랑수아가 낚여 든 것이다.

「적어도 다섯 명의 인사가 연루되어 있는데, 난 이들의 이니셜밖에 가지고 있지 않아. 〈E. N.〉, 〈P. R.〉, 〈D. F.〉, 〈A. M.〉, 〈S. R.〉. 하지만 이들을 찾아내는 것은 그리 어렵지 않을 거야. 인도차이나와 어떤 식으로든 연관되어 있고, 이 시스템을 이용해 먹을 방법이 있는 자들일 테니까. 그들은 올 한 해만 해도 수천만 프랑을 받아먹었어!」

아시아에서 일어나는 전쟁과 관련된 부정 거래는 판매 부수를 높이지 못하겠지만, 이를 통해 돈을 버는 프랑스 인사들 이야기는 훨씬 더 유망한 주제였다. 어쩌면 이것은 그에게 잡보란을 떠나 보다 폭넓고, 심각하고, 흥미진진한 주제를 다룰 기회를 주게 될지도 몰랐다.

「서류철이 있다고 그랬지? 그래, 그들에 대해 뭘 갖고 있는 건데?」

에티엔은 최대한 빨리 머리를 굴렸다. 그는 이 단계에서 자신 있게 나가는 게 정보의 성격만큼이나 중요하다는 생각이 들었다.

「전화로는 설명하기 힘들어. 액수와 날짜와 이니셜은 있고, 이제 이름만 찾아내면 돼.」

「에티엔, 지금 내 말을 잘못 이해했어. 네게 어떤 문서가 있냐는 얘기야.」

에티엔은 거짓말을 했다.

「돈 보낸 사람들이 적어 놓은 메모. 그래서 거기에 이니셜들밖에 없는 거야.」

그는 그걸로는 충분치 않다고 느꼈다.

「이 사람들은 고다르 은행과 홉킨스 브라더스에 계좌가 있어.」

프랑수아는 메모를 했다.

「내게 사본을 하나 보내 줄 수 있어?」

「절대로 안 돼! 이걸 내 몸에서 떼놓으면 안 돼. 사본은 만들 수 없다고! 이걸 다 형한테 가져다줄 테니까 그때 발표하면 돼, 알겠어?」

「잠깐, 잠깐, 과연 그게 발표할 만한 건지 먼저 봐야 한다고.」

「하지만…….」

프랑수아는 에티엔의 목소리, 음성의 톤을 통해 그가 신경이 곤두서 있으니 진정시킬 필요가 있다고 느꼈다.

「에티엔, 그게 설득력이 있으면 아무런 문제 없어. 그래, 출처는 확실해?」

「물론이지. 출처는 차오 씨의 조카야.」

또 그 중국인 얘기군. 이 일에서 그의 역할이 무엇인지 여전히 이해하지 못한 프랑수아가 속으로 중얼거렸다.

「그 조카는 누군데?」

「그는 내…… 하인이야.」

프랑수아는 눈을 질끈 감았다. 하인이나 가정부, 혹은 건물 수위 등이 등장하는 이야기를 일주일에 세 번은 접하는 터였다. 여기에서는 항상 고발이나 해묵은 원한의 냄새가 났다.

「내게는 진짜 증거가 필요해. 무슨 말인지 이해해?」

프랑수아는 강한 의심을 담은 어조로 물었지만 에티엔은 알아차리지 못한 듯했다.

「그래, 나도 이해해. 그래서, 만일 내가 증거를 가져오면 형이 발표해 줄 거야? 약속할 수 있어?」

만일 이 모든 게 말이 된다면, 그것을 어떻게 취급하느냐는 프랑수아가 아니라 아르튀르 바롱과 데니소프에게 달린 일이었다. 다시 말해서 이 사건은 자기 손을 벗어날 터인데, 이걸 어떻게 동생에게 설명한단 말인가? 그는 설명을 포기했다. 그게 가장 경제적인 해결책이었기 때문이다.

「약속하지.」

긴 침묵이 뒤따랐다.

「고마워, 형. 이거 아주 중요한 일이야, 알지?」

「알아.」

「지금 파리까지 가려고 준비 중이야, 가서 서류를 줄게.」

「좋아.」

「그래서 에티엔 오빠가 파리에 온대?」 엘렌이 물었다.

「그렇게 말하던데?」

「언제?」

「몰라. 상황이 아주 복잡한 모양이야.」 동생이 자꾸 캐묻자 프랑수아는 모든 것을 자세히 얘기하고 집요한 질문들에 대답하는 수밖에 없었다. 그렇게 에티엔과 나눈 대화를 들려주다 보니 갑자기 겁이 났다. 내가 이 일에 너무 깊이 관여하는 건 아닐까? 만일 서류의 내용이 확실하다면, 사건을 데니소프에게 빼앗기지 않을까?

엘렌은 에티엔이 왜 이런 일에 끼어들었는지 이해할 수 없었다. 정치나 금융 쪽에는 전혀 관심이 없었던 그가 이런 정치, 금융적 스캔들의 한복판에 있다는 게 너무나 놀라웠다. 그녀에게 자신이 이해한 바를 상세히 설명하다 보니 프랑수아는 이게 민감한 사안이라는 점을 감출 수 없었다.

「지금 에티엔 오빠가 위험해?」 그녀가 물었다.

대답은 〈그렇다〉였다.

「아, 천만에! 무슨 얘기를 하는 거야?」

가짜 냄새가 느껴지는 대답이었다.

「오빠는 어떻게 할 건데?」 그녀가 다시 물었다.

「뭐, 걔가 올 때까지 기다려야지. 서류를 받으면 검토해서, 만일 그게 설득력이 있으면······.」

「다시 물을게. 오빠는 어떻게 할 거냐고? 지금 에티엔 오빠는 인도차이나에서 위험에 처해 있는데, 그래, 오빠는 아무에게도 알리지 않고, 어디에다도 도움을 청하지 않고서, 그저 손놓고 앉아서 에티엔 오빠가 파리에 올 때까지 기다리겠다는 얘기야? 오면 그 서류에 자투리 기사 쓸 거리가 있나 한번 들여다보려고?」

그들은 언쟁을 벌였다.

무슨 일을 하든, 주제가 무엇이든, 그들의 대화는 항상 이렇게 끝났다. 그들은 더 이상 서로를 참아 내지 못했다.

✱

종파의 제자 한 명이 시에우 린의 복음서를 전해 주고자 에티엔의 집에 찾아왔다. 광택지로 만든 이 멋진 소책자에는 어떻게 로안이 계시를 받았는지에 대한 이야기와(지평선을 향해 눈을 들어 올리는 교황의 초상화도 있었는데, 이 남자는 정말로 뭔가에 사로잡힌 것 같았다), 시에우 린이 인정한 몇몇 성인의 성인전, 그리고 종파의 원리(평화, 진보, 박애 등이 다양한 방식으로 설명되어 있었다)가 담겨 있었다. 그다음에는 남자들과(살인, 이웃의 아내를 — 그녀를 덮치는 것은 말할 것도 없고 — 탐내는 것, 도둑질, 과도한 음주, 도박, 고기를 먹는 것, 신성 모독, 남을 위협하는 것, 다른 사람에 대해 험담하는 것 등등) 여자들이(거짓말 하는 것, 애교를 부리는 것, 이웃 남자를 — 그가 덮치게 하도록 하는 것은 말할 것도 없고 — 유혹하는 것, 문어에 양념하는 것, 발목을 드러내는 것 등등) 지켜야 할 금기의 목록이 줄줄이 이어졌다.

에티엔으로서는 정상적인 사고를 가진 사람들이 인생의 모든 즐거움을 박탈하는 이런 교리를 따른다는 게 이해되지 않았지만, 가만히 생각해 보면 서양의 종교들이 시에우 린보다 삶의 기쁨과 즐거움을 더 많이 권한다고 할 수는 없었다.

제자는 교황 특사에게 허리를 굽혀 인사한 뒤 떠나갔다.

책자의 마지막 페이지에 수기로 쓴 쪽지 하나가 붙어 있었다. 〈프놈펜으로 간 다음 파리행 여객기 탑승. 우리 비행기는 조르주긴메르 비행장에서 열흘간 기다릴 것임. 이 기한이 지나면 우리는 다시 생각해 볼 것임. 만일 거기까지 교통수단이 필요하면 내게 말하시오. 몸조심하기 바람.〉

〈당신의 친구, 로안〉이라는 서명이 붙어 있었다.

32
살인마!

메리 램슨 부모와의 인터뷰는 대중에게 큰 반향을 일으켰
고, 데니소프는 너무나 행복했다. 그도 그럴 것이 사건이 기막
히게 진행되어, 2주일도 되지 않아 특종이 하나 더 나온 것이
다. 여전히 〈깜짝 증인〉으로 불리고 있고, 제르맹 카조에 대해
서는 착각한 바 있는 수비로 부인이 사진들을, 특히 메리와 마
르셀 세르비에르의 결혼식 사진을 주의 깊게 들여다보고는 이
번에는 확실하다고 단언했다. 전에는 미처 생각하지 못했지만,
메리 램슨이 살해되기 몇 분 전에 영화관 화장실 출구에서 마
주친 남자는 세르비에르일 수 있다는 것이었다.

「확실하십니까?」 이제 터널의 끝을 보고 싶은 르누아르 판
사가 다그쳤다.

「그러니까, 제 말은…….」

이상했다. 수비로 부인은 항상 처음에는 단정적으로 말하다
가 금방 회의에 사로잡히는 것이었다.

「판사님께서 물으시네요,」 탕플리에가 그 높은 톤의 목소리

로 끼어들었다. 「부인께서 정말로 확신하느냐고 말이에요.」

「에…… 확실한지는…….」

반장은 판사를 한쪽으로 데리고 갔다.

「증인이 자신 없어 보이는데요.」

「지금 너무 흥분해서 그래요!」

「필적 감정 결과는…….」

「그 점에 대해서는 다시 생각해 봤어요. 감정을 다시 해볼 거예요. 다른 전문가를 붙여서.」

탕플리에 반장은 전속력으로 달려오는 기차를 레일 위에서 체념한 눈빛으로 바라보는 사람 같은 표정을 지었다.

「제가 제안하고 싶은 것은…….」 그는 참을성 있게 말을 꺼냈다.

하지만 벌써 판사는 마르셀 세르비에르의 진술을 확인해 보기 위해 급히 서류철을 뒤적이고 있었다.

그가 그러는 사이, 반장은 수비로 부인 쪽으로 고개를 지그시 기울이고는, 〈네, 그런 것 같아요, 확실치는 않지만 그런 것 같아요〉라는 그녀의 진술을 인내심을 가지고 들어 주었다.

프랑수아는 그의 기사에 이렇게 적었다. 〈탕플리에 반장과 르누아르 판사 사이의 이견은 그들이 사용하는 어휘에서 가늠할 수 있다. 반장이 그냥 간단히 마르셀 세르비에르의 《시간 사용》이라고 부르는 것을 판사는 《그의 알리바이》라고 표현하는 것이다.〉

〈일요일이었던 그날, 전 당구를 쳤어요〉라고 세르비에르는 설명했었다.

이 말은 평소에 그가 당구를 즐기는 클럽의 파트너들에 의해 사실로 확인되었다. 그는 오후 3시경에 당구장을 나와 4시 30분경에 뇌이에 있는 자택에 도착했는데, 일요일에는 보통 반 시간이면 충분한 거리였다. 따라서 45분의 차이가 발생한다는 문제가 제기되었다.

「전 〈실버 스타〉라는 미제 담배를 사려고 담배 가게를 여러 군데 돌아다녔어요. 일요일에는 연 가게가 많지 않거든요. 결국 담배를 사지 못하고 들어왔지만요.」

이때까지만 해도 이 대답에 만족하던 판사는 갑자기 태도를 바꾸어 곧이듣지 않았다.

「그가 자기 아내를 살해하러 르 레장 영화관에 갔다는 것은 생각하기 어려운 일이에요…….」 탕플리에 반장이 이의를 제기해 보았다.

하지만 일단 뼈다귀를 문 르누아르 판사는 끝까지 그걸 물어뜯을 준비가 되어 있었다.

「증인이 그를 알아봤고, 또…….」

「알아봤다고요? 글쎄요…….」

「그리고 그의 알리바이에는 구멍이 하나 있어요. 바로 그 45분! 그 시간이면 충분해요!」

곧바로 마르셀 세르비에르 앞으로 구인장이 발부되었다.

탕플리에 반장은 판사의 지시에 따르는 수밖에 없었다. 그는 세르비에르의 자택 앞에 숨어 있던 『르 주르날』 사진사의 플래시 세례를 받고 프랑수아 펠티에의 질문에 우물우물 대답하면서 배우를 법원으로 끌고 왔는데, 바로 그 순간 판사는 상황이 단순하지가 않다는 것을 느끼기 시작했다. 물론 일요일에 열려 있던 담배 가게의 주인들이 이 유명 배우가 들른 사실을 명확히 기억하지 못하는 것은 사실이었지만(《하지만 그가 들렸는데 사람들이 알아보지 못했을 리 없어! 만날 신문에서 보는 얼굴이잖아!》라고 판사는 역설했다), 이것은 간접적인 증거일 뿐인 것이다. 설상가상으로 탕플리에 반장은 세르비에르가 아내를 살해하기 위해 사용할 수 있었던 시간은 45분이 아니라 단 10분이었다는 사실을 지적했다.

「뭐라고? 10분이라고?」

그는 자신이 얼마나 격분했는지를 보여 주려 할 때면 뒤꿈치를 들어 올려 몸을 벌떡 일으켰다. 반장은 주눅 들지 않았다.

「세르비에르가 당구장에서 극장까지 가기 위해서는 반 시간이 필요했어요. 거기에다 극장에서 뇌이까지 돌아가는 시간 반 시간까지 생각하면 남는 시간은 40분이 아니라 10분입니다.」

「그 시간으로도 가능해요!」 판사가 말했다.

「네, 가능하지만 곡예에 가깝죠. 주차하고, 사람들의 눈에 띄지 않게 영화관에 들어오고, 자기 아내를 찾아내고, 그녀를 살해하고, 영화관을 나가고, 다시 차를 찾고, 이 모든 걸 10분 안에 다 한다……. 아, 대단하네요, 대단해…….」

「맞아요, 대단하죠, 그 짐승!」 반장이 은근히 비꼬는데도 판사는 끄떡없었다.

현장을 방문해 본 그는 비상구 자물쇠가 고장 나서 아주 쉽게 홀을 드나들 수 있다는 사실을 확인할 수 있었다. 세르비에르는 영화가 시작할 때까지 숨어 있는 아내의 습관을 알고 있었고, 상영관 출구에서 화장실까지 가는 길은 관객들의 시선을 피할 수 있게 해주었을 것이다. 따라서 그는 들어왔을 때만

큼이나 은밀하게 나갈 수 있었을 것이다. 그의 생각으로는, 이
사건은 곧 마무리될 것 같았다. 그는 세르비에르를 체포했고,
그가 범인일 가능성을 꽉 붙잡고 있었다. 젊은 희생자가 다른
영화관이 아닌 이 영화관에 온다는 것을 세르비에르 외에 누가
알고 있었는가? 그녀가 택한 상영 시간을 누가 알고 있었는가?
판사는 이 모든 질문들에 대한 생각을 나중으로 미뤘다. 그가
보기에 지금 중요한 것은 그가 연 판도라의 상자에 어떤 방식
으로 이론을 끼워 넣을지를 알아내는 것이었다.

　『르 주르날』은 곧바로 다음과 같은 제목을 뽑았다.

메리 램슨 살인 사건.
마르셀 세르비에르,
체포와 동시에 첫 번째 용의자로 부상.

　당연히 살해 동기가 무엇인지 문제가 제기되었다.

　「메리 램슨은 이혼을 원했고, 세르비에르는 불같이 화가 난
거요!」 판사가 설명했다.

　「그건 소문일 뿐이에요, 그녀는 어떤 절차도 시작하지 않았
어요.」

　「그는 질투에 사로잡힌 거요. 이 여인이 살해당한 방식은 살
인자가 격한 감정에 휩싸였다는 것을 보여 주고 있소!」

　탕플리에 반장이 회의적인 표정을 짓자 판사는 덧붙였다.

　「그녀는 이혼을 원했소. 그녀에게 애인이 있었다고 세르비
에르는 분명히 말했소! 그 때문에 그는 질투가 났던 거요, 이건
1백 퍼센트 확실한 사실이라고!」

판사는 의기양양하게 외쳤다.

「그리고 만일 그녀에게 애인이 없었다면, 왜 임신했다고 남편에게 말하지 않았단 말이오?」

「확실히 하기 위해서죠! 당시 그녀는 임신 2개월밖에 안 되었고, 확실하지도 않은 상황에서 공연히 사람을 들뜨게 하고 싶지 않았겠죠.」

이미 경찰은 젊은 배우의 주변에서 이 애인을 찾아본 뒤였다. 그녀의 지인들을 빠짐없이 조사하고, 〈M〉으로 시작되는 이름을 가진 모든 이를 추적했다. 하지만 허사였다. 이 애인의 존재를 확신하는 판사를 보자 탕플리에 반장은 속이 편치가 않았다.

프랑수아도 느꼈지만, 두 사람은 사건에 대한 의견이 같지 않았다. 하지만 경찰관은 자신의 생각을 제시한 뒤에, 자신은 법의 집행인일 뿐 르누아르 판사의 친구가 아니라는 사실을 의식하고는 결국 두 손을 들어 버렸다. 자, 알았습니다, 당신 생각대로 하세요.

「그걸 알아내기 위한 가장 좋은 방법은 실험을 한번 해보는 거요!」

「실험? 여자를 죽이는 실험?」

「아니!」 농담과 진담을 구분 못 하는 판사가 펄쩍 뛰었다. 「그가 간 길을 다시 가보는 거지!」

프랑수아는 제목을 뽑았다.

마르셀 세르비에르는
메리 램슨을 살해했는가?

그의 자동차 도정 재구성은
그에게 그럴 시간이 있었는지를 말해 줄 것이다.

✳

카페 데 아르티스트 홀 안쪽 구석에 한 시간 넘게 앉아 있던
엘렌은 안절부절못했다. 프랑수아에게서 에티엔이 파리에 온
다는 얘기를 들은 이후로 신경이 바짝 곤두서 있었다. 분명 오
빠는 거기에서 위험에 처해 있는 것 같은데, 그게 구체적으로
어떤 위험인지는 알 수 없었던 것이다. 대체 어떤 적들이 생긴
걸까? 프랑수아는 아는 모든 것을 말해 주지 않은 것이 확실했
다. 그녀는 이 모든 게 대체 무슨 얘기인지 알 수 없었다. 만일
에티엔에게 무슨 일이라도 일어나면 자신은 그 충격을 이겨 내
지 못할 것이었다. 아, 지금 메테드린 한 포만 있으면 얼마나
좋을까……

이 생각에 더욱 짜증이 난 그녀는 입구 쪽을 응시한 채로 손
가락으로 테이블을 두드리며 신경질을 부렸다. 종사크는 정오
경에는 반드시 오겠다고 말했지만, 그가 약속을 지킨 적은 한
번도 없었다.

한 고객이 쿠션 벤치 위에 『르 주르날』 한 부를 두고 갔다.
며칠 만에 해결돼야 했을 메리 램슨 사건이 몇 달 동안 질질 이
어지고 있었다. 지금 모든 사람이, 특히 프랑수아는, 오직 그
사건에만 관심이 있었다. 지금 에티엔은……. 그녀는 〈목숨이
위태로운 판국인데……〉라고 생각할 뻔했다. 왜 항상 이렇게
최악의 경우만 상정한단 말인가?

그녀는 프랑수아의 기사를 처음부터 끝까지 읽었고, 제1면을 장식한 마르셀 세르비에르의 얼굴 사진을 뜯어보고 있는 자신을 발견했다. 그녀가 싫어하는 전형적인 얼굴이었다. 이런 남자와 같이 잔 적도 있었다. 로몽과 닮은 구석이 있는 걸 보면 장차 늙은 미남으로 진화하리라. 이 수학 선생 이후로 그녀는 남자를 사귄 적이 없었다. 자기보다 더 정숙한 여자는 없으리라. 물론 예외가 몇 있기는 했다. 첫 번째 예외는 될 뻔했던 것은 블라디미르 울로프로, 그는 이제 주변에서 사라졌다. 그를 자기 방에 데려왔을 때 그녀는 결심한 상태였다. 마음에 드는 남자는 아니었지만, 그 수학 선생과 닮지 않았다는 장점이 있었다. 적어도 그는 자기를 때리거나 능욕하지는 않으리라. 그런데 그날 저녁, 그 러시아 남자는 로트레아몽과 보들레르의 장점들을 끝없이 비교해 가며 늘어놓더니만, 결국 옷을 입은 채로 잠들고 말았다. 그는 수면 무호흡증 비슷한 것을 앓고 있었으므로 자면서 꿍얼대고 신음하는 등 온갖 괴성을 발했다. 무언가 에로틱한 꿈을 꾸고 있는 듯했는데, 그녀는 한숨도 자지 못하고 밤을 하얗게 새워야 했다.

두 번째 예외는 종사크였다. 그는 큰 것을 요구하지 않아 좋기는 했지만, 며칠 전부터 그들의 관계에 어떤 의혹, 의문 같은 게 느껴졌다. 그런데 마침 이자가 카페에 들어왔다. 이번에는 혼자였는데, 형편없는 취향의 꽃무늬 조끼에 기괴한 나비넥타이 차림으로 미소 지으며 건들건들 걸어오는 모습이 마치 예술가로 변장한 광대 같은 느낌이었고, 실제로도 그런 친구였다. 그는 걸리는 사람마다 손을 내밀고, 여자들을 꽉 부둥켜안으며 볼 키스를 나눴는데, 엘렌이 보기에는 자기에게 오기 전에

주가를 높이려고 일부러 저렇게 꾸물대는 것이었다. 자기는 그런 남자는 딱 질색인데 말이다.

「아, 이거 읽고 있어?」

그는 좌석에 앉으며 『르 주르날』을 집어서는, 냄새가 불편한 물체를 멀리하고 싶다는 표정으로 테이블 저쪽에 던져 버렸다. 엘렌은 기분이 나빴지만 아무 말도 하지 않았다.

「알약이나 하나 줘.」 그녀가 말했다.

「그게…….」

그는 그녀를 쳐다보지 않고 홀 저쪽에 있는 어딘가에 시선을 두었다. 그러더니 갑자기 그녀에게로 고개를 돌렸다.

「그게 구하기 힘든 물건이 됐어.」

이렇게 메시지를 전달하고 나서 한숨 돌린 그는 이번에는 장사꾼 같은 어조로 말을 이었다.

「맥시턴, 코리드란, 프렐루딘…….[63] 요즘은 모두 다 부족해. 그런데, 말이 나왔으니 얘긴데…….」

엘렌의 촉각이 곤두섰다. 종사크는 목소리를 낮췄지만, 시선은 여전히 딴 데에 가 있었다.

「우리가 그걸 구하러 갈 거야.」

「우리가 누군데?」

「베르나, 라그르, 나. 그리고 어쩌면 너도 포함될 수 있지. 그게 무슨 말이냐면…….」

엘렌은 그가 무슨 말을 하려는 건지 알 수 없었지만, 바람직하지 못한 일일 게 뻔했으므로 도와주지 않으리라 마음먹고 입

63 셋 다 마약성 약물의 이름이다.

을 다물었다. 이제는 그녀가 침묵을 지키며 입구 쪽을 바라보았다.

「약국이야. 무슨 말인지 알겠어? 확실한 방법이야. 15퍼센트만 주는 걸로 하고 약국 조수 놈하고 짰어! 거기에 우리가 원하는 게 다 있다고!」

「거기엔 어떻게 들어갈 건데?」

「보안 관계상 설명할 수 없어.」

그는 무슨 역모를 꾸미는 사람처럼 굴었다.

「하지만 말이야, 망볼 사람이 하나 필요해.」 종사크는 호주머니를 뒤져 조그만 분홍색 알약을 하나 꺼내서는 주먹 안에 쥐고 엘렌에게 권했고, 엘렌은 〈싫어〉라고 고개를 저었다.

잠시 당황한 종사크는 팔을 뻗어 옆 테이블 위의 물병을 집어서는, 엘렌의 빈 커피 잔에 두 번 찔끔 물을 부었다. 그렇게 별로 식욕을 당기게 하지 않는 갈색 액체가 된 물을 그는 여전히 엘렌 쪽을 쳐다보지 않은 채로 알약과 함께 꿀꺽 삼켰다.

「넌 할 일이 아무것도 없어. 우린 너를 주변을 감시할 수 있는 전략적인 위치에다 세워 놓을 거야. 만일 누군가가 다가오면 휘파람을 불고 그대로 튀기만 하면 돼. 그게 전부고, 다른 일은 아무것도 없다고.」

「난 휘파람을 못 불어.」

「그럼 호루라기를 주지.」

「경찰들이 쓰는 것 같은?」

「똑같은 거야.」

엘렌은 거절하려고 했다. 그런데 비어 있는 커피 잔이 생각을 바꾸게 했다. 갑자기 그녀는 더 이상 알약에 욕구를 느끼지 않았다. 그것이 없어도 괜찮았고, 어쩌면 앞으로 다시는 필요하지 않을 수도 있었다. 이제는 종사크의 제안을 거절해야 할 이유가 전혀 없었다.

「5천 프랑.」

「이런? 네가 뭐라고 생각하는 거야?」

「상테 교도소[64]에 가지 않는다면 호주머니를 두둑이 채우게 될 세 약국 털이범을 위해 망볼 사람으로 생각하지.」

「아무리 그래도 5천 프랑은…….」 종사크는 고개를 흔들며 말끝을 흐렸다.

엘렌은 그의 어조를 통해 자기가 더 요구해도 괜찮았다는 것을 깨달았다. 하지만 불필요한 일이었으니, 그녀가 이 일을 하고 싶은 것은 위험 그 자체를 위해서였다. 여기서 쾌감을 맛보고 싶은 것이었다. 그녀가 느끼기에 한 줌의 메테드린 알약보다 약국 터는 일이 더 짜릿할 것 같았다.

✻

「난 그에게 그녀를 죽이러 갈 시간이 있었다고 봐!」

준비에브는 장으로서는 도무지 이해할 수 없는 어떤 이유로 마르셀 세르비에르를 증오하고 있었다. 제정신이라면 어떻게 그의 범죄 여부를 따지고 있단 말인가?

「인상이 더러워.」 그녀는 덧붙였다. 「매끈한 미남 행세를 하고 다니지만, 내가 느끼기엔 변태야.」

---

64 파리에 위치한 교도소로, 프랑스에서 가장 유명한 교도소 중의 하나.

지금 장은 베튄[65] 북쪽, 수백 명의 주민이 사는 촌락인 랑베르겜의 우체국에 와 있었다. 이 마을은 그가 가정용 천 제품의 제조를 맡기려 했던 조그만 가족 기업이 있는 곳이었다.

　　그가 도착했을 때부터 비가 내리고 있었다. 우중충한 하늘 아래 강풍에 휩쓸린 소나기는 그가 앉아 있는 전화박스의 창문을 때렸고, 유리에 구불구불한 물 자국을 남겼다.

　　「그들은 시뮬레이션을 할 거야.」

　　장은 무슨 얘기인지 이해할 수 없었고, 준비에브는 설명을 해줘야 했다.

　　「아니, 그것도 모르겠어? 그에게 자기 아내를 죽이러 갈 시간이 있었는지 확인해 볼 거라고! 자동차를 타고 가면서 시간을 정확히 재볼 거야, 그렇게 하면…….」

　　「그게, 잘 안 됐어.」 장이 그녀의 말을 끊었다.

　　「아직 몰라. 오늘 오후에 한단 말이야.」

　　「아니, 그 얘기가 아니라, 랑베르겜에서 한 협상이 잘 안 됐다고.」

　　긴 침묵이 뒤를 이었다. 준비에브는 충격을 소화시키고 있었다.

　　「도대체 어떻게 했기에……. 그래, 그 사람들이 무슨 일이 그렇게 많아서 주문을 거절했는데?」

　　장은 미리 방어할 말을 준비해 놓았지만, 거리를 지나면서 도로와 우체국 벽을 뒤흔드는 군용 트럭들 때문에 말을 할 수가 없었다. 열차가 지나가면 반사적으로 그러는 것처럼 장은

---

　　65 프랑스 북부 파드칼레주에 있는 소도시.

스쳐 가는 차량들 수를 속으로 헤아리기 시작했다. 열, 열둘, 열다섯……. 행렬은 끝날 줄을 몰랐다. 지역 전체가 들끓고 있었다. 광부들의 파업은 격화되었고, 정부는 목소리를 높였으며, 분쟁은 내전의 양상을 띠었다. 경찰 다음에는 군대가 출동했고, 팽팽히 맞선 양 진영은 경쟁하듯 폭력의 수위를 높여 가며 통제가 불가능해진 사건의 책임을 서로에게 전가했다. 파업자들은 〈황색 분자〉[66]들을 사무실에서 쫓아내고 그들의 집까지 찾아가 끌어냈으며, 그들 아내의 머리를 밀어 버렸다. 사회당 정부는 시위자들을 공화국을 전복하려고 마음먹은 공산주의자로 간주하고 장갑차를 보냈다. 파업자들은 광산의 석탄 집하장에 바리케이드를 설치하여 화력 발전소를 가동하지 못하게 했다. 그 탓에 여기저기에서 전기가 끊기고 더 이상 아무것도 예측할 수 없는 상황이 되자, 베르캥과 베튄의 거리에 수천 명의 사람들이 쏟아져 나와 시위를 했다. CRS[67]는 지난해 다른 파업자들에게 최초로 사용한 바 있는 최루탄을 발사했다. 이렇게 많은 헌병, 경찰관, CRS 들이 한꺼번에 시위대에 달려드는 광경은 처음이었고, 모두가 폭발 직전이었다. 장은 이런 지역을 지나와야 했던 것이다.

「반대로 여기는 모든 게 잘돼 가고 있어.」 준비에브가 차가운 목소리로 말을 이었다. 「가게 공사는 아주 잘 진행되고 있다고!」

한마디로 준비에브 자기는 일을 잘하고 있는데, 장은 헤매

---

66 파업을 반대하거나 방해하는 조합원들.

67 Compagnies Républiques de Sécurité. 시위나 대규모 집회 등에서 질서 유지를 담당하는 프랑스의 공안 경찰 부대.

고 있다는 소리였다.

「이 사람들은 지난 몇 달 동안 직원을 해고해야 했던 모양이야.」 장이 설명했다. 「그래서 우리의 주문을 받을 능력이 못 되는 거야.」

우체국 직원의 모습이 그의 눈에 들어왔다. 아주 젊어 보이고 용모는 평범한, 피부가 푸석해 보이는 여자였다. 아코디언 형태의 전화박스 나무문 틈이 상당히 벌어진 탓에 그 안에서 오가는 모든 대화를 듣고 있을 터였다. 연결을 하기 위해 세 번이나 시도를 하면서 스스로 대체 직원이라고 밝힌 이자는 일하는 척하는 모습도 보이지 않고, 무슨 재미난 구경이나 하듯 손으로 턱을 감싼 채 그의 대화를 듣고 있었다. 장은 그녀에게 등을 돌리고 목소리를 낮췄다.

「뚱땡이, 더 크게 얘기해!」 준비에브가 소리를 질렀다. 「아무것도 안 들린단 말이야!」

「그 사람들은 인력이 충분치 않아서…….」

「그들에게 하청을 줄 거라고 얘기해 봤어?」

「어……. 아니, 난 어떻게 생각했냐면…….」

「뭐? 또박또박 얘기해, 빌어먹을! 또, 박, 또, 박!」

장은 긴 한숨을 내쉬고는 다시 우물거렸다.

「난 어떻게 생각했냐면…….」

「그래, 이제야 생각한단 말이야? 아이고, 이제 우린 망했네!」

「오늘 저녁에 베르키외로 갈 거야.」

그는 거의 속삭이고 있었다.

「어디? 아무것도 안 들려!」

「베르키외…….」

마치 한숨을 쉬듯이 천천히 발음했다.

「그러고 나서는? 만일 거기서 안 되면 어디로 갈 건데? 벨기에? 네덜란드? 북극?」

「베르키외에는 인력이 더 많아.」

「정말 할 수는 있는 거야?」

장은 전화를 끊고 싶었다. 등 뒤에서 직원의 시선이 따갑게 느껴졌다. 우체국 안은 절망적으로 휑했고, 그녀에겐 이것밖에 할 일이 없었다. 준비에브가 하는 말도 들리는 걸까?

「괜찮을 거야.」 그가 더듬거렸다. 「걱정 마…….」

「아, 무능력해!」

준비에브는 전화를 끊어 버렸다. 예상 못 한 이 갑작스러운 단절에 깜짝 놀란 장은 통화를 계속하는 척했다.

「응, 응, 알았어. 그래…….」

그는 일부러 오랫동안 침묵을 지키면서 상대의 말에 동의하듯이 고개를 주억거렸다. 그리고 이 소설에 무게를 싣기 위해 (좋아, 그렇게 말할게, 알았어……. 응, 뭐라고?) 직원 쪽으로 고개를 돌렸는데, 그녀는 큼지막한 미소를 지으며 하늘색 전선 끝, 그러니까 준비에브가 전화를 끊었을 때 자신이 뽑아 놓은 전화선 플러그를 가리켰다.

장은 얼굴이 새빨개졌다. 어찌할 바를 모르면서도 그는 통화를 끝내려는 사람처럼 이렇게 덧붙였다.

「알았어, 이제 끊을게. 알았어, 잘 있어.」

그는 여전히 수화기를 손에 든 채로 부스의 벽을 멍하니 쳐다보았다. 거기에는 볼펜으로 휘갈긴 전화번호, 순진하고도 음란한 내용의 다양한 글귀가 적혀 있었고, 수많은 손들로 더

럽혀지고 페이지마다 구겨져 귀퉁이가 접힌 파드칼레주 전화
번호부가 매달려 있었다.

더 이상은 별수 없었다.

「이제 문 닫아요!」직원이 말했다.

장의 손에서 떨어진 수화기가 전선 끝에서 대롱거렸다. 그
가 삐걱대는 부스의 문을 옆으로 벌렸다. 그는 땀으로 흠뻑 젖
어 있었다.

「요금이 얼마죠?」

그는 직원을 향해 눈을 들어 올리지 못하고 지갑에서 잔돈
을 찾는 척했다. 그녀가 웃고 있는 것 같았다. 자신을 향한 그
녀의 비웃음이 몸으로 느껴질 정도였다. 그 직원과 준비에브
가 이러는 것도 당연했다. 자신은 머저리처럼 굴고 있는 것이
다. 그는 돈을 지불했다. 죽어 버리고 싶었다. 그는 출구 쪽으
로 향했다.

「안녕히 가세요.」

맑으면서도 조롱하는 듯한 목소리였다.

우체국의 불빛이 등 뒤에서 꺼졌다.

여전히 비가 내리고 있었다. 장은 문 앞에 서서 거리의 풍경
을 지워 버리는 폭우를, 보도 위까지 넘쳐 나는 도랑의 물을 바
라보았다.

그는 트렌치코트의 옷깃을 추어올렸다. 고개를 돌려 보니
직원이 보였다. 외투 차림의 그녀는 문을 잡아당긴 후 열쇠 꾸
러미에서 맞는 열쇠를 찾아 하나를 꽂아 본 뒤 다시 다른 하나
를 꽂아 보고 있었다. 그녀는 장이 문고리에 손을 올려놓는 것
을 보고 그가 도와주려 한다고 생각했다. 하지만 그는 문을 열

고는 갑자기 등을 떠밀어 그녀를 사무실 안으로 던져 넣었다. 그녀는 카운터를 붙잡으려고 두 팔을 휘저으며 휘청거리다 미끄러졌고, 발목이 꺾여 균형을 잃고 둔중한 소리와 함께 쓰러졌다. 장은 등 뒤로 문을 거칠게 닫고는 그녀에게 달려들었다. 그녀가 쓰러진 곳은 우연히도 전화 부스 아래쪽이었다. 장은 줄 끝에 매달린 검은 수화기를 잡아 온 힘을 다하여 여러 번 그녀의 머리를 내리쳤다. 피가 튀었다. 장은 계속 내리쳤고, 두개골은 크게 함몰됐다. 거듭되는 타격에 그녀의 몸이 옆쪽으로 기울어졌는데, 줄이 너무 짧았다. 장이 수화기를 당겨 봤지만 더 이상 머리에 닿지 않았다. 그는 동작을 멈췄다. 콧등이 짓이겨지고, 눈썹 뼈가 파열되어 두 눈을 덮고, 치아가 모조리 부서져 그녀의 얼굴을 알아볼 수 없었다. 피가 흥건한 못을 이루었다. 그는 수화기를 놓고 무겁게 몸을 일으켰다. 우체국 안은 어스름에 잠겨 있었다. 장은 비틀거리며 걸어가 문을 열었다. 그는 여전히 퍼붓는 비를 바라보며 잠시 문 앞에 서 있었다. 이윽고 문을 잡아당기고 트렌치코트 옷깃을 올린 그는 손날에 피가 묻어 있는 것을 알아챘다. 씻을 곳을 찾았지만 보이지 않자 보도 옆 도랑에 쭈그리고 앉아 손을 헹궜다. 그런 뒤 여전히 사람이 없는 거리를 따라 걷다가 길을 건넜고, 다시 보도를 따라 오랫동안 걸어 그의 차에 이르렀다. 그는 운전석에 앉아 시동을 걸었다. 와이퍼를 돌렸지만 별 효과가 없었고, 김으로 뿌예진 앞 유리를 닦아야 했다.

장은 조수석에 도로 지도를 펼쳐 놓고는 잠시 들여다보았다.

베르키외는 10여 킬로미터밖에 떨어져 있지 않았고, 거기엔 아마도 호텔이 있을 것이었다.

✳

세르비에르가 어떤 경로로 레퓌블리크 광장에서 출발하여 르 레장 영화관을 거쳐 뇌이로 갈 것인지를 유추하는 것은 프랑수아에게 어려운 일이 아니었다. 당연히 가장 빠른 코스일 터였다. 그가 자동차가 지나게 될 거리들을 도식화한 지도를 그려 보이자 말레비츠는 회의적인 반응을 보였다.

「이건 별로…… 사진발이 안 받겠어. 너무 밋밋해. 1면에 올릴 그림은 절대 아니야!」

뒤이어 지도를 본 데니소프의 반응은 전혀 달랐다. 그는 너무 긴 기사들을 죽죽 그어 삭제하거나 무슨 뜻인지 알 수 없는 문장들 옆에 성난 코멘트를 적는 데 사용하는 굵직한 빨간색 혹은 파란색 색연필 중 하나를 집어 들더니, 거리들 위에다는 커다란 화살표들을 그어 놓고 주요 교차로들에는 동그라미를 쳤다. 그렇게 해놓고 조금 떨어져서 보니 지도는 익명 편지 같은 극적이고도 위협적인 느낌을 주었다. 이것은 깔끔하게 다시 그려져 신문 제1면에 멋지게 실렸다. 그걸 보고 있으면 이 거리들에서 뭔가가 일어날 것 같은 기분이 들었다.

준비에브 역시 이를 느꼈다. 그녀는 파리 지도를 펼치고서 문제의 코스를 상세히 관찰했다. 이렇게 연구한 끝에, 그녀는 한 페이지[68] 위에 검지를 내려놓으며 말했다.

「여기야!」

그녀는 손목시계를 들여다보았다. 레퓌블리크 광장으로 가

---

68 일반인이 사용하는 파리 지도는 보통 여러 페이지로 이루어진 책의 형태이다.

기 전에 낚시 용품점에 들를 시간이 있을 것 같았다.

한편 프랑수아는 수많은 동료 기자들과 함께, 피유뒤칼베르 가(街)에서 출발할 채비를 하고 있는 재구성단 일행을 따라가고 있었다. 리포터들은 용의자의 세 변호사, 어쩔 줄을 몰라 하는 르누아르 판사, 오토바이 경찰관들에게 의연하고도 침착하게 지시를 내리고 코스가 제대로 정해졌는지를 확인하는 탕플리에 반장, 그리고 그들에게 둘러싸인 창백하고 긴장된 얼굴의 마르셀 세르비에르에게 플래시 세례를 퍼부었다. 판사의 생각은 세르비에르가 본인의 차를 운전하고, 그 안에 판사 자신과 반장과 변호사 중 하나가 동승한다는 것이었다. 그 앞에는 경찰 오토바이 두 대가 섰는데, 이들의 임무는 길을 여는 게 아니라 예상 밖의 장애물이 재구성이 엄격한 조건에서 이뤄지는 것을 방해하지 못하게끔 하는 것이었다.

고개를 뒤로 돌린 탕플리에 반장은 길게 늘어선 자동차 행렬(변호사들, 기자들, 호기심에 나온 사람들)이 그들을 따라올 채비를 하고 있는 것을 보았다. 그는 느긋하게 상황을 즐겼다.

르누아르 판사는 기자들에게 다가가 자신의 전략을 설명하고 싶은 마음을 어쩔 수가 없었다. 얼굴을 환히 밝힌 만족스러운 미소를 통해 오늘이 그의 일생일대의 날임을 짐작할 수 있었다. 그는 〈정의 구현〉, 〈제가 내린 엄격한 지시〉, 〈전진하는 진실〉을 운운했고, 그런 다음 자부심이 가득한 얼굴로 차에 올라 마치 자동차 경주를 시작하듯이 출발 신호를 내렸다.

그는 큼직한 크로노미터[69]까지 갖추고 있었는데, 아마도 오

___

69 항해사, 물리학자, 천문학자 같은 전문가들이 사용하는 정밀 시계.

늘을 위해 특별히 구입한 듯했다. 주파 시간의 신뢰도를 높이기 위해 코스를 두 번 돌 예정이었다.

세르비에르는 클러치를 밟고 기어를 1단으로 놓은 뒤 아무 말 없이 차를 출발시켰다.

이렇게 자동차 행렬이 움직이기 시작했는데, 첫 번째 신호에서부터 문제가 튀어나왔다.

많은 기자들이 잘못하면 세르비에르의 차에서 멀어질 수 있다고 생각하고는 교차로 건너편에서 기다리기 위해 그의 차를 추월했는데, 이로 인해 도로가 혼잡해져 오토바이 경찰들이 아무리 애를 써도 정리가 되지 않았다. 변호사는 미친 듯이 메모를 하면서 〈만일 재판이 열릴 경우 이러한 교통 혼잡 상황은 큰 중요성을 갖게 될 것〉이라고 선언했다. 세르비에르가 운전하는 모습을 촬영하기 위해 여러 대의 자동차가 옆을 지나가자 르누아르 판사의 얼굴이 창백해졌다. 한 오토바이의 뒷좌석에 앉은 리포터가 물었다.

「마르셀, 소감이 어떠십니까?」

변호사는 발끈했고, 판사는 소리를 질렀다. 「아, 우리 좀 가만히 놔둬요!」 그는 반장에게로 몸을 돌리고는, 그가 이 모든 혼란의 책임자이기나 한 듯이 이렇게 말했다.

「반장님! 경찰 병력이 충분치 않잖아요!」

「앞에도 있고, 뒤에도 있고, 코스 전체에 쫙 깔려 있습니다. 아랍 국왕 방문 때와 같은 질서 유지 병력을 원하신다면, 말씀만 하세요. 지원을 요청할 테니까.」

판사가 다시 말대꾸를 하려고 입을 벌리자, 반장은 이렇게 덧붙였다.

「이 일을 은밀히 시행하는 대신 온 언론에다 알린 게 문제예요. 또 사건은 교통이 훨씬 원활한 일요일에 일어났는데 이걸 다른 날에 하는 것도 문제고요.」

이 말을 들은 판사는 깜짝 놀라 입을 딱 벌렸다. 자신은 실수를 두 개나 범한 것이다. 언론이 자신의 작업을 지켜보고 법관으로서의 능력에 찬사를 보내는 것에 취한 나머지 오늘이 일요일이 아니라 토요일이라는 사실을 깜빡한 것이다. 변호사 쪽으로 고개를 돌려 보니 뒷좌석에 앉은 그는 수첩을 호주머니에 집어넣고 무심한 눈으로 파리의 풍경을 보고 있었다. 그가 보기에 이 재구성은 이미 실패한 것이나 다름없었고, 공판에서 아무런 효력을 발휘할 수 없을 것이었다. 과연 그 공판이 있을지 모르겠지만 말이다.

르누아르 판사는 차 주위에서 갈지자로 따라오는 오토바이, 카메라가 다가오기만 하면 어금니를 꽉 깨물고 고개를 돌리는 세르비에르, 신경질적으로 경적을 울리는 자동차 들을 무기력하게 지켜만 보았다. 얼마 안 가서 이 코스는 그에게 형극의 길이 되었는데, 그중에서도 클라이맥스는 레퓌블리크 지하철역이었다.

왜냐하면 세르비에르가 빨간 신호등 앞에 멈춰 섰을 때, 바로 옆쪽에 접이식 의자에 앉아 있던 누군가가 있었기 때문이다.

「살인마!」 그녀가 외쳤다.

세르비에르부터 시작하여, 모두가 그녀 쪽으로 고개를 돌렸다.

「개자식아! 살인마야!」

그녀는 신호등을 제대로 골랐으니, 코스에서 가장 신호가 긴 곳이었던 것이다.

「아니, 이런…….」세르비에르가 더듬거렸다.

「단두대에 올려라! 단두대에 올리라고!」

변호사는 차에서 내리려 했고, 세르비에르도 마찬가지였다. 르누아르 판사는 발을 굴렀다.

「움직이지 말아요!」

그는 반장에게로 고개를 돌렸다.

「당신은 아무 조치도 안 하오?」

「만일 제가 저자를 치우려고 시간을 보내면, 재구성이 어긋나게 되요. 하지만 판사님 원하는 대로 하세요.」

준비에브는 접이식 의자에 편안하게 앉아서는 계속 소리를 질렀다.

「살인범! 단두대! 살인마!」

판사는 고개를 기울였다.

「맙소사!」

자기 남편도 타피사주에 참여해야 한다고 요구하기 위해 찾아왔던 바로 그자였다. 그녀의 고함 소리가 얼마나 크고 욕설은 또 얼마나 지독한지 판사는 그녀의 이름이 잘 생각나지 않았다. 펠티에, 맞아, 펠티에였어! 저자가 자기를 계속 따라다니는 것이다!

「살인마! 개자식! 국민은 네 모가지를 원한다!」

판사는 이자가 위반하고 있는 법조문을 찾으려 기억을 더듬어 보았지만 찾을 수 없었다. 만일 강제로 쫓아 버린다면, 저 미친 자, 저 히스테리 환자는 몇 주, 아니 몇 달 동안 따라다니며 자기를 괴롭힐 것이었다. 자신의 악몽이 될 것이었다.

〈좀 조용히 해요!〉라고 그는 소심하게 호통쳤지만, 이 거의 들리지도 않는 말에는 거대한 실패의 그림자가 어른거렸다.

세르비에르는 차 유리창을 올리고 원한에 찬 눈으로 앞의 붉은 신호등을 노려보았다. 하지만 이것으로는 충분치 않았으니, 보도 쪽에서 계속해서 고함 소리가 들려왔다.

「개자식아! 네 모가지를 잘라 버릴 거야!」

뒤쪽의 자동차 행렬에서도 이 고함 소리가 들렸지만, 어디서 내는 소리인지 알기가 힘들었다. 하지만 행렬에서 자리를 잃게 될까 두려워 아무도 차에서 내려 확인하려 하지 않았다.

마침내 파란불이 들어왔다.

행렬이 다시 움직이기 시작했다.

프랑수아의 자동차가 교차로를 지났을 때, 준비에브는 낚시용 간이 의자를 태연하게 접은 다음 만족스러운 종종걸음으로 그곳을 떴다.

33
아무도 도와주지 않는다면
모든 게 끝장일 것이었다

에티엔은 거의 잠을 자지 못하고 아편만 줄기차게 피워 댔으며, 걷잡을 수 없는 피해망상에 빠져들어 극도로 예민하고 불안한 상태가 되고는 했다. 그는 어떤 소리가 들리지는 않는지, 얼씬거리는 사람은 없는지 촉각을 곤두세웠고, 창가에서 많은 시간을 보냈으며, 주변을 감시했고, 활동 반경을 최소한으로 제한했다. 조제프도 그의 행동에 맞추어 불상에 어깨를 기댄 모습으로 냉장고 위에 신중하게 머물면서, 그가 한숨을 내쉬고 서성거리는 모습을 지켜보았다.

이곳을 뜨는 방법은 이미 정해진 바였지만 그는 그 일에 대해 계속 생각해 보았다.

그리고 두 번째 날, 사이공에서부터 비엔호아 비행장까지 이동하는 방법에 대한 강한 회의감이 그를 엄습했다. 에티엔은 로안에게 자동차를 부탁하는 방안을 생각했었는데, 만일 그가 떠난다는 정보가 유출되었을 경우 누군가가 그를 덮친다면 바로 이 구간에서일 터였다. 그들이 어떤 방식으로 덮치든

간에, 단순한 관광용 자동차를 타고서 어떻게 그들에게서 벗어날 수 있을지 의문이었다. 그가 느끼기에 비행장까지의 이 30여 킬로미터가 자기 계획의 약한 고리였다.

이틀 동안 이에 대해 고민하던 그는 지금 있는 거의 모든 돈을 가지고는 조제프를 혼자 남겨 두고(사실 녀석은 그가 아파트를 나올 때마다 품에 안고 작별 인사를 하는 통에 조금 피곤해져 있었다) 밖으로 나왔다. 그렇게 카메로네 바로 갔는데, 홀에 들어서자 모두가 놀란 눈으로 그를 쳐다봤다.

며칠 전 히엔지앙에서 그를 구타했던 두 병사가 그를 알아보고는 웃음을 터뜨렸다. 〈저 친구, 아직 덜 맞은 모양이군〉이라는 소리가 들렸지만 그는 개의치 않았고, 그런 그를 웃음기 없는 얼굴로 지켜보고 있는 그 맑은 눈의 노병에게 똑바로 걸어갔다. 그는 더 높은 차원의 논리, 어떤 중대한 이유가 에티엔을 여기로 이끌었음을 짐작했다. 그는 일어섰고, 그들은 몇 걸음 떨어진 테라스 쪽으로 자리를 옮겼다. 외인부대원은 아무 말도 하지 않고 기다렸다. 이게 그의 방식이었다.

에티엔은 그에게 상황을 간략하게 설명했는데, 이상하게도 그는 기대했던 반응을 보이지 않았다.

「베트민의 피아스트르라…… 맞소, 그것은 벌써 여러 달 전부터 떠도는 소문이오. 만일 그게 사실이라면, 아주 슬픈 일이지. 왜냐하면 우리는 여기서 개죽음을 당하고 있는 거니까. 나도 그게 헛소문이길 바랐소.」

외인부대원은 그저 이렇게만 말하고 앞쪽의 먼 곳을 바라보았는데, 아마도 머릿속에 여러 가지 이미지들이 떠오르는 듯했다.

「며칠 안으로 제가 증거를 입수하게 됩니다.」 에티엔이 힘주어 말했다. 「어쩌면 몇 시간 안으로요. 확실한 증거입니다. 전 그걸 파리로 가져가고, 그곳의 대형 일간지가 발표할 거예요.」

병사는 체념 어린 몸짓을 해보였다. 말도 안 된다는 듯한 표정이었다.

「수많은 당신의 전우들이…….」

「그만!」 외인부대원은 그의 눈을 똑바로 쳐다보며 말을 끊었다. 「내게 감상적인 소리를 하지 마시오! 난 군인이고, 당신이 그래 봤자 아무 소용 없소.」

「전 감상적인 얘기를 하는 게 아닙니다. 전 정의를 얘기하는 겁니다. 제2중대의 병사들은(그는 더 이상 〈전우〉라는 말을 하지 않았다) 프랑스 정부가 값을 지불한 무기로 살해되었습니다. 전 고발할 겁니다, 이…….」

그는 말을 멈췄다.

「전 비엔호아까지 가는데, 호위가 필요합니다. 비엔호아의 긴메르 비행장까지요. 여기서 30킬로미터 떨어져 있고, 30분이면 가는 거리입니다. 만일 제가 당한다면 그것은 바로 이때일 거예요. 만일 제가 거기까지 가게 되면, 비행기가 절 기다리고 있어요.」

「안전한 여행을 빌겠소.」

그게 다였다. 병사는 그에게 고개를 한 번 까딱한 다음 바 안으로 사라졌다. 다시 대화 소리가 들렸다. 떠들썩하고 유쾌한 말소리들이 웃음소리에 섞여 흘러나왔다. 실패한 것이다.

애초의 계획으로 돌아오는 수밖에 없었다.

도피가 결정되면, 빈이 먼저 조제프의 바구니를 가지고 떠나고 그다음에 에티엔이 문서를 가지고 떠날 것이다. 그들은 트렁크도, 가방도, 이목을 끄는 아무것도 가져가지 않을 것이었다. 그렇게 셋이 카티나가에서 만나서는 택시를 한 대 잡아타고, 그런 뒤 두 번째 택시를 잡아타고, 또 필요하면 세 번째 택시를 잡아타서는 기사에게 비엔호아라는 그들의 최종 목적지를 알려 줄 생각이었다.

자신이 하는 일의 결말에 큰 환상을 품지 않는 에티엔은 길을 돌아오며 자문해 보았다. 무기를 하나 구입하는 게 과연 현명한 생각일까? 그게 위험한 물건이어서가 아니라, 모두가 모두를 알기에 이 도시에서는 피스톨 한 정을(혹은 리볼버? 그는 이 둘을 구별하지 못했다)[70] 구입하면 사람들의 이목을 끌 수 있었다. 문제는 지금 그는 이성과 논리가 통하지 않는 정신 상태라는 점이었다. 하여 그는 전에 드나들던 아편 흡연장들에 이르는 으슥한 골목 안으로 들어가 누군가에게 이에 대해 물었고, 그 사람은 그를 다른 사람에게, 그 다른 사람은 그를 또 다른 사람에게 보냈다. 이렇게 그는 사방에 흔적을 남기며 돌아다녔다.

결국 그는 나강 M1895 한 정을 구하게 되었다. 이 총기를 사고자 가지고 있는 돈의 3분의 2를 썼지만, 결과는 실망스러웠다. 왜냐하면 우선 그것은 리볼버였고(그는 스파이 영화에서 나오는 것 같은 납작한 권총을 원했는데, 그가 산 것은 카우보이의 총 같은 모양이었다), 러시아제였으며(공산주의자의

---

70 피스톨과 리볼버는 둘 다 권총이지만 피스톨은 탄창을 사용하여 총알을 장전하는 반면, 리볼버는 회전식 실린더에 총알을 집어넣어 장전하는 방식이다.

무기라니! 그에게는 아무런 감흥이 없었다), 총알을 여섯 발밖에 받지 못했기 때문이었다(물론 농성전을 벌일 생각은 없지만, 총알이 빗나갈 것을 생각하면 여섯 발은⋯⋯).

그다음에 일어난 일들은 얘기하기가 쉽지 않으니, 모든 게 너무나도 빨리 진행되었기 때문이다.

저녁 8시가 조금 안 되었을 때, 조제프가 갑자기 몸을 일으키더니 냉장고에서 뛰어내렸고, 펄쩍 뛰어서는 창문턱으로 기어올랐다. 곧이어 후다닥 뛰는 발소리가, 층계 계단을 쿵쿵 찍으며 급히 올라오는 소리가 그의 아파트에까지 이르렀다.

그러자 조제프는 창문을 떠나 자기 바구니 속으로 기어 들어갔다.

그 순간 에티엔은 사내들이 자기를, 아마도 죽이려고 찾아왔으리라 생각했다. 그는 달려가 마루의 널판 두 개를 들어 올려 그 밑에 숨겨 놓은 권총을 꺼냈고, 총알 여섯 발을 찾느라 미친 듯이 더듬었다. 분명히 권총 옆에 두었는데⋯⋯. 마침내 손에 총알들이 닿았는데, 빈이 겁먹은 표정으로 거센 숨을 몰아쉬며 방에 들어왔다. 회색의 커다란 문서 상자를 들고 있는 그는 〈내가 무슨 짓을 한 거지?〉라고 자문하는 아이처럼 핼쑥한 얼굴을 하고 있었다.

그는 한마디도 하지 못했을 뿐 아니라, 심지어는 호흡도 제대로 고르지 못했다.

에티엔은 서류철을 쳐다보았다. 속에서 〈여기에 모든 게 다 들어 있으면!〉 하는 소리가 절로 나왔다. 그는 이 말을 하지는 않았지만 빈은 탈진하고 겁에 질린 상태임에도 그의 마음을 읽었다.

에티엔은 권총을 내려놓고는 서류 상자를 들고 탁자로 달려가 끈을 풀었다.

거기에는 인도차이나 기업들뿐 아니라 프랑스 기업들의 두서(頭書)가 찍힌 청구서, 은행 이체 영수증, 계좌 거래 내역서, 편지 들이 있었고, 이름과 주소와 서명도 있었다. 한마디로 이 파일은 다이너마이트였다. 열띤 손끝으로 문서를 뒤적이던 그는 방콕과 마닐라의 회사에 보내는 무기 주문서들까지 발견했다! 중국어와 베트남어로 번역되어야 할 문서들이 많았지만, 모든 게 여기에 있었다. 노련한 브로커인 차오 씨는 이체를 통해 얻는 돈의 흐름을 샅샅이 추적하고 있었으니 각 거래마다 수수료를 챙겼기 때문이며, 그 전체 수익금은 실로 엄청날 것이었다.

에티엔은 서류철을 덮고 끈으로 묶었다.

「떠나야 해.」

하지만 고개를 돌려 보니 빈은 바닥에 널브러져 있었다. 등을 벽에 기대고 주저앉은 그는 얼굴에서 땀을 줄줄 흘렸고, 두 주먹은 꼭 쥐고 있었다. 이 서류는 어떻게 얻었을까? 청년의 공황감은 벌써 누군가가 그의 뒤를 쫓고 있다는 것을 짐작케 했다.

에티엔은 그의 겨드랑이 아래로 손을 넣어 부축했지만, 도저히 일으켜 세울 수 없었다.

「괜찮아질 거예요.」 그가 힘없이 말했다.

하지만 괜찮아지지 않았다. 빈은 껍데기만 남은 것처럼 무기력했다.

「가서 자동차를 불러올게.」 에티엔이 말했다. 「여기서 움직이지 말고 날 기다리고 있어. 알았지?」

빈은 에티엔의 말을 이해하는 것 같지 않았다.

「움직이지 말고 있으라고, 알았어?」 에티엔이 되풀이했다.

서류철을 쳐다본 그는 그것을 마룻바닥의 널판 아래로 밀어 넣었다. 그런 다음 권총을 빈의 손에 들려 주었지만, 그는 그것을 똑바로 들지도 못했다.

「누가 들어오면 이걸로 쏴버려.」

정말이지 바보 같은 소리였다. 총을 쏘기 위해서는 공이치기를 당기고 총을 들어 겨냥해야 하는데, 지금 이 청년은 그것을 한 손으로 들 힘조차 없는 것이다.

에티엔은 벌써 층계참을, 그리고 계단을 내달리고 있었다.

숨을 몰아쉬며 보도에 이른 그는 정상적으로, 다시 말해서 급하지만 정상적으로 보이게 걸으려고 애썼다. 카티나가의 떠들썩한 분위기가 그의 안에서 억누를 수 없는 불안감을 일으켰다. 사람이 너무 많았다. 즉, 너무 위험했다. 그는 모든 것을 포기하고 싶었다. 하지만 너무 늦었다.

그는 차도에서 최대한 떨어져 쇼윈도들에 딱 붙어서 걸었다. 택시 정류장이 저쪽에 있었고, 서 있는 차들이 보였다. 그곳까지 가는 데 10여 분이 걸렸다.

그런데 손님을 기다리는 차가 한 대도 없었다. 놀라운 일이었다. 에티엔이 왔을 때 택시들이 줄지어 서 있지 않은 적은 한 번도 없었던 것이다. 운전기사들이 삼삼오오 모여 담배를 피우거나, 몇 미터 이동해야 할 경우 휘발유 절약을 위해 그들의 자동차를 두 손으로 밀고 있는 게 평소의 풍경이었다.

이것은 신호일까? 신호라면 무엇에 대한 신호일까? 에티엔은 자기가 그곳에 있는 모습을, 택시를 찾고 있는 모습을 보이기 싫었다. 그는 반대편 보도를 천천히 걸었고, 가끔씩 무심한 척하면서 정류장 쪽으로 고개를 돌렸다. 몇 분 후, 택시 한 대가 도착했다. 첫 번째 기사는 그의 마음에 들지 않았고, 두 번째 기사도 마찬가지였다. 완전히 비합리적인 행동이었다. 조금 지나자 대여섯 대의 차가 줄을 섰다. 그는 좀처럼 마음을 정할 수가 없었다. 자기 안에서 어떤 저항감이, 발을 돌려 다시 돌아가라고 말하는 어떤 것이 느껴졌다. 다 멈춰야 했다. 이 일은 완전히 미친 짓이었다.

그가 결심할 수 있었던 것은, 쓸모없는 권총을 쥐고서 아파트 바닥에 주저앉아 있는 빈과 바구니 속에서 기다리고 있을 조제프 생각 때문이었다. 이제 둘의 운명은 그에게 달려 있었다.

하여 용기를 낸 그는 운전기사를 부른 뒤 택시에 올랐다. 차는 즉시 출발했다.

운전기사는 늙은 안남인으로, 아주 빠른 속도로, 그리고 형편없는 솜씨로 운전했다. 뒷좌석에서 몸이 심하게 흔들렸지만 어쨌든 금방 도착할 수 있었다.

「여기요.」 에티엔이 말했고, 운전수는 급정거를 했다.

건물 정문 안으로 급히 달려 들어간 에티엔은 오른쪽의 층계를 한 걸음에 네 계단씩 뛰어 올라갔다.

그러고는 갑자기 멈춰 섰다.

아파트 문이 반쯤 열려 있었다.

그는 문을 밀었다.

목이 그어진 빈이 피가 흥건한 못을 이룬 바닥에 쓰러져 있었다. 펄떡이는 목정맥에서 아직도 검은 피가 새어 나왔다.

에티엔은 문가에서 털썩 무릎을 꿇고 울음을 터뜨렸다.

누군가가 거의 순식간에 아파트를 뒤집어 놓았다. 조제프의 바구니는 비어 있었다. 빈이 사용하지 못했을 권총은 저쪽 바닥으로 밀려나 있었다. 에티엔은 빈에게까지 기어가 손을 내밀었다. 몸은 아직 따뜻했고, 커다랗게 뜬 청년의 두 눈은 흐릿하게 고정되어 있었다.

에티엔은 바닥을 데굴데굴 굴렀지만, 놀라운 본능으로 입을 틀어막아 소리를 지르지는 않았다. 슬픔과 공포에 취한 그는 자신도 죽고 싶었다. 다시 일어나려고 애를 쓰는데, 그의 두 손은 피에 젖어 끈적거렸다. 마치 어떤 킬러가 창문을 통해 노리고 있기라도 한 듯, 그는 여전히 네발로 기어 서류철을 숨겨 놓은 곳까지 가서는 널판을 들어 보았다.

서류철이 있었다.

이 사실이 그를 결심하게 만들었다. 서류철을 집어 든 그는 그것을 몸에 꽉 붙였다. 그리고 빈의 몸을 뒤집으며 눈으로 조제프를 찾았다. 녀석은 보이지 않았다. 어디에 있단 말인가? 갑자기 고양이를 반드시 찾아야 할 것 같은 기분이 들었다. 조제프! 조제프! 이 광경을 한번 보시라! 피범벅이 된 손을 한 채 눈물을 흘리고 비틀거리면서 고양이를 찾아 온 아파트를 헤매고 다니는 광경을 말이다.

권총을 보자 정신이 현실로 돌아왔다. 택시 정류장을 다녀오기 위해 얼마 동안이나 집을 비웠던가? 20분⋯⋯. 그가 떠나자마자 괴한들이 들이닥쳤고 하마터면 그들과 마주칠 뻔한 것이다! 아파트는 넓긴 하지만 가구가 거의 없어서 뒤지는 데 시간이 많이 걸리지 않았을 터였다. 조제프! 빈에게는 몇 명이나 달려들었을까? 그들은 빈을 오래 심문하지 않았다. 그들이 찾고 있고, 무슨 일이 있어도 탈취해야 하는 것을 내가 가지고 있음을 깨달았기 때문이다. 조제프! 침대는 뒤집어져 있고, 매트리스는 정글 칼로 갈라져 있는데, 혹시 저 속에 조제프가 숨었을까?

복도에서 소리가 들린다!

에티엔은 홱 몸을 돌려 그곳을 쳐다보았다. 얼마나 무서운지 곧바로 방광이 비어졌다. 아랫도리가 뜨뜻했다. 피를 철철 흘릴 때도 이런 느낌이리라.

어떤 자가 문가에 서서 조심스럽게 고개를 내밀고 있었다. 건물에서 마주친 일은 있지만 알지는 못하는 자였다. 그녀는 여전히 번져 가 이제는 문턱에까지 이른 검은 웅덩이에 잠긴 빈의 시체를 쳐다보았다. 그런 뒤 눈을 들어 에티엔을 보고는 아무 말 없이 사라졌다.

휘말리고 싶지 않은 것이다.

아니면 누군가에게 알리러 갔을 수도 있었다.

비틀거리며 층계에 이른 그는 서류철을 가슴에 꼭 붙이고 발이 계단을 헛디딜 때마다 난간을 붙잡아 가며 불안정한 걸음으로 계단을 내려갔다.

그들은 돌아올 거야. 그들은 벌써 날 찾고 있어. 이 거리 저 거리 뛰어다니고, 자신들과 연결된 자들에게 물어보고 있어. 칼을 갈고 있어. 온 도시를 샅샅이 뒤지고 있어. 그들은 킬러들을 고용했어.

아래로 내려온 에티엔은 등을 벽에 찰싹 붙인 채 복도 모퉁이를 돌았다.

　그러고 보니 잊고 있었다. 택시가 보도 옆에서 기다리고 있는 것이다.

　그들이 건물 정문에서 몇 미터 떨어진 곳에서 지켜보고 있을까? 하지만 다른 방법이 없었으므로 그는 그대로 달려 택시 문을 왈칵 열어젖히고는 뒷좌석에 몸을 던졌다.

　「카메로네 바로 가요!」

　늙은 운전기사가 급발진을 했다.

　서류철이 손에서 빠져나가 벌어지며 내용물이 바닥에 흩어졌다. 에티엔은 서툰 손길로 모든 것을 주워 담았다. 운전수는 이 일을 하면서 별의별 일을 다 겪었지만, 바지에 오줌을 흠뻑 지리고 피범벅이 된 손으로 온갖 종류의 서류를 만지작거리는 이 친구를 보자니 정말이지 기분이 좋지 않았다. 빈의 시체를 발견하고, 조제프를 잃고, 세상에서 혼자가 된 이후로 에티엔은 더 이상 생각하지도, 고민하지도 않고 무의식이 이끄는 대로 움직이고 있었는데, 이 주소를 알려 준 것도 무의식이었다. 카메로네…… 원칙적으로는 옳은 판단이었다. 운전수는 얼마 안 가서 자기가 겪은 일을 얘기할 테고, 킬러들은 이미 사이공 전체를 뒤지고 있었으며, 그들 간에는 경보가 내려진 상황일 것이었다. 호위를 받지 않으면 에티엔은 죽은 목숨이었다. 만일 아무도 도와주지 않는다면 강물에 몸을 던지는 수밖에 없고, 그러고 나면 모든 게 끝장일 것이었다.

　외인부대원들의 술집에 이르는 거리들을 계속 지나가고 있을 때, 심한 욕지기를 느낀 에티엔은 급히 차창을 열었다. 그가 위장이 뒤집힐 정도로 토해 내고 있는 동안에도 택시는 계속해서 달렸다. 이 귀찮은 손님을 빨리 목적지에 내려 주고 싶을 뿐인 택시는 속도를 늦추지도 않았다.

드디어 도착했다.

운전기사는 미동도 하지 않았다. 호주머니를 뒤진 에티엔은 거기서 구겨진 지폐 한 줌을 꺼내어 앞좌석에 던진 후, 서류철을 움켜쥐고 차 문을 열었다. 미처 닫지도 못했는데 운전수는 벌써 출발하고 있었다.

테라스에는 병사들이 앉아 있었다.

그들은 택시가 멈춰 서고, 거기서 청년이 내리는 것을 보았다. 그들 중 하나가 급히 술집 안으로 들어가자, 얼마 안 있어 늙은 병사가 항상 그렇듯이 차분하고 침착한 모습으로 나타났다. 그는 에티엔의 어깨를 붙잡아 홀 안으로 거칠게 밀어 넣었다. 거기서 에티엔은 어느 의자에 앉았는데, 뒤죽박죽이 된 서류철에서 종이들이 빠져 바닥에 떨어지자 그는 다시 주워 상자에 넣었다. 그렇게 네발로 기어다니는데, 젖은 바지가 그를 뼛속까지 얼어붙게 했다.

그의 주위에 침묵이 감돌았다.

사내들은 손에 잔과 담배를 들고 있었다. 아무도 말하지 않고, 그가 그 빌어먹을 종이들을 더듬더듬 주워 담고, 눈물도 없이 흐느끼는 모습을, 신경 발작에 사로잡힌 것 같은 그 모습을 모두가 지켜보았다. 그가 정신을 잃는 순간, 누군가의 강한 손이 그를 붙잡았다.

얼굴에 물 한 잔이 부어진다.

그는 물속에 빠지는 줄 알고 숨을 크게 몰아쉬면서 일어나 앉는다.

「이제 가야 하오.」

이렇게 말한 사람은 그 앞에 서 있는 늙은 병사다.

멍한 에티엔의 머릿속에 기억이 돌아온다. 카메로네……. 대화 소리가 들리는데, 이것은 그가 술집에서 들었던 소리들과는 다르다. 이번에는 나직한, 거의 속삭이는 것 같은 목소리들이다.

「자, 일어나요.」 병사가 말한다.

병사는 에티엔의 겨드랑이 아래를 부축하여 억지로 일으켜 세운 다음 홀까지 가게 하는데, 이제야 에티엔은 여기가 어딘지 생각난다.

그가 아까 도착했을 때와는 분위기가 사뭇 달라졌다. 기관단총으로 무장한 10여 명의 병사가 보이고, 그들에 떠밀려 문쪽으로 가자 부릉거리는 엔진 소리와 함께 차량 세 대가 눈에 들어온다. 그중 두 대에는 기관총이 장착되어 있다. 그들은 에티엔을 뒷좌석에 태운 다음, 머리를 눌러 눕게 하고 그 위를 모포로 덮는다.

「비엔호아의 긴메르라고 했죠?」

차량 행렬이 움직이기 시작한다.

차가 빨리 달리는지 아닌지 에티엔으로서는 알 수 없지만 어쨌든 심하게 흔들린다. 그는 숨이 차지만 꾹 참고 꼼짝하지 않는다. 빈의 버려진 시신이 떠오른다. 칼로 그어진 목과 죽은 눈……. 그걸 생각하니 심장이 쿵쾅거린다. 조제프는? 녀석은 무사히 달아났을까, 아니면 배가 갈려 창밖으로 던져졌을까?

차들이 거칠게 급정거한다.

모포가 홱 젖혀진다. 그를 들어 올리고, 땅바닥에 서게 한다.

활주로가 하나밖에 없는 조그만 비행장이다. 나지막한 건물 한 채에 불이 밝혀져 있고, 그들은 거기로 걸어간다. 장교 식당처럼 생겼고, 20년 전에 임시로 만들어진 비행장에 맞춘 초라한 규모이다.

에티엔은 360도 주변을 경계하는 여덟 외인부대원들 가운데에 끼어 있다. 뒤에 있는 병사들은 뒷걸음쳐 따라온다. 늙은 병사는 노크한 다음 대답을 기다리지 않고 문을 연다.

「어, 오셨우?」

독일인 조종사의 그 음산한 목소리이다. 방 한가운데에 탁자 하나가 놓여 있다. 빈 맥주병들이 서 있거나 뒹굴고 있는 그 탁자에서 그가 일어서는 게 보인다. 또 다른 사람도 보이는데, 얼굴은 볕에 새카맣게 그을렸고 머리칼은 회색인, 기묘한 녹색 캡을 눌러쓴 어떤 아시아인이다. 아래쪽 입술은 약간 늘어져 있는데, 그가 바보인지 아니면 완전히 취해 있는 건지 분간하기 힘들다.

독일 조종사는 이제 병사들과 마주 서 있다. 아무것도 그를 놀라게 하지 못한다. 그는 술기운이 느껴지는 텁텁한 목소리로 말한다.

「자, 그럼 가봅시다……」

그는 약간 비틀거리면서 건물을 나온다.

그들은 올 때와는 다른 방향으로 가는데, 에티엔이 발견하지 못했던 낡은 비행기가 있는 쪽이다.

땅바닥에 불빛들이 꽃 줄처럼 켜지며, 타맥[71] 위에 두 개의 긴 직선을 그린다. 아마도 관제탑이 없기 때문에 아까의 건물에서 조종사의 똘마니가 활주로 불을 켠 것이리라.

비행기에 이른 에티엔은 병사들 쪽으로 돌아선다. 그는 뭔가 하고 싶은 말이 있다. 늙은 병사는 그에게 아주 엷은 미소를 지어 보이며, 비행기 위에서 분주히 준비하고 있는 조종사를 눈짓으로 가리킨다.

「너무 걱정 말아요. 내가 보기에 저이는 맨정신보다는 술 취해서 조종한 적이 많은 사람이야. 취중 조종에 이골이 난 사람이지.」

에티엔은 더러운 손을 그에게 내민다. 그는 어떤 말 없는 질문을 하고 있는 것이고, 병사도 이를 느꼈지만, 그는 대답을 거부한다.

「자, 이제 됐어.」 그는 이렇게 말하며 다른 이들에게 신호를 한다.

그들은 곧바로 다시 차에 올라 사이공으로 돌아가기 위해 떠나간다.

벌써 비행기 엔진이 쿨럭대며 에티엔이 겨우겨우 올라탄 동체 전체를 진동시킨다. 그는 녹초가 되어 있다.

조종사는 그에게 네 좌석 중 하나를 가리켜 보인 다음 조종석에 앉는다. 시선은 흐릿하고 몽롱하지만 손놀림은 놀라울 정도로 정확하다. 그는 고개를 돌리고는 잘 들리지 않는 몇 마디를 하는데, 그의 손짓을 보고 이해한 에티엔은 안전벨트를

71 비행장에서 비행기나 기타 차량이 정류하거나 이동할 수 있게끔 단단하고 편평하게 포장된 부분.

찾아보지만 결국은 찾지 못하고 포기해 버린다.

잎사귀처럼 떨리고 있던 비행기가 서서히 움직이기 시작한다. 그것은 활주로 중간에서 잠시 멈추는데, 출력을 높이기 위해서인지 굉음을 내다가 점차 조용해진다. 이윽고 비행기가 움직이기 시작한다. 처음에는 천천히 굴러가지만 점점 더 속도가 붙는다.

에티엔은 탈진한 상태지만, 바이스처럼 가슴 주위를 꽉 죄던 무언가가 풀어지는 것 같은 안도감을 어렴풋이 느낀다. 에티엔은 머리끝에서 발끝까지 얼어붙어 있다. 서류철은 가슴팍에 꼭 붙이고 있다.

비행기는 달리다가 공중으로 떠오른다.

둥근 유리창을 통해 비행장의 활주로가 아주 빠르게 사라지는 게 보인다. 또 그와 함께 불이 켜진 건물과 조금 더 멀리에 세워져 있는 군용차들이 시야에서 멀어져 간다. 모두가 고개를 들고 비행기를 쳐다보고 있으리라.

비행기는 방향을 서쪽으로 잡기 위해 커다란 곡선을 그리고는 다시 건물 위를 지나간다. 건물 바로 뒤 나무들 사이로, 전조등이 켜진 차 한 대가 세워져 있는 게 보인다.

리무진이다.

그들은 기다리고 있다.

비행기는 벌써 지상 수백 미터 위에 있다.

에티엔은 현창 위로 고개를 기울이고서 서 있는 자동차를 눈으로 좇는다.

고급 리무진이다.

이제 너무 높이 떠 있어 그 안에 있는 사람들이 잘 분간되지 않지만, 에티엔은 곧바로 확신한다.

차오 씨다.

무슨 일이 일어날지 퍼뜩 의식한 그는 황급히 조종사 쪽으로 고개를 돌린다.

바로 그 순간 폭발이 일어난다.

동체가 갑자기 뒤흔들리는 바람에 에티엔은 별 모양으로 커다랗게 갈라진 유리창에서 밤의 어둠 속으로 빨려 가는 조종석을 살필 틈이 없다. 에티엔의 오른쪽에 있는 문도 떨어져 나가 모든 것이 태풍에 휩쓸린 듯 날아간다. 조종사의 머리는 뒤쪽으로 젖혀지고 비행기는 땅을 향해 곤두박질치는데, 궤적이 금방 수직으로 변한다.

에티엔은 강철 바닥 위를 미끄러져서는 격벽의 남아 있는 부분에 거세게 부딪힌다. 충격에 그는 거의 정신을 잃는다. 바람 소리, 엔진 소리, 프로펠러 소리 등 동체 안을 울리는 굉음에 귀가 멍멍하다.

아주 잠깐, 자신의 얼굴을 두 손으로 잡고는 〈에티엔, 대체 언제쯤에야 삶이 네게 주는 것들에 만족하며 살겠니?〉라고 묻는 어머니의 모습이 보인다.

그에게는 대답할 시간이 없다.

동체의 남은 부분이 땅에 처박혀 폭발하는 순간, 그는 여전히 서류철을 품 안에 꼭 끌어안고 있다.

제3부

1948년 10월

34
그 인간은 비행기도 자주 타지 못해!

    루이는 무거운 걸음으로 걷고 있었고, 자신이 숨을 들이쉴 때마다 마치 호흡이 힘든 사람처럼 입을 약간 벌린다는 사실을 깨달았다. 꼭 늙은이처럼 그런다는 생각이 들었다. 나이 예순이 될 때까지 시련 몇 번 겪지 않는 사람은 없고, 이는 루이도 마찬가지였다. 〈아, 물론 나도 그래〉라고, 그는 그게 정확히 어떤 것들이었는지는 말하지 않고 고개를 끄덕이곤 했지만 자식이 죽었다는 것은······ 최악이었다. 그는 그제야, 앙젤과 함께 충격을 견뎌 내고, 우체국까지 가고, 사이공에, 프랑수아에게 전화를 걸고, 집이 있는 프랑세로로 돌아오고 있을 때에야, 그는 거기, 길 한복판에서, 마침내 울음을 터뜨리고 말았다. 울음의 격렬함과 걷잡을 수 없이 쏟아져 내리는 눈물에 스스로도 놀란 그는 걸음을 멈추고 적당한 장소를 찾았다. 두 개의 쇼윈도 사이의 공간을 찾은 그는 거기로 가 마치 숨바꼭질을 하는 아이들 같은 자세로 팔뚝에 얼굴을 묻고 눈물과 슬픔에 몸을 내맡기며 에티엔, 에티엔을 불렀다. 방금 죽은 아들의 이름 말고는 다른 말을 할 수가 없었다.

직접 찾아와 그들에게 전보를 전해 준 사람은 준비에브의 아버지 우체국장 숄레 씨였다. 펠티에 집안에 나쁜 일이 일어날 때마다 즐거워하던 그였지만 이번에는 아무 말이 없었고, 문이 열리자마자 목이 꽉 메는 것을 느끼며 사이공 고등 판무청에서 온 전보를 그냥 내밀기만 했다.

숄레 씨의 표정과 그의 손안에서 떨리고 있는 전보, 이 모든 것은 루이에게 어떤 재앙이 일어났음을 말해 주었다. 분명히 아이들과 연관된 일일 터였다. 그게 아니라면 무엇이 두렵겠는가?

그리고 곧바로 그는 에티엔임을 깨달았다. 그가 항상 걱정했던 바이지만 그 아이에게서는 스스로를 비극으로 이끄는 취약함이, 불행을 끌어들이는 무언가가 있었던 것이다.

루이는 전보를 받아 들었고, 우체국장에게 아무런 얘기를 할 필요가 없다는 사실에 그나마 안도감을 느끼며 아무 말도 하지 않고 문을 닫았다.

앙젤은 체크무늬 앞치마에 손의 물기를 닦으며 주방에서 나왔다. 머리카락 한 가닥이 얼굴에 흘러내린 그녀는 남편을 보고 입을 열려고 하다가, 손을 툭 떨어뜨리고 전보를 응시했다. 몇 초 후에 그녀의 삶을 먼지로 만들어 버릴 그 시한폭탄을 말이다. 부부는 둘 다 꼼짝하지 않았다. 마침내 루이는 눈을 내리고 전보를 뜯어 내용을 파악했다. 앙젤은 미동도 하지 않고서 판결을 기다렸다. 누가 죽었는지, 오직 그게 문제일 뿐이라는 생각이 들었다.

그들은 앞으로도 이에 대해 한 번도 언급하지 않을 것이었지만, 그녀 역시 에티엔이라는 것을 곧바로 깨달았다.

루이는 안경을 낄 필요가 없었다.

「에티엔이야.」 그는 전보에서 고개를 들지 않은 채로 말했다. 「죽었어.」

그런 뒤 그는 종이를 탁자 위에 내려놓고 앙젤에게로 나아가 그녀를 품에 안았다. 거기서 그녀는 오랫동안 울었다. 그녀는 계속 물었다. 어떻게, 어떻게 죽었어? 비행기야. 비행기 사고.

루이는 앙젤을 오랫동안 안고 있었다. 그러다 그녀는 이런 모습을 그에게 보이고 싶지 않아 몸을 빼어 자기 침실로 갔다. 그는 감히 따라가지 못했고 그녀는 조용히 문을 닫았다. 딸깍하는 소리가 그의 가슴을 찢어 놓았다.

루이는 누군가가 어깨에 손을 얹는 것을 느꼈다.

그제야 정신이 들었다. 이곳은 우체국에서 1백여 미터 떨어진 대로(大路)였다.

그는 돌아섰지만 너무나 운 탓에 앞이 또렷이 보이지 않았다. 〈괜찮으세요?〉라고 누군가가 묻고 있었다. 그는 손수건을 찾아 눈을 훔쳤다. 키가 작달막하고 어떤 다른 여자들과도 비슷해 보이는 젊은 여자가 얼굴을 쭉 내밀고 그를 보고 있었다.

「에티엔이에요.」 그가 말했다. 「에티엔이 죽었어요.」

그녀는 고개를 끄덕였다. 마치 그가 그녀가 아는 누군가에 대해, 그녀가 눈물을 흘리기에는 너무 거리가 먼, 하지만 기억에 생생하기에 가슴이 아픈 어떤 옛 지인에 대해 얘기하는 것처럼 말이다. 그녀는 천천히 고개를 끄덕이다가 호기심이 채워지자 다시 가던 길을 갔다. 왜 이 늙은 남자가 이렇게 길 한

복판에서 우는지 이유를 알게 되자 안심이 되었던 것이다.

✳

〈에티엔 펠티에 사망 – 스톱 – 비행기 사고 – 스톱 – 심심한 조의 – 스톱〉.

그는 넋이 나가 어찌할 바를 모르고 주방 식탁에 앉아 있었다. 한참 후에야 앙젤이 그에게로 왔다. 앞치마는 벗어 버리고, 옷을 갈아입고, 머리도 다시 빗은 모습이었다. 그녀는 말없이 전보 쪽지를 집어 들고는 정말 비행기 사고인지 확인하려는 듯 펼쳐 보았다.

「애들에게 알려야지⋯⋯.」

그녀는 하마터면 〈다른 애들〉이라고 말할 뻔했다. 그녀는 무슨 생각을 하는지 알 수 없는 얼굴을 창 쪽으로 돌린 채 앉아 있었다. 루이는 지금은 피차 얘기를 나눌 수 없는 상태임을 깨달았다. 하여 그는 일어나 재킷을 걸치고 전보 쪽지를 호주머니에 집어넣었다.

우체국에 간 그는 프랑수아가 일하는 『르 주르날』의 전화번호를 알려 달라고 요청했다. 소식들이 그렇게 빨리 전해지는 것은 아니지만, 인도차이나에서 일어난 비행기 사고 얘기는 그들도 벌써 들었을 것이었다. 그는 생각을 바꿨다.

「사이공에 전화할 수 있어요?」

이런 요청을 자주 받지 않는 직원은 〈네, 물론이죠〉라고 대답했지만 어떻게 해야 하는지는 몰랐다. 더 나이 먹은 동료에게 고개를 돌리자, 그녀가 일어서서 카운터 쪽으로 다가왔다.

루이는 빨리 계산을 해봤다. 지금 그쪽은 오후 3시일 것이다.

「사이공의 고등 판무청 부탁합니다. 전화번호는 모릅니다.」

루이는 전화가 이 사무실 저 사무실을 전전하게 되는 것은 아닐까 걱정했다. 상황을 설명하며 〈혹시 우리 아들의 죽음에 대해 아는 분 계신가요〉라고 물어야 하리라. 에티엔 펠티에라는 이름을 열 번, 스무 번 반복해야 하리라…… 하지만 그럴 필요는 없었다.

「펠티에 씨, 아, 네…….」

침착하고 절제된, 아주 권위적인 목소리였다. 그리고 젊은 목소리이기도 했다.

「선생님께 조의를 표합니다.」

잠깐 침묵이 이어졌다. 사내는 프랑스어를 완벽히 구사하지 못하는 어떤 외국인에게 하듯 천천히 얘기했다.

「선생님의 아드님께서는 사이공에서 몇 킬로미터 떨어진 비엔호아에서 비행기에 탑승하셨습니다. 목적지는 프놈펜이었죠. 관광용 비행기였는데, 이륙한 지 얼마 안 되어 땅에 추락했습니다.」

땅에 추락했다. 사내는 에티엔의 몸이 박살 났다고는 말하려 하지 않았다.

「희생자가 많았나요?」

「우리가 입수한 정보에 따르면, 별로 없습니다.」

「무슨 뜻이죠?」

「그 비행기 안에는 조종사와 선생님의 아드님 펠티에 씨, 두 사람만 있었습니다. 다른 사람은 없었어요.」

에티엔이 혼자 비행기에 탔다? 그 애에게 비행기 한 대를 빌릴 돈이 있었던가? 그게 관광용 비행기였다면, 조종사는 개인적인 여행을 위해 그를 태웠을 수도 있었다.

에티엔이 사이공 외환국에 채용되었다는 소식을 들었을 때 루이는 지도를 들여다보았었다. 프놈펜은 사이공의 서쪽, 캄보디아에 있었다. 앙코르와트 사원이 있는 곳이 거기였던가?

「아, 물론이죠, 아빠!」 에티엔이 웃으면서 대답했었다. 「그건 세계 8대 불가사의 중 하나예요!」

「세계 7대 불가사의 아니냐?」

「맞아요, 아빠. 하지만 그 일곱 개 중에서 남아 있는 게 하나밖에 없어서, 새로운 보물이 필요한 관광업계가 종전의 7대 불가사의를 새로운 8대 불가사의로 대체하고 그 수도 늘린 거예요. 다음번에는 아빠의 비누 공장도 선정될 수 있겠죠.」

〈걔는 정말 모르는 게 없어〉라고 그는 말하곤 했다.

「여보세요? 말씀 듣고 계세요, 펠티에 씨?」

「네, 네⋯⋯. 그게 어떻게 된 거죠? 그러니까 제 말은⋯⋯ 그 사고가⋯⋯.」

「아주 오래된 비행기였어요. 11년 전에 폐기된 록히드 베가였죠.」

「폐기된 비행기였다고요?」

「네, 하지만 흔히 있는 일이에요! 비행기가 폐기되었다고 해서 날 수 없는 것은 아니에요. 그러니까⋯⋯ 보다 자주 점검할 필요가 있을 뿐이죠.」

「그럼 그게 왜 추락했나요?」

「선생님, 우린 아직 잘 모릅니다. 조사 결과를 기다려 봐야 해요. 하지만 이 조사가 쉽게 진행될 것 같지는 않다고 말씀드리고 싶네요.」

루이는 생각을 정리해 보려고 했다. 폐기된 비행기, 점검, 쉽게 진행되지 않을 것 같은 조사…….

「비행기는 접근이 어려운 지역에서 추락했습니다. 게다가 이 지역은 군사적으로 상당히 불안정해요.」

「그럼 에티엔의 시신은…… 그러니까, 제 아들의 시신 말입니다.」

이게 앙젤과 그의 차이점이었다. 그녀였다면 무엇보다 이 질문부터 했을 것이었다.

「에, 그러니까…… 병력이 파견되었습니다. 비행기 동체를 찾기 위해서요.」

공무원은 음절 하나하나에 힘을 주었다.

「그리고 유해도 수습해 올 겁니다.」

「네, 그럼 우리도 빨리 가도록 하겠습니다.」

「펠티에 씨, 그럴 필요 없어요! 병력이 돌아오는 즉시 우리는 아드님의 유해를 베이루트로 보낼 겁니다. 지금 거기에 살고 계시지 않습니까?」

「맞아요, 하지만 그래도 제 생각으로는…….」

「펠티에 씨, 여기 와서 무얼 하시려고요? 만일 아드님의 시신을 이곳 사이공에 매장하길 원하신다면, 오셔도 될 겁니다. 하지만 아드님이, 예를 들어 가족 묘소에 안장되기를 바라신다면, 당국이 처리하도록 놔두시는 게 나을 거라는 얘기죠.」

루이는 생각이 잘 되지가 않았다. 에티엔을 사이공에 묻는다? 앙젤은 결코 받아들이지 않을 것이다.

「네, 그 말이 맞겠죠.」

「펠티에 씨, 제가 제안을 드리겠습니다. 우리가 아드님의 시신을 수습하여 사이공에 가져오는 대로 베이루트로 이송하는 절차에 들어가고, 선생님께 전보를 보내 드리겠습니다. 자, 이러면 괜찮겠습니까?」

루이는 전화를 끊고 박스에서 나왔고, 요금을 지불한 뒤 우체국을 떠났다.

그의 머릿속에서 몇 개의 이미지가 만들어졌다. 에티엔은 미소를 지으며 관광 비행기를 탔다. 조종사는 친구고, 거기서 몇 시간만 비행하면 캄보디아 앙코르와트 사원이었다.

아들과 관련하여 기억에 남은 마지막 이미지는 그 식사 시간이었다. 그는 오랫동안 숙고해서 건배사를 정했고, 잔을 들어 올리며 〈사이공을 위하여!〉라고 외칠 때 자신이 똑똑하다고 생각했었다. 그 이후로 에티엔은 그의 친구 레몽이 죽은 것을 알게 되었고, 이제는 그 자신이 거기에서 목숨을 잃었다. 이리 될 줄 알았다면, 루이는 못 가게 싸웠을 것이었다!

집으로 가던 중에, 다른 아이들에게 알려야 한다는 게 생각났다.

정말로 피곤했다. 그는 프랑수아가 취재차 바깥에 있기를 하늘에 빌었다. 그러면 메시지를 남기면 되리라. 정말이지 더 이상은 힘이 없었다.

「자, 이것 좀 들게.」 데니소프가 그에게 위스키 잔을 내밀었다.

프랑수아는 괜찮다는 손짓을 했다. 그가 끔찍이 싫어하는 술이었다. 지금 그는 사장과 함께 있었다. 〈약한 모습을 보이면 안 돼〉라고 그는 속으로 중얼거렸다. 하지만 너무 힘들었다. 그에게 전화가 왔을 때, 그는 사장의 사무실에서 메리 램슨 사건에 대해 논의하는 중이었다.

〈프랑수아의 아버님이세요〉라고 모니크는 머리를 내밀며 알려 주었었다. 「아주 급한 일 같아요.」

데니소프는 팔을 쭉 뻗어 그에게 수화기를 내밀었다.

「에티엔이 죽었다.」 그의 아버지가 힘없는 목소리로 말했다.

순간 방이 빙 돌았다.

책상 뒤에 앉아 있는 데니소프가 둥둥 떠서 좌우로 흔들리며 공중으로 쑥 박혀 들어갔다. 프랑수아는 이 느낌을 알고 있었다. 전쟁 중에, 공황감에 사로잡혔을 때 느끼던 감각이었다.

「죽었다고요? 어떻게요?」 그는 더듬거렸다. 「어떻게 그럴 수가 있죠……?」

목이 콱 메었다.

데니소프는 일어서서 뭔가를 찾는 척하면서 사무실을 나갔다. 프랑수아는 결국 참지 못하고 손님용 안락의자에 무너지듯 앉았다. 선이 너무 짧아 전화기가 떨어졌다. 프랑수아는 급히 달려가 받았다.

「아빠, 거기 계세요?」

「그래.」 펠티에가 대답했다. 「비행기 사고였어. 앙코르와트에 가다가…….」

긴 침묵이 뒤따랐다.

「언제 죽었어요?」

루이는 이에 대해서는 물어보지 않았었다.

「조금 전에 연락을 받았어…….」

이 말밖에 할 수 없었다.

「시신을 베이루트로 이송한단다…….」

〈그럼 사실이었어〉라고 프랑수아는 생각했다. 에티엔이 정말 죽은 거야.

「에티엔이 언제 돌아올지 듣는 대로, 네게 전보를 보내마.」

말이 매우 혼란스러웠지만, 그는 아버지가 제대로 표현하지 못하는 상태라는 것을 이해했다.

「엘렌과 뚱땡이에게도 알려다오.」

프랑수아는 〈아, 잠깐만요!〉라고 소리치려 했지만 벌써 아버지는 마무리를 짓고 있었다.

「난 가서 네 엄마를 보살펴야겠다. 잘 있어.」

그는 전화를 끊었다.

프랑수아는 정신이 멍했다.

돌아온 데니소프가 책상을 빙 돌아갔다.

「제 동생이에요.」 이 점을 밝혀야 할 것 같았다.

그는 데니소프가 보는 앞에서 우는 게 부끄러웠다. 하지만 일어서서 밖으로 나갈 수가 없었고, 그저 자신이 추하게만 느껴졌다. 이때 사장이 그에게 미국식 손수건이라 할 수 있는 위스키 잔을 내밀었고, 프랑수아는 손짓으로 사양했다. 그걸 마시고 토할까 걱정이 되었던 것이다. 그리되면 정말 가관이리라.

「동생이 어떻게 죽었지?」

「비행기 사고로요. 캄보디아에서.」

이때 불이 반짝 들어왔다.

만일 그가 집에 혼자 있었다면 생각하지 못했을 테지만, 사장의 사무실에서 이 정보는 전혀 다른 양상을 띠었다. 어디에서든 〈비행기 사고〉는 〈비행기 사고〉를 의미하지만, 여기 이 사무실에서는, 현재의 상황에서는 아니었다. 그는 데니소프에게 모두 설명할 뻔했다. 동생이 어떤 서류를, 특종감을, 정치·금융적 스캔들을 약속한 일, 인도차이나에서 일어나는 부정 거래의 부산물을 챙기는 고위 인사 등 모든 것을 말이다. 하지만 그는 이 모든 것에 근거가 없음을 알고 있었다. 게다가 에티엔의 서류는 그와 함께 사라져 버린 것이다. 〈이걸 내 몸에서 떼놓으면 안 돼. 사본은 만들 수 없다고!〉

「동생은 군인이었나?」

「아뇨, 사이공에서 일했어요. 외환국에서요.」

「만일 거기에 가기 위해 휴가가 필요하다면…….」

「아뇨, 감사하지만 괜찮아요. 거기 사람들이 시신을 베이루트의 집으로 보내 준대요. 그러니까…… 우리 부모님 집으로 요…….」

정말이지 그도 말을 제대로 하지 못했다. 정확한 표현을 찾아낼 수가 없었다.

「엘렌에게 알려야겠어요. 제 동생이에요. 그리고 형에게도요.」

그는 간신히 몸을 일으켰다.

「물론이지.」 데니소프가 고개를 끄덕였다. 「말레비츠에게 알리고 가보게나. 서두르지 말고.」

에티엔의 죽음은 조금 덜 끔찍해졌으니, 프랑수아는 이것을 다른 식으로, 다시 말해서 어쩌면 단순한 사고가 아닐 수도 있는 어떤 비극적인 사건이라는 각도로 생각할 수 있기 때문이었다…….

✳

엘렌의 귀가 시간은 예측 불허였다. 몇 시에 들어올지 전혀 알 수 없었고, 누구와 함께, 어떤 상태가 돼서 올지도 알 수 없었다.

프랑수아는 창문을 열 생각도 하지 않고 줄담배를 피워 댔다. 연기로 가득한 실내는 혼란한 그의 머릿속만큼이나 뿌옜다. 그렇잖아도 엘렌의 무질서한 삶에 책임감을 느끼고 있는 그는 에티엔의 죽음으로 인해 그녀가 더 문란한 삶을 살게 될까 걱정이 되었다. 그녀의 숨결에서 느껴지곤 하는 알코올 냄새와 담배 냄새, 그리고 동공이 확장돼 반짝이는 눈과 종종 공격적이 되는 기분 등은 그녀가 벌써 그 도발적인 성격으로 인해 더욱 위험해질 수 있는 치명적인 활동들에 빠져든 것은 아닐까 우려하게 만들었다.

그는 엘렌이 오기를 기다렸다가 그녀부터 시작하기로 했다. 지치고 아무 힘이 없는 지금으로서는 그게 가장 힘이 덜 들 것 같기 때문이었다. 그런 다음에 포르트드라빌레트에 가서 뚱땡이에게 알릴 것이었다.

그는 불도 켜지 않고 있었다. 안락의자 속에서 그대로 녹아 버린 것처럼 무기력했고, 속이 텅 비어 버린 것 같은 느낌에 손끝 하나 까딱할 수 없었다. 에티엔의 이미지들이 수면에 떠올랐다. 에티엔은 한 살 터울밖에 되지 않는 그와는 모든 점에서 달랐지만, 다섯 살이나 차이가 나는 동생인 엘렌과는 모든 점에서 비슷한 애였다.

학교에서 너무나 외로웠던 에티엔의 모습이 보였다. 그들은 같은 패거리가 아니었다. 아니 그보다는, 에티엔은 어떤 패거리에도 속하지 못했다고 말하는 게 정확하리라. 지금 그의 고독을, 이렇게 죽고 나니 훨씬 더 고통스럽게 느껴지는 그 영원한 미소를 떠올리니 프랑수아는 너무나 가슴이 아팠다. 그들은 같이 논 적이 거의 없었다. 프랑수아는 어머니가 에티엔의 〈섬세한 면〉이라고 불렀던 것이 어린 자신의 남성성에 거슬려 동생과 거리를 두었던 일이 너무나 부끄러웠다. 그는 교정에서 금방 모욕으로 변질되는 농담들을 접하곤 했는데, 그때마다 못 들은 척했다. 그는 죄책감을 덜려고 〈난 걔를 방어해 주었어!〉라고 중얼거렸다. 사실 그는 에티엔이 힘든 일을 당할 때 혼자 놔두지 않았지만, 항상 마지막 순간에 가서야 마지못해 개입했다. 에티엔을 모욕하는 다른 아이를 때릴 때면 사실 속으로는 동생을 때리는 것이었고, 그 때문에 힘이 배가 되곤 했었다. 이제 에티엔은 죽었고 그것은 돌이킬 수 없는 일이 되었다. 그는 자신이 얼마나 가슴이 아픈지, 얼마나 슬픈지 더 이상 그에게 말해 줄 수 없었다. 이 죽음은 비수와도 같은 회한을 그의 삶에 꽂아 넣은 것이다.

그는 고개를 들었다. 방은 희끄무레한 미광에 잠겨 있었다.

누군가가 초인종을 누르고 있었다.

엘렌이군……. 그는 무겁게 몸을 일으켰다. 다시 한번 초인종 소리가 신경질적으로 울렸고, 그는 그에게 부과된 일의 무게에 벌써부터 기진맥진하여 힘겹게 걸어갔다. 문고리에 손을 올려놓고 나서야 엘렌에게는 열쇠가 있고, 그녀는 집에 들어올 때 초인종을 울리는 법이 없다는 사실을 깨달았다.

문을 열어 보니 엘렌이 아니었다.

준비에브였다. 시뻘겋게 화가 난 얼굴로 아파트 안으로 밀고 들어온 그녀는 씨근덕대며 세 걸음을 걷더니 그에게로 몸을 획 돌렸다.

「그래, 가족은 하나도 중요하지 않단 말이에요?」

프랑수아는 무슨 말인지 알 수 없었다.

그녀는 잘 분간할 수 없는 종이쪽지 하나를 내밀고 흔들어 댔다.

「난 정말 지겨워요. 어떻게 사람을 그리 무시할 수가 있죠? 그래요, 난 알아요. 난 이 집에서 항상 개밥의 도토리에 불과했어요. 날 멸시하고 역겨워했죠. 난 이 집에서 아무것도 아니었죠!」

그녀는 마치 프랑수아를 창밖으로 밀어내려는 듯이 돌진했다. 그러다 몸이 닿을 정도가 되자 멈춰 섰는데, 몸 전체에서 분노가 뿜어져 나오는 게 느껴졌다.

「당신도 마찬가지예요! 그래, 신문에다 글줄이나 쓴다고 모든 사람을 깔볼 수 있다고 생각하는 거예요? 심지어는 자기 형까지? 아, 천만에, 그럴 수는 없어요!」

「무슨 말인지 모르겠어요. 뭣 때문에 나를……?」

「아, 그래요? 무슨 말인지 모르겠다고?」

그녀는 계속 종이쪽지를 흔들어 대면서 방 안을 왔다 갔다했다. 걸리는 것은 다 부숴 버릴 기세였다.

「그래, 우리 장은 알 권리가 없는 거예요? 그런 거예요? 이건 다른 사람들만의 일이에요? 당신들은 장을 무시하고 거기다 마누라까지 무시하는 거예요?」

「대체 무슨 말을 하는 거예요, 젠장!」

프랑수아는 소리쳤지만, 준비에브는 조금도 흐트러지지 않았다.

「당신 동생이 죽은 거 말이에요. 그래, 장은 그걸 알 권리가 없어요? 이게 정상이라고 생각해요? 아, 참, 잘하는 짓이다! 그는 형이라고요, 형! 당신이 제일 먼저 알려야 할 사람은 장이라고요, 장! 그러는 대신에 당신은 안락의자에 멍하니 앉아 담배나 피우고 있는데, 대체 무얼 기다리고 있죠? 왜, 하늘에다 고사 지내고 있나?」

그녀가 손에 들고 있는 것은 전보 쪽지였다. 그녀가 성난 칠면조처럼 방 안을 왔다 갔다 하고 있는 지금, 프랑수아는 그걸 알아볼 수 있었다.

「뭐, 맞아요. 장은 약해 빠진 인간이죠. 항상 온 가족에게 휘둘려 왔죠! 그래요, 겁쟁이예요! 아, 내가 진즉 알았어야 했는데! 하지만 결혼할 때 당신들은 내게 그 사실을 쉬쉬했지! 그 천치 같은 인간을 누군가에게 넘길 수 있게 되어 얼마나 신났을까!」

프랑수아는 냉정을 되찾았다. 그래, 이자는 에티엔의 사망 소식을 접하고 나서 고작 생각해 낸 짓이 가족에게 쳐들어와 이 소동을……

「그래도 내게 아버지가 있어서 망정이지!」 그녀는 말을 이었다. 「그래도 내 가족이 있어서…….」

「이제 좀 닥치지 않을래요?」 그는 더 이상 참지 못하고 고함쳤다.

〈이자를 쫓아내 버리겠어!〉라고 생각하며 단호한 걸음으로 그녀에게 다가가는데, 준비에브가 그의 뒤를 쳐다보았다. 그가 돌아보니 엘렌이 눈을 빛내며 서 있었다.

「아래에서 두 사람 소리를 들었어.」 그녀가 말했다.

그녀로서는 이상한 장면이었다. 그녀는 프랑수아와 준비에브가 언쟁을 벌이는 것을 한 번도 본 일이 없었다. 도대체 무슨 일이 있기에 이렇게 서로 죽일 듯이 싸우고 있단 말인가?

「아, 그래?」 준비에브가 날카로운 목소리로 말했다. 「아래까지 우리 소리가 들린다니 참 좋네! 그래, 온 세상이 다 들었으면 좋겠다! 당신들의 그 오라비가…….」

그녀는 딸꾹질을 하고는 적당한 표현을 찾았지만 그러지를 못하고 잠시 침묵했다. 그녀는 전보 쪽지를 바닥에 휙 던졌다.

「그 인간은 비행기도 자주 타지 못해! 당신들의 뚱땡이 말이야!」

그녀는 상상의 토가로 몸을 휘감는 것처럼 나름 엄숙한 동작을 해 보였다. 이렇게 몸을 힘차게 꼰 그녀는 들어올 때만큼이나 단호한 걸음으로 아파트를 나가 문을 쾅 닫았다.

엘렌은 프랑수아에게서 땅바닥에 놓여 있는 전보 쪽지로 시선을 옮겼다. 그들은 동시에 움직였지만 엘렌이 먼저 그것을 집었다.

그녀는 그것을 읽고 얼굴이 창백해져 울음을 터뜨렸다.

그녀는 프랑수아에게 달려들어서는 주먹으로 그의 가슴을

두드렸다. 「에티엔! 싫어, 에티엔…….」 프랑수아는 가만히 서 있었다. 그저 두 손으로 그녀의 어깨를 붙잡고, 턱을 들어 주먹을 피할 뿐이었다. 잠시 후, 힘이 빠진 엘렌은 오빠의 가슴에 몸을 웅크리고 오랫동안 울었다. 그러더니 그에게서 갑자기 몸을 홱 떼어 자기 방으로 달려가 문을 쾅 닫았다.

전보는 바닥에 있었다.

프랑수아는 다시 한번 그걸 집어 들지 않을 수 없었다.

〈에티엔 펠티에 사이공 비행기 사고 사망 – 스톱 – 유해 베이루트 송환 예정 – 스톱 – 펠티에 씨 프랑수아에게 전화했고, 프랑수아는 엘렌과 장에게 알릴 것임 – 스톱 – 아빠〉.

베이루트의 우체국에서 숄레 씨는 전보 요금을 지불하지 않았다.

35
에티엔은 그런 애가 아냐

심지어는 날씨까지 합세했다. 전날부터 얼음같이 차가운 고약한 바람이 도시에 몰아치더니 바깥에 발을 내딛는 순간 사납게 얼굴을 후려쳤다. 펠티에 씨에게는 모든 것이 질서 체계에 대한 그의 욕구와 충돌하는 이 혼란스럽고도 난폭한 기후와 비슷해 보였다. 이는 에티엔의 유해가 돌아왔을 때부터 시작되었다.

앙젤은 울음을 터뜨렸다. 루이는 이 세상 전체를 끝장내고자 하는 그녀를 달래야만 했으니, 관이라고 온 것이 쓰레기에 가까운 자투리 나뭇조각으로 만들어져 있었기 때문이었다. 장의사들은 서둘러 그것을 치워 버렸지만, 앙젤은 온종일 울었다.

루이는 다른 질문에 사로잡혔다. 이 상자 안에는 무엇이 들어 있을까? 정확히 아들의 무엇이 남아 있을까? 봉인한 자루들에 집어넣은 살점들? 아들이 이 초라한 상자 안에 들어 있다고 생각하니, 아니 여기 있는 것은 아들도 아니고 사람들이 찾아낸 그의 무언가라고 생각하니 한없는 슬픔이 밀려들었다. 이는 순서도, 체계도 없이 진행된 길고도 복잡한 일의 서막이었다. 모든 게 그 누구의 머리에서 나온 게 아니었다. 만연한 혼돈 중에 어디선가 갑자기 튀어나온 즉흥적인 결정들의 연속일 뿐이었다. 루이는 아무도 자신들을 도울 수 없다는 것을 느꼈다.

예를 들어 장례 행렬이 집에서부터 출발한다는 결정이 그랬다. 이렇게 해야 한다고 선언한 사람은 앙젤이었다. 너무나 단호하게, 싸늘하리만큼 분명히 말했기에 그녀가 무엇보다도 그 일에 집착한다는 느낌이 들었고, 그는 따르는 수밖에 없었다. 덕분에 장의사들과 가족들은 아파트 안에서 몸을 부딪혔고, 친구, 이웃, 지인, 친척 들은 계단에 층층이 서야 했으며, 보다 못한 한 직원이 찬 바람이 부는 바깥에서 기다려 달라고 상냥하게 부탁하기에 이르렀다. 게다가 아파트는 꽤 넓었지만 어떤 곳들은 접근하기가 쉽지 않았다. 관을 침실에 이르는 복도들과 문들을 통과시키기 위해서는 살짝 옆으로 기울여야 했다. 루이는 무엇보다도 출구가 걱정되었다. 왜냐하면 에티엔이 안에 들어 있는데 이 방향 저 방향으로 시도해 볼 수는 없지 않은가? 그러려면 아예 똑바로 세우지 그래? 루이는 이 말이 목구멍까지 튀어나왔다. 하지만 어차피 붙잡고 얘기할 사람도 없었다.

그리고 그 미사도 그랬다.

에티엔은 첫 번째 영성체 이후로 교회에 발을 디뎌 본 일이 없는 사람이었다. 그곳의 교구에는 3년 전에 새 사제가 와 있었는데, 집안의 누구도 그가 어떻게 생겼는지 몰랐다. 다시 말해서 펠티에 집안에 그렇게 열심인 신자는 없다는 얘기였다. 하지만 앙젤은 평소의 세속주의적 신념에도 불구하고 장례 미사가 있어야 한다고 결정했다. 그렇게 해서 그들은 미사를 치르기로 한 것이다.

루이는 모든 것을 받아들이며 속으로만 구시렁댔다. 겉으로 내색하지 않을 뿐, 자신도 마음이 무거웠던 것이다. 공동묘지에 못자리를 사는 임무도 그에게 떨어졌는데, 이 묘지는 그의 머릿속에서 금방 가족묘로 발전되었다. 아들들 중에서 가장 어린 에티엔을 묻기 위해, 심지어는 가족 중에서 가장 나이가 많은 루이 자신도 전에는 생각해 본 적이 없는 기념물을 지을 계획을 세운 것이다. 이것은 그와 앙젤이 토론을 벌인 유일한 주제였다.

「너무 거창하지 않아?」 그녀는 대리석 가공업자 카탈로그에서 루이가 찾아낸 기념물 사진을 보면서 말했다.

「품위가 있다고 해야겠지.」 그가 대꾸했다.

그가 무슨 말을 하고 싶은 것인지 대충 짐작할 수 있었다.

앙젤은 예전에 공장 정문 위에 〈펠티에 부자 상회〉라는 큼지막한 간판을 걸어 놓게 한 남편의 체면에 대한 욕구가 이 묘지에 대해서도 발동한 것을 이해했다. 하지만 이번에는 가족 전체에 관련된 일이었고, 이 생각에 그녀는 얼어붙었다. 지금 이 가족묘 안에 보이는 것은 그녀 자신도, 루이도 아니었고, 바로 아이들이었다. 마치 그 애들 모두가 요절할 운명인 것처럼, 온 가족이 어느 날 갑자기 몰살해 버릴 것처럼, 자신이 죽음과의 음산한 협상을 시작한 것처럼 말이다. 그래도 그녀는 남편의 뜻에 따랐다. 그것은 그리스 신전 형태의 묘지 건물로, 초벽을 바른 삼각형의 박공, 세 개의 기둥(세로 홈이 파였고, 소용돌이 장식, 그 밑의 잎 장식, 코니스,[1] 톱니 장식, 상단의 몰딩 등으로 꾸며진 것)으로 떠받혀진 기단에 이르는 두 개의 계단, 전실(前室), 주철 울타리가 있었고, 합각머리에는 〈펠티에 가족〉이라는 명문이 커다란 대문자로 새겨져 있었다. 허영심이 느껴지긴 했으나 자식들은 아무 말도 하지 않았으니, 이 장례에서 모두가 나름대로 최선을 다하고 있기 때문이었다.

그다음 일들은 보다 평범하게 진행되었다. 묘지에서 관이 끈에 매달려 내려갔다. 장례 행렬을 따라온 신부는 실망한 기색이 역력했다. 미사에서 가족 중 누구도 이런 경우에 어떻게 해야 하는지, 어떻게 앉고, 일어나고, 찬송하고, 대답하고, 성호를 그어야 하는지 기억하지 못했다. 이들은 종교가 없는 사람들이라는 게 눈에 보였다. 루이는 이 방면에는 빠삭한 숄레 집안 식구들을 곁눈질하며 따라 했다. 사제는 이런 무질서, 머뭇거림을 보고 있기가 힘들었다. 그래서 묘지에서 그는 몇 마디 말을 하는 것으로 그쳤으니, 자기가 여기 온 것만으로도 충분하다고 여겼던 것이다.

그러고는 헌화 행렬이 이어졌다.

장의사들은 미처 이 점을 신경 쓰지 못했다. 그들로서는 이게 당연한 절차라 생각했기 때문이었지만, 온 가족이 구덩이 부근에 나란히 서 있고 그 앞에 조문객들이 한 줄로 서자 당혹스럽기가 이를 데 없었다. 세상에, 그 수가 얼마나 많은지! 수십 명, 아니 1백 명은 족히 될 것 같은 사람들이 한 명씩 나아와

1 고대 신전 등의 건축물에서 수평하게 이어지는 돌을 장식.

관 위에 꽃을 던진 후 가족 전부와 일일이 악수를 나누면서 어색하고도 우스꽝스러운 말을, 거의 들리지도 않고 듣지도 않는 말들을 우물거리는 것이었다. 더 이상 견딜 수 없게 된 앙젤은 루이의 팔을 잡고 자기를 집으로 데려가 달라고 말했다. 울다가 지친 엘렌은 어머니의 다른 쪽 팔을 잡았다. 그들은 짧은 걸음으로, 휘청거리듯이 천천히 멀어져 갔다.

남겨진 두 아들은 어찌할 바를 모르고 구덩이 근처에 서 있었다. 그러자 상복 정장을 처음으로 차려입고 나온 준비에브는 상심한 얼굴을 다소곳이 숙이며 아무에게나 팔을 내밀어 조문을 받으면서, 고통스러운 어조로 감사의 말을 속삭였다. 장은 그녀에게 고개를 돌려 이것은 당신이 할 일이 아닌 것 같다고 말하려 했으나…….

「가만히 있어, 장.」 그녀가 말을 끊었다. 「이건 내 의무야.」

이렇게 수십 명의 상객이 차례로 준비에브의 손을 잡고 또 짤막한 포옹을 나누며 위로의 말을 전했다. 그녀는 예수를 잃은 성모처럼 말할 수 없이 슬픈 표정을 지어 보였다.

이번에는 긴급한 상황이었으므로 아이들은 파리에서 올 때 항공편을 이용했다. 그들은 장례식 바로 다음 날 다시 돌아가기로 되어 있었다. 펠티에 씨는 비행기 티켓값을 지불하며 〈아이들 형편이 언제 나아지지?〉라고 생각했다. 그들을 위해서라면 얼마든지 돈을 쓸 수 있지만, 그래도 빨리 경제적으로 안정되는 모습을 보고 싶었던 것이다.

레스토랑에다 식사 배달을 주문하자는 루이의 제안을 앙젤이 받아들인 것은 몸이 좋지 않기 때문이었다. 그녀는 저녁 식사도 거르고 자러 들어갔다. 엘렌도 그녀 곁으로 갔다.

세 남자(준비에브는 고통스럽고도 갑작스러운 시동생의 죽음뿐 아니라 장과의 결혼 생활에 대해서도 많은 동정을 받고 있을 부모의 집에서 저녁 시간을 보내고 있었다), 그러니까 이 집 남자들은 응접실에 모였다. 펠티에 씨는 먼저 프랑수아와 엘렌이 직장과 학교에서 잘해 나가는지, 둘이서 같이 잘 지내는지(프랑수아는 아무 문제 없어요 하고 말았으니, 시작하면 할 말이 너무 많았기 때문이었다) 알아본 다음, 장과 그 가정용천 제품 가게 여는 일에 관심을 보였다. 사실 그는 이 일에 큰 기대를 품고 있지는 않았다. 계획 자체가 나빠서가 아니라, 그가 생각하기에 비누 업계에서 성공하지 못한 사람은 어느 분야에서도 성공할 수가 없기 때문이었다. 〈네, 잘되고 있어요〉라고 장은 대답했다. 루이로서는 너무나 불안하게 느껴지는 대답이었다.

대화가 멈추자 그들은 담배를 피웠고, 각자 자신의 브랜디 잔을 들여다보며 저마다의 상념에 빠져들었다.

침실에서 앙젤과 엘렌은 침대 위에 나란히 앉아 있었다.

「경황이 없어서 미술 학교 얘기도 물어보지 못했구나. 그래, 거기가 마음에 드니?」

「아주 많이요!」

조금의 망설임도 없이 이 말이 튀어나왔고, 엘렌은 짜낼 수 있는 최대한의 에너지를 이 거짓말에 쏟아부었다.

「하지만 지금 거기에 대해선 별로 말하고 싶지 않아요…….」

「물론 그렇겠지.」 앙젤이 고개를 끄덕였다.

이 대답만으로 충분했으니, 그녀의 정신은 다른 데에 가 있었던 것이다.

엘렌은 엄마의 힘을 과소평가했다. 그녀는 어머니와 같이 있어 주겠다고 따라온 것이지만 자신이 먼저 선잠에 빠져들었고, 침대 곁에 앉은 앙젤은 딸의 손을 잡고서 죽은 아들을 생각했다.

그 애의 소지품은 어디로 갔을까? 고등 판무청에 다시 전화를 걸었기에 그곳의 누군가가 알아봤을 텐데 아무런 소식이 없었다. 하지만 에티엔에게는 트렁크 하나와 옷가지 같은 개인 물건들이 있지 않았던가? 루이는 사이공에 다시 전화해 보겠다고 약속했지만 그는 할 일이 너무 많았다. 얼마나 피곤한지……. 이때 그녀의 기억에 떠오르는 일이 있었다. 에티엔이 떠나기 며칠 전, 맞아, 그날은 공장 창립 기념일이었어. 그들이 같이 집에 들어왔을 때 그는 그녀의 무릎에 머리를 얹었고, 조제프는…… 아무도 녀석을 생각하지 않고 있었다. 그 불쌍한 고양이는 어떻게 됐지?

엘렌이 소스라치듯 잠에서 깨었다. 미안해, 엄마, 깜빡 잠이 들었네…….

모두의 머릿속에 자연스럽게 같은 주제가 떠올랐다. 이제 분위기도 충분히 차분해졌으므로 응접실의 세 남자와 침실의 두 여자는 그 주제를 두고 대화를 시작했다.

그들은 에티엔의 사망 원인에 대한 얘기를 꺼냈다.

프랑수아는 에티엔과 있었던 일을 아버지에게 얘기해 주었다. 자기에게 전화를 걸어 기사를 써달라고 부탁한 것, 어떤 정치·금융 스캔들과 관련된 서류를 증거물과 함께 며칠 후에 파리로 가져올 수 있다고 말한 것…….

「스캔들? 무슨 스캔들?」

「피아스트르와 프랑 간의 환율에 대한 거요.」

루이는 눈을 둥그렇게 떴다.

「거기에 무슨 스캔들거리가 있지? 오, 어쨌든 에티엔은 그런 애가 아냐.」그는 단정 지었다.

「그런 애가 아니라뇨?」

「무슨 스캔들을 고발하고 말고 할 애가 아냐. 걔는 시인이야. 에티엔은 정의의 사도가 아니라고.」

「그렇다면 왜 그 일로 제게 전화를 했죠?」

「뭔가 할 얘기가 있었겠지. 하지만 솔직히 걔가 무슨 수사관 노릇을 한다는 게 상상이 되냐?」

바로 이게 처음부터 프랑수아를 괴롭혀 온 의문이었다. 그는 이 스캔들의 성격과 이런 문제에 있어서 동생이 구체적인 증거를 모을 수 있다는 사실이 매우 당혹스럽게 느껴졌다.

「걔가 파리에 갈 거라고 그랬다고?」펠티에가 말을 이었다. 「그렇다면 왜 앙코르와트 사원을 구경하려고 관광용 비행기를 탔단 말이냐?」

옆방에서 엘렌은 에티엔이 어떤 음험한 음모에 희생되었다고 확신하며 열변을 토했지만, 앙젤은 그녀의 남편만큼이나 회의적이었다.

그가 어떤 조종사와 함께 비행기를 탔다는 얘기를 들은 그녀는 또 한 번의 사랑 이야기를 의심했던 것이다.

「애, 너도 가서 좀 자야 할 것 같다.」

36
그는 또다시 막다른 골목에 갇혀 버렸다

프랑스에 돌아온 그들은 이 일에 대한 태도가 사뭇 달랐다.

가장 무심한 사람은 장으로, 그는 피아스트르가 그 나라의 통화인지도 몰랐고, 어떻게 그 일이 스캔들이 될 수 있는지도 이해하지 못했다. 엘렌은 몹시 분개하여 복수의 열기로 가득 차 있었다. 그는 프랑수아에게 조사하라고, 『르 주르날』전체를 동원하라고 재촉했는데, 일이 신속히 진행되지 않자 오빠가 소심하다고 생각했다.

프랑수아는 먼저 인도차이나의 통화 문제에 대해 알아보았다. 에티엔이 양 통화의 환율에 대해 했던 얘기가 사실이란 게 금방 확인되었다. 피아스트르를 프랑스로 보내면 그 가치가 요술을 부린 것처럼 두 배로 뛰니, 이에 대해 사람들이 느낄 유혹이 쉽게 상상되었다.

그는 죄의식 때문에 당혹스러웠다. 그는 이게 모든 기자들이 발견하기를 꿈꾸는 그런 사건이기를 바라면서도, 자신이 동생의 죽음을 이용하고 있다는 불편한 느낌을 받았던 것이다.

그는 이 사건을 『르 주르날』에 알리지 않고 어떻게 조사해야 할지 막막하기만 했다. 신문사는 구체적인 정보를 제시해야만 지원을 해주고, 신문사의 지원 없이는 정보를 얻어 낼 수 없는 끝없는 악순환의 굴레에 갇혔던 것이다.

베이루트에 체류하는 내내, 그리고 돌아오는 내내, 그는 이 문제를 모든 각도에서 생각해 보면서, 피아스트르 부정 거래의 부산물을 챙긴 것으로 여겨지는 에티엔이 준 다섯 인물의 이니셜들(⟨E. N.⟩, ⟨P. R.⟩, ⟨D. F.⟩, ⟨A. M.⟩, ⟨S. R.⟩)을 읽고 또 읽어 보았지만 모든 게 모호하기만 했다.

그는 동료 기자 앙드레 뤼카를 찾아가 보았다. 뤼카는 언론계에서 산전수전 다 겪었고, 1920년대부터 정치판이라는 늪지대를 유유히 활보해 온 베테랑이었다. 게다가 그는 질문을 하면 기꺼이 대답을 해주는 좋은 사람이기도 했다. 그런데 그는 편집실에 없었고, 프랑수아는 돌아가려고 했다.

「그이는 왜 찾나?」 마침 거기에 있었고, 프랑수아가 찾아와 짜증 난 기색이 역력한 바롱이 물었다.

「아무것도 아니에요. 정보 좀 하나 얻으려고요.」

「정보 하나라, 그럼 아무것도 아닌 게 아니지.」

「아녜요, 전 그냥……」

「무엇에 대해서지?」

「고다르 은행이요. 그리고 홉킨스 브라더스요.」

바롱은 눈썹을 치켜올렸다.

「무슨 일로?」

프랑수아는 씩 미소만 지어 보였다. 바롱은 미소 짓지 않고 프랑수아에게 답변했다.

「사설 은행들이야.」 그가 설명했다. 「하지만 일반 대중은 접근할 수 없는 곳들이지. 고다르 은행은 천문학적 액수의 예치금을 걸어야만 문을 열어 줘. 그 대가로 그들은 고객의 모든 거래에 대해 전적인 불투명성을 보장해 주지. 홉킨스는 주식 판의 양아치들, 불법적 이익을 노리는 온갖 잡놈들과 연계되어 있어. 국제 금융의 후안무치한 늑대들 가운데서도 이 두 은행은 그야말로 최고라 할 수 있지.」

이 사건 가운데서 프랑수아의 귀에 들리기 시작한 음악이 막 한 단계 음조를 높인 것이다.

「자네는 여기에 계좌를 틀 생각인가?」 바롱이 물었다.

「네, 바로 그겁니다!」 프랑수아는 농담하듯이 웃음을 터뜨렸고, 그 틈을 타서 더 이상의 설명 없이 사무실을 빠져나올 수 있었다. 이 금융 기관들의 고객 리스트를 입수할 가능성은 전혀 없기에(세무서도 성공하지 못하리라), 그는 또다시 막다른 골목에 갇혀 버렸다.

그는 책상 위에 이 이니셜들의 리스트를 붙여 놨지만 거의 쳐다보지도 않았으니, 이미 다 외우고 있었던 것이다. 그는 마치 동요를 부르듯이 기계적으로 그것을 암송했다. 거기에서 벗어나고 싶어도 그것은 은근하고도 집요하게 되돌아왔다.

이런 강박 관념에서 그를 꺼내 준 것은 서른 살가량으로 보이는 어떤 젊은 여성이었다.

그녀는 보도에서 그를 기다리고 있었다. 〈아, 저기 있네, 저분이에요〉라고 그녀가 문의한 다른 동료가 알려 주었다. 그녀는 아마도 수줍은 성격 탓인 듯 조심스러운 걸음으로 나아왔고, 핸드백 끈을 두 손으로 꼭 쥐고서 그의 앞에 섰다. 어쩐지 불안해 보이는 모습이었다.

「펠티에 씨…….」

그녀는 나지막이 말했다. 그녀는 누군가가 도와주기를 바라는 사람처럼 주위를 둘러보았다. 그녀는 프랑수아가 처음 생각했던 것보다 젊었다. 스물다섯, 혹은 그 아래일 수도 있었는데, 가까이서 보니 정말로 예뻤다. 옷차림도 세련되었는데, 사람들의 눈에 띄는 걸 피하고자 하는 단순한 스타일이었다. 그녀는 어떤 역할을 연기하는 것처럼 보였고. 가정주부로 변장한 젊은 여성처럼 느껴졌다.

이 생각에 이른 프랑수아는 정신이 번쩍 들었다.

그는 아무도 그녀를 봐서는 안 될 것 같다는 생각에 그녀의 팔을 잡고는 〈이리 오세요, 저쪽에 카페가 있어요〉라고 말했고, 그녀는 순순히 따라왔다. 고개를 돌려 보니 금방이라도 울음을 터뜨릴 것 같은 얼굴이었다. 그는 걸음을 재우쳐 걸어가면서, 〈바로 저기예요, 거의 다 왔어요〉라고 말했다. 번개같이 머리를 굴렸고, 벌써 머릿속에서는 전략이 그려지고 있었다.

그는 홀 가장 안쪽 구석진 곳에 자리를 잡았다.

「자, 앉으시죠.」 그는 그녀에게 앉으라고 권하며 말했다.

그런 뒤 그녀의 외투를 받아서는 자기 옆의 의자 위에 올려놓았다. 그녀에게서는 어떤 은은한 향수 냄새가 났다. 마주하고 보자 더 이상 의심의 여지가 없었으니, 그녀는 아주 예뻤다. 강렬한 시선 위에 두 개의 날개처럼 그어진 길고도 가는 눈썹, 그리고 기막힌 형태의 작은 입…….

「그래서, 당신은 메리 램슨이 살해된 날 르 레장 영화관에 있었던 건가요? 맞습니까?」

그녀는 놀란 듯이 입을 동그랗게 벌렸다. 하지만 뻔한 일 아니겠는가?

「자, 제가 어떻게 해드리면 좋겠습니까? 성함은 어떻게 되시죠?」

그녀는 간신히 침을 삼켰다.

「바로 그 문제 때문에…….」

그녀는 나지막이 말하고, 거의 투명 인간이 되고 싶은 것처럼 조심스럽게 굴었지만, 역설적이게도 그를 뚫어질 듯 쳐다보았다.

「아,」 프랑수아가 다시 말했다. 「이름을 밝히기 싫으시군요. 그 때문에 경찰을 찾아가지 않으신 건가요?」

그녀는 곧바로 안심했다. 그리고 미소를 지었다. 세상에, 그 미소라니!

「제 이름은 닌이에요. 그러니까 원래는…… 음, 그냥 모두가 저를 닌이라고 불러요.」

그녀가 하도 나지막하게 얘기하여 프랑수아가 귀를 앞으로 내밀자, 그녀는 의도를 알아차리고는 약간 톤을 높였다. 그런 뒤 깍지 낀 손을 테이블 위에 내려놓았는데, 결혼반지가 없었다. 종업원이 다가왔고, 그녀가 고개를 들었다. 프랑수아는 그 틈을 타서 그녀의 가슴 쪽으로 시선을 내렸다. 그 안에 있으리라 짐작되는 것은…….

「당신에게 조언을 구하고 싶어요.」

약간 외국 억양이 있는 것 같은데?

「왜 저죠?」

「왜냐하면 당신이 『르 주르날』에서 이 사건을 맡고 계시잖아요, 판사님도 아시고…….」

네덜란드 억양? 북유럽? 그녀는 말을 조금씩 끊어서 하고 있었다. 만일 프랑수아가 도와주지 않으면 얘기가 하루 종일 걸릴 수도 있었다.

「그러니까 당신은 판사님이 당신의 증언을 익명으로 처리하기를 바라는 건가요? 맞아요? 당신의 이름이 심리(審理) 담당자 외에는 알려지기 않기를 바라는 거죠.」

그녀는 고개를 짧게 까딱했다.

「닌, 당신은 르 레장에서 누구와 함께 있었죠?」

그도 잔인한 질문이라고 느꼈지만, 그는 그녀를 조금 아프게 하고 싶었다. 그녀는 대답하지 않았고, 그러자 이번에는 그가 어색해졌다. 프랑수아는 내색하지 않으려고 수첩과 볼펜을 꺼내어 테이블에 올려놓았다. 그녀는 그가 움직이는 것을 보지 않고 얼굴만 응시하며 그에게서 눈을 떼지 않았다. 프랑수아는 왠지 거북해지기 시작했다.

「그 살인 사건에 대해 말인데, 뭔가 특별한 것을 보셨나요?」

「아뇨, 아무것도 못 봤어요! 그래서 제가 거길 찾아가지 않은 거예요. 무슨 말인지 아시죠.」

그녀가 이렇게 자연스럽게 말할 때는 억양이 보다 분명히 느껴졌지만, 여전히 규정짓기는 힘들었다.

「그리고 당신의 그…… 당신과 함께 있었던 분은요?」

「역시 마찬가지예요. 우리는 여자의 비명 소리를 들었고, 다들 그랬듯이 빨리 영화관을 빠져나갔어요.」

왜 닌이 경찰에 출두하지 않았는지는 이해가 됐지만, 왜 이제 와서야 출두하려는 것인지는 여전히 알 수 없었다. 닌의 얼굴이 다시 붉어졌고, 그녀의 손가락은 찻잔 손잡이 위에서 바르르 떨렸다.

「그분 때문인가요?」

프랑수아는 그녀를 도와주고 싶은 마음에 굴복하고 말았다. 그녀는 고개를 끄덕였다. 그에게 나머지는 중요하지 않았다. 닌과 그녀의 애인은 지금 사이가 별로 좋지 않았다. 그런데 그들은 경찰에 출두하지 않은 잘못이 있었고, 그녀는 이 찝찝한 부담을 벗어 버리고 싶은 것이었다.

저쪽 카운터 근처에서 종업원이 잔 하나를 바닥에 떨어뜨려 박살 나는 소리가 났다. 「에잇, 빌어먹을!」 프랑수아는 다른 고객들과 마찬가지로 기계적으로 카운터 쪽으로 고개를 돌렸다. 그가 그렇게 하는 것을 보고 젊은 여자도 고개를 돌렸는데, 마치 들킬까 봐 겁나는 사람처럼 갑작스럽고도 불안한 동작이었다.

「좋아요.」 그녀의 눈이 다시 돌아오자 프랑수아가 말했다. 「제가 판사를 찾아가서, 두 분의 신원에 대해 침묵을 지켜 줄 수 있는지 한번 협상해 보겠어요. 당신의 애…… 그러니까 그분 역시 판사에게 출두해야 할 거예요. 무슨 말인지 이해하시겠죠?」

그녀는 이해했단다. 아, 그 눈이라니…….

「만일 제가 그렇게 하면…….」 프랑수아가 말을 이었다.

「만일 안 되면 어떻게 하죠?」

「뭐, 가만히 숨어 있으면 되는 거죠. 어차피 그 사건에 대해서 당신은 얘기할 게 전혀 없으니까, 어찌 됐든 문제가 될 것은 없어요.」

「그럼 만일 그렇게 되면요?」

아, 지금 이렇게 말할 수 있는 상황이라면 얼마나 좋으랴! 〈만일 제가 그걸 얻어 내면 저와 같이 잡시다, 하룻밤 저와 같이 보내는 겁니다.〉 프랑수아는 이렇게 생각하는 것만으로도 목이 콱 메었다.

「그럼 당신께 어떻게 해야 하죠?」 닌이 재차 물었다.

반대급부에 대한 질문이었다. 프랑수아는 억지로 미소를 지어 보였다.

「뭐, 커피를 사면 되겠죠.」

그녀는 당황했다. 모든 선물은 대가를 상정하는데, 프랑수아는 그녀가 빚을 청산할 수 없는 상황을 만들어 버린 것이다. 둘 다 거북해졌다. 그는 일어섰다.

「제가 메시지를 남길 수 있는 전화번호 있으세요?」

그는 이렇게 말하면서 접시에 동전을 내려놓았다.[2] 상황이 하도 묘해서 그녀는 자기가 지불할 생각도 하지 못했다.

그녀는 머뭇거렸다. 그녀의 시선은 테라스 쪽을 떠돌다가 그에게로 돌아왔다. 어떻게 대답해야 할지 오랫동안 생각했지만, 장애물 앞에서 여전히 머뭇거리는 사람처럼 말이다.

「전화도 없고, 주소도 없으시다면…….」 프랑수아가 짜증 난 어조로 말했다. 「좋아요, 내일 신문사 편집실로 전화를 해서 절 찾으세요!」

그는 그녀가 대가로 아무것도 주지 않고 부탁만 하는 것에 버럭 화가 치밀었다. 그래서 이렇게 내뱉고 말았다.

---

2 프랑스 카페에서는 간단한 음료를 마신 후에는 직원에게 직접 지불하지 않고 음료값을 테이블 위의 조그만 접시에 놓고 가는 관행이 있다.

「걱정 마세요, 평판에 문제가 되는 일은 없을 테니까.」

그녀는 그에게 손을 내밀었다. 그는 마지못해 악수를 했다. 단지 그녀의 손을 느껴 보기 위해, 그녀의 무언가를 갖기 위해서였다.

37
그녀를 아프게 하고 싶은 마음

「아, 절대 안 돼요!」 판사가 말했다.

하지만 그는 프랑수아가 자신의 결정을 받아들이고 곧바로 문 쪽으로 향하자 허둥거렸다.

「잠깐만 기다리세요.」 반장은 소녀 같은 목소리로 웅얼거리기만 했다.

하지만 프랑수아는 듣지 않고 문턱을 넘었다.

「거기 서요!」

그 짧은 다리로 달려온 판사는 복도에서 그를 붙잡았고, 그 뒤로 경찰관이 성큼성큼 차분하게 걸어왔다.

「그 사람은 법정에 서야 하오! 그것은…….」

그는 적당한 표현을 찾으며 반장에게로 고개를 돌렸지만, 당사자는 그를 도울 생각이 없었다.

「그것은 의무요!」

「에, 그러시다면,」 프랑수아가 말했다. 「그 얘기를 본인한테 하세요.」

「하지만 난 그 사람이 어디 있는지 모르오! 난 그 사람이 누군지 모른다고!」

그는 이번에도 탕플리에 반장의 동의를 구하듯 그를 쳐다봤지만, 경찰관은 그를 빤히 쳐다보기만 하여 판사는 더욱 답답해졌다. 프랑수아는 계속 층계 쪽으로 걸음을 옮기며 내뱉었다.

「그 사람이 누군지는 『르 주르날』에서 알게 될 겁니다.」

「잠깐!」

그는 또다시 프랑수아 쪽으로 달려갔다. 하지만 이번에는 프랑수아를 앞질러 앞에 딱 서서는 몸으로 길을 막았다.

「당신은 그럴 권리가 없소!」

프랑수아는 이 장면을 무척 재미있어하는 반장과 짤막하게 시선을 나눴다.

「판사님, 대체 이 증언에서 무얼 기대하시는 겁니까? 지금까지 명단에서 빠져 있었고, 제가 쟁반에 담아 판사님에게 가져다드리는 이 두 증인은 좌석 열 한가운데에 앉아 있었습니다.」

판사는 눈을 찌푸렸다. 사건 재구성이 있던 날의 르 레장 영화관 홀과 비어 있던 한복판의 그 두 좌석이 떠올랐다.

「그러니까 판사님은,」 프랑수아가 말을 이었다. 「그들이 그 열에 앉은 사람들을 죄다 일으켜 세워 가면서 밖으로 나가 메리 램슨을 살해했다고 보시는 겁니까? 아니면 그들이 화장실 문에서 보다 가까운 곳에 앉아 있던 사람들은 보지 못한 무언가를 봤다고 생각하시는 거예요?」

허우적거릴 때보다 르누아르 판사가 더 짠하게 보일 때는 없었다. 그런 순간에 그의 표정은 바보들의 얼굴에서 보이는 것과 같은 생각지 못했던 깊이를 드러내곤 했다.

「자, 앞으로 어떤 일이 벌어질 것인지 말씀드리죠.」프랑수아가 결론적으로 말했다. 「우리는 독자들에게 가명이라는 사실을 밝히면서 이 두 인물의 이야기를 발표할 겁니다. 그러면 모든 사람이 알게 될 사실을 판사님만 모르고 있게 될 겁니다.」

판사는 이번에도 자신이 졌다는 것을 깨달았다.

르 레장 영화관에서의 사건 재구성은 성공하지 못했고, 세르비에르의 자동차 이동 경로 재구성도 참담한 실패로 끝났다. 왜 하는 일마다 이 모양인지…….

그는 그저 고개를 끄떡일 뿐이었다. 〈알았소〉라고 말할 힘조차 없었다.

✳

그녀는 신문사에 전화를 걸지 않고 직접 찾아왔다. 그가 나가 보니 그녀는 반대편 보도, 지난번과 같은 곳에 서 있었다. 장갑 낀 손가락으로 핸드백 끈을 초조하게 비비 꼬고 있었는데, 이번에는 꼼짝도 하지 않아서 그가 직접 길을 건너가야 했다. 그녀는 특유의 그 강렬한 눈빛으로 그를 응시했다.

「죄송해요.」

그녀의 목소리를 들으니 가슴이 울렁거렸다.

「판사는 당신의 증언을 은밀하게 청취할 겁니다.」그가 말했다. 「익명을 보장해 줄 거예요.」

그리고 이렇게 덧붙이고야 말았다.

「만일 당신에 대한 어떤 혐의도 인정되지 않는다면 말이죠.」

「뭐라고요……? 혐의요?」

「전 당신이 제게 무슨 말을 했는지는 알지만, 판사에게 무슨 말을 하게 될지는 모르니까요…….」

심술궂은 말이었다. 그녀를 아프게 하고 싶은 마음을 자신도 어쩔 수가 없었다.

「하지만…… 똑같은 말을 할 거예요!」

「뭐, 그럼 좋고요.」

그는 기다렸지만, 그 말이 나오지 않았다. 그러다 긴 침묵 후에 마침내…….

「……정말 감사해요.」

아, 그나마!

「뭐, 괜찮습니다. 안녕히 가세요.」

마틸드에게는 독단적이고도 성급한 면이 있었고, 이는 프랑수아를 짜증 나게 했다. 〈그녀의 무덤덤해 보이는 모습 뒤에 사실은 지배하기 좋아하는 여자가 숨어 있어〉라고 프랑수아는 생각했다. 하지만 이것은 순전한 자기변명에 불과했으니, 지금 마틸드는 단순히 섹스를 하고 싶은 것이었다. 그리고 이런 경우 그녀는 매우 설득력이 있었고, 프랑수아는 그 증거를 충분히 보여 준 바 있었다.

「난 자기의 심리학보다는 생리학에 더 관심이 있어.」 그녀가 말했다. 「지금 난 거기하고 얘기하고 있는 거야.」

이렇게 말하며 그녀는 그 일에 빠져들었고, 프랑수아는 마음으로는 느끼지 못하는 어떤 욕구가 이는 것을 느꼈다. 그는 몸을 빼려고 했으나 마틸드는 이를 대수롭게 여기지 않았다. 이 점에 있어서는 그녀의 생각이 옳아서 프랑수아는 굴복했지만, 상황은 더 나빠졌다. 닌의 얼굴이 중첩되면서, 긴장을 풀려는 모든 시도가 허사가 된 것이다.

「뭐, 좋아.」 마틸드가 몸을 일으키며 말했다.

그녀는 치마와 블라우스를 고쳐 입으면서 이건 크게 중요한 문제가 아니라는 듯 미소를 지었다.

「자길 그냥 놔두는 게 좋을 것 같아.」

「잠깐!」

프랑수아는 그녀를 끌어안았다. 그녀는 몸을 맡겼지만 뒤틀면서 계속 옷을 입고는, 외투까지 걸친 후 그의 입에다 키스를 했다. 그녀가 나가는 모습을 보는 그는 지금 자신이 느끼는 감정이 안도감인지, 좌절감인지, 슬픔인지 알 수 없었으니, 이 모든 것들이 혼란스럽게 뒤섞여 있었다.

그의 머릿속에서는 그에게 별명만을 남긴 그녀의 마지막 모습이 떠나지를 않았다. 그는 그녀의 이름이 무엇인지도, 어디에 사는지도 몰랐다. 그녀에 대해 아는 게 아무것도 없었다. 어쩌면 이런 무지가 그녀에 대한 관심을 증폭시키고 있는지도 몰랐다. 어쨌든 맥 빠지는 상황이었다. 지금 프랑수아는 매혹적인 여자와 고집스러운 이니셜들이라는 두 개의 신비 사이에 꽉 긴 느낌이었다.

모든 게 엉망진창이었다. 자신은 동생의 그 충격적이고도 이상한 죽음에서 아직 헤어나지 못하고 있는데 엘렌은 다시 방황하기 시작하며 그 어느 때보다도 성마르고 예측할 수 없는 모습을 보였다. 피아스트르 사건에 대한 조사는 시작하자마자 늪에 빠져들었고, 이제는 마틸드마저 떠나 버린 것이다.

그녀는 뮈스카데 한 병을 가져왔는데(〈나중에 마실 거야!〉라고 그녀는 말했다), 따지 않고 놔둔 그것은 이제 미지근해졌지만 어쩔 수 없었다. 그는 평소 술을 자주 마시는 편이 아닌지라 세 잔째 마시자 머리가 핑 돌았다.

그는 불을 끄고 침대에 누웠다. 실내의 어둠이 파도에 흔들리는 배처럼 출렁거리기 시작했고, 그는 현기증을 달래려 여러 차례 일어나 앉아야 했다. 이러다 토하는 건 아닐까?

닌의 실루엣이 눈앞에서 춤을 췄다. 아, 그녀를 얼마나 갖고 싶은지! 이런 일은 인생을 망치는 법인데 말이다. 그는 일어나 몇 걸음을 떼어 봤는데, 몸이 중심을 잡지 못하고 비틀거렸다. 취했다기보다는 머리가 혼란스러워서였다. 에티엔이 넘겨주었고 지금은 그가 필사적으로 의미를 찾아내려고 애쓰는 이니셜들에 닌의 얼굴이 겹쳐졌다.

글을 써야 생각이 더 잘 되는 사람들이 종종 그러는 것처럼, 프랑수아는 이 일련의 글자들을 적고 또 적어 보았지만 아무런 결론도 나지 않았다. 그것은 하나의 기계적인 동작이 되었다. 하여 그는 메모지 묶음을 앞에다 끌어다 놓고는, 커피를 또 한 잔 끓인 후에 에티엔에게서 들은 것을 다시 써보기 시작했다. E, N, P, R, D……

「에이, 젠장!」

팔을 잘못 뻗는 바람에 커피 잔이 바닥에 떨어진 것이다. 그는 일어서서 행주를 가져와 마룻바닥을 닦고, 깨진 잔 조각들을 주웠다. 아주 언짢은 기분으로 그 모든 것을 했다.

그리고 다시 앉은 그는 메모지 앞에서 무엇에 사로잡힌 듯 꼼짝하지 않았다.

E, N, P, R, D……

어떤 생각이 퍼뜩 떠오른 것이다. 아까의 실수로 인해 쓰는 것을 멈추자, 이 이니셜들이 새롭게 보인 것이다.

E, N, P, R, D.

그는 동생이 자기에게 한 말을 떠올려 보았다. 그의 기억으로는 〈다섯 명의 인사가 연루되었다〉라고 했었다. 그는 혼란한 생각들을 정리하려고 애썼다. 에티엔은 이 이니셜이 다섯 사람의 것이라는 얘기를 누구에게서 들었지? 왜 난 이렇게 〈E. N.〉, 〈P. R.〉 같은 두 개의 쌍들로 적어 놓은 거지? 에티엔이 이렇게 불러 주었었나?

왜냐하면, 만일 이렇게 적은 게 옳지 않다면, 여기에는 〈E. N. ‒ PRD〉, 〈F. A. ‒ MSR〉이라는 다른 가능성이 숨어 있고, 이것은 완전히 다른 것이기 때문이었다.

이러한 의심 속에서, 에티엔의 짤막하고도 흥분된 말들을 정확하게 재구성하는 게 불가능한 지금, 이 해결책은 가장 타당해 보였다.

PRD, 민주 급진당.[3]

MSR, 사회 공화 운동.[4]

3 원문은 Parti radical démocratique인데, 프랑스에 이런 이름의 정당이 실재한 적은 없다.
4 원문은 Mouvement social et républicain으로, 역시 실재했던 정당은 아니다.

현 정부를 이루는 두 정당이었다.

프랑수아는 그가 결코 분류하는 법 없이 쌓아 놓기만 하는 온갖 문서를 보관하는 데 사용하는 낡은 서랍장 앞으로 벌써 달려가 있었다. 그 안 어딘가에 관용 인명록이 한 부 있을 것이었다. 그렇게 최근 것은 아니었다. 내각이 자주 바뀌어(올해만 해도 벌써 네 번째였다) 각 부처 책임자들이 엄청난 속도로 나가고 들어오고 있었지만, 그래도 혹시 모를 일이었다. 프랑수아는 문서가 첩첩이 쌓인 서랍 안을 뒤져 종이를 한 움큼씩 꺼냈다. 이 모든 걸 쓰레기통에 던져 버려도 상관없으리라는 생각이, 지금 하고 있는 일은 모래사장에서 바늘을 찾는 것처럼 의미 없는 일이라는 생각이 들었지만, 그래도 한번 분명히 확인해 보고 싶었다. 모든 것을 바닥에 집어던지고 있자니 점차 술이 깨었고, 마침내 그것을 찾아냈다.

1946년의 연감이었다. 그렇게 오래된 것은 아니었다.

그는 책상에 돌아가 앉을 시간도 없었다. 그 자리에서 책상다리를 하고 앉아서는 다양한 부처들의 임원 목록을 손가락으로 열심히 뒤적거렸다. 그 자체가 지루한 데다가, 실패하긴 했지만 섹스를 시도했었고, 미지근한 뮈스카데를 세 잔이나 마신 터라 약간은 힘에 부치는 일이었다.

그렇게 아무것도 찾지 못한 채로 계속 뒤적이고 있는데, 엘렌이 들어왔다.

「왜, 어디가 안 좋아?」 그는 곧바로 물었다.

그녀의 얼굴이 아주 창백했던 것이다.

「괜찮아, 좀 피곤할 뿐이야.」

가장 쉬운 변명이었다. 프랑수아는 다시 서류 속으로 빠져들었다.

엘렌에게서도 술 냄새가 났다.

정말이지 모든 게 엉망이었다.

「오빠, 지금 뭐 해?」

대답에는 관심이 없는 그녀는 자기 방으로 들어가 외투를 침대 위에 던진 뒤, 곧바로 다시 나와 화장실로 가서는 토하려고 대야 앞에 무릎을 꿇었다.

조금 전 지하철에서 한 남자가 『르 주르날』을 읽고 있었다. 신문의 보이는 부분에서 이런 제목이 읽혔다.

〈약국 갱단〉, 또다시 범행.
테른 광장의 한 약국에서 사망자 발생.

프랑수아는 그녀가 화장실에서 나오지 않자 불안해졌다. 그는 뭔가를 해야겠다고 생각했다. 아, 대체 또 무슨 일이야?

막 몸을 일으키려 하던 그의 눈에 연감 한 줄이 들어왔고, 그는 거기에 손가락을 올려놓았다.

에드가르 드 뇌빌Edgar de Neuville - 민주 급진당.

〈E. N. - PRD〉.

64세. 2년 전 잠시 외무부 차관을 지냄. 하지만 그의 경력을 거슬러 올라가 보면 10여 년 동안 사이공의 식민지 사무국에 재직한 것을 알 수 있었다.

「지금 뭐 해?」

엘렌은 입안을 행군 후 다시 돌아와 있었다. 배가 뒤틀리듯 아팠지만 내색하지 않으려고 애썼다. 지금 몇 시지? 그녀는 꽤

종시계 쪽으로 고개를 돌렸다. 오후 4시, 점심을 건너뛴 터라 공복까지 겹쳐서 배가 그리 아픈 것이었다.

프랑수아는 소리 내어 읽었다.

펠릭스 알라르Félix Allard – 사회 공화 운동.

〈F. A. – MSR〉.

이 사람은 5년 동안 인도차이나 프랑스 고등 판무청 청장으로 재직했다.

엘렌은 그의 어깨 너머로 그것을 읽었다.

「에티엔 오빠와 관련된 거야?」

프랑수아는 자기가 이해했다고 생각하는 내용을 설명했다. 술에 취한 형제가 이니셜을 해독해야 할 암호로 여기며 그것이 또 다른 형제의 죽음과 연관되어 있을지도 모른다고 생각하는 모습……. 조금은 기묘한 그림이었다.

「이것에 대해 좀 생각해 봐야겠어.」 프랑수아가 말했다.

그렇게 확신이 있는 것은 아니었다. 동생은 얼굴이 형편없이 상해 있었다.

「근데 너 정말로 괜찮아? 응?」 그가 다시 물었다.

그녀는 옹송그리듯이 그에게 몸을 붙였다.

테른 광장 약국에서 죽었다는 사람.

베르나르 드 종사크.

내가 그 일과 어떤 관련이 있는 걸까? 그녀 머릿속에서는 모든 게 흐릿하기만 했다.

「에티엔 오빠가 너무 보고 싶어.」 그녀가 작게 말했다.

프랑수아는 동생을 좀 더 세게 안아 주었다.

38
참, 유감이네요

프랑수아는 자신의 영역을 철통같이 수호하는 바롱이 고다르 은행, 홉킨스 브라더스와 관련하여 짤막하게 대화를 나눈 후 팔짱만 끼고 앉아 있으리라 생각하지는 않았지만, 어떤 식으로 불똥이 날아올지는 알 수 없었다. 바롱 자신이 직접 나설 것인가? 혹은 데니소프를 통해서? 아니, 그것은 말레비츠를 통해서였다.

「자네, 바롱을 찾아갔다며?」 잡보부 부장이 물었다. 「뭐야, 그 엿같은 짓거리는?」

말레비츠의 찌푸린 시커먼 눈썹은 그를 루시퍼처럼 보이게 했다. 그를 잘 모르는 사람은 주눅 들 수도 있었으리라. 프랑수아는 이에 대해 가급적 조금 얘기하리라 마음먹은 터였다. 지금 쥐고 있는 게 특종감이라면 누구에게도 빼앗길 수 없었고, 만일 그렇지 않다면 머저리로 보일 위험을 피할 수 있는 것이다.

「뭔가가 있긴 한데, 밝히기엔 조금 일러요.」

「그거, 우리와 관계 있는 건가?」

이 〈우리〉는 잡보부를 지칭하는 말이었지만, 〈위엄의 복수형〉으로 이해될 수도 있었다. 말레비츠가 보기에 잡보란 『르 주르날』의 영혼이었다. 이 점에 있어서 그가 틀렸다고는 볼 수 없었으니, 이런 생각은 데니소프가 미국에서 가져온 새로운 것들 중 하나였기 때문이었다. 〈독자는 자신과 닮은, 하지만 자신보다는 저열한 이야기들을 필요로 해〉라고 그는 말하고는 했다. 말레비츠의 역할은 바로 이런 것들을 캐내고 멋지게 포장하여 사람들의 눈길을 끌 수 있는 기사로 만드는 것이었다. 그래서 말레비츠는 자신을 『르 주르날』의 영혼 중에서도 핵심으로 여기고 있었다.

「어쩌면요.」 프랑수아는 대답했다. 「아직은 잘 모르겠어요.」

잡보부 부장이 가장 싫어하는 종류의 대답이었다.

「그럼 안 되겠군. 왜냐하면 바로 아는 게 우리가 하는 일이기 때문이야. 만일 아무것도 모른다면, 그건 내버려두고 다른 일을 해. 알겠어?」

프랑수아는 굴복하는 척했다.

알겠어요.

「그리고 램슨 건은?」

이것은 말레비츠가 그의 막내가 〈일을 잘하고 있다〉고 인정하는 사건이었다. 프랑수아는 이 사건으로 몇 차례나 흥미진진한 기사를 만들어 냈고, 정보 하나를 얻으면 여러 호에 걸쳐 우려먹었으며, 경쟁지들이 따라잡을 여지를 조금도 남기지 않았다. 프랑수아는 두 명의 새로운 증인이 모습을 드러냈다고 말레비츠에게 보고한 터였다. 그러고는 곧이어, 이것은 별로 중요치 않은 사람들 간의 흔해 빠진 불륜 이야기여서 건질 게 전혀 없다고 덧붙였었다.

「르누아르가 멍청한 소리를 하더라고요.」 프랑수아가 대답했다. 「그걸 기사로 낼 수 있을지 모르겠어요.」

「그가 하는 멍청한 소리들을 다 기사로 쓸 것 같으면 그는 매일 1면에 실리겠지. 이번엔 또 무슨 소리를 했는데?」

이때 프랑수아는 전혀 프로답지 않은 행동을 했다. 말레비츠가 캐물을 수도 있는 판사와 닌(말레비츠는 그녀의 성별이 뭔지도 몰랐다!) 간의 면담에 연막을 치기 위해, 부수적인 사실에 초점을 맞춘 것이다.

「마지막 증인이요. 판사는 그가 범인이라고 생각해요.」

프랑수아는 정말로 재능이 있었다. 이 〈마지막 증인〉이라는 표현은 인쇄기 잉크 냄새를 확 풍겼고, 말레비츠의 눈은 반짝거리며 불이 켜졌다.

그것은 실제로 판사의 사무실에서 벌어진 일이었다. 닌과 그녀의 애인이 찾아와 진술을 했고, 프랑수아는 단순히 어떤 새로운 정보가 없는지 확인하기 위해 들렀었다. 하지만 닌과, 특히 그녀의 애인과 마주치기를 바라는 마음이 은근히 있었는데, 그자가 어떻게 생겼는지 정말로 한번 보고 싶었던 것이다.

「당신은 이 사실을 어떻게 설명하겠소?」 르누아르 판사가 물었다. 「전체 증인 중에서 출두하지 않은 사람이 딱 한 명뿐이라는 것 말이오.」

정말이지 그는 어이가 없을 정도로 진지했다. 그에게서 답변을 얻는 것은 너무도 쉬운 일이었으니, 그는 도무지 입을 다물 줄을 몰랐다.

「글쎄요, 전 설명을 못 하겠네요?」프랑수아가 대답했다. 「판사님은 어떻게 생각하시죠?」

「난 그가 범인이라고 생각하오.」

「앗, 잠깐만요.」프랑수아는 호주머니에서 수첩을 꺼내며 말했다.

이 행동의 메시지는 명확했다. 지금 당신은 당신이 하는 말로 기사를 쓰게 될 기자 앞에 앉아 있다……. 하지만 판사는 놀라거나 단순히 불안해하는 대신 오히려 신이 났다.

「그가 이렇게 숨어 있어야 할 이유가 뭐겠소? 그는 현장에 있었던 229명의 관객 중에서 사법부에 협력하지 않으려 하는 유일한 사람이오! 만일 아무것도 숨길 게 없다면, 대체 왜?」

뒤늦게 찾아와 증언한 두 사람이 그랬듯이 그에게도 뭔가 나름의 이유가 있을 터였지만, 프랑수아로서는 그걸 지적해 봤자 이득 될 게 없었다. 만일 지금 탕플리에 반장이 있었다면 그는 분명히 말했으리라. 하지만 이렇게 단둘이 있을 때 르누아르 판사는 프랑수아의 맛있는 먹잇감일 뿐이었다.

「전 그 각도로는 생각하지 못했는데요…….」프랑수아는 메모를 하면서 말했다.

르누아르의 문제(그의 문제는 너무 많으니 그중 하나라고 치자)는 그가 생각하는 것을 너무 쉽게 말해 버린다는 점이었지만, 더 나쁜 것은 뭔가를 말하면서 언제나 스스로의 말을 믿어 버린다는 사실이었다.

더 이상은 필요치 않았다. 르누아르는 벌써 사무실 안을 왔다 갔다 하면서, 생각과 말을 착각하며 말을 전개해 나가기 시작했다.

「증인 소환, 현장 재구성, 용의자 식별 등등을 행한 후에 이 사건에 대해 모르는 사람이 지금 누가 있소?」

그는 자기 책상으로 후다닥 가더니 언론물 스크랩한 것 두 장을 꺼냈다. 한 독일 잡지는 이 사건에 기사 한 편을 할애했고, 판사가 손에 쥐고 흔드는 것은 어느 이탈리아 신문의 기사였다. 거기에는 그의 말을 증명이라도 하듯 그의 사진이 실려 있었다.

「온 유럽이 이 사건을 알고 있소! 그런데 이 마지막 증인 혼자만 그걸 모른다? 그건 말이 안 되지!」

「네, 그럼 그에게 어떤 이유가 있을까요?」

「이유는 단 하나요. 내가 무슨 말을 하는지 아시겠지만.」

다음 날, 프랑수아는 이런 제목을 달았다.

르누아르 판사의 질문.
침묵 중인 마지막 증인,
그는 왜 계속 숨어 있는 걸까?

프랑수아는 이 주제를 좀 더 우려먹기로 했다(그리고 말레비츠는 입맛을 다셨다).

다음번에 이 예심 판사는 빠져 있는 증인이 범인이라는 데에 일말의 의심도 품지 않는다고 단언하며 두 번째 놀라움을 선사할 것이었다. 그때까지 프랑수아는 지금 그의 정신을 가장 사로잡고 있는 문제에 집중할 수 있었다.

「저, 부장님,」 그가 말했다. 「이틀간 휴가 좀 얻고 싶은데,

가능할까요?」

말레비츠는 조심스러운 마음에 동생의 죽음에 대해 물어보지 못하고 있었다.

「제가 동생을 한 명 돌보고 있어요. 근데 걔가 이번 일을 잘 이겨 내지 못해서 제가…… 무슨 말인지 이해하시죠……?」

「아, 물론이지. 그래, 가봐, 가보라고. 그래도 연락은 할 수 있어야 해. 알았지?」

지하철에서 프랑수아는 수첩을 꺼내어 해야 할 일들을 정리해 보았다.

우선 에드가르 드 뇌빌과 펠릭스 알라르가 쌓아 온 경력의 큰 줄기를 파악해야 했다. 그런 다음에 그들의 평소 씀씀이가 어떤지 조금 알아봐야 할 것이었다. 최근 몇 달 동안 딸에게 호화 결혼식을 선사한 일은 없는가? 고급 승용차를 사거나 저택을 구입한 일은? 이와 병행하여 금융 기관들 쪽도 조금 캐봐야 했다. 그쪽에서 근무하며 정보를 얻어 낼 사람을 찾는 게 가능할까? 만일 이 일이 괜찮아 보인다면 데니소프가 한두 사람의 양심을 사는 데 필요한 자금을 내줄 수도 있으리라. 지금 프랑수아의 목적은 이 주제를 데니소프에게 팔기 위해, 이 주제의 실체가 존재하는지를 확인하는 것이었다.

왜냐하면 그다음에 조사할 방법은 오직 하나밖에 없기 때문이었다.

에티엔이 어떻게 죽었는지를 이해하기 위해서는 외환국에서부터 시작해야 했다.

거기서부터 순서대로 하나하나 알아보는 것이다.

그리고 이를 위한 길은 하나밖에 없었다.

바로 사이공으로 가는 것이다.

✳

이 무렵, 딕시 직물점에 처음으로 상품이 인도되었다.

종이 박스와 궤짝을 가득 실은 소형 트럭이 도착했다.

정의의 신처럼 준엄한 얼굴을 한 준비에브는 인도자의 접근을 막으려는 듯이 보도에 꼿꼿이 서 있었다. 그녀는 하역하기 전에 견본을 보여 달라고 요구했다.

「아, 그래요?」

아들과 함께 직접 배달을 나온 베르키외의 소기업 사장 스퇴벨 씨가 놀라며 반문했다.

「아, 그럼요! 맞아요, 사장님!」 준비에브는 마치 비난의 말을 받아치기라도 하듯 또박또박 말했다. 「왜냐하면 일이 제대로 안 되었다면 사장님은 아무것도 내려놓지 못할 테고 저도 한 푼도 줄 수 없으니까요!」

사장은 챙 모자를 뒤쪽으로 젖히고는 이마를 긁적이며 장을 쳐다봤지만, 당사자는 쩔쩔매기만 할 뿐 아무 말도 못 했다.

「뭐, 정 원하신다면…….」

여기서 침대 시트 한 장, 저기서 수건 한 장을 꺼내는 것은 곡예에 가까운 일이었다.

「베갯잇은요?」 준비에브가 물었다. 「그리고 식탁보는요? 냅킨은 또 어디 있나요?」

이리하여 썰렁한 가게의 판매대 위에 견본들을 죽 늘어놓았는데, 스퇴벨 씨는 이 요구가 조금 지나치다고 생각했다. 털끝

만큼의 하자도 없이 완벽하게 작업했다는 걸 척 보면 모르는가?

이렇게 침대 시트 한 세트 혹은 체크무늬 손수건 한 장을 꺼내려고 상자 굴리기를 거의 한 시간, 사장이 점점 열받아 한다는 게 느껴졌다.

「좋아요.」 이윽고 준비에브가 공작 부인 같은 어조로 말했다. 「이제 내리셔도 돼요.」

「먼저 계산부터 해주셨으면 좋겠는데요.」

사장은 신중하게 나왔다.

준비에브는 주문서와 인도 확인서에 고개를 기울이고서 줄마다 짚어 가며 확인하는데, 이게 대체 언제 끝나나 싶을 정도였다. 마침내 준비에브는 수표를 끊어 주었고, 스퇴벨 씨는 그것을 받아서는 조심스럽게 지갑에 집어넣었다.

장도 도와주었던지라 땀을 뻘뻘 흘리고 있었다.

이때까지 팽팽했던 분위기는 조금 누그러졌다. 하역이 끝나자 고객과 하청업자는 거의 친구가 되어 있었다. 분위기가 얼마나 화기애애했던지, 장사꾼이 되면서 점점 더 노랑이가 되어 가는 준비에브가 먼 길 가는 사람을 배웅하는 겸 해서 옆 카페 〈르 발토〉로 한잔하러 가자고 제안하기에 이르렀다.

스퇴벨 씨의 젊은 아들은 그르나딘[5]을 주문했다. 장이 주문할 차례가 되자 준비에브는 그에게 슬쩍 눈을 부라렸다. 소박하게 비텔 광천수 한 잔을 고른 그는 스퇴벨 씨와 준비에브가 각자의 비르[6]를 홀짝이는 모습을 바라보았다. 가정용 직물 사

---

5 석류 시럽에 탄산과 물을 섞은 무알코올 음료.
6 레드와인에 키니네를 섞은 아페리티프의 일종.

업과 제조에 관련된 화제가 다 떨어지자, 스퇴벨 씨는 장에게
로 고개를 돌리며 물었다.

「가만있자, 그때가 언제였죠? 사장님이 주문하려 내려오셨
을 때가?」

장은 잔을 꽉 쥐었다. 방향이 이상하게 틀어졌다는 게 본능
적으로 느껴졌다.

「10월 20일경 아닌가요?」 준비에브가 끼어들었다. 「여보,
당신에게 묻고 있잖아!」

「맞아, 그래, 20일경이었어.」

광천수를 마시고 있었지만 장은 목이 바싹 타들어 갔다.

스퇴벨 씨는 상념에 잠긴 얼굴로 고개를 주억거렸다.

「그러니까, 사장님께서 떠나신 지 얼마 되지 않아, 몹시 불
행한 일이 일어났어요.」

「뭔데요? 빨리 얘기해 보세요.」 다른 사람에게 비극이 닥치
기만 하면 흥분을 감추지 못하는 준비에브가 재촉했다.

「제 어린 조카가…… 뭐, 제가 〈어리다〉고 하는 것은 걔가 스
물두 살밖에 안 되었기 때문이에요. 제 누이의 딸이죠.」

준비에브는 장의 얼굴이 빨개지면서, 마치 누가 한 게임 하
자고 부르는데 일어서야 할지 망설이는 사람처럼 당구실 쪽으
로 고개를 돌리는 것을 알아챘다.

「그래서, 그 젊은 아가씨에게 무슨 일이 일어난 거죠?」 준비
에브가 물었다.

「살해당했답니다, 부인. 믿기지 않는 일이죠. 그 애는 랑베
르겜 우체국에서 대체 근무를 하고 있었어요. 폐점 한 시간 후
에도 그녀가 보이지 않아 사람들이 불안해했는데, 글쎄, 사무

실에서 변사체로 발견된 거예요. 그 애는 제 누이의 장녀였고, 약혼을 앞두고 있었어요. 정말 안타까운 일이죠.」

「그러면……」 준비에브가 머뭇거렸다. 「어떻게……?」

「아주 야만스러운 방식으로요.」

장은 일어섰고, 화장실에 다녀오겠다고 손짓하고는 멀어져 갔다.

「야만스럽다니, 어떻게요?」

준비에브의 목소리는 낮아져 있었다.

「머리를 그냥 박살 내버렸답니다, 부인. 뭐, 달리 표현할 수가 없네요.」

「세상에! 그런데…… 무엇으로요?」

「전화 수화기로요. 전화박스에 설치된 거요. 경찰 말로는 그 애가 열 대 이상을 맞았다고 해요. 제가 이해한 바로는 금방 죽었답니다.」

「어떤 의미에서는 잘된 일이네요. 하지만 대체 누가 그런 끔찍한 짓을 했대요?」

「그건 아직도 몰라요! 우리 지방 헌병대에는 쓸데없는 게으름뱅이들만 모여 있죠. 한번은 이렇게 말했다가, 그다음 날엔……. 게다가 그들은 죽은 애의 약혼자와 심지어는 제 누이에게까지 찾아와서 생트집을 잡으며 괴롭힌답니다!」

「창피하지도 않나?」

장이 화장실에서 돌아왔다.

「여보, 이 얘기 들었어? 아이고 끔찍해!」

그는 앉지 않고 거기 그냥 서서는 이 자리가 파하기만을 기다렸다.

「스퇴벨 씨의 조카따님이 살해당했대……. 몇 살이라고 했죠?」

「스물두 살이요.」

「우체국에서 살해당했대. 전화기로 한 대 맞아서. 그러니까, 한 대가 아니라 여러 대…….」

긴 침묵이 이어졌다. 각자가 이 오싹한 상황에 대해 생각해 보았다.

「그런데 말이에요, 스퇴벨 씨…….」

준비에브는 어떤 의혹에, 불안감에 사로잡혔고, 그게 얼굴에 드러났다.

「그러니까, 그 젊은 아가씨들이…… 아, 죄송해요. 그러니까 그 젊은 아가씨가…… 성폭행을 당했나요?」

장이 입을 벌렸지만, 스퇴벨 씨가 한발 앞섰다.

「아이고, 아닙니다, 펠티에 부인. 다행히도 아니에요. 살해 당한 것만으로도 충분히 끔찍하지 않나요?」

「아, 물론이죠, 물론이죠.」 노르망디 지방 촌부 같은 건강한 혈색을 되찾은 준비에브가 맞장구쳤다.

「그래도 지문은 확보했어요.」 스퇴벨 씨는 남은 음료를 마저 들이켜며 말했다.

「뭐라고요? 지문이라고요? 무슨 지문을요?」 장이 소리쳤다.

스퇴벨 씨는 그가 이렇게 흥분하는 게 자신이 밝힌 뉴스의 중요성 때문이라고 생각했는데, 이게 꼭 틀린 생각은 아니었다.

「수화기에서 살인범의 지문이 발견되었어요. 그래서 그 애 약혼자의 무죄가 인증…… 입증…… 어쨌든 그 친구에게 죄가 없다는 게 밝혀졌죠.」

장은 눈을 반쯤 감은 준비에브를 쳐다보았다. 마치 어떤 새로운 전망에 시각을 맞추고 있는 것 같은 눈이었다.

「우체국 안에는 지문이 수백 개는 남아 있잖아요!」 그녀가 말했다.

「그래, 맞아!」 장이 맞장구쳤다.

「심지어는 수천 개일 수도 있죠. 제 아버지가 우체국장이기 때문에 잘 알아요!」

「아!」 장은 의기양양하여 외쳤다.

「맞습니다.」 스퇴벨 씨가 말했다. 「그렇지만…….」

그는 조금 뜸을 들였다.

장은 입을 헤벌렸고, 준비에브는 눈을 감았다.

「……그렇지만 그 애의 피가 묻은 지문이 나왔어요. 무슨 말인지 아시겠어요? 이건 당연히 범인의 것일 수밖에 없죠.」

준비에브는 눈을 떴고, 크게 벌렸다.

「그럼 왜 그 살인범을 체포하지 않은 거죠?」

「지문은 확보했지만, 그 주인은 못 찾은 것 같아요.」

「오,」 준비에브가 탄식했다. 「참, 유감이네요.」

그녀는 스퇴벨 씨만큼이나 실망한 것 같았다.

장은 여전히 목이 바싹 말라붙어 있었고, 손바닥은 땀으로 축축했다. 물 한 잔만 마실 수 있다면 수명의 10년이라도 내줄 수 있을 것 같았지만, 도저히 몸을 움직일 수가 없었다.

「자, 아직 할 얘기가 많지만…….」 마침내 스퇴벨이 두 손으로 무릎을 탁 치며 말했다. 「이제 그만 가봐야겠어. 그렇지, 아들?」

✳

준비에브는 시트와 식탁보를 벽 선반들에 잔뜩 쌓아 올렸다. 하지만 정말이지 이 가게는 마음에 들지 않았다. 그녀가 꿈꿨던 것과는 아무 상관이 없었다. 공간이 협소하여 보도에서 판매해야 하는 상황 때문에, 세련된 고객들을 맞으며 식탁보며 침대 장식품 등을 재치 있게 펼쳐 보이는 대신 시장 바닥에 있는 진열대에다 뒤죽박죽으로 던져 놓아야 할 것이었다. 얼마나 창피한 일인가? 거의 반사적으로 모든 잘못을 장의 탓으로 돌리는 준비에브는 이것도 장 때문이라고 생각했지만, 오늘은 심란해하는 그를 동정하고는 너무 닦달하지 않으려고 했다.

「아니, 왜 그래?」 그녀는 그가 무언가를 손에서 놓치거나 마치 취한 사람처럼 가구에 몸을 부딪칠 때마다 물었다.

평소처럼 버럭 소리 지르지 않고 오히려 어머니 같은 참을성이 느껴지는, 거의 웃는 듯한 목소리로 그렇게 묻는 것이었다.

「자, 이리 줘봐, 내가 할 테니까.」

그러자 불안감에 녹초가 된 장은 의자에 털썩 주저앉았다.

랑베르겜 우체국에서 자신의 피 묻은 지문이 발견되었다는 얘기에 그는 미칠 것 같았다. 이날의 후반부는 끔찍하기만 했다. 식은땀이 났고, 앞은 뿌옇게 보였으며, 몸이 휘청거려 가구를 붙잡아야 했다. 특히, 무서운 이미지들이 그를 엄습했다. 자기가 체포되어 판사 사무실로 끌려가는 모습이 보였다. 르누아르였는데, 실제보다 열 배는 더 위엄 있어 보이는 그가 몸을 굽히고는 〈당신 손 좀 보여 주시오……〉라고 말했다. 장이 땀으로 번들거리는 손바닥을 내밀면 판사는 점쟁이처럼 이렇게 말하는 것이었다. 〈흠, 이 손으로 어떤 전화 수화기를 잡았던 것 같은데…… 내가 틀렸소?〉 거대한 체구에 검은 콧수염을 기른 헌병 두 명이 판사의 양옆에 서 있었다……

정리가 끝나자 준비에브도 소젖 짜는 사람처럼 두 무릎을 쫙 벌리고 의자에 앉았다.

문가에 있는 장은 누군가가 들이닥칠까 봐 두려운 사람처럼 거리를 쳐다보았다.

「그 스퇴벨 씨 조카딸에 대해 생각해 봤는데 말이야…….」

장은 고개를 홱 돌렸다. 그의 아내는 고개를 설레설레 저었다. 입은 회의적으로 비틀려 있었다.

「그 친구 말이야……. 아마 찾아내기가 쉽지 않을 거야.」

「지문을 찾았다잖아…….」 장은 목이 콱 메어 간신히 말했다.

「쓸데없는 소리! 만일 그가 그들의 서류철에 올라 있으면 벌써 오래전에 잡았겠지! 그리고 그 친구는 이제 몸을 사릴 거야. 따라서 내가 장담하는데, 경찰은 그 지문을 다시 보기가 힘들 거란 말이야!」

저녁에 그녀가 몸을 양초처럼 쭉 뻗고 그 몸을 따라 두 팔을 시트 위에 나란히 뻗은 자세로 침대에 누웠을 때, 그 옆에 드러누운 장은 그녀가 이렇게 말하는 소리를 들었다.

「여보, 그래도 당신은 그렇게 여행을 다닐 수 있을 만큼 운이 좋은데, 지방에서 뭔가 특별한 일이 일어나도 내게 아무 소리도 안 하네.」

평소에 그를 비난할 때 같은 그 건조한 금속성의 목소리가

아니라, 장난치는 듯한, 어린애 같은, 거의 애교마저 느껴지는
목소리였다.

　　그녀는 시트 아래로 천천히 손을 뻗어 왔다.

　　「하지만 그런 일들이 있잖아, 안 그래? 내 뚱땡이…….」

39
지금도 그렇고, 과거에도 한 번도 없었소!

    그에게는 기술이 부족했다. 프랑수아는 잡보 기사를 쓰는 데 있어서는 그야말로 적수가 없었다. 하지만 이번에는 증인들에게 질문하고 대중을 사로잡는 세부 사항을 캐내는 일이 아니라, 언론에 반감을 갖는 집단에게서 조사를 하는 일을 해야 했다. 주소록과 인맥, 그리고 네트워크가 있어야만 가능한 일인데, 그에게는 이런 게 전혀 없었다.

    국회의 관련 자료, 상원의 연감, 정당들이 발행한 소책자, 그리고 국립 도서관에서 열람 가능한 자료 덕분에, 그는 펠릭스 알라르와 에드가르 드 뇌빌의 경력을 어렵지 않게 재구성할수 있었다. 심지어 그들 아내의 결혼 전 성(姓)과 자녀들의 나이, 그리고 그들이 어떤 관직들에 있었는지도 알아냈지만, 이런 것들은 누구라도 찾아낼 수 있는, 큰 의미는 없는 것이었다. 그가 할 수 있었던 일은 주로 자신의 상상력에 의지하여 각 인물의 대략적인 초상을 그려 보는 것뿐이었다.

    그가 보기에 에드가르 드 뇌빌은 전형적인 시골 귀족으로,

장드로발타자르 집안의 영애와 결혼한 후 장인의 도움으로 식민지 행정부에 들어간 사람이었다. 흥미로운 점은 그가 상당히 긴 시간 동안 사이공에 체류했다는 사실이었다. 이렇게 한자리에 오래 있었다면 인도차이나와 프랑스 간의 관계뿐 아니라 온갖 종류의 친구들을 꽤 많이 알게 되었을 터였다. 그는 민주 급진당 당원으로, 다양한 정치적 성향을 포괄하는 편리한 잡낭이라 할 수 있는 이 정당 덕분에 상원 의원에 당선될 수 있었다.

날짜만 가지고 따진다면 그는 그가 떠난 지 2년 후에 현지에 도착한 펠릭스 알라르와 마주친 적이 없다고 봐야 했다. 펠릭스 알라르 역시 프랑스 고등 판무청 관리로서 인도차이나 문제에 대해 어느 정도 알고 있을 것이었다. 그는 다양한 관직을 거친 후에, 그의 소망의 정점이라 할 수 있는 국회 의원 자리에 올랐다.

요컨대, 이 첫날의 조사 끝에 프랑수아에게는 두 가지가 확실해졌다. 먼저는 아무런 성과가 없다는 것이고, 그다음은 자기 혼자만으로는 더 이상 나아갈 수 있는 가능성이 전혀 없다는 것이었다.

그는 밤새도록 이 실패에 대해 여러 각도에서 생각해 보았다. 그리고 해결책은 오직 하나뿐이라는 결론에 도달했다.

직접 부딪치는 것이었다.

그는 아침부터 국회 의원 비서실에 전화를 걸었다. 의원은 지방에 있고 다음 날 돌아온단다. 그런데 경험이 없는 프랑수아가 이게 얼마나 드문 일인지 느끼지 못하는 기적에 의해, 에드가르 드 뇌빌은 파리에 있었다. 상원 의원과 전화로 연결이 되자 프랑수아는 말끝마다 〈인도차이나에 대한 의원님의 탁월한 지식〉을 운운했다.

「의원님, 전 그곳의 상황에 대해 중요한 기사 한 편을 준비하고 있습니다. 이 문제의 전문가들과 대화하고 있으며, 의원님께 연락드린 것도 이를 위해서입니다. 의원님께서는 그 지역을 너무나 잘 아시니까요.」

상원 의원은 크흠 하고 목청을 골랐다. 그는 이렇게 의견을 달라고 요청받은 일이 없었던 모양으로, 몹시 흐뭇해했다.

「흠, 우리가 언제 볼 수 있을까? 가만있어 보시오. 비는 시간이…….」

「아이고, 의원님, 저희는 내일 아침 인쇄에 들어갑니다. 그리고 만일 이 문제에 대해 의원님께서 빛을 밝혀 주시지 않는다면, 전 너무나 아쉬울 것 같아요. 그리고 제 생각으로는 의원님께서 단 30분만 허락해 주시면 충분히…….」

「아, 그럼 좋소! 언제를 원하시오?」

이리하여 오후가 끝나 갈 즈음에 프랑수아는 상원 의원의 사택으로 들어갔는데, 거처가 생각 외로 소박하여 적잖이 당황했다. 아파트 전체의 크기가 프랑수아 자신의 것보다 세 배 정도밖에 되지 않았기 때문이었다. 복도 끝에 위치한 조촐한 서재는 마호가니 책장, 그리고 서류와 담뱃재로 뒤덮인 구식 탁자로 인해 더욱 비좁아 보였다. 받침대 위에는 스무 개가량의 파이프가 죽 괴어 있었는데, 상원 의원이 손님을 배려하여 창문을 열었는데도 뿌연 담배 연기는 빨리 걷히지 않았다.

방이 넓지 않았기에 사내의 체구는 더욱 육중해 보였다. 시골 출신답게 딱 벌어지고 단단해 보이는 골격, 정력적인 용모,

우뚝한 콧등, 덤불 같은 눈썹, 빽빽한 콧수염 등 차분함이 느껴
지는 인상적인 외모였다. 프랑수아는 곧바로 자신이 잘못 짚
었다는 느낌을 받았다. 이런 사람이 피아스트르 시세를 이용
하는 지저분한 부정 거래와 무슨 관련이 있겠는가? 그는 상원
의원 봉급이면 충분할 것 같은 소박한 취향의 소유자로 보
였다.

또 허영심도 없지 않은 사람이었다. 프랑수아가 자기 얘기
를 하는 것을 들은 그는 자신이 전문가 역할을 맡아야 하는 상
황에 자만심이 한껏 부푼 나머지 흡족하면서도 거만한 미소를
지으면서 젊은 기자의 요구를 받아들였다.

대화가 시작되었을 때 뇌빌은 다음과 같은 제목으로 장식된
『르 주르날』 최근 호를 내밀었다.

르누아르 판사,
〈침묵을 지키는 이 마지막 증인,
메리 램슨의 살인범임에 분명하다〉고 밝혀.
프랑수아 펠티에의 독점 인터뷰.

「이게 당신 아니오? 프랑수아 펠티에…….」
뭔가 석연치 않은 듯한 어조였다. 예상치 못했던 일이었다.
「『르 주르날』에서 제가 하는 일이 두 개입니다. 잡보 기사와
특별 앙케트 기사를 쓰는 것이죠.」
〈특별〉이라는 표현이 상원 의원의 마음에 들었다. 그는 안
심했고, 심지어는 자존심까지 채웠다. 그는 신문을 다시 접으
면서 그 방면에 대해서도 잘 아는 사람처럼 덧붙였다.

「이제 이자에 대한 사냥이 시작되겠군, 안 그렇소? 다른 기자들이 모두 뛰어들겠어.」

프랑수아는 칭찬을 겸손한 태도로 받아들였다.

그는 『르 주르날』의 기사들에서 훔쳐 온 몇 가지 질문을 준비해 놓았다. 상원 의원은 이 질문들의 극히 일반적인 성격에, 그리고 10년 동안 아무도 그에게 문의한 적 없는 분야에서 자신이 일급 관찰자로 간주되고 있다는 사실에 한순간도 놀라지 않았다. 프랑수아는 무릎에 수첩을 펴놓고 뭔가를 열심히 쓰는 척했지만, 적은 것은 단 하나였다. 그것은 그가 꺼내려고 준비해 온, 그리고 지금 이 사무실을 보니 우스꽝스럽게 느껴지는 유일한 문장이었다.

에드가르 드 뇌빌은 프랑스의 군사적 선택과, 이 나라가 인도차이나에 제공하는 여러 가지 혜택, 그리고 아시아 대륙 전체를 위협하는 중국 공산주의 등에 대해 오랫동안 얘기를 늘어놓았다.

프랑수아는 수첩을 덮었다.

「상원 의원님, 너무나 명쾌한 설명을 제공해 주신 데에 깊이 감사드립니다. 이 기사를 쓰는 저에게 큰 도움이 될 것 같습니다. 그리고 독자들에게도요.」

「이게 내일 발표된다고 그랬죠?」

「적어도 편집국장님께서는 그렇게 말씀하셨습니다!」

그는 일어섰다. 상원 의원은 그를 배웅하기 위해 책상을 돌아 나왔다.

프랑수아는 복도를 관찰했고, 그가 몸을 돌릴 지점을 결정했다. 여기서 2미터 앞, 문에서 너무 멀지도, 가깝지도 않은 곳이었다.

그는 걸음을 멈추고, 갑자기 뭔가가 생각난 사람처럼 미간을 찌푸렸다.

「의원님, 한 가지 여쭤볼 게 있는데…… 혹시 고다르 은행이나 홉킨스 브라더스에 개인 계좌가 있으신가요?」

효과는 즉각적이었다.

따귀처럼 날아온 느닷없는 질문에 그의 넓적한 얼굴이 시커매졌다. 표정이 굳고, 입이 메기처럼 옆으로 쭉 늘어났다.

「뭐라고요?」

상원 의원의 두뇌는 이 상황과 내놓아야할 대답, 그리고 이 질문의 존재 자체가 가정하는 현기증 나는 양의 결과들을 맹렬한 속도로 계산했다.

프랑수아는 질문을 반복했다.

「절대로 아니오!」 상원 의원이 소리쳤다.

「그럼 가지신 일도 없으십니까?」

「그런데, 그런데…… 대체 왜 당신은……?」

「이 기관들이 어떤 사람들로 하여금, 프랑에 대한 피아스트르의 유리한 환율을 통해 상당한 이득을 취할 수 있도록 해주고 있다는 얘기가 있습니다. 간단히 말해서, 이들이 프랑스 납세자들의 등 뒤에서 매우 짭짤한 불법 외환 거래에 참여할 수 있도록 해주고 있다는 거죠.」

로마 장군 같은 뻣뻣한 자세는 권력자들에게서 흔히 볼 수 있는 모습으로, 대화에 있어서는 권위적인 주장과도 같은 것이다.

「이보시오, 난 그런 기관들에 계좌를 가져 본 적이 없소! 지금도 그렇고, 과거에도 한 번도 없었소!」

프랑수아로서는 끝난 얘기였다.

충계를 내려오며(상원 의원은 악수도 하지 않고 문을 닫아 버렸다) 프랑수아는 그의 돈이 어디로 갔는지 궁금했다. 그에게 숨겨 놓은 애인들이 있을까? 아니면 어떤 은밀한 비행이라도 저지르는 건가? 도박을 하나? 어쩌면 정당의 금고를 채워 넣는 것인지도 몰랐다.

프랑수아는 기분이 너무나 좋았다. 그는 갑자기 빨라진 심장 박동을 가라앉히기 위해 크게 심호흡을 했다.

그는 알라르 의원의 사무실에 다시 전화를 걸었다. 자신의 기사 주제를 밝힌 그는 이번에도 인도차이나 문제에 대한 전문가가 필요하다고 둘러대고는, 다음 날 의원님이 돌아오는 즉시 공식 인터뷰를 가질 수 있도록 해달라고 부탁했다.

만일 뇌빌과 알라르가 서로 아는 사이라면 이에 대해 얘기를 나눌까? 어쨌든 상관없었다. 만일 그렇다면 국회 의원은 프랑수아를 만나지 않으려고 애를 쓸 텐데, 이는 허위 진술보다도 명백한 증거이기 때문이었다.

이제 일은 시작됐다.

프랑수아는 에티엔을 생각했다. 자신이 항상 에티엔을 제대로 이해해 주지 못해 진 빚을 갚을 능력이 갑자기 생긴 것 같았다.

프랑수아는 에티엔의 죽음이, 그 슬픈 장례식과 파리로의 귀환이 엘렌과의 관계를 회복시켜 주리라 희망했다. 아버지가 엘렌이 미술 학교에서 잘하고 있느냐고 물었을 때, 그녀는 눈짓으로 그에게 고마움을 표시했었다. 그는 거짓말을 했었다. 네, 잘하고 있는 것 같아요. 그는 그녀가 수업에 들어가는지조차 모르고 있었다. 그녀는 그 일에 대해 아무 말도 하지 않았다. 그녀는 모든 것을 감췄고, 그는 그녀의 삶에 대해 아무것도 몰랐다.

그는 그녀가 부모님 앞에서 자신을 감싸 준 본인에게 고마워하기를 기대했다. 적어도 좀 조용히 살 수 있게 해주기를 바랐다.

하지만 돌아온 지 이틀 만에 그 꿈은 깨졌다.

처음에 엘렌은 눈물과 슬픔에 탈진하다시피 하여 평소보다 좀 더 유연한 모습을 보여 주더니만, 갑자기 온몸의 살갗이 벗겨진 사람처럼 돌변해 걸핏하면 흥분하고 성을 내어 도저히 같이 지낼 수 없는 사람이 되어 버렸다. 그로서는 요란한 천성이 돌아온 것이라 짐작할 뿐, 그 변화의 이유를 알 수 없었다.

테른 광장의 약국에서 일어난 강도 사건 소식을 접한 엘렌은 화들짝 놀랐다. 두려움에 떨며 밤을 지새웠지만, 아침이 되자 조금 나아졌다. 사실 자신은 이 일에 아무 책임이 없지 않은가! 이게 베르나르 드 종사크의 작품이란 걸 알고 있는 그녀는 지금이라도 경찰에 가봐야 하는 게 아닌가 생각했다. 만일 심문을 받게 된다면 자신은 이런 일이 일어날 거라고는 생각하지 못했다고 단언할 것이었다. 종사크는 평소에 별소리를 다 하는 사람이라서……

이 두려움은 프랑수아가 들려준 얘기 앞에서 잠시 힘을 잃었다. 그는 에드가르 드 뇌빌이 에티엔이 알려 준 이니셜의 주인공이며, 이 피아스트르 사건에 연루되었다고 확신한다는 것이었다.

에티엔의 죽음이 이 스캔들과 관련 있을 수 있다는 생각은 엘렌의 정신을 사로잡았지만, 그녀는 곧바로 훨씬 더 구체적이고 분명하고 긴급한 현실로 돌아와야 했다. 『르 주르날』의 1면 제목을 보게 된 것이다. 순간, 그녀의 얼굴에 핏기가 사라졌다.

〈약국 갱단 두목〉 베르나르 드 종사크, 공범들을 밝히다!

그녀는 실신할 것 같았다

6개월이 넘는 은밀한 추적 끝에, 그리고 테른 광장의 약사인 부베 씨가 희생된 절도 사건 후에, 〈약국 갱단〉은 드디어 일망타진될 조짐을 보이고 있다. 국립 미술원 출신이며 확인된 코카인 중독자인 베르나르 드 종사크가 이끄는 이 방대한 네트워크는 지난 2년 동안 파리와 그 근교에서 스물다섯 건의 약국 침입 절도를 저질렀다. 문 따는 자, 망보는 자, 범행 대상물 색자, 운반책, 딜러 등으로 치밀하게 조직된 이 갱단은 각종 마약 제조에 사용되는 수백만 프랑어치의 약품을 훔치고, 생제르맹 구역에 주로 유포한 것으로 추정된다. 경찰은 압수 수색을 행하여 상당량의 암페타민을 찾아낸 바 있다.

이 갱단의 핵심 인물이며 경찰 앞에 서자 약국 진열창 앞에서보다는 덜 무모해진 베르나르 드 종사크는 공범들의 이름을 모두 〈불었는데〉, 이들은 그와 마찬가지로 마약 밀매, 조직 범죄, 절도 등의 혐의로 중형에 처해질 가능성이 있다. 이미 어젯밤에 일제 소탕 작전이 행해져 10여 명의 공범이 체포되었다. 나머지 공범들도 며칠 내로, 아니 몇 시간 내로 체포될 전망이다.

이 순간부터 엘렌의 삶은 두려움과 떨림의 연속이었다. 가장 먼저 떠오른 생각은 도망가자는 것이었다. 그런데 어디로 간단 말인가? 또 무슨 돈으로? 프랑수아에게 도움을 청한다? 그러나 그도 그녀만큼이나 빈털터리였다! 곧 경찰이 그녀를 찾으러 올 것이었다. 하지만 오려면 진즉 왔어야지 왜 지금껏 안 온단 말인가? 그리고 그녀가 대체 무얼 했단 말인가? 아무 짓도 안 했다! 원래 그녀는 망을 보기로 되어 있었는데 에티엔이 죽어서 파리를 떠나야 했던 것이다! 그녀는 어떤 일에도 참여하지 않았다! 거리낄 게 전혀 없는 것이다! 그래도 경찰은 그녀를 심문할 것이고, 그녀는 해명해야 할 것이었다. 당신은 향정신성 의약품을 복용한 적 있소? 그걸 산 적이 있소? 누구에게 샀소? 그들은 카페 데 아르티스트에서 그녀 자신이 만들어 낸 그 섬뜩한 명성까지 알게 될 것이었다. 그녀에 대한 증언들도 나오리라. 종사크는 자신이 빠져나가기 위해 사람을 가리지 않고 아무나 불리라. 그러나 하지 않은 일을 어떻게 증명할 수 있단 말인가? 알약 몇 개를 얻으려고 그에게 했던 짓들을 얘기해야 하나? 혹시 그것도 법에 걸리는 일이 아닐까 하는 생각에 그녀는 몸을 떨었다.

두려움에 바짝 얼어붙은 그녀는 낮에는 밖에 나가지 못하고 5분마다 창밖을 내다보았다.

프랑수아가 뭐라고 물어보면, 그녀는 짜증 난 얼굴로 손을
홱 저어 질문을 막았다.

40
상당히 난처한 사건이었거든

장은 준비에브가 자는 모습을 쳐다보았다. 이 시체와도 같은 부동성(不動性)은 자신을 기다리고 있는 것의 전조처럼 느껴졌다. 캄캄한 밤이었고, 이 어둠 때문에 랑베르겜 우체국에서 자신의 지문이 발견되었다는 얘기가 그의 가슴을 더욱 무겁게 눌렀다. 그는 이 숨 막히는 불안감을 완화시킬 수 있는 자세를 찾으려고 수없이 몸을 뒤집었고, 일어났다가 다시 눕기를 반복했다. 그 와중에도 준비에브는 계속 잠만 잤다. 그녀의 잠을 방해할 수 있는 것은 그 무엇도 없었다. 그녀는 잠들 때와 마찬가지로 갑자기 눈을 뜨고 깨어났다. 아침이 되면 몸을 벌떡 일으키고는 곧바로 이불을 옆으로 던져 버리며 일어나 하루를 시작하곤 했다.

장은 새벽이 되자마자 침대를 떠났다.

여전히 잠옷 차림인 그는 주방 창문으로 새벽빛이 들어오는 것을 보았다. 하늘은 흰 구름들이 길게 뻗어 있고 장밋빛으로 물들어 있었다. 도시는 쓰레기통 부딪히는 소리, 거리를 지나는 버스 소리, 자동차의 첫 경적 소리 등으로 웅성거리기 시작했다. 이 모든 것들이 장의 심장을 뒤흔들었고, 외부의 공격들에 맞서는 그의 연약한 갑주에 균열을 만드는 데 한몫하고 있었다. 경찰이 그의 지문을 확보했단다. 〈만일 그가 그들의 서류철에 올라 있으면 벌써 오래전에 잡았겠지!〉라고 준비에브는 말했고, 그 말은 틀린 게 아니었다. 그 일이 있은 지 3주 가까이 지났는데, 왜 그들이 잡으러 오지 않았겠는가?

만일 불행히도 우체국에서의 일 같은 사건이 또다시 일어난다면(장은 이런 일은 두 번 다시 일어나지 않을 거라고 진심으로 믿고 있었다), 그는 흔적이 남지 않도록 각별히 주의하리라 생각했다.

하지만 일은 그렇게 되지가 않았다. 그렇게 주의하는 것은 범행을 사전에 계획하는 사람들에게나 가능한 것이다! 장은 전혀 다른 경우였다. 그는 갑작스럽고, 즉각적이고, 충동적이었다. 생각 같은 것은 없고, 오직 불같이 치미는 분노가 표출될 뿐이었다. 그런데 지문 같은 것에 신경 쓸 정신이 어디 있단 말인가?

가만히 생각해 보면, 지금까지 경찰이 그의 지문이나 다른 것을 한 번도 찾아내지 못했다는 사실 자체가 기적이었다. 그는 이전의 일들을 명확히 기억하지 못했다. 떠올리려면 한참 생각해 봐야 했으니, 그의 정신은 그런 일들을 금방 지워 버렸던 것이다. 물론 메리 램슨 사건은 예외였는데, 모든 사람이 그 일을 떠들어 댈 뿐 아니라, 프랑수아가 앞장서서 기사를 써대고, 준비에브가 거기에 흠뻑 빠져 있기 때문이었다.

「커피 안 끓여 놨어?」

준비에브는 일어나서 벌써 침대를 정돈하고 있었다.

〈라디오 뢰상부르〉의 애청자인 그녀는 잠에서 깨어나자마자 라디오를 틀곤 했다(그녀는 「뒤라통 가족」[7]을 한 회도 놓친 적이 없었다). 장은 무심히 뉴스를 들었고, 준비에브가 옷을 입고 있는 동안 커피가 다 되자 창가로 돌아왔다.

바로 그 순간, 그들의 모습이 보였다.

흰색과 검은색이 섞인 경찰차가 아파트 건물 앞에 나타나더니 정문 바로 앞에 주차하며 출구를 봉쇄했다. 제복 차림의 세 경찰관이 혁대에 찬 하얀 곤봉을 덜렁거리며 차에서 내렸다. 그 광경에 장은 아연실색했다.

「여보, 들었어?」 준비에브가 등 뒤에서 말했다. 「아, 세상에 어떻게 이럴 수가!」

경찰관들이 사라졌다. 그들은 건물 안으로 들어와 올라오고 있었다.

장은 창문 손잡이에 매달렸다. 시야가 흐려지고 심장이 미친 듯이 뛰었다. 그는 천천히 돌아섰다. 층계에서 경찰관들의 급한 발걸음 소리가 들리는 것 같았다. 라디오에 귀를 기울인 준비에브는 잔에 커피를 따르며 〈아, 어떻게 이럴 수가!〉를 반복했다.

「준비에⋯⋯.」

그는 말을 끝낼 수 없었다. 휘청거리며 한 걸음을 옮긴 그는 의자에 털썩 주저앉았다.

---

7 〈라디오 뢰상부르〉(현재의 RTL)에서 1936년에서 1966년까지 30년에 걸쳐 방송한 연속 드라마이다. 뒤라통 가족의 일상생활과 에피소드를 유머러스하게 전개한 이 연속 드라마는 프랑스 사회에서 오랫동안 선풍적인 인기를 끌었다.

머릿속 아주 깊숙한 곳에서 〈어쩌면 널 찾아온 게 아닐 수도 있어〉라고 그의 정신이 속삭였다.

하지만 벌써 문을 거칠게 두드리는 소리가 들려왔다.

「아니, 대체 누구야?」 준비에브는 이렇게 말했으나, 그녀는 일어나서 문을 열어 주는 법이 없었기 때문에 장이 해야 했다.

하지만 지금 그는 꼼짝도 할 수 없었다.

그녀는 그를 쳐다봤다. 그의 얼굴은 불안감으로 일그러져 있었다. 누군가의 목소리가 들렸다.

「경찰이오, 문 열어요!」

「아니, 이건 또 뭐야?」 준비에브가 일어서며 내뱉었다.

그녀는 문을 열면서 버럭 소리쳤다.

「그래, 1분도 못 기다려? 우린 야만인이 아니잖아!」

경찰관들이 예상 못 한 일이었다.

「그래, 당신들, 문을 부수려는 거예요, 뭐예요? 그러기 전에 먼저 물어봐야 하는 거 아니에요?」

그녀와 마주 선 두 남자는 당황하여 서로를 쳐다보았다.

「여기가 장 펠티에 씨 집인가요?」

「그 사람은 왜 찾아요?」

그녀는 척 팔짱을 꼈다. 들어가려면 자기 몸을 밟고 지나가야 한다는 뜻이었다. 경찰관들은 준비에브 뒤편에서 여전히 의자에 앉아 겁먹은 눈으로 그들을 쳐다보고 있는 장을 발견했다.

「당신이 펠티에 씨요?」 손에 종이 한 장을 들고 있는 첫 번째 순경이 물었다. 「이건 구인장이고, 우릴 따라오셨으면 좋겠소.」

「뭣 때문에요?」 여전히 길을 막고 있는 준비에브가 물었다. 손으로 문을 잡고 있는 품새가, 언제든지 경찰관들 앞에서 쾅 닫아 버릴 것 같은 모습이었다.

「우린 모르죠, 부인. 우린 선생을 데려오라는 명령만 받았을 뿐이에요.」

「정말로 믿기지가 않네! 아니, 이유도 모르고 사람을 잡아간 다고요? 대체 우리가 어떤 나라에 사는 거야?」

「이봐요, 부인, 쓸데없이 문제를 일으키지 않는 게 좋을 거 예요.」

「아, 그러셔?」

상황이 악화되려 하고 있었다. 이때 힘없이 웅얼거리는 장 의 목소리가 들렸다. 나갈게요…….

일어선 그는 떨리는 손으로 빈 그릇을 식탁에 내려놓았다. 이 모습에 경찰관들은 약간 긴장을 풀었고, 새로운 국면을 맞 이한 상황에 만족한 얼굴로 서로를 쳐다보았다.

「좋아.」 준비에브가 마침내 받아들였다. 「정 그러시다면, 내가 당신들을 따라가야지!」

장은 재킷을 걸치고 다가왔다.

「어…… 아녜요, 부인.」 경찰관이 말했다. 「우리가 경찰서로 데려갈 사람은 선생뿐이에요. 부인은…….」

「난 뭔데요?」

경찰관이 다시 기계에 동전을 넣었다는 것을 모두가 느꼈 다. 준비에브는 재차 팔짱을 끼고는 한 발을 조금 앞으로 내밀 었다. 장은 〈경찰서〉라는 말에 머리털이 쭈뼛 서고, 온몸의 피 가 역류하는 것 같았다. 의자를 붙잡은 그는 그 위에 다시 주저앉았다.

「우리가 도와드리겠습니다.」경장 직급의 경찰관이 말했다.

그들은 간신히 준비에브 옆을 돌아 두 걸음 방 안에 들어가서는 장의 양 겨드랑이 밑을 붙잡았다. 그런 뒤 그의 코앞에 구인장을 내밀었다.

「그 경찰서란 데가 대체 어디예요?」준비에브가 날카로운 목소리로 물었다.

「19구 경찰서입니다. 오귀스탱티에리가에 있는…….」

「내 남편과 동행하겠어요!」

준비에브는 그들 앞을 가로막고 단호하게 선언했다.

「난 신 앞에 서약한 그의 아내라고요!」

이것은 예상하지 못한 논거였다.

경찰관들은 서로를 쳐다보았다. 하지만 그들이 문으로 향하자 준비에브는 옆으로 비켜섰다.

「고소할 거야!」

어깨를 축 늘어뜨린 장은 속이 울렁거리는 것을 느끼며 무거운 걸음으로 내정을 향해 천천히 내려갔다. 그가 지나가자 아파트 문들이 빠끔히 열리며 얼굴들과 시선들이 얼핏 보이는가 싶더니 다시 조용히 닫혔다.

준비에브는 저 위에서 계속 으르렁대고 있었다. 「난 고소할 거야! 당신들, 박살 날 거야!」

아래로 내려온 그들은 장을 차 안에 들어가게 했다.

내정은 텅 비었고 거리에는 다니는 차도 없는데, 도대체 무슨 이유인지는 알 수 없으나 운전사는 사이렌을 작동시킬 필요가 있다고 판단했다.

요란하게 울리는 사이렌 소리가 대못처럼 장의 심장에 박혔다.

＊

　찬장에는 커피는 없었고 빵도 보이지 않았다. 아무도 장을 보지 않았다. 프랑수아는 조사에 착수한 터라 너무 바빴고, 엘렌은 신문 기사들과 그녀 위에 드리워진 위협의 그림자 때문에 제정신이 아니었다. 만일 종사크가……. 차라리 생각하지 않는 편이 나았다.

　프랑수아는 조심스럽게 문을 두드렸다. 〈응〉 하는 소리가 희미하게 들렸다. 분명히 이불을 뒤집어쓰고 하는 대답이리라. 그는 문을 살짝 밀었다. 엘렌은 이불 밖으로 머리를 내밀었다. 뭐야, 왜 그래? 지금 몇 시야……?

　「아래 카페로 내려가서 아침을 먹으려고 해. 집에는 아무것도 없어. 너도 가고 싶으면…….」

　그들이 같이 산 한 달 반 동안 프랑수아는 같은 질문을 적어도 스무 번은 했지만 엘렌은 항상 거절했다. 그런데 이상하게도 오늘은 받아들였다.

　그녀는 너무나 힘이 없고 신경이 곤두서서 누군가의 존재가 필요했던 것이다.

　「2분만 기다려.」

　2분이 아니라 10분이 필요했다. 프랑수아는 선 채로 발을 동동 굴렀다. 기다리는 게 화가 나서가 아니라 오늘 할 일이 너무 많기 때문이었다. 머릿속에 수백 가지 아이디어가 들끓었다. 어떤 유망한 주제가 찾아왔을 때 느끼는 고전적인 흥분이었다. 엘렌은 방에서 나왔다. 이렇게 전혀 꾸미지 않으니 어느 때보다도 예뻐 보였다. 프랑수아는 고통스럽게 이것을 느꼈으니, 그녀가 너무나 어리고 부서지기 쉬운 아이라는 게 와닿았기 때문이다.

「자, 가자.」 그가 말했다.

그들은 프티 알베르 카페의 첫 번째 홀에 자리를 잡았다.

그녀가 파리에 도착한 날에 그들이 왔었던 카페로, 그렇게 좋은 추억이 있는 곳은 아니었다. 그녀는 그 이후로 자기가 걸어온 길을 돌아보았다. 자신은 비탈길에서 굴러 떨어져 있는데, 어떻게 다시 올라가야 할지 알 수 없었다.

프랑수아는 자기가 하고 있는 조사에 대해 그녀에게 말하는 것을 망설였다. 입 밖에 내버리면 마가 낄 수 있다는 미신적인 마음도 있었지만, 무엇보다도 너무나도 빨리 흥분하고 과격해지는 엘렌의 성격이 걱정이었다. 더구나 이것은 에티엔에 관련된 문제이기 때문에, 그녀는 여러 가지를 요구하며 볶아 댈 것이었다. 그녀에게는 일이 본격적으로 시작되고 나서 말해 줄 것이다. 우선은 데니소프를 찾아가 그린 라이트를 받아 내는 게 순서였다.

그가 생각하기에, 조사는 펠릭스 알라르 의원과 접촉하고 나서 시작될 것이었다. 왜냐하면…….

「펠티에 양입니까?」

프랑수아는 그들이 오는 것을 보지 못했다.

트렌치코트 차림의 서로 비슷하게 생긴 사내 둘이 서 있었다. 경찰이었다.

그는 막 일어서려 하다가 엘렌의 얼굴을 보았다. 그는 즉시 그녀가 어떤 고약한 일에 연루되었다는 것을 깨달았다.

「네.」 그녀는 바닥을 응시하며 대답했다.

「우리와 같이 가줘야겠어요.」

「아니, 이게 무슨……?」

프랑수아가 채 말을 마치기도 전에 엘렌은 눈물이 글썽글썽한, 보기만 해도 가슴 아픈 얼굴을 그에게로 돌렸다. 그녀는 일어섰다. 어디서 그런 힘이 나왔는지 그녀 자신도 알 수 없었다.

「어이, 잠깐만요!」 엘렌의 손목에 수갑을 채우는 것을 보고 프랑수아가 외쳤다. 그녀는 조금도 반항하지 않았다. 자기 죄를 인정한다는 뜻인가? 아니면 왜 그런단 말인가?

「엘렌, 대체 무슨 일이야?」

출구 쪽으로 걸어가면서 그녀는 다시 그에게로 얼굴을 돌렸는데, 처참하기 이를 데 없는 표정이었다. 단 몇 초 만에 카페 앞에 주차돼 있던 자동차가 그녀를 삼키더니 멀어져 갔다. 프랑수아는 충격에서 헤어나지 못했다.

무슨 심각한 일일까? 부모님께는 뭐라고 얘기하지?

「쯧쯧, 무슨 짓을 한 거야?」

종업원 장클로드였다. 프랑수아에게 말하는 게 아니었다. 그녀가 끌려 나간 유리문을 바라보며 반사적으로 혼잣말을 한 것이었다.

그녀는 어디로 끌려간 걸까? 프랑수아는 이것조차 물어보지 못했다. 일단 『르 주르날』로 가야 했다. 조금 있으면 신문사와 연결된 정보 제공자들이 한 젊은 여성이 체포된 사실을 알려 줄 것이고, 그러면 그녀가 어느 경찰서에 있는지 알 수 있을 터였다.

자신은 데니소프에게 좋은 변호사의 연락처를 알려 달라고 부탁하리라. 프랑수아는 마음이 너무나 무거웠다. 대체 개가 무슨 짓을 했단 말인가?

✳

이곳은 19구 경찰서가 아니었다. 장은 잘 보지 못했지만 사법 경찰[8]이 이용하는 곳인 것 같았다. 그들은 3층으로 올라갔다. 복도 양편에 방들이 이어졌는데, 사람은 거의 보이지 않았고 벽을 따라 벤치들만 놓여 있었다.

「여기에 앉으시오.」 그는 이렇게 말하는 소리를 들었다.

그러고 나서는 아무 일도 일어나지 않았다. 지나가는 사람이 거의 없었다. 옆구리에 서류철을 낀 여자 하나, 그를 쳐다보지도 않고서 낮은 목소리로 대화를 나누는 남자 둘을 보았을 뿐이었다. 그는 도망갈 수 있을지 생각해 보았다. 일어서서 복도 끝까지 조용히 걸어가서는 층계를 통해 내려가면 어떨까? 그러다 누가 붙잡으면 화장실을 찾고 있다고 말하면 될 것이고, 바깥에까지 나가게 되면, 그러면…… 그 뒤에는 아무것도 할 수 없었다. 어디로 간단 말인가? 무슨 돈으로?

그는 손목시계도 없었고, 지금이 몇 시인지도 몰랐다. 이곳에 몇 시간 전부터 있는 것 같았다.

---

8 프랑스의 사법 경찰police judiciaire은 경찰에 속하지만, 특히 범죄 수사를 전문으로 한다는 점에서 일반 경찰과 다르다. 예심 판사와 일반 경찰과는 긴밀히 협조하는 관계다.

그런데 내 지문은 어떻게 찾아냈을까? 이게 그가 이해할 수 없는 점이었다. 이렇게 끌려온 데는 뭔가 이유가 있을 터였다. 무엇을 했는지 모르고서 사람을 신문하지는 않는 것이다. 그러다 갑자기 생각이 났다.

혹시 이전의 여자 때문에 끌려온 게 아닐까?

그는 생각해 보았다. 아냐, 배우는 아냐, 그자는…… 아냐, 그 전 일이야……. 지방 어딘가의 레스토랑에서 봤던 그자인가? 하지만 그건 너무 오래전 일이었다. 불가능했다.

그렇다면 배우였다.

배우 말고는 다른 사람일 수 없었다.

경찰은 그를 두 번 소환했는데, 한 번은 영화관에서 사건을 재구성할 때였고, 또 한 번은 그 여성이 화장실 입구에서 마주친 남자를 알아볼 수 있을 것 같다고 했을 때였다.

이들은 그때 몰랐던 사실들 중 어떤 것을 알게 된 걸까?

*

프랑수아는 편집실까지 올라갈 시간이 없었으니, 바로 신문사 입구에서 붙잡힌 것이다.

전격적인 검문이 행해졌는데, 그것은 차라리 납치에 가까웠다.

그의 이름을 묻지도 않았다. 손들이 양 겨드랑이 아래를 붙잡았고, 지금 무슨 일이 벌어지고 있는지 미처 깨닫기도 전에 그는 자동차 안에 처넣어졌다. 머리가 창틀에 부딪혔지만 그건 중요치 않았다. 정신을 차려 보니 손목에 수갑이 채워져 있었고, 차의 뒷좌석에, 어깨가 떡 벌어져 앞을 쳐다보고 있는 두 사내 사이에 앉아 있었다. 앞자리에 앉은 두 사내는 판박이처럼 닮아 있었다.

질문해 봤자 소용없었다. 이것은 납치가 아니라 체포였다. 아마도 바로 한 시간 전에 있었던 엘렌의 체포와 관련이 있을 것이었다. 자신도 이렇게 죄인처럼 잡아가는 것을 보면 결코 작은 일이 아닌 듯했다. 〈난 기자야〉라고 프랑수아는 속으로 중얼거렸다. 하지만 경험이 충분하지 않은 그는 어떻게 해야 이 신분을 살릴 수 있는지, 이 신분이 어떤 것으로부터 자신을 보호해 줄 수 있는지 알지 못했다.

지금 그의 목표는 단 하나로, 전화할 수 있는 권리를 얻어 내어 데니소프와 통화하는 것이었다.

그는 이런 상황에서 어떻게 해야 하는지 알리라.

그들은 외곽 도로를 달리고 있었다. 출발한 이후로 아무도 입을 열지 않았다. 자동차는 갑자기 모르티에 대로 부근에서 곁길로 빠지더니 어느 건물의 입구로 들어갔다. 그러자 아주 넓은 내정이 나타났고, 그들은 두 짝으로 된 문 앞에 차를 세웠다. 차에서 내린 프랑수아는 하마터면 쓰러질 뻔했다. 수갑 때문에 균형을 잃고 휘청거렸지만 붙잡을 데가 없었던 것이다. 그들은 어느 복도로 들어갔다. 그들은 수갑을 풀어 주었는데, 기묘하게도 수갑에서 해방되자마자 모두 모습을 감춰 버렸다.

그는 완전히 방향 감각을 상실한 채로 이 조그만 홀에 혼자서 있었다.

이제 풀려난 건가?

거기에는 아무도 없었다. 고개를 돌려 보니 그를 여기까지 데려온 자동차가 시동을 걸어 떠나고 있었다.

그는 손목을 문지르며 좌우를 살펴보았다. 정말이지 믿기지 않는 상황이었다.

「그래, 아프죠? 이 수갑이란 게…… 이 엿같은 게 되게 아파요…….」

진회색 정장 차림에 매우 세련되어 보이는 40세가량의 사내가 미소를 지으며 들어왔다. 그는 마치 친구에게 하듯 프랑수아에게 말을 걸었다. 그는 프랑수아의 어깨를 손으로 당겨 자기를 따라오게 하고는, 맑은 목소리로 단순하게 말했다.

「걸어서 가야 해요. 엘리베이터를 갖기에는 예산이 넉넉지 않아서…….」

그들은 가운데가 파인 석제 계단을 올랐고, 복도가 나오자 거기를 따라 걸었다.

「전 라그랑주예요.」

그는 자신을 소개하는 게 아니라, 어떤 재미있는 사실을 알려 주듯 이렇게 말했다. 그는 정말로 상냥하게 굴었다.

그가 문 하나를 열자, 벽들이 서가들과 서류철들로 덮여 있어 자료실처럼 보이는 상당히 작은 사무실이 나왔다. 거기에 누군가가 있었는데, 역시 정장 차림인 그는 넓은 어깨와 밋밋한 얼굴, 그리고 툭 튀어나와 움직이지 않는 눈을 가지고 있었다. 만일 눈을 깜빡거리지 않았다면, 그레뱅 밀랍 인형 박물관[9]의 마네킹이라고 해도 믿었을 것이다.

9 파리에 있는 밀랍 인형 박물관. 조각가이자 캐리커처 화가인 알프레드 그레뱅이 1882년에 설립한 박물관으로, 역사적 유명 인사들의 실물과 똑같은 밀랍 인형들이 전시된 파리의 명소이다.

「제 동료 아르눌이에요.」

여기에서는 악수를 하지 않는 모양이었다.

「제가 알고 싶은 것은……」 프랑수아는 짐짓 굳은 목소리로
질문을 시작하려 했다.

그는 미처 말을 끝낼 시간이 없었으니, 라그랑주가 테이블
두 개가 있는 커다란 서재로 통하는 문을 연 것이었다.

거기에는 장과 엘렌이 창백한 얼굴로 나란히 앉아 있었다.
그들 뒤에는 누군가가 서 있었는데, 라그랑주가 신호를 하자
곧바로 사라졌다. 아르눌이라고 하는 동료는 그 방의 한쪽에
가서는 두 손을 가지런히 모아 잡은 자세로 우뚝 섰다.

「뭐, 다들 아실 테니 소개는 하지 않겠어요.」 라그랑주가 씩
웃으며 말했다. 「자, 이제 시작해도 될 것 같은데, 어떻게 생각
해요?」

라그랑주는 엘렌 근처에 있는 의자를 하나 가리키고 자신은
서 있었다. 프랑수아가 자리에 앉자 그는 말을 이었다.

「펠티에 씨, 당신은 우리에게 조그만 문제를 하나 야기하고
있어요.」

「당신들은 누구죠?」

라그랑주는 이렇게 질문하리라는 것을 예상했고, 따라서 자
기가 내기에서 이겼다고 말하듯이 그의 동료에게로 얼굴을 돌
렸다. 그는 대답하지 않고 하던 얘기를 계속 이어 가기만 했다.

「당신은 어떤 민감한 사안에 코를 들이밀었어요. 우리가 여
기 있는 것은 더 이상은 나아가지 말라고 충고하기 위해서
예요.」

엘렌과 장은 동시에 프랑수아에게로 눈을 돌렸다. 아, 그거

였구나…….

「에티엔?」 엘렌이 물었다.

「그게 무슨 얘기야?」 장이 놀라며 말했다.

물론 이것은 묻는 말이었지만, 그들 모두는 갑자기 안도감을 느낄 만한 저마다의 이유가 있었다.

장은 자신의 범행이 발각되었나 하는 두려움에서 멀어졌기 때문이었고, 엘렌은 자신이 약국 일 때문에 체포된 게 아니었기 때문이었으며, 프랑수아는 자신이 제대로 짚었다는 것을 확인했기 때문이었다.

라그랑주는 여전히 미소 짓고 있었다.

「프랑수아 씨는 제가 무슨 말을 하는 건지 잘 알 거예요, 그렇지 않아요?」

이번에는 프랑수아가 미소를 지었다.

「전 기자예요. 전 조사를 행할 권리가 있고, 이에 대해 당신은 아무 일도 할 수 없어요.」

라그랑주는 약간 당황스럽다는 듯 입을 살짝 삐쭉해 보였다.

「원칙적으론 당신 말이 맞아요, 하지만…….」

「지금 무슨 얘기를 하고 있는 거죠?」 장이 물었다.

「……제 생각으로는, 당신이 스스로 그만둘 것 같아요.」

「대체 무엇 때문에 제가 그렇게 하게 될지 잘 모르겠네요.」

라그랑주는 세 사람을 차례로 쳐다보았다. 그는 아르눌에게 고갯짓으로 신호를 했고, 아르눌은 조용히 방을 나갔다. 라그랑주의 얼굴에는 더 이상 웃음기가 없었다.

그는 테이블의 맞은편에 앉았다. 갑자기 표정이 심각해

졌다.

「왜냐하면 우리가 지금으로부터 세 시간 전에(그는 자신의 손목시계를 재빨리 들여다보았다) 당신의 부친과 모친을 체포했기 때문이야. 우리가 레바논과 맺은 범인 인도 협정에 따라 지금 그들은 프랑스를 향해 오고 있는 중이지. 그리고 펠티에 씨, 만약 당신이 그 일을 계속해 나간다면, 그들이 과거에 저지른 무거운 범죄를 들추어 우리는 두 사람 모두를 단두대로 보낼 거요.」

프랑수아는 어이가 없어 웃음을 터뜨렸다.

「도대체 무슨 말을 하고 있는 겁니까?」

갑자기 그들은 새로운 불안감에 사로잡혀 서로의 얼굴을 쳐다보았다. 우리 부모님이 체포되었다고? 그들이 프랑스를 향해 오고 있다고?

「지금 누구 얘기를 하고 있는 거죠?」

장이 이렇게 질문한 데는 이유가 있었다. 지금 셋 다 뭔가 착오가 있음을 이해했지만, 어떻게 해야 이 상황을 바로잡을 수 있을지 알 수 없었던 것이다.

바로 이때, 아르눌이 다시 방에 들어와 동료의 귀에 뭔가를 속삭였다.

「지금 확인해 주는군.」 라그랑주가 말했다. 「마야르 씨와 그의 아내, 다시 말해서 당신들의 부모님이 파리행 비행기 안에 있다고.」

「아, 마야르!」 프랑수아가 안도의 한숨을 내쉬었다. 「우리는 펠티에예요! 당신들이 착각한 거예요!」

엘렌과 장도 똑같이 마음이 들떴다. 비로소 숨통이 트이는

636

느낌이었다. 빨리 상황을 정리하고 여기서 나가고 싶을 뿐이었다.

그런데 이렇게 말하는 프랑수아의 머릿속에 한 가지 생각이 스쳤다. 이 사무실에 앉아 있는 세 사람의 이름을 정확히 알고 있다는 것은 이들이 실수했을 가능성이 거의 없다는 얘기였다. 정말이지 이해하기 힘든 상황이었다.

「아르눌, 자네도 들었나? 우리가 착각했다는군.」

어깨가 딱 벌어진 남자는 자기 자리로 돌아와 있었다. 프랑수아는 그에게로 몸을 돌렸다. 그는 다시 손을 앞으로 가지런히 모아 잡았다.

편평한 얼굴과 표정 없는 눈을 보면, 발 뷜리에[10] 출구에서 질서를 유지하는 일을 하면 더 어울릴 법한 사내였다.

「그럴 수 있지.」 아르눌이 짧게 대답했다.

라그랑주가 갑자기 근심스러운 표정을 지으며, 지금까지 아무도 그 존재를 알아채지 못했던 서류철 하나를 앞으로 끌어왔다.

「흠, 그럴 리가 없는데……?」

그는 재킷의 가슴 호주머니를 뒤졌다.

「벌써 노안이 와서…….」 그는 굵직한 뿔테 안경을 콧등에 걸치며 변명을 했다. 「자, 그럼 한번 확인해 봅시다. 만약 우리가 틀렸다면 정정해야지. 안 그런가, 아르눌?」

「당연하지.」

라그랑주는 다시 큼지막한 미소를 지었다.

10 bal Bullier. 1847년에 창립되어 20세기 중반까지 운영된 무도회장으로, 젊은이와 학생 등 파리의 대중에게 인기가 많았다.

「자, 보자고! 우선 당신부터 시작합시다.」

그는 고개를 들어 장을 보았고, 그 눈길에 장은 등골이 서늘해졌다.

「당신의 이름은 장 알베르 귀스타브 펠티에로 1921년 2월 11일에 베이루트에서 태어났어. 화학 학사증을 취득했고, 1943년 4월 26일에 베이루트에서 준비에브 세실 앙리에트 숄레 씨와 결혼하셨군. 그리고 펠티에 상회의 전무로 재직했고……」

그는 잠시 중단할 때마다 안경을 벗었고, 마치 디저트를 기다리는 사람처럼 두 팔을 테이블 위에 척 올려놓았다.

「아이고 이런, 회사 전무님으로는 별로 성공하지 못하셨구먼.」

그는 자신도 가슴이 아픈 듯이 살짝 얼굴을 찡그렸다.

「그리고…… (그는 다시 안경을 썼다) 당신은 최근까지 게노 사의 판매 대리인이었다가, 아내와 함께 〈딕시〉라는 이름의 가정용 직물점을 열기 위한 목적으로 그만뒀어.」

그는 다시 안경을 벗었다.

「가만 있자…… 그런데 여기서 〈딕시〉는 끝이 y로 끝나는 거요, 아니면 i, e로 끝나는 거요?」

「어…… i, e입니다.」

「아르뇰! 내가 뭐라고 했어! 딕시는 음악에서처럼 i, e로 끝난다고 했잖아!」[11]

「정정할게.」

「그래! 자, 이 점 말고는, 다 맞나요?」

---

11 딕시랜드 재즈Dixieland Jazz, 혹은 딕시 재즈Dixie Jazz는 1910년대 미국 뉴올리언스 지방에서 발전한 초기 재즈의 한 형태를 말한다.

장은 고개를 끄덕였다.

「좋아요.」

라그랑주는 여전히 미소를 지으며 프랑수아에게로 고개를 돌렸다.

「우리가 알기로는…… 〈우리가 알기로는〉이라고 말하는 것은 어쩌면 우리가 틀릴 수도 있기 때문이오. 안 그런가, 아르놀?」

「그럴 수 있어.」

「당신은 프랑수아 르네……. 어, 샤토브리앙하고 이름이 같네?[12] 바로 이 때문에 당신이 그렇게 글재주가 있고, 언론계에서 일하는 거구먼? 뭐, 내 생각이 그렇다는 거요. 자, 그래서 당신 이름은 프랑수아 르네 오귀스트 펠티에고, 1923년 6월 14일생이야. 바칼로레아에 합격했고, 당신은 1941년 5월 13일에 르장티욤 장군이 지휘하는 자유 프랑스군 제1경보병 사단에 입대했어. 그리고 레반트 전투에 참여했지.」[13]

그는 다시 안경을 내려놓았다.

「야, 이거 정말 기가 막힌 얘기네! 프랑스 사람들이 프랑스 사람들에 맞서 싸우다니, 얼마나 슬픈 일이야. 음, 내가 어디

12 프랑수아르네 샤토브리앙은 19세기 초반의 작가이자 정치가로, 낭만주의 문학의 선구자이다.

13 레반트 전투는 1941년 6월에서 7월 사이에 시리아와 레바논 지역에서 대독 협력 정권인 비시 정권의 프랑스군에 대항하여 자유 프랑스군과 이를 지원하는 영국군이 싸운 전투로서, 자유 프랑스군이 승리하여 제2차 세계 대전 중에 레바논과 시리아의 독립 상태를 보전할 수 있었다. 여기서 레반트Levant의 프랑스어 발음은 〈르방〉으로 〈동방〉이라는 뜻이며, 유럽인의 입장에서 이 근동 지역을 일컫는 표현이다.

까지 말했더라?」

「르장티욤.」아르눌이 알려 주었다.

「맞아. 고마워, 아르눌. 현재 당신은 『르 주르날 뒤 수아르』
지에서 리포터로 근무하고 있어.」

「기자입니다.」프랑수아가 끼어들었다.

「아, 그래요? 아르눌, 들었나? 이분 말씀으로는 자기가 리포
터가 아니라 기자라는군.」

「정정할게.」

「꼭 그래 줬으면 좋겠어. 왜냐하면 리포터와 기자는 아주 다
른 거거든! 아르눌, 부탁할게. 당신은 스타니슬라스 말레비츠
가 이끄는 잡보부에 배치되었지. 가만있어 봐, 그런데 스탕 이
친구는 여전히 아르튀르 바롱하고 개와 고양이처럼 사이가 안
좋나? 아마도 데니소프는 이 두 사람 사이에서 계속 이랬다저
랬다 하면서 수수방관하고 있을 거라……」

「그걸 당신이 어떻게 알죠?」

「당신이 정보를 다루는 일을 한다면, 우리는 첩보 분야에 있
지. 조금은 비슷한 일이라 할 수 있기 때문에 지켜야 할 규칙도
같은데, 바로 정보원의 비밀을 지켜 주는 거요.」

그는 다시 서류철을 들여다보았다.

「자, 이제는 아가씨 차례군. 당신은 엘렌 폴린 제르트뤼드
펠티에고, 1930년 4월 23일에 베이루트에서 태어났어. 바칼
로레아에 합격했고, 지금은 파리 국립 미술원에 재학 중이야.
그런데 이 학교에서 당신 모습이 잘 보이지 않는다는데? 그렇
게 재미있지 않으신 모양이군. 그래서…… 뭐, 아가씨가 어떤
사람들과 만나고 다니는지는 얘기하지 않겠지만, 앞으로는 인

간 관계 선택에 있어서 좀 더 주의해야 할 것 같아. 지금 내가 무슨 말 하는지 이해할 거요.」

그는 서류철을 덮으려 하다가 생각을 바꿨다.

「물론 중요한 사람이 하나 빠져 있지. 에티엔 펠티에, 지난 10월 25일에 인도차이나에서 사망한 그 불쌍한 사람 말이오. 그의 명복을 비는 바요.」

모두가 놀라 입을 딱 벌렸다. 프랑수아가 가장 먼저 정신을 차렸다.

「그 마냐르 얘기는 또 뭡니까?」

「마냐르가 아니라 마야르. 당신 부친이 알려 주지 않았소?」

셋 다 서로의 얼굴을 쳐다보았다.

「아르눌, 들었나? 그가 아무 얘기도 해주지 않았대.」

「그거 유감이군.」

「뭐, 큰 문제는 아니야. 내가 이야기를 들려드리지. 당신 부친의 실제 이름은 알베르 마야르야. 그는 제1차 세계 대전 때 아주 멋지게 싸웠지만, 전쟁이 끝나고 다시 사회에 적응하는 데 약간의…… 어려움을 겪었지. 그래서 그는 아주 기똥찬 생각을 하나 하게 돼. 그는 허위 카탈로그를 만들어서 전사자 기념물들을 팔기 시작했지. 거액의 선금을 받는 조건으로 아주 구미가 당기게 할인을 해주면서 말이야. 이렇게 그는 각 지자체, 협회, 학교, 행정 기관 들에 수백 개의 기념물을 팔아먹었어. 그리고 1920년 7월 14일…… 돈을 챙겨서 튀어 버린 거야. 당시 그의 연인이었던 폴린 모데와 함께. 그들은 에브라르라는 이름으로 레바논으로 떠났지. 거기서 그들은 새로운 신분을 갖게 되었는데, 그게 바로 펠티에야. 그리고 사기 쳐서 번

돈으로 비누 공장을 샀고, 그 뒤의 일은 당신들도 잘 알 거야.」

장과 프랑수아와 엘렌은 이 폭로가 가져온 거센 충격에 휩싸여 정신을 차릴 수가 없었다. 이것은 그들이 알고 있는 이야기, 그들이 지금까지 알아 왔던 부모와는 아무 관계가 없는 이야기였다.

「만일 그 말이 사실이라면,」 프랑수아가 물었다. 「왜 지금까지는 부모님을 잡으려 하지 않았던 거죠?」

라그랑주는 어떤 속내 이야기를 하듯이 탁자 위로 몸을 굽히며 목소리를 낮추었다.

「그게 말이야, 이게 상당히 난처한 사건이었거든. 이 사기 사건으로 인해 수많은 피해자가 발생했고, 사람들은 열이 받쳐 있었어. 그런 상황에서 범인들을 잡아들이려면 전쟁의 상처를 다시 벌려야 하는데, 이 나라는 신경 쓸 다른 일들이 많았단 말이야. 그리고 정직하게 말하자면, 당시 정부는 상당히 곤혹스러운 처지였어. 왜냐하면 이 사건이 불거질 경우, 왜 이런 일이 일어났는데도 아무도 모르고 있었느냐는, 내가 말장난을 조금 하자면 이런 〈기념비적인〉 사기 행각을 피하기 위한 아무런 조치도 취하지 않았느냐는 의문을 모두가 품었을 테니까.」

몇 분 전만 해도 말도 안 되는 소리처럼 들렸던 이 이야기는 조금씩 실체를 갖추면서 신빙성을 얻었다.

「하지만 당신들은 우리 부모님이 레바논에 있다는 걸 알고 있었잖아요.」

프랑수아는 자기 부모가 사기꾼이라는 사실이 좀처럼 믿기지 않았다.

「오, 그래, 그들이 어디에 있는지는 항상 확인해 왔어. 이렇게 대비해 온 것을 다행으로 생각하고 있지. 지금 이 정보가 우리에게 매우 귀중한 도움이 되고 있기 때문이야.」

「무엇에 도움이 됐죠?」

「펠티에 씨, 당신의 생각을 좋은 쪽으로 이끄는 데지. 이런 말 해서 미안하지만, 지금 당신은 두 가지 중에 하나를 선택해야 해. 하나는 아무도 관심을 갖지 않는 피아스트르 문제에 대한 조사를 계속해 나가는 거고, 다른 하나는 당신의 소중한 부모를 지키는 거지.」

「그게 1920년이라고 했나요?」

이렇게 물은 사람은 늘 그렇듯 모두가 잊고 있던 장이었다.

「맞아, 그들은 7월 14일에[14] 도망쳤지. 그 사람들 타이밍 감각이 참 대단하단 말이야!」

「그렇다면 시효가 있잖아요.」

라그랑주는 입을 헤벌렸지만 소리는 내지 않았다. 그는 아르눌에게로 시선을 돌렸다.

「아르눌, 이거 들었나?」

「들었어.」

「와, 브라보, 펠티에 씨! 브라보! 아주 잘 봤어, 그래, 시효가 있지.」

「따라서,」 장이 이어 말했다. 「전 당신들이 뭘 하겠다는 건지 모르겠어요.」

「사실은 우리도 그걸 생각하지 않은 것은 아니야, 펠티에 씨. 그래서 우리는 전략을 바꿔야 했어. 그리고 말이야, 난 이

---

14 대혁명 기념일로 프랑스의 최대 국경일이다.

시효가 있어서 오히려 다행이라고 생각하는데, 왜냐하면 우리는 훨씬 더 좋은 방법을 찾아냈거든, 안 그래, 아르눌?」

「훨씬 더 좋지.」

「우리는 여론에다 펠티에 집안 전체를 팔아먹을 거야! 아주 멋진 여론 몰이를 하는 거지. 프랑수아, 당신이 감탄해 마지않을 거야! 우린 먼저 당신 아버지의 이야기부터 시작해서, 그가 시효 덕을 보고 있고, 그래서 법의 처벌을 면하고 있다고 밝힐 거야. 대중은 이런 걸 끔찍이 싫어해. 재판이 있으면 사람들은 피고 편을 들 수 있지만, 처벌받지 않는 사람은 증오해 마지않지. 우리는 펠티에 집안을 죄인 공시대 위에 세울 거야. 당신 아버지의 비누 공장에는 〈전쟁을 이용해 먹은 자에 의해 세워졌다〉는 딱지가 붙을 거고, 그럼 더 이상 주문도 없고, 또 업체를 매각하지도 못하게 될 거야. 왜냐하면 회사에서 불길한 냄새가 날 거거든. 누군가가 목매달아 죽은 집 같아서 아무도 원하지 않게 될 거야. 그리고 프랑수아, 당신은 정치적 개입에 의해 신문사에서 쫓겨날 거야. 낙인이 찍히고, 어쩌다 자리를 구한다 해도 어느 시골구석의 엉터리 신문일 거고, 나이가 쉰이 되어도 여전히 한심한 삼류 기사나 쓰고 있겠지. 당신, 엘렌은 길 가다 마주치는 모든 베르나르 드 종사크의 거기나 빨며 사는 인생을 살게 될 거야. 그리고 장, 당신의 가게는 팬티 한 장 못 팔게 될 거고. 이렇듯 부모에서 자식들까지, 펠티에 집안은 사람과 재산을 막론하고 몰락하게 되는 거야.」

한마디 한마디가 세 사람의 머릿속에서 무섭게 메아리쳤다.

누구를 빤다고? 프랑수아는 동생에 대해 자문했다. 내가 제대로 들은 건가?

장은 처음에는 이게 자기 지문에 관련된 일이 아니라는 사실에 안도했지만, 자신이 성공을 희망할 수 있는 유일한 사업인 가게가 망한다는 소리에 망연자실했다. 준비에브는 어떻게 반응할 것인가?

　「당신들이 에티엔을 죽였어!」 엘렌이 갑자기 외쳤다.

　「오, 아니에요, 아가씨. 그건 우리 방식이 아니에요. 안 그런가, 아르눌?」

　「그럼, 그건 우리 방식이 아냐.」

　「아가씨, 솔직히 말하자면, 인도차이나에 있는 우리 동료들이 오빠분과 관련된 정보를 상부에 올리지 않았기 때문에, 우린 그가 구체적으로 어떤 일들을 했는지 몰랐어요.」

　「그래서 원하는 게 뭐죠?」 프랑수아가 물었다.

　「침묵이오, 펠티에 씨, 당신의 침묵. 당신이 메모한 것들을 다 쓰레기통에 던져 버리고, 자전거 절도 사건들로 돌아와요. 만일 당신이 그리하지 않으면, 만일 이 일을 누군가 다른 사람에게 맡기든지 하면서 약은 수를 쓰려고 하면, 간단히 말해서 이 일을 한 번만 다시 시작하면, 내가 분명히 말하는데 단 한 번이라도 다시 시작하면, 우린 베르타포[15]를 꺼내어 펠티에 집안 식구들을 모조리 조상님 곁으로 보내 주겠어. 부모와 자식들 모두를.」

　엘렌과 장은 그들의 형제에게로 고개를 돌렸다.

　「날 그렇게 쳐다보지 마!」 프랑수아가 소리쳤다.

　라그랑주는 서류철을 덮고 의자 등걸이 쪽으로 몸을 빼고

15 제1차 세계 대전 때 사용된 독일군의 장거리포.

는, 그가 추호도 의심치 않는 방향으로 결론이 나기를 느긋하게 기다렸다.

「우리 부모님이 체포됐다고 했죠?」엘렌이 물었다.

「말이 그렇다는 얘기예요, 아가씨. 어쨌든 정정할 기회를 줘서 고맙네요. 엄밀히 말해서 그들은 체포된 게 아니고, 파리로 오시라고 우리가 강력하게 권했어요.」

「뭐 하려요?」

「부모님은 좋은 충고를 해주실 때가 많죠. 심지어는 도둑놈 집안에서도 그래요. 우리는 아가씨 아버지가 오빠분이 좋은 결정을 할 수 있도록 도와주리라고 생각했어요.」

「그분들이 올 때까지 우린 포로인 건가요?」

준비에브에게서 잔소리 들을 일이 벌써부터 걱정되는 장이 물었다.

「포로? 아르놀, 들었어?」

「들었어.」

「아니에요, 전혀 그렇지 않아요. 대체 무슨 말을 하는 거예요? 여러분 부모님은 오후 느지막이 도착할 거고, 그럼 여러분은 그분들과 천천히 얘기를 나누면서 어른답게 현명한 결정을 내리면 돼요. 펠티에 씨, 당신은 그때까지 무슨 짓도 하면 안 돼. 이것은 우리 사이의 일종의 모라토리엄이야. 후회할 짓을 일절 삼가고 조용히 있으면, 우리는 베르타포에다 포탄을 장전은 해두겠지만 심지에 불을 붙이지는 않을 거야. 자, 알겠어?」

프랑수아는 고개를 끄덕였다. 동의한 것이다.

41
반드시

그들은 셰 루이지에 있었다. 라마르크가에 있는 이탈리아 음식점인 이곳은 파스타 맛이 기가 막힐 뿐 아니라, 무엇보다도 두 번째 홀은 테이블 사이가 충분히 떨어져 있어 다른 고객들이 들을 염려 없이 편안하게 대화를 나눌 수 있었다. 루이지는 〈아, 펠티에 씨, 아주 오래간만에 오셨네요!〉라고 말했지만, 이는 그가 주초 이후로 오지 않은 모든 고객에게 하는 말이었다.

그들은 무거운 표정으로 메뉴를 들여다보았다. 오늘의 메뉴에는 무엇보다도 유쾌하지 않은 얘기가 들어 있다는 것을 모두가 알고 있었다.

앙젤의 얼굴은 초췌했고, 아무도 농담할 기분이 아니었다. 에티엔이 죽은 지 보름밖에 되지 않아 그녀가 아직도 많이 울고 있다는 게 얼굴에 드러났다. 그런데 이렇게 강제로 끌려오듯 파리에 와서는 그 오래된 이야기를 다시 들춰내야 하는 것이다. 그녀는 말없이 얼굴을 찌푸리며 무언가를 골똘히 생각하고 있었다. 베이루트에 정착한 지도 어언 30년, 그녀는 더이상 설명해야 할 일이 없을 것이라 믿었고 그녀 자신도 그 일에 대해 거의 생각하지 않게 되었는데, 이렇게 과거가 고약한 냄새를 풍기며 다시 기어 나온 것이다. 한마디로 그녀는 부끄러웠다. 여기는 레스토랑의 테이블이 아니라 법정의 피고석이었다. 자식들 앞에서 해명을 해야 한다고 생각하니 마음이 너무나 괴로웠다. 펠티에 씨는 메뉴에 대해 논평하며 이것저것 음식을 추천했지만 아무도 듣지 않았다. 프랑수아는 화가 나있었고, 엘렌은 폭발 직전이었으며, 장은 어찌할 바를 모르고 있었다. 준비에브로 말할 것 같으면, 남편이 〈오늘 저녁에 알게 될 거야〉라고만 할 뿐 아무것도 설명하려 하지 않아 기분이 언짢다는 게 그 뻣뻣한 태도에서 느껴졌다. 늘 그렇듯 그녀는 잔뜩 폼을 잡고 앉아 있었지만, 이번에는 입술에 주름이 잡히도록 입을 꼭 다물고 있는 것이 마치 기분이 상한 왕 같았다.

그 무거운 침묵과 회식자들의 심각한 얼굴에 주눅이 든 종업원은 마치 식당에 오기 전에 한바탕 싸운 사람들에게 그러듯 주문을 받았다. 아무도 무슨 말이 나오게 될지 몰랐고, 누가 얘기를 시작하게 될지도 몰랐다. 말을 꺼낸 사람은 루이였다. 와인이 서빙되고 앙트레[16]를 기다리고 있을 때 프랑수아가 말을 하려고 입을 벌렸지만, 그의 아버지가 잔을 내려놓고는 이렇게 말했다.

「내 진짜 이름은 알베르 마야르고, 너희 어머니의 진짜 이름은 폴린 모데다. 우리는 1920년에 에브라르라는 이름으로 베

16 서양 코스 요리에서 전채와 메인 요리 사이에 나오는 첫 번째 요리.

이루트에 도착했어. 그리고 거기서 펠티에 명의로 된 신분증을 샀지. 그걸 사느라 2만 4천 프랑을 썼다.」

「여보, 제발!」 굳이 그런 지저분한 사실까지 밝힐 필요는 없다고 느낀 앙젤이 말했다.

기묘한 침묵이 감돌았다. 어떤 첩보 기관 요원이 법적 처벌 운운하면서 해괴망측한 이야기를 하고 있는 게 아니라 그들의 아버지가 그들 자신의 이야기를, 그들의 근원에 대해 얘기하고 있는 것이다. 그들은 얼굴은 알지만 배역은 모르는 인물들이 등장하는, 만일 다른 사람이 얘기했더라면 믿지 않았을 소설이 펼쳐지는 것을 듣고, 또 보고 있었다.

가장 은밀한 만족감을 느끼는 사람이 장이라는 데에는 의심의 여지가 없었다. 지금 아버지는 모두가 보는 앞에서 자신의 수치스러운 일을 꺼내 놓고 있었다. 이제는 아버지의 차례였고, 그걸 듣고 있으니 기분이 좋았다.

「내가 전쟁에서 돌아왔을 때…… 고마워요 아가씨(그가 비정상적인 리듬으로 화이트와인 잔을 들이켜는 것을 본 앙젤이 그의 팔뚝에 손을 올려놓았다), 우리에겐 자리가 없었기 때문에 아주 힘이 들었다. 우리는 우리의 건강과 친구들과 젊음을 모두 바쳐 전쟁에서 이겼는데, 돌아와 보니 변변한 일자리 하나 구할 수 없었어. 심지어는 퇴역 군인 연금도 지급되지 않았지. 난 부양해야 할 전우까지 하나 있어서 ─ 그는 나중에 죽었어 ─ 먹여야 할 입이 두 개였고, 형편없는 조그만 거처에서 살…….」

「루이, 그런 건 건너뛰어! 그런 속도로 얘기하다간 내일까지 가겠어.」

「응, 당신 말이 맞아. 그래서 내가 말한 그 친구하고 우리는 일을 하나 벌였지. 당시에는 참전 용사들에게 줄 돈보다는 기념물들 만드는 데 쓸 돈이 더 많이 돌아다녔어. 한마디로 도시들이 모두 미리 다 만들어진 기념물들, 이른바 공장에서 찍어낸 기념물들을 사는 시절이었어. 그래서 우리는 어떻게 했냐면, 다양한 가격대의 기념물 그림들이 들어간 카탈로그를 인쇄해서는 상당한 양을 팔아 치웠지. 하지만 그것들을 제조하여 인도하는 대신…… 돈을 가지고 떠났어. 자, 이런 거야.」

루이는 남은 잔을 쭉 비웠다.

「얼마나요?」 준비에브가 눈을 빛내며 물었다. 「그 돈이 얼마나 됐죠?」

루이는 아내에게로 고개를 돌렸고, 그녀는 눈으로 대답했다. 얘기해, 어차피 말이 나왔으니까…….

「지금의 가치로 따진다면 대략…… 3천만 프랑이야.」

모두가 경악했다.

테이블 주위의 누구도 자기 집이 그렇게 엄청난 부자인지 모르고 살아왔다. 펠티에 집안의 생활 수준은 중산층에서도 조금 잘사는 편일 뿐 그 이상은 아니었던 것이다.

준비에브는 그 황후 같은 자세를 버리고 턱을 손바닥 위에 괸 채 시아버지를 그윽한 눈으로 쳐다보았다. 〈아, 이 남자! 왜 이렇게 멋있어!〉라고 말하는 듯한 눈빛이었다.

「우린 그걸로 비누 공장을 샀어. 그다음 얘기는 너희도 알거다.」

루이가 암시한 것은 트리폴리, 알레포, 다마스쿠스에 지점이 있는 성공 가도를 달리는 기업이었다. 처음의 자본이 계속 새끼를 친 듯했는데, 자식들은 이 모든 돈이 다 어디에 있는지 궁금했다. 어딘가에 막대한 거금이 숨겨져 있는 건가?

앙젤은 남편에게로 고개를 기울이고는 귀에 대고 뭐라고 속삭였다.

「그래, 물론이지. 비누 회사는 곧바로 성공을 거뒀어. 그래서 1922년에 나는 해외 참전 용사 협회를 창설했지. 프랑스 바깥에 사는 모든 전우들을 한데 모으기 위함이었는데, 정말이지 엄청나게 많더군. 그런데 많은 이들이 국내에 있는 전우들만큼이나 똥통에서 허우적……」

「루이!」 또 앙젤이 말했다. 「제발……」

「……어려움에 처해 있었어! 하여 우리 협회는 다친 이들에게는 수술 비용을, 형편이 어려운 사람들에게는 집세를 내주었고, 기금을 조성해서 오늘날까지도 퇴역 군인들에게 연금을 지급하고 있어. 이 돈이 나오는 곳은 여러 군데인데, 우리 사업이 잘되는 편이라 우리가 오랫동안 주요 기부자로 활동한 거야. 그렇지, 앙젤……? 그렇게 약 20년 동안 우린 처음 번 돈의 거의 세 배를 부었지……」

「훔친 돈이죠!」 장이 코를 접시에 박은 채로 말했다.

「여보, 무슨 말이야!」 준비에브가 발끈했다. 「돈을 다 갚았다고 하시잖아!」

「뚱땡이 말이 맞아.」 앙젤이 말했다. 「돈을 갚았다고 해서 도둑질한 사실이 없어지는 것은 아니지. 그럼 세상일이 너무 쉽지.」

「아무리 그래도,」 준비에브가 투덜거렸다. 「돈을 갚았으면 상황이 다른 거죠.」

이제 아무도 무슨 말을 해야 할지 몰랐다. 처음의 재산에서 남은 것은 그들이 항상 봐오던 것이었다. 이렇게 이야기가 끝났다.

장은 실망했다. 그의 아버지는 다시 위대한 사람이 되었고, 자신은 아무짝에도 쓸모없는 인간이 된 것이다. 그는 자신의 삶에 드리운 저주가 아버지가 지은 죄의 속전인 것은 아닐까 생각했다.

루이는 말했다.

「내 경험상으로, 참전 용사들은 자신들을 기리는 기념물보다는 생활 보조금을 더 좋아하더라고. 뭐, 그냥 내 의견일 뿐이야.」

그는 다시 잔을 쭉 들이켰다.

「자, 이런 이야기야.」 그는 잔을 내려놓으며 말했다.

긴 침묵이 이어졌다.

「한데 말이에요…….」

장이 집중을 요하는 어떤 복잡한 생각을 하는 것처럼 냅킨에 시선을 고정시키고 말했다. 그는 아버지를 쳐다보았다.

「한데 말이에요, 그 펠티에 가문의 이야기, 네 장군이며 뭐며…….」

루이는 아내에게로 눈길을 돌렸고, 그녀는 살짝 눈짓을 했다. 당신이 알아서 해, 이럴 거라고 내가 말했잖아.

「에, 그러니까 그건 사실이기도 하고 또 사실이 아니기도 해. 맞아, 네가 그렇게 생각하고 싶다면 우린 생긴 지 얼마 되지 않은 펠티에 가문이라고 할 수 있지. 하지만 펠티에는 흔한 성이야! 심지어는 아주 흔하기까지 하지! 내가 장담하는데, 나폴레옹 주변에도 분명히 있었을 거야. 따라서 우리가 너희에게 한 얘기는…….」

「우리가 아니라, 당신이 그렇게 얘기했지!」 앙젤이 정정했다.

「그래, 내가 얘기한 걸로 해. 어쨌든 내가 한 얘기는 대부분 사실이야! 자, 이상이야!」

그는 다시 잔을 들이켰다. 그를 보고 있으면 이 일은 다 끝난 것 같았다. 하지만…….

「법적으로 보면 시효가 있어요.」 이번에는 프랑수아가 나섰다. 「하지만 저들은 우리 가족의 얼굴에 먹칠을 하겠다고 협박하고 있어요. 이 일은 끝없는 골칫거리라고요!」

「아, 이런…….」 루이는 고개를 끄덕이며 탄식했다. 「내가 내일 앙드리외를 만나서 어떻게든 해결해야지.」

「앙드리외? 로베르 앙드리외요?」

「그래, 그와 약속을 잡아 놨으니까, 상황이 진정될 거다.」

모두가 다시 한번 아연실색했다. 로베르 앙드리외는 여러 행정 기관을 이끈 고위 관리로서, 지금은 파리 경찰청장이었다.

「그 사람을 알아요?」

「그래, 잘 안다. 내가 협회를 창설했을 때 로베르는 창립자 중 한 명이기도 했어. 당시에 그는 제다[17]에서 근무했지.」

「카이로야.」 앙젤이 말했다.

「그래, 당신이 맞아, 카이로야.」

「아빠 다른 사람들도 알아요?」 엘렌이 물었다. 그녀는 처음

---

17 사우디아라비아의 도시로, 현재는 그 나라 제2의 도시이다.

목소리를 낸 것이었다. 그 목소리에는 불신하는 어조가 섞여 있었다.

「무슨 말이니?」

「유력 인사들이요, 아빠는 다른 유력 인사들도 아냐고요.」

「그게 말이다, 함께 전투한 사람들 간에는 일종의 동지 의식 같은 게 있단다. 어떤 직위에 올랐거나 외국에 나가서 살게 된 참전 용사들 대부분이 협회에 가입했는데, 그 수가 상당해. 무슨 말인지 알겠니?」

「아뇨, 잘 모르겠어요.」

「그러니까 내가 아는 사람이 많다는 얘기야.」

왜 갑자기 아버지와 딸 간에 이런 은근한 신경전이 시작되었는지 아무도 이해할 수 없었다. 그녀는 아버지가 전쟁 후에 벌인 일들을 얘기할 때보다도 훨씬 싸늘한 눈으로 그를 쳐다보았다.

「아빠, 국립 미술원에 아는 사람 있어요?」

이것은 질문도 아니었다. 루이는 도움을 청하듯 아내에게로 눈을 돌렸지만, 그녀는 다른 것을 생각하고 있었다.

「에, 그러니까, 사실은…….」

「거기서 누굴 아는데요?」 그녀는 날 선 목소리로 채근했다.

「네가 들으면 웃을 거야.」

「글쎄요, 모르겠네요.」

「미술원 원장, 알랭 드 브뢰유다. 솜 전투를 함께 치른 내 친구야. 오랫동안 소식이 끊겼다가 협회에서 다시 만났는데, 그때 그 친구가 어디에 임명이 됐었냐면…….」

「바르샤바.」 앙젤이 말했다.

「그래, 거기. 네가 국립 미술원에 등록하겠다고 했을 때, 난 그 친구에게 전화 한 통을 했어. 이미 등록이 끝난 때였기 때문에, 그는 오래된 규정을 다시 꺼낼 생각을 하게 된 거야. 무슨 말인지 알겠지…….」

엘렌은 고개를 끄덕였다. 네, 아주 잘 알겠네요. 그러니까 시험 없이 그 빌어먹을 〈청강생〉 자격으로 미술원에 받아들여질 수 있었던 〈기적〉은 바로 아버지 덕분에 가능했던 일이었다. 이 학교를 끔찍이 싫어했고, 지금은 거기서 나와 버렸기 때문에 이는 더 이상 중요한 사실이 아니었다. 그럼에도 그녀는 아버지가 자기 인생에 끼어들었다는 사실이 기분 나빴다. 왜 아빠는 항상…….

그녀는 원망에 가득 차 접시를 홱 밀어 버리고 곧바로 다시 물었다.

「에티엔 오빠는? 그것도 아빠예요?」

앙젤이 조용히 울기 시작했고, 엘렌은 자신이 너무 멀리 나간 것을 자책했다. 더구나 대답한 사람이 아버지가 아니라 어머니였기 때문에 더욱 그랬다.

「나야.」 그녀는 흐느끼는 중간중간에 말을 했다. 「그 애가 사이공에 취직할 수 있게끔 개입해 달라고 내가 너희 아버지에게 부탁했다. 에티엔은 너무나 레몽 곁으로 가고 싶어 했어, 알겠니?」

엘렌은 일어서서 어머니에게로 가 그녀를 안아 주었다.

프랑수아는 이 모든 일로 인해 자기가 무엇을 잃게 될 것인지 따져 보고 있었다. 장은 자기가 작년 말에 파리로 온 일, 그리고 아버지의 수완 덕분에 쿠데르 씨 회사에 채용된 일을 곰곰이 생각해 보고 있었다.

「자, 이제 어떻게 해야 하죠?」 프랑수아가 물었다.

루이는 디저트 메뉴판을 집어 들었다.

「일단 내가 앙드리외와 얘기해 봐야지. 그러고 나서 다시 얘기하면 어떻겠니?」

✳

앙드리외는 두 팔을 활짝 벌려 루이를 포옹했고, 그 상태로 아주 부드럽게 말했다.

「루이, 자네 아들 일에 대해선 깊은 조의를 표하네.」

루이는 대답 대신 고개를 살짝 끄덕했다.

그곳은 겨울철이라 잎이 다 떨어진 거대한 플라타너스나무들이 창문 밖으로 보이는 아주 넓은 사무실이었다. 경찰청장은 방문객을 위한 안락의자를 가리켰고, 자신도 그 옆에 자리를 잡았다.

「자, 그 일 말고, 어떻게 지내나?」

둘은 1923년에 서로를 알게 되었다. 그들이 이어진 것은 아주 재미난 사실을 하나 발견했기 때문이었다. 그들은 세 차례나 같은 격전의 무대에 있었는데(솜 전투, 제2차 플랑드르 전투, 그리고 엔 전투), 한 번도 마주친 적이 없었던 것이다.

서로 보지 못한 채로 나란히 서서 싸워야 했던 그들은, 자신이 여전히 살아 있는 것은 상대가 어둠 속의 수호자나 수호천사처럼 모습을 보이지 않고 거기에 있었기 때문이라고 생각했다. 그들은 주로 앙드리외가 다양한 정부 부처에서 직책을 맡은 파리에서 만나고는 했는데, 그때마다 전번에 끊겼던 곳에서 대화를 이어 간다는 느낌을 공유하고는 했다.

오늘의 만남은 분위기가 약간 달랐다. 둘 다 얘기를 시작하고 싶은 기분이 아니었고, 그저 늘 하는 진부한 화제들이나 떠들고 싶었다. 하지만 경찰청장의 시간표는 항상 꽉 짜여 있었다. 얼마 안 있어 루이는 친구가 조금 초조해하는 기미를 느꼈다.

「자, 그래서, 로베르, 일이 어떻게 됐나?」

「글쎄, 아무것도 안 되었기를 바라야겠지!」 경찰청장은 짐짓 웃음을 터뜨리며 대답했다. 「그 일은 종결된 거야! 끝난 일이라고. 안 그런가, 루이?」

「그건 자네가 내게 뭘 묻느냐에 따라 달라지겠지.」

앙드리외는 예순 살이었고, 얼굴은 호인처럼 생겼지만 호인이 아니었고, 미소는 친절하기 그지없었지만, 그렇게 친절한 사람만은 아니었다. 이 사내 안에는 정치적인 동물이 숨어 있었다. 루이는 그의 어조가 딱딱한 것을 곧바로 감지했다.

「내가 자네 아들을 멈추게 하려고 공포탄을 좀 쏴야 했네. 이제 우리 까놓고 얘기하지. 그 친구는 어떤 피아스트르 부정거래 건을 들춰내려 하는데…….」

「그게 정말 진실인가?」 루이가 말을 끊었다.

「진실이고 아니고가 중요한 게 아니야! 중요한 것은, 지금 우리에게 그런 게 필요하지 않다는 점이야!」

똑딱거리는 소리가 들렸다. 그것은 소총을 들고 전장으로 향하는 제1차 세계 대전의 병사로 장식된, 벽난로 위의 황동 괘종시계에서 나는 소리였다.

「자네는 두 개의 스캔들을 맞바꾸자고 제안하는 건가?」루이가 물었다. 「자네 것과 내 것을 바꾸자고?」

「뭐, 그렇다고 할 수 있네. 자네 아들은 조사를 멈추고, 우리는 자네의 그 전사자 기념비 건을 다시 조용히 묻어 둘 거야. 만일 그렇게 하지 않으면 무슨 일이 일어나겠는가, 루이? 과거가 다시 불려 나오고, 자네는 죄인 공시대에 서게 될 거란 말이야.」

「30년이란 세월이 흐르고 전쟁도 한 번 더 일어난 지금, 누가 그 일에 신경이나 쓰겠어? 또 내가 참전 용사 협회에 내놓은 것을 생각하면 사람들이 날 로빈 후드로 여길 수도 있는 일이야.」

「자네 말이 맞아, 루이. 하지만 집안 이름은 흙탕물을 뒤집어쓰겠지. 앞으로 계속해서 말이야. 그 값은 자네 아이들이 치르게 돼. 우리들은 스캔들을 하나 마주해야 하겠지만, 이게 처음도 아니고, 또 마지막도 아닐 거야. 우린 이걸 묻어 버릴 위원회를 하나 만들고, 주위를 분산시킬 다른 사건을 터뜨릴 거야. 두 달 후에는 모두가 잊어버리겠지. 그러는 동안 자네는 모든 것을 잃게 되고.」

괘종시계가 9시를 울렸다.

루이는 프랑수아를 위해 싸우려 해봤으나 허사였다. 그는 앙드리외에게로 시선을 들어 올렸다.

「자네는 언제부터 알고 있었나, 그…….」

「자네의 기념물 얘기? 솔직히 말하자면 여기 부임하면서 알게 됐어. 경찰청장들 간에 은밀하게 전달되는 공화국의 비밀들 중 하나였지.」

루이는 말없이 그의 눈을 똑바로 쳐다보았다.

「왜?」

「내 아들의 죽음 말이야, 그 일에 당신들도 관련이 있어?」

「전혀 아니야, 루이. 나도 어떻게 된 일인지 내무부 장관에게 물어봤어. 내 말을 믿어도 돼.」

「자네 말이 얼마나 가치가 있지?」

「자네 말과 같은 가치가 있네.」

「1피아스트르 더 적게?」

경찰청장은 미소를 지었다.

「뭐, 그렇다고 하지. 1피아스트르 더 적게.」

펠티에 내외는 〈너희 아버지의 애인〉 뒤크로 부인이 운영하는 뢰로프 호텔에 투숙했다. 앙젤은 지난 며칠 동안 이어진 일들에 너무나 지친지라 도착하면서 호텔 사장을 눈여겨보지도 못했다. 다음 날 아침, 식사 후에 사장을 제대로 보게 된 그녀는 혼자 미소를 머금었다. 루이가 한 말이 맞았으니, 그녀는 정말로 2백 살은 되어 보였다.

루이가 경찰서장을 만나는 동안 앙젤은 낮잠을 좀 자리라 생각했었다. 하지만 항상 그러듯이, 마침내 애타게 기다리던 자리에 누워 잠을 잘 수 있는 때가 오자 눈을 붙일 수가 없었다.

아이들에게 모든 것을 설명하고 나니 알 수 없는 안도감이 느껴졌다. 이런 상황이 아니라면 어떻게 마음먹을 수 있겠는가? 에티엔이 없어서 얘기를 듣지 못한 게 아쉬울 정도였다.

벌써 그녀의 귀에는 아들이 웃음을 터뜨리는 소리가 들렸다.

사람들은 종종 가장 심각한 상황 가운데서 하찮은 세부에 신경을 쓰곤 한다. 앙젤 역시 그 불쌍한 조제프가 사라진 일, 아무도 그들에게 보내 주지 않은 에티엔의 트렁크와 소지품에 대한 생각을 장례식 이후로 멈출 수가 없었다.

그녀는 반드시 이 트렁크에 대해 루이와 다시 얘기해야 했다. 반드시……. 이렇게 중얼거리며 그녀는 옷을 다 차려입은 채로 잠에 빠져들었다. 그녀의 정신은 이 단어에 고정되어 있었으니, 다시 정신을 차렸을 때 그것은 여전히 같은 곳에 있었다. 〈반드시〉. 이 말은 아들의 소지품을 가리켰다. 그것들을 회수하지 못하는 한, 뭔가가 끝나지 않은 채로 남아 있을 것이었다.

때는 11월 초, 밤이 일찍 찾아왔다. 방 안은 희끄무레하면서도 푸르스름한 빛으로 물들어 있었다. 땅거미였다. 그녀가 알기로 루이가 파리에 올 때마다 머무는 이 방은 그리 크지는 않았지만 따뜻하고도 아늑하게 느껴졌다. 남은 생을 여기서 살 수도 있을 것 같았다. 이대로 죽어 버렸으면 하는 마음이 살짝 들었다.

저녁 무렵에, 루이가 경찰청장과 만난 얘기를 듣기 위해 호텔 1층의 조그만 응접실에서 모이기로 아이들과 약속이 되어 있었다.

그런데 지금이 몇 시지? 맙소사, 벌써 저녁 6시였다. 간단히 세면을 하고 화장을 지울 시간밖에 없었다. 아이고머니나, 얼굴 꼴이 말이 아니네, 애들이 벌써 다 와서 기다릴 텐데…….

준비에브는 항상 모임에 살짝 늦게 도착하는 재주가 있었다. 자기 때문에 모두가 기다리는 상황이 즐거웠던 것이다. 하여 그녀는 시어머니가 자기보다 몇 분 후에 도착하자 약간 실망했다. 〈분명히 저 양반은 우릴 무시하려고 일부러 저러는 거야〉라고 속으로 중얼거렸다.

이윽고 루이는 앙드리외와 만났던 일을 얘기해 주었다.

이 일이 종결된 것을 말이다.

프랑수아는 아무런 논평도 하지 않고 자기 구두만 내려다보았다.

「로베르 앙드리외가 확실히 말했어. 정부 기관은 에티엔의 죽음과 아무 관계도 없다고 말이야.」

「아빤 그 말을 믿어요?」 엘렌이 차갑게 반문했다.

아버지는 딸의 눈을 오랫동안 들여다보았다.

「그래, 엘렌, 난 믿는다.」

그걸로 끝이었다.

그들은 아페리티프를 들었지만, 뒤크로 부인에게는 대단한 게 없었다. 그냥 주는 것에 만족해야 했다. 저녁 7시경이 되자 앙젤이 하품하기 시작했다.

「우린 그만 가봐야겠어요.」 장이 일어서며 말했다.

「벌써?」 앙젤이 물었다.

장은 어머니가 피곤해하는 것을 비난하는 듯한 모습은 보이고 싶지 않았기에, 아내에게 욕먹을 것을 각오하고 이렇게 말했다.

「네, 이제 들어가 봐야죠……. 오늘 하루가 너무 길었어, 그렇지, 준비에브?」

그녀도 일어섰지만, 어디에서 쫓겨나는 사람처럼 삐친 얼굴이었다. 그녀는 모두에게 먼저 볼 키스를 했지만 하는 둥 마는 둥 성의가 없었다. 자, 가요, 여보! 그렇게 집에 가고 싶다니, 가야지, 뭐! 정말이지 보기 민망했다.

「아, 정말 밥맛 떨어져!」 엘렌이 내뱉었다.

「엘렌!」 그녀의 어머니는 이렇게 꾸짖었지만 사실은 같은 생각이었다.

「프랑수아,」 이때 펠티에 씨가 말했다. 「우리 잠깐 얘기 좀 할까?」

그들은 앙젤과 엘렌을 조그만 응접실에 남겨 두고 보도로 나와서는 담배를 한 대씩 피워 물었다.

「얘, 네가 그 조사를 포기하게 되어 마음이 얼마나 힘들지 나도 짐작이 된다. 그 스캔들을 가지고 네 기자 경력에…….」

「이건 죽은 에티엔을 위해서이기도 한 거예요!」

「그래, 맞다.」 루이가 대답했다. 「어쨌든 네가 희생한 거고, 난 그 점을 아주 많이 느끼고 있다. 우리 모두가 느끼고 있어.」

「그런 말씀 해봤자, 제겐 아무 도움도 안 돼요.」

이렇게 내뱉은 그는 곧바로 후회했다. 루이는 아무렇지도 않은 듯이 다시 이렇게 말했다.

「내가 또 네게 말하고 싶은 것은…….」

그는 앙젤과 엘렌의 실루엣이 어렴풋이 보이는 호텔의 1층 창문을 가리켰다.

「그 고등 사범 학교 일과, 네가 『르 주르날 뒤 수아르』에서 일한다는 사실 말이다……. 엘렌이나 장이 널 배신했다고, 걔들이 나한테 와서 알려 줬다고 생각하지 않았으면 좋겠다. 걔들은 아무 짓도 안 했어.」

「전 그렇게 생각 안 해요!」

「아니야, 내 말이 맞아! 그래, 만일 내가 네 입장이었으면 그렇게 생각했을 거야. 하지만 고등 사범 학교 일은 내가 아주 일찍부터 알고 있었다. 넌 우리에게 편지를 썼지. 네가 거기에 〈우수한 성적으로〉합격했다고. 너도 알다시피 난 아주 허영심이 많은 사람인지라, 그 석차 표를 얻어서 콜롱 카페의 친구들에게 보여 주려고 했다. 네가 날 한심하게 여겨도 난 할 말이 없어. 그런데 고등 사범 학교가 답하기를, 합격자 명단에 네 이름이 없다는 거야. 난 항의했지! 그러자 그들은 응시자 명단을 보내 주었고, 거기에도 네 이름이 없었어.」

「왜 이제 와서 이 모든 얘기를 하는 거예요?」

「왜냐하면 이 아비가 너보다 네 형과 누이를 더 많이 도와준다고 생각할 것 같기 때문이야. 말도 안 되는 소리! 넌 우리에 대해 이렇게 생각할 거야. 엄마, 아빠는 형이 일할 수 있게끔 차도 한 대 사주고, 준비에브와 가게를 여는 데 필요한 돈도 내줬어. 엘렌이 미술 학교에 들어가고, 에티엔이 사이공에 취직할 수 있게끔 힘을 써줬어, 그런데 나에게는 아무것도 안 해줬지……. 바로 그렇기 때문에 내가 이 얘기를 하고 있는 거야. 난 네가 그 학교에 가지 않았다는 것을, 심지어는 응시조차 하지 않았다는 것을 아주 일찍 알았어. 하지만 마치 모르는 것처럼 계속 학비를 보내 주었는데, 그것은 내가 널 믿었고, 또 네 선택을 믿었기 때문이야. 그리고 『르 주르날』에서 받는 네 봉급으로는 먹고사는 데 충분치 않았을 것 같았기 때문에 계속 돈을 보냈고, 그걸 기쁜 마음으로 했던 거야. 난 단지 네가 자식들 중에서 자신이 제일 푸대접당하고 있다고 생각하지 않기를 바랄 뿐이야.」

프랑수아는 담배를 땅바닥에 짓눌러 껐다. 아버지를 꽉 끌어안거나 그의 품에 안기고 싶었지만, 그러는 대신 그냥 이렇게 말했다.

　「고마워요, 아빠.」

　「자, 그만 들어가자.」 루이가 말했다.

　「한 가지만요…….」

　프랑수아는 그를 붙잡았다.

　「학교 일에 대해선 이해했어요. 하지만 제가 『르 주르날 뒤 수아르』에서 일한다는 것은 어떻게 알았어요?」

　「내가 엘렌을 찾으러 여기 파리에 왔을 때, 난 먼저 걔가 네 집에 왔을 거라는 생각부터 했다. 그런데 넌 집에 없었고, 그 건물 수위를 만나게 됐지. 이름이 레옹틴이라고 했던가? 정말로 수다스러웠어! 내가 도착하자…….」

　「됐어요.」 프랑수아가 미소를 지으며 말했다. 「자세한 얘기는 안 하셔도 돼요.」

　그들은 호텔 안으로 들어갔다.

✳

　하루 사이에 온갖 일들을 겪어 기진맥진한 장은 수명의 10년을 주어서라도 당장 잠자리에 들고 싶었다. 하지만 그는 그녀가 이따금 〈내 세정(洗淨)〉이라고 부르는 일이 끝날 때까지 기다려야 했다. 장으로서는 잘 모르는 이 말은 내밀하면서도 뭔가 민망한, 입에 올리는 것 자체가 상스럽게 느껴지는 어떤 행위와 관련되어 있는 것 같았다.

「내 생각이 맞았어!」 그녀가 투덜거렸다.

장은 눈을 질끈 감았다. 그는 제복 차림의 경찰관 두 명에 둘러싸여 집을 나섰다. 교수대에 갈지도 모르는 상황이었다. 그리고 다행히도 무사히 집에 돌아왔는데, 준비에브는 이에 대해 일언반구도 없었다. 심지어는 불쾌한 말조차 하지 않았다.

「내 생각이 맞았어! 난 그걸 느끼고 있었어…….」

장은 자신이 굴복할 때까지 그녀가 이 말을 반복하리라는 것을 알았다. 피곤해서, 혹은 짜증이 나서 대체 당신이 무슨 생각을 했느냐고 물을 때까지 이 문장을 되풀이할 것이었다. 하지만 이번에는 아니었다. 왜인지는 알 수 없지만, 그는 패배를 인정하기를 거부하는 때가 가끔 있었다. 어쩌면 지난 며칠 동안의 고민이 사라져서, 그 지문 얘기가 이제는 먼 과거의 일이 되어 버려서 마음이 가벼워졌기 때문인지도 몰랐다. 이 모든 게 그를 강하게 하고 있었다.

「난 처음부터 그걸 느끼고 있었다고!」

아니, 장은 굴복하지 않을 것이었다.

그는 준비에브가 몸을 씻고 있는 곳으로 눈길을 돌리지 않으려고, 실수로라도 그러지 않으려고 애를 쓰면서 옷을 벗었다. 만일 그런 일이 일어나면 마치 강간이라도 당하는 듯 즉각 비명이 터져 나올 것이었다.

그는 조심스럽게 옷가지를 갰다. 화이트와인을 과음한 탓인지 조금 어지러웠다.

준비에브는 항상 보란 듯이 엉덩이를 들썩이고 어깨를 비틀며 먼저 침대에 누웠고, 한숨을 내쉬며 폭신한 이불과 모포를 턱까지 끌어 올렸다. 그러면 그 나머지를 장이 차지하고는 했다.

「난 알고 있었어.」

장은 한숨을 내쉬었다. 그래, 빨리 항복하고 말자…….

「뭘 알고 있었는데?」

「이 집안에 돈이 있다는 사실을 말이야! 하지만 저녁 식사를 하자고 우릴 잡지도 않았어, 어떻게 그럴 수가 있어?」

「엄마가 피곤하셨잖아…….」

「무엇보다도 우리에게 돈을 주지 않으려고 해. 돈이 없는 것도 아닌데 말이야!」

장은 화가 났다. 이 터무니없는 비난에 부아가 치민 것이다.

「뭐라고? 우리 부모님이 돈을 주지 않았다고? 그분들은 내가 일할 수 있게끔 차도 사주셨고, 가게를 열 돈도 주셨어.」

「아냐.」

「아니라니 뭐가 아니야? 그분들이 가게 열 돈을 안 줬다고?」

「아니, 준 게 아니라 빌려줬지. 그건 다른 거야!」

장은 숨이 콱 막혔다. 너무 부당했다. 그렇다면 숄레 집안은 뭐라도 줬단 말인가? 아무것도 주지 않았다. 항상 펠티에 내외만 돈을 내놓았다. 그는 얼굴이 시뻘게져서 그녀에게로 몸을 돌렸다.

「잠 좀 자게 놔둬.」 그녀가 눈을 감으며 말했다. 「너무 피곤한 하루를 보냈어.」

「뚱땡이도 남아서 같이 식사했으면 좋았을 텐데.」 앙젤이 말했다.

그들은 호텔에서 2백 미터 떨어진 한 레스토랑에 앉아 있었다.

〈빨리 좀 가져다줄 수 있어요?〉라고 루이가 종업원에게 주문한 뒤였다.

홀에는 손님이 별로 없었고, 그들은 요리 하나와 와인 한 병만을 주문했다. 그런 뒤 처음으로 울지 않고 에티엔에 대해 얘기했다.

얼마 후, 루이는 계산서를 요청했다.

「자, 애들아,」 그가 말했다. 「너희 엄마와 나는 내일 아침 일찍 떠날 거야, 그리고…….」

「아니, 여보,」 앙젤이 말했다. 「나, 생각을 바꿨어. 난 당신과 같이 베이루트에 가지 않을 거야. 난 사이공에 가서 내 아들의 소지품을 가져올 거야.」

그러자 엘렌이 어머니에게로 몸을 돌렸다.

「나도 엄마와 같이 갈 거야.」

42
자네 말이 맞아

그러지 않으려고 애썼지만, 지난 며칠 동안 일어난 충격적인 사건들에도 불구하고 계속 머리에 그녀가 떠올랐다. 그 닌이란 자는 살았는지 죽었는지 소식이 없었다. 그 가명이 어쩌면 그녀의 첫 번째 거짓말이었는지도 몰랐다.

그녀는 법원에 출두한 후 어디론가 증발해 버렸다. 르누아르 판사를 살살 구슬려 그녀에 대해 더 알아볼까 하는 생각을 1백 번은 했지만 그때마다 프랑수아는 포기했고, 또 포기한 것을 후회했다.

가장 서글픈 것은 그녀의 아름다운 얼굴이 머릿속에서 사라져 버렸다는 사실이었다. 더 이상 그녀의 얼굴을 그려 볼 수 없었다. 그가 눈앞에 떠올리는 모든 것들, 눈썹의 형태, 그 강렬한 시선, 그 입. 아, 그 입, 그 실루엣. 이 모든 것들은 나타나는 순간 사라져 버려, 생생하고도 구체적인 전체 모습을 재구성하는 일은 더 이상 불가능했다. 마치 어떤 유령을 사랑하는 기분이었다.

그는 오후가 끝나 갈 즈음에 편집실에서 나왔다. 그는 지하철로 퇴근하는 것을 좋아했는데, 마감 전에 대충 훑어볼 시간밖에 없었던 페이지들을 다시 읽어 볼 수 있기 때문이었다.

객차에서 내린 그는 출구로 가기 위해 오른쪽으로 걷기 시작했다.

그녀가 거기 있었다. 플랫폼 위에서, 그와 반대 방향에서 걸어오고 있었다.

둘 다 잠깐 멈춰 섰다. 프랑수아는 이런 만남이 일어나기 위해서는 얼마만큼의 우연이 필요할까를 가늠해 보았다. 불필요한 일이었다. 그녀가 얼굴을 빨갛게 붉힌 것이다. 그녀가 여기있는 것은 절대 우연이 아니었다. 마치 핑계 대는 것을 포기해버린 것처럼, 그녀는 앞으로 나아왔다.

목소리가 떨리고 있었다.

「감사를 드리고 싶어서요…….」

군중이 다음 객차를 기다리기 위해 벌써 플랫폼으로 몰려들고 있었다. 그들은 조금 떨어진 곳으로 물러났다.

「뭐, 괜찮습니다.」 프랑수아가 대답했다. 「그러실 필요 없어요.」

그녀는 전에 보았던 그 강렬한 눈빛으로 그를 응시했다.

「그래서 혹시…….」

지하철이 역에 들어왔고, 공간 전체를 울리는 그 요란한 소리에 그녀는 말을 중단해야 했다. 열차가 서자마자 그녀는 말을 이었다.

「혹시…… 그러니까, 우리가…….」

「네?」

그녀는 같이 센강 변을 거닐면 어떻겠냐고 말했다. 아니면 튀일리 공원이나. 프랑수아는 어디든 좋았다.

「바야르가(街)에서 보는 것도 괜찮겠죠. 샹젤리제 부근에 있는 세련된 동네예요.」[18]

「기자님 집 근처인가요?」

프랑수아는 자신의 조심성 없는 표현을 금방 후회했지만, 그녀는 웃었다.

「네, 그리 멀지는 않아요. 하지만 그곳은…… 전번에 뭐라고 하셨죠? 그렇게 평판에 문제가 되지는 않을 거예요.」

첫 번째 만남을 종전 기념일[19]에 바깥에서 갖는다(게다가 기상청은 안개까지 예보한 상태였다)……. 로맨틱한 데이트와 는 좀 거리가 있었지만, 프랑수아는 그런 데 신경 쓸 겨를이 없 었다.

「네, 물론이죠.」

그녀는 금방 대답했다. 좋아요, 네……. 그녀는 미소를 지었 다. 그와 악수하지는 않았다.

그는 멀어지는 그녀의 뒷모습을 바라봤다. 아마 그녀도 등 에 꽂히는 그의 시선을 느꼈으리라.

그는 45분 일찍 약속 장소에 도착했다. 일기 예보는 거짓말

18 바야르가는 파리 8구, 샹젤리제 대로에 인접한 조그만 거리로, 고급 식당, 카페, 상점 등이 밀집해 있는 세련되고 고상한 거리이다.
19 제1차 세계 대전 종전을 기념하는 프랑스의 국경일로 11월 11일이다.

을 하지 않았지만, 아침에 꼈던 짙은 안개는 정오 무렵에 걷혔다. 일대가 매우 혼잡했는데, 제2차 세계 대전 참전 용사들이 개선문 아래의 무명 용사 묘에 헌화하러 모였고, 이들뿐만 아니라 프랑스 공화국 청년 연합, 강제 노역자 연맹,[20] 전국 노조 연합뿐 아니라 몇몇 공산주의 단체와 여성 운동 단체들도 있었기 때문이다. 프랑수아는 깃발이며 두 개의 막대기에 단 현수막을 든 무리가 지나가는 것을 보았다. 시간이 조금 있었던 그는 호기심에 사로잡혀 좀 더 가까이서 보려고 다가갔다.

프랭클린루스벨트 지하철역 쪽으로 모여드는 무리들에서는 활기차면서도 약간 긴장된 분위기가 감돌았다. 결연한 걸음으로 걸어가는 한 젊은 친구 옆으로 다가간 그는 경찰청이 샹젤리제 대로의 상당 부분을 막아 놓았다는 얘기를 들었다. 〈그런 식으로 되지는 않을 겁니다!〉라고 청년은 소리치며 곧바로 빽빽한 군중 속으로 사라졌다. 그리고 얼마 후, 프랑수아는 아닌 게 아니라 일이 그런 식으로 진행되지는 않으리라는 것을 느끼게 되었다. 어쩔 수 없는 기자의 본능에 이끌린 그는 수첩을 꺼내어 자신이 이해한 바를 메모했는데, 이는 지하철역에 이르러 사실로 확인되었다. 시위자들은 개선문에 갈 수는 있지만 프랭클린루스벨트역은 지나갈 수 없다는 것이었다! 목적지에 이르는 길들은 막아 놓고 그 장소에 가는 것은 허용한, 정말로 희한하고도 황당한 결정이었다! 얼마 안 있어 프랑수아는 많은 시위 참가자들에게 무명 용사 묘 헌화는 하나의 구실에 불

---

20 Fédération des déportés du travail. 제2차 세계 대전 때 독일군에 의해 강제 노동에 동원된 사람들이나 그들의 가족이 피해자들을 기념하고 인권과 민주주의를 위해 활동한다는 취지로 1945년에 설립한 단체.

과하다는 것을 깨닫게 되었다. 〈광부들을 도웁시다! 광부들을 위해 서명합시다!〉라는 구호는 샹젤리제 원형 교차로에서[21] 봉쇄되어 뜨겁게 달아오르고 있는 이 군중의 의도가 무엇인지 분명히 보여 주었다. 배치된 경찰 병력은 엄청났고, 번쩍이는 투구 차림으로 무장한 공화국 경비대[22]는 줄지어 서서 거리를 막고 있었다. 프랑수아는 구호들과 현수막에 적힌 문구들을 메모하고, 귀가 터질 듯한 군중의 함성 속에서 사람들에게 이리저리 떠밀리며 경찰 부대의 숫자를 헤아리려 애썼다. 손목시계를 들여다보니 생각한 것보다 시간이 빨리 지나가 다시 바야르가 쪽으로 걸음을 옮겨야 했다. 하지만 흥분하여 고함치는 3천여 시위자들의 소란스러운 존재는 예상했던 것보다 일을 어렵게 만들었다. 갑자기 프랑스 국기가 나타났고, 저쪽에서 열혈 운동가들이 광산용 쇠막대기로 포석을 뜯어내고 있었던 것이다. 누군가가 조르주생크가(街)에 바리케이드가 세워졌다고 주장했고, 이 말은 삽시간에 퍼졌다. 거기서 한 남자가 숨을 헐떡거리며 뛰어왔다. 〈바사노가(街)에서 시위대가 공사장 비계를 뜯어냈어요! 상업 은행 앞에서요!〉라고 그는 신이 나 말했다. 그곳은 대로의 위쪽에 있었다. 프랑수아로서는 설명하기 힘든 상황이었다. 시위자들은 대로 양쪽의 두 장소에 빽빽이 모여 있었고, 이 둘 사이에 낀 경찰은 이쪽 사람들이 내려오는 것을, 저쪽 사람들이 올라오는 것을 막아야 했는데, 일

21 샹젤리제 대로의 중간 지점에서 여섯 개의 도로가 만나는 원형 교차로로, 프랭클린루스벨트 지하철역이 위치해 있다.
22 Gardes républicains. 프랑스 헌병대 산하의 조직으로, 전통적인 제복 차림으로 요인 경호, 공식 의전 참여, 엘리제궁이나 개선문 등 국가 중요 건물의 보호 같은 일을 한다.

이 그렇게 쉽지 않아 보였다. 프랑수아는 수첩에다 메모를 했다. 끊임없이 사람들이 밀치는 바람에 볼펜이 계속 종이 위에서 미끄러졌다.

그리고 갑자기, 왜, 그리고 어떻게 그렇게 됐는지는 알 수 없지만 상황이 급박해졌다. 누군가가 〈놈들이 쳐들어온다!〉라고 외치자 모두가 달리기 시작했다. 다들 옆에 붙은 거리들로 들어가거나 콩코르드 광장 쪽으로 후퇴하려 뛰고 있는데, 뭔가를 쏘는 소리가 들렸다. 소총 소리인가? 프랑수아는 바보처럼 여전히 수첩에 메모를 계속하며 다른 이들과 함께 달리다가 땅바닥에 널려 있는 현수막에 발이 걸려 엉덩이부터 보기 좋게 쓰러지고 말았다. 화강암 포도(鋪道) 위를 달리는 신발들이 보이는데, 누군가가 그의 팔 밑에 손을 넣어 일어나는 것을 도와주고는 곧바로 사라졌다. 시위 진압대가 곤봉을 쳐들고 나아왔다. 프랑수아는 엉덩이를 부여잡고 약간 발을 절었는데 달리기가 쉽지 않았다. 그는 겁에 질려 대로를 따라 뛰었지만, 사방에서 경찰들이 쳐들어왔다. 시위자들은 벌써 쿵쿵 쓰러지고, 모두가 비명을 지르고 있었다. 프랑수아는 이름을 알 수 없는 어느 거리 모퉁이에 이르렀다. 바로 그때, 점퍼와 터틀넥 스웨터 차림의 한 청년이 추격하는 몇 명의 경찰관들에게 따라잡히는 모습이 보였다. 그는 쓰러졌다 다시 일어섰지만, 그사이에 추격자들이 그의 소매를 붙잡고는 한 건물의 현관 아래로 끌고 갔다. 그 광경에 얼어붙은 프랑수아는 잠시 꼼짝하지 못했다. 그런 다음 아무 생각 없이 건물까지 뛰어가면서 외쳤다. 그를 놔줘요! 놔주라고! 청년의 얼굴은 피투성이였다. 한 경찰관이 프랑수아에게로 몸을 돌렸다. 「넌 거기서 뭐 하고 있어?」 곤봉을 쳐드는 것을 본 프랑수아는 호주머니를 뒤져 기자증을 꺼낼 시간이 없었으므로 대신 쥐고 있던 수첩을 흔들었다. 우스꽝스러운 꼴이었다. 「난 기자요!」 경찰관들이 그의 손에서 수첩을 낚아챘다. 「그래서 뭐 하겠다는 건데?」 곧바로 정수리에 곤봉이 날아들었다. 프랑수아는 나뒹굴며 두 손으로 머리를 보호하려 했지만, 그것으로 끝이 아니었다.

두 눈이 보도 높이에 있었다.

그의 주위에서 네 개의 군화가 발길질을 퍼부었고, 그중 하나가 그의 후두부에 적중했다.

그는 의식을 잃었다.

다시 정신을 차려 보니 어딘지 알 수 없는 곳의 타일 바닥 위에 누워 있었다.

머리가 깨질 것 같은 통증에 그는 손을 갖다 대었다. 머리 둘레의 붕대가 만져졌다.

「엑스레이를 찍어 보는 게 좋겠어요.」 누군가가 말했다.

침착한 목소리였다. 피로 얼룩진 흰 가운 차림의 40대 남자가 보였다. 약사인 것 같았다. 팔꿈치를 짚고 겨우 몸을 일으킨 프랑수아는 약품 매대들 사이에 놓인 세 개의 의자에 앉아 있는 사람들을 발견했다. 손에 붕대를 감고, 다리에는 임시 부목을 대고, 얼굴에는 거즈와 반창고를 붙인 몰골들이었고, 알코올과 연고 냄새가 느껴졌다. 약국은 정확히 말해서 열린 게 아니었다. 철제 셔터가 반쯤 올라가 있어 실내는 나지막하고 뿌연 빛에 잠겨 있었다. 진열창 반대편의 거리는, 적어도 그곳에서 보이는 부분만큼은 평온했다.

「이름이 뭐죠?」

약사는 프랑수아의 얼굴 앞에서 손가락들을 펴 보이며 물었다.

「펠티에, 프랑수아 펠티에입니다.」

「손가락을 세어 봐요.」

「네 개…….」

「좋아요.」

프랑수아는 벽시계 쪽으로 고개를 들어 올렸다. 오후 4시였다.

「젠장!」

닌! 약속 시간이 한 시간 지났다! 그는 벌떡 일어났지만, 바로 약사의 어깨에 손을 짚어야 했다. 머리가 빙빙 돌았다.

「괜찮겠어요?」

그는 술집을 나설 때 만취한 상태를 감추고 싶은 손님처럼 뻣뻣하면서도 머뭇거리는 발걸음으로 출구 쪽으로 향했다. 분명히 닌은 떠났으리라! 그는 절망했고, 자신에게 화가 치밀었다. 그는 다른 사람을 돌보는 약사에게로 돌아와 손을 내밀었다.

「고맙습니다.」

가운 차림의 남자가 일어나 그와 악수를 했다.

「혹시 치료비라도 드려야 할까요?」 프랑수아가 물었다.

「아니, 괜찮아요. 그보다는 엑스레이를 찍어 봐요. 모를 일이니까.」

나와 보니 장메르모즈가(街)의 모퉁이였다. 그는 달리기 시작했는데, 쓸모없는 짓이었다. 샹젤리제 대로의 이 부분에는 이제 시위대가 없었다. 여기저기서 경찰관들이 몇 사람씩 보초를 서고 있었지만, 시위대는 수백 미터 위쪽으로 자리를 옮긴 후였다. 아직은 상당히 소란스러웠고, 함성 소리도 들렸다. 프랑수아는 거기서 꾸물대지 않고 바야르가로 달려가 봤지만, 물론 그곳에는 아무도 없었다. 그녀를 찾을 수 있는 방법은 전혀 없었다. 분명히 그녀는 자기가 약속 장소에 오지 않았다고 생각했으리라. 맞다, 물론 그렇기는 하지만 그것은⋯⋯. 그 이유를 생각하니 숨이 막힐 정도로 분했다.

지하철을 탄 그는 힘이 하나도 없었다.

어떻게 그녀가 여기서 기다리고 있는데 저쪽에서 일어나는 일을 보러 갈 생각을 했단 말인가?

여태까지 한 여자를 이렇게 애타게, 이렇게 열렬하게 갈망해 본 적이 없었는데 그녀가 제안한 데이트에 나가지 않은 것이다. 어떻게 이럴 수가 있단 말인가?

『르 주르날』로 돌아가면서 그는 아까 일어났던 일의 양상에 대해 새롭게 생각해 보기 시작했다. 경찰이 기자가 일을 못 하게 하고, 폭행한 적은 지금까지 한 번도 없었던 것이다. 그는 경찰의 조처에 대해 다시 한번 생각해 보았다. 늘 그렇듯이 그는 머릿속으로 글을 쓰고 있었다. 그는 종종 이렇게 머릿속으로 기사를 생각하고 문장들을, 아니 문단 전체를 만들어서는 그것을 종이 위에 옮겨 적기만 했다. 그는 기사를 빨리 작성하는 친구로 명성이 높았는데, 그것은 그가 작업에 들어가기 전에 많이 생각하기 때문이었다.

캥캉푸아가에 도착한 그는 책상에 앉아 기사를 종이에 후딱 옮겨 쓴 다음, 데니소프의 방으로 올라갔다.

「샹젤리제 시위에 대해 뭔가를 써 왔습니다.」

『르 주르날』 사장은 눈썹을 찌푸렸다.

「무슨 말인지 잘 모르겠군. 바나케르를 현장에 파견했는데.」

사장은 문서 하나를 내밀었다.

「이게 그가 써 온 걸세.」

프랑수아가 서 있는 자리에서도 제목이 보였다.

샹젤리제의 유혈극.
시위 군중, 시위 진압군과 격렬하게 충돌.
1백여 명의 부상자 발생.

그는 데니소프에게 다가가 자기가 써 온 것을 내밀었다.

「이것은 기사가 아니라 사설입니다.」

데니소프는 얼마나 놀랐던지 당장 프랑수아를 쫓아내려 하다가 간신히 참았다. 사설이라니! 대체 언제부터 일개 잡보부 리포터가 1면 사설을 썼단 말인가? 종이를 받아 든 그는 안경을 쓰고는 읽기 시작했다.

우리는 어떤 공화국을 원하는가?

우리가 경찰의 폭력에 경악하는 것은 어제오늘의 일이 아니다. 최근에도 우리는 경찰이 어느 정도까지 난폭해질 수 있는지를 피르미니에서 확인한 바 있다. 물론 우리는 경찰이 시위자들, 혹은 운동권 과격 분자들에 대해 할 일이 많다는 사실을 인정하지만, 경찰의 본분은 질서를 유지하거나 회복하는 데 있지 불씨에 부채질하는 것은 아니라는 점을 상기하는 것은 전혀 엉뚱한 얘기가 아니라고 생각한다. 그런데 이는 바로 이번 11월 11일, 파리의 샹젤리제 대로에서 일어난 일이다. 두 지하철역 사이를 봉쇄하여 FFI, FTP,[23] 참전 용사 연맹의 행진을 막은 것은 단지 어리석고도 답답하기 이를 데 없는 전술이었을 뿐만 아니라, 초보자의 짓이라 해도 용서할 수 없는 중대한 전략적 실수였다. 시위를 막고 싶다면 그냥 금지하면 된다. 하지만 먼저 허가했다가 수천 명의 군중에게 행진을 포기하라고 강요한다면, 고의로 도발하는 것이나 마찬가지이다.

이런 행동의 결과로 수십 명의 부상자가 발생했다면 그것만 해도 벌써 심각한 일이다. 하지만 경찰이 스스로의 폭력에 취하여 언론이 사건을 보도하지 못하게 하고, 어느 기자의 손에서 수첩을 빼앗을 권리가 있다고 생각하고는 그를 선 채로, 그다음에는 쓰러뜨린 뒤 구타하기에 이르렀다면 문제는 완전히 달라진다. 평화의 수호자가 단순한 질서 유지군으로 전락할 때, 언론의 자유가 위협받거나 공격받을 때, 모든 민주주의자들은 의문을 품지 않을 수 없다. 레지스탕스와 해방이 우리에게 가져다준 것이 바로 이것인가라고 자문하지 않을 수 없는 것이다.

공권력은 이에 대해 잘 생각해 봐야 할 것이며, 프랑스 국민이 그 많은 희생을 치른 것은 그들의 공화국이 짓밟히고, 그들의 경찰이 항의의 목소

23 FFI는 〈프랑스 국내군Forces françaises de l'Intérieur〉의 약자로, 독일 점령군, 비시 정권과 맞서 싸우기 위한 목적으로 다양한 그룹의 저항 조직이 연합하여 1944년에 결성한 단체이며, FTP는 〈유격대와 파르티잔Francs-tireurs et partisans〉의 약자로, 독일 점령군과 비시 정권에 대해 게릴라전, 요인 암살, 사보타주 등의 방법으로 투쟁하기 위해 1941년에 결성된 공산주의자들의 저항 조직이다.

리를 틀어막는 군대처럼 행동하고, 그들의 정부가 독재 체제의 방법들을 사용하는 꼴을 보기 위해서가 아니었음을 분명히 기억해야 할 것이다.

데니소프는 안경을 내려놓았다.

「자네 말이 맞아. 아주 좋아.」

그는 종이를 책상 위에 내려놓았다.

「1면 사설로 올려!」

프랑수아의 입이 헤벌어졌다. 그는 고개만 끄덕일 뿐 아무 말도 하지 못했으니, 이날 들어 두 번째로 정신이 멍해진 것이다. 말레비츠의 책상에 교정쇄가 도착하자 프랑수아는 달려가 들여다보았다. 정말로 사설이 1면에 올라 있었는데, 서명은…… 아드리앵 데니소프로 되어 있었다.

「나쁜 놈!」 프랑수아가 이렇게 외치며 곧바로 복도로 달려 나가려 하는데, 말레비츠가 가로막고는 두 손으로 그를 밀었다.

「이봐, 바보 같은 짓 하지 마! 지금은 규칙을 배울 때야. 자네가 뭔 줄 알고 그렇게 날뛰는 거야?」

프랑수아가 반대로 그를 밀어붙이려고 덤비자, 말레비츠는 그를 놓아주었다.

「자, 2분 줄 테니까 잘 생각해서 선택해. 『르 주르날』에서 쫓겨나든지, 아니면 얌전히 자리로 돌아가서 1면에 자기 서명을 올릴 자격을 갖추도록 노력하든지.」

그는 차분하게 자기 자리로 돌아가서는, 다시 교정쇄 검토에 들어가기 전에 이렇게 말했다.

「자, 이제 원하는 대로 해!」

프랑수아는 눈물이 솟구쳤다.

정말이지 되는 일이 하나도 없었다. 그는 아무 말 없이 편집실을 나왔다.

43
증거가 없으면 조사도 없다

기온은 30도가 넘었고, 습도는 90퍼센트에 달했다. 앙젤은 이런 분위기에 전혀 대비되어 있지 않았다. 구운 돼지고기, 바닐라, 훈제 생선, 매연 등이 뒤섞인 냄새와, 도시 전체에서 느껴지는 잡다하고, 시끄럽고, 익명적이고, 분주한 이 기이한 소용돌이에 말이다. 짐꾼들, 웃으며 길을 건너는 소녀들, 가게 문턱에 나와 있는 상인들, 가마솥에서 나는 김에 얼굴을 찡그리는 국수 장사들, 식료품을 들고 가는 여자들, 그들의 옷자락에 매달려 있는 아이들……. 그녀가 한 말은 〈세상에……!〉 이한마디뿐이었다.

엘렌은 여기에 도착해 휘둥그레한 눈으로 이 신세계를 바라봤을 에티엔의 모습을 곧바로 상상했다. 물론 에티엔은 그가 영원히 보지 못하게 될 레몽을 찾기 위해 여기 온 것이었지만, 그때 사이공은 그에게 경이로운 도시로 보였을 것이다.

파리에서 여행사 직원은 앙젤에게 〈사이공에 묵을 만한 곳은 르 메트로폴과 크리스탈 팔라스밖에 없어요〉라고 단언했었다.

그녀는 앙젤에게 고개를 지그시 기울이고는 이렇게 속삭였다.

「그런데 말이에요, 르 메트로폴은 약간…… 제가 무슨 말 하려는지 아시겠죠?」

그녀는 고객에게 제대로 경고한 것에 자못 만족하여 다시 고개를 들었다. 하여 앙젤은 조금 미심쩍어하면서도 크리스탈을 선택했다.

「잘 선택하셨어요, 펠티에 부인. 특히 부인 같은 여성분께는 거기가 맞아요.」

앙젤은 왜 자기 같은 여자에게 르 메트로폴이 금기시되는지 이해할 수 없었다. 왜냐하면 첫날 저녁 그녀는 엘렌과 함께 거기서 아페리티프를 들었는데, 거대한 녹색 잎사귀의 식물들과 여성 취향으로 연주하는 오케스트라, 시끄럽게 떠드는 세련된 고객들, 그리고 곡예처럼 이뤄지는 서빙 등 그곳이 너무 매력적으로 느껴졌기 때문이었다. 만일 에티엔의 일만 아니었다면 거기서 즐거움마저 느꼈을 것이다.

거기서 엘렌은 단연 돋보였다. 앙젤이 〈딸〉이 아니라, 자신의 딸이기도 한 〈젊은 여성〉과 외출한 것은 이번이 처음이었다. 저 아이는 남자애들과 어디까지 갔을까? 이것은 잘못된 질문임을 그녀도 알고 있었다. 〈엘렌은 남자들과 어디까지 갔을까?〉가 올바른 질문이었다. 저 젊은 아가씨는 어머니보다도 이 질문에 대답할 준비가 더 잘 되어 있을 터였다. 〈나도 저 나이 때 저렇게 예뻤을까?〉라고 앙젤은 자문했다. 다른 곳, 다른 때였다면 그녀는 이런 질문이 자신을 늙게 할까 봐 두려웠을 것이다. 하지만 지금은 그렇지 않았다. 그녀는 오히려 자랑스러웠다. 이런 생각을 하면서 그녀는 자신도 나이가 들었음을 깨달았다.

　엘렌도 어머니를 다른 눈으로 보고 있었다. 그녀는 자신이 어머니에 대해 가졌던 이미지와 그녀의 과거를 통해 알게 된 사실을 겹쳐 보려고 했다. 지금 보는 이 사람이 스무 살 때 훔친 수천만 프랑을 가지고 도망쳐 가짜 신원으로 자식들을 길러 왔다는 사실이 믿기지가 않았다. 어머니는 자신이 영원히 알 수 없는 사람이었다.

　크리스탈 팔라스는 — 이 점에 있어서는 여행사 직원의 말이 맞았는데 — 맨 위층에 도시 전체가 내려다보이는 거대한 테라스가 있는 아주 고급스러운 업소였다. 돌아다니며 사람 만나기 좋아하던 에티엔은 이런 곳들을 알고 있었으리라. 모든 게 앙젤로 하여금 이제 에티엔은 없다는 사실을 실감하게 했다.

　모녀는 그가 살았던 주소로 가는 것이 가장 간단한 방법이라는 결론을 내렸다. 거기에 그의 물건들이 보관되어 있을지도 몰랐다.

　「만약 누가 걔 물건들을 찾았다면 말이야.」 앙젤이 덧붙였다.

　엘렌은 어머니가 이 말을 체념 어린 어조로 하는 것에 놀랐다. 마치 여기에 오고 나니 그 트렁크를 찾는 일은 더 이상 중요하지 않게 된 것 같았다.

　그들은 어렵지 않게 아파트 건물을 찾아냈다. 그들이 현관문 밑으로 들어가는 순간 폭우가 쏟아지기 시작했다. 보도와 자동차 차체와 지붕과 발코니 들에 부딪히며 부서지는 굵은 빗방울들은 끝없이 이어지는 우렛소리 같은 배경음을 만들어

냈다.

여기서 에티엔이 살았었구나……. 앙젤은 아들의 물건이 있지 않나 살폈지만, 바보 같은 짓이었다. 널찍한 석조 계단, 커다란 층계참, 칠이 벗겨져 비늘처럼 갈라진 벽……. 건물 전체에서 쇠락한 영광이 느껴졌다. 지금 그곳을 지배하는 것은 비로 인해 건물 안까지 파고든, 생선튀김과 곰팡이의 습기가 뒤섞인 냄새였다.

앙젤은 아주 세게 문을 두드렸는데, 아파트 안에서 목소리들과 고함 소리가, 열띤 대화인지 말다툼하는 소리인지 알 수 없는 소리들이 들렸기 때문이었다.

너덧 살가량으로 보이는 아이 하나가 문을 벌컥 열더니만 그들을 보자마자 마치 악마라도 본 것처럼 비명을 지르며 뛰어가 버렸다. 복도 뒤로 환하게 밝혀져 있고 테라스에 면한 창이 있는 커다란 방이 보였다. 아파트의 화려했던 모습은 이제 먼 추억일 뿐 바닥에는 옷가지가 널려 있었고, 바닥에 앉아 식사를 하는 것인지 다리가 부러진 의자들 위에 주방 기구들이 놓여 있었다. 거대한 미국 냉장고도 보였다.

입구에서 몇 걸음 떨어진 곳에는 커다란 검은 얼룩이 마룻바닥에 번져 있었다.

경계와 불안의 빛이 가득한 여자 하나가 뒤에 있는 누군가를 부르며 나아왔다. 뒤따라 나온 것은 어떤 남자로, 이가 숭숭 빠져 있는 그는 소리를 지르고 침을 튀기며 뭐라고 지껄였다. 모두가 겁에 질려 있는 것 같았다.

「프랑스어 할 줄 아세요?」 앙젤이 최대한 크게 미소를 지으며 물었다. 「프랑스어 할 줄 아는 분 계신가요?」

백과사전을 팔려고 돌아다닌다 해도, 이보다 더 상냥하게 말하지는 않았으리라.

남자는 마치 먼지를 털듯이 손을 앞으로 저어 댔다. 얘기하고 싶지 않으니 빨리 가라는 뜻이 분명했다.

「에티엔 펠티에!」 엘렌은 물러서지 않았다. 「그가 여기 살았어요! 여기에 말이에요!」

청년 두엇이 도우려 달려왔다. 어른들 다리에는 애들도 주렁주렁 달려 있었다. 이렇게 그들 전체가 앙젤과 엘렌 앞을 막고 서서는 고함을 지르며 손짓발짓을 하는데, 그 소리가 얼마나 큰지 지붕을 두드리는 빗소리를 덮을 정도였다.

앙젤은 겁을 먹고 한 걸음 뒤로 물러섰다.

엘렌은 다시 한번 시도해 보고 싶었지만, 벌써 그녀의 어머니는 계단을 딛고 내려가기 시작했다. 등 뒤에서 총을 쏠까 두려운 사람처럼 시선은 여전히 날뛰는 가족 쪽으로 고정한 채였다.

비는 기가 막힌 연출가였다. 그들이 건물 앞에 도착할 때 갑자기 퍼붓더니만 그들이 약간 멍해진 정신으로 1층에 내려오자마자 거짓말처럼 그쳤다. 모녀는 아무 말도 하지 않았다. 이렇게 문전박대를 당하려고 이 먼 길을 왔단 말인가?

갑자기 엘렌이 외쳤다.

「엄마!」

앙젤이 고개를 홱 돌렸다.

「조제프야!」

녀석이었다. 장작개비처럼 바싹 말랐지만 눈빛은 형형한 녀석은 벌써 그들의 다리에 몸을 비비고 있었다. 그 둘은 녀석을 안으며 울기 시작했다. 조제프는 눈을 감고 갸르릉거렸다. 카티나가의 길옆 도랑은 콸콸 흐르는 물로 강이 되어 있었고, 보도는 빗물로 번들거렸다.

「포기할까?」 엘렌이 물었다.

앙젤은 마치 아기에게 그러듯 조제프를 코트로 싸서 가슴에 꼭 붙였다. 그녀는 많이 울었다.

「난 도저히 그만두지 못하겠어.」 그녀는 손수건을 찾으며 말했다.

「조제프 좀 이리 줘봐.」 엘렌도 울음을 터뜨리며 말했다.

앙젤은 그녀에게 고양이를 내밀었다. 그렇게 눈물을 닦고, 코를 풀고, 조제프, 조제프 하면서 다시 울음을 터뜨리는 사이에 그들은 크리스탈 팔라스에 와 있었다.

「부인, 죄송합니다만, 반려동물은 저희 호텔에 들어올 수 없습니다.」

호텔 수위는 자신의 의젓한 거동과 벨보이 제복, 그리고 경비견으로서의 직무를 자랑스럽게 여기는 자였다. 그는 머리가 삐죽 나와 있는 고양이를 두려운 듯이 응시했다.

「절 내쫓고 싶다면 경찰을 부르세요.」 앙젤은 열쇠를 받으며 지친 목소리로 대꾸했다. 「내 방에 가 있을 테니까 그리 오라고 하든지요.」

그녀는 대답을 기다리지 않고 엘리베이터 쪽으로 향했다가 곧바로 돌아와서는 카운터 위로 몸을 기울였다.

「날생선을 좀 올려 보내 주세요. 경찰이 올 때까지 녀석을
먹여야 하니까.」

객실 안에 들어서자마자 조제프는 침대 위로 달려가 몸을
둥그렇게 말았다.

「어쩜 저리 말랐을까!」

「아니,」 앙젤이 고개를 흔들면서 말했다. 「포기하지 않을
거야.」

엘렌은 잠시 생각해 본 후에야 어머니가 반 시간 전에 제기
되었던 질문에 답했다는 것을 깨달았다. 앙젤은 트렌치코트를
걸어 놓은 다음 자신의 생각을 계속 얘기했다.

「난 그게 비행기 사고였다는 말을 믿었어. 하지만 에티엔이
쑤셔 놓은 일이 그렇게 별거 아니라면, 왜 정부가 이렇게까지
나오는지 이해가 되지 않아. 여기 온 것은 에티엔의 물건들을
찾기 위해서지만, 또 걔가 어떻게 죽었는지 알고 싶기도 했어.
그리고 왜 죽었는지도.」

「아빠 말로는 정부가 이 일에 아무 관련이 없다던데……. 엄
마는 그 말을 믿어?」

앙젤은 가서 문을 열었다. 층 담당 직원이 조제프에게 먹일
것을 가져왔다.

「그래, 난 믿어. 고마워요, 아가씨. 자, 조제프, 와서 먹어라,
우리 아기…….」

고양이가 식사를 시작하자 앙젤은 말을 이었다.

「난 로베르 앙드리외를 잘 알아.」

그녀는 약간 얼굴을 붉혔다.

「예전에 그는 네 아빠 모르게 내게 접근한 적이 있었어. 오,

687

아주 깨끗하고 신사답게 행동했지! 그는 이런 문제에 대해 거짓말할 사람은 아니야.」

「그래서요?」

앙젤은 바닥에 앉아 날생선을 먹는 고양이를 쓰다듬었다.

「그래서, 그게 정부인지 불법 거래자들인지는 별로 중요하지 않고, 내 아들을 죽인 자를 찾아낼 수 있는지 알고 싶은 거야.」

「누구세요?」 엘렌은 문으로 가면서 물었다.

이번에는 벨보이가 편지 한 통을 내밀었다.

엘렌은 잔돈을 찾으러 자기 소지품을 뒤지러 갔고, 마침내 지갑을 찾아내서는 문으로 돌아와 청년에게 고맙다며 팁을 주었다. 엘렌이 돌아오자 그녀의 어머니는 편지를 뜯어서 읽고는, 장난기 있는 엄숙한 어조로 이렇게 말했다.

「애, 시에우 린의 로안 성하께서 우리가 당신을 방문해 주시면 고맙겠단다.」

＊

교황의 초대는 저녁으로 예정되어 있었다. 따라서 그들은 그 전에 외환국에 가볼 수 있었다.

대기표를 받아서 앉아 있으면 부를 거라고 했다.

「얼마 동안 이렇게 기다려야 하지?」 앙젤이 엘렌의 귀에 대고 속삭였다. 「뭔가 다른 방법이 없을까?」

카운터에 우뚝 서 있는 철망에서부터 공무원들의 엄숙한 얼굴에 이르기까지, 갑자기 움찔하듯 1초, 1초 세어 가는 괘종시계에서부터 똑바로 앉아 이름이 불리기만을 기다리는 10여 명의 체념한 모습에 이르기까지, 이 관청은 도저히 어떻게 해볼 수 없는 경직성의 모든 것을 보여 주고 있었다. 엘렌은 국장의 이름이 생각났다. 〈아주 재미있고, 정말 희한한 사람이야〉라고 에티엔은 편지에 썼다. 〈죽은 개와 전처의 사진을 수집하는 사람이지.〉 이 묘사만으로는 어떤 사람인지 알 수 없었지만, 적어도 내세워 볼 만한 이름이었다. 엘렌은 용기를 내어 카운터 끝 쪽에 앉은 사람에게 까치걸음으로 천천히 다가갔다.

「약속이 잡혔나요?」 그자는 눈도 들지 않은 채로 물었다.

「어…… 아뇨, 하지만 그게…….」

「약속을 잡으셔야죠!」

「누구하고요?」

이 질문에 당황한 직원은 엘렌을 응시했다.

「무슨 일이죠?」 곧바로 옆에서 누군가가 물었다. 「도움이 필요하신가요?」

알록달록한 셔츠 차림의 키 큰 남자였다. 코가 크고, 금발을 머리통에 찰싹 붙도록 빗어 올린 그는 거만한 표정을 짓고 있었는데, 엘렌을 보는 순간 이 표정은 탐욕스럽게 변했다. 오른손에는 다양한 보석으로 장식된 반지들이 빛나고 있었다.

「이 아가씨께서 국장님을 찾으시는데요.」

척 보면 알 수 있었다. 이자는 이름도 알기 전에 엉덩이에 손부터 대는 부류였다. 엘렌은 지금이 기회라는 것을 본능적으로 깨달았으니, 그런 짓은 천치들이나 하는 행동이기 때문이었다.

「전 엘렌 펠티에라고 해요. 에티엔 펠티에의 동생인데…….」

그녀는 말을 끝맺지 못했다. 가스통의 표정이 돌변했던 것이다.

「아가씨가…… 동생? 그 펠…….」

그는 바보같이 벌린 입을 다물지 못했다.

「자, 이리 오세요.」 그가 말했다.

그는 아픈 사람을 안아주듯 그녀의 어깨를 두 팔로 감싸고 싶은 것을 참았다.

「저, 어머니와 같이 왔어요.」

「아…….」

가스통의 달아오른 몸이 좀 식었다.

앙젤이 나아왔고, 그는 그녀의 손을 잡았다.

「부인, 깊은 조의를 표합니다.」 바짝 몸이 단 그는 이렇게 말하면서도 엘렌에게서 눈을 뗄 수가 없었다.

그들은 복도를 따라 걸었다. 그곳을 지나며 엘렌과 앙젤은 탁자들 위에 산같이 쌓인 서류철들과 일에 몰두해 있는 공무원들을 보았고, 에티엔이 이런 분위기를 어떻게 견뎌 냈는지 궁금했다. 그는 어머니에게 이렇게 썼다. 〈이곳은 그다지 유쾌하지 못해요. 외환국이라기보다는 미라국에 더 가깝죠.〉[24] 직접 와보니 너무나도 실감이 났다.

「국장님, 이분은 펠티에 부인이십니다. 그러니까 펠티에 군의 부인…… 아니, 어머니…….」

장테는 벌떡 일어나 책상을 돌아 나왔다.

「부인!」 그는 마치 기병대 장교처럼 양 뒤꿈치를 딱 붙이며

---

24 화폐를 뜻하는 monnaies(모네)와 미라를 뜻하는 momies(모미)의 발음이 비슷한 것을 이용한 말장난.

말했다. 「부인께 저의 가장 진심 어린 조의를 표하는 바입니다. 아드님의 서거로 말미암아, 우리 외환국은 가장 뛰어난 직원 중 하나를 잃게 되었습니다. 열과 성을 다하여 우리 외환국을 통해 프랑스 행정부와 인도차이나 전체에 봉사한 아드님을 부인께선 자랑스러워하셔도 됩니다.」

엘렌은 그가 〈공화국 만세! 프랑스 만세!〉라는 말로 끝맺지 않을까 생각했지만, 그건 아니었다. 그는 그냥 붙였던 뒤꿈치를 풀고는 두 손으로 앙젤의 손을 감싸 잡기만 하면서, 고개를 지그시 옆으로 기울여 깊은 연민을 표현하며 고통스러운 표정으로 눈을 감았다. 그런 다음, 마치 그들의 뒤에서 가스통이 화제를 바꾸기 위한 어떤 스위치를 누르기라도 한 듯이, 몸을 벌떡 일으켰다.

「녹차 한잔 하실래요?」

좀 당황스러웠다.

가스통이 다가와서는 튀긴 명태 같은 눈깔을 하고서 엘렌을 가리켰다.

「이 아가씨께서는 우리 펠…… 그러니까 작고한 우리 동료분의 동생이십니다.」

그는 자신의 표현이 자못 자랑스러운지 큼지막한 미소를 지었다. 장테는 서둘러 젊은 여성에게 가서는 앙젤에게 한 것처럼 그녀의 두 손을 잡았다. 그가 아까의 그 군대식 조사(弔詞)를 반복할까 걱정되는 상황이었지만, 대신 그는 이렇게 말했다.

「커피도 있습니다!」

엘렌은 그의 책상을 가득 메운 엄청난 양의 액자들을 훑어보았는데, 오빠와는 달리 그녀는 1초도 망설이지 않고 손에 닿는 아무 액자나 집어서 돌려 보았다. 가스통은 헉 하면서 맞잡은 두 손을 비틀며 불안한 눈으로 상관을 쳐다보았다.

너무나도 평범하게 생긴 여자의 인물 사진이었다.

장테는 이 무람없는 행동에 기분 나빠 하기는커녕, 경탄 어린 미소를 머금었다.

「제 첫 번째 처입니다.」그가 설명했다.「정말 엄청난 잡……정말 보기 드문 여자였죠. 하지만 얘기를 계속하죠. 자, 앉으세요.」

녹차를 대접하겠다는 말은 벌써 잊어버린 듯했다.

「가스통 포멜 씨와는 이미 인사를 나누셨겠죠.」이렇게 말하고 장테는 부하를 오랫동안 쳐다봤지만, 가스통은 엘렌에게 너무 홀린 나머지 사무실을 떠날 생각을 하지 않았다.

엘렌은 에티엔의 한 편지가 생각났다.〈내 동료 가스통 포멜은 각종 권한을 승인하는 모든 행정 기관에서 마주치는 그런 흔해 빠진 개자식들 중의 하나라 할 수 있어. 게다가 뻔뻔하기까지 해. 또 추하기도 하고 멍청하기도 하지. 그래, 내가 좀 지나친 감이 있지만, 이 정도로 엄청난 개자식은 흔히 볼 수 있는 게 아니야.〉

앙젤과 엘렌은 방문객용 안락의자에 몸을 묻고 있었는데, 이 의자들은 다리 길이를 약간 줄여 놓은 모양이었다. 이렇게 해놓으면 상대를 내려다볼 수 있고, 상대는 금방 막연한 열등감에 사로잡히기 때문이었다.

「제 아들이,」앙젤이 말했다.「죽었어요…….」

「네, 압니다. 아주 비극적으로 죽었죠.」

「……그때 그 애는 피아스트르 부정 거래에 대해 조사하고 있었어요. 따라서 전 그 애의 죽음이 이 조사와 연관되었다고 의심할 수밖에 없지요.」

「아, 그래요, 그 부정 거래 얘기, 네…….」

장태는 갑자기 아주 피곤한 표정이 됐다.

「조금 강박 관념에 가까웠죠.」 그가 지친 듯이 말했다.

「그리고요?」

「그리고…….」

그는 정신없이 엘렌을 쳐다보고 있는 가스통에게로 눈길을 돌렸다. 가스통의 시선은 엘렌의 목덜미에 못 박혀 있었는데, 급기야는 바지를 내릴 것 같은 눈빛이었다.

「그리고…… 전 잘 모르겠어요, 부인. 잘 모르겠어요……. 그 친구가 열심히 자료를 뒤지고 목록을 만들긴 했지만, 그 일에 대해 제가 무슨 말씀을 드릴 수 있겠습니까?」

「당신은 외환국 국장이신데, 이 부정 거래 얘기가 당신에게 아무 의미도 없다는 말인가요? 이건 순전히 그 애의 상상력의 산물에 불과한가요?」

「펠티에 부인, 그는 아무런 결론도 내놓지 못했어요! 그가 어디에 이르렀는지 아무도 모른단 말입니다. 그리고 그가 정확히 무얼 찾았는지 아는 사람도 아무도 없고요. 그렇지 않은가, 가스통?」

「네, 네.」 가스통은 질문을 제대로 듣지도 않고서 대답했다. 그는 엘렌의 다리를 보려고 고개를 옆으로 삐딱하게 기울이고 있었다.

앙젤이 다시 말하려고 하는데, 장태는 일어나 의자를 끌고 와서는 그녀 가까이에 앉았다.

「이건 아주 복잡한 문제입니다. 그리고 만일 이 얘기가 사실이라면, 힘이 있고 누군가의 보호를 받는 사람들이 개입할 거예요. 아드님께서는 가장 강력한 보호를 받을 수 있었습니다. 그의 친구 로안과 시에우 린 종파 전체가 그를 지켜 주려 했었죠. 그럼에도······.」

국장의 시선은 끊임없이 앙젤과 가스통 사이를 오갔다. 이 낯 두꺼운 친구는 저쪽 문 앞에서 엘렌의 몸을 뜯어보기 위해 엉덩이를 들썩이며 그녀를 재어 보고 있었다. 더 이상 견딜 수가 없어진 엘렌은 그에게 홱 고개를 돌리고는 노려봤지만, 가스통은 그게 어떤 초대이기라도 한 양 미소로 화답했다.

장테는 앙젤의 손 위에 한 손을 올려놓았다.

「아드님께선······.」

이 짧은 말 안에 어떤 감정이 담겨 있었다.

「죄송합니다, 펠티에. 하지만 여기서는 부인을 도울 수 있는 사람이 아무도 없을 것 같네요.」

엘렌은 가슴이 꽉 막혔다.

그녀의 어머니는 눈물이 글썽글썽한 얼굴을 그녀에게로 돌렸다. 〈아무도〉는 결국 외환국과 그 국장을 의미하는 말이었다.

모녀는 아무 말 없이 일어섰다. 장테는 액자 하나를 집어 들어 그들에게 내밀려고 하다가 생각을 바꿨다. 그것은 죽은 개의 사진이었다. 그 사진을 아들을 잃은 어머니에게 보여 주는 것은 그리 세심한 행동이 아닐 듯했다. 그는 자신의 진심이 이해받지 못했다는 느낌에 한숨을 푹 내쉬며 액자를 내려놓았다.

앙젤과 엘렌은 아래층으로 내려왔고, 가스통은 그 뒤를 따랐다. 그는 그들과 악수를 나눴는데, 엘렌의 손은 최대한 오래 쥐고 있었다. 아, 그대로 덮칠 수만 있다면 얼마나 좋을까! 그는 지그시 미소 짓는 것으로 만족했는데, 이가 싯누렜다.

✱

전화를 받은 고등 판무청의 젊은 관리는 매우 동정적인 태도를 보였다.

「제가 두 분께 비보를 알리는 무거운 책임을 맡았었습니다.」

그가 전보문을 작성했다는 말이었는데, 거기서는 그렇게 연민이 느껴지지 않았었다. 에티엔의 유해 복원 작업을 지휘한 사람도 바로 그였다.

「물론,」 그는 전화에서 약속했었다. 「만일 펠티에 부인께서 사이공에 오신다면 제가 응당 영접해야죠.」

실제로 본 그는 아주 세련되고, 전문적이고, 효율적이고, 행정적인 인간으로, 그가 사용하는 언어와 끔찍할 정도로 닮아 있었다. 나이는 에티엔 또래로 보였다. 앙젤은 자신을 철저히 통제하고 의혹이라고는 전혀 모르는 이런 사람은 아들로 두고 싶지 않았다. 그는 자기 이름이 제르맹 루에바바리라고 했다. 그는 책상 서랍 안을 뒤져서는 명함을 꺼냈다. 앙젤은 그가 그것을 자신보다는 엘렌에게 주고 싶어 한다고 느꼈지만, 지금 중요한 것은 그게 아니었다.

「전 제 아들의 죽음에 대한 조사가 어디까지 진척됐는지 알고 싶어요.」

「순조롭게 진행되고 있습니다, 펠티에 부인.」

「그게 무슨 말이죠?」

「우리는 현장에서 기체 잔해를 여러 점 수거했습니다. 그게 상당히 오래된 비행기였다는 사실은 아마 부인도 아시겠죠. 폐기된 비행기였습니다. 우리는 이 모든 것들을 전문 감정 대행사에 보내려 하고 있습니다. 매우 신뢰할 만한 기관이라는 점을 강조하고 싶군요.」

「왜 그걸 아직까지 안 한 거죠?」

「부인, 행정 기관은 항상 우리가 바라는 만큼 신속하게 움직이지는 않습니다. 제가 약속드리는데, 발송은 이번 주 내로 이뤄질 것입니다.」

「그 결과는 빨리 알 수 있나요?」

「유감스러운 말씀이지만, 약간의 시간이 필요할 수도 있습니다. 신뢰할 만한 감정 대행사가 그렇게 흔한 것은 아니죠. 제가 언급한 대행사는 보르도에 있습니다. 그야말로 최고라고 말씀드릴 수 있죠.」

그는 자신이 멋있어 보인다고 느낄 때마다 엘렌에게 미소를 지었다.

「그건 제 질문에 대한 대답이 아니에요.」 앙젤이 다그쳤다. 「결과를 알기 위해 얼마나 기다려야 하느냐 얘기예요.」

「대략 여덟 달에서 열두 달 정도입니다. 열두 달이라고 봐야겠죠.」

둘은 입을 딱 벌렸다.

「그…… 그럼, 그때까지는 뭘 하죠?」

젊은 관리는 무슨 뜻인지 모르겠다는 듯 눈을 찌푸렸다.

「그동안 당신들은 조사를 하나요? 뭐를 할 건가요?」

「아, 물론 그건 아니죠, 아가씨! 전문가의 의견 없이 우리가 무엇을 할 수 있겠습니까? 어떤 방향으로 나아가야 할지 모르지 않습니까? 하지만 전문가의 결론을 알게 되면, 우리는 당연히 모든 조처를 취할 거예요.」

루에바바리는 바보가 아니어서, 이런 정보는 모녀에게 아주 나쁜 소식이라는 것을 이해하고 있었다. 하여 그는 〈톱니바퀴에 약간 기름칠을 하기〉로 했는데, 이는 그가 외무부에서 연수를 받을 때 들었던 표현이었다.

「펠티에 부인, 제가 부인의 작고하신 아드님을 만나 뵌 일이 있다고 말씀드렸던가요?」

「어떤 상황에서였죠?」

「아드님은 베트민이 피아스트르 부정 거래를 이용해 먹는다고 의심하고 있었어요. 그때 그분은 그 문제에 완전히 〈사로잡혀〉 있는 것처럼 보였죠. 그분은 조사가 행해지기를 원했지만, 아무런 증거를 가져오지 않으셔서 우린 할 수가 없었습니다. 그래서 저는 그분께 말씀드렸죠. 〈증거가 없으면 조사도 없다〉고요. 이게 논리적이지 않겠습니까?」

「당신들은 모든 문제들에 대해 똑같이 대답하겠죠.」

「네?」

하지만 앙젤은 벌써 일어서서 엘렌에게 가자고 손짓했다. 외환국에서와 마찬가지로 여기서도 기대할 게 없었다.

그들이 사무실 문에 이르렀을 때, 제르맹 루에바바리가 목소리를 높여 말했다.

「어…… 펠티에 부인!」

그는 봉투 한 장을 들고 있었다.

「고등 판무청이 발행한 견적서입니다. 아드님 유해의 본국 송환에 대한……」

앙젤은 봉투를 뜯었다. 그녀의 어깨 너머로 그것을 읽은 엘렌의 얼굴이 붉게 달아올랐다. 그녀가 입을 열려고 할 때 그녀의 어머니가 먼저 말했다.

「여보세요, 전 이 돈은 낼 수 없어요.」

「행정부가 지출한 비용을 청구하는 거예요!」

「당신들은,」 앙젤은 차분하게 대답했다. 「제 아들의 죽음에 대한 조사를 결론짓지 않을 거고 사안을 대충 종결해 버릴 거예요. 당신들은 내 아들의 유해를 종이 박스 안에 넣어 보냈으면서, 2만 4천 프랑을 청구해요?」

그녀는 말없이 청구서를 내밀었다. 그리고 그가 받을 기미를 보이지 않자 그대로 바닥에 떨어뜨렸다.

젊은 사내는 너무나도 차분하고 결연한 그 사람을 쳐다보았다. 그리고 불현듯 그녀는 결코 지불하지 않으리라는 것을 깨달았다.

44
모두가 헤어나려고 몸부림쳤다

    루이는 몽마르트르에 가기 위해 지하철을 탔다. 그는 앙젤과 엘렌을 공항까지 데려다주기 위해, 베이루트에 가는 것을 늦췄다. 그리고 지금까지 한 번도 그럴 기회가 없었기에 아들들을 점심 식사에 초대했던 것이다.

「준비에브와 함께요?」 뚱땡이가 물었다.

「야, 하루 정도는 우리 남자들끼리 시간을 보내는 것도 괜찮지 않겠어?」

    준비에브가 어떻게 반응했을지는 충분히 짐작할 수 있는 일이었다. 〈아, 모두들 자기 마누라 없이 만나자고? 다 같이 손잡고 갈봇집에 갈 건가? 아, 브라보! 내가 그렇게 말했다고 당신 아버지에게 전해 줘.〉 정말로 잔소리가 끝이 없었다.

    약속 장소는 라마르크 지하철역이었다. 역 근처의 조그만 가판대에서 60세가량의 한 참전 용사가 국가 복권을 팔고 있었다. 그가 얻는 수입은 복권 한 매당 몇 상팀에 불과할 것으로, 결코 그의 상이군인 연금보다 많지 않을 것이었다.[25]

장은 제시간에 도착했다.

부자는 프랑수아가 올 때까지 커피를 들기로 했다.

「아냐, 지금이 11시 반이니까, 난 그냥 친차노를 마실래. 넌?」

장은 항상 준비에브와 같이 지내느라 이런 선택을 해보지 못한 지가 꽤 오래되었다.

「전 생라파엘로 할게요.」

「그래, 준비에브와는 잘 지내냐?」 그의 아버지가 잔을 부딪히며 물었다.

「네, 아주 잘 지내요. 고마워요, 아빠.」

어색한 미소를 나눈 둘은 잠시 카페 주변과 지하철역이 있는 조그만 광장으로 올라가는 충계를 물끄러미 쳐다보았다. 〈쟤가 몸이 많이 불었어〉라고 루이는 생각했다. 조금 있으면 〈뚱땡이〉라고 부르는 게 어색해지리라. 몸이 통통했을 때는 괜찮았지만, 이제는……. 루이는 아들이 왜 이렇게 살이 찌는지 너무 궁금했다. 준비에브가 맛난 음식을 요리하는 모습은 그려지지 않았던 것이다. 그녀는 마치 인도의 어떤 신처럼 테이블 끝에 폼 잡고 앉아 있는 일 외에는 할 줄 아는 게 없었다. 그렇다면 왜? 어쩌면 기회가 날 때마다 식당에 가서 폭식을 하는지도 몰랐다. 장은 아페리티프 잔을 단번에 털어 넣었다. 또 한 잔을 시켜 줘야 하나?

「프랑수아가 곧 올 거다.」 그가 말했다.

장은 아빠의 초대를 받아들인 게 후회되었다. 핑계를 대고 오지 말았어야 했는데, 깊게 생각해 보지 않았던 것이다. 그는

25 종전 후에 프랑스 정부는 경제적 어려움을 겪는 제2차 세계 대전 참전 용사들에게 국가에서 발행하는 복권을 팔 수 있는 권리를 부여했다.

이렇게 아버지와 단둘이 앉아 있기가 너무나 거북했다.

「얘, 내가 널 보자고 한 것은 말이다…….」

「네? 뭐죠?」 장이 황급히 대답했다.

손에는 땀이 흥건했다.

루이는 눈썹을 찌푸렸다. 아무리 생각해 봐도, 장이 떠난 이후로 이렇게 단둘이 있어 본 적은 없는 것 같았다. 뚱땡이가 힘들어했던 그 어두운 시기에 대해 다시 얘기해 본 적도 없었다. 아, 이 말을 하기가 얼마나 힘든지…….

장은 아연 카운터 위에서 빈 잔을 초조하게 빙빙 돌렸다.

「그 비누 공장 말이야…….」

장의 얼굴이 새빨개졌다.

「미안해.」 루이가 사과했다. 「그건 내 잘못이었어.」

「아녜요, 아녜요, 제가 잘못했어요. 제가 그러면 안 됐죠. 제가 능력이 없어서…….」

〈자, 이렇게 둘이서 자기가 다 잘못했다고 하면 아무 얘기도 없었던 거나 마찬가지가 돼버려〉라고 루이는 생각했다. 그는 결심을 하고 아들을 향해 몸을 돌렸는데, 갑자기 말문이 막혔다. 눈에 들어온 장의 모습에 가슴이 찢어졌던 것이다. 그는 머리끝에서 발끝까지 고통에 떨고 있었다. 맙소사, 이 애는 어떻게 살고 있는 걸까? 루이는 아들의 어깨에 손을 올렸다.

「이젠 끝난 일이야.」 그가 말했다. 「얘야, 이젠 끝났어.」

장은 넋이 빠진 것 같았다.

「이제 괜찮아질 거야, 응? 이제 괜찮아질 거라고.」

장은 아주 조그맣게 울기 시작했다. 눈물로 인해 한층 부푼 아들의 커다란 얼굴을 보자니 루이는 그대로 사라져 버리고 싶었다. 그는 쓸데없는 말들을 반복하면서 아들의 어깨를 토닥였고, 호주머니를 뒤져 손수건을 꺼내어 그에게 내밀었다. 정확히 두 번 접은 깨끗한 손수건으로, 앙젤이 그런 것들을 챙겨 주고 있었다. 장은 요란하게 코를 풀었다.

「그렇잖아? 너희 가게가 잘될 것 같지 않니, 응?」

루이는 짐짓 명랑한 어조로 물었다.

장은 고개를 끄덕였다. 네, 네…… 하면서 다시 코를 풀었다.

「네, 잘될 것 같아요.」

사실 그는 전혀 몰랐다. 지금까지 모든 게 실패했는데, 이제 와서 좋아질 이유가 없지 않은가?

이게 그들이 서로에게 말할 수 있는 전부였다. 루이는 결국 아들에게 제대로 얘기하지 못한 자신이 부끄러웠다.

그는 종업원에게 다시 잔을 채워 달라고 손짓했다.

「아, 너 왔구나!」

약속에 늦은 프랑수아가 숨을 헐떡이며 도착한 것이다. 그는 어떤 일이 있었다는 것을 느꼈다. 뚱땡이는 훌쩍거렸고, 눈이 빨갰다. 아이고, 웬 놈의 집안이…….

아버지가 옆에 있었으므로, 두 형제는 볼 키스를 나눴다.

「근데…… 무슨 일 있었냐?」 루이가 곧바로 프랑수아의 머리를 가리키며 물었다.

프랑수아는 약사가 머리칼을 밀고 세 바늘 꿰맨 부위에 기계적으로 손을 가져다 댔다.

「재수 없게 넘어졌어요.」

그는 굳이 설명하고 싶지 않았다.

「여기서 점심 먹을 거예요?」 그가 화제를 돌리려 물었다.

「아니, 좀 더 올라가 보자. 이 동네에 괜찮은 레스토랑이 많아.」

루이가 음료값을 지불하고 세 사람은 카페를 나왔다.

「사실은,」 루이가 말했다. 「내가 너희에게 보여 주고 싶은 곳이 있어.」

그는 걸음을 멈췄다.

「거기에 아직 뭐가 남아 있을지 모르겠다. 어쩌면 지금은 모든 게…….」

장도, 프랑수아도, 아버지가 무슨 말을 하는 건지 알 수 없었다.

그들은 얼마간 걸은 후에 라메가(街)에 이르렀다.

「바로 저기야.」 루이가 그들 앞으로 나아가며 말했다.

프랑수아가 눈을 들어 보니 〈페르로(路)〉라고 쓰여 있었다.

그곳은 짤막한 골목길이었다. 그 길 중간에 녹색으로 칠한 주철 울타리가 둘린 나지막한 담장 너머로 제1차 세계 대전 전에는 흔히 볼 수 있었던 견고한 규석 집이 보였다.

「내가 살던 시절에는 이게 나무 울타리였어.」 루이가 설명했다.

집은 길 쪽이 아니라 헛간 같은 건물과 조그만 채마밭이 보이는 마당 쪽을 향해 있었다. 모든 것들이 그리 크지는 않았지만 깔끔하게 정돈되어 있었다. 채소 이랑들은 짤막했지만 사이사이에 줄이 쳐져 있었고, 잡초는 말끔히 뽑혀 있었다. 몇 개의 정원용 도구들 가까이에 철제 물뿌리개 하나가 놓여 있었다.

루이는 조그만 건물을 가리켰다. 그들이 처음에 헛간이라고 생각했던 것은 알고 보니 위에 층이 하나 더 있는 부속 건물로, 허물어 버릴 수도 있지만 고쳐서 남겨 놓은 것이었다. 루이는 가슴이 뭉클했으니, 그에게 그것은 사용 중인 건물이라기보다는 과거의 소중한 유물이기 때문이었다.

「저기서 우리가 살았다. 에두아르와 내가 말이다······.」

루이는 갑자기 아들들에게로 고개를 돌렸다.

「난 너희들이 아버지가 흉악한 날강도였다고는 생각하지 않았으면 좋겠어. 너희 어머니에 대해서는 더욱 그렇고!」

1918년, 전쟁에서 돌아온 해였다.

「에두아르와 나는 2층 방을 빌렸어. 여름에는 덥고 겨울에는 추웠지. 심지어는 입에 풀칠하는 것도 힘들었어. 연금이 지불되지 않았거든. 그래, 늙은 바보로 보일 테니 이런 얘기로 너희를 따분하게 하고 싶지는 않다만, 그래도 우린 지독하게 고약한 전쟁을 치렀단다······.」

루이는 두 손으로 철책을 잡고, 한 발은 시멘트 담장 위에 올려놓았다.

그의 친구는 전쟁이 프랑스 도처에 뿌려 놓은 그 〈깨진 면상〉[26]들 중의 하나로, 그에겐 하악골이 없었다.

「우린 사는 게 정말 힘들었어. 그나마 난 소소하게나마 일을 했지만, 그는 할 수 있는 일이 별로 없었어. 뭐, 상황이 좀 복잡했거든. 그 친구 얘기를 하자면 시간이 좀 필요해. 그 불쌍한 에두아르의 이야기 말이야.」

그 친구가 전사자 기념물을 가지고 사기 칠 생각을 하고 카

---

26 제1차 세계 대전 중에 포탄으로 얼굴이 심하게 망가진 병사들을 말한다.

탈로그 그림을 그렸고, 나머지는 알베르가 알아서 한 것이었다.

루이는 고개를 설레설레 저었다. 이 추억들은 그를 슬프게 했으니, 거기서 모든 게 시작되었기 때문이다. 그 이야기는 30년의 세월이 흐른 후에 지금 그를 다시 여기로 데리고 온 것이다. 자신이 추한 이미지를 남기려 하지 않는 두 아들과 함께 말이다.

「우린 그렇게 했어. 모두가 그 비참한 삶에서 헤어나려고 몸부림쳤다는 것, 그게 바로 진실이야.」

프랑수아와 장은 서로를 쳐다보았다. 이렇게 서로를 가깝게 느껴 본 적은 없었다.

「너희 어머니와 나는 그 일이 있기 조금 전에 만났다. 그러고 나서는 빨리 도망쳐야 했지. 에두아르는…… 음, 에두아르는 그 전에 죽었고.」

그는 떠오르는 추억들을 쫓아 버리려는 듯 고개를 흔들었다.

「저기는,」 그는 입구가 마당 쪽으로 나 있는 단독 주택을 가리키며 말했다. 「벨몽 부인의 집이었어.」

에두아르의 꼬마 애인 루이즈가 살던 곳이었다. 열한 살이고, 너무나도 예쁘고, 조용하면서도 심각했던 그녀는 전쟁으로 아빠를 잃었다. 다시 말해서, 1916년에 남편이 죽은 후에 말을 잃어버린 그 불쌍한 어머니밖에 없는 아이였다. 그는 어린 루이즈에게 약간의 돈을 남기고 저세상으로 사라졌던 것이다.

하지만 루이는 이 얘기는 하지 않았다. 기분이 좀 묘했다.

전에 자신이 얼마나 비참하게 살았는지 보여 주려고 아들들을 여기로 데려왔는데 이제는 아주 예쁘게 변한 이 집, 그리고 이 잘 관리된 헛간과 정원은 오히려 평온한 행복의 느낌을 주고 있었던 것이다.

「뭐, 내가 무슨 말 하려는지 알 거다……..」

프랑수아와 장은 지금 아버지가 묻고 있다는 것을 깨달았다.

「네,」 장이 대답했다. 「네, 알아요.」

프랑수아는 아버지의 어깨에 손을 올려놓았다.

「자, 가자.」 루이가 말했다.

이 모든 것을 다시 본 아버지가 예전의 삶을 생각하며 가슴 아파 하는 것을 느낀 프랑수아는 그의 팔을 꽉 잡아 주었다. 장도 마찬가지로 할까 망설이다가 포기했는데, 그리하면 걷기가 불편할 것 같았기 때문이었다.

「난 배가 고파!」 루이가 말했다.

할 말이 이것밖에 생각나지 않았다.

그들은 라메가 쪽으로 돌아가기 시작했다. 페르로 바로 맞은편에 〈라 프티트 보엠〉이라는 식당이 하나 있었다.

「네, 한번 들어가 보죠.」 루이의 말 없는 제안에 프랑수아가 대답했다.

그들은 문을 밀었다. 뵈프부르기뇽 냄새가 곧바로 그들을 감쌌다. 식당 안은 떠들썩했고, 한 곳을 제외한 모든 테이블이 차 있었다.

「이 테이블이 손님들에게 오라고 손짓하네요.」 요리사 모자로 둥근 베레모를 쓴 나이 지긋한 남자가 말했다. 허연 콧수염 때문에 바다코끼리 같은 느낌을 주는 사내였다. 그 사내는 엄청난 뱃살 때문에 느릿느릿 굼실굼실 걸었는데, 앞치마도 그 뱃살을 제대로 감추지 못했다.

세 남자는 홀 안쪽, 전화박스 부근에 자리를 잡았다.

「전채로는 외프마요네즈와 제가 직접 만든 파테드푸아가 있습니다. 또 푸아로비네그레트도 2인분 남아 있어요. 잠깐, 이건 집에서 직접 기른 대파로 만든 겁니다!」[27]

이렇게 말하며 그는 엄지를 어깨 위까지 치켜올렸다. 루이는 이게 아까 페르로의 채마밭에서 본 채소가 아닌가 하는 생각이 들었다. 그렇다면 이제 이 사람이 벨몽가(家)의 집에 산단 말인가?

「그다음에는 뵈프부르기뇽이나 송아지스튜 중에 하나를 선택하실 수 있습니다. 자, 어떻게?」

그는 깊으면서도 약간 떨리는 목소리를 가지고 있었다.

카운터와 주방 문이 있는 곳으로 돌아가던 그는 걸음을 멈췄다.

「아니, 내 스튜 요리가 마음에 안 든 거야? 이걸 다 남길 참이야?」

그는 테이블에 앉은 두 인부 중에서 더 젊어 보이는 사람에게 우렁우렁한 목소리로 말했다.

「야, 이 친구야, 너무 쫄지 마!」 그가 겁에 질리는 것을 본 동

---

27 외프마요네즈는 삶은 달걀에 마요네즈를 얹은 음식이고, 파테드푸아는 여러 종류의 동물 간을 간 것에 각종 야채를 섞어 만든 음식으로, 둘 다 프랑스 식당에서 전채로 많이 제공된다. 푸아로비네그레트는 삶은 대파를 식초소스와 섞어 만든 전채 요리이다.

료가 웃음을 터뜨리며 말했다.

「남기면 얼굴에다 던져 버릴 거야! 이렇게 좋은 스튜 요리를……」식당 주인은 다시 주방 쪽으로 걸음을 옮기며 투덜거렸다.

루이는 파리에 올 때마다 파리 대중 음식점의 분위기에 빠져드는 게 너무 좋았다. 그리고 이 식당도 아주 마음에 들었다. 그는 전에도 여기가 식당이었는지 잘 기억나지 않았다. 어쩌면 이런 곳에서 먹을 형편이 못 되었기 때문에 보지 못했을지도 모른다. 보졸레[28] 한 병은 그가 향수에 잠겨 드는 데 큰 도움을 주었고, 아들들도 미소를 지으며 함께 술잔을 기울였다.

「이제 좀 괜찮아요, 아빠?」뚱땡이가 물었다.

「아주 기분이 좋아졌다!」

그가 기분이 좋아진 게 페르로를 방문했기 때문인지, 아니면 단숨에 쭉 들이켜고 테이블에 내려놓은 잔 때문인지는 알 수 없었다.

즐거운 점심 식사였다.

「야, 그런데 말이다!」루이가 프랑수아에게 말했다. 「내가 네 사장이 쓴 사설을 읽었는데…… 가만, 이름이 뭐더라, 디리소프?」

「데니소프예요.」

「그래, 데니소프. 그가 11일 시위에 대해 썼는데, 멋진 기사였어! 그 친구 글 참 잘 쓰던데?」

「네.」프랑수아가 대답했다. 「괜찮은 글이죠.」

---

28 프랑스 동부 보졸레 지방에서 생산되는 레드와인으로 과일 향이 나는 상큼한 맛과 저렴한 가격 때문에 프랑스 대중이 자주 즐긴다.

루이는 자신이 민감한 주제를 건드렸다는 막연한 느낌에 더 이상은 묻지 않았다.

그들은 에티엔 얘기를 꺼냈지만 그렇게 슬프지는 않았다. 그리고 엘렌 얘기도 했는데, 이는 좀 더 난감한 문제였다.

「뭐…….」 루이가 말했다. 「너희들은 엘렌에 대해 최선을 다 하고 있어. 이제 걔도 다 컸는데 우리가 어떻게 하겠냐?」

손님들이 하나둘 자리를 떴고, 2시 반 무렵에는 그들밖에 남지 않았다. 만일 이 홀 안에 볼 만한 구경거리가 없었더라면, 거북이 같은 서빙에 짜증이 났을 것이다. 이곳 주인 쥘 씨는 퉁명스럽고, 단정적이고, 자기가 틀렸다는 것을 느끼면서도 계속 우기는 그런 사람들 중의 하나로, 서빙하는 내내 홀 안의 사람들 전체와 대화를 이어 나갔다. 일테면 쥘 씨 대 세상 전체의 대결이라 할 수 있었다. 안 다루는 주제가 없었다. 할당 배급제, 전쟁에서 이득을 챙긴 자들, 물가 인상, 담배의 품질, 미국인들의 오만함, 택시 파업, 임대료 규제, 가정 용품 전시회…….

「저 양반이 신문을 대신해도 되겠어.」 루이가 킬킬대며 농담했다.

그런데 마침 주인이 그들의 테이블로 왔다.

「괜찮았어요? 네, 압니다, 제가 서빙이 좀 느리죠.」

「아뇨, 아뇨, 괜찮아요.」 루이가 화들짝 놀라며 대답했다.

〈아버님이 참 재밌으시네요〉라고 쥘 씨는 아들들을 보면서 말했다.

그런 다음 루이에게로 고개를 돌렸다.

「왜냐하면 제가 여기서 대체 근무를 하고 있거든요. 전 금요일에만 일합니다. 그래서 조금 감이 떨어졌지요.」

「스튜는 전혀 그렇지 않던데요.」 프랑수아가 그를 추어올렸다.

「그것은…… 스튜는 피 안에 흐르는 것이라서, 그건 설명할 수가 없어요.」

루이는 음식값을 지불했다. 그들이 일어서서 문 근처에 있는 외투 걸이 쪽으로 가고 있는데, 한 젊은 여성이 조그만 여자 아이를 데리고 홀에 들어왔다. 아이는 웃으면서 쥘 씨의 품 안에 뛰어들었다.

「뚱보 할아버지!」

「우리 예쁜이, 난 뚱보가 아니라, 약간 통통할 뿐이야.」

젊은 여성이 물었다.

「마들렌을 한 시간만 봐주실 수 있어요? 제가…….」

그녀가 말을 끝맺을 틈도 없이 아이는 벌써 식당 주인의 어깨에 올라가 있었다. 그녀는 미소를 짓고는 나가려고 돌아섰다.

「루이즈!」 쥘 씨가 불렀다.

「네?」

그녀에게서 몇 센티미터 떨어진 곳에 있던 루이는 입을 딱 벌렸다.

그녀였다.

그녀를 완벽하게 알아볼 수 있었다. 이 깊이 있는 미모, 이…….

그가 먼저 알아본 것은 그녀의 눈, 그녀의 눈빛이었다.

루이즈였다. 그가 알던 어린 루이즈였다.

그는 울음을 터뜨릴 뻔했다.

「가게에 커피 다 떨어지겠어!」 쥘 씨가 말했다. 「벌써 두 번이나 말했잖아!」

「바보 같은 소리 하지 말아요. 제가 어제 가져다 놨어요. 창고에 여덟 부대나 있다고요.」

「어이구, 이것 봐라, 얘야.」 쥘 씨는 고개를 돌려 어깨 위에 앉은 아이를 올려다보며 말했다. 「너희 어머니는 나한테 아무 말도 안 해주면서 내가 다 알고 있기를 바란단다.」

「자, 어서 가세요.」

루이즈는 세 고객에게 문을 열어 주며 말했다.

「고마워요…….」 루이가 웅얼거렸다.

프랑수아와 장은 아버지의 눈시울이 붉어진 것을 보았다.

거리를 걷는 와중에 호주머니를 뒤지면서 그는 투덜거렸다. 에이 씨, 이놈의 손수건이 어디로 간 거야?

✳

드 뇌빌 상원 의원이 정확히 봤으니, 르누아르 판사 인터뷰의 파급력은 파괴적이었다.

최후의 증인이 램슨 살인 사건의 범인이라고 확신한다는 그의 말을 온 언론이 보도하고 논평했다. 이에 당황한 판사가 계속 편집실에 전화를 하여 프랑수아를 찾아 댔기에, 그는 결국 전화를 받지 않을 수 없었다.

「네, 판사님.」

「아, 펠티에 씨, 펠티에 씨!」

그는 측은할 정도로 풀이 죽어 있었고, 목소리는 감정에 겨워 가늘게 떨렸다.

「펠티에 씨, 우리가 일을 진행하는 데 있어 조금 빠르지 않았을까요?」

프랑수아는 그를 돕고 싶은 마음까지 들었다. 이제 불쌍한 판사가 바랄 수 있는 것은 단 하나, 그의 생각이 맞아서 이 마지막 증인이 범인으로 밝혀지는 것이었다. 아니면 사람들이 그의 성급했던 발언을 잊어버릴 수 있게끔 사건이 금방 해결되지 않고 오랫동안 지속되거나.

「네? 〈우리〉라고요?」 프랑수아는 반문했다.

「네, 그래요. 우리가 가설을 세워 보긴 했지만…….」

「판사님, 외람된 말씀이지만 그건 판사님의 가설이고, 판사님의 말씀이었죠. 제가 한 일은 다만…….」

「알아요, 알아요, 하지만 내 심정을 좀 이해해 줘요…….」

이것은 대화가 아니라 심리 상담 치료였다.

사실 프랑수아는 그냥 〈네, 네……. 아니요, 아니요……. 너무 걱정 마세요〉만을 기계적으로 되풀이할 뿐, 더 이상 그의 말에 귀를 기울이지도 않았다. 그의 정신은 딴 데 가 있었다. 아까 〈이 양반을 위해선 사건이 오랫동안 질질 끌리기만 바라야겠지〉라고 생각했을 때 어떤 생각이 퍼뜩 머리에 스쳤지만, 그게 정확히 무엇인지 알 수가 없었다.

불쌍한 판사가 그가 걱정하고 염려하는 바를 길게 늘어놓은 후, 이제 자신은 완전히 혼자이며 술 취한 놈처럼 언론에다 떠벌린 것의 대가를 톡톡히 치르게 될 것임을 깨달았을 때, 프랑수아는 전화를 끊었다.

오전 내내 그는 퍼뜩 떠올랐다가 금방 사라져 버린 그 생각을 다시 떠올리려고 애썼다.

갑자기 그는 손목시계를 들여다보았다.

그 생각이 다시 찾아온 것이다. 이 생각이 과연 맞을까?

이를 알기 위한 가장 좋은 방법은 택시를 타고 르 레장 영화관에 가는 것이었다.

한창 영화가 상연 중이었다. 매표구는 닫혀 있었고, 프랑수아는 홀을 통해 영사실로 올라갔다. 데지레 랑팡이 활짝 미소를 지으며 그에게로 고개를 돌렸다.

「아, 펠티에 씨! 웬일이세요?」

수선용 탁자에 앉아 필름을 붙이고 있던 그의 어린 조카가 이 뜻밖의 손님에게로 눈길을 들어 올렸다.

「잠깐,」 프랑수아가 말했다. 「너, 이름이 롤랑이라고 했지?」

소년은 얼굴을 붉혔다. 프랑수아가 미소를 지으며 다가가자, 아이는 그 세밀한 작업을 다시 시작했다.

「어때, 롤랑? 잘 지내니?」

그런 다음 프랑수아는 데지레 랑팡에게로 고개를 돌리며 물었다.

「얘를 잠깐만 빌릴 수 있을까요?」

45
거기는 세상의 끝이 아니라고

　사이공에서 시에우 린을 찾아내는 일은 조금도 어렵지 않았다. 예전에 선거(船渠)의 창고였다가 성당으로 개조된 건물 위에는 멀리서도 보이는, 색칠한 단철로 된 종파의 상징이 세워져 있었고, 이 교황청 주변에는 흰 토가의 소매에 양손을 찔러넣고 종종걸음을 치는 승려들 천지였다. 교회의 커다란 문은 닫혀 있지만 앙젤과 엘렌이 현관 앞에 이르자 마치 기적처럼 열렸다. 토가 차림에 파란 법모를 쓴 한 성직자가 그들 앞으로 나아왔다.

　「두 분을 기다리고 계십니다. 절 따라오세요.」

　건물 내부는 매우 인상적이었다. 등잔이며 향대가 가득한 탁자들은 높직이 걸린 거대한 스테인드글라스를 통해 흘러 들어오는 유백색 빛으로 후광에 감싸인 듯했으며, 은은한 조명은 그들을 인도하는 성직자가 지나가며 살짝 무릎을 굽혀 경배하는 위대한 예언자들의 전신상들을 돋보이게 하고 있었다. 그들이 끝없이 이어지는 녹색과 금색의 카펫 위를 걷고 있을 때, 중앙 제단에 이르는 이 왕도(王道)의 양편에서는 수십 명의 신도들이 이마를 바닥에 대고 엎드려 기도하고 있었다.

홀연 장중한 징 소리가 울리자 성직자는 즉시 걸음을 멈추고 무릎을 꿇으며 고개를 숙였다. 교황이 모습을 드러낸 것이다. 그는 보폭은 짧지만 평정심을 암시하는 차분하고도 절도 있는 걸음으로 다가오며 둘을 향해 두 팔을 내밀었다. 그의 붉은 토가 위로 토파즈를 비롯한 각종 보석들로 장식된 커다란 목걸이가 늘어져 있었다. 또 방울 술 장식의 법모는 이제는 한 층이 더 올라가, 두 개의 샬럿이 포개진 장식 케이크처럼 보였다.

그에게서는 에티엔이 그의 편지들에서 묘사한 바 있는 그 상냥하고도 미소 짓는 모습을 전혀 찾아볼 수 없었다. 그는 굳은 표정, 집중한 표정을 하고 있었다.

그가 그들 앞으로 왔을 때 앙젤과 엘렌은 어떻게 대해야 할지 잘 몰라 엉거주춤 교황의 손을 잡았다. 앙젤은 그 손을 입술에 가져다 댔지만, 엘렌은 그냥 악수를 한 다음 다시 놓았다.

「펠티에 부인, 그리고 펠티에 양, 제가 어떤 말씀을 드려야 할지…….」

그는 목이 조금 메어 있었는데, 금방 이렇게 덧붙였다.

「자, 여기 이렇게 있지 마시고, 이리 오세요.」

그는 그들을 불교 사원과 상당히 흡사해 보이는 응접실로 안내했다. 교황의 옥좌가 우뚝 선 작은 단 앞에 푹신한 안락의자들이 놓여 있었다. 그 단 위에서, 한 성직자가 발판 사다리 같은 높직한 의자 위에 걸터앉아서는 교황이 다가오기를 참을성 있게 기다리고 있었다. 승려는 방울 술이 달린 법모를 공손하게 잡아 로안의 머리 위로 들어 올렸다. 그러자 어쩌면 이 새로운 형태를 한 머리 덮개의 존재 이유일지도 모르는 것이 나타났다. 그의 도가머리는 이제 길이가 20여 센티미터에 달했는데, 수십 가닥의 구불구불한 풀들처럼 하늘로 우쭐하게 치솟아 있었다. 그의 새 모자는 여기에 맞춰진 듯했다. 다시 말해서 승천을 상징하는 이 머리가 눌리는 일이 없게끔 높이를 키운 것이다. 이 큼직하고도 보란 듯한 헤어스타일은 미용실에서 〈무브먼트〉라고 부르는 것을 간직하고 있어서, 다시 말하자면 교황이 머리를 조금만 움직여도 그가 하는 말들을 강조하듯 우아하게 출렁거렸기에, 엘렌과 앙젤에게는 더욱 인상적이었다.

방울 술 모자를 벗은 로안은 방문객들을 방의 모퉁이 부분에 위치한 보다 내밀한 공간으로 안내했고, 쿠션 의자며 방석 등이 갖춰진 그곳에서 허물없이 그녀들 옆에 자리를 잡았다. 그는 엄숙한 표정을 지었다. 심지어는 목소리도 평소의 맑은 음색이 아니었다.

「오셨다는 소식을 듣자마자 두 분을 모셔야겠다고 생각하게 되었습니다. 아, 펠티에 부인(그는 다시 앙젤의 손을 붙잡았다), 어떤 말씀을 드려야 할지…… 아세요? 전 에티엔 씨를 한없이 좋아했답니다. 그분은 저에게 너무나 친절하게 대해 주셨죠. 아, 제가 지금 뭔가를 할 수만 있다면…… 아, 정말로 끔찍합니다…….」

이 사람이 울려는 걸까? 엘렌은 잠시 그런 생각을 했다.

「제가 한 가지 큰 잘못을 한 것을 부인께 고백해야겠습니다.」

엘렌은 조금 멀리 떨어져 있었지만, 어머니의 몸이 흠칫 굳는 것을 느꼈다. 로안이 머리를 천천히 끄덕이자 도가머리가 익은 벼 이삭들처럼 일렁거렸다.

「펠티에 부인, 전 아드님의 말을 믿지 않았어요. 이게 바로 제 잘못입니다, 네, 네, 네.」

앙젤도 그녀의 딸도 끼어들지 않았지만, 로안은 더 이상 말을 잇지 못하고 멍하니 허공만 바라보았다. 그러자 엘렌이 입을 열었다.

「오빠는 어떤 피아스트르 불법 거래에 대한 증거를 가지고 탈출하려고 했어요.」

「그런데 전 그의 말을 믿지 않았어요. 바로 그게 잘못이었죠, 왜냐하면 어쩌면 제가 그를 구할 수 있었을지도 모르니까……. 네, 제 말이 좀 혼란스럽죠, 죄송합니다. 에티엔 씨가 〈불법 거래〉라고 부른 것은 사실 여기서 아주 흔한 관행이에요. 아주 흔해서 모든 사람이 조만간에 그걸 이용하게 되지요. 심지어는 우리 교회도, 솔직히 말씀드리자면 전에 그걸로 덕을 본 적이 있습니다. 하지만 에티엔 씨는 이 불법 거래가 심지어는 베트민까지도 도와주고 있다고 확신했던 겁니다. 그게 만일 사실이라면 정말 말도 안 되는 일이죠, 안 그렇습니까? 그런데 전 믿지 않았어요. 저는 그가 친구였기 때문에 도왔지만, 충분히 신중하게 대비하지는 않았어요.」

「그리고 지금은 그가 옳았다고 생각하세요?」

로안은 고개를 길게 끄덕이기만 했고, 벼 이삭들이 앞뒤로 쏠렸다.

「제 생각으로는 확실합니다.」

「왜 그렇게……? 그게 당신의 비행기였나요?」

앙젤은 한마디 한마디 천천히 말했다.

「네, 그렇습니다, 펠티에 부인. 그리고 저로서는 그게 사고 였다고 믿을 수가 없어요.」

「그건 낡은 비행기가 아니었던가요?」

「맞습니다. 하지만 우리는 그걸 정기적으로 관리해 왔어요! 그 비행기는 기술적으로 아무런 문제가 없었단 말입니다. 그런데 그게 비행 중에 거의 폭발하다시피 한 거예요……! 아이고 부인, 이런 말씀 드려서 정말 죄송합니다!」

공중에서 폭발했다는 말에 앙젤이 왈칵 눈물을 쏟은 것이다.

엘렌은 다가가 어머니를 위로했고, 로안은 손짓으로 신도들을 불렀다. 그러자 그때까지 보이지 않던 신도 몇 명이 손수건과 차 쟁반, 그리고 재스민 향이 나는 따스한 물에 적신 수건을 가지고 조용히 다가왔다.

「고마워요, 고마워요…….」 앙젤은 이렇게까지 안 해줘도 된다는, 미안하다는 뜻의 손짓을 했다. 그들은 차를 따라 주었고, 앙젤은 코를 풀었다.

「괜찮아질 거예요, 너무 신경 쓰지 마세요.」

로안은 긴 침묵 후에 이렇게 말을 이었다.

「설사 그게 완벽히 정비가 되지 않아서 — 그런데 그건 아니었어요! — 갑자기 고장이 났다 해도, 곤경에 처한 비행기는 착륙을 시도합니다. 그런데 조종사는 그럴 기회조차 갖지 못했어요. 단 몇 초 만에 비행기는 완전히 사라져 버린 거예요. 네, 네…….」

로안은 흰 토가 차림의 젊은 신도가 차를 다 따르고 종종걸음으로 멀어질 때까지 기다렸다.

「또 한 가지 사실이 있어요. 에티엔 씨가 증거를 입수했다면, 그건 아마 한 청년을 통해서였을 겁니다. 그의 곁에서 살면서…… 그의…… 일종의 하인이라고나 할까, 집사라고나 할까……. 무슨 말인지 아시겠어요?」

그 둘은 무슨 말인지 아주 잘 알았다.

「그는 차오 씨의 조카였어요. 베트민과 아주…… 아주 가까운 중국 중개인 말입니다.」

「지금 〈차오〉라고 했나요?」

엘렌은 에티엔이 이 이름을 말했을 때 프랑수아가 놀랐던 일이 생각났다. 프랑수아는 〈카요〉 혹은 〈카유〉라는 이름을 들었지만, 이게 아닐 것 같다고 결론을 내리고는 에티엔이 오면 알게 될 거라고 말했었다.

「네, 차오입니다. 그의 조카는 그에게서 문제가 있는 서류를 훔쳐 냈고, 이 조카는 에티엔 씨가 아파트를 빠져나오기 몇 분 전에 살해되었어요. 베트민은 제게 비행기가 있다는 사실을 알고 있었을 겁니다. 아드님을 사이공에서 못 잡았으니 그 비행기에다 무슨 짓을 해놨겠죠…….」

이제 엘렌의 머릿속에서 사건은 한 편의 영화가 되었다. 훔친 서류, 청년의 죽음, 에티엔의 탈출, 비행장, 비행기…….

「그리고 그 차오 씨는……」 앙젤은 입을 거의 다문 채로 물었다.

「아아, 이게 불행히도 제 생각이 옳다고 증명하는 세 번째 사실입니다. 그는 에티엔 씨가 사망한 다음 날 죽은 모습으로 발견되었어요. 그의 시신이 사이공 북쪽의 한 아로요에서 떠다니다 건져진 거죠.」

이제 영화는 결말에 이르렀다.

집에 있던 증거물을 도둑맞은 사람 역시 살해되었다. 이렇게 모든 주요 등장인물들이 사라진 것이다. 이야기는 끝났고, 이제 영사기는 공전하고 있었다.

「그 차오 씨를 아셨나요?」 엘렌이 물었다. 「아니면 그의 조카는요?」

「그의 조카는 알았습니다. 우리 교회를 다녔죠. 아주 부드럽고, 차분하고, 신앙심이 깊은 청년이었죠, 네, 네, 네. 그의 삼촌은 제가 잘 몰라요. 제 생각으로는 베트민과 가까운 사람이어서…….」

모든 것을 털어놓은 로안은 마음이 홀가분한 모양이었다.

「우린 언제나 에티엔 씨를 위해 기도하고 있습니다.」

「네, 네.」 앙젤은 건성으로 대꾸했지만, 속에서는 역정이 났다. 기도가 내 아들을 돌려줄 수 있단 말인가?

「다시 차를 내오라고 하겠습니다.」

「아뇨, 괜찮아요. 감사합니다.」

앙젤은 일어섰다.

그녀는 이 방의 분위기가 너무 답답했다. 엘렌 역시 일어섰는데, 그녀는 결국 물어보지 않을 수 없었다.

「오빠가 비행장까지는 어떻게 갔나요?」

「그건 잘 모릅니다. 제가 거기까지 데려다주겠다고 제안했는데, 에티엔 씨는 자기 생각대로 하길 원했어요. 아마 택시를 탔을 겁니다. 그 뒤로는 그를 다시 보지 못했습니다.」

로안은 앞장서서 성당으로 통하는 문 쪽으로 그들을 인도했다.

　그는 그 사다리 형태의 의자 앞에 잠시 멈춰 섰다. 그 위에 앉아 몇 시간이고 교황이 오기만을 기다리고 있을 청색 토가의 성직자는 그의 머리에 이층 법모를 얹어 주었고, 방울 술들은 그 즉시 정신없이 춤을 추기 시작했다.

　이 성당의 거대함과 화려함, 숨 막히는 정적, 그리고 여기저기서 피어오르는 분향의 연기로 무거워진 공기에 짓눌린 앙젤은 딸의 팔에 몸을 의지했다.

　「혹시 제가 해드릴 수 있는 일이라도…….」 로안이 넌지시 물었다.

　「네, 어쩌면요. 어머니와 저는 오빠가 살던 집에서 물건을 찾아오지 못했어요.」

　「아, 제가 곧바로 처리해 드리겠습니다. 우리가 다 회수할 수 있을지는 모르겠지만…… 제가 어떻게든 알아서 해보겠어요, 네, 네, 네.」

　그는 매우 결연한 표정이었고, 방울 술들의 활기찬 움직임도 그의 굳은 결의를 확인해 주는 듯했다.

　「수요일 저녁에 우리 교회의 야간 행렬이 있어요. 지고의 영혼께서 저를 진리의 수탁자로 삼으신 사건을 기념하는 날이죠. 전 이 행사에서 에티엔 씨를 추모하기로 결정했습니다. 혹시 참석할 수 있으신지요?」

　앙젤은 그 행렬을 한번 상상해 봤다. 그 군중 위에 떠도는 아들의 혼령……. 도저히 감당할 수 없을 것 같았다.

　「정말 감사합니다만, 제가 견뎌 낼 수 있을 것 같지 않아요.

그냥 에티엔의 트렁크나 찾을 수 있으면 좋겠어요.」

「네, 네, 제가 알아서 처리하겠습니다.」

성당 문을 나오니 비가 억수같이 퍼붓고 있었다.

「호텔까지 모셔다 드리도록 하겠습니다!」 로안이 말했다.

「감사합니다만, 그러실 필요는 없어요.」

세 사람 모두 시에우 린의 상징이 그려진 거대한 차양 밑에 서서 이 빽빽하고 무거운, 그리고 기차처럼 요란한 소나기를 쳐다보았다.

빈 자전거 인력거들이 벌써 그들을 발견하고 쏜살같이 달려오고 있었다.

앙젤과 엘렌은 쏟아지는 장대비에 기분이 바뀌는 것을 느꼈다. 교황을 제외하고는 아무도 살아 있는 것처럼 느껴지지 않던 성당의 답답한 분위기에서 벗어나고 에티엔의 죽음과 관련하여 그들이 두려워하던 것이 사실로 확인되자 기운이 빠져 버린 둘은 서로 다른 마음을 품었다.

지금 앙젤은 하나밖에 생각하지 않았다. 빨리 아들의 물건을 찾아서 귀국하는 것이었다. 그녀가 증오해 마지않는 이 도시, 나라를 빨리 떠나는 것이었다. 그녀는 에티엔의 죽음에 대한 진실을 찾아내려 왔다. 그런데 그것을 찾아내고 보니 어떻게 해야 할지 알 수 없었고, 그저 집에 돌아가서 푹 자고 싶을 뿐이었다.

반면 젊을 뿐 아니라 기질도 보통이 아닌 엘렌은 패배를 인정하지 않았고, 아직 뭔가 해볼 수 있지 않을까 자문했다.

크리스탈 팔라스에 돌아온 앙젤은 항공편을 문의했다. 〈내일 것, 모레 것도 알아봐 주세요〉라고 그녀는 덧붙였다. 그렇게 반 시간이 지난 뒤에야 베이루트행 항공편을 찾아낼 수 있었다. 앙젤은 딸에게서 은근한 불만 같은 것을 느꼈다.

「엘렌, 대체 뭘 하고 싶은 건데? 에티엔의 살해를 사주한 사람도 마찬가지로 살해당했어. 이제 이 이야기에는 죽은 사람들밖에 없다고.」

엘렌은 마음을 정할 수 없었고, 딱히 제안할 수 있는 것도 없었다. 그녀는 앙젤로서는 어린애의 그것처럼 느껴지는, 엄마를 원망하는 듯한 고집스러운 침묵으로 맞섰다.

로안은 약속을 지켰다. 이날 저녁 무렵에 에티엔의 트렁크가 도착한 것이다.

그들은 트렁크를 가져온 사람을 곧바로 알아보았다. 에티엔의 아파트에서 그들에게 짖어 댄 그 이 빠진 남자였다. 하지만 전과는 딴판으로 고개를 숙이고 어깨도 축 늘어뜨린 모습이었다. 하지만 트렁크의 반대편 손잡이를 잡은 청년은 형처럼 고분고분하지 않았다. 그는 그런 상황에도 투우사의 그것처럼 기괴한, 거의 도발에 가까운 자부심을 드러내며 뻣뻣한 자세로 걸었고, 앙젤과 엘렌의 시선을 피하지 않고 똑바로 쳐다보았다.

두 남자는 아무 말도 하지 않고 물러갔다. 시에우 린의 교황은 존경과 두려움의 대상이었다.

그들이 가져온 것은 군인들이 야전에서 사용하는 것들 같은 철제 트렁크였다. 앙젤이 베이루트에서 사줬던 것이었다. 그 이후로 여기저기 부딪힌 듯 홈이 많았고, 두 남자가 내려놓을 때는 놀라울 정도로 가벼워 보였다. 이 방에 이렇게 놓여 있는 그것은 모녀에게 어떤 위협처럼 느껴졌다. 그걸 여는 순간 눈물과 슬픔이 시작될 것 같아 앙젤도 엘렌도 먼저 나서지 못했다.

그들은 고개를 들었다. 복도에서 고함 소리가 들린 것이다. 날카롭고 급하고 거센 목소리, 에티엔의 아파트에서 그들이 정면에서 들어야 했던 그 목소리였다. 그들은 서로를 쳐다보았다. 무슨 일인지 나가 봐야 하나 하고 앙젤이 생각하고 있는데, 문이 거칠게 열리며 트렁크를 들고 왔던 청년이 나타났다. 화가 나 얼굴이 시뻘게진 그는 어떤 물건을 방 한가운데에 집어 던지고는 문을 쾅 닫고 떠나 버렸다. 그것은 에티엔의 사진기였다. 엘렌은 가죽 케이스를 열어 보았다. 망가진 데는 없는 것 같았다. 그녀는 그것을 침대 위에 올려놓았다.

그들은 트렁크의 뚜껑을 올렸다.

남아 있는 게 많지 않아 울 일은 별로 없었다.

앙젤이 직접 뜨개질한 겨울철 스웨터(〈아이고, 엄마!〉에티엔은 웃으며 말했었다. 〈전 스키를 타지 않아요, 전 사이공에 간다고요!〉)와 팬티 몇 장 등 약간의 옷가지가 다였다. 약탈당할 때 가장 먼저 사라지는 게 의복인 것이다. 그리고 거기엔 어떤 불상도 하나 있었다.

「오빠가 편지에서 이 불상에 대해 얘기한 적이 있어.」엘렌이 말했다.

또 조제프의 바구니도 있었다.

「자, 조제프, 이건 네 거야.」

고양이는 곧바로 들어가더니, 어서 빨리 떠나기만을 기다리는 것처럼 그 안에 앉아 있었다.

그들은 마침내 시에우 린의 소책자를 찾아냈는데, 거기에서

〈당신의 친구, 로안〉이라고 서명된 쪽지가 한 장 나왔다. 〈프놈
펜으로 간 다음, 파리행 여객기 탑승…….〉 이것을 읽는 앙젤의
머릿속에는 에티엔이 어떻게 비행장까지 갔을까 하는 의문이
계속 떠올랐다. 〈만일 거기까지 교통수단이 필요하면 내게 말
하시오〉라고 로안은 써놓았다. 그래, 아마 택시로 갔겠지.

그때까지 그들은 잘 참아 왔지만, 자신들이 보낸 편지들을
발견한 순간 결국 울음이 터졌다.

「이 얘기 들으면 아마 날 놀릴 거야.」 앙젤이 코를 풀며 말했
다. 「난 에티엔이 내게 보낸 편지들을 여기까지 가져왔어.」

「나도…….」 엘렌도 고백했다.

솔직히 너무 웃기는 일이라서 둘 다 미소를 머금었다.

「화이트와인 한 병 주문해서 마실까?」 앙젤이 제안했다.

그들은 에티엔이 그들에게 보낸 편지들을 서로에게 읽어 주
며 저녁 시간을 보냈다. 그들은 와인을 마시고, 또 웃었다.

「어, 이거.」 엘렌이 말했다. 「엄마, 한번 들어 봐. 〈난 프레임
잡는 분야에서 상당한 발전을 이뤘어. 이젠 피사체의 절반을
사진 안에 넣는 일도 종종 있다고. 새로운 일자리가 내게 손짓
하고 있는 것 같아.〉」

「그리고 이것도 들어 보렴.」 이번에는 앙젤이 읽어 주었다.
「〈시에우 린의 로안 교황은 다른 교회들과 관계 맺을 것을 고
려하고 있어요. 하지만 그는 비오 12세와 아테네 대주교를 자
기 부하 직원같이 여기고 있어서, 그리 쉽지는 않을 것 같
아요.〉」

저녁이 깊어지자 그들은 커다란 침대 위에서 옷을 입은 채
로 잠이 들었다. 자정 무렵에 잠이 깬 앙젤은 간단히 얼굴을 씻

었다. 다시 자리에 눕기 전에 그녀는 로안이 에티엔에게 쓴 쪽지를 다시 읽어 보았다. 〈만일 거기까지 교통수단이 필요하면 내게 말하시오.〉

어떻게 에티엔은 함께 사는 청년을 죽인 사람들에게 쫓기는 상황에서 비행장까지 갈 수 있었을까?

「거기는 가서 뭐 하려고?」 엘렌이 물었다.

그녀는 지금 에티엔의 사진기 안에 든 필름을 되감는 중이었다. 이 도시 어딘가에서 새 필름을 구하리라 생각했다. 그것은 찰칵하는 예쁜 기계음이 나고, 50밀리미터 렌즈가 달린 라이카 카메라였다.

「맞아, 너 고등학교에서 사진을 좀 했었지?」 앙젤은 옷을 입으며 말했다.

「뭐, 그렇다고 할 수 있죠.」 엘렌은 어머니가 잘 못 듣게끔 조그맣게 대답했다.

정말로 전에 사진을 조금이라도 했기에 이게 마음에 든 것일까? 에티엔의 사진기를 손에 들고 있으니 이상하게 친숙한 느낌이 들었다. 마치 손가락들이 곧바로 자기 자리를 찾아 들어가는 느낌, 자기가 어떤 익숙한 동작을 하고 있는 느낌이었다. 하지만 자신은 어떻게 사진을 현상하는지도 모르는 것이었다.

「거기 가서 뭐 하려고?」 그녀는 다시 한번 물었다.

「뭐, 그럼 우리가 다른 할 일이라도 있니? 왜, 이 도시 관광

하고 싶어?」

마치 그것은 말도 안 되는 소리라는 듯이, 사이공은 당연히 가증스러운 장소라는 듯이 이렇게 반문했다.

엘렌은 자신은 거리와 항구 들을 걸어 보고 싶고, 사진도 좀 찍어 보고 싶다고 대꾸하려다 참았다.

「비행장은 여기서 한 시간도 안 되는 거리야. 거기는 세상의 끝이 아니라고.」

46
가슴이 쓰렸다

개점이 며칠밖에 남지 않아 장은 평소보다도 더 불안해져 있었다. 준비에브는 한층 표독해졌고. 그녀는 한쪽에 쌓여 보도에 설치되기만을 기다리는 진열대들을 바라보며 〈꼭 어느 골목 시장의 좌판 같네!〉라고 이를 갈았다.

조금 전에 마지막 인도분도 들어왔다. 장은 허리가 아프다는 핑계로 가게 뒷방에서 나오지 않았다. 스퇴벨 씨의 시선을 마주하기가 힘들었던 것이다.

정산을 마친 준비에브는 장을 부르며, 배달 온 트럭이 떠나니 나와서 보라고 했다. 이때 그들은 맞은편 보도에서 조르주 게노가 양털로 안을 댄 반코트의 호주머니에 두 주먹을 넣고 서 있는 모습을 발견했다.

오전의 일로 벌써 지쳐 버린 장은 예전의 사장과 맞설 용기가 나지 않았다.

은신처로 들어가려고 걸음을 재우치던 그는 준비에브가 팔짱을 끼고 딱 버티고 서 있는 것을 보고 흠칫 멈춰 섰다.

이 뜻밖의 방문객과 한판 붙을 심산인 듯했다. 그는 씩씩대며 길을 건너와서는 걸음을 멈추고 이렇게 말했다.

「당신들이지? 안 그래?」

준비에브는 그의 눈을 똑바로 쳐다보았다.

「누군가가 날 고발했어.」 그가 덧붙였다. 「난 당신들이 그랬다는 걸 알고 있어!」

조르주 씨는 기세등등했다.

「그 일에 대해 알고 있는 사람은 당신들 말고는 아무도 없었다고!」

준비에브는 장 쪽으로 고개를 돌렸지만, 그는 어떤 태도를 취해야 할지 알 수 없었다. 그녀는 고개를 숙였는데, 아주 깊게 숙고하는 듯했다.

「자, 이리 와요.」 마침내 그녀가 말했다.

그녀는 대답도 기다리지 않고 발을 홱 돌려 가게로 돌아와 문을 밀어 활짝 연 다음 붙잡았다.

게노는 들어가 차곡차곡 포개어진 수십 개의 종이 상자들을 쳐다보았다. 판매 카운터 위에 가지런히 놓여있는 침대 시트며 식탁보며 냅킨 등이 곧바로 그의 관심을 끌었다. 자신의 재고품을 잘 알고 있는 그는 이 직물들이 과거에 자기 것이었음을 깨달았다.

「이건 다 내 거라고!」

「지금은 우리 거예요.」 준비에브가 침착하게 대답했다.

하지만 그녀는 그를 쳐다보지 않고, 아직 남아 있는 조그만 공간 안을 부지런히 왕복했다. 잠시 뒤, 장과 게노는 그녀가 진열대들을 문 가까이에 나란히 세워 놓고 있다는 것을 깨달았지만, 왜 그러는지는 이해할 수 없었다.

「여보세요, 우리가 당신의 재고를 샀어요.」 그녀가 말했다.

그러고는 잠시 사라졌다. 다시 나타난 그녀는 두 손으로 굵직한 각목 하나를 들고 있었는데, 장이 살펴보니 목수들이 철거한 들보 쪼가리 중의 하나였다. 게노는 곧바로 방어 자세를 취하며 한 걸음 뒤로 물러섰지만, 준비에브는 각목을 머리 위로 치켜올리더니 있는 힘을 다해 철제 진열대 하나를 내리쳤다. 그 충격에 진열대는 가운데가 우그러졌다.

「오!」 장이 외쳤다.

준비에브는 들은 척도 하지 않고, 옆으로 한 걸음 옮기고는 다시 들보를 들어 올려서는 두 번째 진열대를 가격했다.

장은 입을 딱 벌릴 뿐, 아무 말도 하지 못했다.

한편 게노는 문 근처에 서서 내뺄 준비를 하고 있는데, 준비에브가 그에게로 몸을 돌렸다.

「당신은 우리에게 터무니없는 죄를 뒤집어씌우려고 여길 찾아왔어. 그리고 화를 내면서 모조리 부수기 시작한 거야!」

「뭐라고?」

「당신은 우리 가게의 상당 부분을 박살 내버렸고, 내 남편이 막으려고 하니까 그를 쳤어. 안 그래, 장?」

장은 어떻게 대답해야 할지 알 수 없었지만, 어차피 준비에브는 그에게서 아무것도 기대하지 않았다.

「당신은 다음 주에 예정된 우리 가게 개점을 막으려고 물건들을 때려 부순 거고, 우린 당신에게 피해 보상을 요구할 거야.」

「잠깐, 잠깐!」

준비에브는 세 번째 진열대를 파괴한 다음, 각목을 발아래로 던져 버렸다.

「우린 당신을 고소할 거야. 그 조사관을 찾아가서 말이야. 가만, 그 사람 이름이 뭐더라? 뻬레? 페레? 테레? 맞아, 테레! 불법 이익 환수 위원회 조사관.」

게노의 얼굴이 백지장처럼 하얘졌다. 이자가 그 조사관을 어떻게 알까? 하지만 이 질문은 그의 머릿속에 울리는 누군가의 목소리에 먼지가 되어 날아갔다. 〈만일 나중에 어떤 지저분한 일로 당신을 다시 만나게 된다면…….〉

「잠깐 기다려요.」게노는 마치 준비에브가 다가오지 못하게 막으려는 듯이 두 손을 앞으로 뻗으며 말했다. 〈……조금이라도 이상한 짓을 한다면, 기적은 두 번 반복되지 않을 거요.〉

「나 갈게요, 간다고.」

게노는 문을 열었다.

〈당신은 판사에게 넘겨질 거요…….〉

「1만 프랑.」

게노는 준비에브에게로 고개를 돌렸다.

「뭐라고?」

「1만 프랑.」

그녀는 찌그러진 진열대들을 가리켰다.

「당신이 배상하면 우린 고소하지 않을 거야. 안 그래, 장?」

「하지만 1만 프랑은…….」

게노는 자신의 귀를 의심했다.

「더 이상은 못 깎아요.」

「그…… 그건 불가능해요!」

「아, 그렇게 생각해요?」

준비에브는 그의 눈을 똑바로 쳐다보았다.

〈당신은 곧바로 감옥에 가게 될 거요!〉

게노는 넋을 잃었다.

「내겐 8천밖에 없어요…….」 그는 더듬거렸다.

준비에브는 차가운 눈으로 말없이 손바닥을 내밀었다.

✳

프랑수아는 힘든 시간을 갖게 되리라 예상하고 있었다. 하지만 어떤 일을 당하더라도 데니소프 앞에서는 견뎌 낼 각오가 되어 있었지만, 바롱과 말레비츠 앞에서는 받아들이기가 쉬울 것 같지 않았다. 그런데 바로 그 일이 일어나려 하고 있었으니, 이 세 사람 모두가 사장실에 모여 있었던 것이다.

평소에는 견원지간인 바롱과 말레비츠가 지금은 한편이 되어 있었다. 프랑수아는 나쁜 놈 편이었다.

그는 부모의 어두운 과거를 알게 된 충격에서 아직 헤어나지 못하고 있는 상태였다. 그래서인지 세 남자 앞에 선 그는 자신도 모르게 이렇게 지껄였다.

「아, 몰랐네요. 여긴 법정인가요?」

곧바로 그는 자신의 실수를 깨달았다.

「뭐, 그럴 수도 있지…….」

데니소프가 퉁명스럽게 대답했다.

「약 열흘 전에 자넨 두 수상쩍은 업체, 고다르와 홉킨스에 대해 여기 있는 아르튀르에게 물어봤지. 우리가 거기에 대해 뭔가를 쓸 수 있다면 아주 좋을 거야. 그런데 사흘 후, 자넨 아무에게도 알리지 않고 뇌빌 상원 의원을 찾아가 인터뷰를 했어. 이 대목에서 난 이런 의문이 드는 거야. 도대체 이 친구가 독립 기자인가, 아니면 『르 주르날』의 리포터인가…….」

프랑수아의 모가지가 걸려 있는 상황이었다. 그는 이런 상황은 예측하지 못했다. 하지만 이것은 논리적인 귀결이었다. 그는 상황을 정리하고, 올바른 질문들을 제기해 보고, 납득할 만한 답변들을 찾아냈어야 했지만, 미처 그럴 시간이 없었다. 만일 이런 식으로 『르 주르날』에서 쫓겨난다면 다시는 재기할 수 없을 터였다.

「자, 얘기를 다시 시작해 보지, 알겠나?」 데니소프가 말했다. 「먼저 고다르와 홉킨스부터 얘기해 볼 텐가?」

「아닙니다.」 프랑수아가 대답했다. 「그런 식으로 설명할 수는 없습니다. 이게 모두가 하나로 이어진 일이라서요.」

데니소프는 안락의자에 깊숙이 몸을 묻었다. 계속해 봐.

「제 동생이 사이공에서 프랑스 정부가 은폐하고 있고, 아마도 베트민이 이용해 먹고 있을 어떤 피아스트르 불법 거래에 대해 조사를 했습니다.」

세 남자는 이 정보에 담긴 엄청난 잠재력을 곧바로 이해했다.

「동생은 이 자금들이 고다르나 홉킨스를 거쳤다고 의심한 거예요.」

「그가 그걸 어떻게 알았지?」 바롱이 신문하듯이 물었다.

그가 공격적으로 질문하는 방식은 상급자의 횡포에 다름 아니었다. 〈이 일에서 빠져나가기만 한다면, 저자를 죽여 버릴 거야)라고 프랑수아는 속으로 이를 갈았다.

「동생은 알지는 못했습니다. 다만 그럴 거라고 믿었죠.」

「그 말이 그 말이지. 그는 왜 믿었지?」

이제부터는 진실에서 벗어나, 신빙성을 획득해야 했다.

「그가 근무하는 사이공 외환국에서 어떤 기밀이 누설됐습니다. 문제는 여기에 증거가 전혀 없다는 점이에요.」

「뇌빌 상원 의원이 이 일에 연루된 걸로 의심한 건가?」

프랑수아가 움직일 수 있는 공간이 현저히 줄어들고 있었다. 조금이라도 삐끗하면 그대로 물에 떨어지고, 아무도 구명 튜브를 던져 주지 않을 것이었다. 이들은 자신이 뇌빌을 찾아 갔다는 사실을 알고 있었다. 하지만 찾아간 이유에 대해서는 모를 거였다.

「그것과는 아무 관계가 없습니다.」

「자네 동생의 조사와 자네가 뇌빌을 찾아간 사실 간에 아무런 관계가 없다는 얘긴가?」

「아뇨, 있습니다. 제 동생은 이 부정 거래에 대한 증거를 갖고 있지는 못했습니다. 하지만, 그는 사고였다고는 하지만, 저로서는 미심쩍게 느껴지는 어떤 상황 가운데서 사망했습니다.」

「그 멍청이 뇌빌이 이 일하고 무슨 관련이 있느냔 말이야?」 바롱이 짜증을 내면서 물었다.

프랑수아는 쓴 잔을 밑바닥의 찌꺼기까지 들이마실 참이었다. 이 일에서 빠져나가기 위해 바보 시늉을 할 거였다.

그는 데니소프를 쳐다보았다. 그는 이 사내를 숭배했고, 그와 함께 일하고 싶었다. 그리고 그 꿈을 이룰 수 있었다. 만일 지금 바보가 되는 것을 받아들이지 않는다면, 여기서 나가 다시는 돌아오지 못할 것이었다. 착잡한 마음에 얼굴이 붉어졌다.

「그분이 인도차이나 사정을 잘 안다는 얘기를 들었습니다. 여러 해 동안 그곳에서 근무하셔서……. 전 그분에게 제 동생의 죽음에 대해 의견을 구하고 싶었습니다. 이게 납득이 가는 일인지 묻고 싶었습니다.」

「뭐라고? 뇌빌에게?」

그가 가장 두려워하던 일이 벌어졌다. 바롱이 폭소를 터뜨린 것이다. 데니소프도 웃음을 참는 기색이 역력했다. 말레비츠만이 못마땅한 표정을 짓고 있었다. 자신이 아끼는 막내가 천치로 여겨지는 것은 그에게도 화나는 일이었던 것이다.

「이건 지나가던 개가 웃을 일이네!」 바롱이 낄낄대며 말했다. 「이 뇌빌은 인도차이나에 대해 아무것도 모르는 인간이야! 누가 자네에게 그런 생각을 하게 만들었나?」

이에 대해서는 대답하기가 쉽지 않았으니, 아무리 생각해도 둘러댈 말이 떠오르지 않았기 때문이었다. 다행히도 데니소프가 그를 곤경에서 구해 주었다.

「그건 중요한 게 아니야. 자, 자넨 그게 바보 같은 생각이었다는 것을 인정하나?」

「그분과 얘기를 나누는 순간 그걸 깨달았지만…….」

이제 소나기가 지나간 건가?

「어떤 주제에 대해 아무것도 모를 때에는,」 바롱이 말했다. 「그 분야에 있는 사람이 일하게끔 놔둬!」

「시끄러워, 아르튀르!」

이날 모임에서 말레비츠가 처음 한 말이었다. 패배는 받아들이되 모욕은 참지 못하는 사람의 어조였다.

이번에도 데니소프는 분위기가 과열되는 것을 막는 쪽을 택했다. 특종을 하나 건졌다는 생각에 프랑수아가 이 모든 일을 혼자 간직했다고 모두가 이해했다.

「이 모든 것 가운데서, 자넨 아무것도 얻지 못했나?」

프랑수아는 선택의 기로에 있었다. 에티엔을 지지하여 정부에게 펠티에 집안 전체를 죄인 공시대에 세우라고 신호를 보내거나, 아니면…….

「네. 제 동생은 아무런 문서도, 구체적 정보도 얻지 못했습니다. 뭔가를 쓰거나, 심지어는 조사를 해나갈 만한 근거가 전혀 없습니다. 성립 자체가 불가능한 사건이에요.」

「그러면 그 비행기 사고는?」

「조사가 진행 중입니다만, 그건 폐기된 비행기였어요. 아마 상태가 나빴겠죠.」

완전한 궤멸 상태였다. 모두가 그것을 느꼈다. 바닥에 자빠진 사람을 때릴 수는 없는 법, 심지어는 바롱조차도 침묵을 지켰다.

프랑수아는 데니소프의, 말레비츠의 평가표에서 여러 단계 내려온 셈이었다. 가슴이 쓰렸다.

하지만 한 가지 위안거리가 있었다.

「제가 바보같이 행동했다는 것은 인정하지만, 제가 여기서 완전히 쓸모없는 존재는 아니지 않을까요?」

그는 준비해 온 표제 제안서를 내밀었고, 그것을 읽은 데니소프는 웃음을 터뜨렸다.

「브라보!」 그는 종이를 말레비츠와 바롱에게 넘기며 말했다. 「아주 좋아!」

메리 램슨 사건의 〈마지막 증인〉,
영사 기사의 11세 조카, 롤랑으로 밝혀져.
아이는 삼촌이 금지한 영화를 보기 위해
몰래 영화관으로 내려갔다고.

이로써 프랑수아 펠티에는 잡보부에 복직한 것이다.

47
아주 약아빠진 친구라고!

모녀는 크리스탈 호텔 앞에서 택시를 잡아타고 사이공 북동쪽에 있는 비엔호아를 향해 달렸다. 택시 기사는 몹시 수다스러운 사내로, 가는 길 내내 베트남어로 논평을 늘어놓았다. 어느 곳에서는 보이지도 않는 기념물들을, 또 다른 곳에서는 사라진 명소들을 가리키고, 어느 한 방향으로 검지를 흔들어 대고 알아들을 수도 없는 말로 고래고래 설명해 가면서 말이다. 이렇게 반 시간 정도 달리자 앙젤과 엘렌은 이 여행이 벌써 피곤해지기 시작했다. 기사는 자기가 관광 안내를 해준 대가로 두둑한 팁을 바라는 모양이었다. 앙젤은 핸드백을 열어 아무 지폐나 한 장 꺼내서는 기사의 어깨 위로 내밀며 〈조용히 좀 해주세요〉라고 부탁했다. 결국에는 팁을 받은 기사의 얼굴에 희색이 돌았다.

그들로서는 한 번도 본 적 없는 풍경이 이어졌다. 짙은 녹색의 나무, 넓은 수면, 논, 마을, 거리, 도로……. 차라리 시골길에 가까운 그 도로들 위로는 물소가 끄는 수레들이 다녔고, 그 뒤쪽에 다리를 늘어뜨리고 앉은 아이들은 무릎 위에 안은 닭들을 쓰다듬으며 차가운 눈길을 던졌다.

이따금 엘렌은 기사의 어깨를 툭툭 쳐서 차를 세웠다. 그런 다음 차에서 내려 사진 한두 장을 찍었다. 예쁘고 우아한 그녀가 미소를 지으며 포즈를 취해 달라고 부탁하면 아무도 거절하지 않았다.

긴메르 비행장은 숲 언저리에 위치해 있었고, 활주로가 하나밖에 없었다. 이 활주로는 언뜻 보기에도 상당히 짧을 뿐 아니라 그 끝이 커다란 나무들로 막혀 있어 위험해 보이기까지 했다. 날씨가 나쁘면 착륙은 일종의 스포츠가 되리라. 또 거기에는 조그맣고 나지막한 건물 하나가 있었는데, 관제탑이 따로 없는 걸 보면 관제 센터로 사용되는 듯했다. 하나뿐인 격납고 근처에는 관광용 비행기가 한 대 서 있었다.

출발할 때부터 한바탕 쏟아질 것 같던 폭우에 대비하여 기사가 주차할 장소를 찾는 동안, 그들은 건물 안으로 들어갔다. 일종의 장교 회식장 같은 그곳에는 아주 오래된 카운터가 갖춰져 있었고, 벽에는 훈장들이 줄줄이 걸려 있었다. 먼지가 쌓인 트로피들, 색 바랜 페넌트들, 좀 먹은 깃발들, 그리고 양쪽 귀 대신에 두 개의 날개가 달린 금빛의 황동 우승컵이 아직도 당당히 서 있는 뿌연 유리장 안에 장식되어 있었다. 천장이 아주 나지막한 이 방 안에는 파이프 담배 냄새와 싸구려 시가 냄새가 떠돌았다. 이 모든 것에서는 사설 비행장의 관제 센터라기보다는 어느 오래된 5부 리그 축구 클럽의 클럽 하우스를 연상시키는 음산하면서도 퇴색한 분위기가 느껴졌다. 영광의 시간은 먼 추억이 되어 버렸고, 망하지 않고 있으리라 예상되는 시간은 이미 오래전에 지났지만 기적적으로 유지되는 곳 말이다. 오른쪽에는 마이크 하나, 스피커 하나, 버튼 몇 개와 커다란 빨간 소화기 등의 제어 설비가 있었는데, 이 분야에 문외한이라 해도 아주 투박한 시설이라는 것을 한눈에 알 수 있었다. 또 닳아빠진 녹색 모자를 쓴, 관제사이자 정비공이자 매니저이자 바텐더인 듯한 자도 보였다. 얼굴에 깊은 주름살이 패였고, 입은 항상 벌어져 있는 아시아인이었다. 축 늘어진 아랫입술은 그를 약간 건방져 보이게 하는 기묘한 곡선을 그리고 있었다. 나이가 60대 초반은 됐을 것이었다.

「뉘에?」

그는 말을 할 때 입술을 거의 움직이지 않았다. 목청이 담배에 찌들었는지 목소리가 아주 탁했다.

앙젤은 자신을 소개했다. 그녀가 말하는 것을 사내가 이해하는지 확실치 않았다. 그는 에티엔이 비행기로 이륙한 얘기를 건성으로 들었고, 엘렌이 여기저기에서 사진을 찍어 대는 것을 보고 불안해했다. 그렇게 기분이 좋지는 않아 보였다.

「뉘에, 뉘에.」 그는 〈네〉만 되풀이했다.

앙젤이 설명을 마치자, 그는 물었다.

「왜요?」

앙젤은 말문이 막혔다. 내 설명이 명확하지 않았단 말인가?

「비행기를 탄 청년은…… 제 아들이에요.」 그녀가 말했다.

「뉘에, 그런데 왜요?」

이 양반은 천치이거나 뇌졸중에 걸렸거나 둘 중 하나였다. 이 사람 혼자서 비행장을 책임지고 있다고 생각하니 너무나 불안했다.

엘렌이 도우러 왔다.

「그가 여기에 어떻게 왔죠? 택시로?」

「제프로.」

모녀는 서로의 얼굴을 쳐다보았다.

그가 사용하는 언어에 대해 의심이 일었다.

「제프로.」 그는 반복했다. 「애인부대아고. 머 드시래오?」

「전 맥주 한잔 하겠어요.」 엘렌이 대답했다. 그러니까 당신 말은, 그가 지프차를 타고, 외인부대와 같이 왔단 말이죠?」

「눼.」

뭐가 뭔지 알 수 없는 앙젤은 딸과 바텐더를 번갈아 볼 뿐이 었다.

「그는 레몽의 친구들과 여기에 왔어. 안전을 위해.」

「아, 그렇구나⋯⋯.」 앙젤이 고개를 끄덕였다.

「눼.」 카운터에 맥주 세 병을 내려놓은 바텐더는 벌써 자기 것을 마시고 있었다.

고객의 주문에는 바텐더의 음료도 포함된 듯했다. 무기력한 아랫입술 탓에 병나발을 불 수 없는 그는 고개를 뒤로 젖힌 뒤 입을 크게 벌리고는 맥주를 들이부었는데, 그 솜씨가 얼마나 능숙한지 세면대에서 물 빠지는 소리가 났다.

엘렌이 그와 대화할 수 있는 열쇠를 찾아낸 덕분에 모녀는 에티엔의 마지막 순간을 재구성해 볼 수 있었다. 그는 일단의 외인부대원들과 함께 도착했고, 조종사는 며칠 전부터(바에 있지 않을 때는 격납고에서 자면서) 그를 기다리고 있었고, 그 들은 지체 없이 출발했고, 외인부대원들은 에티엔이 탑승할 때까지 기다렸다가 다시 사이공으로 떠났고⋯⋯.

그리고 리무진도 있었다.

관제 센터와 격납고 사이에 세워져 있었다.

「리무진이 있었다고요?」 엘렌이 다시 미소를 지으며 물었다. 바텐더에게 그녀의 미소는 대화의 강력한 촉매제였다.

「네.」

앙젤은 맥주를 반쯤 마셨고 엘렌은 한 병을 비웠는데, 바텐더는 벌써 네 병째였다. 지금까지의 그림은 에티엔이 떠난 일에 대해 그들이 생각했던 내용과(외인부대원들만 빼놓고) 거의 일치했지만, 이 리무진의 존재는 뜻밖이었다. 엘렌은 사실을 분명히 확인하기 위해 밖으로 나가 문제의 장소를 주의 깊게 살펴보았다. 두 건물 사이에 있었던 자동차는 주차된 게 아니었다. 그것은 숨겨져 있던 것이었다.

「사고가 나는 걸 감독하기 위해 차오 씨가 직접 온 거야.」 엘렌이 바 쪽으로 돌아오며 말했다.

앙젤은 말없이 코를 풀기만 했다. 엘렌이 그녀의 어깨를 잡아 주었다.

「자, 이제 돌아가요, 네?」

이렇게 말한 그녀는 바텐더 쪽으로 고개를 돌렸다.

「친절하게 말씀해 주셔서 고마워요, 선생님.」

이 순간, 변화가 일어났다.

「아, 벼말쓰믈…….」 바텐더는 기분이 좋은지 병을 들어 올리며 대답했다.

두 사람은 천장 쪽으로 고개를 들어 올렸다.

비가 드디어 마음을 정한 모양이었다. 지붕에 폭포수처럼 쏟아지는 빗소리가 얼마나 거센지, 목소리를 높이지 않으면 무슨 말을 하는지 알 수 없었다.

엘렌은 카운터에서 멀어져 문을 열었다. 비의 장막을 마주하게 된 그녀는 택시 기사를 찾아 차를 가져오라고 손짓하려고 고개를 기울였다.

그동안 앙젤은 핸드백을 가슴에 붙이고 자세를 가다듬으면서 바텐더에게 엷은 미소를 지어 보였다.

바텐더는 요란하게 트림을 하고는 그녀 쪽으로 고개를 기울였다. 그러고는 비밀을 털어놓듯이 이렇게 말했다.

「건 차오 씨가 아녀써오. 건 로안이어써오. 찌우 린.」

엘렌은, 자신도 어떻게 들었는지 알 수 없었지만, 바텐더가 하는 소리를 듣고는 후다닥 달려왔다.

「로안이었다고요? 시에우 린의 교황? 확실해요?」

「그럼며!」

그는 맥주병을 카운터에 올려놓은 다음 미소를 지으며, 손가락을 활짝 편 두 손을 머리 위로 올려 로안의 괴상한 헤어스타일을 흉내 냈다.

✳

자동차는 침수된 도로 위를 배처럼 천천히 나아갔다. 빗소리에 대화가 어렵기도 했지만, 앙젤도 엘렌도 입을 열고 싶지 않았다. 둘 다 바텐더에게서 들은 정보의 의미를 곰곰이 생각해 보고 있었다. 로안은 그가 에티엔에게 빌려준 비행기가 이륙할 때 현장에 있었다.

엘렌은 그녀의 어머니에게로 고개를 기울였다.

「그는 에티엔을 다시 보지 못했다고 말했어요.」

앙젤이 대답했다.

「그리고 네 오빠가 어떻게 비행장에 갔는지 모른다고 했지. 자기가 현장에 있었으면서 말이야!」

엘렌은 덧붙였다.

「그는 모든 것을 그 중국인 차오에게 전가했죠…….」

「게다가 그는 죽었으니 아주 잘됐지.」

점차 둘의 생각은 로안이 공범이 아니라 범인이라는 쪽으로 기울었다.

왜, 어떤 목적으로 시에우 린의 교황은 에티엔을 죽이려 했을까?

「어쩌면 알아볼 방법이 있을지도 몰라요.」 엘렌이 말했다.

✳

한 번 찾아왔다고 해서 달라지는 것은 없었다.

「약속 잡으셨어요?」 접수 카운터의 끄트머리에 앉아 있는 사람이 물었다.

엘렌에게는 한 가지 바람밖에 없었으니, 가스통 포멜과 마주치지 않는 것이었다. 하지만 가스통은 마치 사냥개처럼 멀리서도 젊은 여자들의 냄새를 귀신같이 맡았다.

「오, 엘렌 씨!」 그는 그녀의 손을 구역질 날 정도로 오랫동안 붙잡으면서 말했다.

「제가 잠깐 뵐 수 있는지, 국장님께 여쭤봐 주시겠어요?」

앞에 서 있는 이 아가씨……. 가스통에게 그것은 너무나 짜럿한 자극이었고, 그는 반지가 주렁주렁한 긴 손으로 이마를 슥 문질렀다.

「아니면 제가 직접 찾아 뵙고 여쭤볼게요.」

「오, 천만에요!」

그렇게 함께 복도를 걸어가게 되었는데, 그가 얼마나 요란하게 길을 안내하는지, 이러다 그녀의 앞길을 빗자루로 쓸지나 않을까 걱정될 정도였다. 그에게는 전략이 있었다. 국장의 사무실 문 앞에 이르면 앞에서 살짝 빠져 그녀의 뒤태를 감상한다는 것이었다. 그녀는 날염 원피스를 입고 있었는데, 이게 그를 미치게 했다. 그녀의 향수 냄새가, 아니 그녀의 체취가 느껴지는 듯했다. 아, 그녀를 이대로 벽에다 돌려세울 수만 있다면 얼마나 좋을까!

「국장님?」

「음, 뭐야, 뭐야?」

가스통은 옆으로 빠지며 엘렌을 지나가게 했다.

「여기 엘렌 씨께서…….」

그가 말을 끝맺기도 전에 엘렌은 그에게로 돌아서서 그를 정중하게 복도 쪽으로 밀어냈다.

「고맙습니다, 포멜 씨, 다 왔네요.」

그녀는 문을 닫아 버리고 장테를 향해 돌아섰다.

「국장님께 긴히 말씀드릴 게 있어서요.」

이렇게 불쑥 쳐들어온 것에 대해 사과부터 해야 옳았겠지만, 그녀의 목소리에는 어떤 긴급하고도 불안한 무언가가 묻어 있었다.

「아, 그렇군.」 장테가 말했다. 「난 또 뭐라고…….」

「네?」

「저 친구가 좀 질척대지 않아요?」

장태는 문을 가리켰고, 엘렌은 미소를 지었다.

「그리고,」그는 덧붙였다.「아가씨는 운이 좋아요. 저 친구에게 아무것도 부탁할 게 없으니까, 왜냐하면…….」

그는 부지런히 액자들을 정리하고 있었다. 그의 손놀림은 마치 슬라이딩 퍼즐과 의자 앉기 게임[29]을 섞어 놓은 것 같았다. 엘렌은 다가갔다. 그는 갑자기 어떤 독일셰퍼드의 사진을 들어 그녀의 코밑에 대고 흔들었다.

「이추예요. 녀석에게 주사를 놔줘야 했죠…….」

「포멜 씨에게도 마찬가지로 하셔야 할 것 같아요.」

장태는 그녀의 말을 듣지 못했다. 그는 액자 유리를 소매로 훔친 뒤 내려놓고는 다른 하나를 집어 들었다.

「흠, 그래요. 오빠 때문이겠지, 당연하죠.」

「포멜 씨가 없으면, 국장님께서 말씀을 더 많이 해주실지도 모른다는 생각이 들었어요.」

책상 서랍을 열어 스웨이드 가죽을 꺼낸 그는 일대 청소 작업에 들어가서는, 액자를 하나하나 집어 열심히 문지른 후에 다시 내려놓기를 반복했다.

「그래, 그래, 더 많이……. 무슨 말인지 알지.」

엘렌이 보기에 이 사람은 완전히 돈 게 틀림없었다.

---

29 슬라이딩 퍼즐은 네모난 퍼즐 판 안의 조각 판들을 움직여 정해진 순서대로 맞춰 놓는 게임이며, 의자 앉기 게임은 참여자들의 숫자보다 적은 수의 의자 주위를 돌다가 음악이 멈추면 의자에 앉지 못하는 사람이 차례로 탈락하는 게임을 말한다.

「로안에 대한 얘기예요.」 그녀가 말했다. 「시에우 린의 교황이요.」

「아, 그래, 로안…… 우리 친구 로안…….」

「그가 차오 씨와 잘 아는 사이라는 사실을 아세요?」

중국인 브로커의 이름은 효력을 발휘했다. 손에서 스웨이드 가죽을 툭 떨어뜨린 그는 엘렌에게로 우르르 달려오더니 그녀의 어깨를 잡아서는 그녀가 고통스러운 효과를 이미 경험한 바 있는 그 깊숙한 안락의자에 앉혔다. 하지만 그는 마치 앙젤이 그러는 것처럼 그녀 앞에 쭈그리고 앉아 이번에는 자신이 낮은 위치에 자리 잡았다.

「아가씨의 오빠는…… 정말 순수한 사람이에요! 정말로 순수해요! 아가씨는 그 친구를 자랑스러워해도 됩니다!」

또 그 공화국 찬가를 시작하려는 걸까?

그는 문 쪽을 힐끗 본 다음 목소리를 낮췄다.

「실과 바늘이에요.」

엘렌은 무슨 말인지 금방 이해하지 못했다.

「로안과 차오는 실과 바늘이라고요. 한때는 그 둘이서 많은 일들을 꾸몄어요. 나중에…… 그러니까 이 친구 지엠이 ― 로안을 말하는 겁니다 ― 자기 교회를 갖게 되고 나서는 이 중국 놈이 덜 필요하게 됐어요. 무슨 말인지 알겠어요? 하지만 그 전에는…… 그래요, 아가씨 오빠는 정말 순수한 친구예요!」

엘렌은 이 사람이 횡설수설하게 놔둬야 한다는 것을 알고 있었다. 그러지 않으면 이야기가 끊길 테니까.

「아세요? 이 차오는 거물이었어요. 지엠, 그러니까 로안은 ― 난 이 이름에 영 적응이 안 돼요! ― 전에는 벌이가 시원찮

앉어요. 그는 중국 놈에게 일감을 물어다 줬죠. 그 대가로 수수료를 먹으면서. 가만, 그런데 왜 그걸 저한테 묻죠?」

「전 불쌍한 오빠가 무엇을 찾고 있었는지 알아보려 하고 있어요. 국장님은 원칙적으로 말해서 이 외환국에서 사정에 가장 밝으신 분이시잖아요. 그런데 제가 차오 씨에 대해 궁금한 점이 있어서…….」

「그는 죽었어요. 모르고 있었나요?」

「알고 있고, 바로 그것 때문이에요. 에티엔 오빠의 죽음과 그의 죽음이 이상하게 겹쳐졌거든요.」

장테는 갑자기 당황했다. 〈뭐야? 뭐라고?〉라고 중얼거리면서 눈길을 여기저기에 던지며 응시할 곳을 찾고 있었다.

「국장님은 오빠를 좋게 보시지 않았나요?」

「순수한 친구였죠!」

「그렇다면 제가 이해할 수 있게끔 도와주세요. 차오 씨는 베트민에게 이익이 되는 거래들을 했나요?」

「아이고, 참!」 장테는 신음하면서 벌떡 일어섰다.

그러고는 마치 홍수를 당한 이재민처럼 두 팔을 안타깝게 흔들어 대며 자기 사무실을 둘러봤다.

「내가 아가씨한테 대체 무슨 말을 할 수 있겠소!」

엘렌은 입을 다물었다.

「아시오? 모두가 횡령을 하고 있소. 끔찍한 일이지. 정말 모두가 말이야. 그런데 베트민이라고 해서 여기에 끼어들지 말란 법이 있겠소?」

엘렌도 따라서 일어섰다. 장테는 눈을 찌푸렸다. 갑자기 그녀의 키가 커 보였다.

「말씀해 주세요. 로안은 베트민과 관계를 가져야 할 이유가 있었나요?」

장테는 눈을 커다랗게 떴다. 그리고 웃기 시작했다.

「아, 당연히 그렇지! 그의 교회는 모든 이와 잘 지낼 필요가 있어요. 자기에게 영토를 내준 프랑스 정부와도 잘 지내야 하고, 언젠가 자기의 강력한 동맹군이 될 베트민하고도 잘 지내야 하지. 이 친구 로안은 개밥이나 돼지 밥이나 다 주워 먹고 있을 거예요! 아주 약아빠진 친구라고!」

앙젤과 엘렌은 르 메트로폴에서 아페리티프를 마셨다. 흥청 망청 시끄러운 장소에서 그들 둘만이 침울했다. 그들은 호텔 객실을 나오기 전에 오랫동안 대화를 나눴다.

로안은 여러 차례 거짓말을 했다.

그는 차오 씨와 아주 잘 아는 사이였다.

그는 〈당연히〉 베트민과도 관계를 맺고 있었다.

누구보다도 그가 쉽게 망가뜨려 놓을 수 있는 그 비행기를 에티엔이 타고 이륙하던 순간, 그는 비행장에 있었다.

그는 에티엔이 어떻게 비엔호아에 갔는지 잘 알고 있으면서 모르는 척했다.

에티엔의 조사는 베트민이 자금을 조달하는 중요한 원천을 고갈시킬 위험이 있었고, 로안은 친구보다는 동업자들을 선택했다.

이제 모든 게 이해가 되었다. 지금은 사라져 버려 아무것도 할 수 없는, 그에 대해 영원히 아무것도 알아낼 수 없을 어떤 사람에게 죄를 뒤집어씌우기 위해 로안이 꾸민 수작들까지…….

앙젤은 칵테일을 홀짝거렸다.

「그자를 죽여 버리고 싶어.」 엘렌이 말했다.

「그건 나도 마찬가지야. 나도 그래. 하지만 엘렌, 여기서 하루만 더 보내면 돼. 그다음에는 집으로 갈 테고, 그럼 다 끝나.」

그녀는 다시 한 모금을 삼켰다.

「……그럼 다 끝나.」

48
다 끝났다

엘렌은 분노 속에 밤을 보냈다. 에티엔의 원혼이 복수해 달라고, 자신의 억울함을 풀어 달라고 호소했다. 엘렌, 날 버리지 마, 엘렌…….

그녀는 계속 로안을 죽였고, 소스라치며 깨어나곤 했다. 축축한 몸으로, 얼이 빠진 얼굴로 말이다. 극도로 잔인한 방법을 사용했음에도 그녀는 결코 그를 완전히 죽일 수 없었다. 마치 불사조 같았다. 그는 끊임없이, 항상 미소 짓는 얼굴로 다시 나타났다. 그의 회오리 같은 머리카락들이 성당의 벽면에 뱀 같은 형체들을 투사했다.

밤 동안 세 번 일어난 그녀는 비틀거리며 욕실까지 가서는 깨끗한 물로 얼굴을 씻고는 했다. 힘이 하나도 없었다.

어머니의 방을 지날 때, 그녀는 차분한 숨소리를 들었고, 깊이 잠든 그녀의 몸을 어렴풋이 보았다. 엘렌은 화가 났다. 어떻게 그런 사실을 알고도 저리 편히 잘 수 있단 말인가?

이렇게 계속 들락거리는 것에 피곤해졌는지 조제프는 자기

여행용 바구니에 들어가 누워 버렸다. 녀석도 빨리 집에 돌아가고 싶은 모양이었다.

앙젤은 눈을 감고서 밤에 자신을 내맡기고 있었다. 사람이 죽을 때 이러하리라. 이렇게 힘을 빼고 늘어져 있으면 죽음이 밀려오리라. 아들이 그 순간에 무엇을 느꼈을지를 그녀는 몇 번이나 자문했던가? 그 아이는 두려웠을까? 왜 내가 그 애를 대신할 수 없었단 말인가?

그녀는 엘렌이 세 번이나 일어나 자기 방의 문턱에서 잠시 멈춰서는 자기가 자는 것을 바라보는 기척을 느꼈다. 그녀는 침대에 누워서도 딸의 원망을, 분노를, 자신에 대한 적의를 느낄 수 있었다. 이 적의는 애도 기간 동안 잠시 사그라들었지만, 다시금 그 어느 때보다 맹렬한 힘으로 되살아나 있었다. 앙젤은 꼼짝하지 않고 자신의 호흡에 잠자는 이 특유의 차분하고 느린 리듬을 부여하려 애썼다. 그녀에게는 혼자 있는 시간이 필요했다.

모든 밤에는 끝이 있는 법이다.

엘렌의 밤은 해가 뜨자 끝났다. 8시가 지나 있었다. 어머니의 침대는 비어 있었다. 그녀는 세면을 하고 옷을 입었지만, 앙젤은 나타나지 않았다.

「펠티에 부인께서 시내에 다녀온다고 전해 달라고 하셨습니다.」 프런트에서는 이렇게 알려 주었다.

앙젤이 고양이 한 마리를 방에 데려온 이후로 직원의 반감에는 변함이 없었다. 그는 입술을 일그러뜨리며 딱딱한 어조로 말했다.

「어디에 간다고 하시던가요?」

이런 사람들에게 자신의 의무를 다하고 일일이 대답해야 한다는 것은 그에게 고역이었다.

「르코크 & 다른빌 상회의 주소를 물어보신 것 말고는 저도 아는 게 없습니다.」

이렇게 자신이 할 수 있는 최대치를 한 직원은 얼굴을 찌푸리며 열쇠들이 걸린 판을 들여다보았다.

엘렌이 아침 식사를 마쳤을 때 어머니가 돌아왔다. 그녀는 샛노란색의 레인코트 한 벌, 우산 하나, 핸드백 하나를 사 왔다.

「어디 갔었어?」

「이것저것 사 왔어.」

분명히 깊게 잠든 것을 보았는데, 어머니의 얼굴이 수척했다.

「르코크 상회에 다녀왔잖아.」

질문을 하는 걸까? 힐난하는 듯한 어조였지만, 앙젤은 그런 것을 느끼지 못한 척했다.

「그래, 돈이 떨어져서.」

「하지만 우린 내일 아침에 떠나잖아!」

「호텔비가 내가 생각했던 것보다 비싸. 그래, 오늘 뭐 할 생각이니?」

이렇게 말하는 순간 앙젤은 아차 하며 입술을 깨물었다. 이 말만 하면 엘렌은 어머니가 자기 사생활에 간섭이나 하는 것처럼 반응했던 것이다.

「그래, 엄마는 뭐 할 건데?」

마치 집에서처럼 신랄한 어조로 반문했다.

「오늘 하루는 너 하고 싶은 대로 하렴. 난 피곤해.」

「하지만 엄만 잘 잤잖아!」

앙젤은 미소를 지었다. 그래, 잘 잤어.

「뭐, 잘 모르겠지만, 나가서 시내를 한 번 더 돌아보려고. 이곳엔 절대로 다시 오지 않을 거야. 여긴 에티엔 오빠가 살았던 곳이고, 그래서…….」

엘렌은 말하다가 혼자 입을 삐죽했다. 자기가 무슨 말을 하겠다는 건지 스스로도 명확치 않았던 것이다.

「저녁때 만나서 같이 식사하자, 어머니?」

떨어져 있자는 제안은 두 사람 모두에게 편했다.

이리하여 엘렌은 사진기를 목에 걸고 호텔을 나왔고, 필름을 구하러 갔다. 하지만 그녀는 로안을 찾아가겠다는 계획을 머릿속에 담고 있었다. 무엇을 하러? 그를 죽이려고. 저 진열창 속에 있는 것 같은 칼을 하나 들고 가서 배에다 꽂고는, 그가 고통스럽게 몸을 뒤트는 것을 보려고.

물론 자신에게는 그럴 능력이 없음을 알았다. 그렇다면 무얼 하러? 따귀를 때리러? 우스운 일이었다. 그는 막을 것이고, 신도들이 곧바로 달려올 것이다. 그들은 그녀를 붙잡아 밖으로 던져 버리고 경찰을 부를 것이었다.

〈바로 이게 문제야!〉라고 그녀는 속으로 외쳤다. 그녀가 어머니에게서 증오하는 것은 바로 이것, 체념 어린 태도였다. 어머니의 약함이었다. 그리고 엘렌도 이 모든 것을 물려받았다고 할 수 있었으니, 그녀 자신도 아무것도 하지 않았기 때문이다. 그녀는 거리를 헤맸다.

여기서 체류한 이래로 처음 경험하는 맑은 날이었다. 비는 북쪽으로 후퇴했지만 하늘은 여전히 희끄무레했고 공기는 후덥지근했다. 도시는 변한 게 없었다. 날씨의 변화는 도시의 리듬을 조금도 바꿔 놓지 못했다.

정처 없이 헤매는 걸음은 그녀를 낮부터 저녁 행렬을 준비 중인 시에우 린의 성당 쪽으로 이끌었다. 거리 위로 긴 천들이 펼쳐졌고, 각양각색의 깃발들이 꽂혔다. 교회의 승려들은 생쥐처럼 부산을 떨었다.

엘렌은 그 개자식이 한 말을 생각하며 치를 떨었다. 〈전 이 행사에서 에티엔 씨를 추모하기로 결정했습니다.〉

그녀는 역겹고, 심술궂고, 고약한 마음으로, 마치 따귀를 갈기듯이 사람들의 사진을 찍었다. 사진기는 그녀 정신 상태의 체현이었다.

그녀는 이렇게 부두와 변두리 지역을 배회하면서 강 있는 곳까지 갔다가 낮잠이나 자려고 호텔로 돌아왔다. 어머니와 마주칠까 겁이 났지만 그러지는 않았다. 그녀는 옷을 입은 채로 침대에 누워 두 시간을 잤다. 잠에서 깨어나 보니 저녁이 되어 있었고, 머리가 멍했다. 그녀는 그대로 누워 있었다. 아무런 힘도 없었다. 엄마는 뭘 했을까? 하루 종일 그녀를 보지 못했다.

이날 저녁 모녀는 서로를 계속 놓쳤다. 기다리던 엘렌이 방을 나갔을 때 어머니는 들어왔고, 호텔 로비에서도 둘은 계속 엇갈렸다. 결국 저녁 늦은 시간에 다시 만나게 되었지만 분위기는 그리 밝지 않았다.

그들은 르 메트로폴에 가서 저녁 식사를 했다. 음식은 거의 먹지 않고 술은 많이 마셨다. 본질적인 얘기는 서로 피했고, 끔찍한 침묵이 이어졌다. 그러고 나서 그들은 크리스탈로 돌아왔다. 시에우 린이 세워 놓은 닫집들 아래를 지났지만 보지 못한 척하고 방으로 올라갔다. 공항에 갈 택시는 새벽 5시 30분에 예약되어 있었다.

「난 너무 지쳤다.」 앙젤이 세면을 마치며 말했다.

그녀는 엘렌의 이마에 키스를 했다. 아버지가 하는 방식으로 어머니가 그러는 것은 처음이었다.

「잘 자요, 엄마.」

그들은 각자의 방에 들어갔다. 방 사이의 문이 닫혔다. 엘렌은 그저 다리가 좀 무겁다고만 느꼈지만 자신의 피로를 과소평가한 것이었다. 그녀는 눕자마자 깊은 잠에 빠져들었다.

눈을 떴을 때가 몇 시였던가?

커튼을 통해 대로의 불빛들이 새어 들어온다. 저녁 10시 45분이다. 그녀를 깨운 것은 음악 소리이다. 희미하면서도 집요한 노랫소리가, 저쪽, 성당 가까운 곳에서 울리는 징 소리가 들려온다. 행진하고 있다.

엘렌은 다시 베개 위로 풀썩 쓰러진다. 화장실에 가려면 일어나서 어머니의 방을 지나야 하는데, 내키지가 않는다.

결국 까치발을 하고 걸어간 그녀는 화장실 문을 닫다가 다시 돌아온다. 어머니의 침대에 침대 커버가 걷혀 있고 사람은 없다. 조제프는 발치에 개놓은 침대 커버 위에서 웅크리고 자고 있다.

「엄마?」

그녀의 목소리가 울린다. 엘렌은 의자를 쳐다보고 앞으로 나아가 옷장을 열어 본다. 엄마가 나간 걸까? 그녀의 레인코트가 보이지 않는다. 핸드백도 마찬가지다.

「엄마?」

그녀의 안경이 침대맡 탁자 위에 있지 않다.

어디로 간 걸까?

아마도 행렬을 보러 갔으리라. 당연히 그렇겠지. 엄마는 많이 울 거야.

메아리치는 신도들의 행진 소리가 끊이지 않아 보러 갔을 거야. 아니면 반대로 그 소리를 듣지 않으려고 멀리 갔거나. 아무튼 이 모든 게 끝나면 돌아오겠지. 그러고는 자리에 눕지 않을 거야. 금방 택시가 오고, 공항에 가고, 떠나게 되겠지.

이 〈떠난다〉라는 말이 엘렌을 입구의 복도에 포개 놓은 짐들에게까지 가게 만든다. 거기에는 에티엔의 트렁크가 있고, 엘렌은 그것을 연다. 신문지로 싼 불상, 서신 뭉치, 에티엔의 편지들. 그것들은 흐트러져 있다. 맨 위에 오빠가 사이공 체류 초기에 보낸 편지가 있다. 엘렌은 얼굴이 창백해지며 고개를 쳐든다.

아니, 대체 뭘……?

〈이곳은 매우 난폭한 나라야. 여기서는 모두가 제각기 킬러를 몇 명씩 두고 있는 것 같아. 쩌런에만 가면, 단 몇 피아스트르에 네가 원하는 거의 모든 사람을 없애 줄 수 있는 킬러가 널렸어.〉

엄마는 르코크 & 다른빌을 방문했다.

그리고 하루 종일 어디론가 사라졌다.

엘렌은 지체 없이 옷 있는 곳으로 달려가고, 소지품을 챙겨든다. 옷을 입으면서 구르듯이 계단을 내려가 프런트에 이르지만 이번에는 멈추지 않고, 자기 어머니를 봤느냐고 묻지도 않는다. 그녀는 알고 있기 때문이다.

엘렌은 달린다. 사람들을 밀치기도 하지만 사과하지 않고 계속 달린다.

침울하고 음산한 음악 소리가 거리에 가득하다. 그녀는 달린다. 성당 부근에는 빛이 환하다. 헤아릴 수 없는 횃불들과 엄청난 수임에도 조용하게, 경건하게, 지시에 따라 움직이는 사람들. 북소리. 징 소리와 탬버린 소리. 보도에 늘어선 신도들. 거리 한복판은 고위 성직자들과 승려들의 행진을 위해 비워졌다. 멀리서 들은 소리는 바로 이 행렬의 시작을 알리는 소리였다.

음악 소리가 커진다.

엘렌은 어쩔 줄을 모른다. 그녀는 이제 막 보이기 시작하는 성당 앞뜰 쪽을 향해 사람들을 헤치며 나아간다. 고위 성직자들이 나오고 있다.

그녀는 주위를 둘러본다. 저쪽 보도에 나무 궤짝 두 개가 버려져 있다. 그녀는 달려가 두 개를 포개고는 그 위로 올라간다. 군중들보다 조금 높이 선 그녀의 눈에 붉은색과 금색의 화려한 법의를 차려입고, 방울 술로 장식한 높직한 법모를 쓴 로안의 모습이 들어온다.

그는 선두에서 걷고, 청색 토가 차림의 다섯 고위 성직자가 바짝 붙어 따라온다. 그들 뒤로 엄청난 수의 신도들이 깃발과 현수막을 들고 북을 두드리면서 천천히 성당에서 나온다. 징 소리, 바라 소리, 새된 피리 소리가 느리면서도 장중하게 진동하는 가운데 앞으로 이동한다. 분향 냄새가 거리에 범람한다.

먼 지평선을, 어떤 이상(理想)을 향해 있는 듯 황홀한 눈을 하고 있는 로안이 지나가면 군중은 무릎을 꿇는다.

그가 30여 미터 떨어진 곳에 왔을 때 엘렌은 자기 어머니를 발견한다. 노란 레인코트 차림의 그녀는 교황이 가까이에 이르렀을 때 무릎을 꿇지 않은 유일한 사람이다.

앙젤은 우뚝 서 있고, 자신 안에서 힘을 느낀다.

로안은 느리게 걷고 있고, 이 노란색이 그의 눈길을 끈다.

그는 아주 살짝 고개를 돌린다.

합장을 하며 고개를 숙이는 한 무리의 신도들 가운데 서 있는 앙젤의 모습을 본 그는 더 이상 그녀에게서 눈을 떼지 못한다. 그의 거동 자체에서도 그게 느껴진다. 걸음이 살짝 느려진 그는 다시 정신을 추스르지만 눈은 자신을 바라보는 그 사람에 못 박혀 있다. 무슨 일이 일어날 것 같다.

시에우 린의 교황이 걸음을 늦췄을 때, 뭔가가 일어나고 있다는 것을 모두가 느낀다.

그가 가장 먼저 느낀다. 그는 입을 벌린다. 소리를 지르려고? 사람을 부르려고?

행진 속도가 느려짐에 따라 타악기들도 하나하나 소리를 멈춘다. 횃불의 불빛들이 파르르 떨린다.

앙젤과 로안은 서로의 눈을 쳐다본다. 아마도 그는 무슨 말을 하고 싶은 듯하고, 앙젤도 그걸 느낀 모양이다. 그녀가 〈아니〉라고 천천히 고개를 젓는 걸 보면 말이다.

바로 그 순간, 총알이 교황의 몸에 적중한다.

총성이 거리를 울린다.

비명들이 터지는 가운데, 로안은 두 손으로 가슴을 부여잡고 스르르 허물어지다가 털썩 무릎을 꿇는다. 도움을 구하는 그의 손가락들 사이로 피가 콸콸 흘러나온다. 방울 술 모자는 보도까지 데구루루 굴러간다. 뿔뿔이 도망치는 신도들이 그를 짓밟는다.

사람들은 거리 양편의 건물들 쪽으로 고개를 돌린다. 누군가가 창문에서 쐈다. 하지만 창문은 수없이 많다! 총알이 멀리서 날아왔을까? 아니면 이 근처에서?

이제 아스팔트 위, 흥건한 피 연못 가운데 누워 있는 교황 위로 모두가 황급히 뛰어간다.

엘렌은 노란 레인코트를 찾지만 사라지고 없다.

그녀는 궤짝에서 내려와 뛰어 보려고 하지만, 갈피를 못 잡고 절규하듯 손짓하며, 비명을 지르며, 탄식하며 흩어지는 군중을 거슬러 올라가야 한다.

크리스탈 호텔까지 가는 데에는 15분 가까운 시간이 필요했다.

그녀는 호텔 전면의 커다란 통유리 앞에서 갑자기 멈춰 선다. 프런트 앞에서 그녀의 어머니가 핸드백에서 두툼한 봉투 하나를 꺼내어 직원에게 건네주는 게 보인다. 그녀는 뭐라고 당부하고, 직원은 고개를 끄덕이며 봉투를 받아서는 커다란 벽 금고를 열기 위해 돌아선다.

엘렌은 오랫동안 거리에 서 있는다. 도시는 소란스럽고, 사람들은 마치 늦을까 걱정이 되는 것처럼 급한 걸음으로 계속 성당 쪽으로 모여든다. 놀라고 근심스러운 표정의 행인들이 서로에게 묻는다. 총을 쐈다고요? 정말로요? 시에우 린의 교황이…… 죽었어요.

10여 분 후, 엘렌은 검은 정장 차림에, 머리카락들이 앞으로 흘러나올 정도로 회색 펠트 모자를 느슨하게 쓴 남자 하나가 호텔 로비로 들어가는 것을 본다.

그는 프런트 앞에 선다. 직원이 그를 오랫동안 쳐다본다.

남자는 그냥 기다리기만 하면서 담뱃갑을 꺼내어 한 대를 피워 문다.

그러자 직원은 벽 금고로 돌아서서는 그것을 열고는, 조금 전에 앙젤에게서 받은 두툼한 봉투를 그에게 내민다.

남자가 나올 때 엘렌은 그에게서 차가운 시선을 느낀다. 마치 입술이 없는 사람 같다.

그는 정확한 동작으로 봉투를 호주머니에 집어넣고는 군중 속으로 사라진다.

객실에 올라간 엘렌은 까치발을 하고 욕실로 들어가지만, 거기서 오래 머무르지는 않는다.

어스름 속에 어머니의 몸이 보인 것이다.

그녀는 경악한다.

그녀 자신은 할 수 없었던 일을 어머니가 한 것이다.

격한 감정에 눈물이 솟구친다. 그대로 달려가 엄마를 부둥 켜안고 얘기하고 싶은 마음을 억누른다. 그녀는 조용히 흐느 끼면서 자신의 방으로 들어간다.

조제프는 침대 커버 위에서 자고 있다.

엘렌은 옷을 입은 채로 침대에 눕는다.

다 끝났다.

에필로그

1948년 11월 18일

49
그럼 잘했어

루이에게는 다른 방법이 없었다. 며칠 동안 비누 공장을 비운 탓에 그와 앙젤이 할 일이 산더미처럼 쌓였는데, 그 혼자만 돌아와 모든 게 다 그의 차지가 된 것이다. 그래서 아내의 도착 시간을 알게 되었을 때, 아무리 궁리해 봐도 자기가 거기에 갈 방법은 없었다. 결국 그는 가장 유능한 십장을 공항에 보내기로 하고는, 입하된 물품을 확인하고 상품 인도를 점검하기 위해 달려갔다.

이는 도착 시간 지연을 고려치 않은 결정이었다. 밤 11시가 넘어 마침내 앙젤이 왔을 때, 루이는 집에 있었다. 십장은 에티엔의 트렁크를 전에 그가 쓰던 방에 내려놓았고, 루이는 외면했다.

루이를 오랫동안 껴안은 후 앙젤은 모자를 벗어 외투 걸이에 걸었다.

「다 잘됐어?」 그가 물었다.

「응, 아주 잘됐어.」

「당신, 피곤하겠어.」

「조금.」

루이는 토마토샐러드를 준비해 놨다. 그가 할 줄 아는 유일한 요리였다.

「걱정하지 마, 잘 만들었네.」 앙젤이 그를 안심시켜 주었다.

그는 화이트와인도 한 병 땄다. 앙젤은 자리에 앉았다.

「그리고 당신은? 남자애들 일은 잘됐어?」

「응, 그게…… 괜찮았어.」

그들은 거의 30년이라는 세월을 함께 살았다. 그들은 늘 행복했었다.

지난 몇 주는 끔찍한 시간이었다. 자녀들 중의 하나가 죽었고, 그들이 영원히 묻어 버리고 싶었던 과거가 되살아났다. 하지만 이 모든 시련에도 그들의 관계는 조금도 흠이 나지 않았다.

「당신에게 얘기할 게 있어.」 앙젤이 그를 보지 않은 채로 말을 꺼냈다. 그녀는 토마토를 먹고 있었다.

루이는 고개를 끄덕였다. 응?

「난 르코크 & 다른빌 상회에 들렀어.」

그녀는 여전히 그를 쳐다보지 않은 채로 빵을 잘랐다.

「루이, 난 돈을 많이 썼어.」

루이는 잠깐 생각한 후에, 차분하게 물었다.

「많이라…… 그러니까 〈정말로 많이〉란 뜻이야?」

「응, 여보. 그 말이야.」

루이는 고개를 끄덕였다. 여러 가지 상상을 해봤지만, 앙젤 같은 사람이 〈많은 돈〉이라고 부르는 것이 대체 어느 정도일지

감이 오지 않았다. 더욱이 그녀는 항상 검소했고, 이렇게 말한다고 해서 그녀를 욕하는 것은 아니지만, 상당히 인색했기 때문에 더욱 그랬다. 그녀는 말을 들어 보면 꽤 거금일 것 같은 그 돈을 어디에다 썼는지 설명해 줄 기색은 아니었다.

「적어도,」 루이가 말했다. 「좋은 일에다 썼겠지?」

그녀는 거리낌 없는 얼굴로 그를 쳐다보았다.

「응, 그렇게 생각해.」

「그럼 잘했어, 앙젤.」

「사랑해, 루이.」

「나도 사랑해, 여보. 내가 그런다는 거 알지?」

✳

그 어떤 기자라도 톱뉴스를 만들고 수많은 기사들을 쓸 수 있는, 아니 연재소설까지 쓸 수 있는 기막힌 사건이 두 개나 있었다.

알베르 마야르 사건(1920년에 가짜 전사자 기념물을 팔아 3천만 프랑을 챙긴 인물을 다시 찾아내다!)과 피아스트르 사건(후안무치한 인도차이나 피아스트르 불법 거래를 통해 고위급 정계 인사들이 프랑스 국민의 등 뒤에서 배를 불리고 있다!)인데, 이 모든 게 날아가 버렸다.

심지어는 사설까지 도둑맞은 것이다!

1941년 이후로 프랑수아는 번번이 기회를 놓쳤다. 인생에 마라도 낀 것일까?

심부름꾼이 그에게 보라색 봉투 하나를 가져다주었는데, 그

767

위에 여성적이고 우아한 필체의 글씨가 커다랗게 적혀 있었다. 그 필체를 곧바로 알아본 그는 편지를 뜯었다.

〈랑뷔토가 64번지. 지금〉?

양복 걸이에서 재킷을 낚아챈 프랑수아는 복도 모퉁이를 돌다가 넘어질 뻔했다. 한 번에 네 계단씩 뛰어 1층까지 내려가서는 오른쪽으로, 아니 왼쪽으로 방향을 틀었다. 달리고 달려 벌써 숨이 차오르는데, 거리의 모퉁이를 돌자…….

닌이 거기 있다. 두 손을 얌전히 앞에 포개 잡고서. 그는 걸음을 멈춘다.

「죄송해요, 이렇게 뛰어오시게 했네요.」 그녀가 말한다.

「아뇨, 아뇨, 천만에요! 그렇잖아도 말씀드리고 싶었는데…… 그날 정말 죄송하게 됐어요, 그게…… 그러니까 설명드리자면…….」

하지만 그녀는 그에게 설명할 시간을 주지 않는다. 그대로 후닥닥 달려와서는 그의 숨이 멎을 만큼 열정적인 키스를 퍼붓는다. 그녀의 입술은 뜨겁고도 보드랍고, 그녀의 조그만 입은 과일처럼 쪽쪽 빨아 먹을 수 있을 것처럼 감미롭다. 그렇게 그에게 몸을 꼭 붙인 그녀는 부드럽게 그를 밀어낸다.

「이리 와요…….」

그녀의 억양은 보다 명확하다. 프랑수아는 눈을 들어 본다. 64번지 건물은 메르카토르 호텔이다.

닌은 그의 손을 잡고 끌고 간다.

「객실 있나요?」 그녀가 프런트 직원에게 묻는다.

직원 앞에 있는 그녀는 미소 지은 얼굴을 하고 있고 스스럼이 없다. 그는 피라미드 형태의 커다란 열쇠 걸이에서 열쇠를 하나 집는다.

「2층에 있는 12호실입니다.」

곧바로 층계가 나오고, 닌은 여전히 그의 손을 잡아끈다. 마음이 너무나 급하다⋯⋯.

그녀는 너무나 흥분한 나머지 열쇠를 구멍에 제대로 집어넣지도 못한다. 자신도 우스운지 웃음을 터뜨린다. 프랑수아가 끼어들려고 하는데 마침내 문이 열리고, 〈들어와요〉라고 그녀가 말한다. 그들은 열기에 휩싸여 급히 옷을 벗는다. 신발들이 방 안을 날아다닌다. 닌은 어지럽고, 서툴고, 화급한 손길로 프랑수아의 허리띠를 끄른다. 프랑수아도 그녀의 옷을 벗기는데, 그게 빨리 되지가 않자 그녀는 스스로 몸을 굽혀 팬티를 벗는다. 이리 와요, 그녀는 그를 침대 쪽으로 잡아끌어 두 어깨를 밀어 침대에 눕힌다. 곧바로 그 위에 몸을 포갠 그녀는 손으로 그의 것을 찾아서는 자기 안에 집어넣는다. 그녀는 거세게 부르짖으며 그의 어깨를 물어뜯는다. 〈너무 좋아〉라고 그녀는 속삭이면서 흐느끼기 시작한다.

*

두 시간 후, 방 안에서는 따스한 사랑과 타르 냄새가 난다. 프랑수아로서는 너무나 아름답게 느껴지는 유연한 동작으로 그녀는 담배를 피운다.

〈비단처럼 보드라운〉이라는 표현이 그의 머리에 떠올랐다. 그녀의 모든 것이 비단처럼 보드라웠다. 침대 가운데 앉아 있는 그녀의 두 젖무덤 사이가 아직도 미세한 땀방울들로 빛나고

769

있었다. 프랑수아도 그녀를 물었다. 겨드랑이 근처였다. 그녀
는 일어섰다.

그녀는 바닥에 널려 있는 프랑수아의 재킷 호주머니에서 삐
져나온 『르 주르날』을 꺼내 왔다.

르누아르 판사,
르 레장의 마지막 관객이 발견되자
메리 램슨 사건 포기.

「자기 때문에 판사가 보기 좋게 미끄러졌네.」 닌이 담배를
깊이 빨아들이며 미소 지었다.

「내 도움이 아니라도 쭉 미끄러졌을 사람이야.」

「새 판사가 온다는데…….」

「아니.」

「그렇게 쓰여 있어.」

「그냥 형식적으로 판사를 임명하는 거야. 이제 모든 증인들
의 증언을 청취했고, 용의자도 더 이상 없기 때문에, 새 판사를
임명한다는 것은 사건을 종결짓는다는 얘기나 마찬가지야. 뜻
밖의 사실이 밝혀지지 않는 한, 더 이상 아무 일도 일어나지 않
을 거야. 이로서 메리 램슨은 두 번 죽은 셈이지.」

「오.」 닌이 탄식했다.

그녀는 옷을 입기 시작했다. 상의만 입고 아래는 벌거숭이
인 모습은 끔찍하게 야한 동시에 너무나도 자연스러웠다.

「아니, 여긴 내가 모르는 호텔이야.」

「왜 그 얘기를 하지?」

「왜냐하면 자기가 속으로 그런 생각을 할 것 같아서. 단지 시간을 절약하기 위해서였어. 내가 이곳을 선택한 것은, 여기가 자기 사무실 옆에 있기 때문이야. 난 자기가 신문사에 들어가는 게 보일 때까지 기다렸다가 안내 데스크에 급한 일이라고 하면서 편지를 맡겼어. 그랬던 거야.」

그녀는 그를 빤히 쳐다보면서 옷을 다 입었다. 프랑수아도 마찬가지로 하기로 마음먹었다.

「자긴 더 있어도 돼. 난 들어가야 하지만, 자긴 좀 더 있어도 돼.」

그녀는 또다시 아주 조그맣게 말해서 알아듣기가 힘들었다.

그녀가 이렇게 도망치듯 떠나는 것을 보니 속이 편치가 않았다. 그녀는 신문지 귀퉁이에 뭔가를 끼적거렸다.

「우리 집 수위의 전화번호야. 메시지를 남기면 그녀가 잘 전해 줄 거야.」 그녀가 속삭이듯이 말했다.

그녀의 숨결에는 그들의 뜨겁고 격렬했던 행위들이 응축되어 있었다.

「잠깐!」 그가 외쳤다.

그는 숨이 막힐 정도로 그녀를 꽉 끌어안았다.

「난 가봐야 해.」 그녀가 말했다.

그는 포옹을 풀었다.

「난…… 난 너에 대해 아무것도 모르잖아!」

우스운 말이었다. 두 시간 만에 그는 오래전부터 그녀를 알아 온 많은 이들보다 그녀에 대해 훨씬 많은 것을 알게 되지 않았는가? 하지만 이 말에 닌은 미소로 화답하지 않았다.

「우린 시간이 많아.」

그녀는 문 쪽으로 걸음을 내디디려고 하다가 그에게로 몸을 돌렸다.

「그런데, 난 그런 사람이 아냐.」

닌은 프랑수아의 머릿속에서 벌써 음험하게 머리를 쳐들기 시작한 그 유독한 질문, 이런 상황에서 어떤 남자라도 했을 그 질문에 미리 대답한 것이었다. 닌은…… 〈그런 여자〉일까? 쉬운 여자, 아무하고나 자는 여자 말이다.

그녀는 마치 대답을 기다리는 것처럼 프랑수아의 눈을 들여다보았다. 그는 뭔가 거북하면서도 모순적인 감정, 닌의 맑고도 똑바른 시선 앞에서 조금은 부끄럽게 느껴지는 전형적인 남성 중심적 감정 속에 갇혀 있었다.

닌은 그의 입술에 키스를 한 번 해준 후 방을 나갔다.

복도와 층계에는 카펫이 깔려 있어 그녀가 내려가는 소리조차 들을 수 없었다.

방의 정적이 갑자기 이상하고도 답답한 느낌으로 다가왔다.

그도 옷을 입었다. 뭔가가 그의 머릿속에서 빙빙 돌고 있었다. 어떤 말이, 어떤 생각이 말이다.

「여성분이 대실료를 지불하셨습니다.」 프런트 직원이 말했다.

프랑수아는 보도에 딱 멈춰 섰다. 어떻게 퍼즐 조각들이 갑자기 머릿속에서 제자리를 찾아 들어갔는지 모를 일이었다.

닌은 아주 나지막하게 말했다. 그것은 누가 자기 말을 들을까 겁내기 때문이 아니라, 너무 크게 말하지 않으려고 낮추는 목소리였다. 순간 프랑수아는 가슴이 먹먹했다. 그가 보도 한복판에 멈춰 서 있었기에 행인들은 부딪히지 않으려고 그를 비켜 갔다.

그녀의 억양은 외국인의 그것이 아니었다. 말을 하는 데 어려움을 겪는 이의 억양이었다.

그리고 전화번호를 주지 않고 직접 찾아오는 편을 택했던 것은 전화를 받을 수가 없기 때문이었다.

또 닌이 그를 그렇게 강렬하게 자신을 응시한 것은 잘생긴 얼굴에 홀려서가 아니라 그의 입술을 읽기 위해서였다.

닌은 청각 장애인이었다.

✳

엘렌은 여덟 번째 사진을 줄에 걸었다. 이 수줍은 인상의 잘생긴 청년은 빈일 것이었다. 거대한 냉장고 옆에서 포즈를 취하고 있었다. 에티엔이 살던 아파트의 새 입주자들이 문을 열었을 때 언뜻 보였던 그 냉장고가 아닐까? 오빠가 이 사진을 찍었다는 데에는 의심의 여지가 없었으니, 청년의 왼쪽 어깨가 잘려 있을 뿐 아니라 심지어는 귀도 하나 없었던 것이다.

그녀 집의 욕실은 아주 협소하여 그녀는 아무것도 엎어 버리지 않게끔 아주 조심해야 했고, 사진 현상에 필요한 것들을 설치하고 또 치우는 일은 이사하는 것만큼이나 힘이 들었다. 다른 때 같았으면 프랑수아와의 또 다른 불화의 원인이 되었겠지만 그들의 관계는 많이 누그러졌으니, 집안에 있었던 여러 가지 일들이 분위기를 바꾼 것이다. 그들은 프랑수아가 욕실을 사용할 필요가 없을 때에만 현상을 하기로 합의했다.

줄에 걸린 다른 사진들은 오빠의 사진기에서 발견된 마지막

필름에서 나온 것들로, 구불구불한 골목길, 반쪽만 찍힌 바구니 안에서 머리 반쪽만 보이는 조제프, 혹은 쌀가마를 나르는 짐꾼들의 모습이 담겨 있었다.

다음 사진의 이미지가 커다란 수조 속에서 서서히 드러났다. 어둠에서 형체들이 서서히 올라오는 순간은 언제나 마법처럼 느껴졌다.

그 사진을 본 순간 엘렌은 얼어붙었다. 로안이었다. 어느 행렬에서 그 방울 술 모자를 쓰고 수레 위에 서 있는 그는 너무나 만족스러운 미소를 머금고 있었다…….

프랑수아는 사이공에서 어떻게 지냈느냐고 물어보았다. 뚱땡이도 마찬가지였다. 엘렌은 외환국과 고등 판무청을 찾아가 면담했던 일만을 알려 주었다. 그들에게 에티엔은 그의 조사 때문에 베트민에게 보복당해 희생된 것으로 되어 있었다. 진실과 그리 멀지 않은 얘기였다. 엘렌은 더 이상은 얘기하면 안 된다고 느꼈다.

그녀는 다시 불을 켜고, 산성 액체가 담긴 병들의 뚜껑을 닫고, 감광지들을 정리했다. 이 모든 것을 자기 방까지 다시 옮겨야 했다.

그녀는 이 허술하고도 임시적인 작업실을 꾸미기 위해 가진 돈을 거의 다 썼다. 이제 일자리를 찾아야 하는 처지였다.

프랑수아가 집에 들어왔다. 신문사에서 오는 걸까? 아니면 취재를 하다 왔나? 피곤하고도 근심 어린 얼굴의 그에게서 그녀가 알지 못하는 냄새가 느껴졌다.

그는 생각에 잠긴 얼굴로 와인병 하나를 천천히, 집중하여 땄다.

「너도 좀 마실래?」 그가 물었다.

「좋지..」

엘렌도 그가 있는 식탁으로 와서 앉았다. 조제프가 그녀의 무릎 위로 펄쩍 뛰어올라 둥글게 몸을 웅크렸다.

그녀는 잔을 내밀었다.

그들은 건배를 했다.

「혹시 말이야, 오빠,」 엘렌이 물었다. 「『르 주르날 뒤 수아르』에서 사진사 안 뽑아?」

✱

11월 18일, 가게를 여는 날이었다. 장은 차양을 활짝 펼치고 보도에 철제 진열대들을 설치했다. 〈이건 완전히 시장 바닥의 야채 가게네!〉라고 준비에브는 이를 갈았다.

시장 점포와 비슷해 보이는 것은 파란색 서예 글씨로 〈딕시〉라고 쓰여 있는, 장이 공을 많이 들인 조그만 칠판들 때문이기도 했다. 준비에브는 탁자 위에 몸을 굽히고 붓으로 상호를 정성 들여 쓰고 있는 그를 노려보았었다. 그녀에게는 이게 천박함의 끝처럼 느껴졌다. 이 〈딕시〉라는 이름도 마찬가지였다. 장은 이게 사람들의 마음에 들 거라고, 〈미국 냄새가 나잖아, 요즘 사람들에겐 이게 행운의 상징이야〉라고 말했지만, 그녀는 못마땅할 뿐이었다. 그가 칠판을 선택한 이유는 여기에 분필로 적으면 그날그날 가격을 수정할 수 있기 때문이었다.

이리하면 지나가는 사람들이 흥미를 느끼고 이것저것 뒤져 보리라. 침대 시트와 부피가 큰 세트 상품만이 점포 안에 진열되었다.

「가격은 아주 저가야. 우린 최소한의 마진만 먹지만, 많이 팔 수 있지. 이른바 박리다매라고 하는 거야.」

가격은 그냥 저렴한 정도가 아니었다. 고객의 눈에 처음 들어오는 것은 여기 물건이 정말로 싸다는 사실이었다.

〈그렇게 해서 한 푼이라도 벌겠어?〉라고 준비에브는 힐난하듯 쏘아붙였다.

장으로서는 다른 해결책이 보이지 않았다.

「우리에겐 고급 상점을 표방할 수 있는 방법도, 제품도 없어. 그러니 시장에서 하는 식으로 해야 돼. 손님들이 뒤지고, 고르고, 돈 내고 가져가게 하는 거야. 고구마를 사듯이 냅킨을 사고, 꽃양배추를 사듯이 식탁보를 사게 하는 거라고.」

준비에브에게 이 비유는 모욕적으로 느껴졌지만, 그녀의 불만은 오래가지 않았다.

그들은 아침 7시에 가게 문을 열었다. 아침에 지하철로 달려가는 사람들은 잠깐 발걸음을 늦췄지만, 퇴근하고 돌아오는 길에는(저녁 7시 반에야 문을 닫았다) 완전히 멈춰 섰다. 낮에 지나가는 사람들은 머뭇거렸지만, 일단 바구니에 손을 한번 넣고 나면 대담해졌다. 그렇게 15분만 있으면 둘 중 하나는 고객이 되었다.

두 시간 만에 가게에 있는 냅킨은 바닥이 났고, 수건과 목욕 장갑은 세 시간 만에 자취를 감췄다. 네 번째 날 저녁, 남은 것이라곤 침대 시트의 3분의 1과 베갯잇 몇 장뿐이었다.

장과 준비에브는 가게 문을 닫았다. 팔 게 거의 남아 있지 않았다. 그들은 이 소용돌이, 이 성공에 기진맥진하고 탈진했다.

준비에브는 계산을 해봤다. 정상가의 3분 1 가격으로 구입한 물품과 시장식 판매에 초저가 전략을 결합한 방식은 풍성한 결실을 맺었다. 총 이익이 무려 80만 프랑으로, 게노가 예측한 액수의 두 배에 달했다.

「우리, 저녁은 레스토랑 가서 먹자.」 준비에브가 제안했다.

벼룩시장의 그것 같은 판매 방식에 대해선 깨끗이 잊어버렸다. 펠티에 부부는 그들의 사업 모델을 찾아낸 것이다. 저가의 직물을 구입하고, 대량 주문으로 제작 단가를 낮추고, 그다음에는 저렴한 가격으로 판매하는 것이었다.

「여기서 비밀은 제품들을 계속 바꾸는 거야.」 장이 설명했다.

적당한 물품과 하청업자들을 찾아내기 위해서는 자기가 많이 돌아다녀야 할 거라는 얘기였다.

준비에브는 너무나 행복한 미소를 짓고 있었다. 그녀는 자신을 위해 뮈스카데 한 병을 주문했다. 레드와인을 더 좋아하는 장은 머뭇거렸다. 나 혼자만 마시려고 주문해도 되나?

「아, 그럼!」 그녀가 허락했다. 「실컷 마셔. 중요한 사건을 축하하는 것이 매일 있는 일은 아니니까.」

「맞아.」 장이 맞장구쳤다. 「이렇게 이익을 남기는 것이 매일 있는 일은 아니지!」

「장, 난 그 얘기를 하는 게 아니야.」

그녀의 얼굴에 미소가 가득했다. 집을 나오기 전에 화장을 다시 한 얼굴이었다. 식탁에 앉은 여자의 모습이 아니었다. 부부 위에 군림한 왕의 모습이었다. 장은 잘 이해가 되지 않았지만, 기분 나빠 하지는 않았다. 워낙에 그들은 서로의 말을 오해하는 일이 빈번했다.

「그래, 이게 사건치고는 굉장한 사건이지!」

「훨씬 더 중요한 게 있어, 장.」

장의 미소가 굳었다. 준비에브는 접시 양편에 손바닥을 내려놓았다.

「장, 나 임신했어. 우린 아이를 갖게 돼.」

장의 얼굴이 일그러지면서 백묵같이 하얘졌다.

「아⋯⋯.」 그는 말을 제대로 잇지 못했다.

그는 손을 불쑥 내밀어 준비에브의 손을 꽉 잡았다.

「저⋯⋯ 정말 잘됐다, 자기야!」

2021년,
퐁비에유[1]

---

1 프랑스 남부 부셰뒤론주에 있는 코뮌.

감사의 말

역사가 카미유 클레레는 처음부터 끝까지 내게 도움과 조언을 주고, 친절하고도 효율적으로 자료를 찾아 주었다. 특히 그녀는 내가 역사에서 지나치게 벗어날 때마다 지적해 주었다. 이를 기반으로 나는 상상력을 발휘했다.

현대 국제 자료 도서관 관장 발레리 테니에르와 그 직원들에게 감사한다. 이들 덕분에 나는 낭테르 대학교에 위치한 이 훌륭한 도서관이 이용자들에게 제공하는 『프랑스수아르France-Soir』지 문헌집에 빠져들 수 있었다.

서지에 대해 말하자면, 나는 몇몇 저서에 특별한 빚을 지고 있음을 인정해야 할 것이다.

가장 먼저 와야 할 게 뤼시앵 보다르가 인도차이나 전쟁에 대해 쓴 3부작 『인도차이나』이다. 솔직히 난 내가 이 책을 그렇게까지 흥미 있게 읽을 줄 몰랐다. 처음부터 끝까지 보다르의 치열함과 탁월한 인물 묘사, 그리고 위대한 글쓰기 재능이 느껴지는 저서이다. 예를 들어 이 책의 25장에 나오는 〈베트민 공장〉, 사이공의 킬러들, 그리고 기타 많은 것들을 그에게 빚지고 있다.

자크 데퓌시의 저서 『피아스트르 부정 거래』는 역사가들에게 잘 알려진, 그리고 나는 지어낸 게 별로 없는 이 외환 사건을 소설로 만드는 작업에 있어서 풍요로운 광산이 되어 주었다.

에티엔 펠티에의 죽음은 프랑수아장 아르모랭의 저서(『그의 마지막 르포르타주』)에서 영감을 받았다.

1948년 11월 11일의 사건은 부분적으로는 가톨릭 학생회의 조르주 쉐페르가 『콩바Combat』지 편집장에게 보낸 편지의 내용을 가져온 것이다. 프랑수아 펠티에의 사설은 1948년 11월 12일 『콩바』지에 게재된 클로드 부르데의 기사에서 직접적인 영감을 얻었다. 인도차이나에서 자행된 잔혹 행위에 대해서는 특히 자크 셰가레의 증언(〈인도차이나에서의 고문들〉, 『프랑스군의 범죄들』에 수록), 앙드레 비올리스(『SOS 인도차이나』)와 트랭키에 대령(『현대전』)의 글들, 그리고 마리모니크 로뱅(『인간과 자유』)의 인터뷰를 참고했다.

기타 내게 도움을 준 책들은 다음과 같다. 장 우그롱의 『인도차이나의 밤』, 장 라르테기의 『길을 잃고 미쳐 버린 신의 병사들』, 레진 드포르주의 『비단길』과 『마지막 언덕』, 에므리와 브로쇠의 『인도차이나, 애매한 식민화: 1858~1954』, 자크 달로즈의 『인도차이나 전쟁』, 파트리스 젤리네의 『인도차이나 1945~1954』, 이방 카도의 『인도차이나 전쟁』, 파브리스 그르나르의 『1940년에서 1949년 사이의 프랑스 암시장』.

소설에 나오는 르 메트로폴과 크리스탈 팔라스는 영감을 준 실제 업소들과 명확하게 구별되지만, 분위기는 필리프 프랑시니의 『콩티낭탈 사이공』, 레몽 르댕의 『사이공 1925~1945』 혹은 『사이공의 소설』 같은 작품들을 참고했다.

엘렌이 파리의 국립 미술원에서 잠시 수학한 에피소드는 이자벨 콩트의 글 〈국립 미술원에서의 여성들과 화실 문화〉(『건축사』)에, 그녀의 탈선 행동 중 일부는 뤼디빈 방티니(『가장 아름다운 나이?』)에 빚지고 있다.

조르주 게노가 겪은 재난의 근원은 프랑수아 루케와 파브리스 비르질리의 『프랑스 여자들과 프랑스 남자들, 그리고 숙정 작업』에서 찾아봐야 한다.

『르 주르날 뒤 수아르』와 관련해서는 로베르 술레의 『라자레프와 그의 부하들』, 크리스티앙 델포르트의 『프랑스 언론사』, 그리고 장 페르니오(『난 다시 시작하고 싶다』)와 다니엘 모르겐(『그들 중의 하나』)의 회상을 참고했다.

베트남에 관련해서는, 내 바보 같은 질문들에 웃지 않고 항상 친절하고도 정확하게 답변해 준 실벵 우용에게 깊이 감사를 드린다.

동남아에 대한 뛰어난 지식으로 나를 도와준 피에르 조스에게도 감사를 표한다.

베이루트에 대해서는 『레바논에 대한 애정 어린 사전』의 저자 알렉상드르 나자르가 나의 친절한 안내자가 되어 주었다.

마지막으로 내 작품의 베트남어 번역가 응우옌주이빈은 신흥 종파 시에우 린과 관련하여 귀중한 정보들을 제공했다.

이 네 분에게 깊이 감사드린다.

나는 H. G. 웰스가 『돌로레스』의 서문에서 한 말을 인용한 적이 있는데, 여기서 다시 한번 하고 싶다. 〈우리는 이 사람에게서는 이런 특색을, 저 사람에게서는 저런 특색을 가져온다. 막역한 친구에게서도 빌려 오기도 하고, 어느 역 플랫폼에서 기차를 기다리며 언뜻 본 누군가에게서 빌려 오기도 한다. 심지어는 이따금 어떤 잡보란 기사에서 문장 하나, 혹은 아이디어 하나를 빌려 오기도 한다. 이게 바로 소설을 쓰는 방법이고, 다른 방법은 없다.〉

어쩌면 다른 방법들이 있을지도 모르겠지만, 어쨌든 웰스의 방식은 나의 방식이기도 하다. 그래서 나는 글을 쓰다가 여기서 말하는 〈특색〉들의 근원이 무엇인지 알아채곤 한다. 이 소설에서는 이런 특색들을 다음과 같은 작가들에서 가져왔다. 루이 알튀세르, 루이 아라공, 마거릿 애트우드, 제랄드 오베르, 솔 벨로, 미셸 블랑, 피에르 보스트, 조르주 브라상스, 제롬 카위자크, 알렉상드르 뒤마, 모리스 드뤼옹, 귀스타브 플로베르, 르네 고시니, 엘리자베스 제인 하워드, 외젠 이오네스코, 미셸 조베르, 「LSD」(다큐멘터리 시리즈), 존 르카레, 장피에르 멜밀, 리사 무어, 욜랑드 모로, 클로드 누가로, 마르셀 프루스트, 조르주 상드, 세실 스코르델, 안토니오 스쿠라티, 제데옹 탈레망 데 레오, 베르트랑 타베르니에, 하이미토 폰 도더러, 데릭 워시번.

조르주 심농의 독자들은 여기서 그에 대한 오마주를 발견할 수 있을 것이다.

늘 그렇지만 몇 친구를 언급하고 싶다. 피에르 아술린, 제랄드 오베르, 카트린 보조르강, 나탈리 코엔(〈영광의 30년〉 시대에 관한 부분은 그녀 덕을 보았다), 티에리 드팡부르, 카미유 트뤼메르, 그리고 페린 마르젠은 원고를 읽고 매우 적절한 의

견과 현명한 조언을 아끼지 않으셨다. 이 모든 분들에게 깊이
감사드린다.

마지막으로 필리프 로비네, 내 편집자 카롤린 레페, 카미유
뤼세, 파트리시아 루셀, 안 시트뤼크, 발레리 타유페르, 그리
고 더 넓게는 칼만레비 출판사 팀 전체에게 감사를 드린다.

* 이 글에서 언급된 도서들은 다음과 같다. (등장순)

뤼시앵 보다르Lucien Bodard, 『인도차이나*L'Indochine*』
(Grasset, 1997)

자크 데퓌시Jacques Despuech, 『피아스트르 부정 거래*Le
Trafic de piastres*』(Deux Rives, 1953)

프랑수아장 아르모랭Françis-Jean Armorin, 『그의 마지막
르포르타주*Son dernier reportage*』(Véziant, 1953, 조제프 케셀
Joseph Kessel의 서문)

자크 셰가레Jacques Chegaray, 〈인도차이나에서의 고문들
Les tortures en Indochine〉, 『프랑스군의 범죄들*Les Crimes de
l'armée française*』(La Découverte, 2006)

앙드레 비올리스Andrée Viollis, 『SOS 인도차이나*Indochine
S.O.S.*』(Gallimard, 1935)

트랭키에Trinquier, 『현대전*La Guerre moderne*』(Economica,
1961)

마리모니크 로뱅Marie-Monique Robin, 『인간과 자유*Hommes
et libertés*』(Ligue des droits de l'homme)

장 우그롱Jean Hougron, 『인도차이나의 밤*La Nuit indochinoise*』

(Robert Laffont, coll.《Bouquins》, 2004)

장 라르테기Jean Lartéguy, 『길을 잃고 미쳐 버린 신의 병사들*Soldats perdus et fous de Dieu*』(Presses de la Cité, 1986)

레진 드포르주Régine Deforges, 『비단길*Rue de la soie*』(Le Livre de Poche, 1996)

레진 드포르주, 『마지막 언덕*La Dernière Colline*』(Le Livre de Poche, 1999)

에므리Hémery, 브로쇠Brocheux, 『인도차이나, 애매한 식민화: 1858~1954*Indochine, la colonisation ambiguë, 1858-1954*』(La Découverte, 1994)

자크 달로즈Jacques Dalloz, 『인도차이나 전쟁*La Guerre d'Indochine*』(Le Seuil, 1987)

파트리스 젤리네Patrice Gélinet, 『인도차이나 1945~1954 *Indochine 1945-1954*』(Acropole, 2014)

이방 카도Ivan Cadeau, 『인도차이나 전쟁*La Guerre d'Indochine*』(Tallandier, 2015)

파브리스 그르나르Fabrice Grenard, 『1940년에서 1949년 사이의 프랑스 암시장*La France du marché noir 1940-1949*』(Payot, 2008)

필리프 프랑시니Phillippe Franchini, 『콩티낭탈 사이공 *Continental Saigon*』(Olivier Orban, 1976)

레몽 르댕Raymond Reding, 『사이공 1925~1945*Saigon 1925-1945*』(Autrement, 2008)

레몽 르댕, 『사이공의 소설*Le Roman de Saigon*』(Éditions du Rocher, 2010)

이자벨 콩트Isabelle Conte, 〈국립 미술원에서의 여성들과 화실 문화Les femmes et la culture d'atelier à l'École des beaux-arts〉, 『건축사*Livraisons d'histoire de l'architecture*』, 35, 2018

뤼디빈 방티니Ludivine Bantigny, 『가장 아름다운 나이?*Le Plus Bel Âge?*』(Fayard, 2007)

프랑수아 루케François Rouquet, 파브리스 비르질리 Fabrice Virgili, 『프랑스 여자들과 프랑스 남자들, 그리고 숙정 작업*Les Françaises, les Français et l'Épuration*』(Gallimard, 《Folio histoire》, 2018)

로베르 술레Robert Soulé, 『라자레프와 그의 부하들*Lazareff et ses hommes*』(Grasset, 1992)

크리스티앙 델포르트Christian Delporte, 『프랑스 언론사 *Histoire de la presse en France*』(Armand Colin, 2016)

장 페르니오Jean Ferniot, 『난 다시 시작하고 싶다*Je recommencerais bien*』(Grasset, 1991)

다니엘 모르겐Daniel Morgaine, 『그들 중의 하나*L'un d'entre eux*』(Jean Picollec, 1983)

알렉상드르 나자르Alexandre Najjar, 『레바논에 대한 애정 어린 사전*Dictionnaire amoureux du Liban*』(Plon, 2014)

옮긴이의 말

우선 제목에 대해 짧게 한마디. 이 작품의 원제는 〈Le Grand Monde〉로, 〈큰 세상〉, 〈넓은 세상〉 혹은 〈멋진 세상〉, 〈위대한 세상〉이라는 뜻이다. 때는 바야흐로 1948년, 제1차 세계 대전에 이은 인류가 맞은 미증유의 재난이었던 제2차 세계 대전이 끝나고, 사람들은 보다 나은 세상에 대한 희망으로 부풀어 있다. 프랑스의 위임 통치에서 벗어난 레바논의 베이루트도 예외는 아니어서, 프랑스인 거류민 루이 펠티에 씨의 네 자녀 장, 프랑수아, 에티엔, 그리고 엘렌도 크고 멋진 세상에 대한 동경으로 가득하다. 그래서 이들은 각자의 꿈을 좇아 파리로, 아시아로 떠나는데, 이들이 보게 된 큰 세상은 과연 멋지기만 한 세상이었을까? 제목이 품고 있는 이런 반어적이고 역설적인 차원을 암시하고 있는 장소가 있으니, 바로 그것은 사이공의 종합 오락장 〈그랑 몽드Grand Monde〉이다. 한탕을 노리고 인도차이나로 몰려온 온갖 기회주의자들과 썩어 문드러진 세상의 천태만상을 볼 수 있는 장소가 바로 이 〈그랑 몽드〉인바, 우리는 업소가 내세우는 이 휘황한 이름에 대해 의문을 품지 않을 수 없는 것이다. 정치가들이 내세우는 〈우리의 위대한 나라〉, 혹은 어느 소설의 제목 〈위대한 개츠비〉의 〈위대한〉이 진정으로 위대하게 느껴지지 않는 것처럼 말이다. 따라서 한국어판의 제목을 〈대단한 세상〉으로 정했는데, 다소 의역이긴 하지만, 제목 자체에 담긴 중의적인 차원과 작가가 전하고자 하는 메시지를 보다 분명하게 표현한다고 하겠다.

✳

50대 중반의 나이에 늦깎이 작가로 데뷔하여 일련의 추리 소설과 스릴러 소설을 써오다가, 『오르부아르』로 프랑스 최고 문학상인 공쿠르상을 수상하여(2013년), 보다 넓은 시각과 깊은 성찰의 본격 문학 작가로 변신한 피에르 르메트르는 이 『오르부아르』를 기점으로 20세기 전체의 프랑스 사회와 역사를 조감하는 10여 권의 연작을 쓰겠다고 약속한 바 있다. 그렇게 해서 나온 책이 한국에서도 이미 번역 출간된 『화재의 색』(2018) 과 『우리 슬픔의 거울』(2020)이다.

〈재앙의 아이들 les Enfants du désastre〉이라는 제목이 달린 이 3부작은 제1차 세계 대전에서부터 제2차 세계 대전까지의 시기를 다루고 있는데, 전작의 인물 중 누군가가 다음 작품에 등장하는 연결 방식을 따를 뿐 아니라, 개인의 이야기를 통해 사회 전체를 조망한다는 점에서 19세기의 위대한 리얼리즘 작가 오노레 드 발자크를 연상시킨다(그 문제의식과 문학적 야심에 있어서는 빅토르 위고나 에밀 졸라에 더 가깝다고 할 수 있겠지만).

『오르부아르』는 제1차 세계 대전이라는 미증유의 광기에 희생된 에두아르와 알베르라는 두 상이군인의 고난과 우정, 그리고 탐욕스러운 사회에 대한 복수의 이야기이고, 『화재의 색』은 나치즘이 발흥하던 1930년대의 유럽을 배경으로, 에두아르의 여동생 마틸드의 개인적인 복수의 이야기라 한다면, 『우리 슬픔의 거울』은 또다시 곪아 터진 거대한 〈재앙〉 제2차 세계 대전을 무대로, 『오르부아르』에서 에두아르의 어린 연인이었던 루이즈를 비롯한 여러 인물들의 고난과, 무자비한 역사에 대한 연대를 통한 항거의 이야기라 할 수 있겠다.

이렇게 3부작을 매듭지은 르메트르는 프랑스의 경제 부흥기요 번영기라 할 수 있는 〈영광의 30년(1945~1975년)〉을 배경으로 한 4부작 〈영광의 세월〉을 약속한바, 그 시작을 끊은 작품이 바로 이 『대단한 세상』(프랑스 출간은 2022년)인 것이다. 스포일러가 될 수 있기 때문에 자세히 밝힐 수는 없지만, 전 3부작의 등장인물 중 한 사람의 가족 이야기인 이 작품은 제2차 세계 대전 직후 급변하는 프랑스 본토와, 프랑스 보호령 베이루트, 식민지 인도차이나를 배경으로 한다.

운이 좋게도 3부작을 번역하고, 또 이 4부작의 번역의 기회도 갖게 된 역자의 느낌은 두 가지로, 첫째는 개인적으로는 이번 작품이 가장 좋았다는 것이고, 둘째는 일흔이 넘은 고령에도 불구하고 이런 방대한 작업을, 그것도 갈수록 예리해지고 신선해지는 감각으로 계속해 오고 있는 작가에 대한 찬탄과 존경심이다. 그야말로 삶의 모든 경험과 지식과 성찰을 마지막 한 방울까지 작품에 쏟아부으려 하는 노작가의 치열하고도 진지한 분투 앞에서 절로 머리가 숙여진다.

4부작의 두 번째 작품 『침묵과 분노 *Le silence et la colère*』는 이미 2023년에 프랑스에서 출간되었고, 이 작품 역시 기대되는 바가 크다. 쉽지 않은 여건에서 사명감을 가지고 이런 훌륭한 문학 작품을 번역 출간하고 있는 열린책들, 그리고 늘 편안한 마음으로 작업할 수 있게 해주는 편집자님들에게도 감사의 말을 전하고 싶다.

2024년 3월 파주에서
임호경

옮긴이 **임호경** 1961년에 태어나 서울대학교 불어교육과를 졸업했다. 파리 제8대학에서 문학 박사 학위를 취득했으며, 현재 전문 번역가로 활동하고 있다. 옮긴 책으로는 피에르 르메트르의 『오르부아르』, 『사흘 그리고 한 인생』, 『화재의 색』, 『우리 슬픔의 거울』, 에마뉘엘 카레르의 『왕국』, 『러시아 소설』, 『요가』, 요나스 요나손의 『킬러 안데르스와 그의 친구 둘』, 『셈을 할 줄 아는 까막눈이 여자』, 『창문 넘어 도망친 100세 노인』, 베르나르 베르베르의 『신』(공역), 『카산드라의 거울』, 조르주 심농의 『리버티 바』, 『센 강의 춤집에서』, 『누런 개』, 『갈레 씨, 홀로 죽다』, 앙투안 갈랑의 『천일야화』, 로런스 베누티의 『번역의 윤리』, 스티그 라르손의 〈밀레니엄 시리즈〉, 파울로 코엘료의 『승자는 혼자다』, 기욤 뮈소의 『7년 후』 등이 있다.

대단한 세상

발행일 **2024년 3월 20일 초판 1쇄**

지은이 **피에르 르메트르**
옮긴이 **임호경**
발행인 **홍예빈 · 홍유진**
발행처 **주식회사 열린책들**

경기도 파주시 문발로 253 파주출판도시
전화 031-955-4000 팩스 031-955-4004
www.openbooks.co.kr